青少版经典名著书库

骑鹅旅行记

［瑞典］塞尔玛·拉格洛芙 著　　爱德少儿编委会 编译

爱德少儿编委会

主　编：童　丹
副主编：陈慧颖
编　委：安　心　董　悦　方舒梦　郭怡杉
　　　　雷蕴涵　李　恒　李可宜　刘国华
　　　　任仕之　桑一诺　沈　晨　向志楠
　　　　许　超　杨　丹　张重庆

浙江古籍出版社

图书在版编目（CIP）数据

骑鹅旅行记/（瑞典）塞尔玛·拉格洛芙著；爱德少儿编委会编译. —杭州：浙江古籍出版社，2023.1（2023.8重印）

（青少版经典名著书库）

ISBN 978-7-5540-2314-3

Ⅰ.①骑… Ⅱ.①塞… ②爱… Ⅲ.①童话－瑞典－近代 Ⅳ.①I532.88

中国版本图书馆 CIP 数据核字（2022）第 136446 号

骑鹅旅行记

[瑞典] 塞尔玛·拉格洛芙 著　　爱德少儿编委会 编译

出版发行	浙江古籍出版社
	（杭州体育场路 347 号　电话：0571-85068292）
网　　址	https://zjgj.zjcbcm.com
责任编辑	潘铭明
责任校对	吴颖胤
装帧设计	爱德少儿
责任印务	楼浩凯
照　　排	湖北省爱德森森文化传播有限公司
印　　刷	河南华彩实业有限公司
开　　本	700mm × 990mm　1/16
印　　张	38
字　　数	545 千字
版　　次	2023 年 1 月第 1 版
印　　次	2023 年 8 月第 2 次印刷
书　　号	ISBN 978-7-5540-2314-3
定　　价	49.80 元

如发现印装质量问题，影响阅读，请与印刷厂联系调换。

前 言

人类对于飞行环游世界的幻想由来已久。相信即便是在飞行技术发达的今天，当孩子们看到在深蓝的天空中自由翱翔的鸟儿时，仍会有驭鸟飞行的幻想。而本书作者——瑞典女作家塞尔玛·拉格洛芙，更是在二十世纪初便将这种幻想写进了书里。由此，她不仅成为第一位荣获诺贝尔文学奖的女作家，还是迄今为止唯一一位凭借一部长篇童话就获得诺贝尔文学奖的作家。

在《骑鹅旅行记》中，小主人公尼尔斯不爱学习，不爱劳动，经常捉弄家里饲养的小动物，以至于家禽在看到他被小精灵变成小人儿后，都幸灾乐祸地奚落他。他稀里糊涂地骑上雄鹅莫顿，跟着一群大雁飞上了天空。在环游各地的过程中，他经历了种种磨难，变得体贴、善良、正直。这一形象与之前形成鲜明的对比，反映出小主人公在旅行过程中的成长变化。全书于荒诞的故事中孕育成长的主题：骑鹅旅行的过程既是对未知世界探索的过程，也是一个锻炼和成长的过程；既是尼尔斯视野逐渐扩大的过程，也是他内心变得强大、精神世界变得丰富的过程。在这个过程中，尼尔斯开始重新审视自己、认识自己、发现自己，他抛弃了之前的恶习，渐渐地展示给人以真善美。整个童话故事以责任、爱心、智慧为理想追求，更体现了人与动植物和谐相处的美好愿景。

作者在书中用新颖灵活的手法、幽默生动的笔调为读者描绘了一幅幅气象万千的瑞典图画，并通过引人入胜的故事情节，对瑞典的地理地貌、动植物、文化古迹、各地区人民的生活和风俗习惯进行了简介。

在她笔下，动物、风、河流、森林、城市等都有了生动有趣的形象，如把斯康耐的平坦大地比作"方格子布"，把东耶特兰大平原称为"粗麻布"……文中讲述了许多小故事，它们有的是小尼尔斯亲历的，有的是他恰巧躲在附近听人讲述的。故事或顺叙，或倒叙，或插叙，作者总能在其间巧设悬念，深埋伏笔，叫人读来欲罢不能。

这本童话融文艺性、知识性和科学性于一体，是一本难得的适合学生的读物。出版以后，成为瑞典学生的课外必读书，更是被译成五十多种文字在世界各地广为流传。希望看完这本书的孩子，不仅能在写作上有所得，明白如何讲述故事、描绘风景、描写人物和动物，会用最简单的词句表达最贴切、最真实的情感，还能在生活中有所悟，变得更乐观、善良、诚信、聪明、勇敢、坚强，学会与大自然和谐共处。

目录
CONTENTS

第 一 章	男孩	1
第 二 章	雪山大雁阿卡	20
第 三 章	野鸟的生活	38
第 四 章	格里敏城堡	59
第 五 章	库拉山的鹤之舞表演大会	74
第 六 章	在雨天里	85
第 七 章	有三个梯级的台阶	93
第 八 章	在罗纳比河	98
第 九 章	卡尔斯克鲁纳	109
第 十 章	去厄兰岛的途中	120
第十一章	厄兰岛之旅	126
第十二章	大蝴蝶	135
第十三章	小卡尔斯岛	140
第十四章	两座城市	153
第十五章	斯莫兰的传说	166
第十六章	乌鸦	172
第十七章	老妇人	191
第十八章	从塔山到胡斯克瓦尔那	202
第十九章	大鸟湖	207

第 二 十 章	乌尔沃萨夫人的预言	223
第二十一章	粗麻布	229
第二十二章	卡尔和灰皮子的故事	234
第二十三章	修女蛾	249
第二十四章	在奈尔盖	268
第二十五章	解冻	285
第二十六章	分遗产	290
第二十七章	在矿区的上空	296
第二十八章	大拇指小人儿和熊	302
第二十九章	达尔河	317
第 三 十 章	一份最大的遗产	327
第三十一章	水灾	344
第三十二章	乌普兰的故事	357
第三十三章	大学生	363
第三十四章	小灰雁邓芬	379
第三十五章	斯德哥尔摩	391
第三十六章	老鹰高尔果	406
第三十七章	飞越耶斯特雷克兰	417
第三十八章	在海尔星兰的一天	426
第三十九章	在梅德尔帕德	441
第 四 十 章	在奥格曼兰的一个早晨	448
第四十一章	韦斯特尔堡登和拉普兰	458
第四十二章	放鹅姑娘奥萨和小马茨	473

第四十三章	在拉普人中间	489
第四十四章	到南方去！到南方去！	501
第四十五章	海尔叶达伦的传说	515
第四十六章	维姆兰和达尔斯兰	525
第四十七章	一座小庄园	532
第四十八章	岛上宝藏	542
第四十九章	一座大庄园	551
第 五十 章	飞往威曼豪格	572
第五十一章	回到了自己的家	577
第五十二章	告别大雁	589

《骑鹅旅行记》读后感 ………………………………… 593

参考答案 ……………………………………………… 595

第一章　男　孩

M 名师导读

　　尼尔斯是一个爱调皮捣蛋的男孩,他因招猫逗狗,捉弄出现在家中的小精灵而被小精灵变作一个小人儿,还因祸得福拥有了与动物沟通的能力。身体的变化还会给尼尔斯带来哪些奇遇呢?

小精灵

　　三月二十日　星期日

　　<u>从前有一个男孩,十四岁左右。他个子很高,身体又偏瘦,整个人显得十分单薄,还长着一头淡黄色头发。他非常调皮,在学校不好好念书,让老师头疼;在家里总是欺负小动物,小动物都很讨厌他。他平时最喜欢的事情就是睡觉和吃饭,没有一个好习惯。</u>【名师点睛:开篇简洁地介绍了男孩的外貌和性格特征,形象鲜明,给读者留下深刻的印象。】

　　一个星期天的早晨,男孩的爸爸妈妈把一切收拾停当,准备到教堂去。男孩只穿着一件衬衫,坐在桌旁。他想:"好极了,爸爸妈妈都要出门,在接下来的一两个钟头里我可以想干什么就干什么了。""我即便把爸爸的鸟枪拿下来放一枪,也不会有人来管我了。"他自言自语道。

　　可是,爸爸似乎猜着了男孩的心思,当他一脚踏在门槛上,就要往外走的时候,突然停下脚步,转过身来。"既然你不愿意跟我和妈妈一起上教堂去,"他说道,"那么我想,你起码要在家里念念福音书。你可以做

骑鹅旅行记

到吗？"

"行啊，"男孩说，"我做得到。"其实，他心里在想："反正我乐意念多少就念多少呗。"【写作借鉴：语言描写和心理描写，表现了男孩的"心口不一"，突出了他调皮的性格特点。】

男孩觉得他从来没有看到妈妈的动作这样利落过。一转眼，她已经从挂在墙壁上的书架上，取下了路德[即马丁·路德（1483—1546），十六世纪德国宗教改革的倡导者，基督教路德派的创始人]注的《圣训布道集》，把它放在靠窗的桌子上，并且翻到了当天要念的训言。她还把福音书翻开，放到《圣训布道集》旁边。最后，她又把大靠背椅拉到了桌子边。那张大靠背椅是她去年从威曼豪格牧师宅邸的拍卖场上买来的，平常除了爸爸之外谁也不可以坐。

男孩坐在那里，觉得妈妈这样搬动摆弄实在多此一举，因为他只打算念上一两页。可是，事情还没完，爸爸好像又看透了他的心思似的，走到男孩面前，语气严厉地吩咐："记住，你要仔仔细细地念！等我们回家，我要一页一页地考你。你要是漏了一页，那对你不会有什么好处。"【名师点睛：所谓"知子莫若父"，爸爸知道男孩不会老实念书，于是想用这种方法约束男孩，使他认真念书。】

"这篇训言一共有十四页半哩，"妈妈又叮嘱了一句，把页数规定下来，"要想准时念完的话，你必须坐下来马上开始。"

他们总算走了。男孩站在门口看着他们渐渐远去的背影，不由得抱怨起来，觉得自己好像被捕鼠夹子夹住一样寸步难移。他想："现在倒好，他们俩出门了，我却不得不坐在这里老实念训言。他们一定为想出这么巧妙的办法而得意极了。"

其实，爸爸和妈妈并没有为此感到高兴，恰恰相反，他们非常苦恼。他们是穷苦的佃农人家，拥有的全部土地比一个菜园子大不到哪里去。刚刚搬来时，他们只养了一头猪和两三只鸡。不过，他们非常勤劳，而且能干，如今也养起了奶牛和鹅群。他们的家境变得越来越好了。倘若不是牵挂儿子的话,他们在这个晴朗的早晨本是可以心满意足、高高兴兴地到教堂去的。爸爸埋怨儿子又笨又懒,说他在学校里都不愿意学习,是个废物,连叫他去看管鹅群都不大放心。妈妈也并不觉得这些责怪有什么不对,不过最令她烦恼伤心的还是儿子的粗野和顽皮。他对动物非常凶狠,对人也满是不敬。"求求上天赶走他身上的那股邪恶,使他的心变好起来,"妈妈祈祷说,"要不然的话,他不但会害了自己,还会给我们带来不幸。"【名师点睛:从妈妈的视角进一步介绍男孩的调皮捣蛋,为下文男孩的遭遇埋下伏笔。】

男孩呆呆地站了好长时间,思索着到底念不念训言。后来终于拿定主意,这一次还是听话的好。于是,他一屁股坐到大靠背椅上,开始念起来。他有气无力地念了一会儿,那半高不高的喃喃声犹如催眠曲,他不知不觉打起了盹儿。

窗外阳光明媚,春意盎然。虽然才三月二十日,可是在男孩住的斯康耐省南部的西威曼豪格,春天早已来到了。树木虽然还没有全绿,但是已经抽出嫩芽,呈现出一派生机蓬勃的景象。沟渠里冰消雪融,积满了水,渠边的迎春花已经开花了。长在石头围墙上的矮小灌木也泛出了光亮的棕红色。远处的山毛榉树林好像每时每刻都在膨胀,变得更加茂密。天空是那么高远晴朗,碧蓝碧蓝的,连半点云彩都没有。【写作借鉴:景物描写,鲜明地写出了早春的景物特色,交代故事发生的背景。】男孩家的大门半开半掩着,在房间里就听得见云雀的婉转啼唱。鸡和鹅三三两两地在院子里踱来踱去。奶牛也嗅到了透进牛棚里的春天的气息,时不时地发出哞哞的叫声。

男孩一边念着,一边打盹儿,他拼命地和瞌睡搏斗着。"不行,我可不能睡着,"他想,"要不然整个上午我都念不完。"

然而,不知怎么,他还是呼呼地睡着了。

他不知道自己睡了多久。他是被身后传来的窸窸窣窣的轻微响声惊醒的。

骑鹅旅行记

男孩面前的窗台上放着一面小镜子，镜面正对着他。他一抬头，恰好从镜子里看到妈妈的那口大衣箱被打开了。

妈妈有一个很大很重、四周包着铁皮的栎木衣箱，除了她自己，别人都不许碰。箱子里收藏着她从外婆那里继承来的遗物和她特别心爱的东西。里面有两三件式样陈旧的农家妇女穿的裙袍，是用红色的布料做的，上身很短，下边是打着褶裥的裙子，胸衣上还缀着许多小珠子。那里面还有浆好的白色包头布、沉甸甸的银质带扣和项链等。如今这些东西早已不时兴了，妈妈有好几次打算处理掉这些老掉牙的衣物，可是总舍不得。

现在，男孩从镜子里看得一清二楚，那口大衣箱的确是敞开着的。他弄不明白这是怎么回事，因为妈妈临走时明明把箱盖盖好了。再说，他独自留在家里，妈妈也绝对不会让那口箱子开着就走的。

他心里害怕得要命，家里该不会来了小偷吧？他一动也不敢动，只是安安静静地坐在椅子上，两只眼睛紧紧地盯着那面镜子。【写作借鉴：心理描写和动作描写，生动细腻地刻画了男孩谨慎、害怕的心理，同时设置悬念，激发读者阅读兴趣。】

他坐在那里等着，小偷说不定什么时候会出现在自己面前。咦？落在箱子边上的那团黑影究竟是什么东西？他看着看着简直不敢相信自己的眼睛。起初的那团黑影，这时候愈来愈分明了。不久之后，他就发现那是个实实在在的东西，而且不是个什么好东西，是个小精灵，它正跨坐在箱子的边上。

男孩当然早就听人说起过小精灵，可是他从来没有想到他们竟是那样小。坐在箱子边上的那个小精灵，还没有一个手掌大。他有一张满是皱纹的苍老的脸，但脸上没有一根胡须。他穿着黑色长袍、齐膝短裤，头戴宽边黑帽。他的打扮非常整洁讲究，上衣的领口和袖口上都缀着白色挑纱花边，鞋上的系带和袜带都打成蝴蝶结。【写作借鉴：对小精灵的外貌、穿着展开描写，生动具体，让读者对这一虚构的形象有了直观的认识。】

他从箱子里取出一块绣花领布，入迷地观赏那古老、精致的手工，压根儿没有发觉男孩已经醒来了。

男孩看到小精灵，感到非常惊奇，但是并不怎么害怕。那么小的东西是不会使人感到害怕的。小精灵坐在那里聚精会神地看他手里的东西，既看不到别的东西，也听不到别的声音。男孩便想到，要是捉弄一下他，把他推到箱子里盖上，或者把他推到地上狠狠摔一下，那一定十分有趣。【名师点睛：男孩的心理活动再次突显他调皮捣蛋的性格特征，与前文妈妈的担忧相照应。】

但是男孩的胆子还没有那么大，他不敢用手去碰小精灵，所以他在屋子里四处张望，想找个东西来戳那个小精灵。他的目光从沙发床移到折叠桌，又从折叠桌移到了炉灶。他看了看炉灶旁边架子上放着的锅和咖啡壶，又看了看门旁边的水壶，还有半掩半开的碗柜里露着的勺子、刀叉和盘碟等等。他还看了看爸爸挂在墙上的丹麦国王夫妇肖像旁边的那支鸟枪，以及窗台上开满花朵的天竺葵和吊挂海棠。最后，他的目光落到挂在窗框上的一个旧苍蝇罩上。

他三步并作两步地蹿过去，摘下苍蝇罩，用它贴着箱子边缘把小精灵扣住。【写作借鉴：动作描写连贯、细致，画面感十足。】他自己都感到奇怪，竟然这样得心应手，那个小精灵真的被他逮住了。那个可怜的家伙躺在苍蝇罩的底部，脑袋朝下，再也爬不出来了。

起初，男孩不知道该怎样对付这个俘虏。他只是小心翼翼地将苍蝇罩摇来晃去，免得小精灵钻空子爬出来。

这时，小精灵开口讲话了，他苦苦地哀求男孩放掉他。他说自己多年来一直为男孩一家人做好事，按理说应该受到尊重。倘若男孩肯放掉他的话，他将会送男孩一枚古银币、一把银勺子和一枚像他爸爸的银挂表底盘那样大的金币。【名师点睛：小精灵与男孩的首次交锋，小精灵先动之以情，晓之以理，而后诱之以利。】

男孩并不觉得小精灵给的东西多，可是说来也奇怪，自从可以任意

骑鹅旅行记

摆布小精灵起，他反而害怕了。他忽然觉得，自己是在同某些陌生而又可怕的妖怪打交道，这些妖怪根本不属于他的世界，因此他倒很乐意赶快放掉这个妖怪。

所以，男孩马上就同意了这笔交易，他抬起苍蝇罩，好让小精灵爬出来。可是正当小精灵差一点儿就要爬出来的时候，男孩忽然想到，他完全可以要求得到一笔更大的财产和尽量多的好处。起码他应该提出这么一个条件，那就是要小精灵施展魔法把那些训言变进他的脑子里去。"唉，我真傻，居然要把他放掉！"想到这里，他又随手摇晃起那个苍蝇罩，让小精灵再度掉进去。【写作借鉴：心理描写与动作描写，突出男孩的自私和不讲信用。】

就在这时，男孩的脸上突然挨了一记重重的耳光，他觉得脑袋都快震裂了。他先是撞到这一堵墙上，接着又撞到另一堵墙上，最后倒在地上失去了知觉。

当他清醒过来的时候，屋里只剩下他一个人，那个小精灵早已不见踪影。那口大衣箱的箱盖盖得紧紧的，而那个苍蝇罩仍旧挂在窗框上。要不是他觉得挨过耳光的右脸颊还是热辣辣地疼，他几乎要相信方才发生的一切只不过是一场梦而已。"不管怎么说，爸爸妈妈都不会相信发生过这种事，只会说我做了一个梦，"他想，"再说他们也不会因为小精灵让我少念几页。我最好还是重新念吧。"

可是，当他朝着桌子走过去的时候，他发现了一件不可思议的怪事，房子比原来大了吗？为什么现在走到桌子那里，他要比往常多走好多好多步呢？那张椅子又是怎么回事？它看上去并没有比方才更大些，他却先要爬到椅子腿之间的横档上，然后才能够攀到椅子的座板。桌子也是一样，他不爬到椅子的扶手上便看不到桌面。

"这究竟是怎么回事？"男孩惊呼起来，"我想一定是那个小精灵对椅子、桌子还有整幢房子都施过妖术了。"【名师点睛：男孩的疑问也是读者的疑问，紧跟的猜想合情合理，引人入胜。】

6

那本《圣训布道集》还摊在桌上,看样子跟早先没有什么不同,可是也有不对劲的地方,因为它实在太大了,男孩要是不站到书上去就一个字都看不到。

他念了两三行,无意之中抬头一看,目光正好落在那面镜子上。他立刻尖声惊叫起来:"哎哟,那里又来了一个!"

因为他在镜子里清清楚楚地看到一个很小很小的人,头上戴着一个尖顶小帽,腿上穿着一件皮裤。

"哎哟,那个家伙的打扮同我一模一样!"他一面吃惊地叫喊,一面惊奇地把两只手扣在一起。这时,他看到镜子里的那个小人儿也做了同样的动作。

男孩又揪揪自己的头发,拧拧自己的胳膊,再把自己的身体扭来扭去。与此同时,镜子里的那个家伙也照做不误。

男孩绕着镜子奔跑了好几圈,想看看镜子背后是不是还藏着一个小人儿。可是他什么也没有找到。这可把他吓坏了,他浑身哆嗦起来。因为他明白过来,小精灵在他身上施了妖法,他在镜子里看到的那个小人儿,不是别人,正是他自己。【名师点睛:至此,男孩才惊觉,被小精灵施了妖法的是自己,而不是房子及其他物件。】

大　雁

男孩无法相信,他竟然摇身一变,成了小精灵。"哼,这准是一场梦,要不就是一种幻觉,"他想,"再等一会儿,我肯定还会变成人的。"

他站在镜子面前,紧闭双眼。几分钟后,他睁开眼睛,估摸自己那副怪模样消失了,但事实上他的身材仍旧像刚才那样小。他那淡黄的头发、鼻子两边的雀斑、皮裤和袜子上的一块块补丁,都和过去一模一样,唯一的不同之处就是它们都变得很小很小了。

不行,光是站在这里等待是没有什么用的,一定要想出别的法子来,

骑鹅旅行记

而男孩能想到的最好的法子就是去找小精灵,同他讲和。【名师点睛:面对突变,男孩没有慌乱,他很快就想到了最好的应对之策,表现了男孩的沉着、理智。】

他跳到地板上开始寻找,又在椅子和柜子背后、沙发底下和炉灶里都看了一遍,甚至还钻进了几个老鼠洞里,也没有找到小精灵。

他一边寻找,一边呜呜地哭泣。他苦苦地恳求,甚至还许愿会做一切可能的好事,并保证从今以后再也不对任何人失信,再也不调皮捣蛋,念训言时再也不睡觉。只要他能够变回去,他一定做一个非常讨人喜欢、善良听话的孩子。【名师点睛:从这里可以看出男孩被小精灵变小后非常后悔、害怕,他愿意改掉他之前的坏习惯。这也反映出男孩知道了自己的不足,为下文做铺垫。】可惜不管他怎么许愿,还是一点用处都没有。

他忽然灵机一动,记起妈妈曾经讲过,那些小精灵常常是住在牛棚里的。于是,他决定马上就到那里去看看能不能找到小精灵。幸好房门还半开着,否则他连门锁都够不到,更别谈打开门了。现在他没碰到任何障碍就跑出去了。

他一走到门廊里就找他的木鞋,因为在屋里他一直是光着脚来回走动的。他对着那双又大又重的木鞋发愁,可是他马上就看到门槛上放着一双很小的木鞋。他一想到小精灵那么细致周到,竟然连木鞋也给变小了,心里就更加不安起来,看来,他倒霉的日子还长着哩。

门廊外面竖着的那块旧栎木板上有一只灰色的麻雀在跳来蹦去。他一见到男孩就高声喊道:"叽叽,叽叽,快来看放鹅娃尼尔斯!快来看拇指大的小人儿!快来看拇指大的小人儿尼尔斯·豪尔耶松!"

院子里的鸡和鹅纷纷掉过头来,盯着尼尔斯看,并发出一阵阵使人无法忍受的咯咯声。"咯咯里咕,"公鸡叫道,"他真是活该,咯咯里咕,他曾经扯过我的鸡冠!""咕咕咕,他真活该!"母鸡们齐声呼应,而且叫个没完没了。【写作借鉴:拟声词"叽叽""咯咯里咕""咕咕咕",形象地写出了麻雀、公鸡、母鸡的叫声,让读者仿佛身临其境,不堪其扰。】那些大鹅则聚集在一起,仰起头问道:"是谁把他变成了这个样子?是谁把他变成了这个样子?"

可是最叫人奇怪的是,尼尔斯竟然能够听懂他们在说些什么。他非常吃惊,一动不动地站在台阶上听起来。"这大概是因为我变成了小精灵吧,"他自言自语,"肯定是这个原因,我才能听得懂那些长着羽毛的家伙的话。"【名师点睛:尼尔斯在自我安慰,从中可以感受到他对自己能听懂动物们的话既感到奇怪又有些害怕。】

那些母鸡无休无止地嚷嚷"他真活该",他实在无法忍受了。他捡起一块石子朝她们扔过去,并骂道:"闭嘴,你们这群坏蛋!"可是他却忘了,他已经不再是母鸡们看见了就会害怕的那样一个人了。整个鸡群都冲到他的身边,把他团团围住,齐声高叫:"咕咕咕,你活该!咕咕咕,你活该!"【名师点睛:母鸡们对尼尔斯的态度,从侧面反映了尼尔斯之前是多么调皮捣蛋与惹人厌烦。】

尼尔斯想要摆脱她们的纠缠,可是母鸡们追逐着他,一边追还一边喊,他的耳朵险些被吵聋了,倘若家里养的那只猫没有在这时走出来的话,他是休想冲出她们的包围的。那些母鸡一见到猫,顿时安静下来,装作专心地在地上啄虫子吃。【名师点睛:此处将母鸡见到猫后的情态刻画得生动形象,叫人忍俊不禁。】

尼尔斯马上跑到猫跟前,说:"亲爱的猫咪,你不是对院子里的每个角落和暗洞都很熟悉吗?请你行行好,告诉我在哪儿可以找到小精灵?"

猫没有立刻回答。他坐了下来,把尾巴优雅地卷到腿前盘成一个圆圈,目光炯炯地盯着尼尔斯。那是一只很大的黑猫,颈脖底下有一块白斑。他周身的毛十分平滑,在阳光照耀下显得油光光的。他的爪子缩进脚掌里面,两只灰白的眼睛眯成一条细缝,样子非常温和驯服。

"我当然晓得小精灵住在什么地方,"他低声细气地说,"可是,这并不等于我愿意告诉你。"

"亲爱的猫咪,你千万要帮帮我,"尼尔斯说,"你难道没有看出来他

▶ 骑鹅旅行记

用妖法害得我变成了什么模样？"

猫稍微睁了睁眼睛，眼睛里射出了一道寒光。他幸灾乐祸地扭动身体，心满意足地念了一阵经，这才做出回答："要我帮你的忙？就因为你常常揪我的尾巴？"【写作借鉴：对猫的动作、神态、语言的描写，表明猫已经不再怕变成小精灵后的尼尔斯，为下文猫教训尼尔斯做铺垫。】

尼尔斯一下子气得火冒三丈，他把自己是那么弱小忘得一干二净。"哼，我还要揪你的尾巴！"他叫嚷着向猫猛扑过去。

霎时间，猫变了个模样，尼尔斯几乎不敢相信他就是刚才的那个动物。他浑身的毛笔直地竖了起来，腰拱成弓状，四条腿仿佛绷紧的弓弦，利爪在地上刨动着，尾巴变得又短又粗，两只耳朵朝后，血盆大口发出嘶嘶嘿嘿的咆哮，一双怒目瞪得滴溜滚圆，喷射着血红色的火星。【写作借鉴：生动的外貌、神态、动作描写，将一只发怒的猫刻画得入木三分，与前文慵懒温顺的形象形成鲜明的对照，画面感十足。】

尼尔斯不愿被一只猫吓得畏缩起来，他朝前逼近了一步。这时候，猫一个虎跃扑到了尼尔斯身上，把他掀翻在地，前爪踏在了他的胸膛上，血盆大口对准他的咽喉。

尼尔斯感觉到猫的利爪刺穿了他的背心和衬衣，戳进了他的皮肉，锋利的牙齿触到了他的咽喉。他使出全身力气，拼命喊着救命。

可是没有人来。尼尔斯认定这下子完了，生命走到了尽头。就在这个时候，他忽然觉得猫把利爪缩了回去，也松开了他的喉咙。

"算啦，"猫慷慨地说，"这一次就算啦，我看在女主人的面上饶了你。我只不过想让你知道，咱们两个现在究竟谁厉害。"

猫说完这几句话扭身走开了，他的模样又恢复成之前的温顺善良。尼尔斯羞得一句话也说不出来，他三步并作两步跑到牛棚里去寻找小精灵。

牛棚里只有三头奶牛。可是当尼尔斯一走进去，里面顿时吼声四起，喧闹一片，听起来像是至少有三十头奶牛。

"哞,哞,哞,"那头名叫五月玫瑰的奶牛吼叫道,"真好极了,世界上还有公道!"

"哞,哞,哞,"三头奶牛齐声吼叫起来,她们的声音一个盖过一个,尼尔斯简直没法听清楚她们在叫喊什么。

尼尔斯想要张口问问小精灵住在哪里,可是奶牛们叫得震耳欲聋,他根本没法让她们听见自己在讲什么。她们怒气冲冲,就像尼尔斯平日把一条陌生的狗放进来,在她们之间乱窜时候的情景一样。【写作借鉴:前后情景对照,既写出了当下情景的混乱,也交代了尼尔斯之前对奶牛们的恶作剧。】她们后腿乱蹦乱踢,脖颈肉来回晃动,脑袋朝外伸出,犄角都直对着他。

"你快上这儿来,"五月玫瑰吼叫道,"我非要给你一蹄子,管叫你永远忘不了!"

"你过来,"另一头名叫金百合的奶牛哼哼道,"我要让你吊在我的犄角上跳舞!"

"你过来,我让你尝尝挨木头鞋揍的滋味,你在去年夏天老是这么打我来着。"那头名叫星星的奶牛也怒吼道。

"你过来,你曾把马蜂放进我的耳朵里,现在我要报仇。"金百合狠狠地咆哮着。

五月玫瑰是她们当中年纪最大、最聪明的,也是最生气的。"你过来,"她说,"你干了那么多坏事,我要让你得到应有的惩罚。有多少次你从你妈妈身下抽走她挤奶时坐的小板凳!有多少次你妈妈提着牛奶桶走过的时候你伸出腿来绊得她跌跤!又有多少次你气得她站在这儿为你直流眼泪!"【写作借鉴:语言描写。通过奶牛的控诉,细数尼尔斯调皮捣蛋的行为。】

尼尔斯想要告诉她们,自己已经后悔了,只要她们说出小精灵在哪里,他就不会亏待她们。然而奶牛们都不愿听他说,她们吵得非常凶。尼尔斯真害怕有哪头奶牛会挣脱缰绳冲过来,所以他觉得还是趁早从牛

骑鹅旅行记

棚里溜出来为妙。尼尔斯垂头丧气地从牛棚里走了出来。他心里明白,这个农庄上不会有动物帮他去寻找小精灵。【名师点睛:农庄上的动物们对尼尔斯的态度,让他明白了自己以前所犯下的错是多么不可饶恕,他后悔了。】再说就算他找到了小精灵,也不见得会有多大用处。

尼尔斯爬上了环绕农庄四周的那堵厚厚的石头围墙,围墙上长满了荆棘,还攀缘着黑莓的藤蔓。他在那里坐了下来,思索着万一他变不回去,那日子怎么过。爸爸妈妈从教堂回家一定会大吃一惊。是呀,全国各地的人都会大吃一惊!东威曼豪格、托尔坡还有斯可鲁坡,都会有人来看他的洋相,整个威曼豪格区远远近近的人都会赶来看他。说不定,爸爸和妈妈还会把他领到基维克的集市上去给大家展览呢。

唉,愈想愈叫人害怕。他真希望从今以后再也没有一个人看到他的怪模样。

他真是太不幸了。世界上再没有人像他那样不幸。他已经不再是人了,而成了一个妖精。

他渐渐地明白过来,要是他变不回去,不再是人的话,会有什么后果。他将丧失人世间所有的一切:他再不能够同别的孩子一起玩耍,也不能够继承父母的小农庄,而且休想找到一个肯同他结婚的姑娘。【写作借鉴:心理描写,细致地刻画出尼尔斯害怕、后悔、失望等复杂心理。】

他坐在那里环顾着自己的家。那是一幢很小的农舍,圆木交叉做成的梁柱,泥土垒成的墙壁,它仿佛承受不了那高而陡峭的干草房顶的重压而深深陷进了地里。外面的偏屋也全都小得可怜。耕地更是狭窄得几乎难容一匹马翻身打滚。尽管这个地方那么小、那么贫穷,但对他来说已经是好得不能再好了。他现在只消有个牛棚地板底下的洞穴就可以安身了。

天气真是好极了,沟渠里流水淙淙作响,枝头上冒出绿芽,小鸟在耳边欢唱,四周一片欣欣向荣。而他却坐在那里,心情沉重,难过得要命,再也不会有什么东西引起他的兴致。【写作借鉴:以乐景反衬哀情,通过

12

对美好景物的描写,反衬尼尔斯心情的沉重和难过。】

他从来没有看到过天空像今天这样碧蓝。候鸟成群结队匆匆飞翔。他们从国外飞回来,横越过波罗的海,绕过斯密格虎克,如今正在朝北行进的途中。鸟各式各样,别的鸟他都不认识,他只认出了那些排成"人"字形的大雁。

已经有好几群大雁飞过去了。他们飞得很高很高,然而他却还能隐约地听得到他们在叫喊:"加把劲儿飞向高山！加把劲儿飞向高山！"

当大雁们看到那些正在院子里慢慢吞吞、迈着方步的家鹅时,便朝地面俯冲下来,齐声呼唤道:"跟我们一起来吧！跟我们一起来吧！一起飞向高山！"

家鹅禁不住仰起了头仔细倾听。可是他们明智地回答说:"我们的日子过得很好！我们的日子过得很好！"

就像刚才讲的那样,今天天气格外晴朗,空气是那么新鲜,阳光是那么和煦。在这样的晴空丽日中飞行,真是一种绝妙的乐趣。随着一群又一群大雁飞过,家鹅越来越动心了。有好几次,他们振拍翅翼,似乎打算跟着大雁一起飞上蓝天。可是有一只上了年纪的鹅妈妈每次都告诫说:"千万别头脑发热！他们在空中一定又挨饿又受冻的。"【名师点睛:家鹅受了引诱跃跃欲试,上了年纪的鹅妈妈劝阻他们,叫他们不要头脑发热。此处描写生动。】

大雁的呼唤使得一只年轻的雄鹅怦然心动,真的萌发了长途旅行的念头。"再过来一群,我就跟他们一起去。"他说道。

又有一群大雁飞过来,他们照样呼唤着。这时候那只年轻的雄鹅就回答说:"等一下,等一下,我来啦！"

他张开翅膀朝天空飞去。但是因为他不经常飞行,最终跌落下来。

大雁们大概听见了他的叫喊声,他们掉过头,慢慢地飞回来,看看他是不是真的要跟上来。

"等一下,等一下。"他叫道,又做了一次尝试。

▶ 骑鹅旅行记

尼尔斯坐在石头围墙上,将这一切都听得一清二楚。"这只大雄鹅飞走的话,那该是多么大的损失呀,"他想,"爸爸妈妈从教堂里回来,一看大雄鹅不见了,他们一定会非常伤心的。"【写作借鉴:心理描写。尼尔斯虽然调皮,但也深知自己有责任看护家中的财物,表明他内心开始转变,已懂得体谅父母的不易。】

他这么想的时候却又忘记了自己是那么矮小,那么没有力气。他一下子从墙上跳下来,恰好跳到鹅群当中,用双臂紧紧抱住那只雄鹅的脖颈。"你可千万别飞走啊。"他喊道。

不料就在这一瞬间,雄鹅弄明白了应该怎样挥动翅膀才能腾空而起。他来不及把尼尔斯从身上抖掉,只好带着他一起飞到了空中。

雄鹅飞得那么快,尼尔斯感到头晕目眩了。等到他意识到应该松手放开雄鹅的脖颈的时候,他早已身在高空了。倘若他这时候松开手,必定会掉下去,摔得粉身碎骨。

想要稍微舒服一点的话,他唯有爬到鹅背上去。他费了九牛二虎之力,到底爬了上去。不过要在两只不断扇动的翅膀之间那光溜溜的鹅背上坐稳,也不是件容易的事情。为了不滑下去,他不得不用两只手牢牢地抓住雄鹅的羽毛。

方格子布

尼尔斯觉得天旋地转,好长一段时间头脑晕乎乎的。一阵阵气流强劲地朝他扑来,雄鹅扇动着翅膀,羽毛里发出暴风雨般的呜呜声。有十三只大雁在他身边飞翔,大家一边振翼挥翅,一边放声啼鸣。尼尔斯此刻头晕目眩,耳朵里嗡嗡鸣响。【名师点睛:尼尔斯的骑鹅旅行就这样猝不及防地开始了。他突然被带飞到高空,感到头晕目眩。多种感官的描写,令读者也有身临其境之感。】他不知道大雁们飞行的高低,也不晓得究竟飞向哪里去。

14

后来,他的头脑终于清醒了一些,他想弄明白那些大雁究竟要把他带到哪里去。不过这并不那么容易做到,因为他不晓得自己有没有勇气低头朝下看。他敢肯定,只要朝下看,他非晕倒不可。

大雁们飞得并不太高,因为这位新来的旅伴在稀薄的空气中会透不过气来。为了照顾他,他们比平常飞得慢一些。

后来尼尔斯勉强朝地面上瞄了一眼。他觉得在自己的身下,铺着一块很大很大的布,上面分布着无数大大小小的方格子。【写作借鉴:运用比喻的修辞手法,将尼尔斯在高空俯瞰大地的情景形象地展现了出来。】

"我究竟来到了什么地方呀?"他问道。

除了接二连三的方格子以外,他什么都看不见。这些方格子有些是斜方形的,有的是长方形的,但是每块方格都有棱有角,四边笔直。既看不到圆形的,也看不到弯弯曲曲的。

"我看到的究竟是怎样的一块大方格子布呢?"尼尔斯自言自语地问,并不期待有人回答他。

但是,在他身边飞翔的大雁却马上齐声叫道:"耕地和牧场!耕地和牧场!"

他恍然大悟,那块大方格子布原来就是斯康耐的平坦大地,而他就在它的上空飞行。他开始明白过来,为什么大地看上去那么色彩斑斓,而且都是方格子形状了。他首先认出来的是那些碧绿的方格子,那是去年秋天播种的黑麦田,在积雪覆盖之下保住了绿色。那些灰黄的方块是去年夏天庄稼收割后残留着茬根的田地。那些褐色的是老苜蓿地,而那些黑色的是还没有长出草来的牧场或者已经犁过的休耕地。【写作借鉴:作者在这里借尼尔斯的眼睛,将整个斯康耐平原展现在读者面前,让人如临其境。】

那些镶着黄色边的褐色方块想必是山毛榉树林,因为在这种树林里大树多半长在中央,到了冬天大树叶子脱落得光秃秃的,而长在树林边上的那些小山毛榉树却能够把枯黄的树叶保留到来年春天。还有些颜

▶ 骑鹅旅行记

色暗淡模糊而中央部分呈灰色的方块,那是很大的庄园,四周盖着房屋,屋顶上的干草已经变得黑乎乎的,中央是铺着石板的庭院。还有些方格,中间部分是绿色的,四周是褐色的,那是一些花园,草坪已经开始泛出绿色,而四周的篱笆和树木仍然露着光秃秃的褐色躯干。

尼尔斯看到身下的一切都变得四四方方的,忍不住笑出声来。

大雁们听到他的笑声,诧异地叫喊道:"肥美的土地!肥美的土地!"

尼尔斯马上神情严肃起来。"哎呀,你碰上了常人所难遇到的最倒霉的事情,亏你还笑得出来!"他想道。

他的神情庄重了一会儿,又笑了起来。【名师点睛:尼尔斯本身处于前所未有的困境之中,但在见到奇异的景象时,还能乐观地笑出声来,说明他的兴奋之情已大过担忧与恐惧。】

他越来越习惯于骑着鹅在空中高速飞行了,所以非但能够稳稳当当地坐在鹅背上,还可以分神想点别的东西。他注意到天空中熙熙攘攘全都是朝北方飞去的鸟群,而且鸟群彼此间还你喊我嚷,大声啼叫着打招呼。"哦,原来你们今天也飞过来啦。"有些鸟叫道。"不错,我们飞过来了。"大雁们回答,"你们觉得这里春天的光景怎么样?""树上还没有长出一片叶子,湖里的水还是冰凉的。"有些鸟儿这样说道。【名师点睛:群鸟之间闲话日常琐碎,给人一种温馨之感,也从侧面反映出尼尔斯正在慢慢适应当下这种状态。】

大雁们飞过一处地方,那里有些家禽在场院里信步闲走,他们鸣叫着问道:"这个农庄叫什么名字?这个农庄叫什么名字?"有只公鸡仰起头来朝天大喊:"这个农庄叫作'小田园'!和去年名字一个样!和去年名字一个样!"

在斯康耐地区,农家田舍多半是跟着主人的姓名来称呼的。然而,那些公鸡却不愿约定俗成地回答说:这是彼尔·马蒂森的家,或者那是乌拉·布森的家。他们挖空心思给各个农舍起些更名副其实的名字。如果他们住在穷人或者佃农家里,他们就会叫道:"这个农庄名字叫作

'没余粮'！"而那些最贫困的人家的公鸡则叫道："这个农庄名叫'吃不饱'！"

那些日子过得红火的富裕大农庄，公鸡们都给起了响亮动听的名字，什么"幸福地"啦，"蛋山庄"啦，还有"金钱村"啦，等等。【名师点睛：不同地方的公鸡根据所在庄园的境况给庄园起了不同的名字，形象贴切，增加了文章的趣味性。】

可是贵族庄园里的公鸡又是另外一个模样，他们太高傲自大，不屑于讲这样的俏皮话。有这样一只公鸡，他用足以声闻九天外的力气来啼叫，大概是想让太阳也听到他的声音，他喊道："本庄乃是迪贝克老爷的庄园！名字和去年一个样！名字和去年一个样！"

就在稍过去一点的地方，另外一只公鸡也在啼叫："本庄乃是天鹅岛庄园，想必全世界都知道！"

尼尔斯注意到，大雁们并没有笔直地往前飞。他们在整个南方平原上空盘旋，似乎他们对旧地重游感到分外喜悦，所以他们想要向每个农庄问候致意。

他们来到了一个地方，那里矗立着几座雄伟而敦实的建筑物，高高的烟囱指向空中，周围是一片稀疏的房子。"这是约德伯亚糖厂！"大雁们叫道，"这是约德伯亚糖厂！"

尼尔斯坐在鹅背上顿时全身一震，他早该认出这个地方。这里离他家不远，他去年还在这里当过放鹅娃呢！这大概是从空中看下去，一切东西都变了样的缘故。

唉！他去年的小伙伴，放鹅的小姑娘奥萨，还有小马茨，不知道他们现在怎么样？尼尔斯真想知道他们是不是还在这里。要是他们知道了他从他们头顶飞过的话，他们会说些什么呢？【写作借鉴：心理描写，表现了尼尔斯想在朋友面前炫耀自己骑在鹅身上飞翔的经历。】

约德伯亚糖厂渐渐从视野中消失了。他们飞到了斯威达拉和斯卡伯湖，然后又折返到布里恩格修道院和海克伯亚的上空。尼尔斯在这一

▶ 骑鹅旅行记

天里见到的斯康耐的地方远比他长这么大所见到的还要多。

大雁们看到家鹅的时候最开心。这时,他们会慢慢地飞到家鹅头顶上,往下呼唤道:"我们飞向高山,你们跟着来吗?你们跟着来吗?"

可是家鹅回答说:"地上还是冬天,你们出来得太早了,快回去吧!快回去吧!"

为了让家鹅听得更清楚,大雁们飞得更低了一些。他们呼唤道:"快来吧,我们会教你们飞上天和下水游泳。"

这一来,家鹅都生气了,不再搭理大雁。

大雁们飞得更低了,身子几乎要碰到地面了,然后又像闪电一般直冲到高空,好像他们突然受到了什么惊吓。

"哎呀,哎呀!"他们惊呼道,"这些原来不是家鹅,而是一群绵羊!而是一群绵羊!"

地上的家鹅气得暴跳如雷,狂怒地喊叫:"但愿你们都挨枪子儿,都挨枪子儿,一个都不剩!一个都不剩!"

尼尔斯听到这些嘲弄戏谑,禁不住哈哈大笑。可是一想到自己现在的处境是多么悲惨,他就忍不住呜呜地哭了起来。可是过了一会儿,他又笑了起来。【名师点睛:尼尔斯笑一笑,哭一哭,又笑一笑,性情自然流露,表现了少年的天真烂漫。】

尼尔斯从来不曾以这样猛烈的速度飞驰过,也不曾这样风驰电掣地乘骑狂奔,虽然他一直想要这么做。他没有想到,在空中飞行会这样痛快惬意,大地上会升起一股泥土和松脂的芬芳。他也没有想到,在离地面这样高的地方翱翔是怎样的滋味。这就像一个人从一切忧愁、悲伤和烦恼中飞出去了一样。【名师点睛:尼尔斯体验到飞行带来的异样的乐趣,他之前的烦忧一扫而空。】

Z 知识考点

1. 填空题。

尼尔斯是一个＿＿＿＿岁左右的男孩,爱＿＿＿＿,偶然间被＿＿＿＿施了妖法,变成了一个＿＿＿＿。在受尽家里动物们的嘲笑后,他骑上＿＿＿＿,开始了飞行之旅。

2. 判断题。

(1)尼尔斯没有欺负过家里的猫,所以在他被鸡群围攻时,猫愿意为他解围。 (　　)

(2)有一只家鹅打算跟着大雁一起飞上蓝天,但他第一次尝试起飞时没有成功。 (　　)

3. 问答题。

对于尼尔斯,妈妈最烦恼伤心的是什么?

＿＿＿＿＿＿＿＿＿＿＿＿＿＿＿＿＿＿＿＿＿＿＿＿＿＿＿＿＿＿

＿＿＿＿＿＿＿＿＿＿＿＿＿＿＿＿＿＿＿＿＿＿＿＿＿＿＿＿＿＿

Y 阅读与思考

1. 小精灵为什么要把尼尔斯变成小人儿?
2. 尼尔斯变成小人儿之后,家里的动物们是怎样对待他的?

骑鹅旅行记

第二章 雪山大雁阿卡

M 名师导读

尼尔斯被雄鹅带着飞上了天空,看到了以往从未见过的风景,但是雁群的领导者却反对尼尔斯与他们在一起。一天,雁群遭到了狐狸的袭击,尼尔斯是怎样应对的呢?他能顺利留下吗?

傍　晚

那只跟随雁群一起在空中飞行的白色大雄鹅,为能够同大雁们一起在南部平原的上空来回盘旋和戏弄别的家禽而兴奋得意。可是,不管他有多么开心,到了傍晚,他还是感到有些疲倦了。他竭力深呼吸和加速拍动翅膀,然而仍旧远远地落在雁群后边。【名师点睛:雄鹅因为不善于飞翔而体力不支,落在后面,自然地引出下文。】

那几只飞在末尾的大雁注意到这只家鹅跟不上队伍,便向飞在最前头的大雁叫喊道:"喂,大雪山来的阿卡!喂,大雪山来的阿卡!"

"你们喊我有什么事?"领头雁问道。

"白鹅掉队啦!白鹅掉队啦!"

"快告诉他,快点飞比慢慢飞要省力!"领头雁回答说,依旧向前伸长翅膀划动。

雄鹅尽力按照她的劝告去做,努力加快速度,可是他已经筋疲力尽,径直朝耕地和牧场四周已经剪过枝的柳树丛坠落下去。

"阿卡,阿卡,大雪山来的阿卡!"那些飞在队尾的大雁看到雄鹅苦苦挣扎又叫喊道。

"你们又喊我干什么?"领头雁问道,从她的声音里听得出来她有点不耐烦了。【名师点睛:一个"又"字将阿卡不耐烦的情绪表现得淋漓尽致。】

"白鹅朝大地坠去啦!白鹅朝大地坠去啦!"

"告诉他,飞得高比飞得低更省力!"领头雁说。她一点儿也没有放慢速度,照样划动翅膀往前飞。

雄鹅本想按照她的规劝去做,可是往上飞的时候,他却喘不过气来,连肺都快要炸开了。

"阿卡,阿卡!"飞在后面的那几只大雁又呼叫起来。

"难道你们就不能让我安安生生地飞吗?"领头雁比早先更加不耐烦了。【名师点睛:雁群的反应以及领头雁的回应,符合各自的身份,也表现了各自的不同性格。】

"白鹅快要撞到地上去啦!白鹅快要撞到地上去啦!"

"跟他讲,跟不上队伍可以回家去!"她气冲冲地讲道,脑子里根本没有要减慢速度的念头。

"嘿,原来是这么一回事啊。"雄鹅暗自思忖道。他这下子明白过来,大雁根本就没有打算带他到北部的拉普兰去,他们把他骗出来只是为了戏弄他。

他非常恼火,自己又心有余而力不足,没有能耐向这些流浪者证明,哪怕是一只家鹅也能够做出一番事业来。最叫人受不了的是,他同大雪山来的阿卡碰在一块儿了,尽管他是一只家鹅,也听说过这只年纪过百岁的名叫阿卡的领头雁。她的名声非常大,那些最好的大雁都愿意跟她结伴而行。不过,再也没有谁比阿卡和她的雁群更看不起家鹅了,所以雄鹅想要让雁群看看,他跟他们是不相上下的。

雄鹅跟在雁群后面慢慢地飞着,心里在盘算到底是掉头回去还是继续向前。这时候,他背上驮着的那个小人儿突然开口说道:"亲爱的莫

▶ 骑鹅旅行记

顿,你应该知道,你从来没有飞上天过,要想跟着大雁一直飞到拉普兰,那是不可能的。你还是在活活摔死之前赶快转身回家去吧!"

可是雄鹅知道,这个农家的男孩是最叫他讨厌的。连这个笨蛋都不相信他有能耐进行这次飞行,他就更要坚持下去。【名师点睛:尼尔斯的劝阻激起了雄鹅坚持飞行的决心,体现出雄鹅的执着与顽强。】"你要是再多嘴,我就把你摔到我们飞过的第一个泥灰石坑里去!"雄鹅气鼓鼓地叫起来。他一气之下,力气竟然大了许多,能够同别的大雁飞得差不多快了。

当然,长时间这样飞行他是坚持不住的,况且也并不需要,因为太阳快要落山了。太阳刚刚落下去,雁群就赶紧往下飞。尼尔斯和雄鹅还没有转过神来,雁群就已经落在了维姆布湖边了。

"这么说,我们要在这个地方过夜啦。"尼尔斯心想,并从鹅背上跳了下来。

他站在一条狭窄的沙岸上,面前是一个相当开阔的大湖。湖面的样子很难看,就跟春天常见的那样。湖面上还覆盖着一层皱皮般的冰层,这层冰已经发黑,凹凸不平,而且到处都是裂缝和洞孔。冰层用不了多久就会消融干净,它已经同湖岸分开,并在周围形成一条带状的黑得发亮的水流。可是冰层毕竟是存在的,它向四周散发出凛冽的寒气和可怕的冬天的味道。

湖对岸好像是一片明亮的开阔地带,而雁群栖息的地方却有一大片松树林。看样子,那片针叶林似乎有股能够把冬天拴在自己身边的力量。其他地方已经冰消雪融,露出了地面,而在松树繁密的树冠底下仍然残存着积雪,这里的积雪融化了又冻结起来,所以十分坚硬。【写作借鉴:运用拟人的修辞手法对环境展开描写,表现了雁群栖息地的寒冷与荒凉,引出尼尔斯苦恼无助的心境。】

尼尔斯觉得他来到了冰天雪地的荒原,心情非常苦恼,真想号啕大哭一场。这时,他的肚子咕噜咕噜叫着,已经整整一天没有吃东西了。可是到哪儿去找吃的呢?现在才三月份,地上和树上都还没有长出可以吃的东西。

　　唉,到哪里去寻找食物呢?有谁会给他房子住呢?有谁会为他铺床叠被呢?有谁会让他在火炉旁边取暖呢?又有谁来保护他不受野兽伤害呢?【写作借鉴:作者连用五个反问句,构成排比,强调了尼尔斯处境的恶劣,体现出他孤立无援的可怜形象。】

　　现在太阳早已下山,湖面上吹来一股寒气。黑暗笼罩着大地,恐惧和不安也随着夜幕而来。森林里开始传出沙沙和滴答的响声。

　　尼尔斯在空中遨游时的兴高采烈的心情已经消失殆尽。他惶惶不安地环视周围的旅伴,感到无依无靠。

　　这时候,他看到雄鹅的境况比自己还要糟糕。雄鹅一直趴在原来降落的地方,像是马上就要断气一样,他的脖颈无力地瘫在地上,双眼紧闭着,只发出微弱的喘气声。

　　"亲爱的大雄鹅莫顿,"尼尔斯说,"试着喝点吧!这里离湖边只有两步路。"

　　可是雄鹅一动也不动。

　　尼尔斯以前对动物都很残忍,对这只雄鹅也不例外。此时此刻他却觉得雄鹅是他唯一的依靠,他害怕得要命,弄不好会失去雄鹅。尼尔斯赶紧动手推他、拉他,设法把他弄到水边去。雄鹅又大又重,尼尔斯费了九牛二虎之力才把他推到水边。【名师点睛:在雄鹅陷入困境时,调皮的尼尔斯开始变得体贴、勇于担当。这是难能可贵的转变。】

　　雄鹅把脑袋伸进了湖里,他躺在泥浆里一动不动,不久之后,他把嘴巴伸出来,抖掉眼睛上的水珠,呼哧呼哧地呼吸起来。后来,元气恢复了,他就得意地在芦苇和蒲草之间游弋起来。

　　大雁们比雄鹅先到湖面上。他们既不照料雄鹅也不管骑在鹅背上的那个小人儿,而是扎着猛子蹿进水里。他们游了泳,刷洗了羽毛,现在正在吮啜那些半腐烂的水草。

　　那只雄鹅碰上了好运气,一眼瞅见了水里有条小鲈鱼。他一下子啄

23

骑鹅旅行记

住了它,游到岸边,把它放在尼尔斯面前。

"这是送给你的,谢谢你帮我下到水里。"他说道。

整整一天过去了,尼尔斯第一次听到一句亲切的话。他非常高兴,真想伸出双臂紧紧地拥抱雄鹅的脖颈,但是他没敢这样冒失。不过,他很高兴得到那个礼物。起初,他觉得他一定吃不下生鱼,可是饥饿逼得他想尝尝鲜了。

他摸了摸身上,看看小刀有没有带来。幸好它就拴在裤子的挂钩上。不用说,那把小刀也变得很小很小了,只有火柴杆那样长。行呀,他就用这把小刀来刮鱼鳞。不消多长时间,他就把那条鱼吃光了。

尼尔斯吃饱之后却不好意思起来,因为他居然能够生吞活剥地吃东西了。"唉,看样子我已经不再是个人,而成了一个货真价实的妖精啦。"他暗自思忖。【写作借鉴:神态描写和心理描写,表现了尼尔斯对自身转变的不可思议。】

在尼尔斯吃鱼的那段时间里,雄鹅一直静静地站在他身边。当他咽下最后一口的时候,雄鹅才放低了声音说道:"我们碰上了一群趾高气扬的大雁,他们看不起所有的家禽。"

"是呀,我已经看出来了。"尼尔斯说道。

"倘若我能够跟着他们一直飞到最北面的拉普兰去,让他们见识见识,一只家鹅也照样可以干出一番轰轰烈烈的事业,这对我来说是十分光荣的。"

"哦……"尼尔斯支吾着拖长了声音回答。他不相信雄鹅能够实现那番豪言壮语,可是又不愿意反驳他。

"不过我认为光靠自己是应付不来这一趟旅行的,"雄鹅说,"所以我想问问你,你是否肯陪我一起去,助我一臂之力。"【写作借鉴:语言描写,表现了雄鹅的理智与真诚,他有志向却不蛮干,能够真诚向人求助;也表明雄鹅对尼尔斯正在建立信任、产生依赖。】

尼尔斯除了着急回家之外,别的什么想法都没有,所以他一时之间不知道应该怎样回答才好。

"我还以为,你和我一直是冤家对头呢。"尼尔斯这样说。可是雄鹅似乎早已把这些抛到脑后去了,他只牢记着尼尔斯刚才救过他的命。

"我只想赶快回到爸爸妈妈身边去。"尼尔斯说出了自己的心思。

"到了秋天我一定把你送回去,"雄鹅说,"要是不把你送到家门口,我是不会离开你的。"

尼尔斯思忖起来,隔一段时间再让爸爸妈妈见到他,这个主意倒也不错。他对这个提议也不是一点都不动心的。他刚要说同意的时候,听到背后传来一阵巨响。原来大雁们一齐从湖里飞了上来,正站在岸边抖落身上的水珠。而后他们排成长队,由领头雁率领,朝尼尔斯这边飞来了。

当那只雄鹅仔细地观察这些大雁时,他觉得自己心里很不好受。他本来想,他们的相貌会更像家鹅,这样他更能感觉到自己同他们的亲缘关系。但是,他们的身材要比他小得多,他们当中没有一只是白色的,几乎都是灰色的,有的身上还有褐色的杂毛。他们的眼睛简直叫他感到害怕,黄黄的眼睛发着亮光,似乎其中有团火焰在燃烧。雄鹅生来就养成了习惯,总是慢吞吞、一步三摇头地踱方步,他认为这样的姿势最合适。然而这些大雁不是在行走,而是半奔跑半跳跃。【写作借鉴:采用对比的方式来描写雄鹅和大雁的特征,形象鲜明,令人印象深刻。】他看到他们的脚时,心里更不是滋味,因为他们的脚都很大,而且脚掌都磨得伤痕斑斑。可以看得出来,大雁们从来不在乎脚下踩到什么东西,他们也不愿意遇到了麻烦就绕道走。他们相貌堂堂,羽翎楚楚,不过脚上那副寒酸相却令人一眼看出他们是来自荒山僻野的穷光蛋。

雄鹅凑到尼尔斯耳边悄声说:"你要大大方方地回答问话,可是不必说出你是谁。"刚刚来得及说了这么一句话,大雁们就来到了面前。

大雁们在他们面前站定身躯,伸长脖子,频频点头行礼。雄鹅也以同样的动作回应,只不过点头的次数更多一些。他们互相问候以后,领头雁说道:"现在我们想了解一下您的基本情况。"

▶ 骑鹅旅行记

"关于我，没有什么可说的，"雄鹅说，"我去年春天出生在斯堪诺尔。去年秋天，我被卖到西威曼豪格的豪尔耶松·尼尔森家。此后我就一直住在那里。"

"这么说来，你的出身并不高贵，本族里没有哪一个值得炫耀的，"领头雁说，"你究竟哪儿来的这股子勇气，居然敢加入大雁的行列里来？"【写作借鉴：语言描写，表现了领头雁的高傲和她对雄鹅的蔑视。】

"或许恰恰因为如此，我才想让你们大雁瞧瞧我们家鹅也不是一点出息都没有的。"

"行啊，但愿如此，假如你真能够让我们长长见识的话。"领头雁说，"我们已经看到，你飞得还算可以，不过你也许更擅长别的运动技能。说不定你擅长长距离游泳呢！"

"不，我并不擅长。"雄鹅说道。他隐隐约约看出来领头雁拿定主意要撵他回家，所以他根本不在乎怎样回答。"我除了横渡过一个泥灰石坑，还没有游过更长的距离。"他继续说道。

"那么，我估摸着你准是个长跑冠军了？"领头雁又发问道。

"我从来没有见过哪个家鹅能奔善跑的，我自己也不会。"雄鹅说，他把局面搞得更糟了。

雄鹅现在可以断定，领头雁必定会说，她无论如何都不能收留他。然而令他惊奇的是，领头雁居然说："唔，你回答得很有勇气。而有勇气的人是能成为一个很好的旅伴的，即使开头不熟练也没有关系。你在我们这里再待一两天，让我们看看你的本事，你觉得好不好？"【名师点睛：领头雁的回答出乎雄鹅的意料。雄鹅的勇敢直言也让领头雁的态度和语气温和了许多。】

"我很满意这样的安排。"雄鹅兴高采烈地回答。

随后，领头雁嗷嗷她的扁嘴问道："你带着一起来的这位是谁？像他这样的家伙我还从来没有见过。"

"他是我的旅伴，"雄鹅回答说，"他生来就是看鹅的，在旅途上带上他会有用处。"

"好吧,对一只家鹅来说大概有用处,"领头雁不以为然地说,"你怎么称呼他?"

"他有好几个名字。"雄鹅吞吞吐吐地说,一时之间竟想不出来怎样掩饰过去才好,因为他不愿意泄漏这个小人儿有个人名。"噢,他叫大拇指小人儿。"他急中生智地回答道。

"他同小精灵是一个家族的吗?"领头雁问道。

"你们大雁每天大概什么时候睡觉?"雄鹅突如其来地发问,企图避而不答最后一个问题。"到了这个时候,我的眼皮就要合在一起啦。"【名师点睛:雄鹅吞吞吐吐地掩饰,突如其来地转移话题,只为隐瞒尼尔斯的身份。】

不难看出,那只同雄鹅讲话的大雁已经上了年纪。她周身的羽毛都是灰白色的,没有一根深色杂毛。她的脑袋比别的大雁更大一些,双腿更粗壮,脚掌磨损得更破。她的羽毛硬邦邦,双肩瘦削,脖颈细长。所有这些都显示出岁月不饶人,唯独一双眼睛没有受到岁月的煎熬,仍旧炯炯有神,似乎比别的大雁的眼睛更年轻。【写作借鉴:对领头雁的外貌描写,突出她的眼睛炯炯有神,表明她的睿智与聪明。】

这时候她转过身来神气活现地对雄鹅说道:"雄鹅,告诉你,我是从大雪山来的阿卡,靠在我右边飞的是从瓦西亚尔来的亚克西,靠在我左边飞的是从诺尔亚来的卡克西。记住,右边的第二只是从萨尔耶克恰古来的科尔美,左边的第二只是从斯瓦巴瓦拉来的奈利亚。在他们后边飞的是从乌维克山来的维茜和从斯恩格利来的库西!记住,这几只雁同飞在队尾的那六只雁一样,都是出身名家世族的高山大雁!你不要把我们当作可以和随便什么人结伴而行的流浪者。你也不要以为我们会跟哪个不愿意说出自己来历的家伙睡在一起。"

当领头雁阿卡用这种神态说话的时候,尼尔斯突然朝前走了一步。雄鹅在谈到自己的时候那么爽快利落,而在谈到他的时候却吞吞吐吐,这使得他心里很不好受。

骑鹅旅行记

"我不想隐瞒我是谁,"他说,"我的名字叫尼尔斯·豪尔耶松,是个佃农的儿子,直到今天为止我一直是一个人,可是今天上午……"

尼尔斯没有来得及说下去。他刚刚说到他是一个人的时候,领头雁猛然后退三步,别的大雁退得更远,他们一个个伸长了脖子,暴怒地朝他鸣叫起来。【名师点睛:动物与人类之间的矛盾由此可见一斑,这也与前文雄鹅的犹豫隐瞒相照应。】

"自从我在湖边第一眼看到你起,我就起了疑心,"领头雁叫嚷,"现在你马上就从这里滚开!我们不能容忍有个人混到我们当中!"

"那是犯不着的呀,"雄鹅从中调解说,"你们大雁用不着对这么个小人儿感到害怕,到了明天他当然应该回家去,可是今天晚上你们务必留他跟我们一起过夜。要是让这么一个可怜的人儿在黑夜里单独面对黄鼠狼和狐狸,我们当中哪一个良心过得去?"

领头雁于是走近了一些,但是看得出来,她还是很难抑制内心的恐惧。"我可领教过人的厉害,不管他是大人还是小人儿都叫我害怕。"她说,"雄鹅,要是你能担保他不会伤害我们的话,他今天晚上可以同我们留在一起。可是我觉得我们的宿营地恐怕不论对你还是他都不大舒服,因为我们打算到那边的浮冰上去睡觉。"

领头雁以为雄鹅听到这句话就会动摇,却不料雄鹅不动声色。"你们挺聪明,懂得怎样挑选一个安全的宿营地。"他说。

"可是你要保证他明天一定回家去。"

"那我也不得不离开你们啦,"雄鹅说,"我答应过决不抛弃他。"

"你乐意往哪儿飞,就请君自便吧!"领头雁冷冷地说道。

说完,她拍翼振翅向浮冰飞过去,其他大雁也跟着飞了过去。

尼尔斯心里很难过,他到拉普兰去的这趟旅行没有指望了,再说,他对露宿在寒冷刺骨的黑夜里也感到胆战心惊。"大雄鹅,事情越来越糟糕了,"他惶惶不安地说,"首先,我们露宿在冰上会冻死的。"【名师点睛:对即将被迫放弃旅行的失望,以及对当下艰难处境的担忧,令尼尔斯感到难过。】

可是，雄鹅却勇气十足。"不要紧，"他说，"现在我只要你赶快动手收集干草，你能抱多少就抱多少。"

尼尔斯抱了一大堆干草，雄鹅用喙叼住他的衬衫衣领，把他拎了起来，飞到了浮冰上。当时大雁们早已经双脚伫立，把喙缩在翅膀底下，呼呼地睡着了。

"把干草铺在冰上，这样我可以有个站脚的地方，免得把脚冻在冰上。你帮我忙，我也帮你忙！"雄鹅说道。

尼尔斯照着吩咐做了。在他把干草铺好之后，雄鹅再一次叼起他的衬衫衣领，把他塞到翅膀底下。"我想你会在这儿暖暖和和地睡个好觉的。"雄鹅说着把翅膀夹紧。【名师点睛：尼尔斯抱干草帮雄鹅垫脚掌，雄鹅让尼尔斯睡在他暖和的翅羽下。两人于险境中互帮互助，相依为命。】

尼尔斯被羽毛裹得严严实实，无法答话。他躺在那里既暖和又舒适，因为非常疲乏，一眨眼工夫他就睡着了。

黑　夜

浮冰是变幻无常、高深莫测的，因此它是靠不住的，这是一条真理。到了半夜，维姆布湖面上那块和陆地毫不相连的大浮冰渐渐移动，有个地方竟同湖岸连接在一起了。这时候，一只夜里出来觅食的狐狸看见了这个地方。那只狐狸名叫斯密尔，住在大湖对岸的上奥德修道院的公园里。斯密尔在傍晚的时候就已经注意到了这些大雁，不过他当时没有指望可以抓到一只，而现在他却一下子蹿到浮冰上了。

正当斯密尔快到大雁身边的时候，他脚底一滑，爪子在冰上刮出了声响。大雁们顿时惊醒过来，拍动翅膀就朝空中飞去。可是斯密尔来得猝不及防，他像射出的子弹一般向前一纵，一口咬住一只大雁的翅膀，叼起来就往岸边跑去。【写作借鉴：运用比喻的修辞手法，表现了狐狸动作的敏捷，让读者不禁为被咬的大雁捏一把汗。】

▶ 骑鹅旅行记

然而这一天晚上,露宿在浮冰上的不止有一群大雁,还有一个人,不管他怎么小,他毕竟是个人。尼尔斯在雄鹅张开翅膀的时候就惊醒过来了。他摔倒在冰上,睡眼惺忪地坐在那儿,起初弄不明白怎么会乱成一团;后来他一眼瞅见有条短腿的"狗"叼着一只大雁从冰上跑掉时,才明白发生这场骚乱的原因。

尼尔斯马上追赶过去,想要从"狗"嘴里夺回那只大雁。他听到雄鹅在身后高声呼叫:"当心啊,大拇指小人儿!当心啊,大拇指小人儿!"可是,尼尔斯觉得像这么小的一条"狗"根本用不着害怕,所以一往无前地冲了过去。【名师点睛:尼尔斯舍身忘我的行为表现了他的正义、勇敢。】

那只被狐狸斯密尔叼在嘴里的大雁听到了尼尔斯的木鞋踩在冰上发出的呱嗒呱嗒的响声。她几乎不敢相信自己的耳朵。"这个小人儿是想把我从狐狸嘴里夺过去?"她怀疑起来。尽管她的处境那么糟糕,她还是扯着嗓门呱呱地呼叫起来,听起来就像哈哈大笑一样。

"可惜他只要一奔跑,就会掉到冰窟窿里去的。"大雁惋惜地想。

尽管夜是那么黑,尼尔斯却能够清楚地看到冰面上的裂缝和窟窿,并且放大胆子跳来蹦去。原来他现在拥有了一双小精灵的夜视眼,在黑暗中也看得见东西。无论是湖面还是岸边,在他看来就像大白天一样清楚。【名师点睛:此处交代了尼尔斯变小之后获得的另一项能力——夜视,为后文情节的展开做了铺垫。】

狐狸斯密尔从浮冰同陆地相连的地方登上了岸。正当他费劲地顺着湖堤的斜坡往上奔跑的时候,尼尔斯朝他喊叫起来:"把大雁放下,你这个坏蛋!"

斯密尔不知道喊叫的那个人是谁,也顾不得回头向周围看,只是拼命向前奔跑。

斯密尔跑进了一个长满又大又挺拔的山毛榉树林里,尼尔斯在后面紧追不舍,根本没想过会碰到什么危险。他一心只想着昨天晚上大雁们是怎么奚落他的,他要向他们展示一下:一个人不管身体怎么小,还是比

别的动物更胜一筹的。【名师点睛：对大雁的关心以及作为人类的自信让尼尔斯忘记了危险，表现了尼尔斯的勇敢坚定。】

尼尔斯一遍又一遍地朝那条"狗"喊叫，要他把嘴里叼走的东西放下来。"你到底是一条什么样的'狗'，居然不要脸地偷一只大雁！"他叫喊说，"马上把她放下，否则等着你的将是一顿痛打！马上把她放下，否则我要向你的主人告状，叫他轻饶不了你！"

当狐狸斯密尔听到他被人误认为是一条怕挨打的狗时，他觉得十分可笑，连嘴里叼着的那只雁也差点儿掉出来。斯密尔是个无恶不作的大强盗，他不满足于在田地里捕捉田鼠和耗子，而且还敢于窜到农庄上去叼鸡和鹅。他知道，这一带人家见到他都害怕得要命，所以像这样荒唐的话他还真从来没有听到过。

尼尔斯跑得飞快，他觉得那些粗壮的山毛榉树似乎在他身边哗啦啦地往后闪开。他终于追上了斯密尔，用手一把抓住了斯密尔的尾巴。"现在我要把大雁从你嘴里抢过来！"他大喊道，并且用尽全身力气拽住斯密尔的尾巴。但是他没有那么大的力气，拖拽不住斯密尔，反而是斯密尔拖着他往前跑。山毛榉树的枯叶纷纷扬扬地飘落在他的身边。

斯密尔这时候好像明白过来，原来追上来的人没什么危险。他停了下来，把大雁撂到地上，用前爪按住她，免得她得空逃走。狐狸低下头正准备咬断大雁的咽喉，可是转念一想，不如先逗逗那个小人儿。"你快到我主人那里告状去吧！我现在可要咬死这只大雁啦！"他冷笑着说道。

尼尔斯看清楚他追赶的那条"狗"长着很尖很尖的鼻子，声音嘶哑而野蛮，心头便猛然一惊。可是斯密尔那样贬低、捉弄他，他气得要命，连害怕都顾不上了。【名师点睛：变成小人儿的尼尔斯远不是斯密尔的对手，尽管尼尔斯很害怕，但是愤怒让他战胜了恐惧。】他把斯密尔的尾巴拽得更紧了，用脚蹬住一棵山毛榉树的树根。正当斯密尔张开大嘴朝大雁咽喉咬下去的时候，他使出浑身力气猛地一拽，斯密尔不曾提防，被他拖得往后倒退了两三步。大雁就抽空脱身了。她吃力地拍动翅膀腾空而起。

▶ 骑鹅旅行记

她的一个翅膀已经受伤,几乎不能再用,加上在这漆黑的森林里她什么也看不见,就像一个盲人那样无能为力,所以她帮不上尼尔斯什么忙,只好从纵横交错的枝丫空隙钻出去,飞回到湖面上。

可是斯密尔却恶狠狠地朝尼尔斯直扑过去。"我吃不到那一个,就要到手这一个!"他吼叫道,声音里充满恼怒。

"哼,你休想得手。"尼尔斯说道。他为救出了大雁感到非常高兴。他一直死死地抓住斯密尔的尾巴。当斯密尔转过头来想抓他的时候,他就抓着尾巴闪到另一边。【写作借鉴:此处的动作描写和语言描写表现了尼尔斯的勇敢与机智。】

这简直像是在森林里跳舞,山毛榉树的叶子纷纷飘旋而下,斯密尔转了一圈又一圈,他的尾巴也跟着打转,尼尔斯紧紧地抓住尾巴闪躲,斯密尔无法抓住他。

尼尔斯为自己能顺利地对付狐狸而感到开心,他哈哈大笑地逗弄着斯密尔。可是斯密尔像所有善于追捕的老猎手一般非常有耐力,时间一长,尼尔斯禁不住害怕起来,担心这样下去迟早要被斯密尔抓住。

就在这时候,尼尔斯一眼瞅见了一株小山毛榉树,它细得像根长竿,笔直穿过树林里纠缠在一起的枝条伸向天空。他忽然放手松开了斯密尔的尾巴,一纵身爬到山毛榉树上。斯密尔急于抓住他,跟着自己的尾巴兜了半天圈子。

"快别兜圈子了。"尼尔斯说道。

斯密尔觉得自己连这么一个小人儿都制服不住,简直是莫大的耻辱,于是他就趴在树下等着。

尼尔斯跨坐在一根软软的树枝上很不舒服。但是因为那株小山毛榉树不够高,够不到旁边那些大树的枝条,所以他无法爬到另外一棵树上去,他又不敢从树上下来。

尼尔斯感到非常冷,身子都快冻僵了,连树枝也几乎捏不紧了,而且困得要命,又不敢睡觉,生怕睡着了会摔下去。【名师点睛:尼尔斯独自面

对凶狠的狐狸,境况不似之前一般轻松,开始变得凶险,叫人揪心。】

啊,真想不到半夜坐在森林里竟是这么凄凉,他从不知道黑夜的真正含义。仿佛整个世界都已经僵化,而且再也不会恢复生命。

天色终于徐徐发亮,尽管拂晓的寒冷比夜间更叫人受不住,但是尼尔斯心里却很高兴,因为一切又恢复了常态。

太阳冉冉地升起来了,它不是黄色的,而是红彤彤的。尼尔斯觉得,太阳似乎很生气,他弄不明白它为什么要气得满脸通红,大概是因为黑夜趁太阳不在的时候把大地弄得一片寒冷和凄凉吧!

太阳射出了万丈光芒,想要察看黑夜究竟在大地上干了些什么。周围的一切都红着脸,好像因为跟随黑夜干了错事而感到羞惭。天空的云彩,像缎子一般光滑的山毛榉树,交织在一起的树梢,地上的山毛榉叶子上盖着的白霜,全都在火焰般的阳光照耀下染成了红色。【写作借鉴:运用拟人、比喻的修辞手法进行环境描写,渲染出一种逐渐明艳起来的氛围,表明情势将好转。】

太阳的光芒愈来愈强烈,继续射向整个天空,不久之后黑夜的恐怖就完全被赶走了。万物僵死得像化石的景象已经不复存在,大地又恢复了蓬勃的生机,飞禽走兽又开始忙碌起来。一只红脖颈的黑色啄木鸟在啄打树干;一只松鼠抱着一个坚果钻出窝来,蹲在树枝上剥咬果壳;一只椋(liáng)鸟[鸟,种类很多,性喜群飞,吃种子和昆虫,有的善于模仿别的鸟叫。如八哥、灰椋鸟等]衔着草根朝这边飞过来;一只燕雀在枝头婉转啼叫。【写作借鉴:环境描写,先总写后分写,画面具体可感,让人如临其境。】

这时尼尔斯才知道,太阳已向所有小生灵说:"醒过来吧!从你们的窝里出来吧!现在我在这里,你们就不消再提心吊胆啦!"

湖上传来了大雁的鸣叫声,他们准备继续飞行。过了一会儿,整个雁群呼啦啦地飞过了树林的上空。尼尔斯扯开喉咙向他们呼喊,但是他们飞得那么高,根本就听不到他那微弱的喊声。他们大概以为他早给斯密尔当了点心,他们甚至一次都没有来寻找过他。

▶ 骑鹅旅行记

尼尔斯伤心得快哭出来了，但是此刻太阳稳稳地立在空中，金光灿烂地露出了个大笑脸，仿佛在说："尼尔斯·豪尔耶松，只要我在这儿，你就犯不着为哪件事情担心害怕。"

大雁的捉弄

三月二十一日　星期一

大约在一只大雁吃顿早饭的工夫里，树林里没有什么动静，但是清晨过后，上午刚刚开始的时候，有一只大雁从浓密的树枝下飞了过来。她在树干和树枝之间心慌意乱地寻找出路，飞得很慢很慢。斯密尔一见到她，就离开那株小山毛榉树，蹑手蹑脚地追过去。大雁没有避开斯密尔，而是紧挨着他低飞着。斯密尔直蹿起身扑向她，可惜扑了个空，大雁朝湖边飞去了。

没过多久，又飞来了一只大雁。她飞的样子同前面那一只一模一样，不过飞得更慢、更低。她甚至还擦着斯密尔身子飞过，斯密尔朝她扑过去的时候，向上蹿得更高，耳朵都碰着她的脚掌了。可是她却安然无恙地脱身闪开，像一个影子一样无声无息地朝湖边飞走了。

过了一会儿，又飞来了一只大雁。她飞得更低、更慢，好像在山毛榉树干之间迷了路。斯密尔奋力向上一跃，几乎只差一根头发丝的距离就抓住她了，可惜还是让大雁逃脱了。

那只大雁刚刚飞走，第四只又接踵而至。她飞得有气无力、歪歪斜斜，斯密尔觉得要抓住她是手到擒来。【名师点睛：接二连三出现同样的状况，不禁叫人怀疑大雁们到底要做什么。此处设下悬念，吸引读者阅读的兴趣。】这一次他唯恐失败，所以打算放她过去，就没有扑过去。可是，这只大雁飞的路线同其他几只一样，径自飞到了斯密尔的头顶上，她飞得那么低，引得斯密尔忍不住朝她扑了过去。他跳得如此之高，爪子已经碰到了她，她忽然将身子一闪，就这样保住了自己的性命。

还没有等斯密尔喘过气来，又有三只大雁排成一行飞过来了。他们飞的方式和先前的那几只完全一样。斯密尔跳得很高去抓他们，可是一只也没有抓到。

随后又飞来了五只大雁，他们比前面几只飞得更稳当一些，虽然他们也很想逗引斯密尔跳起来，可斯密尔到底没有上当，拒绝了这次诱惑。

又过了好一会儿，有一只孤零零的大雁飞过来了。这是第十三只。那是一只很老的雁，她的羽毛是灰白色的，连一点深色杂毛都没有。她似乎有一只翅膀不大好使，飞得歪歪扭扭、摇摇晃晃，以至于几乎碰到了地面。斯密尔不但高高地跳起来去扑她，还连跑带跳地追赶她，一直追到湖边，然而这一次也是白费力气。

第十四只飞来了，是雄鹅。他的样子非常好看，因为他浑身雪白。当雄鹅挥动巨大的翅膀时，黑黝黝的森林仿佛出现了一片光亮。斯密尔一看见雄鹅，就使出全身的力气，腾空而起，但是这只白色的雄鹅也像前面的雁一样，安然无恙地飞走了。

山毛榉树下终于安静了一会儿。好像整个雁群都飞过去了。

突然，斯密尔想起了他守候的猎物，便抬头向那棵小山毛榉树望去，果然不出所料，那个小人儿早已无影无踪了。【名师点睛：大雁们不仅有情有义，还有勇有谋，他们用调虎离山的计策戏弄狐狸，成功让尼尔斯脱险。】

不过斯密尔没顾得上去想他，因为第一只大雁这时候又从湖上飞了回来，就像方才那样在树冠下面慢吞吞地飞着。尽管一次又一次失败，斯密尔还是很高兴她又飞回来了。他从背后追赶上去，猛扑了一下。可是他太性急了，没有来得及算准步子，结果跳偏了，与她擦肩而过。

在这只大雁后面又飞来了一只，接着是第三只、第四只、第五只，轮了一圈，最后飞来的还是那只灰白色的上了年纪的大雁和那只白色的大家伙。他们都飞得很慢很低。他们在狐狸斯密尔头顶上盘旋而过时就下降得更低，好像存心要让他抓到似的。斯密尔于是紧紧地追逐他们，一跳两三米高，结果他还是一只都没有抓到。【名师点睛：大雁和雄鹅一起戏

▶ 骑鹅旅行记

弄狐狸斯密尔。美味近在眼前，却始终无法抓住，这使得斯密尔异常懊丧。】

　　这是斯密尔有生以来心情最为懊丧的日子。这些大雁接连不断地从他头顶上飞过来又飞过去，飞过去又飞过来。那些在德国的田野和沼泽地里养得肥肥胖胖、圆圆滚滚的又大又漂亮的雁，一整天都在树林里穿梭，而且离他那么近，他曾好几次碰着了他们，可惜却抓不到一只来解解腹中的饥饿。

　　冬天还没有完全过去，斯密尔还记得他度过的那些日日夜夜，他那时闲得发慌，四处游荡，却找不到一只猎物来果腹。候鸟早已远走高飞，老鼠已经在结了冰的地下躲藏起来，鸡也都被关在鸡笼里不再出来。但是，整个冬天忍饥挨饿的滋味好像都比不上今天这么一次次的失望叫他难以忍受。

　　斯密尔已经不再年轻了，他曾经多次遭受过猎狗的追逐，多次听见子弹嘶嘶地从耳旁飞过的呼啸声。他曾经无路可走，只好深藏在自己的洞穴里，而猎狗已经钻进了洞口的孔道，险些抓到他。不过，尽管斯密尔亲身经历过你死我活的追逐场面，他却从来没有像现在这样烦恼过，因为他居然连一只大雁都逮不到。【名师点睛：列举斯密尔遭遇过的险境，突出这一次他遭受挫折的沮丧与烦恼。】

　　早上，在这场追逐开始的时候，狐狸斯密尔是那么魁梧健壮，大雁们看到他都分外惊讶。斯密尔很注重外表。他的皮毛色泽鲜红，亮光闪闪，胸口雪白雪白的；鼻子是黑的，那条尾巴如同羽毛一样蓬松。可是到了这天傍晚，斯密尔的毛却一绺一绺地耷拉着。他浑身汗津津的，双眼失去了光彩，舌头长长地伸在嘴巴外面，嘴里呼哧呼哧地冒着白沫。

　　到下午时，斯密尔已经疲惫不堪、头晕眼花了。他趴在地上，眼前无止无休地晃动着飞来飞去的大雁，连阳光照在地上的斑斓阴影他都要扑上去。还有一只过早从蛹里钻出来的可怜的飞蛾也遭到了他的追捕。【名师点睛：详写斯密尔受尽大雁和雄鹅折磨后的状态，身子疲惫不堪，精神错乱癫狂。】

大雁们却仍旧不知疲倦地飞呀,飞呀。他们整整折磨了斯密尔一天。他们眼看着斯密尔心烦意乱、焦躁不安,甚至发狂,但是丝毫不怜悯他。尽管他们知道,斯密尔已经眼花缭乱得看不清他们,只是跟在他们的影子后面追赶,但他们还是毫不留情地戏弄他。

直到斯密尔几乎浑身散了架,好像马上就要断气一样地瘫倒在一大堆干树叶子上时,他们才罢休。

"狐狸,现在你该明白了,谁要是敢惹大雪山来的阿卡,他的下场就是这样!"他们在他耳边呼喊了一会儿,这才饶过了他。

知识考点

1. 填空题。

斯密尔很注重外表。他的皮毛_____,亮光闪闪,胸口雪白雪白的;鼻子是黑的,那条尾巴如同_____。可是到了这天傍晚,斯密尔的毛却一绺一绺地耷拉着。他浑身汗津津的,双眼_____,舌头长长地伸在嘴巴外面,嘴里_____地冒着白沫。

2. 选择题。

狐狸斯密尔叼走了一只大雁,(　　)勇敢地救出了她。

A.其他大雁　　　B.雄鹅　　　C.尼尔斯

3. 问答题。

领头雁阿卡是一只怎样的大雁?

阅读与思考

1. 雄鹅在向大雁们介绍尼尔斯时,为何吞吞吐吐?
2. 大雁们是怎样从狐狸手中救出尼尔斯的?

37

▶ 骑鹅旅行记

第三章　野鸟的生活

M 名师导读

尼尔斯和雄鹅继续跟随雁群旅行。其间,尼尔斯不仅帮助了一只被人类抓住的小松鼠,还救出了被几个孩子抓走的雄鹅。大雁被尼尔斯的行为感动,替他打听到了变回人类的方法,但是尼尔斯选择继续跟随大伙旅行。

在农庄里

三月二十四日　星期四

就在这几天,斯康耐平原上发生了一桩怪事,非但大家你传我、我传他,而且在报上也登载了。不过许多人以为这件事必定是虚构的,因为谁也说不清其中的来龙去脉。

事情是这样的,有人在维姆布湖岸的榛树丛里逮住一只松鼠,把她带到了附近的一个农庄里。农庄里的老老少少都很喜欢这只美丽的小动物,她长着大大的尾巴、聪明而好奇的眼睛和漂亮而小巧的脚爪。他们计划整个夏天都来观赏她那轻盈的动作、啃剥坚果的灵巧样子,还有逗人开心的滑稽游戏。【名师点睛:松鼠漂亮、聪明、灵巧,惹人喜爱。】他们很快就修理好一个旧的松鼠笼子,里面有一间漆成绿色的小屋和一个铁丝编的吊环。这间小屋有门有窗,可以作为松鼠的餐厅和卧室。大家还用树叶在房子里面铺了一张床,放进去一碗牛奶和几个坚果。那铁丝吊环就是她的游戏室,她可以在上面跑跑跳跳、爬上爬下和荡秋千。

大家都以为他们给松鼠安排得挺好了,可是令人惊奇的是,她看起来并不喜欢这个环境。她烦躁地蜷曲在小屋里,不时发出悲哀的尖叫,她碰都不碰那些食品,吊环一次也没玩过。"肯定是因为她还害怕,"农庄的人说,"等明天习惯过来了,她就会又吃又玩了。"【名师点睛:人类自作多情的想法与松鼠的实际表现截然不同。此处对比明显,引人深思。】

当时,农庄里的妇女们正在为节日的盛宴而忙碌,抓到松鼠的那一天,她们正忙着烤一大批面包。不知道是因为她们运气不好,面团没有发酵起来,还是她们手脚太慢,反正直到天黑她们还在那里忙个不停。

厨房里一派忙碌、热闹的景象,这样一来也就没有人顾得上去照管那只松鼠了。可是农庄里有位老奶奶,因为上了年纪手脚不便,大家都没有让她去帮忙。她对人家的一片好意也领情,可是又不大乐意置身事外。她心里一不自在,就不想上床睡觉,于是坐在起居室窗户旁往外张望。厨房里的人嫌屋里太热,把房门大敞着,灯光照到了院里。那是一个四面都有房子的院子,整个院子一片通亮,老奶奶连对面院墙上的裂缝和洞孔都看得一清二楚。那只松鼠笼子恰好挂在光线最明亮的地方,老奶奶当然看得见。【名师点睛:这段叙述逻辑严密清晰,为后文故事的发展做铺垫。】她注意到那只松鼠总是从卧室里钻出来奔到吊环上,又从吊环上奔回到卧室里,一刻也没有停。她觉得很奇怪,那个小动物怎么会这样烦躁不安,她想,大概是灯光太亮使其难以入眠。

那个农庄的牛棚和马厩隔着一个很宽阔的、有门沿的拱门,那里也被厨房里透出来的亮光照得通亮。入夜不久,老奶奶看到有个小人儿从拱门里小心翼翼、蹑手蹑脚地走了出来,他的身材还不及巴掌那么高,穿着皮裤和木鞋,一身干活的打扮。老奶奶马上明白过来那是个小精灵,她一点也不觉得害怕。虽然她从来没有亲眼见过,可是她老听人说小精灵是住在马厩里的,而且他在哪里出现,就会给哪里带来好运。

小精灵一走进铺着石板的院子,就径直朝松鼠笼子跑过去。笼子挂

39

> 骑鹅旅行记

得很高,他够不到,于是就到工具棚里找来一根木棍,然后就像水手攀爬缆绳一样爬了上去。他到笼子跟前用力摇晃那间小绿房子的门,似乎想要把门打开。但是老奶奶还是很沉得住气,稳稳地坐在那儿不动,因为她知道那些孩子们生怕邻居家的孩子来偷走松鼠而在门上加了一把挂锁。老奶奶看到那小精灵打不开门,松鼠就钻出来跑到铁丝吊环上,他同小精灵在那儿叽叽喳喳地商量了老半天。小精灵等到被关在笼子里的那只小动物把话说完后,就顺着木棍滑到地上,从院子的大门跑了出去。

【写作借鉴:以第三人的视角来叙述故事,设置悬念,激发读者的阅读兴趣。】

老奶奶估摸着当天晚上再也不会见到小精灵了,但是她仍旧坐在窗旁没有走开。过了一会儿,小精灵又返回来了,脚步匆忙地奔向松鼠笼子,那速度让老奶奶觉得他的双脚好像没有沾地一样。老奶奶的眼力极好,她看见小精灵双手都拿着东西,究竟拿的是什么她却看不清楚了。他把左手里拿着的东西放在石板地上,带着右手里的东西爬到了笼子上。他用木鞋猛踢那扇小窗户,玻璃哐啷一声被踢碎了,他把手里的东西递给了松鼠,然后又滑下来,拿起先前放在地上的东西又爬了上去。随后他马上就跑了出去。他跑得那么快,老奶奶的目光差点儿追不上他。

这时候,老奶奶没有法子再安安稳稳地在屋里坐下去了。她慢慢地从椅子上站起来,轻手轻脚地走到院子里,站在水泵的阴影里等候着那个小精灵。这时候家里喂养的猫发现了老奶奶,而且对她起了好奇心,猫也蹑手蹑脚地走过来,停在离亮光两三步路的墙角下。

在那春寒料峭的三月夜晚,老奶奶和那只猫等待了很久很久。老奶奶已经有点不耐烦了,刚要转身返回屋里,却听见石板地上传来了吧嗒吧嗒的响声,举目一看,那个小精灵迈着沉重的脚步回来了。他像上次一样,两只手里都拿着东西,而手里的东西还在一边蠕动一边吱吱叫。这时候老奶奶才恍然大悟,原来小精灵跑到榛树丛里去把松鼠的孩子们找来了,他把小家伙们送回给松鼠,免得他们活活饿死。【名师点睛:照应前文,答疑解惑,原来松鼠烦躁是因为担心孩子们,松鼠与尼尔斯叽叽喳

40

喳地商量便是为了这件事。】

为了不打扰小精灵,老奶奶站在那儿一动也不敢动,小精灵似乎也没有看见她。当他刚要把一只幼小的松鼠放在地上,把另一只送上笼子的时候,他忽然瞅见了身旁不远处那只家猫闪闪发亮的绿色眼睛。他双手各托着一只幼小的松鼠站在那儿,一时之间拿不定主意。

他回过头来朝四处张望,忽然看到了那位老奶奶,就毫不迟疑地走过去把一只小松鼠递给了她。【名师点睛:为了小松鼠的安危,已变作小人儿的尼尔斯愿意冒险向人类求助,表现了他的热心、勇敢、果断。】

老奶奶不想辜负他的信任,她弯下腰去,把幼小的松鼠接了过来,托在手里,一直等到小精灵爬上去把他手里的那一只递进了笼子,又下来把托付给她的那一只取走。

第二天早晨,农庄的人们聚在一起吃早饭的时候,老奶奶再也憋不住了,便讲起了她昨天夜间亲眼见到的事情。大家都哈哈大笑起来,说那只不过是她做了一个梦。他们还说在这个季节哪儿来的松鼠崽。

然而她一口咬定那些事情是真实的,并且要他们去看一看松鼠笼子。他们真的去看了。在松鼠卧室里树叶铺成的小床上,果然躺着四只身上还没有几根毛、眼睛还没有完全睁开的松鼠崽,看样子生下来也有两三天了。

当农庄主人亲眼看见了那几只肉团团的松鼠崽之后,他说道:"不管这件事情究竟是怎么回事,有一点是错不了的,那就是我们农庄里的人做了一件不太光彩的事情,不管是对动物还是对人都不应该这样做。"他说着就把那只松鼠和几只幼鼠崽都掏出来,放到老奶奶的围裙里。

"你把他们送回榛树丛里去吧,"他吩咐说,"让他们重新获得自由吧!"【写作借鉴:语言描写和动作描写,表现了农庄主人的悔悟,他意识到人类与动物应平等、自由地相处。】

这件事情在这一带广为流传,甚至还见报了。不过大多数人还是不愿意相信,因为他们解释不了怎么会发生这样的事情。

骑鹅旅行记

在威特斯克弗莱

三月二十六日　星期六

两天以后，又发生了一件稀奇古怪的事情。有一天早上，在斯康耐东部离威特斯克弗莱大庄园不远的地方，飞来了一群大雁，他们降落在那儿的田野里。雁群里有十三只灰色的普通大雁，一只白色的雄鹅，雄鹅背上驮着一个上身穿着绿色背心，下身穿着黄皮裤，头戴白色尖顶帽的小人儿。

他们这里离波罗的海不远，大雁降落下来的那片田地是海滩上常见的泥沙地。看样子这一带过去是一片漂移不定的流沙，因为在好几个地方都可以见到大片大片的为了固定流沙而种植的松树林。

大雁们在地头寻觅了一会儿食物以后，有几个孩子沿着田埂走了过来。那只站岗放哨的大雁立即拍打翅膀呼啦一声冲天而起，以便使得整个雁群都明白马上就有危险要发生。【名师点睛：觅食之时，总有大雁负责放哨，说明雁群组织有序，分工明确，处事谨慎。】所有大雁都一下子飞了起来，但是那只雄鹅却还是若无其事地在地上走来走去。当他看到别的大雁腾空而起的时候，还抬起头来朝他们高喊道："你们用不着见了他们就逃跑，那只不过是几个孩子。"

曾经骑坐在雄鹅身上飞行的那个小人儿，此时正坐在树林边的一个小土丘上，捡起松球剥松仁。见到孩子们过来，他也不敢跑过田地到雄鹅那边去了。他立即躲到一片蓟菜的大枯叶底下，同时向雄鹅发出报警的喊叫。

可是雄鹅显然不愿意表示自己胆怯。他还在地里慢吞吞地踱来踱去，连孩子们朝哪个方向走都不看一眼。【名师点睛：雄鹅的大意将会给自己带来麻烦，为后文故事的发展做铺垫。】

然而孩子们越过田地，朝雄鹅这边走了过来。当雄鹅终于抬起头来张望的时候,孩子们已经来到了他的身边。他张皇失措,竟然忘记了自己会飞,只顾在地上奔来跑去,躲避孩子们的追逐。孩子们把雄鹅赶进了一个坑里,然后抓住了他。他们中间那个最大的孩子把他夹在胳肢窝底下带走了。

躲在蓟菜叶底下的小人儿看到了这一幕,立刻跑了出来,想要把雄鹅从孩子们的手里夺回来。但是他马上又想起了自己是那么弱小无力,于是扑倒在小土丘上,捏紧双拳,在地上愤怒地捶打起来。【写作借鉴:神态、动作和心理描写,表现了尼尔斯在面对雄鹅被抓时的着急、担忧,以及对自己无能为力的痛恨。】

雄鹅拼命地呼救道:"大拇指小人儿,快来救我!大拇指小人儿,快来救我!"本来焦急万分的小人儿听到了雄鹅的呼救反而哈哈大笑起来。"哈哈!我倒成了最适合帮忙的人了!"他说道。

最后,他还是爬起来去追赶雄鹅了。"虽说我帮不上多少忙,"他想道,"但是我也要亲眼看看他们究竟要把雄鹅带到哪里去。"

孩子们比他先走了一会儿工夫,不过他还是能够盯住他们。可是后来他走进了一个峡谷,那里有一条小溪。小溪并不宽,水流也不急,但是他在岸边转悠了很久,才找到一个地方跳了过去。

小人儿走出峡谷的时候,那几个孩子早已不见踪影了。不过,他在一条小路上看到了他们的脚印,那几行脚印是朝森林走去的,于是他就继续往前追赶。

不久,小人儿走到了一个十字路口,孩子们大概是在这里分手各奔东西的,因为两个方向都有脚印。这一下小人儿觉得事情毫无指望了。

可是,就在这时候,小人儿在一个长满了灌木丛的小山丘上发现了一小根白色的鹅毛。他明白了,那是雄鹅扔在路边以告诉他去向的,所以他又继续向前走。他沿着孩子们的脚印穿过了整个森林。他虽然看不到雄鹅的踪影,但是每当他快要迷路的时候,总会有一小根白色鹅毛为他指引方向。【名师点睛:表现了雄鹅的聪明与机智,从侧面说明了雄鹅

▶ 骑鹅旅行记

坚信尼尔斯一定会来救自己。

　　小人儿放心大胆地跟随那些鹅毛追赶下去。一路上，那些鹅毛指引他走出森林，越过两三块耕地，走上了一条大路，最后到了通向一个贵族庄园的林荫大道。在林荫大道的尽头处，隐隐约约可以见到红砖砌成的、有不少闪闪发亮的装饰物的山墙和塔楼。小人儿一看到眼前的那个大庄园，便大致估摸出雄鹅的命运了。"不消说，那些孩子准是把大鹅卖到这个庄园里了，说不定他早就被人宰了。"他自言自语道。可是他好像不得到确凿消息就不死心，于是更加心急如焚地向前飞奔。在林荫大道上他一直没有遇到什么人，这正是他求之不得的，因为他唯恐被人瞧见现在这副模样。

　　他进入的那个庄园是一座巍峨壮观的老式建筑物，四周平房环绕，中央是一个大城堡。东边是一个深长的拱形门道，一直通到城堡的院子里。小人儿毫不犹豫地向前奔跑，可是当他来到大门口时却停下了脚步。他不敢再往前走了，而是站在那里发愁，该向哪边走。

　　正当小人儿把手指按在鼻尖上沉思的时候，忽然听到身后传来一阵嗒嗒的脚步声。他回头一看，只见一大群人从林荫大道上走了过来。他赶忙躲到拱门旁边的一个水桶背后。

　　原来是来自一所农村中学的二十来个年轻男学生，他们远足来到了这里。有一位教师陪着他们一起。这支队伍走到拱形门道前面时，那位教师让他们先在外面稍候片刻，他自己进去问问，看是否允许他们参观一下威特斯克弗莱城堡。

　　这些刚刚到来的人似乎走了很远的路，又热又渴。其中有个人实在口渴得厉害，便走到水桶旁边弯下腰去喝水。他脖子上挂着一个锡皮的植物标本罐。他觉得带着它喝水很不方便，就摘下来顺手撂在地上。撂下去的时候锡皮罐的盖子张开了，可以看见里面放着采集来的几株春天开的花。

　　那个植物标本罐正好撂在小人儿面前，他觉得进入城堡去弄清楚雄

鹅下落的大好机会来了。于是他当机立断,跳进了这个植物标本罐里,就在迎春花和款冬花底下严严实实地躲藏起来。【名师点睛:为了打探雄鹅的消息,尼尔斯躲进了植物标本罐,表现了他的信义与机智果敢。】

他刚刚藏好身,那个年轻人就把标本罐拎了起来,挂到脖子上,并且啪嗒一声把盖子关紧了。

这时候那位教师回来了。他告诉大家可以到城堡里去参观。他把学生们带进城堡的内院里,站在那儿向他们讲解这座古老的建筑物。

他告诉学生们,第一批来到这个国家聚居的那些人,他们有的住在山洞里或者泥洞里,有的住在用兽皮搭起来的帐篷里,再往后居住在树枝搭成的小木棚里。经过了悠长的岁月,人类才逐渐学会砍伐树木盖木屋。不知又经过多长时间的奋斗和劳动,人类才从只会盖单间小木屋发展到建像威特斯克弗莱这样宏伟的、有上百间房间的大城堡。

这是三百五十年前有财有势的人建造的城堡,那位教师告诉大家。可以清楚地看出来,威特斯克弗莱城堡建于斯康耐平原被战争和掠夺者闹得鸡犬不宁的时代。所以城堡四周环绕着一条壕宽水深的护城沟,起初沟上还有一座可以随闭随启的吊桥。拱形门道上的哨楼至今还在。堡垒四周的城墙上筑有卫兵巡逻时走的小路,城堡的四个角上都是拥有一米厚墙壁的塔楼。【名师点睛:教师为学生们讲述了这座城堡的建造时期,各部分的构成与其他时期此类建筑的不同。】这座城堡并不是建造在最为兵荒马乱的战争年代,城堡的建造者詹斯·布拉赫付出巨大代价把它建造成一座富丽堂皇的大厦。如果人们有机会看到比它早几十年建造的格里敏那幢坚固而巨大的石头建筑,他们就会很容易注意到,那座城堡的主人詹斯·哈尔格森·乌夫斯但德一味追求建造得坚固和巨大,根本没有想到美观和舒适。相反,如果人们看到了马茨温岛、斯文斯托埔和上奥德修道院这些地方的华丽宫殿的话,他们就会注意到这些宫殿比威特斯克弗莱城堡修建得晚了一二百年,那时安宁多了,因此建造那些宫殿的达官贵族就舍弃了城堡,改而追求建筑宽敞豪华的官邸。

骑鹅旅行记

那位教师侃侃而谈，讲得又长又详细，小人儿关在植物标本罐里憋得实在忍耐不下去了。但是他又不得不安安生生地躺着，那个背着植物标本罐的人一点也没有发觉他躲在里面。

后来，这群人终于走进了城堡。不过，如果小人儿想要找个机会从植物标本罐里溜出来，那么他算是失策了。那个学生一直背着那个罐子，小人儿也就不得不跟着走遍各个房间。

他们参观时走得很慢，那位教师时不时要停下来讲解一番。

在一间屋子里有个古老的炉灶。教师在炉灶面前停住脚步，讲起了人类在不同时代用过的不同类型的炉灶。第一代室内炉灶是在屋子中央用石头砌成的开口灶，在屋顶上有个出烟的孔洞，不过这个孔洞也透风漏雨。第二代炉灶很大，用泥土砌成的，但是没有烟囱，火一烧起来就十分暖和，可是屋里到处是滚滚浓烟和呛人鼻息的烟味。在兴建威特斯克弗莱城堡的时候，人类刚好学会在炉灶上加盖一个又粗又大的烟囱，浓烟固然引向屋外去了，可惜大部分热量也随之跑进了大气层。

倘若小人儿过去性情急躁、毫无耐心的话，那么这一天对他来说确实是一次很好的耐性锻炼。他居然一动不动地躺在那里足足一个小时了。

那位教师又走进一个房间，站在一张顶篷很高、四周挂着华丽床幔的古色古香的大床前面，开始介绍古代的床和床架。

教师不慌不忙地讲着，他当然不知道有一个可怜的小人儿躺在植物标本罐里，盼着他赶快讲完。当他走进一间有烫金兽皮壁毯的房间时，他又滔滔不绝地讲起人类自古以来是怎样装饰墙壁的；当他走近一张旧得褪色的全家福时，他就讲述节日盛装在各个时代的千变万化；当他走进那些宴会厅的时候，他就大讲特讲古时候庆祝婚礼的仪式和安葬收殓的礼仪。【写作借鉴：与前文详细讲解不同，此处运用排比句式，简要罗列老师所讲内容，内容之丰富、时间之长，更衬托出躲在罐子里的小人儿的心急如焚。】

在此之后，他还把曾经在这座城堡里住过的那许许多多出类拔萃的男女逐一进行了介绍。他谈到了历史悠久的布拉赫家族和古老望族巴纳可夫家族；讲了克里斯汀·巴纳可夫怎样在大撤退途中把自己的战马让给国王当坐骑；讲到了玛格丽特·阿希贝格在嫁给契尔·巴纳可夫之后不久就丧夫寡居，如何以遗孀身份治理这个庄园和整个地区长达三十五年之久；讲到了银行家哈格曼怎样从威特斯克弗莱的一个贫贱佃农家的孩子变成银行家，还买下了整个庄园；还讲到了以铸造刀剑闻名的谢尔恩家族，怎样为斯康耐的人们制造出一种更轻便灵巧的耕犁，使他们摆脱了三头公牛都拉不动的旧式木犁。

在教师讲述这一切的时候，小人儿躺在那儿一动不动。他过去淘气捣蛋的时候曾经把爸爸或者妈妈偷偷地关在地窖里，现在他自己不得不亲身体会这种难受的滋味了，因为那位教师一直讲了几个钟头才结束。

【名师点睛：躲在罐子里的尼尔斯体验到了当初被他关在地窖里的父母的难受滋味。懂得换位思考，将心比心，也是一种成长。】

教师终于从屋里走出来，来到了城堡的院子里。在那里，他又讲起人类通过世世代代的辛勤劳动才学会了制作工具和武器，缝衣服和盖房子，还有造家具和装饰品。他说，像威特斯克弗莱这样巍峨壮观的城堡是历史进程中的一个里程碑。在这里可以看到人类在三百五十年以前取得的进步。至于这之后人类是前进还是倒退了，这就见仁见智了。

可是这段话那个小人儿却没有听见，因为背着他的那个学生又口渴了，他悄悄地溜到厨房里去找水喝。来到厨房，小人儿就忍不住想要知道雄鹅的下落了。他开始动起来，可是用力太猛，无意之中碰了一下植物标本罐的盖子，盖子就弹开了。植物标本罐的盖子有时候会自己弹开，所以那个学生也没有太在意，随手就把盖子盖上了。可是这时，一旁的厨娘却问他是不是在标本罐里放了一条蛇。

"没有哇，我只在里面放了几株花草。"那个学生莫名其妙地回答说。

"不对，里面一定有东西在动。"厨娘坚持说。

那个学生就把盖子打开，想证明是她看错了。"你自己来看看吧……"

▶ 骑鹅旅行记

　　他话还没有来得及说完，那个小人儿便因不敢再在标本罐里待下去，就纵身一跃跳到地板上，一溜烟跑了出去。那些女仆虽然没有看清楚地上是什么东西在跑，但是她们还是从厨房里追了出去。

　　那位教师还站在那里口若悬河地讲着，突然一阵呼喊打断了他的话。"抓住他！抓住他！"从厨房里跑出来的那些人高喊道。那些年轻人也纷纷转身去追赶那个比老鼠窜得还快的小人儿。他们想在大门口截住他，可是没有成功，因为想要抓住那么小的一个玩意儿倒也不是一件容易的事情。小人儿侥幸跑到了室外。

　　小人儿没敢朝那条宽敞的林荫大道跑，而是转身朝另一个方向跑了。他穿过花园跑进了后院。那些人一直又叫又笑地追赶他。小人儿拼命奔跑，有好几次差点儿被抓住了。当他跑过一幢雇工住的小屋时，听到一只鹅的呼叫声，他低头一看，见台阶上有一根白色的鹅毛。啊！雄鹅就在这里，真是踏破铁鞋无觅处，他先前是走错路了。小人儿顾不得在后面追赶的那些人了，他爬上台阶，跑到门廊下。可是房门锁着，他再也没有法子往前走了。他听见雄鹅在里面哀哀啼叫和呻吟，但是他打不开门。而后面那些人追得越来越近了，屋里雄鹅哀号得也越来越凄惨了。在这种危急的处境之中，小人儿鼓足了勇气，用全身力气把门捶得乒乓直响。【名师点睛：前有雄鹅哀号，后有追兵紧逼，危急之下，尼尔斯用全力捶门。故事发展到高潮，扣人心弦。】

　　一个小孩把门打开，小人儿乘机朝屋子里一看，只见一个女人坐在房间中央，用手紧紧地抓着雄鹅，正要剪掉他的翅膀。雄鹅是她的孩子捡回来的，她没有什么恶意，只不过想把雄鹅的翅尖剪短一点儿，使他无法再飞，这样就可以把他留在家里喂养了。雄鹅其实没有遭受更大的不幸，但是一直在拼命哀叫。

　　幸亏那个女人动手晚，还没有真正下剪刀。当门被打开，小人儿站在门槛上的时候，只有两根羽毛顺着剪刀掉了下来。像他这一副模样的人，那个女人过去从来没有看见过。她以为是小精灵显灵了，吓得连剪刀也掉在了地上,双手不自主地扣在一起,忘记了抓紧雄鹅。

雄鹅觉得身上一轻松,立即向门口飞奔而去,顺便一口叼住小人儿的衣领把他带走了。雄鹅在台阶上张开翅膀飞向天空,他那长长的脖颈姿势优美地往后一扭,把小人儿放到他那平滑的脊背上。【名师点睛:雄鹅和尼尔斯终于化险为夷逃了出来,让读者紧张的心情也随之放松下来。】

他们就这样飞向了天空,整个威特斯克弗莱地区的居民们都站在那儿,目不转睛地看着他们越飞越远。

在上奥德修道院的公园里

就在大雁们戏弄斯密尔的那一天,尼尔斯躺在一个废弃的松鼠窝里睡着了。傍晚时分,他醒了过来,心里快快不乐。"我很快就要被送回家去了,看样子不得不以现在这副模样去见爸爸妈妈啦。"他苦恼地想。

可是当他找到在维姆布湖上洗澡的大雁们的时候,他们当中没有一个提到要让他回去的事。"他们大概觉得雄鹅已经太累了,今天晚上没法子送我回家去了吧。"尼尔斯这样猜测。

第二天清早,大雁们离太阳露脸还有一段时间时醒过来了。尼尔斯断定他就要动身回家了,但奇怪的是雁群照样让他和雄鹅参加他们每日清晨在空中绕一大圈的例行飞翔。尼尔斯一时之间想不出来推迟打发他回家的原因,他猜想大雁们不想让雄鹅在饱餐一顿之前就进行长途飞行。不管怎么说,他还是为可以晚点见到爸爸妈妈而感到高兴,哪怕晚一时一刻也好。【写作借鉴:心理描写。尼尔斯的快快不乐、苦恼及为能晚一点离开而感到高兴,都表明他对随雁群旅行的向往与不舍。】

大雁们正在上奥德修道院的那座大庄园上空飞行,那座庄园坐落在湖东畔风光宜人的园林地带。那里有一座高大宏伟的宅邸,宅邸的背面是铺着石板的精致庭院,亭台楼阁错落有致,四周有矮矮的围墙环绕。宅邸的前面是格调高雅的古典式大花园,里面精心修剪得整整齐齐的灌木

49

骑鹅旅行记

丛排列成一行行树篱,参天的古树浓荫匝地,林中小路曲折弯绕。池塘里绿水盈盈,喷泉旁水珠迸溅。大片大片的草坪修剪得平平整整,草坪边上的花坛里盛开着色彩缤纷的迎春花。这一切真是美不胜收。

大雁们从庄园上空飞过的时候,那里没有任何动静,连个人影都看不到。他们确信下面真的没有人,便朝着一个狗窝俯冲下去,并叫喊着问道:"那里是什么小木棚?那里是什么小木棚?"

一条被铁链拴着的狗从狗窝里跑出来,朝他们愤怒地狂吠起来,喊道:"你们居然把这叫作小木棚?你们这群到处流浪的无赖!难道你们没有看到,这是一座用岩石砌成的宏伟宫殿?难道你们没有看到这座宫殿的墙壁有多么美丽?难道你们没有看到这里有那么多扇窗户、那么宽阔的大门和那么气派的平台吗?汪!汪!汪!而你们却把这叫作小木棚,真是岂有此理!你们也不睁开眼睛去看看它的大花园和庭院,难道你们没有看到它的温室?没有看到大理石的雕塑?【写作借鉴:一系列的排比反问,气势强烈,表现了看家狗的怒不可遏。同时,也通过看家狗的口,讲出了这座庄园的宏伟、气派。】你们敢把这个地方叫作小木棚,真是岂有此理!难道小木棚外面通常都有大花园的吗?而且大花园里满是山毛榉树林、榛树林、槲树林、云杉林,树林间有着大片草地,鹿囿里养着许多麋鹿?汪!汪!汪!你们竟把这个地方叫作小木棚,真是岂有此理!难道你们见到过小木棚四周有像一个村子那么多的附属房屋?你们可曾听说过有哪个小木棚能够拥有教堂、宅邸,而且管辖着那么多的大庄园,那么多的农庄、佃农房舍和长工工房?汪!汪!汪!你们居然把这个地方叫作小木棚,真是岂有此理!要知道斯康耐一带最大的地产都属于这个小木棚,你们这群叫花子,你们从空中放眼朝四面望吧,你们能望见的土地没有哪一块不属于这个小木棚的。汪!汪!汪!"

那条看家狗一口气喊出了这么一大串话,大雁们在庄园上空盘旋,默不作声地听着他的叫喊。当他不得不换口气的时候,大雁们这才喊叫着回答:"你何必生这么大的气?我们问的不是那座宫殿,而是你那个狗窝。"【名师点睛:与看家狗的怒不可遏、长篇大论不同,大雁们轻描淡写的回复更具讽刺意味,令看家狗无言以对,叫读者忍俊不禁。】

尼尔斯听到他们这样诙谐地取笑,忍不住笑出声来,随后有一个想法从他脑海中钻了出来,使他一下子变得严肃起来。"唉,想想看,如果能跟随大雁们一道飞过全国直到拉普兰,能听到多少这类有趣的笑话呀!"他自言自语说,"如今你已经倒霉透了,能够进行这样一次旅行是你最好的盼头了。"

大雁们飞到庄园东边一片荒芜的土地上觅食,他们找呀,找呀,一找就是几个小时。在这段时间里,尼尔斯走进了耕地旁边的大公园,在榛树林里仔细寻找,看看能不能找到去年秋天残留下来的果实。当他在公园里走动时,跟随大雁们去旅行的想法一次又一次地浮上他的心头。他津津有味地为自己描绘着,倘若能跟随大雁们一起旅行,生活会多么有趣。当然,他经常要忍饥挨冻,这是预料之中的。但是,他可以逃避干活和读书呢。

正当他在那里搜寻时,那只年老的灰色领头雁走到他面前,问他有没有找到什么可以果腹的东西。"没有哇,"他说,"找了大半天什么也没有找到。"于是,那只领头雁也尽力帮他寻找。可是她也没有找到榛子一类的坚果,不过她在野蔷薇丛中发现了几个还挂在株梗上的野果。尼尔斯狼吞虎咽地把它们吃掉了。这时候他忽然想到,如果妈妈知道他现在是靠吃生鱼和冬天残留下来的野果充饥的话,她会说些什么呢?

大雁们吃饱了以后就返回到湖上去了。他们在那里玩耍散心,一直到中午。大雁们向雄鹅提出挑战,要同他比试比试各项运动的技艺。他们比赛了游泳、跑步和飞行。那只在农家驯养已久的雄鹅使出了浑身解数,但总是败给那些身手敏捷的大雁们。尼尔斯一直骑坐在雄鹅的背上,为他打气加油,玩得和大家一样痛快。湖面上回荡着呼喊声、欢笑声,奇怪的是,住在庄园里的人却什么也没有听见。【名师点睛:大雁们开始承认并接纳雄鹅和尼尔斯,大家相处得愉快、融洽。但是又让读者隐隐有

51

▶ 骑鹅旅行记

一层不安：这像是临别前的狂欢。

大雁玩累了就飞到浮冰上休息。那天下午几乎是同上午一样度过的，先是用了一两个小时觅食，然后在浮冰四周的水里游泳嬉戏，一直玩到太阳落山。

"这种生活对我倒挺合适，"当尼尔斯钻到雄鹅翅膀底下的时候，他这样想，"可惜明天我就要被赶回家去啦！"【写作借鉴：设置悬念，三番两次对尼尔斯舍不得离去的心理进行描写。那么，尼尔斯真的会被赶回家吗？】

他久久未能入眠，躺在那里想着，要是能够跟随大雁们一起去旅行，他就不会再因为懒惰而遭到训斥。那时，他可以整天东游西逛，无所事事。唯一的烦恼就是要寻觅吃的东西。可是他如今吃得很少，总有办法解决的。

他在脑子里为自己描绘出一路上将会看到的新鲜东西，还有将亲身经历的冒险活动。不错，闷在家里埋头干活和读书简直不能与之相提并论。"倘若我能够跟着大雁们去旅行，我就不会为自己变得这么小而伤心了。"尼尔斯想。

他现在什么都不怕，唯独害怕被送回家去。但是直到星期三，大雁们一句都没有提到要把他打发回家。那一天是同星期二一样度过的，尼尔斯对荒野上的生活更加习惯了。他觉得上奥德修道院旁边那个同大森林差不多大的公园几乎成了他自己所有的了，他不再想念家里那拥挤不堪的农舍和狭窄的耕地了。他以为大雁们打算收留他跟随他们一起了，可是到了星期四，他的希望全都落空了。

星期四那一天，起初同往常没有什么两样。大雁们在荒野上觅食，尼尔斯到公园里去寻找吃的东西。过了一会儿，领头雁阿卡走到他面前，问他可曾找到什么吃食没有。没有，他没有找到吃的。于是，她为尼尔斯找来了一株干枯了的葛缕，那些小果实仍旧完整地悬挂在茎秆上。

尼尔斯吃完了之后，阿卡便对他说，他在公园里到处乱跑，未免太不小心了。她问他是否知道，像他这样的一个小人儿究竟需要时刻小心提防多少敌人。不知道,他心中一点数都没有。于是,阿卡便一五一十地把那些敌人逐个说给他听。

她告诉他说:"在公园里走动时,务必提防狐狸和水貂。到湖岸边去的时候,务必留心水獭。如果你想要在石头围墙上坐下来的话,你绝对不能忘记鼬鼠,因为鼬鼠可以从很小很小的洞孔里钻出来。倘若你想要在一堆树叶上躺下来睡会儿觉,你要先检查一下有没有正在冬眠的蝮蛇。你身子一露在开阔地带,就要留神空中有没有正在盘旋的鹰、隼、雕和鹫。到榛树林里去的时候,你说不定会被雀鹰一下子叼走。喜鹊和乌鸦到处都可以碰到,但是对他们也千万不可掉以轻心。只要天一黑,你就应该竖起耳朵认真细听,有没有大猫头鹰飞过来,他们拍打起翅膀无声无息,往往还没有等人发觉,他们就已经来到了你的身边。"【名师点睛:这段描写表明阿卡经验丰富,是只优秀的领头雁,也说明她开始认可与关心尼尔斯。】

当尼尔斯听说有那么多敌人可以伤害他的性命时,他觉得要想自保似乎是不大可能了。他并不特别怕死,却不甘心被吃掉。于是他问阿卡,他究竟应该怎样做才能避免成为这些残暴的禽兽的口中之食。

阿卡马上回答说:"你应该努力同树林里和田野上的小动物们和睦相处,同松鼠、兔子、山雀、白头翁、啄木鸟和云雀友好相处。如果同他们成了好朋友,一有什么危险,他们就会向你发出警告,为你找到藏身之所,而且在紧急关头还会挺身而出,齐心协力地保护你。"

尼尔斯听从了这番忠告,那天晚些时候便去找松鼠西尔莱,想要获得他的帮助。但是事情并不顺遂,松鼠不愿意帮他的忙。"你不要指望从我或者其他小动物那里得到任何帮助,"西尔莱一口拒绝道,"你以为我们不知道你就是放鹅娃尼尔斯?你去年捣毁了燕子的住窝,打碎了椋鸟的蛋,把乌鸦的幼雏扔进泥灰石坑里,用捕鸟网捕捉了鸫鸟,还把松鼠关在笼子里,是不是?哼,你休想我们会帮你!我们没有联合起来对付你,把你赶回家去,你该感到高兴了。"

53

骑鹅旅行记

要是他还是早先那个放鹅娃尼尔斯,听到这样的回答自然不会善罢甘休,非要报复一下不可,然而他现在非常害怕大雁们会知道他从前的种种过失。他一直提心吊胆,生怕不能留在大雁们身边,因此自从同大雁们结伴以来,他一直规规矩矩,不敢做出一点不安分的事情来。当然,如今他这么小,也没有能力去做大的坏事。但是只要想动手的话,打碎鸟蛋,拆毁鸟巢,他还是可以做到的。可是他没有那样做,他一直很温顺和善,没有从雄鹅的翅膀上拔过一根羽毛,回答别人问话时从不失礼,每天清早向阿卡问候时总是脱下帽子恭恭敬敬地鞠躬。【名师点睛:这是尼尔斯变小之后性格上的转变,说明他也意识到了自己之前的调皮与无礼。】

星期四那天,他整天都在想,大雁们不带他到拉普兰去旅行,肯定是因为他们晓得了他以前调皮捣蛋的种种劣迹。所以,那天晚上,他听说松鼠西尔莱的妻子被人抓走,孩子们快要饿死的时候,他便决心去帮帮他们。【写作借鉴:照应前文,交代事情的起因。】事情很顺利,他干得很出色,这在前面已经讲过了。

尼尔斯在星期五那天走进公园时,听到每个灌木丛里都有苍头燕雀在歌唱,唱的都是松鼠西尔莱的妻子如何被野蛮的强盗掳去,留下了嗷嗷待哺的婴儿,而放鹅娃如何英勇地闯入人类的领地,把松鼠的孩子们送到她的身边。

"现在在上奥德修道院公园里,"苍头燕雀这样唱道,"有谁像大拇指小人儿那样受人赞扬?当他还是放鹅娃尼尔斯的时候,人人都害怕他。可是现在不同啦!松鼠西尔莱会送给他坚果,贫穷的野兔会陪他一起玩耍,当狐狸斯密尔出现的时候,麋鹿会驮起他逃走,雀鹰露面的时候山雀会向他发出警报,燕雀和云雀都歌颂他的英雄事迹。"【名师点睛:尼尔斯用他的勇敢、善良赢得了动物们的尊敬、接纳和帮助。】

尼尔斯可以肯定阿卡和大雁们都听到了这一切,但是星期五整整一天过去了,他们还是没有说出他可以留在他们身边的话。

直到星期六之前,大雁们还可以在上奥德修道院周围一带的田野上自由自在地觅食,而不受斯密尔的骚扰。可是星期六清早大雁们来到田野的时候,斯密尔早已虎视眈眈地埋伏在那里。他跟在大雁们后面从一块田地追到另一块田地,使他们无法安安生生地觅食。当阿卡明白斯密尔存心不让他们得到安宁的时候,她便当机立断,挥动翅膀飞上天空,率领雁群一口气飞了几十公里,飞越过菲什县平原和林德罗德山,一直飞到威特斯克弗莱一带才降落下来歇脚。

可是,如前所说,雄鹅在威特斯克弗莱被人偷偷地掳走了。倘若不是尼尔斯竭尽全力舍命相救的话,雄鹅恐怕已经尸骸无存了。

当尼尔斯同雄鹅在星期六晚上一齐返回维姆布湖的时候,他觉得自己这一天的见义勇为,表现得十分出色。他很想知道阿卡和大雁们会说些什么。大雁们委实把他夸奖了一番,然而他们偏偏没有说出他渴望听到的话。

星期天又到来了,尼尔斯被妖术改变形象已经有一个星期了,他的模样还是那么小。

不过,他好像不再为此而烦恼了。星期天下午,他蜷曲着身体,坐在湖边一大片茂密的柳丛里,吹奏起用芦苇做成的口笛。他身边的灌木丛里挤满了山雀、燕雀和椋鸟,他们唧唧啾啾不停地歌唱,他试图按着曲调吹奏。可是他并不擅长吹这种曲调,所以声音听起来非常不协调。那些精于此道的小先生们听得身上的羽毛直竖起来,失望得不住地叹息和拍打翅膀。尼尔斯对于他们的急躁情绪感到很好笑,忍不住咯咯地笑了起来,连手中的口笛都掉到了地上。

<u>他又重新开始吹奏,但是仍旧吹得那么难听,小鸟们唉声叹气地说:"大拇指小人儿,你今天吹得比往常更糟糕。你吹得老是走调。你脑袋里究竟在想些什么呀,大拇指小人儿?"</u>【名师点睛:通过尼尔斯吹奏走调一事,说明他心绪不宁。】

"我一心不能二用嘛。"尼尔斯无精打采地回答说,其实他的确心事重重。他坐在那里,心里老在想自己究竟还能同大雁们在一起待多久,

骑鹅旅行记

说不定当天下午就会被打发回家。

突然,尼尔斯扔掉口笛,从灌木丛纵身跳下来,钻了出去。他看到阿卡率领大雁们排成一列长队朝他这边走来,他们的步伐缓慢而庄重得异乎寻常。尼尔斯马上就明白了,他将会知道他们究竟打算将他怎么办。

他们停下来以后,阿卡开口说道:"你可以不信任我,大拇指小人儿。你从狐狸斯密尔的魔爪中将我救出来,而我却没有对你说过一句感激的话。我就是那种宁愿用行动而不用言语来表示感谢的人。大拇指小人儿,现在我认为我已经做了一件大好事来报答你。我曾经派使者去找过对你施展妖术的那个小精灵。一开始,他连听都不愿听让你恢复原形的话。我一而再,再而三地派使者去告诉他,你在我们中间表现得何等的出色。他现在让我们祝贺你,只要你回到家里,就会变回跟原来一样的人。"

<u>事情真是出乎意料,大雁刚开始讲话的时候,尼尔斯还是高高兴兴的。而当她讲完话的时候,他竟然变得那么伤心!他一言不发,扭过头去呜呜地哭了起来。</u>【名师点睛:可以变回原形是值得高兴的事,可是这也意味着要与雁群分开。尼尔斯不愿分别,因此哭了起来,说明尼尔斯与大伙已建立了深厚的情谊。】

"这究竟是怎么啦?"阿卡问道,"你似乎指望我比现在做更多的事情来报答你,是不是?"

然而,尼尔斯心里想的却是,那么无忧无虑的愉快日子,那么逗笑的戏谑,那么惊心动魄的冒险和毫无约束的自由,还有远离地面在高空中飞翔的快感,这一切都将丧失殆尽。一想到这里,他就禁不住伤心地号啕大哭起来。

"我一点都不在乎能不能重新变成人,"尼尔斯哭道,"我关心的是能不能跟你们到拉普兰去。"

"听我一句话,"阿卡劝慰道,"那个小精灵脾气很大,如果你这次不接受他的好意,那么下一次你再想去求他那就难啦。"

这个尼尔斯真是古怪得不可思议。<u>他生来就没有喜欢过任何人。</u>

他不喜欢自己的爸爸和妈妈,也不喜欢学校里的老师和同学,更不喜欢邻居家的孩子。无论是在玩耍的时候,还是在干正经事情的时候,凡是大家想要叫他做的事,他都觉得厌烦。所以,他如今既不挂念哪个人,也不留恋哪件事。

只有两个同他一样在地头放鹅的孩子——放鹅姑娘奥萨和小马茨,还勉强同他合得来。不过,他也没有真诚地对待他们,并不真心喜欢他们。

"我不要变回人嘛,"尼尔斯呼喊着,"我要跟你们一起到拉普兰去。就是这个缘故,我才规规矩矩了整整一星期。"【名师点睛:插叙尼尔斯之前的古怪表现,使得他此时做出不愿回去的决定变得更合理。】

"我也不是一口拒绝你跟着我们旅行,倘若你当真愿意的话。"阿卡回答说,"可是你要先想明白,是不是更愿意回家去。说不定有一天你会后悔莫及的。"

"不会的,"尼尔斯一口咬定说,"没有什么可后悔的。我从来没有像跟你们在一起这么快活过。"

"好吧,既然如此,那就随你的便吧。"阿卡说道。

"谢谢!"尼尔斯兴奋得流下了眼泪,不同于他过去伤心时的哭泣,这一回是高兴的泪水。【名师点睛:尼尔斯终于如愿以偿,能和大雁群一起去旅行了,他激动不已,不禁喜极而泣。】

Z 知识考点

1.填空题。

阿卡告诉尼尔斯,当他去公园时,要提防_____和_____;去湖边时,要小心_____;想在落叶上躺一会儿,要检查有没有_____;在开阔地带,要留神空中的_____、隼、_____和鹫……

2.判断题。

(1)雁群和背着尼尔斯的雄鹅降落在斯康耐东部离威特斯克弗莱大庄园不远的田野里。　　　　　　　　　　　　(　　)

▶ 骑鹅旅行记

（2）尼尔斯从狐狸斯密尔的魔爪中救出了阿卡，阿卡对此却没有做出任何感激的表示。　　　　　　　　　　（　　）

3.问答题。

尼尔斯为什么不愿回家？

_____
_____

Y 阅读与思考

1.尼尔斯身上发生了哪些变化？

2.尼尔斯为动物伙伴们做了哪些事情？

第四章　格里敏城堡

> **M 名师导读**
>
> 尼尔斯一行在斯康耐平原东南部逗留时，无意中卷入了发生在老鼠之间的领土纠纷。尼尔斯和阿卡不惜冒着生命危险，一起阻止了贪婪野蛮的灰老鼠的阴谋，帮黑老鼠抢回了古堡。他们是怎么做的呢？

黑老鼠和灰老鼠

在斯康耐平原东南部离大海不远的地方，矗立着一座名叫格里敏的古城堡。这座城堡四周没有房屋墙垣，只有一幢高大又坚固的岩石建筑，人们在十几里开外都能够一眼望见它。这座城堡只有四层楼，但是非常巍峨壮观。要是旁边再有一幢普通房屋的话，那么那幢房屋看起来保准像是给小孩玩耍的游戏屋一样。

这幢岩石砌成的大厦有厚厚的外墙、隔墙和拱形天花板，所以它的内部除了厚实的墙壁之外，剩下的空间就很有限了。楼梯十分狭窄，门廊非常小，而里面的房间也不多。为了保持墙壁的坚固，只在上面三层开了几个窗户，最底下的一层，只有几个用来透光的小孔。【名师点睛：介绍格里敏城堡的内外部特点，突出它被人们废弃的原因，为后文故事的发展做铺垫。】在兵荒马乱的战争年代，人们是非常乐意躲进这样一幢坚固高大的房屋里的，就如同现在人们到了寒风凛冽的严冬宁愿缩在皮大衣里面一样。可是当美好的和平时代到来，人们便不再愿意居住在古城堡

骑鹅旅行记

那阴暗寒冷的石头房里了。他们在很久以前就舍弃了格里敏城堡,搬到了阳光充足、空气流通的住宅里。

　　这也就是说,在尼尔斯跟随大雁们到处漫游的时候,格里敏城堡里已经没有人居住了,但是这座城堡并没有因此而缺少房客。每年夏天,一对白鹳都会在房顶上搭起一个大巢,在屋檐下住着一对猫头鹰,在黑暗的过道里居住着蝙蝠,在厨房的炉膛里居住着一只上了年纪的猫,而地窖里面则聚居着几百只已在此生活了多年的黑老鼠。【写作借鉴:承上启下,列举了这座城堡当下的住客,为后文故事的发展做铺垫。】

　　老鼠在别的动物心目中的名声是不太好的,可是格里敏城堡里的黑老鼠却是例外。其他动物在谈论到他们的时候总是带有几分敬意,因为他们在同敌人进行斗争时非常英勇无畏,他们在自己的种族惨遭横祸的时候表现得非常沉着和顽强。他们属于曾经数量众多、势力强大而现在每况愈下、趋于灭绝的一个鼠种。多年前,斯康耐乃至瑞典全国各地都是他们的地盘。他们出没在每一个地窖,每一个顶楼,每一个堆放干草的棚屋和谷仓,每一个食品贮藏室和面包房,每一个牛棚和马厩,每一座教堂和城堡,每一个酿酒作坊和磨坊,反正在人们建造起来的每一幢房子里都可以找到他们的踪迹。但是现在他们被赶了出来,濒临灭绝。兴许偶尔在哪个古老偏僻的地方还能够碰到几只,但是那些地方的黑老鼠绝没有格里敏城堡里聚集得那样多。

　　大凡动物的种族灭绝,罪魁祸首往往是人类,而这一次却并非如此。人类固然同黑老鼠进行过斗争,但是给他们造成的损害是微不足道的。使得他们濒临绝境的是他们本家的另一个族类——灰老鼠。【名师点睛:点明造成黑老鼠当下绝境的祸首并非人类,而是灰老鼠。那么,黑老鼠与灰老鼠之间有着怎样的恩怨呢?】

　　灰老鼠并不像黑老鼠那样从上古时代就在这块土地上生育繁衍。他们的祖先是几个穷得身无分文的外来户。一百多年前,他们搭乘一艘从吕贝克驶来的驳船,在瑞典南部的马尔默登陆,踏上了这块土地。他们是一批无家可归的、饿得快要咽气的可怜虫。他们先在港口栖身下来，在码头底下的木桩之间游来游去，寻找那些被人倒在水里的渣滓来填饱肚皮。他们那时候根本不敢到城市里去，因为那些地方是黑老鼠的地盘。

然而时移境迁，灰老鼠的数量越来越多，他们的胆子逐渐大了起来。他们先是搬进了几幢被黑老鼠舍弃的荒芜不堪、摇摇欲坠的破旧房子里。他们跑到排水沟和垃圾堆去寻找那些黑老鼠不屑于问津的残渣剩羹。他们吃苦耐劳，适应性强，要求又不高，而且他们历尽苦难变得坚韧不拔、无所畏惧。所以仅仅几年，他们就变得势力强大了。于是，他们便着手将黑老鼠驱赶出马尔默。他们从黑老鼠那里夺走了顶楼、地窖和仓库，让黑老鼠活活饿死，或者干脆咬死他们，因为灰老鼠打起仗来是毫不留情的。【名师点睛：简要叙述了灰老鼠种群的发展轨迹，揭开了种群斗争的面纱。】

在得到了马尔默这座城市之后，他们或者是大队人马浩浩荡荡地，或者是小股小股地出动奔赴各地，最终占领了全国。令人费解的是，为什么黑老鼠没有纠集起一支讨伐大军，趁灰老鼠立足未稳的时候将他们一网打尽？大概是由于黑老鼠过分自信，根本没有想到会失去统治地位吧。他们高枕无忧地坐享自己的财富，而灰老鼠却在此时一个一个地夺走了他们手中的仓库、农庄、村落和城市。【名师点睛：一个种群的崛起，必然意味着另一个种群的衰落。作者将崛起与衰落背后的大道理寓于鼠群的争斗之中，引人深思。】于是黑老鼠被活活饿死，被驱赶得走投无路，或者被聚而歼之。在整个斯康耐平原上，他们已经没有容身之地了，只有格里敏城堡还在他们的掌握中。

那幢岩石砌成的古老房子的墙壁是如此坚固，以至于穿墙而过的老鼠通道寥寥无几，所以黑老鼠能够抵御灰老鼠的攻势，成功守卫住仅剩的家园。年复一年，夜复一夜，入侵者和守卫者之间的战争从未停歇过。黑老鼠一直枕戈达旦地守卫着，视死如归、英勇无比地战斗着，也多亏了

> 骑鹅旅行记

那座坚固的古城堡,他们至今一直占着上风。

必须承认,在黑老鼠还得势的时候,别的动物也憎恶过他们,就像如今憎恶灰老鼠一样。这是完全合乎情理的。因为黑老鼠过去干的坏事也不少,比方说黑老鼠常常扑到那些被绳索捆绑的可怜的俘虏身上折磨他们,啃噬他们的尸骸;还把穷人地窖里的最后一个萝卜偷走,并啃咬正在睡觉的鹅的脚掌,从母鸡身边夺走鸡蛋和鸡雏。总而言之,他们的确干过成千上万件坏事。然而自从他们不幸落难以来,这些事情似乎被忘得干干净净了。大家不由得敬佩起最后这批长期同敌人进行殊死战斗的黑老鼠。

居住在格里敏城堡附近的灰老鼠仍然坚持不懈地进行着战斗,他们虎视眈眈地窥视着,一有合适的机会便要一举攻下这座城堡。有人会认为,既然灰老鼠已经赢得了全国各地,他们就应该网开一面,让这一小群黑老鼠在格里敏城堡里安安生生地生活下去。<u>然而,灰老鼠毕竟是容不得这种想法的,他们经常说,能不能最后战胜黑老鼠是一个荣誉问题。</u>但是清楚灰老鼠底细的知情者心里都明白,人们把格里敏城堡当作堆放粮食的仓库,这才是灰老鼠不占领它就不肯罢休的真正原因。【名师点睛:口口声声说战斗攸关荣誉,其实也是利益驱使,灰老鼠的虚伪可见一斑。】

白　鹤

三月二十八日　星期一

一天清早,露宿在维姆布湖面浮冰上的大雁们被来自半空中的大声喧哗所惊醒。"呱呱,呱呱,呱呱,呱呱,"叫声在空中回荡,"灰鹤特里亚努特让我们向大雁阿卡和她率领的雁群致敬。明天在库拉山举行鹤之舞表演大会,欢迎诸位光临。"

阿卡随即仰头回答:"谢谢并向他致意!谢谢并向他致意!"

鹤群呼啸而过,继续向前飞去。但是大雁们在很长一段时间里仍然可以听到他们一边飞行一边对每一块田地和树林发出的呼唤："鹤之舞表演大会明天在库拉山举行。灰鹤特里亚努特欢迎诸位光临。"

大雁们听到这个消息非常高兴。"你真幸运，"他们对雄鹅说，"竟然可以亲眼看到鹤之舞表演大会了。"

"看灰鹤跳舞有那么了不起吗？"雄鹅不解地问道。

"喔，这是你做梦也难想到的呀。"大雁们回答说。【写作借鉴：语言描写，通过大雁们的口吻向雄鹅及读者传达了鹤之舞表演大会的了不起。此处设置悬念，激发读者的阅读兴趣。】

"我们要想想明天大拇指小人儿该怎么办，我们到库拉山去的时候，千万不要让他发生什么意外。"阿卡吩咐道。

"大拇指小人儿用不着单独留在这里，"雄鹅说，"要是灰鹤们不让他去看舞蹈表演，我就留下来陪着他好啦。"

"唉，要知道直到如今还没有哪一个人类被允许去参加库拉山的动物集会，"阿卡叹了口气说，"所以我不敢把大拇指小人儿带去。不过这件事情我们还可以慢慢商量，现在我们先去找点吃的吧。"

于是阿卡发出了启程的信号。为了躲避狐狸斯密尔，他们仍旧尽量往远处飞，一直飞到格里敏城堡南边那片潮湿得像沼泽地一样的草地上，才降落下来寻觅食物。

这一天，尼尔斯一直闷坐在一个小池塘边吹芦苇口笛。他因为不能够去看鹤之舞表演大会而快快不乐，然而又不好意思向雄鹅或者别的大雁张口提这件事情。

他心里非常难过，因为阿卡还是不大信任他。他想，一个男孩不愿重新变成人，却愿意跟随这些一无所有的大雁到处颠簸奔波，那么大雁们应该明白，他是决计不会背叛他们的。再说他们也应该明白，为了同他们在一起，他已经做出了足够大的牺牲，他们自然也应该义不容辞地让他体验一下各种奇妙的事。

"看样子我不得不直截了当地向他们说出我的想法啦。"尼尔斯思忖

骑鹅旅行记

道。但是熬了一个小时又一个小时，他还是拿不定主意要不要这么做。这听起来似乎有点奇怪，其实不然，因为尼尔斯确实对那只老领头雁产生了敬意，他觉得要违抗她的意志是不容易做到的。【名师点睛：尼尔斯已然把自己当成了雁群的一员，他和大伙一样敬重阿卡。他已不再是那个自私自利、肆意欺辱动物的男孩了。】

在那块湿漉漉的草地的另一边，也就是大雁们正在觅食的地方，有一道很宽的石头墙垣蜿蜒延伸。于是一件不可思议的事情发生了：快到傍晚的时候，尼尔斯终于抬起头来要同阿卡讲话，他的目光落到了那堵围墙上，不由得惊疑地叫出了声。所有的大雁都抬起头来，一齐朝尼尔斯看的方向望去。起初，他们同尼尔斯一样疑惑不解，怎么围墙上的灰色鹅卵石竟长出了腿脚，而且在跑动。当他们定睛细看，很快就看清楚了，原来是一群声势浩荡的老鼠大军在墙垣上行进。他们的行动非常迅速，密密麻麻地挤在一起向前飞奔，而且数量很多，一排接着一排，很长一段时间把整个墙垣都遮盖住了。

尼尔斯素来害怕老鼠，他还是个强壮、个子很大的人时就如此。而现在他变得这么小，两三只老鼠就能制服他，他怎能不从心底里感到害怕呢？当他站在那里看的时候，他浑身不寒而栗，脊梁骨上透出了一阵又一阵的凉气。【名师点睛：交代尼尔斯怕老鼠的天性，还是正常人类的体形时便害怕不已，如今变作小人儿，更是恐惧，为后文表现尼尔斯的勇敢做铺垫。】

奇怪的是，大雁们也同他一样厌恶老鼠。他们没有同老鼠讲话，而且在老鼠过去以后，一个劲儿地抖动身子，仿佛老鼠弄脏了他们的羽毛，因而非要抖干净不可。

"嘿，那么多的灰老鼠一齐出动呀！"从瓦西亚尔来的大雁亚克西若有所思地自言自语道，"这可不是什么好兆头。"

尼尔斯正打算张口对阿卡说出自己的想法，他觉得阿卡应该让他跟着一起去库拉山。但是话刚到嘴边又没有说出，因为刚巧有一只大鸟飞落到雁群当中。

人们若见到这只鸟,可能会认为他的身躯、脖颈和脑袋都是从一只小白鹅那里借来的,可除此之外他长着一对又大又黑的翅膀、红色的细长腿,他那细长而扁平的嘴喙对于那个小脑袋来说未免大得过分,脑袋因难以支撑都往下垂了,这给他的外表带来了几分忧愁和伤感。【写作借鉴:对白鹳的外貌描写生动传神,先整体描述,再局部给特写,令人印象深刻。】

阿卡赶紧整整羽翼赶上去迎接,并连连弯下脖颈鞠躬致意。她对于在这样的早春季节就在斯康耐一带见到白鹳并没有感到意外,因为她知道,在雌白鹳做横越波罗的海的长途跋涉之前,雄白鹳往往会提前到来,检查一下他们的窝巢是不是在冬季遭到了破坏。然而她心中疑惑的是,白鹳登门拜访究竟有何事,因为白鹳素来是只跟自己同族往来的。

"我想大概您的寓所没有什么损坏吧,埃尔曼里奇先生。"阿卡说道。

人们常说:白鹳不开口,张嘴必诉苦。现在又一次证实了这句话。更加糟糕的是,这只白鹳发声吐字十分困难,因而听他讲话就更令人难受了。他站在那儿很长一段时间只是嘎嘎地掀动嘴喙,后来才用嘶哑而轻微的声音讲出话来。他牢骚满腹地抱怨一切:他们在格里敏城堡屋脊上的窝巢被严冬的暴风雪摧垮了,他如今在斯康耐几乎找不到食物,斯康耐的老住户正在设法图谋他的全部家当,因为他们竟然在沼泽地里排水,在低洼地里播种。他说,他打算从这个国家迁走,再也不回来了。【名师点睛:作者借白鹳的口吻,讲述了人类为了一己之私而破坏动物们赖以生存的环境的事实,引人深思。】

在白鹳诉苦抱怨的时候,没有安身之处的大雁阿卡不禁自怨自艾起来,她想着:"唉,要是我的日子也能过得像您那么舒服,埃尔曼里奇先生,我才不抱怨诉苦哩。您虽然还是一只自由自在的野鸟,却得到了人类的厚爱,他们不会朝您发射一颗子弹,或者从您的窝里偷走一个蛋。"当然这些话都是阿卡憋在自己肚子里的,她对白鹳只是说,她不大相信

▶ 骑鹅旅行记

他愿意从建成以来就一直是白鹳栖身之所的那座城堡里搬走。

于是,白鹳慌忙询问大雁们是否看见浩浩荡荡的灰老鼠大军前去包围格里敏城堡。阿卡说她已经看到了那群坏家伙。接着,白鹳开始对她讲起多年来为保卫住那座城堡而英勇战斗的黑老鼠。"可惜今天夜里格里敏城堡就要落入灰老鼠的手中啦!"白鹳长长地叹息了一声。

"为什么就在今天夜里呢,埃尔曼里奇先生?"阿卡问道。

"唉,那是因为昨天晚上差不多所有的黑老鼠都已经动身到库拉山去啦,"白鹳说,"他们以为别的动物也会赶到那里去。但是你们看清楚了吧,灰老鼠却留了下来。现在他们正在集合,准备趁只有几只走不动长路而没有跟着去库拉山的老年守卫的时候攻进城堡。他们肯定能够达到目的。可是我已经同黑老鼠和睦相处多年了,如今要同他们的敌人居住在一个地方,那真叫人不好受。"

阿卡现在明白过来了。原来白鹳对灰老鼠的所作所为感到十分气愤,所以找上门来发泄一通怨气。然而从白鹳孤傲清高的性格来看,他一定没有努力制止这件不幸的事情发生。

"您去向黑老鼠通风报信了吗,埃尔曼里奇先生?"她问道。

"<u>没有</u>,"白鹳回答说,"送了信也不顶用。不等他们赶回来,城堡就<u>已经被攻占了</u>。"【写作借鉴:语言描写,表现了白鹳的消极悲观,他明知会有不好的结果,却不努力改变。此处与前文对白鹳的外貌描写相呼应,其形象一下就立体鲜明起来。】

"您先不要那么肯定,埃尔曼里奇先生,"阿卡说,"据我所知,有一只上了年纪的大雁,也就是在下,想要出力制止这种无赖行径。"

在阿卡说这番话的时候,白鹳扬起脑袋,瞪大双眼望着她。他有这副神情并不奇怪,因为老阿卡身上既没有利爪也没有尖喙可以用来肉搏血战。再说,大雁是白天活动的鸟类,天一黑就不由自主地犯困,而老鼠却偏偏是在深夜里作战的。

然而阿卡显然已经拿定主意要援救黑老鼠。她把从瓦西亚尔来的亚克西叫到跟前,吩咐他带着大雁们飞回维姆布湖去。大雁们纷纷表示异议,她就以权威的口吻说道:"我认为,为了大家的安全,你们必须服从我的安排。我要飞到那幢大石头房子去,若是一齐跟着去,庄园上的住户难免会看见我们,并且会朝我们开枪。在这次飞行中,我唯一要带的帮手是大拇指小人儿。他对我会有很大用处,因为他有一双很好的眼睛,而且夜里可以不睡觉。"

尼尔斯心里已经别扭了整整一天。他听到阿卡这番话后,便把腰杆挺得笔直,尽量让自己显得个子大一些,然后把双手交叉放在背后,鼻子朝天地走上前去,打算说他根本就不想参加同灰老鼠的战斗,让阿卡另请高明。

可是尼尔斯刚一露脸,白鹳也马上行动起来。本来他是按照鹳鸟惯常的姿势站立的,也就是低垂着脑袋,把嘴喙贴在脖颈上。而这时候从他喉咙深处发出一阵叽叽咕咕的响声,仿佛在笑。他以迅雷不及掩耳之势把嘴喙往下一伸便逮住了尼尔斯,把尼尔斯抛到两三米高的空中,如此反复了七次。【写作借鉴:对白鹳的动作描写,表现了他欺软怕硬、傲慢无礼的性格特点。】尼尔斯吓得尖声大叫,大雁们也喊道:"您这是在做什么,埃尔曼里奇先生?他不是青蛙,而是一个人,埃尔曼里奇先生!"

后来,白鹳终于把尼尔斯安然无恙地放回到地上。他对阿卡说道:"现在我要飞回格里敏城堡去啦,阿卡大婶。我出来的时候,居住在那里的动物都焦急得要命。您可以相信,我回去告诉他们说,大雁阿卡和那个小模小样的大拇指小人儿要来搭救他们,他们一定会喜出望外的。"

说完这句话,白鹳伸长了脖颈,挥动翅膀,就像一支离弦之箭一般,嗖的一下飞得无影无踪。阿卡心里有数,他这样做是想显显身手压她一头,但是她一点也不在意。【名师点睛:白鹳作为黑老鼠多年的邻居,在邻居遇到危机时,却不施以援手;在得到大雁将出手帮忙的答复后,却又傲慢无礼地开始显摆,对比突显出阿卡的勇敢、正直、宽容大度。】她等了一会儿,等到尼尔斯把被白鹳甩掉的木鞋找回来穿好后,就驮上他去追赶白鹳。

▶ 骑鹅旅行记

这一回尼尔斯什么话都没有说,因为他非常生白鹳的气,他骑在阿卡背上还禁不住发出一阵阵气愤的冷笑。哼,那个长着红色细长腿的家伙太小看他啦,以为他人长得太小就什么事情都做不了,他将要做出一番事来,让那个家伙见识见识,从西威曼豪格来的尼尔斯·豪尔耶松可是个真正的男子汉。

过了片刻,阿卡就来到了格里敏城堡房顶上的白鹳的窝巢里。那真是一个又宽敞又漂亮的窝。它的底部是一个车轮,上面铺着好几层树枝和草茎。这个窝巢有了些年头,许多灌木和野草在它上面生根发芽了。当雌白鹳蹲在窝中央的圆坑里孵蛋的时候,她可以极目远眺斯康耐的美丽景色,而且还可以就近观赏四周的野蔷薇花和长生草。

尼尔斯和阿卡一眼就看出,这里正在发生一场足以颠倒正常生活秩序的大乱子。在白鹳的窝巢边沿上站着两只猫头鹰,一只身上长满灰色斑纹的老猫和十二只牙齿很长、泪眼汪汪的年迈的黑老鼠。这些动物平日是很难像这样和睦地聚在一起的。【名师点睛:连白鹳、猫头鹰、猫和黑老鼠都能和睦地聚在一起了,突出了情势的紧迫。】

他们当中没有哪一个掉转头来看阿卡一眼,或者对她表示欢迎。他们心无二用,目不转睛地望着在严冬过后还光秃秃的田野上隐约可见的几条蜿蜒伸展的灰色长线。

所有的黑老鼠都默默无言,从他们的神态上可以看出来,他们已经陷入了深深的绝望之中。他们显然明白自己的性命难保,而且这座城堡也岌岌可危。那两只猫头鹰转动着大眼睛,抖动着眼睫毛,用尖锐刺耳、难听得要命的声音控诉着灰老鼠的残暴罪行,并且说他们不得不背井离乡投奔他方,因为听说灰老鼠决计不会轻易放过他们的蛋和幼雏。那只满身斑纹的猫断定,一旦城堡失陷,蜂拥而至的灰老鼠就会把他咬死的。他一刻不停地责骂黑老鼠:"你们怎么愚蠢到这般地步,竟然让你们最好的斗士统统走了?你们怎么可以轻信灰老鼠?这是绝对不能饶恕的过失。"【写作借鉴:情势危急之下,各个动物的神态、语言、动作描写生动形象。

控诉、责骂、焦虑对解决问题是无益的,从侧面衬托出阿卡的伟大和睿智。】

那十二只黑老鼠无言以对,不过那只白鹳虽然心里也很焦虑,却仍不忘逗弄那只老猫。"不必那样心慌意乱嘛,老猫芒斯,"他说,"难道你没有看到,阿卡大婶和大拇指小人儿特地前来拯救这座城堡?你尽管放心吧,他们会成功的。现在我可是要睡觉了,而且要睡个好觉。明天我醒过来的时候,格里敏城堡里决计不会有一只灰老鼠的。"

尼尔斯瞅了瞅阿卡,使了个眼色,意思是说:要是白鹳果真在这时候蜷起一条长腿放在窝巢边沿上睡过去的话,他就动手把这个家伙推到下面坡地上去。但是阿卡制止了他。她似乎一点也不动气,还心满意足的腔调说:"我这么一把年纪,要是解决不了这么一点点麻烦的话,那也太不中用啦。倘若可以彻夜不眠的猫头鹰夫妇肯出力为我去传递信息,那么我想一切都会顺当的。"

猫头鹰夫妇双双表示愿意效劳。于是阿卡请求雄猫头鹰马上动身去找那些外出未归的黑老鼠,叫他们火速赶回来;又派雌猫头鹰到居住在隆德大教堂的草鸮(xiāo)弗拉敏亚那里去执行一项秘密任务,阿卡不敢大声说出来,只是压低了嗓门说给雌猫头鹰听。【名师点睛:阿卡沉着冷静地分配任务,体现了她的有勇有谋。另外,此处还设置了悬念,激发读者阅读兴趣。】

捕鼠者

到了午夜时分,灰老鼠终于找到一个通往地窖的洞穴。那个洞穴在墙壁上相当高的地方,不过灰老鼠一个踩着一个的肩膀往上爬,不消多少时间,他们当中最勇敢的那一个就爬到了洞口,准备闯入格里敏城堡。而就在这座城堡的墙角下,灰老鼠的许多先辈曾在战争中殒命。

那只灰老鼠在洞口稍稍停留了一会儿,提防遭到暗算。尽管守卫者的主力部队已经外出了,但是灰老鼠估计留在城堡里的黑老鼠是决计不

骑鹅旅行记

肯束手就擒的。他胆战心惊地倾听着哪怕是最细微的动静,但是到处一片寂静。于是这只最勇敢的灰老鼠便鼓足勇气,纵身跳进了黑得伸手不见五指的地窖里。

灰老鼠一只接一只地跟着那只最勇敢的灰老鼠跳下去。他们全都轻手轻脚地,时刻警惕着黑老鼠的埋伏。一直等到大批灰老鼠进入了地窖,窖底再也容纳不下更多的灰老鼠时,他们才敢向前推进。

尽管他们过去一步也没有踏进过这座建筑物,但是对他们来说寻找道路并不困难。他们很快就在墙壁内部找到了黑老鼠用来上楼的通道。在他们爬上这些狭窄而陡峭的孔道之前,他们又认真地倾听了周围的动静。黑老鼠这样神出鬼没更叫他们心惊肉跳,这比面对面地明阵对仗更可怕。当他们安然无恙地来到第一层楼的时候,他们几乎不敢相信自己竟然那么走运。

他们刚一进门就闻到地上大堆大堆的谷物散发出的香味。不过现在就开始享受胜利的果实未免为时过早。他们先要仔仔细细地将那些阴森逼人而又空空荡荡的房间搜索一遍。他们逐个搜查角落,甚至跳到城堡老式大厨房的地板中央的炉灶上搜查,而在厨房的里间他们险些掉进水井里去。【名师点睛:灰老鼠进入城堡,见到了诱人的谷物,却没有忘情享受,表明他们是一支纪律严明的队伍。】他们连一个细小的透光孔也没有放过,但是仍旧没发现黑老鼠的踪迹。他们完全占领了这一层楼之后,便以同样小心翼翼的方式朝第二层楼推进。他们一边凝气屏息随时提防着敌人猛扑上来,一边不得不硬着头皮艰难而危险地爬过一道道墙。尽管谷物堆朝他们散发着诱惑力极强的芬芳香味,但他们还是强忍住了,仔细搜索每一个角落:早先兵士们住过的那些用竖柱加固的岗房、用过的石头桌椅和炉灶、深深嵌入墙壁的窗洞和在地板上凿通的大窟窿——从前人们把熬得滚烫的石蜡从这些窟窿中浇灌下去,用来对付入侵的敌人。

这时候仍然不见黑老鼠的踪影,灰老鼠不断摸索前进,来到了第三层楼。【名师点睛:黑老鼠始终不见踪影,阿卡和尼尔斯也还没有什么动作,叫人心生疑惑。】城堡主人的宽敞的大客厅就在这一层,这个大客厅早已失去了昔日的光辉,如今同城堡里其他房间一样阴森寒冷而空荡。他们甚至还爬到了最高层,那里只有一个凄凉可怕的大房间。他们唯独没有想到要搜查房顶上白鹳住的那个大窝巢。恰恰就在这时候,雌猫头鹰把阿卡叫醒,并且告诉她,草鸦弗拉敏亚同意了她的请求,并把她想要的东西送来了。

灰老鼠把城堡里里外外仔细搜查了一遍才放下心来。他们以为黑老鼠已经狼狈逃走了,于是兴高采烈地扑向那大堆大堆的谷物。

可是灰老鼠还没有咽下几个麦粒,就听到下面庭院里传来一个口哨发出来的尖锐刺耳的声音。灰老鼠们从谷物堆上抬起头来,心神不定地侧耳细听,他们跑了几步,想要离开谷物堆,然而又舍不得,便转过身继续大嚼起来。

猛烈刺耳的口哨声再一次响了起来,这时候不可思议的怪事发生了。一只老鼠,两只老鼠,啊,一大群老鼠丢下了谷物,从谷物堆上蹿了下来,抄着最快的近路往地窖里跑,以便尽快跑出这座城堡。不过仍旧还有许多灰老鼠留了下来,他们盘算着,为了征服这座格里敏城堡,他们费了九牛二虎之力,这胜利委实来之不易,就这样离去实在不甘心。可是口哨的声音再一次催促他们,他们不得不服从了。他们慌忙从谷物堆里窜出来,顺着墙壁里面的狭窄通道一溜烟地滑了下去。他们争先恐后地往外窜,顾不得你踩我、我踩你,乱作一团。

在庭院中央站着一个小人儿,他在吹奏一只形状像烟斗的口哨。他四周已经围了一大圈灰老鼠,如痴似呆、心醉神迷地耸耳聆听着他的吹奏,而且还有灰老鼠络绎不绝地涌上来。其间,他把那只口哨从嘴边拿开一会儿对他们做鬼脸,这时候灰老鼠群情汹涌,好像要扑上去把他咬死。可是他再次吹起那只口哨时,灰老鼠便又乖乖地受制于他了。【名师点睛:口哨的神奇魔力令奔赴而来的灰老鼠们如醉如痴,也让读者对其充

> 骑鹅旅行记

满了好奇。】

小人儿一直吹奏着口哨,直到所有的灰老鼠从格里敏城堡里出来,他便掉转身,慢步走出庭院,朝通往田野的大路上走去。所有的灰老鼠紧随其后,因为那个口哨发出的声音实在好听,他们无法抗拒它的魔力。

小人儿走在他们前面,把他们引向通往瓦尔比镇的路上。一路上,他存心引领着他们兜圈子,并且故意挑难走的弯路,他七弯八拐,爬过许多道篱笆,还穿过好几条地沟。可是无论他朝哪边走去,那些灰老鼠都不得不紧随其后。他不停吹奏的那个口哨似乎是用兽角做成的,不过那兽角非常小,如今再也见不到哪一种动物的前额上长着这么一个小巧玲珑的兽角了。至于那个小口哨是哪个匠人制造的,现在已经没有人知道了。草鸮弗拉敏亚在隆德大教堂的一个窗龛里发现了它,便把它拿给渡鸦巴塔奇鉴赏。他们俩一致认定,这样的口哨是早先那些捕捉老鼠和田鼠的人制作的。巴塔奇是阿卡的好朋友,阿卡从他那里知晓了弗拉敏亚有这么一件宝物。【名师点睛:揭示哨子的来历,照应前文所设的悬念,同时引出阿卡的好朋友——渡鸦巴塔奇。】

口哨的确魔力无穷,老鼠根本无力抗拒。尼尔斯走在他们前面吹奏着,从星光洒满大地时分起,一直到破晓,旭日冉冉升起,大队大队的灰老鼠仍旧浩浩荡荡地跟随在他身后,被他引领得离格里敏城堡的大谷仓愈来愈远了。

知识考点

1. 填空题。

格里敏城堡住了很多房客:每年夏天,一对_____都会在房顶上搭起一个大巢,在屋檐下住着一对_____,在黑暗的_____里居住着蝙蝠,在厨房的_____里居住着一只上了年纪的猫,而地窖里面则聚居着几百只已在此生活了多年的_____。

2. 判断题。

（1）鹤群从天空呼啸而过,他们一边飞行一边对每一块田地和树林发出呼唤:"鹤之舞表演大会明天在库拉山举行。"　　　　（　　）

（2）在黑老鼠还得势的时候,他们也像如今的灰老鼠一样做尽坏事,惹人生厌。　　　　　　　　　　　　　　　　　　（　　）

3. 问答题。

大雁阿卡交给雌猫头鹰的秘密任务是什么?

_____

_____

阅读与思考

1. 白鹳的性格特点是怎样的?

2. 灰老鼠是怎样一步步发展壮大起来的?

骑鹅旅行记

第五章　库拉山的鹤之舞表演大会

M 名师导读

鹤之舞表演大会的盛况令人赞叹不已,然而狐狸斯密尔前来偷袭,咬死了一只大雁,破坏了大会欢乐祥和的气氛。对于这个破坏规则的全民公敌,动物们给了他应有的惩罚。到底是怎样的惩罚呢?

三月二十九日　星期二

　　人们不得不承认,整个斯康耐境内虽然建造了许多巍峨壮观的建筑物,但是没有哪一幢建筑物的墙壁能够和古老的库拉山的悬崖峭壁媲美。

　　库拉山并不高,峰峦低矮而地形狭长,称不上是一座大山或名山。山峁(mǎo)十分广阔,上面树林和耕地纵横杂陈,间或还有布满灌木的沼泽地和圆形山丘,不时还能看到一些巍峨耸立的峰嶂。从山顶上望过去,景色并无奇特之处,同斯康耐其他地区的高地大同小异。

　　若有人从那条横贯山峁的大路走到山顶,会禁不住感到失望。

　　可是,倘若他从大路上折过去,走到山的边缘,顺着悬崖峭壁朝下看去,他会发现值得观赏的美景多得目不暇接。【写作借鉴:对比描写,突出从库拉山山边所看到的景色与众不同。】这是因为库拉山不像矗立在陆地上的其他山脉那样四周有平原和峡谷环抱,而是突兀地插入海中,伸展得很远很远。山脚下没有一寸土地可以替它抵挡海浪的侵袭,汹涌的浪涛直接拍打着峭壁,尽兴地冲刷和剥蚀岩壁,并且任意改变着它的形状。

　　因而,悬崖峭壁经年累月地受大海和肆虐的大风影响,形成了美不胜收的奇形怪状。那里有陡峭险峻的绝壁、揳(xiē)入山腰而深邃阴森的峡谷和在风的长期鞭笞下形成的乌黑光滑的岩石岬角;那里有从水面上骤然拔起、一柱擎天的石柱和洞口狭小而穴道幽深的岩洞;那里既有光秃秃的陡直如削的峭壁,也有绿树依依的缓坡斜滩;那里有小巧玲珑的岬角和峡湾,还有被汹涌拍岸的激浪冲刷得起伏翻滚、哗哗作响的小鹅卵石;那里有在水面上高高拱起的壮丽的石门、不时被白色浪花淹没的尖石和倒映在墨绿色的平静水中的石块;那里还有在悬崖峭壁上自然形成的像一口巨锅那样的大洞,而崖石中的巨大罅(xià)隙更是使游人大发思古探幽的豪兴,非要闯进此山深处去寻找古代库拉人的住所。【写作借鉴:运用排比的修辞手法,详细地描写出库拉山景观的美丽、壮观。】

这些峡谷和悬崖峭壁长满了爬藤和卷须蔓,它们紧贴着山崖匍匐散开。那里也长着一些树木,但是狂风肆虐的巨大威力逼迫它们不得不攀缘在藤蔓上,这才使得它们能在山崖上牢牢地扎根。榭树的树干紧贴着地面,它们的树冠则像罩在树干上面的圆形拱顶。树干矮小的山毛榉树就像一顶顶用树叶编织成的帐篷,立在峡谷之中。【写作借鉴:运用比喻的修辞手法,将峡谷上生长的山毛榉树形象地展示在读者面前。】

这些稀奇古怪、引人入胜的悬崖峭壁,下临碧波万顷的浩瀚大海,上探无边无际、万里无云的天空,这一切使得库拉山分外令人喜爱。每到夏季,就会有大批游客前来游览一番。至于究竟是什么原因使得这座山对动物也有这样大的魅力,以至于他们每年都要在这里举行一次表演大会,这就难以解答了。然而这是约定俗成的习惯,只有看到过大海的波涛第一次拍打在库拉山岸边,激得浪花四溅的人才能够解释清楚,为什么偏偏是库拉山而不是别的哪座山被选为会场。

每次表演大会之前,马鹿、麋鹿、山兔和狐狸等四足走兽为了不被人类发现,会在前一天夜间便动身奔赴库拉山。在太阳升起之前,他们就络绎不绝地拥向表演大会的场地——一片位于大路左边、离山嘴不远的长满灌木的荒野地。

这片会场的四周被圆形山丘所环抱,除了无意间闯入的人之外,人

▶ 骑鹅旅行记

们从外面是看不见它的。再说在三月份，也不大会有什么游客迷路闯到这里来。那些常常在土丘之间漫游和攀登悬崖峭壁的外地人，早在几个月之前就被深秋季节的暴风雨撵走了。而海岬上的那个航标灯看守人，库拉农庄里的那个老主妇，还有库拉山的那个农夫和他的佣工，都只走他们习惯的熟路，不会在这些长满灌木的荒山野冈上到处乱跑。

那些四足走兽来到会场之后便蹲坐在圆形山丘上，各种动物都按族类聚在一处。这一天是天下太平、歌舞升平的一天，任何一只动物都用不着担心会遭到袭击。在这一天，一只幼山兔可以大模大样地走过狐狸聚集的山丘，而不会被咬掉一只耳朵。话虽如此，各种动物还是各自成群地聚在一处。这是因袭的老规矩。【名师点睛：介绍会场规则，为故事情节的展开做铺垫。】

所有的动物各就各位之后，他们就环顾四周，等候着鸟类来到。那一天总是晴朗的大好天气。灰鹤是优秀的气候预报家，要是这一天有雨，他是决计不会把动物界的各路人马统统召集到这里来的。那一天，天空万里无云，没有任何东西挡住四足走兽的视线，但是他们仍然不见鸟类在空中出现。这可奇怪啦，太阳早已高悬在空中，鸟类早就应该来了。

库拉山上的动物们注意到平原的上空忽然飘过一小朵一小朵的云彩。看哪！有一片云彩沿着厄勒海峡的海岸朝库拉山飘来啦！这片云彩飘到游戏场地的上空便不动了，就在这一刹那，整片云彩发出了嘹亮的鸣叫，仿佛整个天空都充满了悦耳的音调。鸣声此起彼伏，缭绕不断。后来，这片云彩整个降落在一个山丘上，转眼之间山丘上布满了灰色的云雀，漂亮的红色、灰色和白色的燕雀，翎毛上斑斑点点的紫翅椋鸟和嫩绿色的山雀。【写作借鉴：通过视觉、听觉描写，突出了鸟的种类之繁多、色彩之丰富，生动形象地表现出鸟儿出场时奇特的场景。】

另外一朵云彩紧随其后，从平原上空飘然而至。那朵云彩经过每一个院落、农舍、华厦、乡镇、城市，还有火车站，甚至捕鱼营地和制糖厂的上空都要停留一下。每次停留的时候，它都要像龙卷风一般从地面上各家各户的院子里吸起一小根灰色尘柱。这样不断汇聚,这朵云便愈来愈大,最后一起飘向库拉山的时候,已经不再是一朵云彩而是整整一大片乌云,它的阴影投射下来,把从汉格耐斯到莫勒的大块土地都遮暗了。当乌云停留在游戏场地上空时,那遮天蔽日的景象极为壮观,太阳压根儿连影子都见不到了。麻雀像是下倾盆大雨一样哗啦哗啦地洒落在一座山丘上,直到很长时间以后,飞在最里面的麻雀才得以重见天日。【写作借鉴:运用夸张、比喻的修辞手法,极言麻雀的数量之众多,场面之盛大,非常具有画面感。】

最大的鸟群组成的云彩虽然姗姗来迟,但是终于出现了。这是由来自四面八方的各式各样的鸟群汇合而成的。这是一片蓝湛湛、灰蒙蒙的沉重的云层,它遮天蔽日,连一丝阳光都透不过来。它就像大雷雨来到之前乌云摧城那样令人感到阴森可怕。这片乌云里充满了最可怕的噪音、最令人毛骨悚然的尖啸、最刺耳的冷嘲热讽和最不祥的哀鸣。当这一大片乌云终于像春风化雨般地散成拍打翅膀并呱呱啼叫的乌鸦、寒鸦、渡鸦和秃鼻乌鸦的时候,会场上的所有动物才松了一口气,重新露出了笑颜。

后来在天空中见到的不但有云彩,还有一大批不同形状的线条和符号。从东边和东北边来的小点串成的直线,是从耶英厄地区的森林中来的鸟类——黑琴鸡和红嘴松鸡,他们彼此相隔两三米排成长长的纵队飞了过来。那些居住在法斯特布罗外面的莫克滩的蹼足鸟,以三角形、弯钩形、斜菱形和半圆形等稀奇古怪的飞行队阵越过东北部海峡,徐徐地飞过来。【名师点睛:表演大会还未开始,鸟儿们便用他们特有的出场方式,为读者带来了极大的视觉享受。】

在尼尔斯·豪尔耶松跟着大雁们到处漫游的这一年所举行的表演大会上,阿卡率领的雁群姗姗来迟。这没有什么可奇怪的,因为阿卡必须飞越整个斯康耐才能抵达库拉山。再说,她清早一醒过来就赶紧出去寻找大拇指小人儿,因为大拇指小人儿在头一天夜里吹着口哨把灰老鼠

骑鹅旅行记

引领到离格里敏城堡很远很远的地区去了。当时雄猫头鹰已经带回消息说,黑老鼠将会在日出之前赶回家来。也就是说,天亮以后,不再吹奏口哨,任凭灰老鼠行动也不会有什么危险了。

但是发现尼尔斯和跟在他身后的那支浩浩荡荡的队伍的倒不是阿卡,而是白鹳埃尔曼里奇先生。白鹳发现了尼尔斯的踪影后,便凌空一个急遽俯冲,扑下来用嘴喙把他叼起来带到了空中。原来白鹳也是大清早就出去寻找他了。当他把尼尔斯驮回自己的窝巢以后,他还为自己头一天晚上瞧不起人的失礼行为向尼尔斯道歉。

尼尔斯同白鹳结成了好朋友,这使得他十分开心。【名师点睛:尼尔斯真诚待人,白鹳知错能改,两人结成好朋友,叫人欢喜感慨。】阿卡也对他十分亲昵。这只老灰雁好几次用脑袋在尼尔斯胳膊上擦来擦去,并且赞扬了他的见义勇为。

但是不得不说,尼尔斯有一点是值得表扬的,那就是他不愿意冒领他并不相配的那些称赞。"不,阿卡大婶,"他赶忙说,"你们千万不要以为我引开灰老鼠是为了拯救黑老鼠。我那样做只不过是想向埃尔曼里奇先生显示我不是那么不中用。"

他的话音刚落,阿卡就转过头来询问白鹳,把大拇指小人儿带到库拉山去是否合适。"我的意思是说,我们可以像相信自己那样相信他。"她又补了一句。白鹳马上热情地说可以让大拇指小人儿跟着一起去。"您当然应该带上大拇指小人儿一起上库拉山啦,"他说,"他昨天晚上为了我们那么劳累受苦,我们应该报答他,知恩图报是好事。我对昨晚有失礼仪的举止深感内疚,因此务必由我亲自把他驮到会场。"

世界上再也没有比得到聪明非凡、本领超群的人的夸奖更为美好的事情了。尼尔斯觉得自己从来不曾像听到大雁和白鹳夸奖他的时候那样高兴过。【名师点睛:尼尔斯的努力和贡献得到了大家的肯定,这正是他需要的,他想要证明自己,找到自己存在的意义。】

尼尔斯骑坐在白鹳背上向库拉山飞去。尽管他知道这是给他的一

78

个非常大的荣誉,可是他还是有点提心吊胆,因为埃尔曼里奇先生是一位飞行大师,他的飞行速度是大雁们自叹弗如的。在阿卡拍动翅膀平稳地向前飞翔的时候,白鹳却在展示各种飞行技巧。他时而停止振翅,任身子随着气流滑行;时而猛然向下俯冲,像一块直坠向地面的石头;时而像是一股旋风围绕阿卡大圈、小圈地旋转。【写作借鉴:运用排比、比喻的修辞手法,极力表现白鹳高超的飞行技术。这是他欢快心情的写照。】尼尔斯从来没有经历过这样的飞行,尽管他被吓得胆战心惊,心里却不得不承认,他以前并不知道怎样才算是飞行技术高超。

他们在途中短暂停留过一次,阿卡飞到维姆布湖上同她的旅伴们汇合,并且欢呼着告诉他们灰老鼠已经被赶走了。然后他们就一齐径直飞赴库拉山。

大雁们在留给他们的那个山丘上降落下来。尼尔斯举目四顾,目光从这个山丘转向那个山丘。他看到一个山丘上全是七枝八叉的马鹿头上的角,而另一个山丘上则挤满了苍鹭的脖颈。狐狸围聚的那个山丘是火红色的,海鸟的山丘是黑白两色相间的,而老鼠的那个山丘则是灰颜色的。一个山丘上布满了黑色的渡鸦,他们在无休无止地啼叫。另一个山丘是活泼的云雀,他们接连不断地跃向空中欢快地引吭高歌。

按照库拉山向来的规矩,这一天的游艺表演是以乌鸦的飞行舞开始的。他们分为两群,面对面飞行,碰到一起又折回身去重新开始。这种舞蹈来来去去重复了许多遍,对于那些并不精通舞蹈规则的观众来说,未免太单调了。乌鸦对他们自己的精彩舞蹈感到非常自豪,然而其他动物却非常高兴他们终于跳完了。在这些动物眼里,这个舞蹈就像隆冬季节狂风卷起雪花一般沉闷、无聊。他们已经看得厌烦了,焦急地等待能够带给他们欢乐的节目。【名师点睛:从动物的角度形容开场节目的无聊,从而引起读者对后面动物表演的期待。】

他们倒并没有白白等候。乌鸦刚一跳完,山兔们就连蹦带跳跑上场来。他们长长一串蜂拥而来,并没有排成什么队形,有时候是单个表演,

▶ 骑鹅旅行记

有时候三四只跑在一起。所有的山兔都蜷起前腿竖直身体向前跑,他们跑得飞快,长耳朵朝着各个方向摇来晃去。他们一边朝前奔跑,一边做各种各样的动作,一会儿像陀螺般不断旋转,一会儿高高地蹦跳起来,有时还用前爪拍打肋骨发出咚咚的擂鼓声。有些山兔一连串翻了许多跟头,有些把身体弯曲成车轮滚滚向前,还有一只山兔一条腿独立,另一条腿一圈又一圈地旋转,而另一只山兔则倒立着向前走去。他们没有一点秩序,但是他们的表演非常滑稽有趣,站在那里观看表演的动物都屏住呼吸。现在已经是春天,欢天喜地的日子快要来到,隆冬已经过去。要不了多久,生活就会像游戏那样轻松快乐啦。【写作借鉴:运用排比的修辞手法来表现山兔们的表演,符合他们活泼好动的性格特征,看着叫人觉得欢快。】

山兔们蹦蹦跳跳地退场之后,轮到森林里的鸟类大松鸡上场表演了。几百只身披灿烂的深褐色羽毛、长着鲜红色眉毛的红嘴松鸡跳到会场中央的一棵大槲树上。在最高的那根树枝上站着一只松鸡,他鼓起羽毛,垂下翅膀,还翘起尾巴,这样连贴身的雪白羽绒也让大家看得清楚了。随后他伸长了脖颈,从憋足了气而涨得发粗的咽喉里发出两三声深沉浑厚的啼鸣:"喔呀,喔呀,喔呀!"再多的声音他就叫不出来了,只是在咽喉深处发出几下咕噜咕噜声。然后他便闭上双目,悄声细气地叫道:"嘻嘻!嘻嘻!嘻嘻!多么好听啊!嘻嘻!嘻嘻!嘻嘻!"他就这样自鸣得意,沉浸在自我陶醉之中,根本不理会周围发生了什么事情。

在第一只红嘴松鸡还在自我陶醉的时候,他下面那根树枝上的三只松鸡就已经在引吭高歌了。一曲尚未终了,下面的树枝上的十只松鸡也唱了起来,歌声从一根枝杈传到另一根枝杈,直到几百只松鸡一齐放开喉咙,喔呀、喔呀和嘻嘻、嘻嘻,啼叫声一时之间不绝于耳。他们统统沉浸在自己美妙的歌声之中。正是这种令人欲醉的情绪感染了所有的动物,使他们如饮醇酒一般陶醉起来。方才血液还在欢快地畅流,此时却开始变得猛烈冲动和滚热发烫起来。"是啊,春天确实到了,"各种动物都在想,"冬天的严寒已经过去,春天的火焰正燃遍整个大地。"

黑琴鸡看到红嘴松鸡的表演这样走红讨俏,也不甘示弱,再也不肯沉默下去。他们聚集的那个地方没有树木,便干脆跑进会场,可惜场地上灌木长得太高了,大家看不到他们的全身,只能看见他们翘起的漂亮羽毛和宽大的嘴喙。他们齐声歌唱:"咕咕,咕咕!"

正当黑琴鸡和红嘴松鸡的较量进行得如火如荼的时候,意外发生了。所有动物都在聚精会神地欣赏黑琴鸡和松鸡的表演,一只狐狸偷偷地溜到大雁们聚集的山丘。他小心翼翼、蹑手蹑脚地靠拢过去,被发现时他已经走上了那座山丘。有一只大雁瞅见了他,心想狐狸混进雁群里来肯定不怀好意,便叫喊起来:"当心啊,大雁们!当心啊,大雁们!"多半是她不肯住嘴的缘故,狐狸朝她直扑过去,一口咬住了她的咽喉。但是其他大雁听到了她的警报便一齐扑扑地飞上天空。大雁们飞起来之后,动物们才看见狐狸斯密尔嘴里叼着一只死雁站在大雁的那个山丘上。【名师点睛:会场惊变,本是欢乐和平的大会,一只大雁却殒命狐口。】

斯密尔由于破坏了游艺节日的和平而遭到了严厉的惩罚,他将为自己没能抑制报复之心而悔恨终生。他马上就被一大群狐狸团团包围起来,并且按照自古以来的规矩受到了判决。无论是谁,只要他破坏了这个盛大游艺节日的和平,就要被驱逐出境。没有任何一只狐狸为他求情,因为他们都很清楚,倘若他们敢提出那样的要求,他们就会被赶出会场并且不准再来。也就是说,所有在场者都一致同意将斯密尔驱逐出境,没有任何反对意见。他从今以后不准留在斯康耐,必须离开自己的亲属,舍弃他的猎场、藏身之所,到别的地方去碰碰运气。为了让斯康耐境内所有的狐狸都知道斯密尔已遭放逐并被剥夺一切权利,狐狸之中年纪最长的那只扑向斯密尔,一口把他右耳朵尖啃了下来。这一驱逐程序刚刚完成,那些年轻的狐狸便嗜血成性地嚎叫起来,扑到斯密尔身上。斯密尔没有其他办法,只好夺路逃命。他在所有年轻狐狸的穷追猛赶之下,气急败坏地逃离了库拉山。【名师点睛:斯密尔因为破坏了表演大会的和平

▶ 骑鹅旅行记

而被逐出斯康耐,他此时含恨而逃,心中的仇恨更深了,看来雁群与斯密尔的恩怨还将继续。】

这一切都是在黑琴鸡和红嘴松鸡进行精彩表演的过程中发生的,但是这些鸟类都深深陶醉在自己的歌唱之中,他们听而不闻,视而不见,因此没有受到任何影响。

松鸡的表演刚一结束,来自海克伯亚的马鹿开始登场献技,表演他们的角斗。有好几对马鹿同时进行角斗。他们彼此死命地用头顶撞,鹿角噼里啪啦地敲打在一起,鹿角上的枝杈也错综交叉在一起。他们都力图迫使对方往后退。灌木丛下的泥土被他们的蹄子踩得乱七八糟。他们嘴里呼哧呼哧,像冒烟似的不断往外吐气,从喉咙里发出吓人的咆哮,泛着泡沫的唾液从嘴角一直流到了前胛上。

这些能征善战的马鹿厮打在一起的时候,四周山丘上的观众都凝神屏息,寂静无声,被激发出新的热情。所有的动物都感到自己是勇敢而强壮的,浑身充满了使不完的劲,仿佛大地回春使得他们又获得了新生。他们意气风发,敢于投身到任何冒险行动中去。他们之间没有怨气,但是一个个扬起翅膀,竖起颈翎,摩擦脚爪,大有一决雌雄之势。倘若海克伯亚的马鹿再继续搏斗一会儿的话,各个山丘上将难免发生一场场混战,因为观众都感受到烈焰般的渴望,急于要表现一下自己的身手,来表明他们都是生气勃勃的。【名师点睛:通过观众们的感受和表现,从侧面来称赞马鹿的表演投入认真,极富感染力。】冬天的桎梏已经摆脱,他们如今浑身充满了力量。

正在这个时刻,马鹿却恰到好处地结束了角斗表演。于是一阵阵悄声细语立即从一个山丘传到另一个山丘:"现在轮到大鹤表演啦!"【名师点睛:过渡句,可谓千呼万唤始出来,鹤之舞表演大会的高潮终于到来。】

那些身披灰色暮云的大鸟真是美得出奇,不但翅膀上长着漂亮的翎羽,脖颈上也围了一圈朱红色的羽饰。这些长腿细颈、头小身大的大鸟从山丘上飞掠下来,使大家看得眼花缭乱。他们在朝前飞掠的时候,旋转着身躯,半似翱翔,半似舞蹈。他们优雅地举翅振翼,以令人不可思议的速度做出各种各样的动作。他们的舞蹈奇异而别具一格。但见灰影憧憧、蹁跹起舞,真叫观众目不暇接。这种舞蹈仿佛是荒凉的沼泽地上翻滚奔腾着的阵阵雾霭云翳,他们的舞蹈里有一种魔力,使得以前从未到过库拉山的人这才恍然大悟,怪不得整个表演大会要用"鹤之舞表演大会"来命名。他们的舞蹈蕴含着粗犷的活力,然而激起的感情却是一种美好而愉悦的憧憬。在这一刻,没有人会想要格斗拼命。相反,不管是长着翅膀的,还是没有长翅膀的,所有的动物都想从地面腾飞,飞到无垠无际的天空中去,探索永恒的奥秘。他们都想舍弃自己越来越笨重的肉体,飞向那虚无缥缈的天国。【写作借鉴:"魔力""奥秘"说明鹤之舞有一种激荡心灵、升华灵魂的力量,这正是鹤之舞的魅力所在。】

动物们每年只有一次机会对不可能到手的东西想入非非以及想要探索生活中隐藏的奥秘,那就是在他们观看鹤之舞表演的时候。

知识考点

1. 填空题。

在描写鹤之舞表演时,作者先从_____上描写灰鹤的美,再从_____上表现舞蹈的美,最后从_____描述舞蹈给人的美的体验,层层递进,为读者全方位展示了鹤之舞的魅力。

2. 选择题。

表演大会上,(　　)的表演激发出现场所有动物的热情,让他们仿佛获得了新生,浑身有使不完的劲。

A.乌鸦　　　　B.山兔　　　　C.马鹿　　　　D.鹤

3. 问答题。

狐狸斯密尔在表演大会上做了什么?受到了怎样的惩罚?

▶ 骑鹅旅行记

阅读与思考

1. 山兔的表演有什么特色？
2. 用自己的话描述鹤之舞的美妙场景。

第六章　在雨天里

M 名师导读

尼尔斯和雄鹅跟随雁群一路向北飞。这天，为躲避连绵不绝的春雨，他们降落在一片沼泽地。尼尔斯无法入睡，便溜进了一个村庄。在那儿，他听到两只猫头鹰的对话，说他可以变成人，但有一定的前提条件。一心想变成人类的尼尔斯对此有怎样的感想呢？变成人的前提条件是什么呢？他做得到吗？

三月三十日　星期三

这是踏上旅途以来第一个下雨天。大雁们在维姆布湖逗留的那些日子里，天气一直晴朗和煦。然而就在他们开始朝北飞行的那一天，天公不作美，竟下起雨来了。尼尔斯骑在鹅背上，一连淋了几个小时，浑身湿透了，冻得瑟瑟发抖。

在他们启程的那天清早，天气仍旧很晴朗，没有一丝风。大雁们飞到高空中，飞得平平稳稳、不匆不忙。阿卡领头，其余的大雁在她身后斜分成两行，呈"人"字形紧紧跟随。他们并没有花费时间去逗弄地面上的动物，但是也做不到长时间保持沉默。于是他们随着翅膀一上一下的摆动，不断地你呼我唤："你在哪儿？我在这儿。你在哪儿？我在这儿。"

所有的大雁都这样不停地鸣叫，只有在向雄鹅指点他们飞行路线上的地面标志时才会停一下。【名师点睛：雄鹅是第一次做长途旅行，雁群对其关怀备至，会时不时停下来为其指点路线上的地面标志。】这次飞行路线的地面标志是林德罗德山的光秃秃的山坡，乌威斯哥尔摩的大庄园，克

85

▶ 骑鹅旅行记

里斯田城的教堂钟楼,位于乌普曼那湖和伊芙湖之间狭长地带的贝克森林的王室领地,还有罗斯山的峭壁断崖。

这次飞行十分单调乏味。可是当天空中出现乌云的时候,尼尔斯挺开心,觉得有东西可以消遣解闷了。在这以前,他只从地面上仰望过乌云,那时候他觉得乌云黑沉沉的,非常令人讨厌。但是在云层里从上往下看的时候,那种景象就迥然不同了。现在他触目所及的是,那些云层就像在空中行驶的一辆辆硕大无朋的货车一样,车上的东西堆积如山:有些装的是灰色的大麻袋,有些装载着一个个大桶,那些桶都大得足以装下一个湖的水,还有一些载满了大缸和大瓶,缸里和瓶里的水都快要溢出来了。这些货车越来越多,把整个天空都挤得满满的。就在这个时候,仿佛有人给了个信号,于是倾缸倾盆,连瓶带麻袋,汪洋大海一般的水一下子全朝地面倾泻下去。【写作借鉴:运用比喻、排比、夸张等修辞手法,将云层的形状、积聚和大雨倾盆描绘得形象生动。】

当第一场春雨吧嗒吧嗒滴到地面上的时候,灌木丛里和草地上的所有小鸟都欢呼雀跃起来,他们声震九天,以至于坐在鹅背上的尼尔斯也不免被震得直跳起身来。"现在下雨喽!雨水给我们带来了春天,春天使鲜花盛开、绿叶生长,鲜花和绿叶送来了虫蛹和昆虫,虫蛹和昆虫是我们的食物,又多又可口,是再好不过的美味。"小鸟们心花怒放地歌唱着。

大雁们也为春雨感到高兴,因为春雨催苗助长,把植物从睡梦之中唤醒,也因为春雨融水解冻,在冰封的湖面凿出一个个洞。他们不再像方才那样保持严肃庄重了,于是开始朝地面上发出戏谑的呼唤。

在克里斯田城一带有大片大片的种土豆的田地,可是眼前这些田地还是光秃秃、黑乎乎的,啥东西都没有长出来。他们飞过这些田地时,便叫唤道:"土豆地,快醒醒!土豆地,快醒醒!醒过来了就快长东西。春雨已经把你们叫醒,你们已经偷懒太久,再也不要懒下去。"

当他们看到行人们匆匆找地方躲雨时便埋怨道:"你们干什么要那样匆匆忙忙?你们难道没有看见,天上掉下来的是长面包和小点心?是

长面包和小点心！"【名师点睛：通过鸟类的欢快情绪和活泼语言来表现春雨喜人、春雨贵如油的道理。】

有一个很大很厚的云层正风驰电掣一般朝北飘移，它紧紧跟随在大雁们的身后。大雁们幻想着，那是他们在拖着云层前进。正好在这个时候，他们看到地面上有个大花园，于是得意地呼唤起来："我们送来了银莲花，送来了玫瑰花，送来了苹果花和樱桃花！我们还送来了豌豆和芸豆、萝卜和白菜！谁想要，就来拿！谁想要，就来拿！"

这就是雨滴刚刚落下时的动人情景，大家都因为春雨的到来而喜上眉梢。可是这场雨持续了一个下午，大雁们感到不耐烦了，就向伊芙湖四周干渴缺水的森林叫嚷道："难道你们还没有喝足吗？难道你们还没有喝足吗？"

天色愈来愈晦暗昏沉，太阳早已不见踪影，谁也不知道它究竟躲到哪里去了。雨下得越来越密，雨点沉重地击打着大雁们的翅膀，并且透过外面那层有油脂的羽毛一直浸到了肌肤里。大地上雨雾弥漫，湖泊、山岭和森林都已融合成一幅模糊不清的大杂烩般的图画。路面标志也无法辨认了。他们飞得越来越慢，再也发不出欢快的鸣叫，而尼尔斯也觉得愈来愈冷了。【写作借鉴：从上而下、由远及近的环境描写，写出了春雨的细密，突出了大雁们阴郁的心情。】

然而他们一直在咬紧牙关硬撑着飞行。到了下午，他们降落在一块大沼泽地中央的一棵矮小松树下面。那里又潮湿又冰凉，有些土丘还覆盖着积雪，而另外一些土丘则浸泡在半化不化的冰水之中，露出了光秃秃的丘顶。即使是此刻，尼尔斯也没有感到气馁，而是情绪饱满地跑来跑去，到处寻找蔓越橘和冻了的野红莓。但是夜幕降临了，黑暗严丝合缝地裹住了一切，以至于连尼尔斯那样敏锐的眼睛也无法把黑暗望穿。荒野变得异乎寻常的可怕。他躺在雄鹅翅膀底下，浑身湿漉漉、冷冰冰的，难受得无法入睡。他一会儿听到噼里啪啦、簌簌作响的声音，一会儿听到可疑的脚步声，一会儿又听到可怕的吼声。他听到那么多可怕的声

骑鹅旅行记

音,恐惧得不知道往哪里躲藏。【写作借鉴:作者调动视觉、触觉、听觉来描述这个雨夜的难熬,让读者产生身临其境之感。】他必须到有火和灯光的地方去,这样才不至于被活活吓死。

"难道我就不能拿出勇气,到人住的地方去度过这难熬的一夜吗?"尼尔斯思忖道,"我只需在炉火边暖暖身体,再吃上点热饭,在日出之前我肯定能赶回来。"

他从翅膀底下爬出来,一骨碌滑到地上。他既没有惊醒雄鹅,也没有惊醒大雁们,而是悄悄地走出了沼泽地。

他弄不清楚自己究竟在什么地方,究竟是在斯康耐省呢,还是在斯莫兰省或者是布莱金厄省。但是降落在这块沼泽地之前,他曾隐隐约约地看见旁边有一个大村庄,如今他就是朝着那个方向走去。他走了不大一会儿,就找到一条路,顺着这条路再走一会儿,就来到了一个村庄的大街上。那条街很长,两旁树木成行,院落一个挨着一个。

尼尔斯走进一个很大的教区村庄[教区牧师和教区教堂所在的村庄,这类村庄一般较大而且很热闹],这类教区村庄在瑞典北部非常普遍,而在南部平原上却较为鲜见。

村民们的住房都是用木料建造的,而且造型十分精致美观。大多数房屋的山墙和房檐上都有精雕细凿的木制装饰,房前平台上都安装着玻璃窗,有些还装着彩色玻璃。大门和窗框都油漆得锃光闪亮,有的是蓝色,有的是绿色,还有漆成红色的。尼尔斯一边走一边打量这些房子,耳边不断传来居住在这些温暖馨香的小屋里的人们的说话声和笑声。他分辨不清他们在说些什么,但是觉得人说话的声音是那么悦耳动听。"要是我敲门请求进去待一会儿的话,不知他们会说些什么。"他想。【名师点睛:飞行旅途并非一帆风顺,在这样一个寒冷的雨夜,尼尔斯开始怀念人类生活。】

他本来是想这样做的,可是他一见到灯光明亮的窗户,早先那种怕黑的恐惧一下子消失了。相反地,一直压在他心头的那种不敢同人类接近的顾虑又重新冒了出来。"在我请求人家放我进屋之前,"他想,"我先在村子里兜一圈吧。"

尼尔斯看到一幢有一个阳台的房屋。在他经过那里的时候,阳台门刚好砰的一声被打开,淡黄色的灯光透过精致而轻盈的门帘映射出来。一个美貌少妇娉娉婷婷走了出来,将身子倚在栏杆上。"一下雨,春天马上就来了。"她自言自语地说。尼尔斯看到她的时候,心里泛起一股奇怪的焦躁情绪。他几乎快要哭出来,这是他第一次因为害怕永远被排斥在人类之外而感到惴惴不安。【写作借鉴:心理描写,细致入微地表现出尼尔斯的情绪变化。受困于大自然的恶劣环境,尼尔斯开始想念人类生活的舒适温暖,但他又害怕自己小人儿的身份会遭到人类的排斥。】

随后他又走过一个小店铺。店铺门口停着一台红色的播种机。他停下脚步,左看右瞧,最后忍不住爬到驾驶舱里去坐坐。他坐定之后,把两片嘴唇咂得吧啦吧啦直响,假装正在开动这台播种机。他不禁想,要是能在田野上驾驶这样漂亮的机器,那该有多么惬意呀。有一会儿工夫,他忘记了自己现在的模样。但是当他恢复理智后,便赶紧从机器上跳了下来。他心里的不安变得越来越强烈了。倘若一直在动物中间生活下去的话,他必定会丧失许多美好的东西。人类毕竟是非常聪明能干,且不同于别的动物的。

他走过邮政局时,就想起了各式各样的报纸,这些报纸每天都把世界各地的新闻送到人们的眼前。他看到药房和医生的住宅时,便想到人类的力量真巨大,居然可以同疾病和死亡作斗争。他走过教堂时,就想到人类建造教堂是为了倾听有关人世尘寰以外的另一个世界的情形,倾听有关上天、复活和永生的福音。他越是往前走,就越舍不得离开人类了。

大凡孩子都是这样的:他们只想到鼻子底下的事物,而不往远处着想。什么东西摆在面前,他们立刻就想得到手,根本不在乎究竟要付出多大的代价。在尼尔斯选择继续当一个小精灵的时候,他根本没有弄明白他究竟会失去什么。而现在,他却害怕得要命,唯恐再也不能变回原

89

骑鹅旅行记

来的模样。【名师点睛：当与大雁们一起时，尼尔斯享受飞行的自由，还可以领略大自然的绮丽风光；然而这时候，尼尔斯内心开始动摇。此处描述符合十四岁孩子心性不定的特点，使人物形象更真实、丰富。】

他究竟应该怎么做才能重新变成一个人呢？这是他非常想知道的。

他爬上一座房屋的台阶，就在如注的大雨之中坐定下来开始思索。他坐在那里想呀，想呀，一个小时过去了，两个小时过去了……他想得前额上都起了皱纹，但并不比刚才更聪明一点。各种各样的想法似乎在他的头脑里胡乱地搅在一起，他在那儿坐得越久就越觉得找不出什么妙法良策来。【名师点睛：尼尔斯一方面想享受变作小人儿后的无拘无束，一方面又想拥有人类文明舒适的生活，但是世间安得两全法，他想不出一个两全之策。】

"对于像我这样一个只读过一丁点书的人来说，这个问题实在是太深奥啦，"尼尔斯最后终于想出了一个法子，"我还是先回到人类当中去。我要去请教牧师、医生、老师和别的有学问的人，说不定他们知道怎么治好我的毛病。"

就这样，他下定决心马上去做。他站起来抖掉身上的雨水，因为他浑身湿透得像只落汤鸡。

正在这个时候，尼尔斯看到一只大猫头鹰飞来，落在街边的一棵树上。过了一会儿，一只栖息在屋檐底下的黄褐色小猫头鹰扭动身子打招呼说："叽咕咕，叽咕咕！你回来啦，沼泽地来的大猫头鹰？你在外省生活得好吗？"

"多谢问候，小猫头鹰！我日子过得不错，"大猫头鹰回答说，"我出门在外的这段时间里，家里发生过什么有意思的事情吗？"

"在布莱金厄省倒没有，大猫头鹰！可是在斯康耐省却发生了一件怪事。有个男孩被一个小精灵施展妖术，变成了一个像松鼠那么小的小人儿。后来那个男孩就跟着一只家鹅往拉普兰省飞去了。"

"嘿，世上的事真是无奇不有，无奇不有呀！那么请问，小猫头鹰，这个男孩就永远也不能重新变成人了吗？难道他就永远不能重新变成人了吗？"

"这可是一个秘密，大猫头鹰，不过说给你听听也不碍事。那位小精灵关照说，倘若男孩能够照顾好那只家鹅，让他平安无事地回到家的话，那么……"【名师点睛：猫头鹰的话没有说完，会不会还有什么隐情或变数呢？让我们拭目以待。】

"还有什么，小猫头鹰？还有什么？都说了吧！"

"跟我一起飞到教堂钟楼上去吧，大猫头鹰，那样你就可以知道一切！在大街上说话不方便，我怕给偷听了去。"

于是那两只猫头鹰就一齐飞走了。尼尔斯兴奋得忍不住把小尖帽抛到空中。他放开嗓门，高声欢呼说："只要我照顾好雄鹅，让他平安无事地回到家，我就可以重新变成人啦！好极了！好极了！那时我就可以重新变成人啦！"【写作借鉴：神态、动作和语言描写，生动地表现出尼尔斯在得知变回人类的方法后的喜悦之情。】

尽管尼尔斯放开喉咙大声欢呼，可奇怪的是居住在房屋里的那些人却丝毫听不到动静。既然人们听不见他的说话声，他也就不再多逗留，迈开双腿，大步流星地朝着大雁们栖息的潮湿的沼泽地走去。

Z 知识考点

1. 填空题。

大凡孩子都是这样的：他们只想到＿＿＿＿＿＿的事物，而不往＿＿＿＿＿＿。什么东西摆在面前，他们立刻就想得到手，根本不在乎究竟要付出多大的代价。

2. 判断题。

（1）大雁们始终很喜欢和感激这场春雨。　　　　　　（　　）

（2）尼尔斯从雄鹅的翅膀底下爬出来，离开沼泽地，走进了一个很大的教区村庄。　　　　　　　　　　　　　　　　（　　）

骑鹅旅行记

3. 问答题。

尼尔斯从两只猫头鹰的对话中听到了什么消息?

_____

_____

阅读与思考

1. 尼尔斯为什么想变回人类?

2. 换作是你,你会做出什么样的选择?

第七章　有三个梯级的台阶

> **M 名师导读**
>
> 　　前方的水和陆地被冰雪覆盖，雁群决定改道向东，然后再向北飞往拉普兰，因为东边靠近大海，气温可能会高一点。途中，尼尔斯想起了老师关于所要穿越省份的地理位置、自然风光的介绍及老巨人的传说。究竟是怎样的传说呢？

三月三十一日　星期四

　　第二天，大雁们打算朝北飞，越过斯莫兰省的阿勒布县。他们派出亚克西和卡克西先去探探路。可是他们回来报告说，一路上所有的水面都结着冰，地面上也被积雪覆盖。"与其如此，我们还是留在这里的好，"大雁们说，"我们没有法子飞越一个既没有水又没有草的地带。"

　　"如果我们待在原地不动，说不定还要等上一个月才冰化雪融，"阿卡说，"倒不如先朝东飞过布莱金厄省，然后再试试能不能从莫勒县飞越斯莫兰省，因为那地方靠近海岸，春天要来得早一些。"

　　这样，尼尔斯第二天就改道飞越布莱金厄省了，天光大亮，他的心情也随之平静下来。他真弄不明白昨天晚上自己为什么会那样想。他现在当然不愿意放弃这次旅行和野外生活了。【名师点睛：陷入思维困境的尼尔斯曾那样茫然无措，但是只过了一个晚上，他的心境又完全不同了。这是人之常情。这告诉我们，遇到想不通的问题时，不要沉陷其中，更不要急于给出答案。】

　　布莱金厄的上空笼罩着厚厚一层似烟如尘的雨雾，尼尔斯根本看不

▶ 骑鹅旅行记

到底下是什么样子。"我真不知道身下飞过的地带是富饶,还是贫瘠。"他暗自思忖道。他苦思冥想,尽力在自己的脑海里寻找在学校里学过的关于全国地理的知识。不过他马上就明白过来,这样做是徒劳无益的,因为他在学校里常常连课本都不好好看一眼。

然而整个学校的情景一下子浮现在尼尔斯的眼前。孩子们端坐在小课桌旁边,大家都举着手,老师站在讲台上,一脸的不满意。他站在一张地图面前要回答一个布莱金厄省的问题,然而张口结舌一个字也说不上来。老师耐心等待着,脸色一刻比一刻难看。尼尔斯心里很清楚,这位老师更加重视地理课,谆谆教导大家要用心学好,可是他偏偏答不上来。老师终于走下讲台,把教鞭从尼尔斯手里接了过来,让他回到自己的座位上去。"唉,最后肯定没有好事。"尼尔斯想。

可是老师却走到窗前,站在那里往外看了一会儿,又吹了几声口哨。然后,他又走回讲台上,说要给大家讲点布莱金厄的典故。他那时候讲的典故非常有趣,尼尔斯聚精会神地听着,因此,现在他只要稍稍回忆一下,就能一字不漏地记起来。【名师点睛:过渡句,总启下文。此处也说明老师讲得有趣,连调皮的孩子都听得认真而专注。】

"斯莫兰省是一座房顶上长着杉树林的高房子,"老师侃侃而谈,"在那幢高房子前面,有一个三级的宽台阶,那个台阶就叫作布莱金厄省。

"那个台阶的梯级非常宽阔。它沿着斯莫兰那幢大房子的正面往外伸展了八十公里,有人想要从台阶上下来走到波罗的海去,他必须先走四十公里。【名师点睛:老师将三级地貌比作三级台阶,想象大胆,比喻新奇有趣,并照应前文,说明老师很会讲课。】

"那个台阶是很久以前建造起来的。从采花岗岩和铺成最初的台阶,到修成斯莫兰和波罗的海之间的一条舒适的通衢大道,其间经历了悠久的岁月。

"由于台阶岁月悠久,所以不难理解,它今天的模样跟刚刚建造的时候大不一样了。我不大清楚那时候究竟有没有人关心照料它,但是像那么一大片地方,光用一把扫帚是打扫不干净的。两三年后,台阶上就长出了苔藓和地衣。秋天,大风把枯草干叶刮卷到那里。春天,那上面又堆积起沙石砾土。年复一年,那些东西堆积在一起,经过腐烂发酵,最后台阶上就有了厚厚的肥沃土层,不但长出了青草和草本植物,连灌木和大树也在这里生根发芽了。

"在这一过程中,三级台阶也发生了不同的变化。最高的那一层梯级,也就是离斯莫兰省最近的那个,多为贫瘠的土质和石子所覆盖,那里除了白桦树、稠李树和云杉之类能耐住高原地带寒冷缺水的条件的树木之外,其他树木全都成活不了。【名师点睛:将高原地区地貌和作物特色讲解得简单明了。】只消看看在森林中间开垦的狭窄耕地,那里的人们建造的低矮窄小的房舍,还有教堂与教堂之间的距离是多么远,你就明白那里是多么荒凉贫穷了。

"中间的那一层土质比较好,而且也没有受到严寒的约束,这一点人们一眼就可以看出来,因为那里的树木都长得比较高大,而且品种也比较名贵。那里长着枫树、槲树、心叶椴、白桦树和榛树,但是偏偏不长针叶松。更加显而易见的是,那里耕地非常多,而且人们建造起更大更美观的房屋。中间那一层梯级上有许多教堂,它们周围有很大的村庄。无论从哪个方面来看,这里都比最高的那一层更加富饶和美丽。

"但是最下面的那一层是最好的。那里土壤膏腴[肥沃]、物阜民丰[物产丰富,人民生活富足]。由于地势依傍大海,受到海洋的滋润,人们一点儿也感觉不到斯莫兰省刮下来的凛冽寒气。那里适宜山毛榉树、栗树和核桃树的生长,它们都成长得枝干挺拔,可以和教堂的房顶比高低。那里平畴千里,阡陌纵横,居民不单依靠林业和农业为生,而且也从事渔业、商业和航海。【名师点睛:沿海地区气候湿润,土地肥沃,交通便利,经济发达,适于各行各业人群聚居。】所以那里有最阔绰的住宅、最精美的教堂,教区村落已经发展成了乡镇和城市。

"不过,这些还不能说明三级台阶的全部情况。还要想到,当斯莫兰

▶ 骑鹅旅行记

这幢大房子的屋顶上在下雨,或者屋顶上的积雪融化时,势必有许多水要漫溢出来。不管怎样说,必然有相当一部分积水顺着那个大台阶倾泻而下。一开始,不管台阶多宽,水都是漫过台阶而下的,可是后来台阶上出现了裂缝,积水便顺着日积月累冲刷出来的沟壑湍流奔腾。水毕竟是水,它的本性难移,它总是川流不息,无休无止的。它在一个地方把泥沙翻滚起来,经过冲刷,带到另一个地方淤积起来。流水把沟壑冲刷成了峡谷,并且在峡谷的岩壁上铺上一层松软的沃土。后来,灌木丛、藤蔓和树木渐渐攀缘在上面,而且它们长得非常茂密,几乎把深峡里湍流奔腾的急流给遮蔽了。然而急流照样奔腾向前,在梯级的边沿形成瀑布跌宕而下,水势澎湃汹涌,好似飞花碎玉一般直泻下来,因此有力量推动水磨的轮子和机器。这样,人们在每个瀑布旁边都兴建了磨坊和工厂。

"不过关于那个三级台阶的地带,要说的还不止这些。<u>在斯莫兰那幢大房子里,曾经住过一个年纪很大的巨人,他不得不走下那个长长的台阶到海里捕捞鲑鱼,这使他十分恼火。他觉得,要是鲑鱼能够摇头摆尾地径直游到他的面前来,那才算是省事。</u>【名师点睛:老师讲授地理知识时,穿插神话故事,增加了课堂的趣味性,也调动了学生的积极性,令读者也觉得神奇有趣。】

"于是他跑到那幢大房子的屋顶上,站在那里把许多大石头朝波罗的海猛掷过去。他力大无比,石头飞越布莱金厄落进了大海。石头轰然坠入水中,鲑鱼吓蒙了,居然从海里往岸边溯流而上,沿着布莱金厄的急流游进峡谷,纵身跳到瀑布的上游,又在斯莫兰境内游了好久,一直游到老巨人面前才停下来。

"姑且不论这个传说究竟是不是无稽之谈,布莱金厄海边确实可以见到许多岛屿和礁石。那些岛屿和礁石可能就是那个巨人原先扔下去的大石头。

"可要注意的是,一直到现在,鲑鱼都沿着布莱金厄的大小河流逆水而上,穿过瀑布和湖泊,折来绕去来到斯莫兰省。

"那个巨人是值得布莱金厄省的居民感激和敬仰的,因为直到今天还有许多人依靠在急流里捕捞鲑鱼和在礁石岛屿上开凿石头为生。"

知识考点

1. 填空题。

高原地区土地贫瘠,树木以能耐寒缺水的品种为多,耕地_____,房舍_____,教堂_____。

2. 判断题。

(1)尼尔斯以前在学校上课时,一直比较认真。　　　　　(　　)

(2)两三年后,台阶上就长出了苔藓和地衣。秋天,大风把枯草干叶刮卷到那里。春天,那上面又堆积起沙石砾土。　　(　　)

3. 问答题。

中间一级台阶有哪些地理特征?

_____

_____

阅读与思考

1. 尼尔斯为什么对这堂地理课记忆深刻?

2. 请简要复述有关老巨人的传说。

骑鹅旅行记

第八章　在罗纳比河

名师导读

雁群和狐狸斯密尔在罗纳比河附近狭路相逢。斯密尔一心想复仇，他一路上跟踪雁群，并一而再再而三地施展伎俩，不过都被机警的尼尔斯——化解。斯密尔使了哪些诡计？尼尔斯又是如何化解的呢？

四月一日　星期五

大雁们和狐狸斯密尔都没有想到，他们在斯康耐分道扬镳之后，居然还会冤家路窄般地重新碰到一起。大雁们改变了计划的路线，绕道布莱金厄，而斯密尔也正朝着这边亡命而来。他这几天不得不躲躲闪闪地在北方省份的荒山野岭里钻来钻去，在那里他至今没有见到养满麋鹿和鲜嫩馋人的雏鹿的大庄园或者狩猎园。他心头积抑的怒火自然是不言而喻的。

有一天下午，斯密尔在离罗纳比河不远的荒凉的森林地带踽(jǔ)踽[形容一个人走路孤零零的样子]而行，猛一抬头看见空中掠过两行雁群。他定睛凝视，分辨出其中有一只是浑身雪白的。他明白过来这一下他该做些什么了。

斯密尔立即追踪起了大雁们，他既渴望得到一顿美餐，又想趁此机会报仇雪耻，因为是他们逼得他不得不背井离乡。他看见雁群朝东飞去，一直飞到罗纳比河，然后改变方向，顺着河流朝南而去。他明白他们是打算沿着河岸寻找一个过夜的地方。他盘算着，以为自己轻易就可以抓住一两只。

可是当斯密尔看到大雁们降落栖身的地方时，不禁倒抽了一口冷气。原来，大雁们选择了一块安全又隐蔽的地方，他根本无法接近他们。

【名师点睛：从侧面说明了大雁们在选址上是精心考虑过的。连狡猾的斯密尔都"倒抽了一口冷气"的地方，到底是什么地方呢？引起读者的阅读兴趣。】

罗纳比河虽说不是什么气势磅礴的名川大河，但因为两岸风光旖旎而受人称道。这条河在如削似刃的悬崖峭壁之间九转十八弯地穿来绕去，两岸笔立的危崖陡壁上长满了忍冬树、稠李树、山楂树、花椒树和柳树。在风和日丽的夏日里，再也没有比在这条幽暗的小河上泛舟和仰望紧贴在危岩上的绿荫更令人心旷神怡的了。

可是大雁们和斯密尔来到这条小河的时候，仍是春寒料峭、凉气逼人的早春时节。所有的树木都还是光秃秃的，一片叶子也没有。到这里来的人也都没有心思去品评这河畔的风光究竟是美丽还是丑陋。大雁们都十分庆幸能够在一座峭壁底下找到一片大小足以使他们栖身休息的沙滩。他们面前是那条因冰消雪融而水急浪大、奔腾不息的罗纳比河。他们身后是插翅都难以飞越的悬崖峭壁，峭壁上垂下来的蔓萝枝条正好作为他们的屏障。他们觉得再也找不到比这里更合适的地方了。

【名师点睛：栖息地的选择说明大雁经验丰富，警惕性强。此处照应前文。】

大雁们立刻就睡着了，而尼尔斯却久久不能入梦。太阳一落山，他对黑暗和荒野的恐惧又冒出来了，他渴望回到人类中去。他睡在雄鹅的翅膀底下，什么也看不见，听觉也很不灵敏。他想到，要是雄鹅遭到什么不测，他是毫无能力去搭救的。他听着从四面八方传来的哗啦哗啦的响声，愈发心神不宁，便一骨碌从雄鹅翅膀底下钻了出来，在大雁们旁边席地而坐。

斯密尔站在山峁上放眼眺望，从上往下打量着那群大雁。"唉，你趁早放弃追踪他们的想法算啦，"他自言自语道，"那么陡峭的山坡你下不去，那么湍急的河流你无法涉水而过，况且山脚下没有一寸陆地可以通到他们露宿的地方。那些大雁们对你来说太精明了。你今后再也不要

骑鹅旅行记

痴心妄想去抓这些猎物了。"

斯密尔眼巴巴地看着追逐已久的猎物，只可惜无法把他们弄到手。然而他同其他狐狸一样，从不轻易放弃自己的目标。他趴在山崖最边沿处，目不转睛地盯着大雁们，不由得回想起他们使他遭受的一切苦楚和凌辱。哼，就是这些家伙捣乱，他才会被迫离开斯康耐省，不得不到贫困的布莱金厄省来闯荡。他趴在那里，心里越想越恼火。他想，就算他自己无法把他们生吞活剥，也希望他们早点送掉性命。

正在斯密尔恼火透顶的时候，他猛然听见他身边的一棵松树上传来一阵唰啦唰啦的响声。他看到一只松鼠从树上狂奔下来，被一只紫貂紧紧追赶着。他们俩谁也没有工夫去注意斯密尔，他就在那里一动不动地看着他们从一棵树上追逐到另一棵树上。他看见那只松鼠轻巧灵活地在树枝之间穿来绕去，仿佛会飞一样。他又看到那只紫貂的攀缘本领虽然不如松鼠，但是也能顺着树干纵上窜下，就像奔跑在林间山路上一样敏捷。"唉，要是我的攀缘本领有他们的一半那么好，"斯密尔思忖道，"那么下面那些家伙就休想再得安宁了！"

那只松鼠最终没能逃脱，还是被紫貂抓住了。追逐刚刚结束，斯密尔就朝紫貂走过去，不过在离他两步路的地方又停了下来，他做了个姿势表示他并无抢食的恶意。他非常友好地向紫貂问候并且祝贺他捕猎成功。斯密尔如同其他狐狸一样，说起话来非常动听。紫貂是个外表娇小玲珑的漂亮人物。他的身材纤细而颀长，头部优雅而高贵，皮毛柔软华丽，脖颈上有一圈淡褐色的斑点。然而他却心狠手辣，是森林中最凶残的杀手。他对狐狸几乎连理都不理。"我真是觉得惊奇，"斯密尔和颜悦色地说，"像你这样身手不凡的高明猎手，怎么仅仅满足于抓抓松鼠，却把近在咫尺的鲜美野味放过了。"他说到这里收住了话头，但是看到紫貂毫不在乎地对他冷笑时，又继续说道："大概是你没有看见峭壁底下的那些大雁？再不然就是你的攀缘本领还不到家，没有法子爬下山去捕捉他们？"【写作借鉴：语言描写。斯密尔先是恭维紫貂，见其不上当，改为激

将法,充分表现了他的狡猾。】

这一回斯密尔不用等待回答了。紫貂把腰拱得像弯弓一般,周身的毛一根根竖得笔直,向斯密尔猛扑过去。"你见到大雁了吗?"他龇牙咧嘴地叫嚷道,"他们在哪里?快快说出来,否则我就咬断你的喉咙!"

"哼,说得轻巧,可别忘记我的身体有你两个那么大,还是放老实一点的好。我没有什么别的意思,只是想告诉你大雁在哪里罢了。"

一转眼工夫,紫貂已经顺着绝壁攀缘而下。斯密尔蹲在那里,看着紫貂扭动着他那蛇一样细长的身子,从一根树枝纵身蹿到另一根树枝,心里不禁感慨起来:"想不到外表如此漂亮的猎手竟然是森林中最心狠手辣的家伙。我想,大雁们真应该为这场血腥的拜访而对我感恩戴德。"

斯密尔正等着听大雁们临死前的惨叫,忽然,看到紫貂从一根树枝上摔了下去,扑通一声掉进了河里,水花飞溅得很高很高。紧接着就是一阵啪啦啪啦的振翅拍翼声,所有的大雁都匆忙飞到空中逃走了。【名师点睛:突然发生的意外情况令文章悬念迭起,引人入胜。】

斯密尔本来打算立即去追赶大雁,但是出于好奇,他非常想弄明白大雁是怎么惊觉的,所以他蹲在那里一直等到紫貂爬上岸来。那个可怜的家伙浑身淌着水,还时不时地停下来用前爪擦擦脑袋。"果然不出我的所料,你这个大笨蛋,竟会失足掉到河里去!"斯密尔轻蔑地说道。

"我的动作一点也不笨拙,你可不能冤枉我,"紫貂申辩道,"我已经爬到了最底下的那一根树枝上,蹲在那里盘算着怎样扑上去才能把一大批大雁统统撕个粉碎。就在这个时候,有一个还没有松鼠大的小人儿突然蹿了出来,用力朝我脑袋上砸过来一块石头,把我打进了河里,还没等我从河里爬起来,那群大雁就……"【名师点睛:通过紫貂的话来揭示大雁们是怎样躲过紫貂的偷袭的。】

紫貂不必再多费口舌,因为已经没有人听他解释了,狐狸斯密尔早就转身追赶大雁去了。

这时候,阿卡正朝南面飞去,寻找新的住宿地。落日熔金,余晖脉

骑鹅旅行记

脉,另一边天际也已经高高挂起了半圆形的新月,所以她还能够看得见东西。更幸运的是,她对这一带的地形了如指掌,因为她每年春天飞越波罗的海时都曾来到过布莱金厄。

她沿着河流一直向前飞去。她从上往下看去,那条小河在月光照耀下就像一条乌黑发亮的大蛇在地面上蜿蜒前进。就这样,她一直飞到了尤尔坡瀑布,河流在那里先是藏进了一条地下的沟壑,然后就像晶亮透明的玻璃一样跌进一条狭窄的峡谷,在谷底撞个粉碎,变成了无数闪闪发亮的水珠和四处飞溅的泡沫。【写作借鉴:运用拟人、比喻的修辞手法,生动形象地描绘了尤尔坡瀑布飞泻而下的美。】在那白色的瀑布中间凸出几块大岩石,水流绕过它们,形成漩涡呼啸向前。阿卡就在这里落下了脚。这又是一个很好的栖息地,尤其现在天色已晚,没有什么人会在这里走动。在太阳落山的时候,大雁们是无法在这里歇脚的,因为尤尔坡瀑布附近人烟稠密。瀑布的一侧是一个纸浆厂,另一侧是尤尔坡风景区,那里壁危坡陡,树林茂密,常常有不少人到这里来,在那些陡斜而容易使人滑跤的山间幽径上漫步,观赏峡谷底下汹涌咆哮的急流。

就像刚才那个栖息地一样,这些旅行者来到这里以后,根本顾不上想他们到了一个远近闻名的风景区。相反,他们都觉得站在啸声震耳的急流中的几块光滑而潮湿的石头上睡觉,未免太可怕和危险了。但是只要能避开凶狠的野兽的侵犯而享受片刻的安宁,他们也就知足了。

大雁们很快就入睡了,尼尔斯却因心神不安而睡不着,他仍旧坐到大雁们身边来给大伙放哨。【名师点睛:前番的折腾让尼尔斯仍心有余悸,他主动来放哨,体现出他对雁群的关爱、照顾。】

过了不多久,斯密尔连蹦带跳地沿着河岸跑了过来。他一瞅见大雁们站立在泡沫四溅的漩涡之中,便心中暗暗叫苦,这一次他又无法下手抓住他们了。可是他仍旧不甘心,于是在河岸上蹲下来,凶狠地盯着大雁们。他觉得非常丢脸,感到自己高明猎手的盖世英名也要丧失了。

就在这个时候,他看见一只水獭嘴里叼着一条鱼从漩涡里钻了出来。

斯密尔赶快奔过去,在离水獭两步远的地方站定下来,表明他并不打算掠夺水獭的口中之食。"哎呀,你真是个古怪的家伙!水面的石头上站满了大雁,而你却偏偏一股劲儿地去捕鱼吃。"斯密尔说道。他心里一着急,就没有做到把话讲得像平时那么婉转动听。水獭头都不回,根本没有朝河面上看一眼。他是个闯荡四方的流浪汉,就像所有的水獭一样。他多次来到维姆布湖抓鱼吃,而且同狐狸斯密尔还是旧交。

"斯密尔,别来这一套啦,我可是一清二楚的,我知道你为了把一条鳟鱼骗到手会使出什么样的花招。"他说道。【写作借鉴:语言描写,既说明斯密尔狡猾的名声在外,也说明水獭的机警。】

"啊,原来是您哪,格里佩,"斯密尔喜出望外地说,因为他知道这只水獭非常勇敢,而且是个技术娴熟的游泳健将,"你对大雁瞄都不瞄一眼,我丝毫也不感到奇怪,因为你本事没有到家,没有法子泅水到他们那儿去。"水獭的趾间有蹼,尾巴硬邦邦的像船桨一般好使,浑身的皮毛密不透水,现在听到有人取笑他连一条急流都泅不过去,他自然咽不下这口气。【名师点睛:斯密尔故技重施,千方百计让水獭去攻击大雁,可见他心思之歹毒,对大雁和尼尔斯的仇恨之深。】他转身朝河流那边望去,当他看见了大雁之后,便把嘴里叼的鱼吐在地上,从陡坡上跳进了河里。

倘若这一天不是早春季节就好了,那么夜莺就会回到尤尔坡风景区来了,他们可以一连几夜都放开嗓子,尽情歌唱水獭格里佩怎样同漩涡做生死搏斗。有好几次,水獭被漩涡的狂澜卷走并且沉入了河底,但是他坚持不懈地奋力挣扎着,重新浮到水面上来。他终于从漩涡侧面泅游过去,爬上了石头,渐渐向大雁们逼近。这真是一场惊心动魄的拼死泅渡,值得夜莺们大加歌颂。

斯密尔密切注视着水獭的前进过程。最后,他总算看到水獭快要爬到大雁们的身边了。就在这个关头,他猛听得一声凄厉揪心的尖叫,水獭仰面朝天翻倒过去,坠进了水中,像一只没有睁开眼睛的猫崽那样听凭急流把他卷走了。紧接着传来了一阵大雁剧烈地拍动翅膀的声音,他

▶ 骑鹅旅行记

们又飞上天空去寻找新的栖身之地了。

不久之后,水獭就爬到岸上来了。他顾不上说话,只一股劲儿地揉他的一只前掌。当斯密尔不识趣地讥笑他没有把大雁抓住时,水獭才发作起来:"我的游泳技巧一点毛病都没有,斯密尔。我已经爬到大雁们身边,刚要扑上去的时候,却有个小人儿奔过来,用一块很尖的铁皮朝我的前爪上狠狠戳了一下。我痛得要命,就失足掉入了漩涡之中……"【名师点睛:尼尔斯又一次击退了偷袭者,粉碎了狐狸斯密尔的复仇计划,他以小小的身躯担负起守卫雁群安全的重任。】

他的话还没有讲完,斯密尔就已经追踪大雁去了。

阿卡和她的雁群不得不再一次在夜间起飞。幸运的是,月亮还没有落下去。她借着朦胧的月光,又找到了一处熟悉的栖息地。她先是沿着那条粼粼发光的小河一直朝南飞,飞过了尤尔坡贵族庄园,飞过了罗纳比城那一大片黑压压的屋顶,还飞过了犹如一道白练自天而降的瀑布。她翱翔奋飞,一刻也没有停留。在城市南面离大海不远的地方有一个矿泉,那里有专门为矿泉疗养者兴建的浴室和茶室,还有大旅馆和消暑别墅。所有鸟类都知道,那里大大小小的房屋到了冬天都阒(qù)无人迹,空空荡荡。等到暴风雪来到的日子,这些鸟群便到那些没有人居住的房屋的阳台和回廊上避避风雪。

大雁们在一个阳台上降落下来,如同往常一样不消片刻就都睡着了。【名师点睛:大雁两次经历险恶,还能轻易入眠,不是他们疏忽,而是早已习惯这样的生活。】尼尔斯却没有睡觉,因为他不愿意钻到雄鹅翅膀底下去。

那个阳台坐北朝南,尼尔斯的面前就是大海。他没有一点睡意,就坐在那里观赏布莱金厄大海和陆地相接的美丽夜景。

要明白,大海同陆地相接处的形状是千奇百怪的。在许多地方,陆地朝大海伸出高低不平、寸草不长的岬屿,而大海却用流沙堆起一座座堤坝和沙丘来阻滞陆地的伸展。这一景象仿佛在表明它们双方都彼此

104

憎恶,都把最难看的东西呈现给对方。不过,也有这样的情形,在伸向大海的时候,陆地猛然在自己面前筑起一堵峰峦起伏的墙,似乎大海是什么非常危险的东西,所以不得不防备。既然陆地这样戒心重重,大海也就毫不留情,急浪狂涛汹涌翻滚,不断地鞭打、噬咬和撞击陡岩峭壁,大有要把陆地一块块侵蚀殆尽之势。

  但是在布莱金厄,大海和陆地的相接处却是另外一种景象。陆地分裂成许多岬角、岛屿和礁岩,而大海也分割成海湾、岬湾和海峡。这样看来,二者似乎是心平气和、相安无事地相接的。

  不妨先看看大海吧! 在远处它是浩荡渺茫、一望无际的,除了翻卷起灰色的波浪之外什么事情也不干。在靠近陆地时,大海碰到了第一块礁石,便向它大显淫威,摧残它所拥有的绿色草木,把它变得同自己一样光秃秃和灰暗难看。大海又碰到了另一块礁石,这块礁石也遭到了同样的命运。然后,它还碰到了一块礁石。不消说,也没有什么两样,那块礁石被剥掉全身衣衫,就像落到强盗手里一般。但是越到后来,礁石反而越发密集了。于是大海才开始明白过来,原来陆地是把自己最小的孩子全都派出来向它求饶的。大海盛情难却,越是靠近陆地就越发心平气和。它把浪头翻滚得矮了一些,减低了风力,使得罅隙和沟壑里的小草和灌木得以幸存下来。它又把自己分成了一些很小的海峡和岬湾,最后同陆地真正相接的时候,就一点危险都没有了,甚至小船都敢出海去。大海变得这样澄澈碧蓝,这样和颜悦色,恐怕连它都不认识自己了。【写作借鉴:运用拟人的手法,赋予大海人的情态,将其写得有血有肉、生动可感。】

  不妨再看看陆地吧! 那里的地形十分单调,几乎是一个模样。陆地上有大片耕地,中间偶尔有几处桦树林,除了耕地之外还有长满树木的山岭,仿佛陆地心头牵挂的只是燕麦、萝卜和土豆,再不然就是杉树或者松树。忽然大海伸进来了一个岬湾,长长地揳入陆地。陆地却若无其事,并且沿着岬湾周围栽种上了桦树和桤树,就像对待普通的淡水湖一样。大海又深深地揳入了一个岬湾,陆地还是满不在乎自己身上的裂

骑鹅旅行记

缝,照样像对待第一个海湾那样为它披上了绿色的衣裳。可是这些岬湾却不安分起来,它们不断地拓展加宽,冲裂泥土,所以陆地不得不注意起来。"我想,那是大海亲自大驾光临啦。"陆地这样思忖。于是陆地着手梳妆打扮,准备迎接贵客,它戴上了鲜花编成的花环,把连绵起伏的山岭丘冈修饰得平平整整,并且朝大海撒出去许多岛屿。它不再对松树和杉树有兴趣了,而是把它们当作穿旧了的衣衫那样统统扔掉,然后栽上了高大的槲树、椴树和栗树,还有大片的草地和美丽的鲜花。【写作借鉴:运用拟人的修辞手法,对正常的地理地貌进行人性化描述,显得生动有趣,令人印象深刻。】陆地披上了华丽炫目的节日盛装,变得和贵族庄园里的花园一样漂亮。在同大海会面的时候,它连自己都不认识了。

这样的美丽景致在夏天到来之前是不大能够见到的。然而尼尔斯还是注意到了这里的大自然是多么温和可爱,所以他的心情也比以前好多了。就在此时,他猛然听见从浴场花园里传来了一阵鬼哭狼嚎般的咆哮。他站起来一看,发现一只狐狸站在阳台下面洒满月光的院子里。原来斯密尔又一次追踪大雁来了。当斯密尔发现他们栖息的地方之后,就明白他仍旧无法接近他们。他怒不可遏,忍不住嚎叫起来。

斯密尔这么一叫,年老的领头雁阿卡就惊醒过来。尽管她在夜里几乎什么东西都看不清楚,但还是能够辨别出这是谁的声音。

"原来是你,斯密尔,是你半夜三更在外面闹得鸡犬不宁?"她问道。

"不错,"斯密尔回答说,"正是我。我还想请问一下,你们大雁觉得,我为你们安排的这个晚上滋味如何?"

"什么?你的意思是说,紫貂和水獭都是你派来暗算我们的吗?"阿卡追问说。

"不错,这样精彩的安排是犯不着矢口否认的,"斯密尔得意扬扬地说,"你们曾经戏弄过我一回,现在我要用狐狸的方式来回敬你们。只要你们中间还有一只大雁活着,我就会追逐下去,直到将你们斩尽杀绝,哪怕为此跑遍全国各地也在所不惜。"【写作借鉴:语言描写,将狐狸斯密尔

睚眦必报的性格表现得淋漓尽致。】

"斯密尔,你应该扪心自问,这样做究竟对不对?你既长着尖牙又长着利爪,而我们却没有一点防御能力。"阿卡叹息道。

斯密尔以为阿卡害怕了,于是连忙加上几句:"哼,阿卡,你识相的话,就应该把那个曾经多次同我作对的大拇指小人儿扔下来,交到我的面前,那么我就放你们一条生路,今后不再追赶你或者你们中间的任何一只。"

"休想让我交出大拇指小人儿,"阿卡斩钉截铁地回答说,"我们中间从最小的到最老的都愿意为他而献出自己的生命。"【名师点睛:通过阿卡斩钉截铁的话语,我们可以看出尼尔斯在雁群中的地位。这真是应了一句古话:"患难见真情。"】

"哼,你们这样喜欢他,"斯密尔咬牙切齿地说,"那么我就向你们发誓,我报仇的时候就拿他第一个开刀。"

阿卡不再搭腔,斯密尔嚎叫了几声,一切又都归于静寂。尼尔斯躺在那里一直醒着。阿卡答复斯密尔的那一番话使得他更没有睡意了。他不曾想到,自己居然能够听到有人愿意为他牺牲生命这样伟大而慷慨激昂的语言。从这一时刻起,就再也不能够说尼尔斯·豪尔耶松不喜欢任何人了。【名师点睛:阿卡的话让尼尔斯感受到大雁们对他的真情,深深触动了他的心灵,也令他的心境渐渐向好转变。】

知识考点

1. 填空题。

大雁们第一次找到的栖息地是一片_____,前有水急浪大、奔腾不息的_____,身后有插翅难以飞越的_____,峭壁上垂下来的_____正好作为他们的屏障。

▶ 骑鹅旅行记

2. 选择题。

艰难泅过漩涡偷袭雁群的是(　　)。

A.紫貂　　　　　　B.水獭　　　　　　C.狐狸

3. 问答题。

雁群为什么能一次又一次躲过灾祸？

_____

_____

阅读与思考

1. 狐狸斯密尔是如何劝说紫貂攻击雁群的？

2. 尼尔斯是如何赶走偷袭者的？

第九章　卡尔斯克鲁纳

M 名师导读

为了躲避斯密尔的侵袭，雁群在卡尔斯克鲁纳过夜。尼尔斯夜游城市，被国王的青铜塑像追击，幸而被木头人所救。尼尔斯躲在木头人的帽子底下，参观了卡尔斯克鲁纳的许多地方，也听到了很多有关这座城市的故事。这座城市有着怎样的故事呢？

四月二日　星期六

这是卡尔斯克鲁纳的一个夜晚，月亮已经升起，皎洁的清辉照亮了大地。一切都是那么惬意，天气清爽宜人，四周一片静谧。白天早些时候有过大风大雨，大概人们都以为坏天气还没有过去，不然大街小巷怎么会空无一人呢？

就在这寂静时刻，大雁阿卡率领她的雁群飞过威姆岛和庞塔尔屿朝这边来了。他们这么晚还在空中翱翔，是想要在礁石上寻找一个安全过夜的地方。他们不敢在平地上停留，因为无论他们降落到哪里都会遭到狐狸斯密尔的侵袭。

尼尔斯骑在鹅背上，俯视着大海和像繁星般散布在沿海的礁石、岛屿群，他觉得所有的景色都变得光怪陆离，而且鬼影憧憧。天宇已不再是蓝湛湛的，而像一个墨绿的玻璃罩紧扣在他的头顶上。大海呈乳白色，他极目眺望，但见海面上泛起一阵阵白浪，波光潋滟，闪烁不停。在茫茫大海之中，一块块黑色的礁石岛屿星罗棋布。【名师点睛：透过尼尔斯的视角，读者领略到从夜空俯瞰海岸线的奇异景色。】无论这些岛屿是大

骑鹅旅行记

还是小,也不管它们像平坦的草地还是布满陡崖的峭壁,它们看起来都一样黑。哦,甚至白天那些白色或者红色的住宅、教堂和磨坊,也在墨绿色的天空之下显露出黑色的轮廓。尼尔斯觉得大地仿佛改变了模样,现在他是在另外一个世界生活。

他正思忖着今天晚上要拿出勇气无畏地面对黑夜的时候,忽然看到了使他毛骨悚然的东西。那是一座陡耸的石头岛屿,岛上布满了四四方方的大石头,在那些黑色的大方石头之间有许多明晃晃的金色斑点。他不禁联想到斯康耐的特劳莱·荣比宫中的那块名叫玛格莱斯的巨石,相传那块巨石是神灵把它高高举起,安放在金子做的擎天柱上的。他心里纳闷,这底下的石头会不会也有这样的由来。【名师点睛:年少的尼尔斯第一次见到这样光怪陆离的海岸景象,难免会异想天开,由此还联想到一段巨石神话,充满神秘感,令读者也不禁心生惊奇。】

倘若底下只有那些石头和闪烁的金色斑点,那倒也罢了,可是在岛屿四周的水面上还浮动着那么多张牙舞爪的怪物,它们看上去像是大鲸鱼、大鲨鱼和其他大海兽。尼尔斯认为那些聚集在岛屿周围的全是水妖海怪,他们要蜂拥登上岸去同盘踞在那里的土地神决一死战。土地神肯定是害怕了,因为尼尔斯看到,在岛上最高之巅站着一个硕大无朋的巨人,他高高举起了双臂,似乎因他和岛屿遭到的厄运而陷入了绝望。

尼尔斯注意到阿卡开始朝这个岛降落,他吓了一跳。"不行,不行,我们千万不要停留在这里。"他呼喊道。

但是大雁们纷纷降落到了地面上。不久尼尔斯大吃一惊,以为自己看花了眼。首先,那些四四方方的大石头不是什么别的东西,而是一幢幢房屋。原来整个岛屿就是一座城市,而那些闪闪发亮的金色斑点就是路灯和一排排明亮的窗户。【名师点睛:尼尔斯害怕不已,大雁们却神色淡然,两相对比,尤显戏剧效果,此处揭晓谜底。】那个站立在全岛最高处并朝天高举双臂的巨人,原来是一座两侧各有一个正方形钟楼的教堂。那些他看成是水妖海怪的东西,原来是在岛屿周围停泊着的大小不同、形状各异的船只。在靠近陆地的浅水里，停泊的大多是小艇和帆船，还有一些沿海岸航行的小汽轮。朝向大海的开阔处，停泊着装甲战舰：有的腰宽体粗，硕大的烟囱向后倾斜；有的又细又长，造型灵巧，看来它们必定能像鱼一样在水里大显身手。

这究竟是哪个城市呢？嗯，尼尔斯终于想起来啦，因为他看到了很多军舰。他从小就喜欢船，虽说他只能在大路旁边的水沟里玩玩纸做的船。不过他知道，能够有那么多军舰停泊的地方不会是别的城市，一定是卡尔斯克鲁纳。

尼尔斯的外祖父曾经是海军舰队里的一名老水兵。他生前每天都给尼尔斯讲卡尔斯克鲁纳，讲修造战舰的造船厂，还有城里其他值得参观的名胜。尼尔斯有一种返回家乡的亲切感，他非常高兴自己能够来到这个听人讲过那么多故事的地方。

在阿卡降落到那两座钟楼之一的平顶上之前，他只能够隐隐约约地看到那些瞭望塔和用来封锁港口的火力工事，还有造船厂里的许多建筑物。

对于大雁们来说，这里的确是可以避开狐狸的万无一失的栖身之所。于是，尼尔斯开始盘算，他是不是可以放心大胆地钻到雄鹅翅膀底下度过这个夜晚。要是能够安安心心地睡上一会儿那该有多好哇！等到天光大亮以后，他再想法子去看看造船厂和那些大船好了。

<u>尼尔斯自己也觉得十分奇怪，他总是安不下心来，没法等到第二天清早再去看那些大船。他睡了还不到五分钟，就从雄鹅的翅膀底下溜了出来，顺着避雷针和下水管道爬到地上去了。</u>【名师点睛：尼尔斯见到自己感兴趣的事物，按捺不住好奇心，连觉也睡不好，非要赶紧去看看。这符合人物心理。】

不久，他就来到一个很大的广场。那个广场在教堂前面，地面是鹅卵石铺成的。这一下可苦了他，走在那样的路面上，就像跋涉在崎岖不平的荒原上一样艰难。那些久居荒原或者远乡僻壤的乡下人进城的时

111

骑鹅旅行记

候,看到大街两旁高楼大厦林立,通衢大道笔直宽阔,心里总不免惴惴不安。走在这样的街道上,川流不息的行人彼此相视相望,更加叫人提心吊胆。尼尔斯此时此刻的心情就是这般。他站在广阔的卡尔斯克鲁纳广场上,举目环视德国教堂、市政府,还有那座他刚刚爬下来的大教堂,心情愈来愈紧张,恨不得立刻回到钟楼上,同大雁们待在一起。

幸亏广场上这时候空荡荡的,一个人影都没有,要是不把那个站在高高的底座上的塑像计算进去的话。尼尔斯注视那座塑像良久,那是一个身材高大魁梧的汉子,头戴三角形毡帽,身穿长长的大氅和齐膝的紧身裤,脚上穿着笨重的鞋子。他琢磨来琢磨去,想不出他究竟是什么人。这个大汉,一脸凶相,手里握着一根很长的手杖,看起来像随时都要举起来打人似的。再说,他的那副尊容也委实丑陋,长着一个大鹰钩鼻子,嘴巴也非常难看。【写作借鉴:通过尼尔斯的视角对塑像进行了外貌描写,突出了塑像的凶、难看,为后文做铺垫。】

"这个厚嘴唇、大嘴巴的家伙站在这里干什么呢?"尼尔斯说。他觉得自己从来没有像今天晚上这样矮小,这样可怜巴巴。因此,他想方设法说出那样一句俏皮话安慰自己。然后,他把那座塑像抛到脑后,沿着一条通向大海的宽阔大街向前走去。

可是尼尔斯还没有走出几步,就听见背后有些动静。有个人在他身后,那个人沉重的脚步踩在鹅卵石铺的街面上,呱嗒呱嗒作响,而且他还用一根铁皮包头的手杖敲打着地面。从声音上判断,似乎就是那个青铜塑像从底座上走了下来,到广场上信步漫游。【名师点睛:塑像能动令人震惊,而这样大的动静更是让人胆寒,让读者也不禁为尼尔斯捏一把汗。】

尼尔斯一边沿着大街往前跑,一边侧耳倾听。他愈来愈肯定,身后发出脚步声的就是那个青铜大汉。地面在震动,房屋在晃动,除了青铜大汉之外,别人是不会有这样沉重的脚步的。尼尔斯忽然想到自己方才还朝他说过一句不礼貌的话,不禁害怕起来。他连头都不敢回,不敢看看是不是那个青铜大汉。

"他大概只是下来到处走走，散散心，"尼尔斯暗自思忖，"他不见得因为我说了那句话就同我过不去，反正我说那句话一点恶意都没有。"

尼尔斯本来打算一直往前走去寻找造船厂的，可是这会儿却拐进了一条朝东的街道，他想先把那个跟在后面的人甩掉。

可是，过了一会儿他就听见青铜大汉也拐进了同一条街道。尼尔斯害怕极了，简直不知道应该怎么办才好，况且在这样一个家家户户都紧闭着大门的城市里，要找到可以躲藏的地方可不容易。就在这时候，他看到右手方向有一幢旧式的教堂，那幢圆木结构的房子坐落在离大街不远的一片街头花园当中。他毫不迟疑，如飞一般朝那幢教堂跑过去。"我只消跑到那儿，就可以受到保护，不受妖魔鬼怪的伤害啦。"他想。

向前飞奔的时候，他忽然看到有一个男人站在砂砾甬道上向他频频招手。"这一定是愿意帮我忙的好心人。"尼尔斯想到这里，心里不由得为之一暖，便赶忙朝那边跑了过去。他一直非常害怕，心咚咚地跳个不停。【写作借鉴：心理描写和动作描写，表现了尼尔斯的紧张与害怕。】

可是等他一口气奔到那个站在砂砾甬道旁边的男人面前的时候，他却惊得呆住了。"难道这就是方才向我频频招手的那个人吗？"他百思不解地自问道，因为在他眼前的小凳上赫然站着一个木头人。【写作借鉴：动作、神态、语言描写，生动形象地表现出尼尔斯见到木头人之后的震惊。】

他站在那里，呆呆地瞪着那个木头人。那是一个粗壮的汉子，两腿很短，一张酱紫色的宽脸庞，头发乌黑发亮，满脸黑色的连鬓胡子。他的头上戴着一顶黑色的木头帽子，身上穿着一件棕色的木头大氅，腰间束着黑色木头腰带，下身穿着一条宽大的灰色齐膝短裤，腿上套着木头长筒袜子，脚上穿着黑色木头靴子。人们刚给他上过油彩刷过漆，因此在月光照耀下，他的脸容光焕发，身上闪闪发亮，而且这也让他显得和蔼可亲，尼尔斯一下子就对他生出了信任感。【名师点睛：木头人给人的感觉与塑像完全不同，木头人让人觉得和蔼可亲，值得信任。】

木头人的左手托着一块木牌，尼尔斯把牌上的词句念了一遍：

▶ 骑鹅旅行记

我最最低声下气地乞求诸位，

虽然我已声嘶力竭，不能大声讲话，

务请扔下一个铜币来救济贫困，

做这件善事前要先掀开我的帽子。

哦，原来这个木头人是一只收集慈善捐款的募捐箱。尼尔斯感到很失望，他本来还以为碰上了什么了不得的东西哩。不过，现在他想起来了，外祖父也曾经向他提起过这个木头人，还说卡尔斯克鲁纳城里所有的孩子都非常喜欢他。看来所言非虚，因为尼尔斯觉得自己也不大舍得从这个木头人身边离开。他身上散发出一股古色古香的气息，大家都可以把他当作有几百年岁数的老古董，而与此同时，他却又那么身强力壮、勇敢豪爽，充满了生活的乐趣，使得大家不禁猜想，我们的祖先大概就是这副模样。

尼尔斯乐滋滋地看着木头人，看得出了神，连有人在背后追赶这回事都忘到脑后去了。可是不消片刻，他又听到了沉重的脚步声，那个青铜大汉也从大街拐弯过来，正朝着教堂广场走来。啊呀，他也追到这里来了！尼尔斯往哪里逃呢？

就在这刻不容缓的关头，他看到木头人朝着他弯下腰来，伸出了又宽大又厚实的手。要说不相信木头人是出自好意，那是不可能的，尼尔斯便纵身跳到那手掌上。木头人掀开自己的帽子，把他塞到帽子底下。

【名师点睛：千钧一发之际，木头人向尼尔斯伸出了援手，让他藏到了自己的帽子底下。】

真是千钧一发啊！尼尔斯刚刚躲藏好，木头人才把手臂放回原处，青铜大汉就来到了木头人的面前。他把手杖往地上捣了捣，木头人就在小凳上晃悠起来。然后，青铜大汉用强硬而铿锵的声音问道："喂，你是什么人？"

木头人手臂向上一伸，旧木头发出嘎吱嘎吱的响声，他把手举到帽檐旁，一面敬礼一面回答："陛下！请恕罪，我叫罗森博姆，曾经是'无畏号'战列舰上的上等兵,服役期满后在海军将校教堂当看门人。最近被雕刻成木像安放在这个教堂前,充当收集慈善捐款的募捐箱。"

尼尔斯听到木头人高呼"陛下",心头往下一沉,不免更加害怕,蜷曲在帽子底下浑身直打哆嗦。他现在想起来,广场见到的那尊青铜塑像就是这个城市的缔造者,也就是说刚才跟在他背后的不是哪个等闲之辈,而是卡尔十一世国王。【名师点睛:作者通过童话故事一般的情节,向读者展示了一座城市的历史,构思奇特,令人叫绝。】

"唔,禀告得倒还算清楚,"青铜大汉说,"你现在可以告诉我,今天晚上有没有看到一个很小的家伙在城里到处乱窜?这是一个蛮横无理的小坏蛋,要是我抓到了他,非要叫他尝尝我的厉害不可。"他说着又用手杖用力地戳了戳地,以表示他非常生气。

"请您恕罪,陛下,我看到过那个小子。"木头人说道。尼尔斯蜷曲在帽子底下一面从一条木头缝里向外窥望,一面害怕得止不住浑身发抖。可是不久他就镇静下来了,因为木头人禀告道:"陛下走岔道啦,那个坏小子直奔造船厂而去,在那儿可以躲藏起来。"

"嗯,言之有理,罗森博姆!那么你就不要再纹丝不动地站在小凳上了,快随我来,跟我一起去寻找他!四只眼睛总比两只眼睛管用,罗森博姆!"

可是木头人用可怜的腔调说道:"我虔诚地请求允许我站在此地不动。我新近刚刷过油漆,所以看起来浑身锃亮,很有神气,其实我已经老朽无用,动弹不了啦。"

青铜大汉根本听不进一句拂逆他的话。"哼,难道一点规矩都没有了吗?马上给我下来,罗森博姆!"他举起那根长手杖朝着木头人的肩膀上狠狠地敲了一下,敲出震耳欲聋的响声。"瞧,你不是挺结实嘛,罗森博姆,难道不是吗?"【写作借鉴:语言描写和动作描写,符合青铜大汉的身份,显示出他凶狠暴虐的性格。】

随后他们就一前一后地出发了,他们在卡尔斯克鲁纳的大街上大摇

骑鹅旅行记

大摆地走着,恍若入无人之境一般,一直来到造船厂又高又大的正门前。大门外有个水兵在站岗,但是青铜大汉不加理睬,从水兵的身边走过,提起脚就把大门踢开了,而那个水兵却假装没有看见。

他们一走进造船厂,就看见一个规模巨大的港口,由一条一条的栈桥划分成许多泊位。在这些泊位里,停泊着许多军舰。尼尔斯在近处看这些军舰远比刚才从空中看时显得更大更可怕了。"难怪我方才把它们误认为是海里的妖怪了。"尼尔斯暗暗想。

"你看我们从哪里着手搜查最合适,罗森博姆?"青铜大汉问道。

"像他那样的小个子躲藏在船只模型陈列室里最容易不过了。"木头人回答说。

在大门右边靠着港口有一片狭长的陆地,那里有几幢古老陈旧的建筑物。青铜大汉走到一幢墙壁很低、窗户窄小、屋顶高陡的房屋面前。他用手杖捅开了门,走了进去,顺着一个磨损不堪的楼梯往上走。楼梯尽头是一个大厅,里面摆满了桅索帆樯一应俱全的小巧船只。尼尔斯不需要任何人的指点就明白,那是以前为瑞典海军制作的军舰模型。

那里陈列的船只五花八门,各色各样。有古老的战列舰,它们两侧船舷的炮洞里伸出了一排排大炮,船头和船尾都高高隆起,桅杆上挂满了令人眼花缭乱的船帆和桅绳;有沿着船舷装着一排排坐板的划桨小艇,有不设甲板的炮艇;还有舰身上因镶有镀金饰物而金碧辉煌的巡洋舰,那是国王御驾出海旅行用的。那里还有现在使用的在甲板上设有炮塔和大炮、又笨重又宽大的装甲军舰和船体细长得像灵活的鱼——周身闪闪发光的鱼雷艇。【名师点睛:搜查陈列室其实也是参观陈列室。这段文字由总到分,简要介绍了陈列室内的各种舰艇,叫人大开眼界。】

尼尔斯被带着在这些舰只模型之间穿来穿去,他不禁为之赞叹不已。"真了不起哇!这么多又大又漂亮的船只都是在瑞典造出来的呀!"他心里禁不住连声叫好。

尼尔斯倒有足够的时间把厅里陈列的一切尽兴地浏览一遍,因为青铜大汉一见到这些舰只模型便把别的事情一股脑儿忘到九霄云外去了。他从第一个模型一直看到最后一个,一边观看一边询问它们的情况。"无畏号"战列舰上的水兵罗森博姆尽其所能逐一回答了这些问题,讲述了是哪些人设计建造了这些舰艇,哪些人指挥驾驶它们,还有它们的命运等等。他讲到了著名的海军将领卡普曼、普盖和特鲁莱等人,讲到了海上古战场哈格兰德海湾和瑞典海峡等等,一直讲到1809年才停止,因为自此以后的事情他没有亲身经历过。

他和青铜大汉喋喋不休地谈论着那些古老漂亮的木头船只,而对新式的铁甲军舰一窍不通。

"我说,罗森博姆,听起来你对这些新的玩意儿也一点不在行,"青铜大汉不耐烦地说,"我们倒不如去看看别的东西!这样会使我心里痛快些,罗森博姆。"

现在他早就不再搜寻尼尔斯了,所以尼尔斯可以安心、镇定地坐在木头人的帽子里。

这两个彪形大汉一起在那些巨大的工厂厂房里穿来绕去。他们参观了缝制船帆的工厂、铸造铁锚的工厂、机械厂和木工工厂等地。他们看了桅杆起重机、巨大的仓库、贮放火炮的场院和军械弹药库,把几根绳索绞起来并成一根的那条狭长甬道,还有在岩石上爆炸而成,然而早已废置不用了的船坞。他们走到了栈桥上,一艘艘军舰都系缆停泊在那里。于是他们登上这些舰只,像两个老水手那样仔细观看每一样设备,他们对有些设备心存疑虑,对有些设备嗤之以鼻,也有一些设备受到他们的称赞,但有些设备让他们看了就恼火。

尼尔斯安安稳稳地坐在木头帽子底下,聆听他们的交谈。他听他们讲到,为了建造和装备每一艘从这里驶出去的舰只,人们是如何在这个地方辛劳苦干和顽强奋斗的。他听他们讲到,为了造出这些战舰,人们是如何不避艰险,不惜献出最后一枚铜板的,还有那些天资卓绝的人物是如何把自己的毕生精力和全部心血都倾注在改进和完善这些舰只的

▶ 骑鹅旅行记

设计制造之中的。正因为如此,这里才能源源不断地生产出军舰,充实保卫祖国的国防力量。尼尔斯听着听着,眼泪不止一次地夺眶而出。他觉得能够聆听这样精彩的介绍真是不虚此行,心里非常高兴。【名师点睛:青铜大汉和木头人的对话给尼尔斯上了一堂生动的历史课——舰艇知识课,尼尔斯听得入神,而且深受鼓舞,激发了爱国之心。】

最后他们来到了一个开阔的院落,那里陈列着装饰在古老的战列舰上的船头像。这是尼尔斯从未见过的奇异景象,那些人像的面部表情威严勇猛,令人望而生畏。他们一个个硕大无朋、英勇威武、粗犷豪迈,和那些大战舰上的人一样充满着伟大的自豪精神。他们属于一个完全不同的时代。尼尔斯觉得自己在他们面前非常渺小。

他们来到这里之后,青铜大汉就吩咐木头人:"脱下帽子,罗森博姆,向留在这里的人们致敬!他们都曾为了保卫祖国而英勇战斗。"【名师点睛:故事情节陡转却不失巧妙,叫人不禁为尼尔斯的安危捏一把汗。】

罗森博姆也忘记了他是为什么大老远跑到这里来的,就像青铜大汉一样。他不假思索地从头上掀起帽子,高声呼喊道:"我脱帽向造好这个港口的人致敬!向建造这座造船厂的人致敬!向重建海军的人致敬!向使得这一切付诸实现的国王致敬!"

"谢谢,罗森博姆!你说得好!罗森博姆,你果然是一个非常出色的家伙……嗯,可这是怎么回事呀,罗森博姆?"

因为就在这时候,青铜大汉猛然看到尼尔斯站在罗森博姆光秃秃的脑袋上。但是尼尔斯现在不再害怕了,他挥舞起自己的白色尖顶帽子,高声呼喊道:"大嘴巴万岁!"

青铜大汉把手杖用力往地上一敲,但是尼尔斯一直也没弄清楚青铜大汉想怎样对待他,因为这时太阳已经冉冉升起,霎时间青铜大汉和木头人都化为一股烟尘随风消失了。【名师点睛:神奇的童话故事以神秘的方式结束,惹人遐想。】尼尔斯站在那里,怔怔地凝视着他们消失,大雁们却从教堂的钟楼上飞了下来,在城市上空盘旋。他们很快看到了尼尔斯,于是派那只雄鹅飞下来接他。

Z 知识考点

1. 填空题。

陈列室的船只五花八门：有船舷布满大炮的_____，有不设甲板的_____，有舰身金碧辉煌的_____，有船体细长灵活的_____。

2. 判断题。

（1）追击尼尔斯的青铜大汉是卡尔十一世国王。（　　）

（2）尼尔斯一直躲在木头人的袖子里。（　　）

3. 问答题。

在被青铜大汉追击时，是谁救了尼尔斯？

_____

_____

Y 阅读与思考

1. 青铜大汉为什么要追击尼尔斯？
2. 青铜大汉和木头人参观了哪些工厂？

骑鹅旅行记

第十章　去厄兰岛的途中

M 名师导读

　　为了躲避狐狸斯密尔的侵袭，雁群采纳灰雁的建议，朝厄兰岛飞去。沿途，雁群遭遇猎人的袭击，这令尼尔斯觉得人类非常卑鄙可憎。在躲过猎人的枪击，穿过缭绕的浓雾后，他们终于抵达了厄兰岛。

四月三日　星期日

　　大雁们在沿海礁石群中的一个小岛上降落下来觅食。他们在那里遇到了几只灰雁。灰雁感到很奇怪，因为他们清楚，这些同类朋友是宁愿由腹地飞往北方的，故而喋喋不休地问长问短，直到大雁们把遭到狐狸斯密尔侵袭的经过一五一十说给他们听了，他们才心满意足。【名师点睛：生动地向读者展现出一群问长问短、寻根究底的灰雁形象，也为下文引出灰雁古道热肠的建议做铺垫。】在他们讲完之后，一只样子似乎同阿卡一样苍老、一样聪明的灰雁长叹道："唉，那只狐狸被同类驱逐，这对你们来说可是很大的不幸呀。他一定怀恨在心，非要报仇雪耻不可，他不追赶你们到拉普兰是不会罢休的。我要是你们的话，就不经过斯莫兰省朝北飞啦，而是绕道海上经过厄兰岛，这样他就找不到你们的踪迹了。为了完全避开他的耳目，你们务必在厄兰岛的南面岬角上停留两三天。那里会有许多吃的，也会有许多鸟类可以做伴。我相信，你们要是绕道厄兰岛是不会后悔的。"

　　这真是一个非常高明的主意，大雁们决定就这样做。他们吃饱之后，就启程前往厄兰岛。他们当中谁都没有去过那里，幸亏灰雁把一路上醒目的标记都告诉了他们。他们只需笔直向南飞行,一直飞到布莱金厄省的海岸边,在那里他们会遇到大批大批的鸟群,那些鸟群都是在南大西洋过冬以后返回芬兰和俄罗斯的。那里是他们的必经之路,而且他们也有顺道在厄兰岛上歇歇脚的习惯。所以,大雁们想在那里找个领路的向导并不是什么难事。

这一天就如同夏天一般恬静、温暖,是海上旅行难得的好天气。唯一叫人有点担心的是天空并不晴朗,笼罩着灰蒙蒙的云雾。有些地方还有巨大的云层从天际直遮到海面,使得远处变成一片混沌。

大雁们从沿海小岛飞出去之后,身下的海面波平如镜,连一点涟漪也没有泛起。尼尔斯偶尔探头俯视,只觉得水天一色,似乎海水都已经消失了。他身下不再有陆地,除了朵朵云彩之外,天上地下一片空荡,什么东西都不复存在了。他感到头晕目眩起来,紧贴在鹅背上,心情比第一次骑鹅飞行还要惶惶不安。他似乎无法在鹅背上坐稳了,东倒西歪起来。【写作借鉴:对尼尔斯异常的状态进行细致的描写,暗示后文惊险的遭遇。】

更为糟糕的是,他们同灰雁提过的那些鸟群汇合了。一点不假,确实有大群大群的鸟类源源不断地朝同一个方向飞去。他们似乎都沿着一条既定的道路争先恐后地前进。鸟群中有野鸭和灰雁,黑凫和海鸠,白嘴潜鸟和长尾鸭,蛎鹬和潜鸭。尼尔斯弯下身子往下一看,本来应该是大海的地方现在忽然变成了大片大片黑压压的鸟群,因为他看到的是水中的倒影。可是他头晕得实在厉害,分辨不清究竟是怎么回事了,只觉得这些鸟群怎么肚皮朝天在飞翔。他并没有因此而大惊小怪,因为他自己也搞不清哪里是上哪里是下了。【名师点睛:照应前文,以更具体的事例来表现尼尔斯的头晕。】

那些鸟儿飞得精疲力竭,恨不得马上就到厄兰岛。他们当中没有一只啼叫或者说句逗笑话的。这一切都与平时大不相同。

"想想看,倘若我们能飞离地球该有多好哇!"尼尔斯自言自语道,"想想看,要是我们这样飞呀飞呀,一直飞到天堂去该有多好!"

▶ 骑鹅旅行记

他看到周围除了云朵和鸟群之外一片茫茫，于是浮想联翩，以为果真在飞往天堂的途中了。他心里乐滋滋的，并且开始遐想在天堂能够见到什么样的胜景仙境。那种眩晕的感觉一下子消失了，他只觉得非常高兴和痛快，因为他正在离开地球飞向天堂。

就在这时候，他听到乒乓几声枪响，并且看到有几股细小的白色烟柱冉冉升起。

鸟群登时惊恐大乱起来。"有人开枪啦！有人开枪啦！"他们惊慌地叫喊道，"是从船上开的枪！快往高处飞！快往高处飞！"

尼尔斯终于看清了，原来他们一直在海面上飞行，根本不在天上。一长队小船上坐满了举枪射击者，他们乒乒乓乓一枪又一枪放个不停。飞在最前头的鸟群没有注意到这些射击者。不少深暗颜色的躯体扑通扑通掉进了海里，每掉下去一只，那些幸存者便发出一阵高声的哀鸣。

<u>尼尔斯刚才还以为到了天堂，这时才被突如其来的惊叫和哀鸣声唤醒了，心头真像打翻了五味瓶一般难受。阿卡拼命往高处飞去，整个雁群也尾随其后以最快的速度跟了上来。大雁们总算侥幸脱险了，然而尼尔斯却久久不能摆脱自己的困惑。想想看，竟然有人会对像阿卡、亚克西、卡克西、雄鹅和别的这么好的鸟类下毒手！人类简直不知道他们已经十恶不赦到了什么地步。</u>【名师点睛：正沉浸在梦境中的尼尔斯被突如其来的枪声惊醒，对人类捕猎者的恶行，尼尔斯痛恨不已。变小后的尼尔斯感受到身边小伙伴们的真诚，也能够设身处地地为大家着想。】

待到一切平静下来之后，他们又在寂静的天空中向前飞行，鸟群还是同先前一样默不作声，不过时不时会有几只疲劳得快飞不动的鸟儿呼喊道："我们快到了吗？你敢保证我们没有迷路吗？"在前面领头飞行的鸟儿便回答说："我们正朝着厄兰岛飞，正朝着厄兰岛飞。"

绿头鸭们渐渐体力不支，而白嘴潜鸟却围着他们迂回飞行。"不要那么着急！"绿头鸭叫喊道，"你们不要把我们的食物吃光了！"

"够我们吃的，也够你们吃的！"白嘴潜鸟回答道。

122

他们又往前飞了很长一段路,还是没有见到厄兰岛。这时一阵微风朝他们迎面吹来,随之而来的是一股股白絮般的烟雾,很像什么地方发生了火灾。【写作借鉴:比喻句,生动形象地写出了烟雾又浓又厚的样子。】

　　一见到这些滚滚而来的白烟,鸟群的神色更加焦急,于是加快了飞行速度。弥漫的烟尘愈来愈浓密了,后来把他们严严实实地紧裹在里面。烟尘倒没有什么异样的气味,不是黑色干燥的,而是白乎乎、湿漉漉的。尼尔斯忽然明白过来,原来是一片大雾呀!

　　云烟氤氲,浓雾缭绕,几乎到了伸手不辨五指的地步,鸟儿们开始发狂了。他们原先都是秩序井然地往前飞行,现在却在云雾之中玩起游戏来了。【名师点睛:在这奇幻美妙的云烟之中,紧张而疲惫的鸟群也得到了片刻的欢娱。】他们穿过来绕过去,存心要诱使对方迷路。"千万小心啊!"他们还戏弄地呼叫道,"你们只是在原地绕圈子!赶快回转身去吧!照这么飞行,你们是到不了厄兰岛的。"

　　大家都清楚厄兰岛在哪个方向,可是他们偏偏极力去迷惑对方。"看看那些长尾鸭,"浓雾里传来叫声,"他们可是朝着北海的回头路上飞去哇!"

　　"小心哪,灰雁们!"另一侧传来了叫喊,"如果你们再这么飞下去的话,会飞到吕根岛去的。"

　　上文已经说过,这些鸟群都是这条路上轻车熟路的行家,他们尽管互相逗趣戏弄,却不会被愚弄得晕头转向。但是这一下可把大雁们弄苦了。而那些起哄的鸟儿一看到他们不大熟悉这段路线,便想尽办法把他们引入歧途。

　　"你们究竟打算到哪里去呀,亲爱的朋友?"一只天鹅笔直朝阿卡飞过来喊道,他的态度看起来既同情又诚恳。

　　"我们要到厄兰岛去,可是我们从来不曾去过那里。"阿卡老老实实地回答说,她觉得这只鸟是靠得住的。

　　"那太糟糕啦,"天鹅叹口气说,"他们弄得你们晕头转向迷了路。你

123

骑鹅旅行记

们是朝着布莱金厄方向去的。跟着我来,我给你们指路。"【写作借鉴:生动的语言描写和神态描写,将这只天鹅的狡诈与伪善表现得淋漓尽致,为后文大雁受骗做铺垫。】

他带着大雁们一起飞行,当他把大伙带到离开那源源不断的鸟的洪流很远很远的地方,再也听不到别的鸟叫的时候,忽然不辞而别消失在浓雾之中。

大雁们只好漫无目标地翱翔,他们看不到其他鸟儿的踪影。后来,有一只野鸭飞过来了。"你们最好先降落到水面上歇着,等大雾散了之后再走。"野鸭说,"看得出来,你们不认识路呀。"【名师点睛:野鸭不忍大雁们被天鹅戏弄,好心提醒他们。】

这帮坏家伙串通一气把阿卡也搞得晕头转向了,事情已经很清楚了。尼尔斯回想起来,大雁们有很长一段时间都是在绕圈子。

"当心啊!难道你们没有留神自己来来回回在兜圈子吗?"有只白嘴潜鸟从旁边掠过时叫喊道。尼尔斯不由自主地紧紧抱住了雄鹅的脖颈。这正是他长时间以来所担心害怕的事情。

倘若不是远处响起了一声如同滚雷一般的沉重炮声,谁也说不清他们究竟什么时候才能飞到目的地。

阿卡听到这炮声,精神为之大振,她伸长脖颈,霍霍有声地拍打翅膀,全速向前猛冲。【名师点睛:阿卡在茫然之中冷静自救,体现了她作为头领的过人之处。】她终于找到辨别的标志了,因为那只灰雁恰好对她说过,叫她切莫在厄兰岛南面的岬角降落,因为那里安装着一尊大炮,人们常常放炮来驱散浓雾。现在她认出方向了,世界上再也没有谁可以愚弄她并使她迷路了。

Z 知识考点

1. 填空题。

当雁群在浓雾中迷失方向时,一只_____假意帮助,却带领大家绕圈子。野鸭劝他们_____,白嘴潜鸟提醒他们当心,别再兜圈子。

2. 选择题。

为了躲避狐狸斯密尔的侵袭,(　　)建议雁群取道厄兰岛。

A.野鸭　　　　　B.灰雁　　　　　C.天鹅

3. 问答题。

你从本章中明白了什么道理?

_____

_____

Y 阅读与思考

1. 大雁们为什么要绕道厄兰岛?

2. 在飞往厄兰岛的途中,大雁们经历了哪些波折?

> 骑鹅旅行记

第十一章　厄兰岛之旅

M 名师导读

在厄兰岛的浅滩上，聚居着许多鸟类。雁群到来后，尼尔斯发现雄鹅总会无缘无故地失踪。他跟踪之后发现，雄鹅救了一只翅膀受伤的灰雁。看着痛苦的小灰雁，看着舍不得离开的雄鹅，尼尔斯是什么心情？他会怎么做呢？

四月三日至六日

在厄兰岛的最南端，有一座古老的王室庄园，名叫奥登比。这座庄园的规模非常宏大，从东海岸到西海岸，贯穿全岛的土地都归它所有。这座庄园之所以引人瞩目，还因为那里一直是大群动物出没的场所。在十七世纪时，历代国王常会进行远途巡游，到厄兰岛上狩猎。那时候整个庄园还只是一大片鹿苑。到了十八世纪，这里兴建起一个种马场，专门培育血统高贵的纯种良马，并开辟了一个饲养场，养了几百只羊。而如今，奥登比庄园里既没有了纯种良马，也没有了羊群，只是在马厩里饲养了大批马驹，那是给骑兵团当作战马的。【名师点睛：简单介绍这座名叫奥登比的庄园的历史，突出它是动物休养生息的绝佳场所。】

可以肯定地说，全国各地再也没有一处庄园比那里更适合动物的生息繁衍了。那个古老的饲养场位于东海岸，是一片纵向长达二公里半的大草地，它是整个厄兰岛上最大的牧场，所有的牲畜都可以自由自在地在那里觅食、玩耍，就像在大草原上一样。名声在外的奥登比森林也在此地，有几百年历史的槲树高大参天，浓荫蔽地，既遮住了炽烈的阳光，也挡住了强劲的海风。还有一件不能忘记的事,就是奥登比庄园的那道非常长的围墙,它从岛的这一端延伸到岛的那一端,把奥登比同岛上其他地方隔开。这样划地为界,也使得牲畜知道了古老王室庄园的地界,而不至于乱跑到别的土地上去,因为到了外面,他们就不见得能那么平静地过日子了。

但是,若说奥登比只有驯化的动物,这还不够。人们相信,那些野生动物也有同样的感觉,就是在这样一块古老的王室领地上,无论家畜或者野生动物,都可以找到安身立命之地,因此他们才敢成群结队地来到这里。那里至今还有古老品种的牡赤鹿,山兔、麻鸭和鹧鸪也都喜欢在那里生活。另外,春夏之季,这座庄园也是成千上万的候鸟的歇息之地,尤其是饲养场下面的潮湿而松软的东边海岸,候鸟都要在那里歇息和觅食。

当大雁们和尼尔斯终于找到厄兰岛以后,他们也像别的鸟儿一样在饲养场下面的海岸上降落。弥天浓雾就像方才覆盖在海面上一样,紧紧地覆盖在这个岛上。可是,尼尔斯大为惊愕的是,他目力所及的那么一小段海岸,竟会聚集那么多的鸟儿。

那是一片很低的沙质海岸,上面布满了石头,到处是坑坑洼洼的水坑泥潭,还有被海浪冲刷上来的海藻。要是让尼尔斯来做选择的话,他决不会在这样的地方歇息,可是鸟类却都把这个地方看成是真正的乐园。<u>野鸭和灰雁在牧场里走来走去寻找着食物,靠近水边的是鹬鸟和别的海滨鸟类,白嘴潜鸟在水里浮游和捕食鱼类。不过鸟类聚集得最多,且最热闹的地方,要算海岸外面的那块海藻滩了。</u>【写作借鉴:先总写这里是鸟儿的乐园,然后镜头由陆地推向海滩,有序描写各种鸟类的活动情况。】在那里,万头攒动,那么多鸟儿紧挤在一起,啄食着小虫子,虫子的数量肯定多不胜数,因为一直不曾听到过他们发出没有东西吃的抱怨。

大多数鸟儿要继续飞行,在这里停下来只是为了歇息一下。当领队的鸟儿认为自己的伙伴们已经恢复了体力的时候,便会说道:"你们准备好了吗?咱们出发吧!"

骑鹅旅行记

"没有,等会儿吧,等会儿吧!我们还没有来得及吃饱肚皮哩。"伙伴们回答说。

"你们不要以为,我会听任你们大吃,撑到连动也不想动的。"领队鸟说完就展翅飞走了。可是不止一次,他不得不重新飞回来,因为他没有法子劝说伙伴们跟他一起走。

最靠外面的海藻滩外游着一群天鹅。他们不乐意到岸上来,宁可在水面上荡来荡去,舒展自己的筋骨。有时候,他们伸出脖颈探入水中,海底捞月一般拣捞食物。当拣捞到真正可口的美食时,他们便会仰天发出一声长啸,就像使劲吹喇叭一样,声闻九霄云外。【写作借鉴:运用比喻和夸张的修辞手法,表现了天鹅们捕捉到美味时的兴奋,也有故意炫耀之嫌。】

尼尔斯听见天鹅的鸣叫,赶紧朝海藻滩那边奔跑过去。他从来没有在近处看到过野天鹅,这次却很幸运能够走到他们面前。

不仅尼尔斯听到了天鹅的长啸,野鸭、灰雁和白头潜鸟也纷纷从海藻滩上游了出去,在天鹅群四周围成一圈,目不转睛地盯着他们。天鹅们鼓鼓羽翎,将翅膀像风帆般展开,还把脖颈向空中高高昂起。偶尔也有一两只天鹅纡尊降贵地游到一只野鹅、一只大潜鸟或者一只潜鸭面前,信口吐出两三个字来,对方却诚惶诚恐,不敢张口答话。【写作借鉴:对天鹅的动作描写和对围过来的其他鸟类的神态描写,从正面和侧面表现了天鹅的高贵和美丽。】

不过有一只小潜鸟——一只黑色羽毛的小捣蛋鬼,实在忍受不了天鹅这样趾高气扬。他忽然扎了一个猛子潜入水底。一只天鹅立即发出一声尖叫并不顾体面地匆匆游开了,他游得那么匆忙,在水面搅起一阵阵泡沫。待到游出一段距离之后,他又停了下来,重新摆出王者至尊的架子。可是过了一会儿,第二只天鹅也像第一只那样没命地哀叫起来,紧接着是第三只。

那只小潜鸟在水底下再也憋不住了,浮到水面上,显得又黑又瘦小又调皮。天鹅们气冲冲地朝他追了过去,可是当他们看到那个小不点儿的时候,只是无可奈何地回头游走了,好像他们不屑于屈尊同这样一个家伙计较。于是小潜鸟又潜到水底下去啄他们的脚蹼。挨几下啄应该很疼,但最使他们恼火的是他们无法保持自己的王者尊严。他们当机立断要赶快了结,于是用翅膀扇动空气发出呜呜的响声,然后就像在水面上奔跑一样滑行了很长一段距离,待到翼下生风,他们便冲天而去了。

【写作借鉴:从视觉、听觉多方面来详细描写天鹅从水面起飞的优美姿态。】

天鹅飞走之后,大家茫然若失,惋惜不已。甚至方才还为小潜鸟的鲁莽行为喝彩称快的鸟儿,现在也埋怨起他缺乏教养了。

尼尔斯又回到岸上。他站在那里观看鹬鸟是怎样玩游戏的。他们的模样像鹤雏,因为他们有着鹤雏一样瘦小的身躯、长长的双腿和细长的脖颈。他们的动作轻盈飘逸,不过他们的羽毛不是灰色而是棕褐色的。他们排成长长的一行,站在海岸边。一个浪头打过来,他们整个行列往后倒退;等到浪涛退下去,他们又一齐朝前追逐。他们就这样玩了几个小时的游戏。

在所有鸟儿当中,风姿最为翩跹的要算麻鸭了。他们大概同野鸭有血缘关系,因为他们也有粗壮笨重的身躯、扁长的嘴喙和脚蹼,但是他们的翎羽却非常艳丽。他们的羽毛本身是雪白的,脖颈上有一道很宽的黄色圈带,锦缎般变幻着色彩。【写作借鉴:身子笨重、翎羽艳丽,是对麻鸭的外貌描写,特色鲜明,令人印象深刻。】

几只麻鸭只要在海岸上一出现,别的鸟儿就会起哄:"看看那些家伙!他们还臭美呢!"

"嘿,他们要是没有那样一副漂亮的尊容,也就用不着在地下挖巢居住了,也就可以同别的鸟儿一样大大方方地躺在阳光下啦!"一只褐色母绿头鸭挖苦道。

"唉,无论他们怎么打扮,长了这么一个翘鼻子总是没有办法掩饰的。"一只灰雁叹息道。这倒一点不假,麻鸭的嘴喙末端长着一个大肉瘤,活像翘鼻子一样,把麻鸭的容貌给毁了。

▶ 骑鹅旅行记

在海岸外面的水面上，海鸥和燕鸥飞过来、掠过去地捕捉鱼吃。"你们捉的是什么鱼？"一只大雁问道。

"刺鱼！厄兰岛的刺鱼！这是全世界最好吃的刺鱼。"一只海鸥说，"你们难道不想尝尝吗？"他塞了一满嘴的小鱼飞到大雁面前，想给她尝尝。

"哼，真是要命！难道你以为我会吃这种腥臭难闻的龌龊东西吗？"

第二天清早，照样浓雾弥天。大雁们到牧场上去觅食了，尼尔斯却跑到海岸边去拾贝。那里贝很多。<u>他想，说不定第二天就会到一个食物匮乏的地方去。他决心要编织一只随身携带的小包，这样就可以拣上满满一包贝了。</u>【名师点睛：说明尼尔斯具有忧患意识，懂得未雨绸缪。】他从牧场上找来了上一年的蓑衣草，用这些有韧性又结实的草茎编成一根根草辫，再织成一个小背包。他在那里一直干了几个小时，终于编织成功了，他感到挺满意。

晌午时分，所有的大雁都跑过来问他有没有看见过那只雄鹅。"没有哇，他没有同我在一起。"尼尔斯回答说。

"刚才他还同我们在一起，"阿卡说，"可是这会儿工夫，我们不知道他到哪儿去了。"

尼尔斯霍地站起来，心里忐忑不安。他询问这里有没有人见到狐狸或者鹰隼，再不然在附近有没有见到过人类的踪迹。可是，大家都没有注意到有什么危险的迹象。雄鹅大概是在浓雾中迷路了。

无论雄鹅是怎样失踪的，对尼尔斯来说都是莫大的不幸。他马上出发去寻找雄鹅。幸好浓雾庇护了他，他可以随便跑到哪里都不会被别人看到，可是大雾也使他看不清东西。他沿着海岸往南奔跑，一直跑到岛上最南端的航标灯和驱雾炮那里。遍地都是嘈杂的鸟群，可是却见不到雄鹅。他放大胆子闯进了奥登比庄园，在奥登比森林里找遍了一棵又一棵已经空心了的老槲树，可是仍不见雄鹅的踪迹。

尼尔斯找呀，找呀，一直找到天暗下来。<u>他不得不返回到东海岸去。</u>

他拖着沉重的脚步走着,心里充满了懊丧和失望。他不知道如果找不到雄鹅,他今后究竟会怎样,究竟还能不能变回原来的模样。他这时觉得雄鹅是自己须臾不可离的亲密伴侣。【名师点睛:雄鹅的失踪让尼尔斯更加清楚地认识到雄鹅在他心中的位置,为下文做铺垫。】

可是当他走过饲养场的时候,忽然模模糊糊地看见一大团白色的东西在浓雾中显露出来,并且朝他这边移动。那不是雄鹅还会是什么呢?雄鹅安然无恙地归来了,雄鹅说他真高兴又回到了大雁们身边。浓雾使他晕头转向,他在饲养场上转悠了整整一天也没有找到大雁们。尼尔斯喜出望外,用双手钩住了雄鹅的脖颈,连声恳求他以后多加小心,不要同大家走散。雄鹅一口答应说他再也不会走散了。【写作借鉴:"喜出望外""双手钩住""连声恳求",这些神态、动作和语言描写,表现出尼尔斯见到雄鹅安全归来时的高兴心情。】

可是次日清晨,尼尔斯跑到海岸沙滩上去拾贝的时候,大雁们又跑过来询问他有没有见到雄鹅。

没有,他没有看到。雄鹅又不见了。他大概像头一天一样在大雾中迷失方向了。【名师点睛:雄鹅再次失踪,此中一定有蹊跷。此处设置悬念,吸引读者继续阅读下文。】

尼尔斯非常担心,又跑出去寻找雄鹅。他发现奥登比的围墙有一个地方已经塌落,他可以爬过去。过去以后,他沿着海滩四处寻找,海滩越走越开阔,地方越来越大。后来出现了大片的耕地和牧场,还有农庄。他走到了这个海岛中部的平坦的高地上,那里只有一座座风磨,没有其他的建筑物,而且植被非常稀疏,底下的白垩色的石灰岩都裸露出来了。

雄鹅还是无影无踪,而天色已接近黄昏,尼尔斯不得不返身回去了。他相信自己的旅伴十有八九是走丢了。他心里难过,情绪消沉,不知道该怎么做才好。

他刚刚翻过围墙,耳际传来了附近石头倒塌下来的声响。他转过身来想看个究竟,忽然隐隐约约看到围墙边上的一堆碎石头里有个什么东

▶ 骑鹅旅行记

西在移动。尼尔斯蹑手蹑脚地走近一看,原来是雄鹅,他嘴里衔着几茎长长的草根费力地向乱石堆上爬。雄鹅并没有看见尼尔斯,尼尔斯也没有出声喊他,因为他觉得,雄鹅一次又一次失踪,其中必定有原因,他想要查个水落石出。

尼尔斯很快就弄清了原因。原来乱石堆里躺着一只小灰雁,雄鹅一爬上去,小灰雁就欣喜地叫了起来。尼尔斯悄悄地走近一些,这样就可以听到他们的讲话了。从他们的讲话里,尼尔斯才知道,那只灰雁的一只翅膀受了伤,不能飞行了,而她的雁群却已经飞走,只有她孤孤单单地留下来。她险些饿死了,幸好前天雄鹅听到了她的悲鸣,闻声赶来帮她。从那时起,雄鹅就一直给她送食物。【名师点睛:原来,雄鹅"失踪"是为了帮助一只因受伤而落单的小灰雁,悬念终于揭晓。】他们两个都希望在雄鹅离开这个岛屿之前,她能够恢复健康,可是她至今不能动弹,更不用说飞行了。她为此感到非常懊丧,可是雄鹅却安慰她说,一时之间他还不会离开此地,并在向她告别时答应第二天再来看她。

雄鹅从石堆里走出来时,尼尔斯没有惊动他。在雄鹅远去之后,他轻手轻脚地走进乱石堆。他心里有点忿忿然,因为他一直被蒙在鼓里。现在他要去对这只灰雁申明清楚,雄鹅是他的,是要驮着他去拉普兰的,所以根本不会为了她留下来。可是当他靠近灰雁时,他才恍然大悟,为什么雄鹅一连两天殷勤地给她送来食物,以及只字不提他在帮助她。她长着一个漂亮的小脑袋,羽毛光洁得像软缎一般,眼睛里闪烁着温柔而祈求的光芒。【写作借鉴:对灰雁的外貌描写和神态描写,突出她的美丽、温柔及可怜。】

当她瞅见尼尔斯时,她本想赶快逃走,但是左边的翅膀脱了臼,耷拉在地上,使得她难以动弹。

"你不必害怕我,"尼尔斯赶紧说,他的样子一点也看不出他本是来发泄怒气的,"我的名字叫作大拇指小人儿,是雄鹅莫顿的旅伴。"说完之后,他就直挺挺地站在那里,一时之间竟再也说不出话来。

其实动物身上往往也具有一种灵性,他们领悟能力之高,叫人惊叹,人们弄不明白他们究竟算是哪一类生物,几乎要担心起来,倘若这些动物变成了人类,那么他们将会何等聪明。那只灰雁就具有这种灵性。大拇指小人儿一说出他是谁之后,她就在他面前伸伸脖颈,点头致意,并且用悦耳动听的嗓音说道:"我非常高兴你到这里来帮我的忙。雄鹅告诉我说,再也没有人比你更聪明、更善良了。"

她说这番话的态度是那么雍容端庄,连尼尔斯都自愧弗如了。"这哪里是一只鸟儿,"他暗自思忖道,"分明是一位被妖术坑害的公主嘛!"【写作借鉴:心理描写,从侧面表现了这只小灰雁的美丽大方、端庄雍容。】

他变得激动起来,产生了要帮助她的强烈愿望,于是他把小手伸到她翅膀底下去摸翅骨,幸好骨头没有折断,只是关节错了位。他伸出一根手指探了探那个脱臼了的关节窝。"忍耐点。"他一面说着,一面牢牢捏住那根管状的骨头,用力一推,把它推回到了原位。他是第一次做这样的事情,但手脚可以说是十分利索,动作也很准确。可是这一推还是非常疼的,那只可怜的小灰雁发出一声撕心裂肺的惨叫,然后便如同稀泥一般瘫在乱石之中,一丝生气都没有了。

尼尔斯吓坏了,他本来是一片好意,想不到却叫她一命呜呼了。他纵身跳下乱石堆,没命地飞奔回去。【写作借鉴:"纵身跳下""没命地飞奔",表现了尼尔斯受到的刺激与惊吓很大。】他觉得自己像谋杀了一个人一样。

第二天,天色转晴,大雾已经消散。阿卡说现在可以继续飞行了。别的大雁都同意早点动身,只有雄鹅不赞成,尼尔斯知道他是不愿意离开灰雁。可是阿卡并没有理会雄鹅便动身了。

尼尔斯爬到雄鹅背上,雄鹅无可奈何,只好跟随着雁群出发,但他心里老大不乐意,飞得非常慢。尼尔斯倒为能够离开这个岛屿而松了一口气,他为灰雁的事遭受着良心的谴责,可是又无颜对雄鹅坦白事情的经过。他想,雄鹅莫顿一辈子都不知道这件事才好,不过同时他又非常怀

133

▶ 骑鹅旅行记

疑雄鹅竟然忍心丢下灰雁一走了之。【写作借鉴:细腻地描写出此时尼尔斯复杂的心理状态以及他心中的疑惑,从而引出下文。】

突然,雄鹅转过头来往回飞了,灰雁对他来说至关重要,至于能不能去成拉普兰,随它去吧。他明白,倘若他随了大雁们一起飞走,灰雁孤苦伶仃,重创未愈,躺在那里必定会活活饿死。

雄鹅挥动了几下翅膀就来到了乱石堆,然而小灰雁却杳无踪迹。"小灰雁邓芬!小灰雁邓芬!你在哪儿?"雄鹅焦急地呼唤道。

"大概狐狸曾经来过,把她叼走了。"尼尔斯想。可是就在这时候,他听到一个悦耳的声音在回答雄鹅:"我在这儿,雄鹅,我在这儿!我一早起来就去洗澡啦。"小灰雁从水中跳跃而起,她已经恢复了健康,一点毛病也没有了。她说全靠大拇指小人儿将她的翅膀用力一拉,使关节复位。现在她已经痊愈了,可以继续飞行了。

水珠如同珍珠在她绸缎一般变幻着颜色的翎羽上闪闪发亮。【写作借鉴:运用比喻的修辞手法,描写出小灰雁恢复健康后的生机与美丽。】尼尔斯不禁又一次想到,她是一位真正的小公主。

Z 知识考点

1. 填空题。

十七世纪时,国王常会巡游奥登比庄园,那时候庄园还只是一大片_____。十八世纪,庄园里建起一个种马场,专门培育_____。如今,这里饲养着大批_____。

2. 判断题。

小灰雁邓芬的翅膀脱臼了,是尼尔斯帮她复位的。( )

3. 问答题。

雄鹅为什么会接二连三地失踪一段时间?

第十二章　大蝴蝶

M 名师导读

雁群继续飞行。尼尔斯从高空俯瞰海岛地貌，这才明白之前在厄兰岛时听到的那一段对话的含义。那是关于厄兰岛的美丽传说。具体是怎样的传说呢？让我们一起来探寻吧。

四月六日　星期三

雁群在空中飞了很久很久，有个长长的海岛清晰地呈现在他们的身下。在旅途中，尼尔斯感到轻松愉快，这和昨天在岛上到处寻找雄鹅时的郁闷不乐完全不同。

此刻他看到，海岛的中央是一片光秃秃的高原，而四周是宽阔的陆地，土地十分肥沃。现在他才明白昨天晚上他听到的那段对话的含义。

高原上有许多风磨。那时他正好坐在一个风磨旁边休息，有两个牧羊人带着猎狗赶着一大群羊走来了。尼尔斯心里并不害怕，因为他坐在磨坊的台阶底下藏得非常严实。可是那两个牧羊人偏偏在尼尔斯所在的台阶上坐了下来。尼尔斯没有别的办法，只好老老实实地待在那里。

有一个牧羊人年纪很轻，相貌平常。另一个上了年岁，长相有点古怪。他身材魁梧，脑袋却很小，脸上皱纹密布，看着一副温和的样子，不过他的头和身子的比例太不相称了。【写作借鉴：对两个牧羊人的外貌展开描写，主要突出年老的牧羊人和善的特点。】

那个年老的牧羊人默不作声地坐在那里，以一种无法形容的倦怠的眼光凝视着浓雾。过了半晌，他才开口同身旁的伙伴说话。那个年轻的

▶ 骑鹅旅行记

牧羊人从背袋里取出面包和奶酪当晚餐。他几乎不搭腔,只是耐心地倾听着,那神色仿佛在说:"让你先高高兴兴地说一会儿吧。"

"现在我给你讲一个典故吧,艾立克,"那个年老的牧羊人说,"我想,古时候的人和动物大概都比如今的要大得多,连蝴蝶都大得不得了。曾经有过一只蝴蝶,身长几十公里,翅膀像湖泊那样宽。他的翅膀是宝蓝色的,并且闪烁着银色光辉,真是漂亮极了。那只蝴蝶在外面飞的时候,所有动物都会停下来观看。【名师点睛:想象大胆奇特。身长几十公里的蝴蝶,与我国古代神话中的鲲鹏有相似之处。】

"可是他实在太大了,那双翅膀都难以支撑住他。要是他聪明一点,只在陆地上飞来飞去的话,那倒还罢了。可是他却不这样,偏偏要向波罗的海上飞。还没等他飞多远,就碰上了暴风雨,狂风刮打着他的翅膀,把它们撕裂开来。艾立克,不难理解,波罗的海上的暴风雨要对付蝴蝶的翅膀是不在话下的,没过多久那对翅膀就被撕得粉碎,而那只蝴蝶也就可怜巴巴地坠入了海中。起初,他还在浪涛中来回颠簸着,后来就搁浅在斯莫兰省外面的暗礁上了。从此,他就一直躺在那里,跟早先一样长一样大。

"我想,艾立克,要是那只蝴蝶掉在陆地上的话,早就腐烂得尸骨无存了。可是他是掉进了海里,浑身浸满了石灰质,变得像石头一样坚硬。你知道,我们在海岸上看到过的石头,都是昆虫的化石。我相信,那只大蝴蝶的身躯也变成了化石。他变成了波罗的海里的一座狭长的岩石礁。你难道不相信吗?"

他收住了话头,等着对方回答。可是那个年轻的牧羊人朝他点了点头。"说下去,我洗耳恭听,你到底想说些什么?"他说道。

"仔细听着,艾立克,你和我居住的这个厄兰岛就是那只蝴蝶的躯干。只要动动脑筋,就不难发现,整个岛屿的形状就像一只蝴蝶。我们在北面看到的是细长躯体的上半部分和圆圆的脑袋;在南面看到的是躯体的下半部分,先是由细变粗,再由粗变细,直到成了一个细长的末梢。"

他又一次收住了话头,打量着对方,似乎急着要听听他的伙伴是否赞成这个说法。然而年轻的牧羊人却不慌不忙地吃着东西,点了点头,让他继续往下说。【名师点睛:老牧羊人对自己的发现兴奋不已,他急于找到一个认同自己观点的人。可是常人对于这般天方夜谭的说法,难以给出正常的回应。】

"那只蝴蝶变成了岩石之后,各种青草和树木的种子就随风飘来,在这里生根发芽。然而,要牢牢地扎根在这样光秃秃、滑溜溜的山坡上却很不容易。过了很久之后,才只有蓑衣草在这里生长出来。后来又有了羊茅草、野蔷薇和带刺玫瑰等等。不过直到今天,在岛上的阿尔瓦莱特山周围仍旧没有多少草木,连山头都没有被覆盖住,到处都是裸露的岩石。这里的土层太薄,没有人想到这里来耕种。

"不过即使你赞成我的说法,阿尔瓦莱特山和周围的崖壁是那只蝴蝶的躯体组成的,你也免不了要问山下的土地是哪里来的。"

"不错,正是如此,"那个吃着东西的牧羊人说,"我正想向你请教哩!"

"你要记住,厄兰岛已经在大海之中沉睡了许多年。在这些年里,海藻、泥沙和贝螺就随着潮汐和海浪的起伏涌退沉淤在海岛的四周,愈积愈多。再有,从山上冲刷下来的沙石也在山的东侧和西侧堆积起来。这样就在岛的四周形成了宽阔的海岸,在那里可以生长粮食和草木。

"在蝴蝶的坚硬的脊背上只有牛、羊和马驹之类的家畜。鸟类也不多,只有凤头麦鸡和鸻(héng)鸟到这里来栖息。山上也没有什么像样的房屋,只有一些风磨和几幢简陋的石头小屋,那是咱们牧羊人躲避风雨用的。可是沿海一带就大不相同啦,那里有农村和市镇,有教堂和牧师宅邸,有渔村,甚至还有一个完整的城市。"

他朝着年轻的牧羊人投去询问的眼光。年轻的牧羊人已经吃完了,正在系他的背袋。"我不知道你唠叨半天究竟想表达什么。"他说道。【名师点睛:年轻的牧羊人的回应也正是读者想要了解的,老牧羊人到底想借此

137

骑鹅旅行记

[表达什么？]

"嘿，我想知道，"年老的牧羊人说，他的声音低沉，似耳语般有气无力，眼睛失神地盯着茫茫浓雾，似乎在寻找一些虚无缥缈的东西，"那些住在山下农庄里的农民，靠出海打捞为生的渔民，保格霍尔摩的商人，或者是每年夏天都到这里来洗海水浴的浴客，在保格霍尔摩宫廷废墟里漫游的旅游者，每年秋天到这里来猎取山鹑的猎人，到阿尔瓦莱特山上去画羊群和风磨的画家……我真想知道，他们这些人当中究竟有没有人知道，这个海岛曾经是一只蝴蝶，他曾经扇动着闪闪发光的巨大翅膀飞来飞去。"

"哎呀，"年轻的牧羊人哑然失笑道，"说不定还真有人知道这一切呢。如果他们中有人在一天傍晚坐在山崖边，听着树林里夜莺的歌唱，从卡尔马海峡放眼远望，他们就会明白这个岛屿非比寻常，是有来历的。"

"我想问问，"年老的牧羊人自顾自地说下去，"他们当中是不是有人想过，给风磨插上巨大的翅膀，让它们飞上天，能把整个岛屿从海中提起来，让这个岛屿也像一只蝴蝶那样翩翩飞舞。"

"这也许会成真，你说得很有道理，"年轻的牧羊人敷衍道，"因为在夏天的夜晚，岛屿上空那么深远、那么开阔，我简直以为这个岛屿想要从大海里跳出来飞走。"

但是，那个年老的牧羊人在使年轻的牧羊人搭腔之后，却又不大听他讲话了。"我真想知道，"他说话的声音更低了，"是否有人能够解释，<u>为什么在阿尔瓦莱特山上会有这样的一种思念。我每天都有这种感觉。我想，每一个到这里来的人都会产生这种思念。我真想知道，别人是否明白这种思念的产生是因为这个岛是一只蝴蝶，他还在苦苦地思念着他那失去的翅膀。</u>"【名师点睛：厄兰岛是波罗的海上的一座孤岛，形似一只巨大的蝴蝶骨架。蝴蝶振翅出海，却带着遗憾与思念陨落海洋，沉寂千年。年老的牧羊人苦苦思念的，其实只是一个可以插上翅膀远行的梦。】

Z 知识考点

1. 填空题。

厄兰岛形状像一只_____。我们在_____看到的是细长躯体的上半部分和圆圆的脑袋；在_____看到的是躯体的下半部分，先是由细变粗，再由粗变细，直到成了一个细长的末梢。

2. 判断题。

（1）年轻的牧羊人身材魁梧，脑袋却很小，看着一副温和的样子。

（　　）

（2）年轻的牧羊人对年老的牧羊人的话深信不疑。　（　　）

3. 问答题。

按照年老的牧羊人的解释，阿尔瓦莱特山下的土地是从哪里来的？

_____

_____

Y 阅读与思考

1. 你怎样理解年老的牧羊人的话？
2. 简述关于厄兰岛的美丽传说。

139

骑鹅旅行记

第十三章　小卡尔斯岛

M 名师导读

雁群在飞行途中遭遇风暴，而后又遇到海豹袭击，于是躲进一个山洞。山洞里住着一群绵羊，他们好意招待了雁群，还讲出了种群的悲惨遭遇。尼尔斯和大伙决定帮羊群解决麻烦。羊群们遭遇了怎样的悲惨呢？尼尔斯是如何帮羊群解决麻烦的呢？

风　暴

四月八日　星期五

雁群在厄兰岛北岬角过了一夜，现在正向内陆飞行。在横越卡尔马海峡的时候，南风劲吹，把他们逼向了北方。他们仍奋力朝陆地高速飞去。就在他们快要靠近第一群礁石岛的时候，猛然传来了一阵巨响，就像是千百只巨翅大鸟一齐拍打翅膀飞了过来，海水顿时变成了黑色。阿卡急忙停下来，静立在空中观察了一阵，又赶紧朝海面上降落，可是还没等雁群降落到水面，从西面卷过来的大风暴已经追上了他们。狂风将陆地上的尘埃刮得满天飞扬，把海水卷成泡沫般的水珠，把小鸟推打得无路可逃，现在又将雁群卷了进去，把他们抛来抛去，向海上驱赶。【写作借鉴：调动视觉、听觉等感官，运用比喻、夸张等修辞手法，极言风暴的强烈，给人以身临其境之感。】

这场大风暴实在可怕，大雁们一次又一次地试图折返，然而他们力不从心，只能随着狂风朝波罗的海飘去。大风已经把他们推得越过了厄兰岛,一望无际、浩渺迷茫的大海出现在他们的眼前。他们除了尽量避开狂风之外别无他法。

阿卡发现他们已经无法照原路返回,便想着决不能让狂风把他们推过波罗的海。所以她设法降落到水面上。大海汹涌怒号,一时比一时剧烈。巨浪一边吐着白沫,一边嘶叫着在碧绿色的海面上翻腾,而且一浪高过一浪,似乎在比试哪个更有冲天之势。【写作借鉴:运用了拟人的修辞手法,赋予大海以人的情态,将大海的汹涌表现得生动形象。】但是大雁们对于浪峰涛谷倒并不十分害怕,他们反而觉得这是莫大的乐趣。他们不需要花费力气去游水,而是随着浪峰涛谷上下荡漾,就像孩子们玩秋千一般兴高采烈。他们唯一担心的就是雁群会分散开。那些被狂风席卷而去的可怜的陆地鸟类忌妒地呼喊道:"你们会游泳的总算逃脱了这场灾难!"

然而大雁们并没有完全脱离险境。最要命的是,在水面上下摇荡使他们感到困倦。他们不断地往后回头,要把嘴喙塞到翅膀底下去睡觉,再也没有比在这种境遇下睡觉更危险的了。阿卡不停地呼喊道:"大雁们,不许睡着! 睡着了就会离群,而离了群就会被抛弃!"【写作借鉴:语言描写,表现了领头雁阿卡的尽职尽责。】

尽管费尽力气支撑着不要睡过去,可是大雁们太疲倦了,仍然一只接着一只睡着了,甚至连阿卡自己也差点儿打起盹来。就在这时候,她忽然看见一个浪头的顶峰露出一个圆圆的深色的东西。"海豹! 海豹! 海豹!"阿卡尖声喊着并张开翅膀冲上了天空。在最后一只大雁还没离开水面的时候,海豹已经到了跟前,张嘴就要咬那只大雁的脚。当时真是危险极了。【写作借鉴:"还没离开""张嘴就要咬"详细地描绘了当时紧张的情势,也令读者为大雁捏一把汗。】

就这样,大雁又回到了大风暴之中,并被风暴驱赶着飘向了大海的远处。大雁拼命往回挣扎,而风暴却一刻不停地劲吹着,没有给他们丝毫喘息的机会。他们望不见陆地的踪影,眼前只是茫茫的大海。

▶ 骑鹅旅行记

　　他们又大胆地降落在水面上,可是在波汹浪涌的摇荡下没过多久又都打起了瞌睡。他们睡着了以后,海豹又游了过来。若不是老阿卡保持着警觉的话,他们恐怕就无一幸免了。

　　风暴持续了整整一天,对于在这个季节飞回来的大批候鸟来说,它是一场飞来横祸。有不少鸟儿被风卷出了航向,降落在远处海礁上活活饿死;也有不少鸟儿精疲力竭,掉入海里活活淹死;也有许多鸟儿在悬崖峭壁上撞得粉身碎骨;还有许多鸟儿成了海豹的美餐。【名师点睛:将候鸟遭遇风暴后的可怕后果一一罗列出来,突显出风暴给候鸟带来的巨大灾难。】

　　整整一天,狂风一直在怒号,阿卡不免心惊胆战,生怕她和她的雁群会遭到不测。他们现在已经精疲力竭,然而她看不到有可以歇脚的地方。黄昏时分,她更不敢在海上降落,因为这时候海面上会有大块大块的浮冰蜂拥而至,冰块相互碰撞,她担心大雁们会被冰块挤压得粉身碎骨。有一两次,大雁们企图降落在浮冰上,可是不是被狂风扫进水里,就是被凶残的海豹尾随。

　　在日落的时候,大雁们又一次回到了空中。他们朝前飞去,心里都在为黑夜的来临而惶惶不安。在这个充满危险的傍晚,连天色似乎也黑得特别快。

　　要命的是他们至今还看不见陆地。倘若他们被迫在海上停留整整一夜的话,那么究竟会怎么样呢?他们不是被浮冰挤压得粉身碎骨,就是成为海豹的口中之食,再不然就被大风暴刮得不知去向。

　　天空乌云密布,月亮躲得无影无踪,黑夜匆匆来到。整个大自然骤然充满了恐怖,即使最勇敢的人也会感到害怕。整整一天里,空中充满身陷险境的候鸟所发出的呼救的哀号,当时谁都没有留意。可是现在,那些绝望的鸟儿的啼叫声听起来分外凄厉和悲戚。海面上的浮冰彼此冲撞,发出震耳欲聋的碎裂声。海豹唱起了粗野的捕猎之歌。这天晚上恐怖得简直像要天崩地裂一般。【写作借鉴:环境描写。运用拟人的修辞手法,从视觉和听觉上来表现环境的恐怖。】

142

绵羊群

尼尔斯骑在鹅背上往下面的大海看去。忽然,他觉得风比方才刮得更大了些。他抬头一看,就在他正前方不到两三米的地方耸立着一座怪石嶙峋、巨石峥嵘的峭壁。山脚下白浪冲天,飞沫四溅。大雁们笔直地朝着这座峭壁飞去,尼尔斯在心里暗叫不妙,这岂不是要撞得粉身碎骨吗?【写作借鉴:运用反问句设置悬念,引起读者对大雁命运的担忧。】

他想是不是阿卡没有能够及时看清这个危险。可是还没有等他表示惊讶,他们就已经飞到了山跟前。这时他才看清,原来峭壁上豁开了一个半圆形的洞口。大雁们鱼贯而入,转眼间化险为夷了。

在为得救而庆幸之余,他们想做的第一件事情便是查看一下是否所有的旅伴都已经安然脱险。当时在场的有阿卡、亚克西、科尔美、奈利亚、维茜、库西和六只小雁,还有雄鹅、灰雁邓芬和尼尔斯。可是左排第一只大雁,从诺尔亚来的卡克西却失踪了,谁也不知道她的命运如何。

大雁发现除了卡克西之外没有别人掉队,他们就放心了,因为卡克西年纪大而且头脑聪明。她熟悉他们所有的飞行路线和习惯,她一定知道怎样才能够找到他们。

大雁们开始四处查看这个山洞。借着从洞口射进来的一点亮光,他们看见这个山洞又大又深,他们为能够找到这样一个舒适宽敞的地方歇息而感到高兴。就在这时候,有一只大雁突然发现,在一处阴暗的角落里,有几个闪烁的绿色光点。"那是眼睛,"阿卡惊呼道,"这里面有大动物!"他们立即向出口奔跑,可是尼尔斯的眼力在黑暗中要比大雁们强得多,他向大伙喊道:"不用跑,角落里是几只绵羊!"【名师点睛:雁群刚摆脱风暴和海豹,又遇上大动物,不过幸好是虚惊一场。情节设置一波三折,扣人心弦。】

大雁们适应了洞里阴暗的光线之后,才看清楚那确实是几只绵羊。

▶ 骑鹅旅行记

大羊的数目同他们差不多，另外还有几只小羊羔。有一只大公羊长着又长又弯的犄角，看样子像是他们的领头羊。大雁们恭恭敬敬地走到他面前。"幸会，幸会，荒原上的朋友！"他们招呼说。但是大公羊躺在那里一动不动，连一句欢迎的话也没说。

大雁们以为是羊儿们不乐意他们擅自闯进山洞里来。"我们擅自闯到你们的屋子里来，这是很不对的。"阿卡连忙解释道，"可是我们是出于无奈，是大风暴把我们刮到这里来的。我们已经在风暴中受了整整一天的磨难，倘若我们能在这里借宿一夜，那我们将感激不尽。"她说完之后，又过了很长时间，仍没有哪只羊搭腔。然而，可以清楚地听到有几只羊在长吁短叹。阿卡知道，羊的秉性扭捏怕羞，脾气也有点古怪，可是这些羊的表现却并不是如此，真是叫人弄不明白。<u>终于，有一只长着苦相长脸的老母羊开口了，她用诉苦的腔调说道："唉，不是我们不让你们借宿，而是这里是个不吉利的住所，我们不能像从前一样待客了。"</u>【名师点睛：羊群的表现以及老母羊的话语令人疑窦丛生，到底发生了什么事呢？此处设置悬念。】

"你们千万不要因此而费心，"阿卡说，"要是你们知道我们今天遭了什么样的罪，那么你们就会理解，我们只要有块立足之地使我们能安生睡上一夜就心满意足了。"

既然阿卡都这么说了，老母羊也不好拒绝，只是站起身，为难地说："唉，不管怎么说，我还是觉得你们在多大的风暴里飞来飞去，也比留在此地要好得多。不过你们先不要走，我们把家里所有好吃的东西都拿出来，请你们吃饱了肚子再走。"

她把他们领到一个盛满清水的大坑前面，水坑旁边有一大堆谷糠和草屑。她请他们吃个痛快。"去年冬天，这个岛上天寒地冻，雪很大，"她说，"饲养我们的那些农夫给我们送来了稻草和燕麦秆，使我们不至于饿死。他们送来的东西就剩下这些了。"

大雁们马上跑到那堆草料上面啄食起来。他们觉得运气挺好，所以胃口奇佳。他们也都留意到那些羊儿一个个都心神不宁，不过他们知道，羊通常是容易受到惊吓的，因此他们并不相信会有什么危险。他们饱食一顿之后，像往常一样站好准备睡觉。这时，那只大公羊却站起来走到他们面前。大雁们觉得，他们从来没有看见过哪只羊长着那么长、那么粗的犄角。他身上其他地方也很引人注目。他有着高大而突起的前额、机灵的眼睛和威严的神态，仿佛他是一只英武勇敢而不可一世的动物。【写作借鉴：对领头羊的外貌描写，突出他的机灵、威武、庄严，为他接下来的话语和表现做铺垫。】

"如果我不向你们说清楚这里的危险，那就是我没有为你们的安全尽到责任，"他说，"我们如今无法招待客人留宿。"阿卡终于明白他说的是实话了。"既然你们认为我们必须离开这里，我们就只好告辞了，"她说，"但是你们不妨先告诉我们，究竟是什么事情使你们这么不安？我们人生地不熟，连这里是什么地方也弄不清楚。"

"这是小卡尔斯岛，"大公羊说，"它在果特兰岛外面，在岛上居住的只有羊和海鸟。"

"你们大概是野羊吧？"阿卡问道。

"那倒不是，"大公羊回答说，"但其实我们同人类也没有多少关系。不过我们同果特兰岛上一个庄园的农民商量好了，双方约定俗成，遇到多雪的冬天他们给我们送来饲料，我们就让他们牵走一些羊。这个岛非常小，而我们的数量愈来愈多，所以没有足够的草料来养活我们。不过一般情况下，我们一年到头都是自己外出觅食的，我们不住在有门有锁的棚屋里，而是住在这样的山洞里。"【名师点睛：公羊解释了与人类的关系，面对有限的资源，这种半放养式的依存关系对他们更有利。】

"你们也住在这里过冬吗？"阿卡惊异地问道。

"是呀，我们住在这里过冬，"大公羊回答说，"这座山上一年到头都有很好的草料。"

"我觉得，你们的生活听起来要比别的羊儿更好一些，"阿卡说，"那

145

> 骑鹅旅行记

么你们现在遇到了什么麻烦呢？"阿卡问道。

"去年冬天特别冷，海上也结了冰。有三只狐狸从冰上跑了过来，从此就在这里长住下来。在这以前，这个岛上是没有食肉动物居住的。"

"哦，原来如此！难道狐狸也敢对你们这样的大个儿下手吗？"

"倒也不是，在白天他们是不敢的。在大白天我可以自卫，还可以保护我的伙伴。"大公羊说着晃了晃他的大角，"可是他们会在晚上趁我们睡着的时候偷袭我们。我们尽量整夜整夜不闭眼睛，可是总有睡着的时候。我们一睡，他们马上就扑过来。他们已经把其他山洞里的羊都咬死了，那里的羊群规模同我们差不多。"【名师点睛：疑团解开，原来并非羊群不欢迎雁群的到来，他们确实是有苦衷。】

"说起来也难受，我们竟是这样无能为力，"老母羊唉声叹气道，"我们的日子真难过呀，倘若有人看管，说不定风险还会小一点！"

"你们觉得今天晚上那些狐狸会来吗？"阿卡问道。

"这是预料之中的事情，"老母羊回答说，"他们昨天晚上来过，还叼走了一只羊羔。看样子只要我们还有一个活着，他们肯定还会来。他们在别的地方就是这么做的。"

"不过，让他们这样横行下去，你们很快就会被消灭掉。"阿卡说道。

"是的，过不了多久，小卡尔斯岛上的绵羊就会绝迹。"老母羊说道。

阿卡站在那里举棋不定。回到大风暴里去的滋味实在叫人吃不消，而待在有这样的不速之客登门拜访的地方，情况亦不见得会有多妙。她沉思了片刻，转头向尼尔斯说道："不知道你是否愿意像以前那样帮助我们。"

"当然愿意。"尼尔斯回答说。【名师点睛：为了大伙的安全，尽管十分疲惫，但尼尔斯还是答应为大家守夜。拥有夜视能力的尼尔斯已然成为雁群的守护者和可以性命相托的忠实伙伴。】

"可惜你睡不成觉了，"阿卡说，"不知道你能不能一直守着不睡，狐狸来的时候把我们叫醒，好让我们飞出去？"尼尔斯虽然为睡不成觉而感到不快,可是这比回到大风暴里要强一些,因此他答应下来。

尼尔斯走到洞口,找了个避风的地方,钻到一块石头底下坐下来守着。

他在那里坐了半晌,大风暴似乎渐渐减弱了势头。天空渐渐晴朗起来,月亮的清辉开始在海浪上闪烁。尼尔斯走到洞口朝外看去。山洞在半山腰里,有一条又窄又陡的山路直通到洞口。他就在那里守着。

他至今没有见到狐狸的踪影,可是有些东西倒叫他一见就心惊胆战。在峭壁底下的狭长海滩上站着几个庞然大物,他们也许是巨人,也许是石头,或者说不定是一些人。他起初以为自己在做梦,然而他觉得自己分明没有睡着。他把那些巨大的人形怪物看得一清二楚,要说是看花了眼那是不可能的。他们有一些站在海滩上,有一些紧靠着山,似乎打算往上爬;有一些长着大大的圆脑袋,而另外一些根本没有脑袋;有一些只有一只胳膊,而另外一些前后都长着大瘤子。尼尔斯还从来没有见到过这样的怪物。【名师点睛:富于想象,描写细致,将一个因害怕黑夜而不断胡思乱想的孩子的形象表现得淋漓尽致。】

尼尔斯站在那里,被那些怪物吓坏了,险些儿忘记了自己是来守夜的。这时他的耳际忽然响起了利爪在石头上抓挠的声响。他看到三只狐狸顺着山路爬上了陡坡。当他明白事到临头时,反而镇静下来,而且一点也不害怕了。他想到,只叫醒大雁,而不顾羊儿的死活,是说不过去的。他觉得一定要想到两全其美的办法。【名师点睛:危急时刻,尼尔斯不仅想到与他朝夕相处的大雁,也没有忘记收留他们的羊群,他这种正义、善良、勇敢、临危不乱的美好品质,值得我们每个人学习。】

尼尔斯急忙跑进洞里,用力摇晃大公羊的犄角,把他摇醒,与此同时,一个箭步骑到羊背上。"快站起来,往前冲!我们要叫狐狸尝尝厉害。"他说道。

尼尔斯尽量不弄出声响,不过狐狸大概还是听到了动静,他们到了洞口就站定身子商量起来。

"他们一定在里面,还有羊在走动哩。"其中一只狐狸说道。

骑鹅旅行记

"我怀疑他们都还醒着。"另一只说道。

"哼,往里面闯!"还有一只说,"反正他们对付不了我们。"

他们进入山洞后往里探了探,又站定身躯,用鼻子嗅了嗅。

"今天晚上我们抓哪个?"

"哼,就抓那只大公羊,"最后一只狐狸说,"以后对付别的就不在话下了。"

尼尔斯端坐在大公羊背上,看见狐狸悄悄地溜进洞来。"笔直朝前冲!"他向大公羊小声说道。大公羊将头朝前猛地一顶,就把第一只狐狸顶回了洞口。"朝左边冲!"尼尔斯把大公羊的大脑袋扳到正确的方向。大公羊用犄角狠狠一戳,击中了第二只狐狸的腰侧。那只狐狸在地上滚了好几圈才站起来,匆匆逃走了。尼尔斯本来也想让第三只挨一下子,可惜那只早已逃跑了。【名师点睛:具体描写尼尔斯指挥大公羊同狐狸战斗的过程,表现了尼尔斯的足智多谋以及大公羊的勇猛善战。】

"我想,他们今天晚上总算知道了我们的厉害!"尼尔斯说道。

"是呀,我想也是这样,"大公羊笑呵呵地说,"现在你快在我的背上躺下来,钻到我的绒毛里去吧!你在外边吹了一天寒风,现在该暖和暖和身体,舒舒服服地睡个好觉了。"

地狱之洞

四月九日　星期六

第二天,大公羊驮着尼尔斯四处转悠,带他看了整个岛屿。这个岛屿由一块巨大的山岩构成,它就像一所巨大的房子,四壁陡峭,屋顶平坦。大公羊先把他带上山顶,看看那些肥美的草地。尼尔斯不得不承认,这个岛屿似乎是为了绵羊而存在的,山上除了绵羊喜欢吃的酥油草和那些芳香的旱地小植物外,几乎不长别的杂草。

不过,这里除了绵羊喜欢吃的草,还有美景可看。他们站在峭壁边

缘,可以眺望整个大海,在阳光下,湛蓝的大海波涛翻滚,泛着金光,只在一两个岬湾处,便可以看到波涛撞击石块溅起白色的飞沫。岛屿的正东方是果特兰岛,它有长长的海岸;岛屿的东南方是大卡尔斯岛,外观和小卡尔斯岛大同小异。大公羊走到峭壁的边缘,尼尔斯俯视峭壁,他发现峭壁上布满了鸟窝,而在峭壁下面的蓝色大海里,美丽的斑头海番鸭、绒鸭、三趾鸡、海鸠以及海雀正悠然自得地在水中捕食着青鱼。

"这真是一个让人喜爱的地方,"尼尔斯说,"你们羊儿住在了一个美丽的地方。"

"嗯,这地方确实非常美丽。"大公羊说。他似乎还想说点什么,但又将要说的话咽了回去,只是一个劲地叹息。过了一阵子,他才又说道:"如果你一个人在这里走,千万要注意脚下岩壁上的裂缝,这样的裂缝还真不少。"【写作借鉴:此处为语言描写和神态描写。大公羊欲言又止,所言又似有弦外之音,为后文故事发展做了铺垫。】这是一个很有用的警告,因为峭壁上有几个地方确实有又深又阔的裂缝,其中最大的一个裂缝叫地狱之洞,这个洞有好几英尺深,大约有六英尺宽。"要是失足掉进了这些裂缝,那可就没命了。"大公羊说。尼尔斯觉得他的话似乎是专门讲给他听的,而且似乎还有弦外之音。

尽管海滩的景色非常美丽,尼尔斯还是更喜欢山顶上的风景,虽然这里有些骇人的景象。到处可见绵羊的尸骸,想来狐狸是将绵羊抓到这里大吃一顿的。尼尔斯看见了肉被吃光后剩下的绵羊的骨架,还有只吃了几口大部分未动的绵羊的尸体,想着这些残忍的野兽抓住绵羊只是为了取乐,就不由得伤心欲绝。【名师点睛:这个曾经喜欢捉弄动物的小人儿,在看到狐狸的所作所为后,内心产生了巨大的悲痛。】

大公羊并没有在这些绵羊死尸前停步,而是默默地走了过去,然而尼尔斯却无法对这些恐怖的景象无动于衷。

大公羊又带尼尔斯往山上走去,来到山顶,他停下脚步,说:"任何一个聪明能干的人,看到这里的悲惨景象,都不会无动于衷的,肯定会认为

149

▶ 骑鹅旅行记

这些狐狸应该受到惩罚。"

"狐狸也要生存啊！"尼尔斯说。

"这没错，"大公羊承认，"除了维护自己的生存外，他不再以撕碎别的动物为乐，这样的动物当然可以生存下去，但这些野兽不是，他们可以说是十恶不赦。"

"这个岛屿上的农民们，应该帮帮你们啊。"尼尔斯说。

"他们曾划船来过岛上几次，"大公羊回答道，"但是，每次他们来，狐狸总会狡猾地躲在山洞或裂缝里，农民没法朝他们开枪。"

"羊老爹，您不会是想让我这样一个可怜的小人儿去对付他们吧，要知道，那可是些连你们和农民都无法抓住的家伙啊！"【名师点睛：尼尔斯领悟到领头羊那未曾明言的用意，他会怎么做呢？】

"有的人虽小但聪明伶俐，一样可以做出了不起的大事。"大公羊说。

他们没有再谈及这个话题，尼尔斯走到山顶上，在觅食的大雁旁边坐了下来。尽管他在大公羊面前没有表露自己的情感，然而他已在为羊群的悲惨故事而伤心难过了，如果能够帮助他们，他会非常开心的。"起码我可以跟阿卡和雄鹅聊聊这事，"他想，"说不定他们可以提出好的建议。"

不久，雄鹅将他驮在背上，飞越山顶的平原，向着地狱之洞所在的方向飞去！

雄鹅无忧无虑地在宽阔的山顶上漫步，根本没料到自己是多么大多么白。他并没有在丛生的植物或小山丘背后躲躲闪闪，而是大摇大摆地直步前行。很显然，他没有因为在昨天的大风暴中受尽了磨难而变得小心翼翼。他的右脚一瘸一拐的，左翼耷拉在地上，好像被折断了一样。

【名师点睛：雄鹅一反常态的表现令人心疑：他这是怎么了？此处设置悬念。】

他自由自在地游荡着，不时啄食一根草茎，根本就不向四周望一眼。尼尔斯在鹅背上舒展开全身，抬眼望向湛蓝的天空。现在，他已经能够在鹅背上熟练地站立和躺卧了。

雄鹅和尼尔斯都那么悠然自得、轻松自在，他们显然没有察觉到三只狐狸已经爬到了山顶的平地上。狐狸们心里很清楚,要在开阔的平地上取一只雄鹅的性命,几乎是不可能的,因此起初并没有想要追捕雄鹅,但是他们没有什么事情可做,所以最后决定潜进山边一条长长的裂缝里,企图偷袭雄鹅。他们小心翼翼地按计划行进着,雄鹅一直没有发觉。

他们距离雄鹅很近时,雄鹅突然想试试能不能飞起来,他拍打了几下翅膀,但是并不成功。狐狸们似乎明白了他不能飞,于是怀着比之前更为急切的心情向前猛追。他们不再躲藏在裂缝里,而是直接蹿上山顶的高地上。他们利用丛生的树木和低洼地做掩护,飞快地潜行,越来越逼近雄鹅,此时雄鹅完全不知道自己已经陷入围捕。最后,三只狐狸已经靠近雄鹅,只需要最后一扑便能逮住他。于是三只狐狸同时发力,纵身直扑向雄鹅。

在这电光石火的一刹那,雄鹅显然意识到了什么,于是向旁边一闪,狐狸们扑了个空,但这并不意味着雄鹅已经脱离了危险,因为他只跑出去几步远,而且还一瘸一拐的。即便如此,这只可怜的雄鹅还是使尽浑身的力气向前猛跑。

尼尔斯倒骑在公鹅背上,对着狐狸大声尖叫道:"狐狸,你们吃羊肉吃得膘肥体壮,看,你们甚至连一只鹅也追不上!"他不停地取笑三只狐狸,使他们暴跳如雷。狐狸们什么也不想,只是一个劲地往前冲。【名师点睛:谜底至此揭晓。这是雄鹅和尼尔斯故意设计来引诱狐狸们上当呢!】

雄鹅笔直地向那个大裂缝跑去,临近跟前,便猛一挥翅膀,飞上了天空。此时,狐狸们刚刚赶到裂缝边上,差一点抓到他。

雄鹅在飞过地狱之洞后,还一如既往地疾飞。不过没等他飞出几米远,尼尔斯就拍拍他的脖子,说道:"现在可以歇息一下啦,雄鹅。"

就在这时,他们听到身后传来疯狂的嚎叫和利爪抓挠岩石的声音,还有什么东西坠落山崖的声音。是那三只狐狸,他们再也不会回来了。
【名师点睛:凶残的狐狸终于得到了应有的报应,表现了尼尔斯的聪明、善良。】

第二天早上,大卡尔斯岛上的灯塔看守人拾到了一块从门缝底下塞

151

▶ 骑鹅旅行记

进来的树皮，上面歪歪扭扭地刻着一行字："小卡尔斯岛上的三只狐狸掉到了地狱之洞里，赶快去抓他们！"灯塔看守人果然照字条上说的去做了。

Z 知识考点

1. 填空题。

羊群和农民约定：遇到＿＿＿＿＿＿，农民就给羊群送来饲料，作为回报，他们可以＿＿＿＿＿＿。因为岛上没有足够的草料养活过多的羊。

2. 选择题。

在山洞里遭遇狐狸偷袭时，尼尔斯和(　　)一起赶走了他们。

A.雄鹅　　　　B.阿卡　　　　C.大公羊

3. 问答题。

三只凶残的狐狸的结局如何？

＿＿＿＿＿＿＿＿＿＿＿＿＿＿＿＿＿＿＿＿＿＿＿＿＿＿＿＿

＿＿＿＿＿＿＿＿＿＿＿＿＿＿＿＿＿＿＿＿＿＿＿＿＿＿＿＿

Y 阅读与思考

1. 大风暴给候鸟们带来了哪些危险？

2. 对付狐狸的办法是谁想出来的？

第十四章　两座城市

M 名师导读

　　白鹳埃尔曼里奇先生将尼尔斯带到一片荒无人烟的海滩上。在那里,尼尔斯闯入了一座神秘的古城,他因未能拯救这座沉睡在海底的古城而难过不已。后来,他又见到了另一座正在衰落的城市,这才有所领悟,之前的难过稍稍释然。尼尔斯领悟到了什么呢?

海底的城市

　　四月九日　星期六

　　这是一个宁静而晴朗的夜晚。大雁们不愿栖身在山洞里,而宁可露宿在山顶上。尼尔斯躺在大雁们身边的低矮干枯的草丛中。

　　这一夜月色溶溶,皎洁的清辉照亮了大地。尼尔斯辗转反侧。他躺在那里思索着自己究竟离开家有多久了,算来算去才惊觉已经有三个星期了。就在这时候,他忽然记起今天晚上是复活节前夜。

　　"今天晚上所有的巫婆都要从蓝魔山上出来,骑着扫烟囱的扫帚回家。"他思忖着,而且暗自觉得好笑。【写作借鉴:开篇交代时间背景及节日特色,复活节象征着重生与希望,又有巫婆出现的传说,给本章故事奠定了一种魔幻基调。】因为他虽然相信有小水妖和小精灵,但是一点也不相信有巫婆。

　　要是今天晚上巫婆骑着扫帚飞出来,他早就应该看到她们了,天空

骑鹅旅行记

中月色明亮，哪怕有个最小的黑点在空中移动，也逃不过他的眼睛。

就在他仰面朝天躺着遐想的时候，忽然有一幅美妙的画面映入他的眼帘。那轮明月圆而不残，高高悬在天宇。有一只大鸟从月亮前面飞了过来，他不是从月亮旁边经过，而是从月亮里面飞出来的。在明晃晃的月亮的衬托下，飞鸟呈黑色，双翅从明月的一侧伸展到另一侧。他飞得如此悠然洒脱，而且一直朝着同一个方向飞，尼尔斯觉得他就是画在月亮上的一只鸟。【名师点睛：详细描绘出一幅优美的月夜飞鸟图，表现了大鸟身姿优美，飞行技艺高超。】他的身体很小，脖颈细长，两条细长的腿向下垂着。从样子上来看，是一只鹳鸟。

过了片刻，那只鹳鸟飞落在尼尔斯身边，竟然是白鹳埃尔曼里奇先生。他弯下身来，用嘴喙碰了碰尼尔斯。

尼尔斯立即坐了起来。"我没有睡着，埃尔曼里奇先生。"他说，"您怎么半夜三更还在外面忙碌？格里敏城堡里情况怎么样？您愿意同阿卡大婶谈谈吗？"

"今天晚上月光太亮了我睡不着觉，"白鹳回答说，"所以我就飞了一段路到卡尔斯岛上找你，我的好朋友大拇指小人儿。我从一只海鸥那里听说你今天晚上在这里。我还没有搬回格里敏城堡，而是住在波隆美[波兰北部地名]。"

白鹳的到来使尼尔斯喜出望外。他们俩像老友重逢一样无话不谈。最后白鹳问尼尔斯有没有兴趣出去转转，在溶溶的月色之下骑在他背上兜风。

尼尔斯当然愿意，只要白鹳能在日出之前把他送回到大雁们身边。白鹳答应了，于是他们就动身出发了。

白鹳重新朝着月亮飞去，他们越升越高，大海在他们身下越退越远。这次飞行异常轻松平稳，仿佛他们在空中凝滞不动了一般。

尼尔斯觉得这次飞行的时间短得难以置信，因为刚过了不大一会儿，白鹳就降落下来了。【名师点睛：通过尼尔斯的直观感受来表明白鹳飞

154

行得又快又稳,与前文相照应。】

他们降落在一处荒无人烟的海滩上,周围是一片均匀的细沙。沿岸有很长一排流沙堆积成的沙丘,上面长着沙丘野麦。沙丘虽然不高,但足以挡住尼尔斯的视线使他无法看到内陆。

白鹳站到一个沙丘上,蜷起一条腿,把脖颈往后一歪,嘴喙塞在翅膀底下。【写作借鉴:动作描写,多个动词的连续运用,将白鹳的一连串动作写得细致可感,也说明了作者对白鹳生活习性的了解。】"我要休息一会儿啦,"他对尼尔斯说,"你可以在海滩周围走动,但是千万不要跑远了,免得你没法回到我的身边。"

尼尔斯打算先爬到一座沙丘上去看看海岸的内陆究竟是什么样子。他刚迈出一两步,脚上的木鞋鞋尖就踩到一个硬邦邦的东西,他弯下身一看,原来在沙堆中埋着一枚小铜钱。那枚铜钱铜绿斑驳,锈蚀得几乎穿孔了。它实在太残破了,尼尔斯根本无意捡起来,而是一脚把它踢开。

可是当他直起身来的时候,他完全惊呆了。就在离他两步远的地方,赫然矗立起一堵黑黝黝的城墙,城门洞旁边还筑有碉楼。

就在他弯下腰去之前,眼前还是一片波光潋滟的大海,而转眼之间竟然树起了一道筑有碉楼和雉堞的城墙。在他正前方,方才还是海藻浅滩的地方,现在竟然出现了一座城门。【名师点睛:转眼之间,尼尔斯眼前出现一座古城,神奇魔幻意味更甚,激起读者的阅读兴趣。】

尼尔斯心里明白,这一定是妖魔鬼怪在作祟。可是,他想这没有什么可害怕的。这并不是他一直为之提心吊胆的那些夜里出来吃人吸血的凶神恶怪。城墙和城门都巍峨壮观,他很有兴致去看看城墙背后到底有什么。"我一定要去看个明白。"于是他大步跨进城门。

在幽深的城门洞里,身穿华丽的绣花宽袖大氅的卫兵把长刀战戈放在身边,蹲坐在那里掷骰子。他们玩得那样起劲,连身边走过尼尔斯都没有顾得上去盘问一番。尼尔斯就这样毫不费力地通过了岗哨。

进了城门是一处广场,地面上镶着平整的大石板。广场四周高大而

▶ 骑鹅旅行记

漂亮的房屋鳞次栉比，房屋之间一条条窄长的街巷四通八达。

城门前广场上人流如潮，熙熙攘攘。男人们个个披着皮毛绲边的长大氅，里面穿着绫罗绸缎，头上戴着斜插羽翎的小圆帽，胸前挂着精致的金挂链。他们个个服饰华美，俨然国王公侯一般。

女人们头戴尖顶帽，身着紧袖小袄和长裙。她们的穿戴也很讲究，但是远不及男人们那样富贵华丽。【写作借鉴：对城市里人们的衣着的描写，有详有略，重点突出。】

这一景象就像尼尔斯的妈妈曾经从那个大木箱里拿出来给他看的古老的故事书里所描写的一样，他简直不敢相信自己的眼睛了。

但是这座城市本身要比那些男男女女更值得一看，每幢房屋都有一堵山墙临街。山墙上布满了彩画浮雕，使人觉得它们是在竞相比美，夸富争豪。

当许多新奇的东西一齐出现在眼前时，一个人是来不及全记住的。而令尼尔斯在事后依旧记忆犹新的是阶梯模样的山墙，墙上一层层全是耶稣和他的使徒们的雕像，一个神像壁龛接连着另一个神像壁龛，用绚丽斑斓的彩色玻璃镶嵌而成的山墙，用黑白相间的圆形和矩形大理石镶嵌而成的山墙。

尼尔斯细细观赏着，对这一切赞叹不已，他忽然产生了一种紧迫感。"这样的东西我以前从未见过，而且以后恐怕也见不到了。"他自言自语道。于是，他加快了脚步往城里奔跑，穿过了一条又一条街道。

那些街道都是又窄又长的，不过并非像他所熟悉的城市那样空荡荡的，不见什么人影。这里到处是人。老太婆们端坐在自己家门口纺线，她们不用纺车而只用一个纺锤。商人们的店铺就像集市上的货摊一样，朝街敞开着大门。所有的手工艺匠人都在露天干活。有一个地方在熬鲸油，另一个地方在鞣皮革，还有一个狭长的地方是打麻绳的场地。【写作借鉴：细致描绘了不同身份人们的生活，将街景形象地展现在读者面前。】

倘若尼尔斯时间充裕的话，他说不定能够把这些手艺都学个七八成。他看到了兵器匠怎样用铁锤敲打出薄薄的护胸铁甲，看到了金银首饰匠怎样把宝石镶嵌到戒指和手镯上去，看到了铁匠怎样锻冶铁块，看到了鞋匠怎样给红色软皮靴上鞋底，看到了纺金线的匠人怎样拉出细如发丝的金线，也看到了纺织匠人怎样把金丝银丝织到布面上去。【写作借鉴：运用排比的修辞手法，从尼尔斯的视角，带领读者看遍了城市手艺人的劳作场景。】

不过尼尔斯没有时间久留。他只能匆匆向前跑去，尽量多看一些，免得错过这一良机。

高高的城墙环绕着整个城市，就像是庄园的一堵围墙把耕地圈起来一样。在每条街巷的尽头处，他都能见到雉堞林立、碉楼高耸的城墙。头戴闪闪发光的铁盔、身穿锃亮护甲的武士在上面走来走去。

当他穿过全城之后，便来到了另一个城门，门外是大海和港口。尼尔斯看到了船头和船尾都有高高的船舱，而划桨的位置设置在中间部分的老式船只。有些船靠岸停泊以便装卸，还有一些船只正在抛锚。港口里的搬运工和商人摩肩接踵、来往如梭。到处是一片繁忙热闹的景象。

但是尼尔斯知道，在这里也不能耽搁太久，他赶紧又返回市内，来到了市中心广场。广场上，大教堂巍然屹立，教堂的三个钟楼高耸云端，深邃的门洞里各式各样的塑像排列成行。每垛墙壁上都布满了塑像，每一块石头都经过石匠精心地雕琢、装饰。从那敞开的大门看进去，里面更气派：金光灿灿的十字架，金子铸造的祭坛，连牧师们都身披金丝嵌织的锦绣法衣！和教堂遥遥相对的一幢大楼，屋顶四周有雉堞围绕，中央有一座尖塔高耸入云，那是市政厅。在教堂和市政厅之间，以及广场周围，矗立着各式各样的豪华楼房，它们的靠街山墙更是一垛比一垛精美、富丽。

尼尔斯跑得又热又累。他觉得自己已经看到了这个城市的精华所在，便放慢了脚步。现在所在的这条街道想必是这座城市的服饰街。他看到那些小店铺门前站满了顾客，商人们在柜台上把一匹匹花团锦簇的绫罗绸缎、嵌金线的锦绣织物、颜色变幻莫测的天鹅绒、轻盈的纱巾和薄

骑鹅旅行记

如蝉翼的抽纱花边都展示出来。

在此以前,尼尔斯疾步奔跑的时候,街上没有人注意到他。他从别人身边一掠而过时,人家还以为是一只灰色小老鼠哩。但是,此刻他慢慢地沿着街走的时候,有个商人一眼看到了他,便向他招起手来。

尼尔斯起初惴惴不安,想要闪身躲避开去。可是那个商人却殷勤地招手,满面春风地朝他微笑,大概是为了把他吸引过去,那个商人还打开了一块非常好看的锦缎放到柜台上。

<u>这时候整条街各家店铺里的人都瞅见了他。不管他眼睛朝哪个方向看过去,总会有兜销货物的商人殷勤备至地朝他频频招呼。</u>他们把那些有钱的顾客撇在一边,顾不得理会他们,而专门来招待他,要他光顾。【名师点睛:街上人对尼尔斯的殷勤反应让他摸不着头脑,也令读者莫名其妙,到底是怎么回事呢?】他看到那些商人匆匆忙忙地跑进店铺里,在最隐蔽的角落里取出了他们最上乘的货色。他也看到,商人们在把货物放到柜台上的时候,双手因为慌乱和激动而发抖。

尼尔斯脚不停步地往前走去。有个商人甚至跨过柜台追了出来,把一些银丝嵌织的绸缎和色彩斑斓的丝织壁毯铺开在他的面前。尼尔斯乐不可支,不禁对他咯咯地笑了起来。<u>唉,卖货的商人啊,像他这样一个身无分文的穷光蛋,怎么买得起这样贵重的东西呢?</u>【写作借鉴:反问句,起加强语气的作用,表明尼尔斯对这些商人们的举动十分不解。】他停住脚步,摊开空空的双手,要让大家都知道他身无分文,不要再来纠缠他了。

可是那个商人却竖起了一根手指头,连连朝他点头,而且还把那一大堆贵重物品统统推到他的跟前。

"难道他的意思是,所有这些东西只卖一个金币?"尼尔斯捉摸着。

那个商人从身边掏出一枚很小的、已经磨损得残缺不全的小钱币,也就是说价值最小的那种,朝着尼尔斯晃晃。那个商人急于要做成这笔买卖,他又在那堆贵重物品上加了一个又大又重的银杯子。

这时候尼尔斯开始在衣服口袋里摸索起来。他明明知道自己身无分文,却还是情不自禁地摸了摸口袋。

其他商人都围聚在旁边,关心地看着这宗买卖进行的情况。当他们看到尼尔斯开始摸衣服口袋的时候,都纷纷转身回去,翻过柜台拿出大把大把的金银首饰向他兜售。大家都向他表示,只用出一个小钱就全部卖给他。

尼尔斯把背心和裤子的口袋翻了个底朝天,让他们亲眼看看他身上的确一文钱都没有。这些气派不凡的商人一个个眼泪汪汪的,都要哭出来了,其实他们远比他富有得多。尼尔斯眼看着他们伤心难过的样子,动了恻隐之心。他认真地思索起来,看看能不能想个办法帮帮他们的忙。他脑筋一转,忽然想到方才他在海滩上见到过的那枚铜绿斑驳的铜钱。【写作借鉴:此处为神态描写和心理描写。气派不凡的商人眼泪汪汪,表明了他们对促成交易的渴望与殷切。尼尔斯动了恻隐之心,想要帮助他们,表明了他的热心与善良。】

他不顾一切地跑起来,他挺幸运,来到了刚才进来的那个城门。他穿过城门跑出去,在海滩上寻找那枚铜绿斑驳的铜钱。

尼尔斯倒真的找到了,但是当他捡起铜钱要迈步跑回城里的时候,他的眼前除了大海什么东西也没有了。别的东西蓦然消失了,城墙不见了,城门不见了,卫兵、街道、房屋统统化为乌有,只剩下一片大海。

尼尔斯一筹莫展,泪水涌出了眼眶。他起初以为自己看花了眼才见到了那些奇怪的景象,可是不久就把刚才的疑惑全忘了。他心里只想着城里的一切是多么美丽,而当这个城市消失的时候,他不禁伤心起来。

就在这时候,白鹳醒了过来,并且走到了尼尔斯身边。但是尼尔斯没有发现他走过来,白鹳不得不用嘴喙去碰碰他,让他知道身边有人来了。

"我想你也同我一样,方才在这里睡了一觉。"白鹳说道。【名师点睛:看到尼尔斯伤心难过的样子,白鹳却说他只是睡了一觉。他把尼尔斯带到这里来是偶然所为,还是另有目的?】

"哦,埃尔曼里奇先生!"尼尔斯恍惚地呼喊起来,"方才还在这里的

骑鹅旅行记

那座城市是哪一座城市呀？"

"你看见了一座城市？"白鹳愕然地反问道，"你大概是像我说的那样，睡熟了还做了个好梦。"

"不是的，我没有做梦。"他向白鹳讲述了方才亲身经历的一切。

白鹳沉思片刻后说道："我认为你是在海滩上睡着了，那一切不过是梦幻之境。但是，我不想对你隐瞒，所有鸟类中最有学问的那只渡鸦巴塔基有一次对我讲起过，<u>从前在这个海滩上有过一座名叫威尼塔的城市。那座城市极其富有，生活奢华，没有哪座城市能够像它那样金碧辉煌。可惜，那座城市里的居民不知自爱，放纵自己，骄奢淫逸，无所不为。</u>巴塔基说，恶总是有恶报的，上苍给予威尼塔城的惩罚是：在一次海啸中这个城市被大水淹没并且沉入了海底。城里的居民并不会死去，整个城市也完好如初。但是要每隔一百年，这个城市才在某个晚上从海底浮出水面，把它旧日的豪华风貌展现在陆地上，不过时间只有一个小时。"【名师点睛：白鹳的一番话合理地解释了刚才尼尔斯的离奇遭遇，也从侧面提醒人们要珍惜拥有的一切。】

"对呀，一定是这么回事，"尼尔斯说，"我亲眼见到的正是这座城市。"

"<u>但是一小时过去，如果威尼塔城里没有一个商人在这段时间把什么东西卖给一个活生生的人，这座城市就会重新陷入海底。大拇指小人儿，你身边只要有一枚很小很小的铜钱付给商人，威尼塔城就会在这里的海岸上一直保留下去。那个城市里的居民也可以像其他的人一样有生有死啦。</u>"【名师点睛：谜题揭晓，既点明了白鹳带尼尔斯到此地的用意，也照应了尼尔斯之前的所见所闻。】

"埃尔曼里奇先生，"尼尔斯说，"现在我明白过来了，为什么您今天半夜里把我接到这里来。您以为我能够拯救那座古老的城市。可惜事与愿违，我心里非常难过。"

尼尔斯用双手捂住眼睛，呜咽地哭了起来。可是，究竟是尼尔斯还是白鹳更黯然神伤，那就很难说啦。【名师点睛：真是"人算不如天算"，尽

160

管白鹅连夜带尼尔斯来到这片海滩,但不明真相的尼尔斯仍未能拯救这座海底之城,反而增添了许多难过和遗憾。】

活着的城市

四月十一日　星期一

复活节次日,星期一,大雁们和尼尔斯继续飞行,他们飞到了果特兰岛的上空。

他们身下的这个大岛,地势非常平坦。岛上的土地和斯康耐地区一样,被划分成一个个方格子,阡陌成行,地上有许多教堂和农庄。不同的是,这里的田亩之间有更多牧场,农庄大部分是独幢房屋,周围没有附属的棚屋等建筑物。斯康耐地区的主楼有尖塔,宏伟壮观得像宫殿一样,四周有拥有大片森林的贵族宅邸,而这里却没有。

大雁们是为了尼尔斯而特意绕道经过果特兰岛的。这两天来,他几乎变成了另外一个人,没有说过一句开心的话,这是因为在他脑海里萦回的,是那以特别的方式出现在他眼前的城市。他以前从来没有看到过这么美丽的城市,而他也为自己未能拯救它而懊悔不已,觉得自己不可饶恕。他并不是一个多愁善感的人,但现在他为那座有华丽的建筑物和高贵典雅的人们的城市,而深深地感到忧伤。【名师点睛:不知不觉中,尼尔斯的性格已发生了巨变。他为未能拯救一座城市而深感懊恼和忧伤,与当初那个顽劣、不懂体谅他人的尼尔斯判若两人。】

阿卡和雄鹅都试图说服尼尔斯,他在城市里的所闻所见,只不过是他的梦境和幻觉而已,但尼尔斯根本听不进去。他坚信,他真的看到了那一幕幕美丽的景象,谁也不能改变他的这个想法。他是如此闷闷不乐,他的旅伴们都担心不已。

正当尼尔斯的心情最为郁闷的时候,卡克西归队了。她被风暴吹到了果特兰岛上,不得不穿越整个岛屿,才从一群乌鸦那里打听到她的旅

▶ 骑鹅旅行记

伴们已经飞到了小卡尔斯岛上。当卡克西听说尼尔斯心情有点不好的时候，竟然心血来潮地说："如果你是为一座古老的城市的出现又陷落而伤心，那么，你很快就会得到安慰的。走吧，我带你去看一看我昨天去过的一个地方，你一定不会再那么难过了。"

于是大雁们很快就动身往卡克西所指的那个地方飞去。尽管尼尔斯还是很难过，然而当他们在天空中飞行时，他还是忍不住和平常一样朝身下的土地看了看。

他觉得，身下的整个岛屿似乎和小卡尔斯岛一样，像是一块又高又陡的岩石，尽管这块岩石显然要大得多，但之后，这块岩石似乎被压扁了，如同一块面团，被人拿擀面杖擀过一样。【写作借鉴：比喻的修辞手法，形象、贴切，让人印象深刻。】不过，这个岛屿并不像面饼一样，因为不是整个岛屿都一样平整。他们沿着海岸飞的时候，他就不时地看到白色的石灰石岩壁，岩壁上还有洞窟和石柱，但岛上的大部分地方没有山，海岸也是平缓地向海上伸展。

在果特兰岛，他们度过了一个愉快而宁静的假日般的午后。

这是一个和煦的阳春天气，树木已经长出芽苞，各种春天的花儿将草地装饰得五彩缤纷，格外艳丽。白杨树细长的枝条随风轻摆，家家门前都可以见到栗树林，它们都披上了绿装。【名师点睛：和煦的春日，树木发芽，花草艳丽，一派生机勃发之景，以乐景引发达观的心境，这是新的开始。】

不仅小孩子在快乐地玩耍，大人们也忍不住玩起来。他们将石块对准一个目标掷过去，他们将球高高地抛向空中，几乎要碰着飞行的大雁。看到大人们玩耍，实在叫人高兴，如果尼尔斯能够忘记因为没能拯救古老的城市而产生的苦恼，他应该会很开心见到这样的欢乐景象。

不过，他得承认，这是一次愉快的旅行。空中充满了笑声和歌声，小孩子们围成一圈，边唱歌边玩游戏。尼尔斯看到一群穿着红黑相间衣服的人们，坐在林木葱茏的小山坡上，弹起了吉他，吹起了铜号。一大群人从一条大路上走了过来，那是戒酒会的会员们在游玩，尼尔斯透过绣着

162

金色大字的迎风飘扬的大旗帜认出了他们,他们一首歌接一首歌地唱下去,一直到他听不见为止。

后来,尼尔斯只要一想起果特兰岛,便不由得会想起这里的人玩的游戏和唱的歌。

很长一段时间里,他都坐在鹅背上朝下面观望着。他无意中向前看了一眼,惊讶之情难以言表。在他还没有发觉的时候,大雁们已经飞越了岛屿的腹地,向着西边的海岸飞去。现在,无垠的蔚蓝大海展现在他眼前,然而,让他觉得不可思议的不是大海,而是出现在海边的那座城市。

尼尔斯是从东边来的,眼下太阳刚好向西沉落。当他离城市越来越近时,它的城墙、塔楼、带山墙的房屋和建筑,在黄昏斜阳的映衬下,显得极其黑暗。因此,他实在看不清这座城市的真面目,有那么一刻,他觉得这座城市和他在复活节前夜所看到的那个古代的城市一样美丽。

当真的飞到这座城市的上空,他才看出,这座城市和那座海底升起的城市既有相同之处,也有不同之处。两座城市之间的差别,就像一个人穿金戴银、锦衣华服,而另一个人一贫如洗、衣不蔽体。

<u>是的,这座城市曾经也像他坐在鹅背上仍然念念不忘的海底城市一样辉煌显赫。这座城市同样也被城墙围绕,也有塔楼和城门,然而这座城市的塔楼,尽管仍残留在地面上,却没有了屋顶,里面空空荡荡、四壁萧然。城门口早就没有了大门,守城的哨兵和勇士也已无影无踪。所有的辉煌显赫已一去不复返,如今这里什么都没有剩下,留下的只有光秃的断壁残垣。</u>【写作借鉴:此处通过对比描写,面对满城断壁残垣,追忆它曾经的繁华热闹,突显出沧海桑田、世事变幻之感。】

当尼尔斯飞到市区的时候,他看到城里大部分地区是由低矮的小房屋构成的,但偶尔也夹杂着几幢有山墙的高楼和建筑,那显然是过去遗留下来的。那些高楼的墙壁是用白垩粉刷的,完全没有任何装饰,不过因为尼尔斯先前看过那个沉到海底的城市,所以他可以想见这些高楼过去装饰的情景:有的墙壁上刻着雕像,有的镶嵌着黑白相间的大理石。

▶ 骑鹅旅行记

　　那些古老的教堂显然也是如此。现在,它们大部分已经失去了屋顶,只剩下残垣断壁,窗孔上什么也没有,地面上蔓草丛生,墙壁上爬满了常春藤。尼尔斯想象得出那些教堂昔日的风光,它们以前一定布满了雕像和画像,屋子里一定装饰得金光闪闪,牧师们曾身披金色的大袍走来走去。

　　尼尔斯同样也看到了那些横街窄巷,因为是在节日的午后,街上不见人影,然而他却可以想象,曾经有多少穿着华衣美服、气派非凡的人拥挤在这里!

　　然而,尼尔斯没有看到的是,时至今日,这座城市仍然是一座美丽而又有趣的城市。他既没有看到街边那些舒适的小房子(它们有着白色镶边的黑色墙壁,鲜红的天竺葵花盆摆放在明亮的玻璃窗后面),也没有看到许多美丽的花园和林荫大道,当然更没有看到藤蔓攀缘的废墟古迹。他的心思被前一个海底城市的华美光彩所占据,以至于看不到这种活生生的城市所具有的美丽。【名师点睛:尼尔斯因为见过了极致的繁华,所以一时发现不了眼前这座破败城市细微处的静谧、温馨。】

　　大雁们来来回回绕着这个城市兜了几圈,好让尼尔斯看清城市里的一切。最后,他们降落在一个杂草丛生的废旧房子前,他们将在这里过夜。

　　在大雁们进入梦乡很久以后,尼尔斯仍然难以入眠,他坐在地上,透过破烂的圆屋顶仰望着淡红色的晚霞。他坐了一会儿,打定主意不再为自己没能拯救那座沉没在海底的城市而悲伤难过。是的,在看到眼下这座城市后,他真的不该再难过了。就算那座城市没有沉入海底,那么随着时光的变换,它也会变得像眼下的这座城市一样破落残败。它很可能会经受不住时光的流转而慢慢衰朽,最后只剩下屋顶倾圮的教堂、四壁萧然的房屋、荒无人烟的空荡街道。与其这样,还不如让它的荣光随它一起沉入海底呢。【名师点睛:尼尔斯在见过了这两座城市之后,也学会了哲学式的思考。存在与永恒,千百年来总能引人深思。他想通了这个问题后,变得智慧而豁达起来。】

　　"过去的就让它过去好了,"尼尔斯想,"就算我有能力拯救那个城市,我想我也不会去做了。"这样想着,他再也不为那件事而伤心了。

许多年轻人无疑也会这样想的。但当人们老了,习惯于为小小的事情而满足的时候,他们就会认为眼前活生生的维斯比城,肯定要比沉入海底的威尼塔城要有趣、可爱得多。

知识考点

1. 填空题。

海底城市的街道上,到处是人。老太婆们端坐在家门口用_____纺线,商人们的店铺朝街敞开着大门,所有的手工艺匠人都在_____干活。兵器匠在用铁锤敲打_____,鞋匠在给红色软皮靴_____……

2. 判断题。

(1)白鹳深夜带尼尔斯到海边是为了让他帮忙拯救海底城市。(　　)

(2)卡克西穿越整个果特兰岛飞到了小卡尔斯岛和大雁们重逢。

(　　)

3. 问答题。

尼尔斯要怎么做才能拯救海底城市?

_____

_____

阅读与思考

1. 简要描述一下尼尔斯所见到的海底城市。

2. 从两座城市的对比中,尼尔斯领悟到了什么?

165

▶ 骑鹅旅行记

第十五章　斯莫兰的传说

M 名师导读

尼尔斯随雁群来到斯莫兰,想起曾听放鹅姑娘奥萨和她的弟弟小马茨讲过关于斯莫兰的传说。他对这里非常好奇,渴望见见真正的斯莫兰。那么,斯莫兰有怎样的传说呢?

四月十二日　星期二

　　大雁们顺利地飞过大海,来到了斯莫兰北部的尤斯特县。这个地方似乎还没有拿定主意是当陆地还是当海洋。【写作借鉴:运用拟人的修辞手法,将此地海湾和陆地交错的地形地貌生动形象地展现出来。】海湾伸向陆地的各个地方,把陆地分割成许多岛屿、半岛和岬角。大海是那样凶猛,它把所有的洼地都深藏在水下,最后只露出山丘和山冈。

　　大雁们从海上飞来的时候,正是傍晚时分,这块遍地是小丘的美丽陆地静伏在月光闪烁的海湾间。尼尔斯看到,在这些岛上间或有一些茅屋或农舍,越是深入陆地,住宅越显得高大漂亮,最后便出现了宏大的白色庄园。通常,海岸边都长着树,树林后面便是一块块耕地,小丘的顶部又是树林。这一景象勾起了尼尔斯对布莱金厄的回忆。这里又是一个大海和陆地相会的地方,那样美丽和平静,双方好像都要拿出自己最好、最漂亮的东西展示给对方。

　　大雁们飞到了高斯湾内一个光秃秃的小岛上。他们向海岸一望,立刻就发现:在他们离开群岛期间,春天已大踏步地来临了。高大的树木虽然还没有披上绿装,但地面上已被银莲花、番红花和打破碗花装饰得五彩缤纷。

当大雁们看到这美丽的花毯时,他们想,恐怕在南方待得太久了。因此,阿卡说他们没有时间在斯莫兰寻找落脚点了,第二天早晨必须启程向北飞行,到东耶特兰省去。

这就是说,尼尔斯将再也看不到斯莫兰了,他为此感到很难过。他听到的关于斯莫兰的传说比其他任何地方都要多,所以他一直渴望亲眼来看一看。【名师点睛:解释了尼尔斯为什么会为看不到斯莫兰而难过,同时也引出下文,讲述关于他听到的传说。】

去年夏天,当他在邻近的约德伯亚一个农户家里当放鹅娃时,他几乎天天能遇到两个从斯莫兰省来的孩子,他们也是放鹅的。这两个孩子因为讲斯莫兰的传说惹得他怒气冲冲。

但是,如果说是放鹅姑娘奥萨使他生气,那是不公平的。她是个聪明伶俐的姑娘,还不至于干出这样的事。倒是她的弟弟小马茨,一个调皮的小家伙,才会用讲故事来惹人生气。

"放鹅娃尼尔斯,你听说过我们的神明是怎样创造斯莫兰和斯康耐的吗?"他会这样提出问题。如果尼尔斯说不知道,他就会滔滔不绝地讲述那个古老的民间传说。

"告诉你吧,那时神正在创造世界,正当他干得十分起劲的时候,圣彼得路过这里,他停下脚步看了一会儿,问创造世界难不难。'嗯,确切地说并不容易。'神说道。圣彼得又在那里站了一会儿,当他看到神很容易就创造出一块又一块土地的时候,他也跃跃欲试。'也许你需要休息一会儿了,'圣彼得说,'在你歇着的时候,我可以替你造。'但是神并不愿意。'我不知道你是不是擅长做这种工作,让你接着干我不放心。'神回答说。圣彼得非常生气,并且说他相信自己能和神一样创造出同样好的土地。

"当时神正在创造斯莫兰,虽然一半也没有完成,但是看上去这肯定是一块美丽、富饶的土地。神难以拒绝圣彼得,而且神还可能以为,一件

167

骑鹅旅行记

事情既然已经有了那么好的开端,别人总不至于把它毁掉吧。因此他说道:'那好吧,既然你愿意干,就让我们俩比试比试,看谁更善于做这项工作。你是一个新手,就在我已经开始的地方接着干吧,我另外去创造一块新的土地。'圣彼得立即同意了神的提议,他们就在两个不同的地方开始工作了。【名师点睛:神将斯莫兰剩下的部分交给圣彼得继续造,为故事情节的发展埋下伏笔,也照应了前文关于斯莫兰地形地貌的描写。】

"神向南走了一段路,开始在那里创造斯康耐。神很快就完成了他的工作,过了一会儿他问圣彼得是不是也完成了,是不是愿意来看看他的作品。'我早就完成了。'圣彼得说道。从他的话语里可以听出他对自己的工作是多么的满意。

"圣彼得看到斯康耐时,不得不承认,对于那块土地,他只能说'好'。那是一块肥沃而便于耕作的土地,无论朝哪个方向看,都是辽阔的平原,几乎看不到一个山脊。很显然,神是真正考虑到了要让人们能够在那里舒适地生活。'是的,这真是一块好地方,'圣彼得说,'但我觉得我造的那一块更好。''好吧,我们就去看看吧。'神说。

"圣彼得开始工作的时候,北部和东部早已造好,南部、西部以及中部则是由他造的。当神看到圣彼得的作品时,他简直惊呆了,失声叫道:'你到底是怎么搞的,圣彼得?'

"圣彼得也站在那里吃惊地朝四周看着。他本来认为,对于一块土地来说,再也没有比获得大量的热更好的了。因此,他收集了一大堆山石,创造了一块高地。这样,土地就更靠近太阳,能够吸收更多的阳光。他在山石堆上撒了薄薄的一层土,就以为万事大吉了。【名师点睛:圣彼得照自己的想法创造了斯莫兰,不料却与神的本意相左。这令两人都很吃惊。】

"但是,在他到斯康耐去的时候,这里下了几场大雨,他的工作究竟做得怎样就不用多说了。当神来视察这块土地的时候,所有的土早已被雨水冲走,光秃秃的山石暴露无遗。那些最好的地方也不过是在平坦的岩石上留下了一层黏土和沙砾,但看起来也很贫瘠,不难知道,除了云杉和松树、苔藓和灌木外,什么都不能生长。那里唯一丰富的就是水。山下的峡谷积满了水,湖泊、河流和小溪到处可见,更不用说分布在大片土地上的沼泽和泥塘了。更糟糕的是,一些地区的水超过了需要,而另外一些地方却极端缺水。大片的土地像干旱的荒野,微风一吹就会尘土飞扬。

"'你创造这样的土地到底是什么用意?'神问道。圣彼得为自己辩解说,他想把地造得高高的,这样就可以从太阳那里吸收到充足的热量。'可是,这样也给夜间带来了寒冷,'神说,'因为夜间的寒冷也是从天上来的。【名师点睛:热量是从太阳来的,但是高处也更寒冷。对流层内,海拔越高,气温越低,这是受地表辐射的影响。】我很担心能在这里生长的少数植物也会被冻死。'这一点圣彼得肯定没有想到。

"'毫无疑问,这将是一块贫瘠而且容易遭受霜冻侵袭的地方,'神说,'但是已经无可挽回了。'"

小马茨讲到这里的时候,放鹅姑娘奥萨立刻抗议道:"小马茨,我不能容忍你把斯莫兰说得那么穷苦,"她说,"你把那么多好的土地忘得一干二净。只要想一想卡尔马海峡附近的莫勒县,我不知道哪里还有比那块地方更富庶的产粮区。那里的耕地一块连着一块,就像斯康耐一样。那里的土地非常肥沃,我不知道有什么东西不能在那里生长。"

"我也没有办法,"小马茨说,"我只不过是在重复别人讲过的而已。"

"我还听好多人说过,再也没有比尤斯特更美丽的沿海地区了。想一想那里的港湾、小岛、庄园和树林吧!"奥萨说。

"对,那倒是真的。"小马茨承认道。

"你还记得吗,"奥萨说,"老师说过,斯莫兰在维特恩湖以南的那一部分是全瑞典最繁荣、最漂亮的地方。想一想那景色迷人的湖泊和那黄灿灿的山麓吧!想一想格莱那镇和盛产火柴的延切平市!想一想胡斯克瓦尔那和那里所有的大工厂吧!"

"是的,那倒是真的。"小马茨又说了一遍。

骑鹅旅行记

"再想一想威星岛吧,小马茨,那里有许多古迹、槲树和关于那里的一切传说!想一想埃芒河流过的那条山谷吧,它的两岸有那么多的村庄、面粉厂、纸浆厂和木材加工厂!"

"是的,你说得很对。"小马茨说,看上去一脸不高兴。【写作借鉴:此处为语言描写和神态描写。小马茨的言论遭到了奥萨的反驳,但是奥萨的列举又都是对的。】

突然,他抬起头来仰望天空。"啊,我们怎么都那么笨呀,"他说,"所有这些不都是神创造斯莫兰的那部分吗?也就是在圣彼得接过创造斯莫兰的工作之前早就完成了的那部分。那部分如此美丽和富饶也就很自然了。但是圣彼得创造的那部分,看上去就像传说中讲的那样。因此,神看到那个地方感到烦恼也就不足为怪了。"小马茨又继续讲他的故事。【名师点睛:小马茨突然意识到姐姐奥萨同自己讲的内容并不矛盾,一下子又来了兴致。】

"但是圣彼得没有失去勇气,反而设法安慰神。'不要为此而烦恼嘛,'他说,'等我创造出能够在沼泽地上耕种、在石头地上犁地的人来时就好了。'

"这时,神的忍耐到了极限,他说:'不!你可以到斯康耐去创造斯康耐人,我已经把那里造成了一个美好而又易于耕种的地方。斯莫兰人还是由我自己来造吧。'因此,神创造了敏捷、知足、乐观、勤劳、有进取心和能干的斯莫兰人,以便他们在这个贫穷的地方得以生存。"

然后小马茨就沉默不语了。如果尼尔斯这时也保持沉默,也许就没事了。但是,他情不自禁地问起了圣彼得是如何成功地创造斯康耐人的。

"嗯,你本人是怎么认为的呢?"小马茨说,一副趾高气扬的样子,气得尼尔斯朝他身上扑了过去,动手就打。【写作借鉴:语言、神态和动作描写,将两个斗气的男孩的形象鲜活生动地展现出来。】但是小马茨只不过是一个小不点儿,比他大一岁的放鹅姑娘奥萨立即跑过去帮忙。平时温柔文雅的奥萨一见到别人动手打她的弟弟,就像一头狮子那样猛扑过去。

尼尔斯不屑和一个女孩子打架,转身就走了,并且一整天都没有再朝这两个斯莫兰孩子看一眼。

知识考点

1. 填空题。

传说中,神创造了半个_____和整个斯康耐,还创造了斯莫兰人;_____创造了半个斯莫兰,还创造了斯康耐人。

2. 判断题。

(1)小马茨认为神成功地创造了斯莫兰人。　　　　　　(　　)

(2)斯莫兰在维特恩湖以南的那一部分是全瑞典最贫穷落后的地方。

(　　)

3. 问答题。

小马茨认为神创造的斯莫兰人有哪些特征?

_____

_____

阅读与思考

1. 尼尔斯为什么对斯莫兰特别感兴趣?

2. 在放鹅姑娘奥萨眼中,斯莫兰有什么特点?

骑鹅旅行记

第十六章 乌 鸦

> **M 名师导读**
>
> 狐狸斯密尔为了报复雁群和尼尔斯，与乌鸦首领黑旋风达成了协议。尼尔斯被乌鸦劫持了，但他毫不畏惧。在乌鸦迟钝儿的多次帮助下，尼尔斯终于摆脱了困境，与前来寻找他的伙伴重聚。

陶制瓦罐

在斯莫兰西南角有一个名叫索耐尔布的地方，那里地势平坦。如果有人在冰雪覆盖的冬天来到这里，一定会以为积雪下面是休耕地、黑麦田和苜蓿地，就像一般平原地区那样。但是，到了四月初，冰融雪化，人们就会看到原来只是一些砾石覆盖的干燥荒漠、光秃秃的山冈和大片湿软的沼泽地。当然，间或也有一些耕地，但是数量少得可怜，不值一提。人们还能见到一些灰色或红色的小农舍深深地隐藏在桦树林里，好像怕见人似的。【写作借鉴：运用拟人的修辞手法，将索耐尔布地区荒无人烟的景象表现得俏皮、生动。】

在索耐尔布县与哈兰德省交界的地方，有一片辽阔的沙质荒地，面积很大，一望无际。荒地上除了灌木外什么也不长，要想让其他植物在这样的土地上生长也不容易。人们要想在这种地方种东西，首先必须把灌木连根拔掉。因为那里的灌木树干矮小，树枝又短又细，叶子干枯、萎缩，但是它们总以为自己也是一种树，所以模仿着真正的树木，大面积繁殖,还团结在一起,把那些想侵占它们地盘的外来植物置于死地。

灌木在那片荒漠上唯一没能称雄称霸的地方,是横贯在那里的一条低矮、多石的山脊。山上长着刺柏和花楸,也长着几株高大、挺拔的桦树。在尼尔斯随同大雁们四处漫游的时候,那里还有一间周围有一小块田地的小屋,但是主人因某种原因早已搬走。小屋没人居住,田地也就荒芜了。

房子的主人从那里搬走的时候关上了炉子,插上了窗户上的插销,锁好了门。但是他们没有想到,窗上有一块玻璃破碎的地方,只用一块破布遮挡着,经过几个夏天的日晒雨淋,破布腐烂了。一只乌鸦把破布撕了下来。

荒漠上的那条山脊实际上并不像人们想象的那样荒凉,因为住着一大群乌鸦。当然他们不是一年四季都住在那里。冬天,他们就移居到外国;秋天,他们在耶特兰从一块庄稼地飞到另一块庄稼地,啄食谷物;夏天,他们散居在索耐尔布县的各个农庄,靠食鸟蛋、浆果和幼鸟过活;每到春天筑巢产蛋的时候,他们又会回到这块灌木丛生的荒漠上来。

把窗户上的破布撕下来的是一只名叫白羽卡尔木的雄乌鸦,但是其他乌鸦都叫他迟儿或钝儿,或者干脆叫他迟钝儿,因为他总是笨手笨脚,傻里傻气,除了当作笑料外什么用处也没有。迟钝儿比其他任何乌鸦都要生得高大强壮,但是这一点并没有给他带来多大改观,他仍然是大家的笑料。尽管迟钝儿出身名门,但是并没有受惠于此。如果事情进展顺利的话,他早已成为整个乌鸦群的首领了,因为这一荣誉自古以来属于白羽家族的长者。但在迟钝儿出世以前,这一传统已经改变了,现在由一只名叫黑旋风的残暴、凶猛的乌鸦掌权。

这次权力交替是由于乌鸦山上的乌鸦想改变一下生活方式。许多人也许会以为,所有的乌鸦都是以一种方式生活的,但是并非如此。有许多乌鸦以极其体面的方式生活,也就是说,他们只会吃谷物、虫子和已经死亡的动物。而另一些乌鸦则过着强盗式的生活,他们袭击幼兔和雏

骑鹅旅行记

鸟,把看到的每一个鸟巢洗劫一空。【写作借鉴:对比描写乌鸦的两种不同的生活方式,为故事情节的发展做铺垫。】

过去的白羽家族是个严正而又有节制的家族,在他们领导的那些年里,乌鸦的行为很规矩,使得其他鸟类对他们无可指摘。但是乌鸦数量很多,生活也非常贫困。乌鸦们终于忍受不了那种清规戒律的生活,起来推翻了白羽家族的统治,把权力交给了一只叫黑旋风的乌鸦。黑旋风是一个最残暴的鸟巢洗劫者和强盗,他的老婆随风飘比他还要坏。在他们夫妇的带领下,那些乌鸦开始了另一种生活,现在看来他们比苍鹰和雕鸮还要可怕。

迟钝儿在这群乌鸦中自然也就没有什么发言权。乌鸦们一致认为,他一点儿也不像他的父辈,因此不配当首领。要不是他经常做出一些傻事来,谁也不会提起他。一些比较识时务的乌鸦有时候说,迟钝儿傻里傻气对他来说也许是件好事,不然的话,黑旋风和随风飘不会让他这样一个老首领家族的后代留在乌鸦群里。【名师点睛:前文迟钝儿身上所表现出来的巨大反差便已叫人生疑,此处再借他人之口讲出"傻气是福"的话,更叫人期待。此处照应前文,也为后文埋伏笔。】

现在,他们对他比较友好,愿意带着他出远门去寻猎。人们可以看出他们比他熟练得多,而且勇敢得多。

乌鸦群中没有谁知道是迟钝儿将破布从窗户上撕下来的,如果他们知道是他干的,一定会感到非常惊奇。他们从来没有想过,迟钝儿竟然有胆量接近人类居住的房屋。迟钝儿对此极为保密,并认为有这样做的必要。白天,当其他乌鸦在场的时候,黑旋风和随风飘待他还算友好。但是,在一个漆黑的夜晚,当大部分乌鸦已经休息时,他遭到一小股乌鸦的袭击,险些被谋杀。此后,他每天晚上都到那座空房子里去过夜。【名师点睛:照应前文,突出新首领夫妇的虚伪、歹毒,也表明迟钝儿处境的艰难。】

一天下午,乌鸦们在乌鸦山上筑好巢以后,偶然在荒漠一角发现了一个奇怪的大坑。那不过是人们采石后留下的一个大坑,但乌鸦们并不满足这样一个简单的解释,而是一个接一个地飞下去,翻遍每一颗沙粒,企图找出人们挖这么一个大坑的真正原因。正当乌鸦们在大坑底部寻来找去的时候,一大片沙石从旁边塌了下来。他们急忙躲开,却在塌下来的石头和沙土里发现了一个用木钩子锁着的大瓦罐。他们自然想知道里边是不是有东西,因此一边用嘴在瓦罐上啄洞,一边想尽办法撬开盖子,但是都没有成功。

正当他们眼巴巴地站在那里,望着瓦罐无计可施的时候,忽然听到有谁在说:"要不要我下来帮你们的忙呢?"

他们抬起头来,只见大坑边上坐着一只狐狸,正朝下望着他们。无论是毛色还是体型,那只狐狸是他们见过的狐狸之中最漂亮的。唯一的缺陷是他少了一只耳朵尖。【名师点睛:毛色漂亮的狐狸,还缺了一只耳朵尖,这不正是诡计多端的斯密尔吗?】

"如果你愿意帮我们的话,"黑旋风说,"我们是不会拒绝的。"

一语未了,乌鸦群从大坑里飞了上来,然后狐狸纵身跳下去,一会儿撕咬瓦罐,一会儿拉扯盖子,但是他也没有能够把它打开。

"那你能猜出里面装的是什么东西吗?"黑旋风说。

狐狸把瓦罐滚来滚去,并仔细倾听里面的声音。

"里面装的肯定是银币。"他说。

这可大大超出了乌鸦们的意料。

"你认为里面会是银币吗?"他们问道,同时露出了一副馋相,急得眼珠子都快掉出来了。说来也怪,世界上再也没有比银币更使乌鸦欢悦的东西了。【写作借鉴:语言描写和神态描写,将乌鸦们对银币的贪婪表现得淋漓尽致。】

"你们听听里边叮叮咚咚的响声吧!"狐狸说着又把瓦罐滚了一圈。"只是不知道我们怎么样才能得到这些钱。"

"是的,看来是不可能了。"乌鸦们说。

狐狸站在那里,一边把头在左腿上来回蹭,一边思考着。也许他现

骑鹅旅行记

在可以借助乌鸦的力量把那个一直没有抓到的小人儿弄到手。

"对！我知道有一个人能替你们打开这个瓦罐。"狐狸说。

"那快告诉我们！快告诉我们！"乌鸦们得意忘形地喊着，以至于跌跌撞撞地掉进了大坑。

"我可以告诉你们，不过，你们得先答应我的条件。"他说。

然后，狐狸将有关大拇指小人儿的事告诉了乌鸦，并且说，如果他们能把大拇指小人儿带到这里，他会替大伙把瓦罐打开。但是作为对这个建议的回报，狐狸要求功成之后将大拇指小人儿交给他。乌鸦们认为，留下大拇指小人儿对他们也无多大用处，因此很快答应了他的要求。【名师点睛：交代了狐狸与乌鸦之间达成的阴谋，表现了狐狸的狡猾与乌鸦的自私。】答应这件事倒很容易，但是到哪儿去找大拇指小人儿和大雁群却难办得多。

黑旋风亲自带领五十只乌鸦出去寻找，还说他很快就会回来。但是一天天过去了，乌鸦山上的乌鸦连大拇指小人儿的影子都没有找着。

遭乌鸦劫持

四月十三日　星期三

这天早晨天刚破晓，大雁们就开始活动了，想在启程飞往东耶特兰之前找点吃的。他们留宿的那个岛光秃秃的，好在岛周围的水中长着一些植物，可以供他们吃饱。然而对尼尔斯来说很糟糕，他找不到任何可吃的东西。

尼尔斯站在那里又冷又饿，不时地四下张望，忽然看到几只松鼠在小岛对面一个长满树木的海岬上玩耍。他思忖着，也许松鼠还有过冬余粮。于是，他就请雄鹅把他带到海岬那边去，以便去跟松鼠要几个榛子吃。

雄鹅带着尼尔斯飞过了海峡，但不走运的是，松鼠们只顾自己玩耍，从一棵树上追到另一棵树上，根本不想听尼尔斯说话。他们追打着进了

树林,尼尔斯紧追不舍,站在海岸边等他的雄鹅很快就看不到他了。【写作借鉴:铺设故事情节,为尼尔斯被乌鸦劫持做铺垫。】

尼尔斯正在齐下巴高的几棵银莲花之间深一脚浅一脚地走着,突然觉得有人从背后抓住了他。他转过头去,看到一只乌鸦咬住了他的衣领。他还没有来得及挣脱,另一只乌鸦又赶了上来,咬住了他的袜子,把他拖倒在地。

如果尼尔斯立即呼喊救命的话,雄鹅一定能够搭救他。但是,他也许认为自己足以对付两只乌鸦。他又是脚踢又是拳打,但乌鸦们紧紧咬住他不放,不久他们就将他提到了空中。更糟糕的是,乌鸦们飞行时毛毛躁躁的,结果他的头撞到了一根树枝上。他一时两眼发黑,失去了知觉。【名师点睛:尼尔斯因为过度的自信和轻敌,错失了呼救的良机,身陷险境。】

当他再次睁开眼睛的时候,发现自己已在高空中了。他慢慢地恢复了知觉,起先他不知道自己在哪里,也不知道看见的是什么。当他向下看的时候,他发现地上铺有一块毛茸茸的大地毯,上面织着巨大的毫无规则的绿色和棕色图案。地毯又厚又好看,但是他为没有很好地利用它而感到非常可惜。实际上地毯已经破烂不堪,上面有许多长长的裂缝,而且缺边少角,最为奇怪的是,地毯正好铺在用镜子做成的地板上,在有破洞和裂缝的地方露出了光亮耀眼的玻璃。

接着,尼尔斯看到太阳在空中冉冉升起,地毯上的破洞和裂缝下面的镜子立刻发出红色和金色的光芒,这景象看上去光彩夺目、绮丽无比。尼尔斯虽然不知道他看到的是什么,但是对不断变化着的美丽的彩色图案感到由衷的高兴。这时候乌鸦开始降落了,他立即发现,身下的大地毯原来是被翠绿的针叶林和光秃秃的褐色阔叶林覆盖的土地,那些破洞和裂缝原来是闪闪发光的湖泊和河流。【名师点睛:视角独特,想象合理,令人称奇。】

尼尔斯还记得,他第一次在空中飞行的时候,以为斯康耐大地看上

177

▶ 骑鹅旅行记

去像一块方格子布。但是这里看上去像一块破碎的地毯,这是什么地方呢?

他提出一大堆疑问。<u>为什么他没有骑在雄鹅的背上?为什么有一大群乌鸦围着他飞行?为什么他被扯来扯去,晃晃悠悠,总像是要被扔下去似的?</u>【写作借鉴:排比式的问句,使疑惑的情感更强烈,是尼尔斯从昏迷状态中苏醒过来的正常反应。】

尼尔斯突然明白过来,原来他是被几只乌鸦劫持了。雄鹅还在海岸边等着他,今天大雁们将飞到东耶特兰去。他正被乌鸦们带到西南方,这一点他是明白的,因为太阳在他的身后。他身下的大森林地毯肯定是斯莫兰了。

"我现在不能照顾雄鹅了,他会不会出什么事?"尼尔斯一直在想这个问题,他开始向乌鸦们大声呼喊,要他们立刻把他带回大雁们的身边。【名师点睛:自己遇到危险,第一时间却担心雄鹅,从中可以看出尼尔斯一路以来的成长与转变。】而他对自己,却一点儿也不担心。他认为乌鸦们劫持他纯粹是出于恶作剧。

乌鸦们毫不理会他的大声呼喊,还是和原来一样快速向前飞去。不一会儿,其中的一只乌鸦扑打着翅膀示意说:"注意!危险!"接着,他们就扎进了一个杉树林里,穿过茂密的树枝,落在地上,把尼尔斯放在一棵枝叶茂密的杉树下,藏得严严实实,连游隼也发现不了他。

五十只乌鸦把他团团围住,用尖尖的鸟喙对着他,以防他逃跑。

"乌鸦们,你们现在应该告诉我劫持我的原因了吧。"他说。

但是,还没等他把话说完,一只大乌鸦就嘶哑着嗓子朝他吼道:"住嘴!否则我就挖掉你的眼睛。"

很显然,乌鸦是会说到做到的,尼尔斯无可奈何,只好服从。他坐在那里疑惑地望着乌鸦,乌鸦也望着他。

<u>他越看越不喜欢他们。他们的羽毛又脏又乱,令人恶心,好像他们从来就不知道洗刷和保养羽毛。他们的爪子上带着干泥巴,肮脏不堪,</u>

178

嘴角上沾满了吃东西时留下的渣子。他发现,他们是和大雁们完全不同的鸟类。他们长相凶残、贪婪、多疑、鲁莽,完全是一副恶棍和流氓的神态。【写作借鉴:通过尼尔斯的视角,对乌鸦们进行外貌描写,突出他们的惹人厌。】

"我今天肯定落到了一帮强盗手中。"他想。

就在这时,他听到大雁在他头顶上呼喊。

"你在哪儿?我们在这儿。你在哪儿?我们在这儿。"

他知道是阿卡和其他大雁出来找他了,但是还没有等他回答大雁们的呼叫,看上去是强盗首领的那只大乌鸦在他耳边嘶哑着嗓门威胁说:"想想你的眼睛!"【写作借鉴:语言描写,表现了乌鸦黑旋风的凶狠,让人不禁为身处险境的尼尔斯深表担忧。】他除了保持沉默外,别无选择。

大雁们显然不知道他离大伙这么近,他们正好从这片树林飞过。他又听到他们呼叫了几次,后来就听不到了。

"好了,现在就看你自己的了,尼尔斯·豪尔耶松,"他自言自语道。"现在你必须证明你在这几个星期的野外生活中学到了什么。"【名师点睛:与大雁失去联系的尼尔斯并没有放弃抵抗,他决定靠自己摆脱困境。尼尔斯的乐观、自信、坚强,值得我们学习。】

过了一会儿,乌鸦发出了起飞的信号。很明显,乌鸦们还是想跟刚才一样,一只乌鸦叼着他的衣领,另一只乌鸦叼着他的袜子。尼尔斯于是说:"难道你们中间就没有一个能背得动我吗?你们刚才叼着我飞,飞得很糟糕,把我折腾得够呛,我都快被你们撕成碎片了。求求你们,让我骑在背上飞吧!我保证不跳下去。"

"喔,你可不要以为我们会管你好受不好受。"乌鸦首领说。

但在这时,乌鸦群中最大的一只——那是只羽毛蓬乱、举止粗鲁的乌鸦,翅膀上还长了一根白色的羽毛,他走上前来说:"黑旋风,如果把大拇指小人儿完好无损地带回去,对我们大家都好。让我来背他吧。"【名师点睛:迟钝儿自告奋勇,要背着尼尔斯飞行。抢着干累活,似是愚钝,此中

179

▶ 骑鹅旅行记

是否别有深意呢？】

"如果你能背得动的话，迟钝儿，我不反对，"黑旋风说，"但一定不要把他弄丢了。"

尼尔斯觉得他已经取得了较大的胜利，因此又高兴起来。

"我是被这些乌鸦劫持来的，没有必要丧失勇气。"他思忖道，"我一定能够对付这些可怕的小东西。"

乌鸦们继续在斯莫兰上空朝西南方向飞行。那是一个美丽的早晨，风和日丽，地上的小鸟儿正唱着动听的情歌。在一片高大的、幽暗阴森的树林里，一只鸫鸟垂着翅膀，憋粗了脖子，站在树梢上引吭高歌。

"你好漂亮！你好漂亮！你好漂亮！"他唱道，"没有谁比你更漂亮！没有谁比你更漂亮！没有谁比你更漂亮！"他一遍又一遍地唱着这支歌。

这时尼尔斯正从树林上空经过。他一连听了好几遍，发现鸫鸟不会唱别的歌，就用两只手合成一个小喇叭，放在嘴上向下面喊道："我们早就听过这支歌了！我们早就听过这支歌了！"

"是谁？是谁？是谁？是谁在嘲笑我？"鸫鸟问道，并且东张西望，试图找到是谁在说话。

"是一个被乌鸦劫持的人在嘲笑你唱的歌！"尼尔斯答道。【名师点睛：在被劫持远去的途中，尼尔斯故意激怒遇到的鸟类，透露行踪，这样雁群和雄鹅或许可以循迹找过来救他。】乌鸦的首领听到这话，立即掉过头来说："当心你的眼睛，大拇指小人儿！"

尼尔斯却想："哼，我才不在乎呢。我要向你表明我是不怕你的！"

他们越飞越深入陆地，森林和湖泊到处可见。在一片桦树林里，一只母斑鸠站在一根光秃秃的树枝上，她的前面站着一只公斑鸠。公斑鸠鼓起羽毛，拱着脖子，身子一起一落，腹部的羽毛对着树枝在颤动。在这个过程中，他不停地咕咕叫着："你，你，你是所有森林中最可爱的鸟。森林中没有谁比你更可爱，你，你，你！"

尼尔斯正好从上空飞过，当他听到公斑鸠的话时再也按捺不住了。

"你别相信他！你别相信他！"他高声喊道。

"谁,谁,是谁在说我的坏话？"公斑鸠咕咕地叫着,并试图找到喊话的人。

"是被乌鸦抓走的人在说你的坏话！"尼尔斯回答道。

<u>黑旋风再次转过头来,命令他闭嘴,但是驮着尼尔斯的迟钝儿说:"让他去说,这样所有的小鸟就会认为,我们乌鸦也成了机灵幽默的鸟了。"</u>【名师点睛:迟钝儿再次帮腔尼尔斯,从中可以看出他的大智若愚。】

"算了,他们又不傻。"黑旋风说,但是他自己也很赞赏这个意见,因为在这以后任凭尼尔斯怎么喊,他都没有制止。

他们大部分时间是在森林上空飞行,但是森林边缘也有教堂、村庄和小茅屋。在一个地方,他们看到了一座漂亮古老的庄园。它背靠森林,面对湖泊,红色的墙壁,尖尖的屋顶,庭院里植满了枫树,花园里长着大而茂密的醋李树。一只紫翅椋鸟站在风标的顶部高声歌唱,每一声都传进了正在鸟窝里孵蛋的雌鸟耳朵里。

"我们有四个漂亮的小圆蛋。"椋鸟唱道,"我们有四个漂亮的小圆蛋。我们满窝里都是优良、出色的好蛋。"

当椋鸟唱到第一千遍的时候,尼尔斯正好随着乌鸦飞到这个庄园的上空,他把双手放到嘴上,拢成圆筒形,然后大声喊道:"喜鹊会来抢走的！喜鹊会来抢走的！"

"是谁在吓唬我？"椋鸟一边问一边不安地扇动翅膀。

<u>"是一个被乌鸦抢走的人在吓唬你！"尼尔斯说。</u>

<u>这一次乌鸦的首领没有试图制止他,相反,整群乌鸦都觉得很有趣,因此满意地喳喳叫了起来。</u>【名师点睛:尼尔斯的机智和黑旋风的愚蠢形成了鲜明的对比。】

他们越是往内陆方向飞,那里的湖泊越大,岛屿和岬角也更多。在一个湖泊的岸边,有一只公鸭正对一只母鸭大献殷勤。

"我将终生忠于你。我将终生忠于你。"公鸭说。

骑鹅旅行记

"他对你的忠诚连夏天也过不了。"尼尔斯喊道。

"你是谁？"公鸭问。

"我的名字叫被乌鸦劫持的人！"尼尔斯答道。

吃午饭的时候，乌鸦们落到了一块牧场上。他们四处觅食，但是谁也没有想到给尼尔斯弄点吃的。这时，迟钝儿嘴里衔着一段带着几个红果子的大蔷薇枝飞到他们的首领那里。

"你吃吧，黑旋风，"他说，"这果子很好吃，很合你的口味。"

而黑旋风却对此嗤之以鼻，根本不放在眼里。

"你以为我会吃干枯、无味的蔷薇果吗？"他说。

<u>"我原来还以为你会高兴呢！"迟钝儿说，同时失望地将大蔷薇枝随手一扔。但是那根树枝正好落在尼尔斯跟前，他毫不迟疑地抓起树枝，心满意足地吃了个够。</u>【写作借鉴："随手"与"正好"的巧合，颇具深意，耐人寻味。会不会是迟钝儿故意的呢？】

乌鸦们吃饱以后，就闲聊起来。

"你在想什么，黑旋风？你今天总是沉默寡言。"其中一只乌鸦问道。

"我在想，以前这个地方有一只母鸡，她非常喜欢自己的女主人，为了使女主人满意，她就到仓库的地板下面去孵蛋，这些蛋是她早先藏在那里的。她一面孵蛋，一面乐滋滋地想，女主人看到这些小鸡将会多么兴高采烈呀！当然，女主人肯定会奇怪，母鸡那么长时间没有露面，到底藏到哪儿去了呢？她四处寻找，但是没有找到。你能猜着吗？长嘴巴，是谁找到母鸡和鸡蛋的呢？"

"我能猜得出来，黑旋风，但是在你讲了这个故事之后，我也想讲一件类似的事情。你还记得黑奈里德庄园的那只大黑猫吗？她对庄园的主人很不满意，因为他们总是抢走她刚出生的小猫，并把他们溺死。只有一次她成功地把小猫藏了起来，那次她把小猫藏在屋外一堆干草里。她为有这些小猫而感到心满意足，但是我相信，我比她从小猫那里得到了更多的欢乐。"

乌鸦们一下子变得兴致勃勃，每个人都开始侃侃而谈。【名师点睛：乌鸦们对自己的恶行不以为耻，反以为荣，还相互炫耀，丑恶嘴脸显露无遗。】

　　"偷几只小猫又算得了什么？"有一只乌鸦说，"有一次我追逐一只快成年的小兔，也就是说，那得从一个树林追到另一个树林……"

　　还没有等他说完，另一只就接过话茬儿："惹得鸡和猫生气也许会很有趣，但我发现，一只乌鸦能使人类感到担心就更了不起。一次我偷了一把银勺……"现在尼尔斯觉得他再也受不了乌鸦们在那里胡扯了。

　　"乌鸦们，你们听我说！"他说，"你们这样大谈特谈自己的恶行，难道不感到羞耻吗？我已经在大雁群中生活了三个星期，从来没有看见或听说他们做过什么坏事。你们肯定是有一个坏首领，他竟然允许你们去抢劫和谋杀。你们应该过一种新的生活。我可以告诉你们，人类对你们的罪恶行径已经厌烦了，正在设法将你们清除掉。到时候你们就完蛋了。"【名师点睛：身处险境，尼尔斯却敢于直言相劝，表现了他的正义、勇敢。】

　　黑旋风和其他乌鸦听到这些话生气极了，直想扑上去把他撕成碎片。而迟钝儿却一边哈哈大笑一边咕咕地叫，站在尼尔斯跟前把他和乌鸦们分开了。

　　"噢，别这样！别这样！"他说，似乎很害怕，"想一想，要是你们在大拇指小人儿为我们搞到银币以前就把他撕成碎片，随风飘会说什么呢？"【写作借鉴：迟钝儿又一次出手帮尼尔斯，他事事有所谋，并不像开篇说的那么"迟钝"。】

　　"迟钝儿，只有你才怕母的呢。"黑旋风说。不管怎样，他和别的乌鸦还是放过了尼尔斯。

　　过了不久，乌鸦们又启程飞行了。到目前为止，尼尔斯一直在想，斯莫兰并不像他听说的那样贫瘠、荒芜。虽然森林很多，山岭连绵，但是河旁湖畔是耕地，他还没有看到真正荒凉的景象。但是，越往内陆飞行，村庄和房子越稀少。最后，他们飞在了名副其实的荒凉地带上空，那里除了苔藓、荒野和刺柏树丛外什么也没有。

183

▶ 骑鹅旅行记

太阳已经落山了,但是乌鸦们到达那片灌木丛生的大荒漠时,天空依然像白昼一样明亮。黑旋风派一只乌鸦先去报信,他已经成功地把大拇指小人儿带回来了。随风飘得到此信后,便带着乌鸦山上的数百只乌鸦前去迎接。在乌鸦们一片震耳欲聋的叫声中,迟钝儿对尼尔斯说:"你一路上非常幽默、快活,我现在真的喜欢你了。因此我想给你提出忠告。我们一着陆,他们就会叫你做一件对你来说是很容易的事,但是你要谨慎行事。"【名师点睛:在乌鸦群的叫声掩盖下,迟钝儿给予尼尔斯耳语忠告,再联系他一路上对尼尔斯的照顾,看来他一点儿也不迟钝,反而在这群乌鸦中显得聪明、善良。】

不久,迟钝儿把尼尔斯放到一个沙坑的底部。尼尔斯翻身落地,滚到一边,躺在那里一动也不动,似乎他已经精疲力竭了。成群的乌鸦在他周围扑打着翅膀,就像刮起了风暴,但是他看也不看一眼。

"大拇指小人儿,"黑旋风说,"快起来!你要为我们做一件对你来说很容易的事。"

尼尔斯动也没动,而是装作睡着了。黑旋风叼住他的一只胳膊,把他拖到沙坑中那个古老的瓦罐跟前。

"起来,大拇指小人儿,"他说,"把这个罐子打开!"

"你为什么不让我睡觉?"尼尔斯说,"我实在太累了,今晚什么也不想干。等到明天再说吧!"

"把瓦罐打开!"黑旋风边说边摇晃着他。这时尼尔斯坐起来,端详起那个瓦罐。

"我一个小人儿怎么能打开这样大一个瓦罐呢?它都和我一般大了。"

"打开,"黑旋风再次命令道,"否则对你没有好处!"【写作借鉴:语言描写,将黑旋风的蛮横、不讲理生动地表现了出来,也说明了他的贪婪,迫不及待地想得到瓦罐中的银币。】

尼尔斯站起身,跟跟跄跄地走到瓦罐跟前,在盖子上胡乱摸索了几下,便又垂下了手。

"我平时不是这样虚弱无力的,"他说,"只要你们让我睡到明天早晨,我想我一定有办法把盖子打开。"

但是黑旋风已经不耐烦了,他冲上前去,对着尼尔斯的腿就啄。尼尔斯不能容忍一只乌鸦这样对待他,猛地挣脱开来,迅速向后退了两三步,从刀鞘里抽出小刀对准前方。

"你最好还是小心点!"他对黑旋风说。

黑旋风也极为恼火,连危险都不顾了。他像一个什么也看不见的盲人那样向尼尔斯冲过去,结果正好撞在刀口上,刀子从眼睛里插进了他的脑袋。尼尔斯立即抽回刀子,而黑旋风翅膀一扑就倒在地上死了。【写作借鉴:从对黑旋风的动作描写及后来的结果看,他确实是有勇无谋的,甚至是愚蠢的。】

"黑旋风死了!那个陌生人杀死了我们的首领黑旋风。"最靠近尼尔斯的几只乌鸦大叫起来,乌鸦群中立刻爆发出可怖的喧闹声。一些乌鸦号啕大哭,一些乌鸦则叫喊着要报仇。他们一齐跑着、飞着扑向尼尔斯,迟钝儿在最前头,但他像往常一样表现反常。他只是扑打着翅膀,用翅膀盖住尼尔斯,不让其他乌鸦接近他、啄他。【写作借鉴:场面描写。在这样混乱的危急关头,迟钝儿再次一反常态,舍身护着尼尔斯,令人动容。】

尼尔斯这时觉得,情况对他很不利。他既不能从乌鸦群中逃走,也没有地方藏身。此时,他突然想起了瓦罐。他紧紧抓住盖子一掀,盖子打开了。他纵身一跃,跳进瓦罐躲了起来。但瓦罐不是一个藏身的好地方,因为里边装满了薄薄的小银币,他躲不到下面去。于是他弯下腰,开始将银币往外扔。

乌鸦们密密麻麻地围着尼尔斯飞,想啄他。但是当尼尔斯把银币往外扔的时候,他们立刻把仇恨忘得一干二净,急急忙忙地去拾银币。【名师点睛:乌鸦们见钱眼开、自私自利的嘴脸显露无遗,讽刺至极。】尼尔斯大把大把地往外扔银币,所有的乌鸦,甚至包括随风飘,都在捡银币,拾到银币的乌鸦以最快的速度飞回窝里,把银币藏起来。

▶ 骑鹅旅行记

尼尔斯把银币都抛完后,探出头来一看,发现沙坑里只剩下一只乌鸦,就是翅膀上长着一根白羽毛,把他背到这里来的迟钝儿。

"你帮了我一个你自己都料想不到的大忙,大拇指小人儿,"那只乌鸦说,声音和语气跟以前截然不同,"因此,我想救你的命。坐在我的背上,我要把你带到一个隐蔽的地方,这样你今天夜里就安全了。明天我再想办法让你回到大雁那里去。"【名师点睛:此时迟钝儿再次提出要帮助尼尔斯,体现出迟钝儿有勇有谋,并且知恩图报。】

小 屋

四月十四日　星期四

第二天早上,尼尔斯醒来时,发现自己躺在一张床上。他看到自己在一间四面是墙壁、头上是屋顶的房子里时,以为是在家里。

"不知道妈妈会不会端着咖啡进来呢?"他躺在床上,睡眼惺忪中,不禁喃喃自语起来。随后,他想起来,他是在乌鸦山的一间荒废的小屋里,是那个身上有根白羽毛的迟钝儿将他驮到这里来的。

经过前一天的折腾,尼尔斯感到非常疲倦。于是他想,静静地躺在这里等待迟钝儿来真是惬意,迟钝儿答应过来接他。

床上悬挂着用方格子棉布做的帐子。他把帐子拉开,打量起房子来。他立即明白,他还从来没有见过像这样一间房子。墙壁是由两排木头搭成的,连着的是屋顶,屋顶上没有天花板,所以他能清楚地看见屋顶的横梁。房子非常小,好像是专为他这种不同于正常人的小人儿而建的。不过,炉子和烟囱则很大,他觉得自己从来没有看到过这么大的炉子和烟囱。房门建在炉子旁边的山墙上,狭窄得很,简直不是一道门,而是一个小口子。在另一面山墙上,他看见一个又矮又低、有着许多方格玻璃的窗子。房子里几乎没有一件可以移动的家具,他所躺的大床,还有色彩缤纷的橱子,也是不能移动的。

尼尔斯不知道这房子是谁家的,为何现在荒废不用了。曾住在这儿的房主似乎还打算回来,咖啡壶和煮粥的锅仍然放在灶台边,炉子里还有木头,墙角放着提烤箱用的钩子和烤面包用的长柄铲,纺车放在一条长凳上,在靠近窗户的架子上放着麻线和亚麻布,两个线球,一支蜡烛,还有一盒火柴。

这一切迹象表明,房子的主人还打算回来。床上还有被褥,墙上还悬挂着长长的布条,布上画了三位骑士,名字分别叫卡斯巴、麦尔希隆和巴尔塔沙,这同样的马和骑士还挂在房子里的另外几个地方,它们在整间房子里奔驰,甚至想要跑到房梁上去。【名师点睛:想象新颖独特,将静止的挂满房子的骑士画想象成在房子里奔驰,极言其多,画面感十足。】

当尼尔斯发现了屋顶上的一件东西后,整个人马上精神起来。那是挂在一个烤肉叉上的两个大面包,它们看起来已经挂了很长时间,而且已经发霉了,但终归还是面包。他用烤面包用的长柄铲捅了一下,面包便掉落到地上。他咬了几口,然后将它们塞进包里,尽管面包是坏的,但他还是觉得相当美味可口。他再次环视房子,试图发现他可以带走的有用的东西。

"既然没有人管,那么我尽可以带走我想要的东西。"他想,但是所有东西对他来说,都显得又大又重。也许,他能够带走的只有几根火柴吧。【名师点睛:再次写到火柴,并交代尼尔斯带走了几根火柴,为后文故事的发展埋下伏笔。】

他爬上桌子,抓住床上的帐子,荡到窗户旁的架子上。他正在往包里装火柴的时候,那只身上有根白羽毛的乌鸦穿过窗户飞了进来。

"呵,我总算到了,"迟钝儿落在桌子上,说,"我不能够早点来这儿,是因为乌鸦们选举了一个新首领,以取代黑旋风。"

"你们选了谁当首领?"尼尔斯问。

"噢,我们选了一位不允许偷盗和从事不法事情的乌鸦,选了名叫白羽卡尔木,后来人称迟钝儿的乌鸦,也就是在下,做了新首领。"他回答

骑鹅旅行记

道，将身体挺得笔直，像是真正的君主一般。

"这是一个很好的选择。"尼尔斯说，并祝贺他当选。

"你应该祝我好运。"迟钝儿说。随后他将自己和黑旋风及随风飘的故事告诉了尼尔斯。

就在迟钝儿絮絮叨叨地讲述他的故事的时候，尼尔斯突然听见窗外传来一个熟悉的声音。

"他是在这儿吗？"狐狸问道。

"是的，他藏在这儿。"传来一只乌鸦的声音。

"当心，大拇指小人儿！"迟钝儿叫道，"随风飘和那只想吃了你的狐狸正站在窗外呢。"

话音未落，只见斯密尔直扑向窗子。腐朽的窗框被撞断了，转瞬间斯密尔就已经站在了窗台上。迟钝儿还没来得及飞开，就被他咬死了。随后他跳到地板上，四处寻找尼尔斯。【名师点睛：可怜的迟钝儿刚当上首领就丧命在斯密尔口中，想起他对尼尔斯的情义，真让人心痛不已，同时也让人更加痛恨凶残的斯密尔。】

尼尔斯想躲到一个大线团后面去，但斯密尔已经发现了他，正蹲下身子准备做最后一个猛扑。由于这间房子又小又低矮，尼尔斯清楚斯密尔要抓到他易如反掌，但是此时他没有防身的武器。他急中生智，马上点起一根火柴，然后引燃了线团，线团着火后，他把它扔向斯密尔。【名师点睛：与前文尼尔斯找到几根火柴的情节相照应，使故事更完整更可信，也表现了尼尔斯的聪明和临危不乱。】火焰包围住了斯密尔，他惊恐不已，此时他已经顾不上抓尼尔斯了，而是飞快地冲出了屋子。

然而，尼尔斯看似躲过了一场灾难，却陷入了一场更大的灾难当中。他扔向斯密尔的火球烧到了床上的帐子。他跳到地板上，想将火焰扑灭，但火已经噼噼啪啪蔓延开了。小屋刹那间浓烟滚滚，在窗外的斯密尔也知道了屋内的情况。

"好了，大拇指小人儿，"他幸灾乐祸地喊叫道，"现在要看你怎么选

188

择了:是在屋内被烤成木炭呢,还是跑出来?当然,我更愿意享受吃你的滋味,但无论你怎么选择,都是死路一条。只要你死了,我就会感到高兴。"

尼尔斯不得不承认斯密尔说得在理,因为火焰正在迅速蔓延。现在,整张床已经变成一片火海,浓烟从地板上升起。火苗从墙上的布条上一路烧过去,布上画着的骑士一个接一个地葬身火海。尼尔斯跳到炉子上,试图打开烤箱的门,这时他听见钥匙插入锁孔缓慢扭动的声音。"一定是有人来了。"他想。面对这可怕的困境,他不但不害怕,反倒高兴起来了。【名师点睛:屋内是一片火海,屋外有强敌守候,就在这危急时刻,屋主人好像回来了,让人不禁为尼尔斯的处境担忧。】当房门打开的时候,他已经站在了门槛上,两个小孩出现在他面前。他来不及注意两个小孩看到着火的小屋会是怎样的表情,就从他们身旁冲出了屋子。

他不敢跑远,他很清楚,狐狸斯密尔正在等着他呢,而他也明白,自己必须尽可能待在这两个小孩子附近。他转过身子,看这两个小孩究竟是什么人,但是只看了不到一秒钟,就急忙朝他们跑过去,嘴里大喊道:"嗨,你好,放鹅姑娘奥萨!嗨,你好,小马茨!"

尼尔斯看见这两个小孩时,完全忘乎所以了。乌鸦、燃烧的屋子、狐狸,统统都在他的记忆里消失了。他似乎是在西威曼豪格的一块已经收割完毕的田地上放鹅的小孩,而在毗邻的地里,也有两个斯莫兰小孩在放鹅。他一见到他们,就跑到石头做的护栏上,大声喊道:"嗨,你好,放鹅姑娘奥萨!嗨,你好,小马茨!"

然而,当这两个小孩看见这么一个小小的生物一边挥着手一边向他们跑过来时,不由得紧紧拉住了对方,摇摇晃晃地倒退了几步,吓得要死。【写作借鉴:动作描写和神态描写,生动形象地描绘出两个小孩看到小人儿尼尔斯时的惊恐情状。】

当尼尔斯察觉到他们脸上浮现出来的恐惧表情时,突然意识到了自己的模样。刹那间,他觉得再也没有比让这两个小孩看到他被变成小人儿更糟糕的事情了。不再属于人的羞耻和悲伤紧紧地攫住了他,他转过

▶ 骑鹅旅行记

身子猛跑,至于要跑到哪里去,他自己也没有头绪。【名师点睛:看到昔日伙伴时的快乐、兴奋,与不再为人的羞耻和悲伤形成的巨大心理落差,让尼尔斯感到茫然无措。】

但当他跑到荒野尽头时,等待他的却是令人愉快的重逢。因为在那儿,在长满灌木的荒地里,他看见一团白色的东西向他走来,是雄鹅,陪伴他的是小灰雁邓芬。雄鹅看见尼尔斯没命地跑过来,以为有可怕的敌人在后面紧紧追赶,于是他飞速跑过去,将尼尔斯放到自己的背上,驮着他飞上了天空。

Z 知识考点

1. 填空题。

作者在描写"迟钝儿"这个形象时,运用了欲_____先_____的写作手法。为表现他的_____,先写他的傻里傻气,而后却在行文中逐步揭示这个被大伙当作_____的家伙的睿智与聪明。

2. 选择题。

被乌鸦们劫持后,是(　　)屡次为尼尔斯解围。

A.阿卡　　　　B.雄鹅　　　　C.迟钝儿　　　　D.公鸭

3. 问答题。

乌鸦为什么要绑架尼尔斯?

_____

_____

Y 阅读与思考

1. 狐狸斯密尔和乌鸦黑旋风达成了什么协议?

2. 你觉得迟钝儿是一只怎样的乌鸦?

第十七章 老妇人

> **名师导读**
>
> 尼尔斯一行来到一个农家院子落脚,发现独居的老妇人已经去世。从母牛口中,尼尔斯得知了老妇人曾经的幸福生活和凄凉的晚景,并深受感动。在母牛的恳求下,尼尔斯克服恐惧,为老妇人料理了后事。这件事勾起了他对父母的思念。他对亲情的认知又会有怎样的转变呢?

四月十四日　星期四

一个深夜,三个疲惫不堪的旅行者在外面寻找过夜的地方。他们来到斯莫兰北部一个贫瘠、荒芜的地方,但是他们应该是找得到休息地的,因为他们并不是需要柔软的床铺和舒适的房间的娇生惯养的人。

"如果在这此起彼伏的山脉中,有一座山峰既高又陡,使得狐狸爬不上去,那么我们就会有一个很好的地方睡觉了。"其中一位说。

"这众多的沼泽,只要有一个没有结冰,而且泥泞潮湿,狐狸不敢上去,那儿也是个过夜的好地方。"第二位说。

"我们路过那么多的大湖,如果有一个湖面上的冰与湖岸不相连,狐狸到不了冰上,那么我们就找到了正在寻找的地方。"第三位说。

最糟糕的是,太阳落山以后,其中的两位旅行者已经困得不行了,随时都会倒在地上睡过去。虽然第三位还能保持清醒,但随着夜幕的临近,他也变得越来越不安。【写作借鉴:交代背景,极言三个旅行者的疲惫,开启下文。】

"我们来到了一个湖泊和沼泽都结冰的地方,狐狸可以四处行走,这

▶ 骑鹅旅行记

是我们的不幸。其他地方的冰早就融化了，而我们却在最寒冷的地方——斯莫兰，这里的春天还没有来临。不知道怎样才能找到一个理想的歇息地。如果我们找不到一个安全可靠的地方，等不到天亮，狐狸斯密尔就会追上来。"

他环顾四周，四处看不到一个可以栖身的地方，而且又是一个又黑又冷、风雨交加的夜晚，周围的情景越来越可怕，越来越凄惨。

这听起来也许很奇怪，但是那些旅行者无意到农庄里去寻找住所。他们已经走过了许多村庄，但没有敲过一家的门。就连那些每一个可怜的流浪汉都会乐意看到的森林边缘的小屋，也没有使他们动心。人们几乎会说，他们落到这样的境地是活该，因为他们在有求必应的情况下不去请求帮助。

又过了很久，天黑得伸手不见五指，那两个急于睡觉的旅行者只是昏昏沉沉地向前移动着，就在此时，他们碰巧走到了一个远离邻舍、独居一处的农庄。它不但位置偏僻，而且完全不像有人居住的样子。烟囱里不冒烟，窗户里没有透出任何亮光，院子里也无人走动。【写作借鉴：环境描写，表现了这个农庄的偏僻荒凉，也为后文情节的发展埋下了伏笔。】当三个旅行者中还清醒的那位看到那个地方时，他想："听天由命吧，我们必须到这个农庄里去，肯定找不到比这更好的地方了。"

不久，三个旅行者都站在农庄的院子里了。其中的两个一停住脚步就睡着了，而第三个却急切地四处张望，想找个能避风挡雨的地方。这不是个小农庄，虽然除了住房、马厩和牛棚外，这里还有一长排一长排的干草棚、库房和农具储藏室，但还是给人一种寒酸和荒芜的感觉。房子的墙是灰色的，上面长满了苔藓，而且歪歪斜斜，看上去随时都会倒塌。房顶上开着大口，房门歪歪扭扭地挂在断裂的合页上。显然，很久没有人在墙上钉一个钉子了。【写作借鉴：环境描写。前文从庄外来观察，此时三个旅行者已在庄内，描写顺序仍是由整体到局部，先总后分，极力渲染院子的寒酸与荒芜。】

没有睡觉的旅行者弄清了哪个屋子是牛棚后,将他的旅伴们从睡梦中摇醒,带着他们来到了牛棚门口。幸运的是,屋门没有上锁,只是用一个铁钩挂着,他用一根棍子轻易地把它拨弄开。一想到马上就要到安全的地方了,他如释重负,不由得松了口气。但是,当屋门吱呀一声打开的时候,他却听到一头母牛哞哞地叫了起来:

"你终于来了吗?女主人,"她说,"我还以为你今晚不给我吃饭了呢。"【名师点睛:母牛以为是女主人送饭来了,突然一句问话,叫人惊疑不已,为后文做铺垫。】

那位没有睡着的旅行者发现牛棚有主的时候,停在门口,完全惊呆了。但当他看清里面只有一头母牛和三四只鸡后,便重新鼓起了勇气。

"我们是三个可怜的旅行者,想找个狐狸偷袭不着、人抓不到的地方过夜,"他说,"不知道这里合不合适。"

"我觉得再合适不过了,"母牛说,"说实话,墙壁是有点破,但狐狸还不至于敢钻进来。这里除了一位老太太外,没有别人,而她是决不会来抓人的。可是,你们到底是什么人?"她继续问道,同时回过头来看着来客。

"我叫尼尔斯·豪尔耶松,家住西威曼豪格,现在被施妖术变成了小精灵,"那位没有睡着的旅行者说,"随我同来的还有我经常乘骑的一只家鹅,另外还有一只灰雁。"

"这样的稀客我可从来没有见过,"母牛说,"欢迎你们的到来,尽管我个人更希望是我的女主人来给我送晚餐了。"【写作借鉴:语言描写,表现了母牛的热情与真诚,侧面反映出女主人的善良大方。】

尼尔斯把雄鹅和灰雁领进了那个宽敞的牛棚,把他们安置在一个空着的牛栏里,他们俩很快就睡着了。他用干草为自己铺了一个小床,希望和他们一样能很快入睡。但他怎么也睡不着,因为那头没有吃上晚饭的可怜的母牛一刻也不能保持安静。她摇晃着铃铛,在牛圈里转来转去,不停地说她饿得难受。尼尔斯连打盹都不可能,只得躺在那里回想最近几天发生在他身上的一切。

▶ 骑鹅旅行记

　　他想起了在意外情况下遇见的放鹅姑娘奥萨和小马茨,而他点火烧着的那间小屋一定是他们在斯莫兰的老家。现在他回忆起,他们曾经提到过这样一间小屋以及底下灌木丛生的荒漠。这次他们回来探望,刚走到门口,却发现自己的房子已处于一片大火之中。

　　他给他们造成了如此大的损失,他心里感到非常难过。假如有一天他能重新变成一个人,他一定要设法弥补他们的损失。

　　然后,他的思绪又跳到了那些乌鸦上。当想到救了他的性命并在被选为乌鸦首领当天便遭厄运的迟钝儿时,他万分悲痛,禁不住流下了眼泪。【名师点睛:能为烧毁了放鹅姐弟的小屋而难过自责,能为舍命救自己的乌鸦迟钝儿悲痛流泪,这就是以前那个调皮捣蛋的尼尔斯的成长与转变。】

　　在过去的几天里,他吃了不少苦。但不管怎样,雄鹅和邓芬终于找到了他,这是不幸中的万幸。

　　雄鹅说过,大雁们一发现大拇指小人儿失踪,就向森林里所有的小动物打听他的下落。他们很快就打听到,是斯莫兰的一群乌鸦把他带走了。但是乌鸦们早已飞得无影无踪了,他们往哪个方向飞的,谁也说不上来。为了尽快找到尼尔斯,阿卡命令大雁们两人一组,兵分数路,出去寻找他。他们预先约定好,无论找到还是找不到,两天之后都要到斯莫兰西北部一个很高的山峰会合。【名师点睛:阿卡的安排稳妥周到,尽显领头雁的风采。】那是一个像断塔一样的山峰,名叫塔山。在阿卡为他们指出了最明显的路标并仔细描述了怎样才能找到塔山之后,他们就分手了。

　　雄鹅选择了邓芬作为他的旅行伙伴,他们提心吊胆地到处飞行,担心大拇指小人儿遭遇什么不幸。在飞行途中,他们听到一只鹈鸟站在树梢上又哭又叫地说,有一个自称被乌鸦劫持的人讥笑过他。他们上前向鹈鸟打听,鹈鸟把乌鸦群的去向告诉了他们。后来他们又先后遇到了一只斑鸠、一只椋鸟和一只野鸭,他们都埋怨有一个坏蛋扰乱他们唱歌。那个家伙自称是被乌鸦抓走的人、被乌鸦抢走的人和被乌鸦劫持的人。他们就这样一直追踪大拇指小人儿到索耐尔布县的荒漠上,最后找到了

他。【名师点睛：与前文尼尔斯一路故意捣蛋相照应，伙伴们果然循迹找来。】

雄鹅和邓芬找到大拇指小人儿后，为了及时赶到塔山，立即向北飞去。但是路途遥远，还没有等他们见到塔山顶，夜色就降临了。

"只要我们明天赶到塔山，那么我们的麻烦就没有了。"尼尔斯想着，往干草堆深处钻去，以便睡得更暖和点。与此同时，母牛在圈里一刻不停地唠叨、埋怨。然后，她突然同尼尔斯说起话来。

"我已经不中用了，"母牛说，"没有人为我挤奶，也没有人为我刷毛。我的槽里没有过夜的饲料，身下没有人为我铺床。我的女主人黄昏时曾来过，她想和平时一样为我安排这一切，但是她病得很厉害，来后不久就又回屋去了，后来再也没有回来。"

"可惜我人小又没有力气，"尼尔斯说，"我想我帮不了你的忙。"

"你不要以为我会相信，你人小就没有力气，"母牛说，"我听说所有的小精灵都力大无比，能拉动整整一车草，一拳头就能打死一头牛。"尼尔斯忍不住大笑起来。"他们是与我不同的精灵，"他说，"但是我可以解开你的缰绳，为你打开门，这样你就可以走出去，在院子里的水坑中喝点水，然后我再想办法爬到放草料的阁楼上去，往你的槽里扔一些草。"【写作借鉴：语言描写，表现了尼尔斯的知恩图报及善良热情。】

"好吧，那总算是一种帮助。"母牛说。

尼尔斯照自己说的做了。当母牛站在添满草料的食槽跟前时，尼尔斯想，这一下总算可以睡会儿觉了。但是，他刚爬进草堆，还没有躺下，母牛又开始和他说话了。

"如果我再求你一件事，你就会对我不耐烦了吧？"母牛说。

"哦，不，不会的，只要是我能够办到的事。"尼尔斯说。

"那么我请求你到对面的小屋去一趟，去看看我的女主人到底怎么样了。我担心她发生了什么不幸。"【写作借鉴：语言描写，表现了母牛的善良及对女主人的关心，为后文写女主人去世做铺垫。】

"不！这件事我可办不了，"尼尔斯说，"我不敢在人的面前露面。"

▶ 骑鹅旅行记

"你总不至于会怕一位年老而又病魔缠身的老妇人吧,"母牛说,"而且你用不着进到屋子里边去,只要站在门外,从门缝里瞧一瞧就行了。"

"噢,如果这就是你要我做的,那我当然是会去的。"尼尔斯说。

说完,他便打开牛棚,往院子走去。这是一个可怕的夜晚,既没有星星也没有月亮,狂风怒号,大雨倾盆。最可怕的是有七只大猫头鹰排成一排站在正房的屋脊上,正在那里抱怨这恶劣的天气。一听到他们的叫声,人们就会毛骨悚然。【写作借鉴:环境描写,以恶劣的环境来渲染恐怖、凄凉的气氛。】当他想到只要有一只猫头鹰看见他,他就会没命的时候,他就更加心惊胆战。

"唉,人小了真可怜呀!"尼尔斯边说边鼓起勇气往院子里走。他这样说是有道理的,因为在他到达对面的屋子之前曾经两次被风刮倒,其中一次还被风刮进了一个小水坑,水坑很深,他差一点给淹死了。但是他总算走到了。

他爬上几级台阶,吃力地翻过一个门槛,来到了门廊下。屋子的门关着,但是门下面的一个角锯掉了一大块,方便猫进出。这样,尼尔斯可以轻易地看清屋子里面的情况。

他刚向里面看了一眼,就吃了一惊,赶紧把头缩了回来。一位头发灰白的老妇人直挺挺地躺在地板上,她既不动也不呻吟,脸色白得出奇,就像有一个无形的月亮把惨白的光投到了她的脸上。【名师点睛:老妇人去世了,死状凄凉,与前文老妇人未和平时一样为母牛安排一切及母牛的担忧相照应。】

尼尔斯想起他外祖父死的时候,脸色也是这样白。他立刻明白,躺在地板上的那位老妇人肯定是死了。死神是那么急速地降临到她的身上,她甚至来不及爬到床上去。

当他想到,在漆黑的深夜里,就他自己和一个死人在一起时,他吓得魂不附体,转身奔下台阶,一口气跑回了牛棚。

他把在屋里看到的情况告诉了母牛,她听后停止了吃草。

"这么说,我的女主人死了,"她说,"那么我也快完了。"

"总会有人来照顾你的。"尼尔斯安慰她说。

"唉,你不知道,"母牛说,"我的年龄早比通常情况下被屠宰的牛大一倍了。既然屋里的那位老妇人再也不能来照料我了,我也就不想再活下去了。"

有那么一会儿工夫,她没有再说一句话,但是尼尔斯察觉到,她显然没有睡也没有吃。不久,她又开始说话了。

"她是躺在光秃秃的地板上吗?"她问。

"是的。"尼尔斯说。

"她习惯到牛棚来,"母牛继续说,"倾诉使她烦恼的一切事情。我懂得她说的话,尽管我不能回答她。最近几天,她总是说她担心死的时候没有人在她的身边,担心没有人为她合上眼睛,没有人将她的双手交叉放在胸前,她为此一直焦虑不安。【写作借鉴:语言描写,通过母牛的口转述了老妇人的烦忧,没想到一语成谶。】你进去为她做这些事,好吗?"

尼尔斯犹豫不决。他记得他的外祖父死的时候,母亲把一切料理得井井有条。他知道这是一件必须做的事。但是另一方面,他又觉得他不敢在这魔鬼般的黑夜到死人的身边去。他没有说个不字,但是也没有走向牛棚门口。母牛沉默了一会儿,似乎在等待他的答复。她没有催促,而是对尼尔斯讲起了她的女主人。

有很多事可以说的,先来说说她的女主人拉扯大的那些孩子们。他们每天都到牛棚来,夏天赶着牲口到沼泽地和草地上去放牧,所以母牛跟他们很熟悉。他们都是好孩子,个个开朗活泼,吃苦耐劳。一头母牛对照料她的人是不是称职当然是最了解的。【名师点睛:通过孩子们对母牛的照料,来表现孩子们的好,侧面反映了一家人在一起时幸福和睦的生活。】

关于这个农庄,也有很多可以说的。它原来并不像现在这样贫穷寒酸。农庄面积很大,尽管其中绝大部分土地是沼泽和多石的荒地。耕地虽然不多,但是到处都是茂盛的牧草。有一段时间,牛棚里每一个牛栏都有一头母牛,而现在空着的公牛棚里当时也是公牛满圈。那时候,屋

骑鹅旅行记

子里和牛棚里都充满了生机和欢乐。女主人推开牛棚的时候,嘴里总是哼着唱着,所有的牛一听到她的到来都高兴地哞哞叫。

但是,在孩子们都还很小,帮不了什么忙的时候,男主人却去世了,女主人不得不挑起管理农庄、操持家务的担子。她当时跟男人一样强壮,耕种收割样样都干。到了晚上,她来到牛棚为母牛挤奶,有时累得竟哭了起来。但是一想起孩子们她又高兴起来,抹掉眼里的泪水说:"这算不了什么,只要我的孩子们长大成人,我就会有好日子过了。是的,只要他们长大成人。"【写作借鉴:动作、神态和语言描写,描绘出一个坚强、伟大、甘愿为子女无私奉献的母亲形象。】

但是,孩子们长大以后,却产生了一种奇怪的想法。他们不想待在家里,而是远涉重洋,跑到异国他乡去了。他们的母亲从来没有得到他们任何帮助。有几个孩子在离家之前结了婚,但把自己的孩子留在家里。那些孩子又像女主人自己的孩子一样,天天跟着她到牛棚来,帮着照料牛群,他们都是懂事的孩子。到了晚上,女主人有时累得一边挤牛奶一边打瞌睡,但是只要一想起他们,她就会立刻振作起来。

"只要他们长大了,"她说着摇摇脑袋,以便赶走倦意,"我就会有好日子过了。"

但是那些孩子长大以后,就到他们住在国外的父母那里去了。没有一个留下,也没有一个回来,农庄里只剩下女主人孤零零一个人。

也许她从来没有要求他们留下来和她待在一起。"你想想,大红牛,他们能到外面去谋生,而且日子又过得不错,我能要求他们留下来吗?"她常常会站在母牛身边这样说,"在斯莫兰,他们只会过穷苦日子。"

但是当最后一个小孙子离她而去之后,女主人的身体就不行了,她的背驼了,头发也灰白了,走起路来跟跟跄跄,似乎没有力气再来回走动了。她不再干活,也无心管理农庄,而是任其荒芜。她也不再修缮房屋,卖掉了公牛和母牛;只留下那头正与尼尔斯说话的母牛,这是因为家里所有的孩子都曾照料过这头母牛。【名师点睛:详细描绘了老妇人晚年凄

凉的生活场景,令人哀叹,发人深思。】

她完全可以雇用仆人和长工帮她干活,但是既然自己的孩子都遗弃了她,她也就不愿意看到陌生人在自己的身边。既然没人愿意回来接管农庄,让农庄荒芜大概是最自然不过的事了。她并不在乎自己变穷,因为她向来不重视这些身外之物。但是她又不愿让孩子们知道她正过着贫穷的生活。

"只要孩子们不知道这些情况就好!只要孩子们不知道这些情况就好!"她一边步履蹒跚地走过牛棚一边叹息道。

孩子们不断地给她写信,恳求她到他们那儿去,但这不是她所希望的。她不愿意看到那个把她的孩子们从她身边夺走的国家,她憎恨那个国家。

"可能是我太糊涂了。那个国家对他们来说是那样好,我却不喜欢,"她说,"我不想看到它。"

她除了思念自己的孩子以及思索他们离开家园的原因外,其他什么也不想。夏天来临的时候,她把母牛牵出去,让她到沼泽地上吃草,而自己却把双手放在膝盖上,整天坐在沼泽地的边上。回家的路上她会说:"你看,大红牛,如果这里是大片大片富饶的土地,而不是贫瘠的沼泽地,那么孩子们就没有必要离开这里了。"

有时她会对着大片无用的沼泽地生气发火,有时她会坐在那里滔滔不绝地说,孩子们离开她都是沼泽地的过错。【名师点睛:老妇人对沼泽地发火,将一个孤独老人凄苦的心境表露无遗。】

就在今天晚上,她比过去任何时候都颤抖得更厉害,比过去任何时候更虚弱,甚至连牛奶都没有挤。她靠着牛栏说,有两个农夫曾找过她,要购买她的沼泽地。他们想把沼泽地的水抽干,在上面播种粮食。这使她既忧虑又兴奋。

"你听见了吗,大红牛?"她说,"你听见了吗?他们说这块沼泽地上能长出粮食。现在我要写信给孩子们,让他们回来。现在他们再也用不

199

骑鹅旅行记

着在国外无休止地待下去了,因为他们能在家乡得到面包了。"

她到屋里去就是为了写这封信……

母牛又说了些什么,尼尔斯就没有听见了。他推开牛棚的门,穿过院子,走到那个他刚才还非常害怕的那位死去的老妇人的屋里。

屋子里并不像他所想象的那样破烂不堪,而是有着亲戚在美国的人家里常有的东西:在一个角落里放着一把美国转椅;窗前桌子上铺着颜色鲜艳的长毛绒台布;床上有一床很漂亮的棉被;墙上挂着精致的雕花镜框,里边放着离开家乡、出门在外的孩子们和孙儿们的照片;柜橱上摆着大花瓶和一对烛台,上面插着两根很粗的螺旋形蜡烛。【写作借鉴:环境描写,写出了屋子里的温馨,与农场的荒芜形成鲜明的对比。】

尼尔斯找到一盒火柴,点燃了蜡烛,这并不是因为他需要更多的亮光,而是因为他觉得这是悼念死去的人的一种礼节。

然后,他走到死者跟前,合上了她的双眼,将她的双手交叉着放在胸前,又把她披散在脸上的银发整理好。【写作借鉴:对尼尔斯的动作描写,照应前文老妇人临终前的心愿,充分表明了他的善良、体贴。】

他再也不觉得害怕了。他为她在孤寂和对孩子们的思念中度过晚年而感到难过、哀伤。无论如何,在这一夜他是要在她身边守着的。

他找出一本圣歌集,坐下低声念了几段赞美诗,但是刚念了一半,他突然停了下来,因为他想起了自己的父母。

唉,父母竟会如此想念自己的孩子!这一点他以前从不知道。想一想,一旦孩子们不在身边,他们的生活似乎就失去了意义!想一想,倘若家中的父母也像这位老妇人想念自己的孩子一样想念他,他该如何是好呢?【名师点睛:尼尔斯从老妇人凄苦的晚景中受到触动,想到了自己的父母,这是他成长的表现。】

这一想法使他心里热乎乎的,可是他又不敢相信,因为他从来就不是那种会叫人挂念的人。

他过去不是那种人,也许将来能变成那种人。

他看到四周挂满了那些居住在海外的人的照片。他们是高大强壮的男人和表情严肃的女人;那是几个披着长纱的新娘子和服饰考究的男士,那是几个长着卷曲头发和穿着漂亮的白色连衣裙的孩子。他觉得,他们都是眼神空洞地凝视着前方。

"你们这些可怜的人!"尼尔斯对着照片说,"你们的母亲死了。你们遗弃了她,你们再也不能报答她了。可是我的父母还活着!"

他说到这里停了下来,点了点头,脸上露出了笑容。"我的母亲还活着,"他说,"我的父亲和母亲都活着。"【写作借鉴:此处为神态描写和语言描写。尼尔斯明白了父母对子女的依恋,也懂得了及时尽孝的重要性。他的父母都还健在,没有比这更令人欣慰的事了。】

知识考点

1. 填空题。

尼尔斯一行在一处荒芜破败的庄园落脚,牛圈里只剩_____和_____,老妇人的居室倒是_____,只是人已经凄凉落寞地过世了。

2. 判断题。

老人的子孙长大后都离开了她,对她不管不顾。（　　）

3. 问答题。

尼尔斯是怎样帮助去世的老妇人的?

_____

_____

阅读与思考

1. 文中的老妇人是个怎样的人？请用简洁的语言概括。

2. 尼尔斯一路很少想念父母,在为老妇人守夜时,为什么会忽然想念父母了呢?

骑鹅旅行记

第十八章　从塔山到胡斯克瓦尔那

M 名师导读

尼尔斯安排好农庄老妇人的事后,和雄鹅、灰雁一道赶去与雁群会合。在从塔山到胡斯克瓦尔那的途中,尼尔斯看到了透着勃勃生机的春景,还和地上的人对上了话,这让他心情大好。

四月十五日　星期五

尼尔斯坐在那里,几乎整夜没有睡觉,但是快到凌晨的时候,他睡着了,梦见了父亲和母亲。他几乎认不出他们了,他们头发灰白,脸上布满了皱纹。他问他们怎么会变成这个样子,他们回答说,是因为太想念他了。他为此既感动又震惊,因为他原先一直以为,他们能摆脱他只会感到高兴。【名师点睛:梦境反映所思所想,表明尼尔斯观念的转变及对父母的思念。】

当尼尔斯醒来时,已经是早晨了。外面天空晴朗,万里无云。他自己先在屋里找了点面包吃,然后给鸡和母牛喂了早食,接着又把牛棚的门打开,让母牛能到邻近的农庄去。只要母牛单独出去,邻居们就会想到,母牛的女主人一定出了什么事,他们就会赶到这个孤寂的农庄来看望老妇人,就会发现她的尸体并把她安葬。【名师点睛:详写尼尔斯妥帖的安排,表现了他心思细腻、考虑周到。】

尼尔斯和雄鹅、灰雁刚飞上天空,就望见一座山坡陡峭、山顶平坦的高山,他们知道那肯定是塔山。阿卡和亚克西、卡克西、科尔美、奈利亚、维茜、库西以及六只小雁早已站在塔山顶上等候他们。当他们看到雄鹅和灰雁终于找回大拇指小人儿时,大雁群中立即爆发出鸣叫、扑翅和欢呼声,那欢乐的场面真是难以形容。

塔山的悬崖峭壁上几乎长满了树木,但是顶部却光秃秃的。人们可以站在那里极目远眺,纵览四周。要是朝东面、南面和西面看,看到的差不多全是贫瘠的高原,除了阴暗的杉树林、褐色的沼泽地、坚冰覆盖的湖泊和灰蒙蒙的连绵起伏的群山外,其他什么也看不到。尼尔斯不禁觉得,造这块地的人并没有花多大的力气,而是匆匆忙忙,用石头堆一堆就草率了事。不过,极目北方,景色就截然不同了。看来造北面的这块地的人怀着极大的热情和一丝不苟的精神。朝北看到的全是瑰丽巍然的群山、平坦的峡谷和蜿蜒曲折的溪流,还有那片湖水滔滔的维特恩湖。湖面上冰已融化,湖水清澈透明,闪闪发光,好像里面装的不是水而是蓝色的灯光。【名师点睛:先从东、南、西三面来描写塔山的贫瘠和阴暗,再笔锋突转,描绘北面截然不同的明媚春光,暗合尼尔斯和雁群一扫之前的阴郁沉闷,变得活泼快乐起来的心境。】

正是维特恩湖使北面的景色锦绣如画,风光旖旎,因为好像那道蓝色的光从湖中升起,又洒向大地。森林、小山、屋顶以及坐落在维特恩湖畔的延切平市的塔顶,处在一片淡蓝色的光环中,看上去让人赏心悦目。尼尔斯想,如果天空中也有国家的话,它们肯定是像这样的,他认为他对天堂是什么样子似乎有了一个模糊的概念。

当天晚些时候,大雁群继续飞行,他们朝着蓝色峡谷飞去。他们心情愉快,一路上高声鸣叫,大肆喧闹,路过的人都能听到他们的喊叫声。

入春以来,居住在这个地区的人还是第一次见到真正的好天气。在这之前,春天一直是在风雨中度过的。现在天气突然晴朗,人们对夏天的温暖和翠绿的森林的向往使得他们难以安心工作。【名师点睛:雨过天晴,人们感受到生机勃勃的春意,心情也欢快起来。】当大雁群在高高的天空欢快地、自由自在地飞过时,没有一个人不停下手中的活抬头仰望他们。

这天最先看见大雁的是塔山的矿工,他们正在一个矿井口挖矿石。

203

骑鹅旅行记

当他们听到大雁的叫声时,停止了挖矿,其中的一个人向大雁们喊道:"你们要去哪里?你们要去哪里?"

大雁们没有听懂他说的话,但是尼尔斯从雄鹅的背上探下身子,替他们回答道:"我们要到既没有镐也没有锤的地方去。"

矿工们听到这些话,还以为是他们自己的愿望使大雁的叫声幻化成人的说话声传进了耳朵。【名师点睛:一年之计在于春,春带给人的是新生与希望,尼尔斯在这焕发生机的新春,喊出了矿工的心愿。】

"带我们一块儿去吧!带我们一块儿去吧!"他们喊道。

"今年不行!"尼尔斯喊道,"今年不行!"

大雁们沿着塔山河向孟克湖飞去。一路上他们还是高声鸣叫着。延切平市及四周的大工厂就坐落在孟克湖和维特恩湖之间那条狭窄的陆地上。大雁群首先飞过的是孟克湖造纸厂,当时正是午休过后上班的时间,工人们成群结队涌向工厂的大门。他们听到大雁的叫声时便停下脚步,侧耳细听。

"你们要去哪里?你们要去哪里?"工人们喊道。

大雁们听不懂他们的话,因此尼尔斯替他们回答道:"我们要到既没有车床也没有机器的地方去。"

当工人们听到这句话时,他们相信是他们的愿望使大雁的叫声幻化成人的说话声传进了他们的耳朵。

"带我们一块儿去吧!"一大群人一齐高声喊道,"带我们一块儿去吧!"

"今年不行!今年不行!"尼尔斯回答说。

接着大雁们飞过了著名的火柴厂。这个工厂坐落在维特恩湖畔,大得像一个城堡,巨大的烟囱高耸入云。厂院里没有一个人在走动,但在高大、宽敞的厂房里,年轻的女工正坐在那里往火柴盒里装火柴。外边的天气好极了,因此她们打开一扇窗户,大雁们的叫声正好从窗户传了进来。一位靠近窗户、手里还拿着一个火柴盒的姑娘探出身子喊道:"你们要去哪里?你们要去哪里?"

"我们要到既不需要灯光也用不着火柴的地方去!"尼尔斯说。【名师点睛:尼尔斯变成小人儿后本不愿多与人类打交道,今天却回复了一连串的俏皮言语,表明他见到春景后的欢快与愉悦。】

那位姑娘以为她听到的只是大雁的叫声,但她又觉得她似乎听出了几个字,因此她又喊道:"带我一块儿去吧!带我一块儿去吧!"

"今年不行!"尼尔斯回答,"今年不行!"

那些工厂的东边就是延切平市,那是一个城市最理想的位置。狭长的维特恩湖东西两边的沙岸都很陡峭,但是在湖的正南方,沙墙已经塌落,好像开了一个大门,使人们能到湖里去。延切平市在大门的正中央,左右两边都是山,背靠孟克湖,面对维特恩湖。

大雁们飞过那座狭长的延切平市时,依然像在农村一样鸣叫。但在城里没有一个人理他们。他们也没有指望城里的居民会停下来对他们喊叫。

他们沿着维特恩湖岸继续向前飞行,不久就到了萨纳疗养院。有几个病人在游廊上尽情地享受着春天清新的空气,这时他们听到了大雁们的叫声。

"你们要到哪里去?你们要到哪里去?"其中一个病人用微弱得几乎听不见的声音问道。

"我们要到既没有痛苦也没有疾病的地方去!"尼尔斯回答说。【名师点睛:尼尔斯一路前行,一路欢快地回答,既像是春的使者,又像是在向有心的人们撒播希望的种子。】

"带我们一块儿去吧!"病人们说。

"今年不行!"尼尔斯回答,"今年不行!"

他们又向前飞到了胡斯克瓦尔那。它坐落在一个山谷里,周围环绕着陡峭壮丽的山峦。一条小河从高处一泻而下,形成细长的瀑布。山脚下建造了许多作坊和工厂,谷底遍地是工人住宅,房屋周围是花园和草地,住宅区中央是学校。【名师点睛:随着雁群的飞行轨迹,作者也向读者

205

▶ 骑鹅旅行记

介绍了沿途的城镇。此处按从上到下的空间顺序介绍了胡斯克瓦尔那。】大雁们飞过那里时,学校正好在打铃,一大群孩子排着队从教室里出来。他们人数很多,整个校园里都挤满了孩子。

"你们要到哪里去?你们要到哪里去?"孩子们听到大雁的叫声时喊道。

"我们要到既找不到书本也没有作业的地方去!"尼尔斯回答说。

"带我们一块儿去吧!"孩子们喊道,"带我们一块儿去吧!"

"今年不行,等到明年吧!"尼尔斯喊道,"今年不行,等到明年吧!"

Z 知识考点

1. 填空题。

尼尔斯在庄园醒来,自己先在屋里找了点＿＿＿＿吃,然后给＿＿＿＿喂了早食,接着又把牛棚的门打开,让母牛能到邻近的农庄去。邻居们在看到单独外出的母牛时,就会想到母牛的＿＿＿＿一定出了什么事,从而发现她的尸体。

2. 判断题。

塔山东面的景色优美如画,春意盎然,与其他三面的景色迥然不同。
（　　）

3. 问答题。

尼尔斯是怎么答复疗养院病人的问话的?

＿＿＿＿＿＿＿＿＿＿＿＿＿＿＿＿＿＿＿＿＿＿＿＿＿
＿＿＿＿＿＿＿＿＿＿＿＿＿＿＿＿＿＿＿＿＿＿＿＿＿

Y 阅读与思考

1. 尼尔斯在庄园守夜时梦到了什么?

2. 地上的人们希望雁群带上他们去哪里?

第十九章　大鸟湖

名师导读

尼尔斯和雁群路过鸟类聚居的天堂——陶庚湖。在这里,他们不仅救出了被人类用来诱捕鸟儿的绿头鸭雅洛,还救下了误入湖中的庄园主人的儿子佩尔·奥拉。佩尔·奥拉的父母因此深有感悟,放弃了将陶庚湖变作田地和牧场的计划,鸟类的栖息家园得以保存。

绿头鸭雅洛

维特恩湖的东岸耸立着奥姆山,奥姆山的东边是达格大沼泽地,沼泽地往东则是陶庚湖,陶庚湖的四周就是平坦的东耶特兰大平原。

陶庚湖是一个很大很大的湖,不过以前可能更大。但是,当时人们觉得这个湖占去了太多肥沃的土地,因此他们曾试图将湖水抽干,在湖的底部播种粮食,但是没有成功,湖水至今仍淹没着大片的良田。然而经过那次排水之后,湖水已经很浅了,几乎没有一个地方水深超过两米。现在湖岸上潮湿泥泞,湖中一个个小岛露出水面。

如今有一种植物喜欢让脚站在这样的水中,而头和身子却露在水面上,这种植物就是芦苇。它再也找不到比这狭长水浅的陶庚湖沿岸以及泥泞的小岛周围更好的地方生长繁殖了。它在这里生活得很惬意,长得比人还高,许多地方稠密得连小船都难以穿过。湖的四周已经形成一道绿色屏障,只有少数几处人类割掉芦苇的地方才能出入。【写作借鉴:运

▶ 骑鹅旅行记

用拟人的修辞手法,表明芦苇对这片生长地的满意,更以芦苇长得高且密来证明这一说法。】

芦苇把人封锁在陶庚湖之外,但它同时又为其他生物提供了保护。芦苇丛中小水塘星罗棋布,小水沟纵横交错,碧绿而静止的水中,青萍和眼子菜在那里繁殖生长,孑孓、小鱼和蠕虫也在那里大量孵化,各种水鸟可以在水塘和水沟周围许多隐蔽的地方产蛋和哺育幼鸟,而不会受到敌人的袭扰,也不用担心没有食物吃。【名师点睛:陶庚湖芦苇丛生,隐蔽安全;其间水草、动物杂生,食物充足,简直是鸟类的天堂。】

在陶庚湖的芦苇丛中住着数不清的鸟,而且随着栖身的好地方为大家所知,越来越多的鸟汇聚到这里。最先在那里定居的是绿头鸭,至今仍有上千只,但是他们不再独占整个湖泊,而是不得不与天鹅、骨顶鸡、白嘴潜鸟、翘鼻麻鸭等其他鸟类分享了。

陶庚湖无疑是全国最大最出名的鸟湖。鸟类都为有这样一个栖身的好地方而感到非常幸福。但是不知道他们对芦苇丛和泥泞湖岸的主权还能维持多久,因为人们至今没有忘记陶庚湖占着大片肥沃的良田,并且不时地提出排干湖水的方案。一旦这些方案付诸实施,成千上万的水鸟就要被迫迁徙。【名师点睛:先点明陶庚湖是鸟类的天堂,再指出其生态可能会被破坏的隐患,制造冲突,为故事发展埋下伏笔。】

在尼尔斯·豪尔耶松随着大雁们周游全国的时候,陶庚湖上住着一只名叫雅洛的绿头鸭。这是一只小鸭,出生后只过了一个夏天、一个秋天和一个冬天。现在是他度过的第一个春天。他刚刚从北非归来,但是他来得太早了,湖面上的冰还没有解冻。

一天晚上,他和另外几只小鸭在湖面上追逐玩耍。一个猎人向他们放了几枪,击中了雅洛的胸部。雅洛以为自己要死了,但是为了不让猎人抓到自己,他还是拼命地向远处飞。他不知道自己是在朝什么方向飞,只是一个劲儿地向前飞。当他精疲力竭再也飞不动的时候,他已经离开陶庚湖上空,飞进了内陆深处,落在湖畔一个大庄园门前。

过了一会儿，有个年轻的长工正好从院子里走过。他看见了雅洛，走过去把他捧了起来，但是一心想要平静地死去的雅洛为了使长工放掉他，便使出最后的力气狠狠地咬长工的手指。

雅洛没有能够挣脱掉，但是他的反抗也有好处，那就是长工发现他还活着。长工非常小心地把他抱到屋里给年轻温柔的女主人看。女主人立即从长工手中接过雅洛，抚摸着他的背部并擦干了他颈部浸出的血迹。她非常仔细地观察了他一番，他那深绿色的闪闪发光的头、白色的颈环、赤褐色的背和蓝色的翼叫她印象深刻。她觉得让这样漂亮的鸭死去太可惜了，所以立即收拾好一个篮子，把鸭子放在里面。【写作借鉴：通过女主人的视角来对绿头鸭进行外貌描写，突出他的艳丽好看，也表明女主人心地善良。】

雅洛一直扑打着翅膀，试图挣脱掉。但是当他发现这里的人无意伤害他时，他便安下心来。这时他才感到，自己由于疼痛和失血过多是多么疲倦。女主人将篮子提到炉子旁边的角落里，还没有等她把篮子放下，雅洛已经闭上眼睛睡着了。

过了一会儿，雅洛觉得有人在温柔地推他，他就醒了。他睁开眼睛一看，吓得几乎失去知觉。他想这回可要完了，因为篮子边站着一个比人和猛禽更危险的家伙。那不是别人，正是长毛狗赛萨尔，他正好奇地闻雅洛。

去年夏天，当雅洛还是一只黄毛小鸭的时候，芦苇丛里只要有人喊："赛萨尔来啦！赛萨尔来啦！"他就会吓得要命。当他看见那只毛上有褐色和白色斑点的狗龇牙咧嘴地钻进芦苇丛的时候，他觉得像是死神降临了。【写作借鉴：补叙一段有关雅洛对赛萨尔的恐惧的由来，使情节更丰富。】他一直希望不要再见到赛萨尔。

但不幸的是，他现在肯定落到了赛萨尔家的院子里，因为赛萨尔就站在眼前。

"你是谁？"他吼道，"你是怎么到这里来的？你不是住在芦苇丛里

209

骑鹅旅行记

的吗？"

雅洛艰难地鼓起勇气回答："赛萨尔，你不要因为我到这个家里来而生气！"他说，"这不是我的过错。我被枪弹击伤了，是这里的主人把我放在这个篮子里的。"

"噢！原来是主人把你放在这儿的，"赛萨尔说，"那么，他们显然是想医治你的伤了。按我的想法，他们既然捉到了你，把你宰掉吃了才是聪明的做法。不过不管怎么说，你在这里是不会受到伤害的，你用不着这样害怕，现在我们不是在陶庚湖上。"

赛萨尔说完便到熊熊燃烧的炉火前睡觉去了。雅洛发现，一旦致命的危险过去，一种极其疲倦的感觉便开始袭扰他，于是他又睡着了。

当雅洛再次醒来时，他发现有人在他面前放了一盘谷粒和一碗水。他还病得很厉害，但是毕竟觉得肚子有些饿了，因此就吃了起来。女主人看到他开始吃东西，便走上前去抚摸他，显出一副很高兴的样子。雅洛吃完以后又睡着了。一连好几天，他除了吃、睡以外，什么也不干。

有一天早晨，雅洛感觉好多了，就从篮子里爬出来，在地板上来回走动。但是他没有走多远就摔倒在地板上，躺在那里动弹不得。赛萨尔走了过来，张开大嘴把他叼了起来。雅洛以为狗是要咬死他，但是赛萨尔并没有这样做，而是把他送回了篮子。正因为这样，雅洛对赛萨尔有了一种信任感，他第二次在屋里散步时就走到狗的跟前，在狗的身边躺了下来。从此，赛萨尔和他成了好朋友，每天，雅洛总要在赛萨尔的爪子间睡上好几个小时。【名师点睛：经过一段时间的相处，原来是一对天敌的赛萨尔和雅洛此时成了好朋友。】

但是雅洛对女主人的好感远胜于对赛萨尔的好感。他对女主人一点也没有恐惧感，当她走上前来喂食时，他总是用头磨蹭她的手；每次她走出屋子的时候，他总有失落感；而当她回到屋里的时候，他会用自己的语言表示对女主人的欢迎。【写作借鉴：运用排比的修辞手法，表达了雅洛对女主人的好感。】

雅洛完全忘了他以前对狗和人是多么害怕。他现在觉得他们温柔而善良，并且喜欢上他们。他渴望恢复健康，以便能飞到陶庚湖上去告诉所有的绿头鸭，他们过去的敌人对他们并没有威胁，他们根本用不着害怕。【写作借鉴：心理描写，表明雅洛已经完全解除了对狗和人的戒备。这为后文故事的发展埋下了伏笔。】

他发现，人和狗都有一双温柔的眼睛，看到他们的眼睛心里就觉得舒畅。屋子里唯一叫人看不顺眼的就是家猫克劳维娜，雅洛连看都不愿意看她一眼。她并没有伤害雅洛，但是雅洛对她没有任何信任感。另外，她还因为他喜欢人类而经常跟他发生争吵。

"你以为他们照料你是因为喜欢你吗？"克劳维娜说，"你等着瞧吧，等把你养肥了，他们就会把你的头拧下来。我了解他们，我太了解他们了。"【名师点睛：所谓忠言逆耳，家猫的话让人警醒，也为后文情节的发展埋下伏笔。】

雅洛和其他鸟类一样，有一颗脆弱而又充满柔情的心，当他听到这些话时心里非常难过。他简直难以想象他的女主人会把他的头拧掉，他也不相信那个在他的篮子旁一坐就是几个小时，与他断断续续小声说话的男孩——女主人的儿子——会这样做。他似乎觉得，他们母子俩都很爱他，就像他爱他们一样。

一天，雅洛和赛萨尔躺在火炉前的老地方，克劳维娜坐在炉边又开始取笑绿头鸭了。

"我倒想知道，雅洛，明年陶庚湖的水抽干，改成田地以后，你们野鸭能干些什么。"克劳维娜说。

"你说什么，克劳维娜？"雅洛惊叫着跳了起来，一时恐慌不已。

"雅洛，我老是忘记，你同赛萨尔和我不一样，听不懂人类的语言，"克劳维娜回答说，"不然的话，你肯定能听到，昨天有几个男人在这幢房子里商量，【名师点睛：交代了雅洛会受蒙蔽的原因——他听不懂人类的语言。】要把陶庚湖的水全部抽干，明年湖底就会像地板一样干燥。我不知

骑鹅旅行记

道,到那时候你们野鸭可以到哪里去寻找栖身之地。"

雅洛听了猫的这番话气得像蛇一样咝咝大叫。【写作借鉴:运用比喻的修辞手法,将雅洛生气时的状态描绘得活灵活现。】

"你简直像骨顶鸡一样,坏透了!"他冲着克劳维娜尖声叫道,"你只是想激起我对人类的仇恨。我不相信他们会做那样的事。他们一定知道,陶庚湖是绿头鸭的栖身之地。他们为什么要使那么多的绿头鸭无家可归呢?你把这一切告诉我,肯定是想吓唬我。我真希望老鹰高尔果能把你撕成碎片!我也希望女主人把你的胡须剪掉。"

但雅洛的大叫大闹并没有使克劳维娜闭上嘴巴。

"这么说,你认为我是在瞎说啦,"她说,"那么你问问赛萨尔吧,他昨天晚上也在屋里。赛萨尔是从来不撒谎的。"

"赛萨尔,"雅洛说,"你比克劳维娜更能听懂人类的语言,你说,她一定听错了!想想吧,要是人类把陶庚湖的水抽干,把湖底变成田地,会造成什么样的后果呀!到那时候,绿头鸭吃的眼子菜或其他食物就没有了,也无处寻找小鱼、蝌蚪或孑孓吃了;供绿头鸭藏身直到他们会飞行的岸边芦苇也就没有了,所有的绿头鸭将被迫移居他乡,另找新居。但是他们到哪儿去寻找像陶庚湖这样完美的栖息地呢?赛萨尔,你说,克劳维娜一定听错了!"

要是观察一下赛萨尔在这段谈话过程中的表现,就会觉得奇怪。他刚才一直很清醒,但是现在,当雅洛问他话时,他却打起呵欠,把长鼻子放在前爪子上,呼呼睡着了,连眼皮都没有动一动。【名师点睛:赛萨尔的装糊涂,似乎是一种默认。】

克劳维娜看着赛萨尔得意地笑了。

"我相信,赛萨尔并不想回答你的问题,"她对雅洛说,"他也和其他狗一样,决不承认人会做错事。但不管怎么样,你可以相信我的话。我还要告诉你,他们为什么现在要把湖水抽干:只要你们绿头鸭还能控制陶庚湖,他们是不愿意把湖水抽干的,因为他们至少能从你们绿头鸭那儿得到点好处。但是现在,天鹅、骨顶鸡和其他鸟类,不能供人食用,却几乎占据了所有的芦苇丛,因此他们认为,没有必要为这些无用之鸟保留这个湖了。"

雅洛并不想回答克劳维娜,只是抬起头对着赛萨尔的耳朵喊道:"赛萨尔!在陶庚湖上仍然还有无数的绿头鸭,这一点你是知道的,他们飞起来就像云彩一样遮天蔽日。快说,人类要叫这些鸭子无家可归不是真的!"

这时赛萨尔猛然跳了起来,激烈地攻击克劳维娜。克劳维娜为了免遭袭击,迅速跳上了一个架子。

"我要教训教训你,让你知道在我睡觉的时候要保持安静。"赛萨尔怒气冲冲地吼叫道,"当然,我知道有人在谈论要在今年把湖水抽干。这件事以前也谈论过好多次,但都没有结果。不管怎么说,我是不赞成把湖水抽干的,不然到哪里去打猎呢?你真是头蠢驴,竟会为这样的事幸灾乐祸。陶庚湖上没有鸟以后,我们拿什么来取乐呢?"【写作借鉴:语言描写和神态描写,将一只用心险恶的人类走狗的形象表现得淋漓尽致。】

野鸭雏子

四月十七日　星期日

几天以后,雅洛已经康复,能够在屋子里飞来飞去了。这时,女主人抚摸他的次数比以往更多了,那个男孩也总是跑到院子里为他采集刚长出的嫩草叶。每当女主人抚摸他时,雅洛总是想,尽管他现在已经很强健,随时都可以飞到陶庚湖上,但他不愿意离开这里的人,他很乐意终生留在他们身边。【写作借鉴:心理描写,心思单纯的雅洛已经习惯了伴在人类身边的生活。】

但是有一天清早,女主人在雅洛的身上套了一个绳圈,使他的翅膀不能张开,然后把他交给了那位在院子里发现他的长工。长工把他夹在

骑鹅旅行记

腋下就到陶庚湖上去了。

雅洛养病期间,湖面上的冰已经化完了。湖岸和小岛上还有去年残留的干枯的秋叶,但各种水生植物已开始在水中扎根,绿色的芽尖已冒出水面。现在差不多所有的候鸟都已回来了:麻鹬从芦苇里伸出了弯嘴,䴙䴘(pì tī)[鸟,外形略像鸭而小,翅膀短,不善飞,生活在河流湖泊上的植物丛中,善于潜水,捕食小鱼、昆虫等]带着新颈环到处游逛,沙锥鸟正在运草筑巢。

长工跳上一只小驳船,把雅洛放在舱底,把船撑到湖上。现在习惯于把人类往好里想的雅洛,对随船同去的赛萨尔说,他非常感激长工把他带到湖上来,但长工用不着把他拴得那么紧,因为他没有要飞走的打算。对此,赛萨尔只字不答。那天早晨他一直没有说话。【名师点睛:赛萨尔反常的反应,似乎预示着什么不好的事情即将发生。】

唯一使雅洛感到奇怪的是,长工随身带着猎枪。他不敢相信农庄里这些善良的人竟会开枪打鸟。此外,赛萨尔也曾告诉过他,这个季节人们是不打猎的。

"现在是禁猎期,"他曾说,"当然不是我说的。"

长工把船撑到一个四周被芦苇包围的小泥岛。他跳下船来,把一些陈芦苇堆成一大堆,自己在芦苇堆后面躲了起来。雅洛翅膀上套着网子,用一根长长的绳子系在船上,但是可以在周围来回走动。

突然,雅洛看见了几只以前曾和他在湖上戏水玩耍的小绿头鸭。他们离他还很远,但是雅洛向他们大声呼叫了几次。他们立刻做了回答,一大群美丽的野鸭向他飞了过来。但是还没有等他们飞近,雅洛就开始告诉他们,他是如何被人类搭救及善待的。就在这时,他的身后传来了两声枪响。三只小鸭应声栽进了芦苇丛中。赛萨尔扑通一声蹿了出去,把他们叼了回来。【名师点睛:雅洛浑然不知人类的阴谋,赛萨尔自始至终都只是人类的走狗,前一刻雅洛还对人类感恩戴德,后一秒他已悔恨不已。】

雅洛这时完全明白了,原来那些人救他只是要利用他作囮(é)子[捕鸟时用来引诱同类鸟的鸟]，而且他们也成功了，三只野鸭因为他而丧命，他觉得他应当含羞而死。他甚至觉得他的朋友赛萨尔也在用鄙夷的目光看着他。他们回到家以后，他也不敢躺在赛萨尔的身边睡觉了。【写作借鉴：心理描写，表现了雅洛愧疚和无地自容的心情。】

第二天早晨，雅洛被再次带到了浅滩。这次他也看见了一些野鸭。但是当他发现他们靠过来时，他便大喊道："飞开！飞开！小心！朝别的地方飞去！有一个猎手正藏在芦苇堆后面。我只是一只野鸭囮子！"他果然成功地制止了他们，使他们免遭枪杀。

雅洛一直忙于警戒，连尝尝草叶滋味的工夫都没有。只要发现有鸟朝他飞来，他便立即向他们发出警告。雅洛甚至也向䴙䴘发出警告，他尽管因他们夺去了绿头鸭最好的栖息地而痛恨他们，但是他并不希望任何鸟类因为自己而遭到不幸。【名师点睛：尽管有些鸟类并不是雅洛的朋友，但他仍愿好意提醒，表明了雅洛的善良。】由于雅洛的警戒，这一天长工一枪没放就回家了。

然而，赛萨尔的脸色却比头一天看上去好多了。到了晚上，他又把雅洛叼到炉子旁边，让他睡在自己的前爪之间。

雅洛在这间屋子里再也愉快不起来，只剩下深深的痛苦。一想起这里的人类从来没有真心爱过他，他就心如刀绞。当女主人或男孩过来抚摸他时，他就把头伸进翅膀，假装睡觉。

几天来，雅洛一直苦恼地充当着警卫，全陶庚湖上的鸟都认识他了。后来，有一天早晨，正当他像平时一样呼喊着"当心啊，鸟儿们！不要靠近我！我只是一只野鸭囮子"的时候，一个䴙䴘鸟窝朝他所在的浅滩漂了过来。这也没有什么大惊小怪的，那不过是去年的一个旧鸟窝，因为䴙䴘造的窝能像船一样在水上漂动，所以经常发生䴙䴘窝漂到湖上的事。但雅洛还是站在那里一动不动地盯着那个鸟窝。因为它径直朝他所在的小岛漂过来，就像有人在掌舵一样。

当鸟窝到了近处时，雅洛看见一个他从未见过的小人儿坐在鸟窝

215

▶ 骑鹅旅行记

里，用两根小木棍做桨划着水。那个小人儿向他喊道："尽量靠近水边，雅洛，做好起飞准备。你很快就会得救了。"

过了一会儿，鹧鸪鸟窝靠岸了，但是那个小人儿没有下来，而是一动不动地缩着身子坐在窝里的树枝和草秆中间。雅洛也站在那里几乎一动都不动，他由于担心来救他的人被发现而吓得目瞪口呆了。【写作借鉴："一动都不动""担心""目瞪口呆"充分表明了雅洛的紧张。】

紧接着，一群大雁朝他们飞了过来。雅洛也从呆愣中恢复了神志，大声向他们发出警告。但是他们没有理会，在浅滩上空来回飞了好几次。他们飞得很高，一直保持在射程之外。但是长工受不住诱惑，对他们开了好几枪。枪声刚一响，小人儿便飞快地跑上岸来，从刀鞘中抽出一把小刀，几下子就割破了套在雅洛身上的绊网。【名师点睛：尼尔斯与大雁们相互配合，声东击西，合谋营救雅洛，表现了尼尔斯的有勇有谋。】

"雅洛，在他重新装弹之前赶快飞走！"他说完也迅速跑回鹧鸪鸟窝，撑篙离岸。

猎人一直盯着那群大雁，没有发现雅洛已被放走，但赛萨尔对刚才发生的情况看得一清二楚。雅洛刚要振翅起飞，赛萨尔就蹿上前一口咬住了他的脖子。

雅洛惨叫着，刚刚为雅洛松绑的小人儿却极为镇静地对赛萨尔说："要是你真的像你外表上看起来的那样体面的话，你肯定不愿让一只好鸟坐在这里当囮子，诱使其他鸟类遭殃。"

赛萨尔听了这些话以后，狰狞地笑了笑，但是过了一会儿还是把雅洛放开了。"飞走吧，雅洛！"他说，"你太善良了，不应该让你当囮子。我也并不是为了让你当囮子才想把你留下来的，家里没有你就太寂寞了。"【名师点睛：关键时刻，赛萨尔放开雅洛，他的话语表明他良心未泯，使狗的形象更丰满更生动。】

排湖水

四月二十日　星期三

确实，没有雅洛的家里真是太寂寞了。狗和猫因为没有了争吵对手雅洛，而觉得日子漫长得要命，家庭主妇怀念每天进到屋里时雅洛因欢迎她而发出的欢乐的叫声，但最怀念雅洛的当数那个男孩佩尔·奥拉。【名师点睛：雅洛的离开让这个家陷入寂寞之中，同前文赛萨尔的话相呼应，也为后文男孩去找雅洛做铺垫。】他只有三岁大，是家里的独子，在他的生命中，还从来没有过像雅洛这样的玩伴呢。当他听说雅洛回到了陶庚湖的野鸭群中时，他非但不想接受这样的结果，还心心念念如何把雅洛弄回来。

雅洛躺在篮子里疗养时，佩尔·奥拉曾经和雅洛说过好多话，他相信那只野鸭听懂了他说的话。他恳求母亲带他到湖边去一趟，他会找到雅洛，并且说服他回来，但他母亲没有理睬他。然而，他并没有放弃要让雅洛回来的计划。

雅洛不告而别的第二天，佩尔·奥拉在院子里四处跑来跑去。

他像以往一样，自己一个人玩耍，赛萨尔躺在门前的露台上。他的母亲让赛萨尔去院子里玩，她说："照看好佩尔·奥拉，赛萨尔！"

如果事情一如既往的话，赛萨尔显然会听从这个命令，而男孩也会得到极好的照顾，一点危险也不会有。但这些天来，赛萨尔有点失魂落魄。他知道，居住在陶庚湖边的农夫们这几天开了几次会，讨论抽干湖水的问题，而这件事几乎已经板上钉钉。如此一来，野鸭们势必要离开这里，迁到远处，而赛萨尔也不会有机会进行狩猎了。他心心念念的是这件不幸的事，这使他忘记了要照料佩尔·奥拉。【名师点睛：赛萨尔闷闷不乐的是湖水抽干，野鸭群迁走后，他将再无机会进行狩猎了，表明了赛萨尔的自私。】

佩尔·奥拉独自在院子里玩了一会儿，随后发觉现在正是偷偷跑到

> 骑鹅旅行记

陶庚湖找雅洛的好时机,于是他打开门,沿着那条狭长的小路向湖边走去。当家里的人可以看到他时,他有意走得很慢,但此后他加快了脚步——他很担心母亲或者别的人把他叫回去,这会让他去不成。他并不想做任何淘气的事,只是为了说服雅洛回到家里,不过他感觉家里人是不会同意他这样做的。

佩尔·奥拉来到岸边,一遍遍地呼唤着雅洛的名字。此后,他伫立在那里等了很久,但就是不见雅洛的踪影。【写作借鉴:"等了很久",足见佩尔·奥拉对雅洛的喜爱之情。】他看见很多像雅洛的野鸭,但他们从他头上飞过时根本没有留意他的存在,他这才知道他们当中并没有雅洛。

雅洛并没有出现在他眼前,他心想,只要他到湖上去,应该很容易找到雅洛。岸边泊着几只不错的船,但都被绳索系着,唯一没有被系着的,是一条破旧且漏水的平底船,已经不适于航行了,因此没有人想要用它。然而,佩尔·奥拉冒险爬了上去,不顾船底已经进水。他力气不够,划不动船桨,只是坐在船上胡乱摇晃。一个成年人也不可能以这种方式将船成功地摇到湖中去,但是随着水位的升高和坏运气的降临,佩尔·奥拉却使出不可思议的本领将船划到了湖中。他很快就在陶庚湖上漂来漂去,不断地呼唤着雅洛的名字。这只旧的平底小船在湖中摇来晃去,裂缝也越来越大,水直往里涌。【名师点睛:形势危急,佩尔·奥拉却全然不觉,足见其真诚,也让读者不禁为其安全担忧。】佩尔·奥拉完全不在乎,他坐在平底小船前头的一张小板凳上,呼唤他看到的每只鸟儿,猜测着雅洛为什么不现身。

最后,雅洛看到了佩尔·奥拉。他听到有人在呼叫着他在人类世界的名字,他马上明白,是佩尔·奥拉到陶庚湖上来找他了。雅洛有股难以形容的开心,因为他发现有一个人是真正喜欢他的。于是雅洛像离弦的箭一般飞向佩尔·奥拉,坐在他身边,任他抚摸自己。他们俩都因为能够再见而开心不已。【名师点睛:以真心换真情,只有佩尔·奥拉才是真正喜欢雅洛的,这叫雅洛欣喜不已。】

但雅洛突然发现平底小船的情况不妙，小船已经涌入半船的水，快要下沉了。雅洛试图告诉既不会飞、也不会游的佩尔·奥拉，必须想办法赶紧上岸，然而佩尔·奥拉听不懂他说什么。雅洛一刻也没有等待，匆匆跑去寻找帮助。

很快，他回来了，背上驮着一个比佩尔·奥拉还要小的小人儿。要不是那小人儿能说会动，佩尔·奥拉一定会以为他是一个洋娃娃呢。小人儿命令佩尔·奥拉拿起放在平底小船底部的细长杆子，用力将船划到附近长满芦苇的岛上。佩尔·奥拉听从了小人儿的吩咐，他和小人儿一起驾驶着平底小船，划到了一个被芦苇包围的岛上。小人儿命令佩尔·奥拉立即上岸。就在佩尔·奥拉跨上岸的那一刻，小船灌满了水，沉到了湖底。佩尔·奥拉看到这个情景，觉得爸爸妈妈一定会很生气。要不是看到了别的情景，他现在一定哭起来了。只见一群灰色的大鸟突然降落到了岛上，小人儿将他带到灰色的大鸟面前，告诉他大鸟们的名字，并将他们说的话翻译成他听得懂的话。这一切是那么有趣，佩尔·奥拉将其他的事情忘得一干二净了。【名师点睛：佩尔·奥拉刚刚脱离险境，又遇上更为惊奇的事：由小人儿翻译，他能和鸟类交流了。这件事的惊奇有趣冲淡了闯祸后的害怕。】

这时，农庄里的人也发现佩尔·奥拉失踪了，于是到处寻找他。他们到屋外找了找，又看了看水井，还到地窖中看了看。随后，他们到大路和小路上去找，还到邻近的农庄去打探，看他是不是跑到那里去了，他们也到了陶庚湖上去找，但不管怎么找，都没有办法找到他。

大狗赛萨尔很清楚农庄里的人在找佩尔·奥拉，但他无意将他们带到正确的方向，他只是安安静静地躺在那儿，好像一切与他无关似的。

过了很久，人们在船只停泊的地方发现了佩尔·奥拉的脚印。

晚些时候，有人发现那只破旧的平底船不在岸边了，于是他们明白发生了什么事。

农庄的主人和工人们立即驾船到湖中寻找佩尔·奥拉，他们在陶庚

219

骑鹅旅行记

湖上一圈圈地划着船，直到晚上，仍然没有看见佩尔·奥拉的身影。他们只好相信，破旧的平底小船已经沉入湖底，佩尔·奥拉想必已经葬身湖底了。

晚上，佩尔·奥拉的母亲仍在岸边走来走去，所有人都认为他已经被淹死了，但她怎么也不相信这是真的。她一直在芦苇和灯芯草丛间找啊，找啊，踏遍了泥泞不堪的湖岸，一点儿也没有发觉自己的脚陷进泥里有多么深，还有她的衣服有多么潮湿。她正处于难以形容的绝望之中，她的心口一阵阵发痛。她没有哭泣，只是使劲地搓着自己的双手，以悲恸欲绝的声音呼唤着儿子。【名师点睛：生动地描绘出一个寻找孩子的悲恸欲绝的母亲形象。这份悲痛令读者也似能感同身受。】

她听到天鹅、野鸭和麻鹬在她周围大声叫喊，她觉得他们在跟她呻吟和哀号。"很显然，他们也一定有伤心事，因为他们发出这样的哀叹。"随后她知道了，她所听到的那些只不过是鸟类的抱怨声，他们显然是不会有烦恼的。

奇怪的是，太阳落山以后，他们仍然没有安静下来。她听到陶庚湖周围发出一阵接一阵的叫喊声，有好些鸟不管她去到哪儿，都在后面跟着她；另一些则扇动着翅膀轻快地从她头上掠过，整个天空充满悲号和恸哭的声音。

但是她所遭受的痛苦使她的心胸打开了。她觉得自己和别的生灵的距离，并不如人们想象的那么远。现在，她比以往任何时候更加理解鸟类的遭遇，他们像她一样，也经常为家园和孩子忧心忡忡。很显然，他们和她之间的区别，并不像她以前认为的那样大。这时，她突然想起了排干湖水的决定，成千上万只天鹅和野鸭以及麻鹬将失去他们在陶庚湖的家园。"这对他们来说一定很不幸，"她想，"他们将在哪里抚养他们的孩子呢？"【写作借鉴：心理描写。女主人推己及人，由孩子走失的悲恸心理联想到鸟类即将丧失家园的不幸。】她停下脚步，思考起来：将一个湖泊变成田地和牧场，看似是一个绝好且令人愉快的决定，然而还是另选一个湖泊——一个并非众多生物的家园的湖泊——来改造吧。

第二天就要对排干湖水做出决定,她猜想是不是由于这个原因,才使得她的小儿子在今天失踪了。这难道是上天的意思?也就是说,就在今天,在野蛮的行径仍然可以制止之前,让悲伤降临到她身上,好让她打开心扉?

她赶紧回到家,和丈夫谈起了此事。她讲到了陶庚湖,讲到了湖上的鸟群,并且说,她相信儿子的失踪是上天对他们两人的惩罚。她很快发现,原来他也有这样的想法。

他们已经拥有很大一块地方,但如果将湖水排干,湖底的一大片土地将归他们家所有,他们的财产会翻倍。因此,他们比别的庄园主更热衷于开展这项工程。其他的庄园主害怕承担工程的费用,担心这一次的排水工程将像上一次一样失败。佩尔·奥拉的父亲心知肚明,正是他施加的影响,才使得别人同意了这项工程。他施展自己的三寸不烂之舌说服他人同意这个工程,好留给儿子一个比他的父亲留给他的那个农庄还要大一倍的农庄。【写作借鉴:补充交代故事背景,使得文章结构更完整,更具可读性。】

他站在那儿不禁怀疑起来,这是不是上天有意安排的呢,在他准备签订排干湖水的合同的前一天,让陶庚湖夺去他儿子的生命?不用他妻子多说,他就回答道:"也许上天不希望我们去干涉他的程序。明天,我将和别人谈谈这事,我觉得我们会做出保持湖泊原状的决定。"

当主人在谈论这事的时候,赛萨尔正躺在火炉前,他竖起耳朵仔细聆听他们的谈话。当他认为事情已经有定数的时候,他走到女主人身边,咬咬她的裙子,领着她向门口走去。

"赛萨尔,你这是?"她说着,试图从他身边挣脱开,"难道你知道佩尔·奥拉在哪儿?"她大叫道。赛萨尔快活地吠起来,向着门口跑去。她打开了门,这只狗随即冲向陶庚湖。女主人确信他知道佩尔·奥拉的下落,于是紧随在他身后向湖边跑去。他们还没有来到岸边,就已经听

> 骑鹅旅行记

到了一个小孩在湖上的哭叫声。

　　这一天，佩尔·奥拉在大拇指小人儿和鸟群的陪伴下，度过了自己一生中最快活的一天。现在他却哭了起来，因为他饿了，而且很怕黑。看到父亲、母亲和赛萨尔向他跑过来，他再开心不过了。【名师点睛：故事完美结局，皆大欢喜，让读者一颗悬着的心也落下地来。】

Z 知识考点

1. 填空题。

雅洛听不懂人类的语言，在得到人类的救助后，满心感激。但是猫和狗知道人类的全部计划，＿＿＿＿好意提醒雅洛却被当作居心叵测，＿＿＿＿为一己之私，闭口不言。最后，是＿＿＿＿和雁群一起救出了雅洛。

2. 选择题。

救治雅洛的一家人中，(　　)是真心喜欢雅洛的。

A. 长工　　　　B. 男孩佩尔·奥拉　　　　C. 佩尔·奥拉的妈妈

3. 问答题。

为什么说陶庚湖是鸟类的天堂？

_____

_____

Y 阅读与思考

1. 雅洛对人类的情感是怎样变化的？
2. 尼尔斯和雁群是怎样营救雅洛的？

第二十章 乌尔沃萨夫人的预言

名师导读

尼尔斯在陶庚湖的一个小岛上,听到两个夜捕的老渔人讲了一个传说,还从传说中的一段对话里得知,东耶特兰省的农夫具有热爱荣誉和坚韧不拔的精神。那么到底是怎样的传说呢?

四月二十二日　星期五

一天深夜,尼尔斯躺在陶庚湖的一个小岛上睡觉,忽然被一阵划桨声吵醒了。他刚一睁眼,就看到一束耀眼的强光,刺得他连连眨眼。

起初,他不明白是什么东西在湖面上照得那么亮,但是很快他就看见一只小船停靠在芦苇丛边,船尾一根铁杆上有一个大火把正在燃烧。火把上红通通的火焰清晰地倒映在漆黑的湖水中。大概是明亮的火光把鱼给引来了,不然怎么会有一大群黑影在火光的倒影周围不停地游动呢?

小船上有两个上了年纪的人。一个在划桨,另一个侧站在船头的坐板上,手里握着一把带倒钩的短鱼叉。划桨的人像是一个贫苦的渔民,他个子矮小,肌肉干瘪,看上去饱经风霜。他身上穿着一件单薄破旧的衣服。【写作借鉴:对划桨老渔民的外貌描写,简洁明了,突出表现了他的贫苦和饱经风霜。】人们一眼就能看出,他对风里来雨里去的生活已经习以为常,对寒冷毫不在乎。而另一个则肥头大耳、穿戴讲究,看上去像是一个富有、傲慢且自信的农夫。

当他们驶至尼尔斯睡觉的那个岛的对面时,那位农夫突然喊道:"快

▶ 骑鹅旅行记

停下!"与此同时,他把鱼叉插进水里。当他提起鱼叉时,鱼叉上已挂着一条又长又肥的鳗鱼。

"瞧这条鱼!"他边说边把鱼取下来,"这才是一条值得抓的鱼。我们已经抓了不少了,我想可以回家了。"

但是他的同伴没有动手划桨,而是坐在那里环顾四周。

"今晚湖上的景色太美了!"划桨的人说。

确实是那样。湖上风平浪静,除了船划过时留下的一道波纹,整个湖面像镜子一样平静。而这一道波纹就像是一条用金子铺成的大道,在火把的照耀下闪闪发光。深蓝色的天空中,群星闪烁。长满芦苇的无数小岛遮掩住了湖岸,只有西面,奥姆山黑黝黝地矗立在那里,显得比平时更高大巍然,仿佛是从穹隆[指天空中间高四周下垂的样子,也泛指高起成拱形的]上削去了三角形的一大块。【写作借鉴:此处景物描写,运用比喻的修辞手法,既写出了湖平如镜,波纹似金光闪闪的大道,也突出了夜的宁静美好。】

农夫也转过头去,避开耀眼的亮光,向四周环视着。

"是的,东耶特兰这个地方确实很美。"他说,"然而,这个省最值得称赞的不在于它美丽的风光。"

"那么,什么是最值得称赞的呢?"划桨的人问道。

"那就是这个省的名誉和声望。"【写作借鉴:语言描写,一问一答,渐渐深入,引出本章主题。】

"那倒有可能属实。"

"而且,人们都知道它将永远保持它的名誉和声望。"

"何以见得呢?"划桨的人又问道。

农夫直了直腰,靠着鱼叉说:"在我们家族,有一个从先辈那里传下来的故事。从那个故事中,人们可以知道东耶特兰的未来。"

"那么,你愿意给我讲讲这个故事吗?"划桨的人问。

"一般来说,这个故事是不能随便对别人讲的,不过我不会对一个老朋友保密的。"

"在东耶特兰的乌尔沃萨,"他接着说——从他讲话的语调中可以听出,他也是从别人那里听来的,而且背得很熟,"好多好多年以前,那里住着一位夫人,她有预见未来的天赋,而且说得既肯定又准确,就像是在谈论已经发生过的事情一样。因此,她远近闻名,这就不难理解,为什么四面八方的人都跑到她那里,请她为自己预卜凶吉了。

"有一天,当乌尔沃萨夫人像往常一样,坐在客厅里纺纱时,一位贫苦的农夫走进她的屋里,远远地在门边的一条凳子上坐了下来。

"'不知道您在想些什么,亲爱的夫人。'农夫坐了一会儿才开口。

"'我正想着崇高和神圣的事情。'她回答。

"'这样的话,我有一件挂在心上的事请教您,不知是否合适。'农夫问。

"'挂在你心上的事没有别的,就是想多收粮食吧。而我经常要答复的问题是皇帝想知道他的统治前景如何,教皇想知道他的金钥匙会发生什么意外。'【名师点睛:各人所想因人而异,既表现了乌尔沃萨夫人的聪慧,又为后文农夫的问话做了铺垫。】

"'是呀,这些问题可不好回复,'农夫说,'我也听说,凡是到过这儿的人,没有一个不对他得到的答复感到满意的。'

"当农夫说这些话的时候,他看见乌尔沃萨夫人咬了咬嘴唇,并且挺直了身子。

"'原来你听说的是这些话,'她说,'那你就来试一试,想知道什么就问什么,看看我的回答是否能使你满意。'

"随后,农夫说明了他的来意。他到这里来是想问问东耶特兰的未来如何。对他来说,再也没有比家乡更使他关心的东西了,所以他的意思是如果他对这个问题的答复满意的话,死也瞑目了。【名师点睛:农夫并不是来问粮食产量的,他担心的是东耶特兰的未来。农夫一反常态的问询,不禁叫人惊奇。】

"'你还有别的事情想知道吗?'贤明的夫人说,'如果只是这点事,

225

骑鹅旅行记

我会让你满意的。我可以告诉你,东耶特兰的情形看来是这样的:它总有一项特长可以使它在其他省份面前炫耀自己。'

"'是的,这是一个很好的回答,亲爱的夫人,'农夫说,'如果我能知道它怎么会有这种可能的话,那我就心满意足了。'

"'这有什么不可能呢?'乌尔沃萨夫人说,'难道你不知道东耶特兰已经很有名了吗?还是你认为,瑞典还有别的省拥有诸如阿尔瓦斯特拉和弗雷塔这样两个修道院和林切平这样的大教堂,并以此为傲?'【写作借鉴:以连续的反问作答,语气强烈,引人深思。】

"'这倒是,'农夫说,'但是我年纪大了,我知道人的思想也是多变的。我担心有一天他们不再会因为我们拥有阿尔瓦斯特拉和弗雷塔修道院或者林切平大教堂而夸耀我们。'

"'在这一点上,你也许是对的,'乌尔沃萨夫人说,'但你没有必要因此而怀疑我的预言。我现在准备让人在瓦德斯坦纳修建一座新的修道院,它将成为北欧最著名的修道院。到那时,无论是高贵还是贫贱,人们都可以到这里来朝圣,所有人都会为东耶特兰省境内有这样一个神圣的地方而歌唱。'

"农夫说他很高兴获悉此事。当然,他心里明白,任何事情都不会是永恒的,所以他也想知道,一旦瓦德斯坦纳修道院丧失名声,还会有什么东西能为这个省赢得荣誉。

"'你可真不容易满足啊,'乌尔沃萨夫人说,'但是,我能预见很远的未来,因而我可以告诉你,在瓦德斯坦纳修道院失去它的光辉之前,人们就会在它附近修起一座未来最富丽堂皇的宫殿。王公贵族们都会到那里去巡礼,全省因为有这么一个豪华宫殿而感到光荣。'

"'我听了也很高兴,'农夫说,'但是我是一个上了年纪的人,我知道这世间豪华富贵的命运。我在想,一旦那个宫殿变成废墟,还有什么东西能把人们的注意力吸引到这个省来。'【名师点睛:农夫一再设想发问,只为寻求一个令自己满意的答案,为后文做铺垫。】

"'你想要知道的事情可真不少啊！'乌尔沃萨夫人说,'但是我能预见很远的未来,我注意到芬斯朋周围的森林里将会出现一派热火朝天的景象。我看见一幢幢房屋和一座座冶炼厂在那里拔地而起。我相信,全省都将会因为在它的境内炼出了铁而得到荣誉。'

　　"农夫没有否认他听了这些后感到无比兴奋。但是万一芬斯朋的冶炼厂也命运不济失去荣光,那就很难再出现可以使东耶特兰引以为豪的新事物了。

　　"'你真是不容易满足啊！'乌尔沃萨夫人说,'但我可以预见很远的未来,我注意到那些曾在外国参加过战斗的贵族绅士们在沿湖修建宫殿似的庄园。我相信,这些贵族庄园将像我刚才提到的那些事物一样,给本省带来巨大的荣誉。'【名师点睛：乌尔沃萨夫人的回答一直限于物质上的更替繁荣,而这些都不是永恒的,也不是农夫想要的答案。】

　　"'但是有一天没有人赞美这些大庄园了,那又会怎么样呢？'农夫固执地问道。

　　"'不管怎么样,你不必担忧。'乌尔沃萨夫人回答说,'我现在看见维特恩湖畔的梅德维草地上的温泉水在往上冒。我相信,梅德维的温泉将给这个省带来你所希望得到的赞扬。'

　　"'这可真是一件大好事,'农夫说,'但如果有一天人们都到其他温泉去疗养呢？'

　　"'你大可不必为此而担心,'乌尔沃萨夫人说,'我看到,从莫塔拉到麦姆人来人往,人们正在辛勤劳动,挖掘一条横贯全省的运河,到那时人们又会把赞美东耶特兰的话挂在嘴上了。'

　　"然而,这位农夫看上去仍旧不满意。

　　"'我看到莫塔拉河上的瀑布已开始带动轮子转动,'乌尔沃萨夫人说,此时她的两颊泛出了红晕,开始不耐烦了,'我听见铁锤声在莫塔拉响起,织布机在诺尔切平咔嗒咔嗒作响。'【写作借鉴：此处为神态描写和语言描写。乌尔沃萨夫人被农夫不断的问话惹烦了,她没有给出让农夫满

227

▶ 骑鹅旅行记

意的答案。此处设下悬念:农夫想要的满意答复究竟是什么?】

"'是的,我听您这样说很高兴,'农夫说,'但是任何东西都不是永恒的,我担心这些东西也会被人遗忘,没有人再提起它们。'

"农夫到现在还不满足,乌尔沃萨夫人再也忍不住了。'你说任何东西都不是永恒的,'她说,'但是现在我要告诉你,有一种东西是永远不会变的,那就是像你这样狂妄自大、固执己见的农夫,直到世界毁灭的时候,还可以在这个省里找到。'

"乌尔沃萨夫人刚一说完,那位农夫立即高兴而满意地站起来,感谢她给了一个极好的答复。现在,他终于心满意足了。

"'我现在才算真正理解你的意思了。'乌尔沃萨夫人说。

"'是的,我是这样看待这个问题的,亲爱的夫人,'农夫说,'国王、教士、贵族绅士和市民修造的一切只能维持数年时间。但是当你告诉我,东耶特兰省总会有具有强烈荣誉感和坚韧不拔精神的农夫时,我才知道,这个省一定会永远保持它古老的荣誉,因为只有那些永远献身于改造土地的人才能把美好的名声和荣誉世世代代传下去。'"【写作借鉴:以对农夫的语言描写收束全文,点明主旨。农夫终于得到了他想要的答案,其实这个答案早已存在他的心底。他是一个有智慧的农夫。】

Z 知识考点

1. 填空题。

乌尔沃萨夫人是一位能够_____的人,农夫想向她打听_____。

2. 判断题。

向乌尔沃萨夫人问话的农夫是一个无礼又贪心的人。　　(　　)

3. 问答题。

东耶特兰省能永葆荣誉的原因是什么?

_____

228

第二十一章　粗麻布

M 名师导读

在随雁群飞越东耶特兰大平原时,尼尔斯望见地面上的景象,突然想起之前听过的一个传说,他觉得下面的平原像极了一块粗麻布。其间,尼尔斯的鞋子掉到了地上,恰好被奥萨和小马茨捡到,这让他们觉得非常奇妙。他们和尼尔斯还会再见面吗?

四月二十三日　星期六

尼尔斯在高空中飞行,下面就是东耶特兰大平原。他坐在雄鹅背上,一个一个地数着矗立在小树林中的许多白色教堂,不久就数到了五十。但后来他数乱了,再也无法数下去。

平原上的绝大多数院落周围有宽敞的、粉刷得雪白的二层楼房,看上去非常雄伟,尼尔斯不禁羡慕不已。"这地方不可能住着农民吧,"他自言自语道,"我怎么连个农庄的影子也没有看见呢?"【写作借鉴:环境描写和语言描写,表现了东耶特兰大平原的富庶。】

这时,所有的大雁突然叫了起来:"这里的农民住得和贵族一样阔气!这里的农民住得和贵族一样阔气!"

平原上已经冰消雪融,春耕已经开始。

"在田野上爬行的长长的大壳虫是什么东西?"尼尔斯过了一会儿问道。

"那是犁和耕牛!那是犁和耕牛!"大雁们回答道。

地上的耕牛走得很慢很慢,几乎看不出他们是在走动,大雁们向他

▶ 骑鹅旅行记

们喊道:"你们明年也走不到头儿!你们明年也走不到头儿!"但是耕牛也不示弱,抬起头来,张着大嘴对着天空吼叫起来:"我们一小时干的活儿比你们一辈子干的还要多!"【写作借鉴:此处为动作描写和语言描写。面对雁群的戏弄,耕牛不甘示弱,予以回击,表明了耕牛的勤劳。】

有些地方是马在拉犁,他们比牛要卖力气,拉犁也比牛快。但大雁们并没有放过他们,也要戏弄他们一番。

"你们和牛干一样的活儿不害臊吗?"大雁们喊道,"你们和牛干一样的活儿不害臊吗?"

"你们自己和懒汉一样不干活儿,难道不觉得害臊吗?"马咴儿咴儿地叫着反驳道。

当马和牛在地里干活的时候,大公羊却在院子里跑来跑去。他刚剪过毛,动作敏捷,一会儿把小孩子撞倒在地,一会儿又把牧狗赶回窝里,然后又神气活现地来回走动,就好像他是院子里唯一的主人一样。"大公羊,大公羊,你的毛去哪儿了?"从空中飞过的大雁们问道。

"我把毛送给诺尔切平的德拉格毛纺厂了!"大公羊扯着嗓子回答说。

"大公羊,大公羊,你的角又到哪里去了呢?"大雁们问道。

叫大公羊极为伤心的是,他从来没有长过角,所以再没有比问起他的角更使他恼怒的了。他气得在那里转了半天,并用头对着天空顶起来。

在乡间大路上,有一个人赶着一群出生才几个星期的斯康耐小猪到北部去出售。这些猪虽然还很小,但走起路来很大胆,互相挤在一起,像是为了寻找依靠。"哎呀,哎呀,我们离开父母太早了。哎呀,哎呀,我们这些可怜的小家伙该怎么办呢?"小猪们说。大雁们不忍心捉弄他们。"你们活得比你们想象的要好。"大雁们飞过的时候向他们喊道。【名师点睛:面对可怜的小猪,大雁们没有再出言奚落,而是改为好言安抚,表明了雁群的体贴善良。】

再也没有比飞过大片平原更叫大雁们心情舒畅的了。他们不慌不忙地飞着,从一个农庄飞到另一个农庄,同家畜家禽开着玩笑。

尼尔斯骑在鹅背上飞过平原上空时,想起了一个他很久以前听说过的传说。他记不太清楚了,不过好像是关于一件长外套的故事。外套一半是用织着金线的天鹅绒做的,一半则是用灰色的粗麻布做的。但是外套的主人在用粗麻布做的那一半装饰了许多珍珠和宝石,结果看上去比用天鹅绒做的那一半还要华丽、漂亮。【写作借鉴:联系下文,这里运用比喻,把东耶特兰比作一件外套,形象地写出平原这边虽然光秃秃的,但有很多美丽的作物,因为凝聚了农民的心血,所以更加美丽。】

尼尔斯看见底下的东耶特兰是一个大平原,北部和南部各有一块多山的森林地带。他想起了那块粗麻布的故事,那两块森林高地静卧在那里,在晨曦中青翠夺目,就好像披着一层金色的薄纱,而平原部分不过是光秃秃的耕地,一块接一块地散布在那里,看上去并不比那灰色的粗麻布好看。

然而那块平原又肥沃又广阔,所以人们喜欢在那里生活并想尽办法去打扮它。尼尔斯从上面飞过时,觉得城市和农庄,教堂和工厂,城堡和火车站,像大小不一的装饰品散布在大平原上。瓦房屋顶闪闪发光,窗子上的玻璃像宝石一样闪烁。土黄色的道路、锃亮的火车轨道以及蓝色的运河,像丝带一样在城市和村落间蜿蜒向前。林切平市围绕着大教堂铺展开来,就像一块宝石周围镶嵌着的珍珠,而乡间的院落则像小巧的胸针和纽扣。这种没有规则的布局看上去却富丽堂皇,令人百看不厌。【写作借鉴:通过高空俯瞰的视角,描绘东耶特兰的景色,主要运用了比喻的修辞手法,表现了这块大平原的美丽、富饶,与之前描述的那个有关长外套的传说相吻合。】

大雁们离开了奥姆山区,沿着耶塔运河向东飞行。人们正在运河上为夏季汛期的到来做着准备。工人们在沿途加固运河的堤岸,在巨大的闸门上涂刷沥青。

为了迎接春天的到来,到处呈现出一派繁忙的景象,城市里也不例外。油漆工和泥瓦匠站在屋外的脚手架上修理房屋,女仆们打开窗子擦

231

▶ 骑鹅旅行记

<u>洗玻璃。码头上的人们正在清洗着帆船和汽船。</u>【写作借鉴：场面描写，<u>罗列出城市的人们正在为春的到来而忙碌的场景。</u>】

　　大雁们在诺尔切平附近离开了平原地区向北朝考尔毛登飞去。他们沿着一条在荒凉的峭壁上蜿蜒向前的古老山道飞了一阵。这时尼尔斯突然喊了起来，原来是他坐在鹅背上，一只脚晃来荡去，把一只木鞋给甩掉了。

　　"雄鹅，雄鹅，我的鞋掉了！"尼尔斯喊道。

　　雄鹅掉过头来向地面降落，这时尼尔斯看见地上两个孩子已经把他的鞋子捡起来了。

　　"雄鹅，雄鹅，"尼尔斯急忙喊道，"向上飞！已经晚了。我再也拿不回我的那只鞋了。"

　　放鹅姑娘奥萨和她的弟弟小马茨站在路边，打量着那只从天空掉下来的小木鞋。

　　"这是大雁们掉的。"小马茨说。

　　放鹅姑娘奥萨默默地站了很久，思索着他们刚刚拾到的东西。最后她慢慢地、若有所思地说道："小马茨，你还记得吗？我们路过上奥德修道院时曾听说过，有一个农庄的人曾看见过一个小精灵，说他身穿皮裤，<u>脚蹬木鞋，跟一个普通人一模一样。你还记得吧？我们到威特斯克弗莱的时候，有一个小姑娘曾说，她看见过一个脚穿木鞋的小精灵骑在一只鹅背上飞了过去。我们回到老家的小屋时，小马茨，我们不是也看见了一个穿着打扮一模一样的小人儿，爬到鹅背上飞走了吗？可能就是同一个小人儿，刚才骑着鹅从这里飞过时把这只木鞋掉了。"</u>【名师点睛：放鹅姑娘奥萨将一系列传闻和自身经历串联起来，逐渐得出一个推断。这真是神奇又巧合的经历。】

　　"对，肯定是的。"小马茨说。他们拿着小木鞋翻过来倒过去，仔细地端详着，因为在路上拾到小精灵的木鞋是极少见的。

　　"等一等，等一等，小马茨！"放鹅姑娘奥萨惊奇地叫道，"你看，鞋的一边还写着字呢。"

"真的！可是这些字太小了。"

"让我看看！啊,是有字,上面写着:西威曼豪格的尼尔斯·豪尔耶松。"

"我还从来没有听说过这等奇妙的事哩！"小马茨说。

知识考点

1. 填空题。

传说中,外套的一半是用_____做的,一半则是用_____做的。但是外套的主人在用粗麻布做的那一半装饰了许多_____。

2. 判断题。

放鹅姑娘奥萨和弟弟小马茨认出了大拇指小人儿的身份。（　　）

3. 问答题。

尼尔斯的木鞋被谁捡到了？

_____

_____

阅读与思考

1. 尼尔斯觉得东耶特兰平原美吗？为什么？

2. 雁群是怎么戏弄旅途中遇到的家畜家禽的？

233

骑鹅旅行记

第二十二章　卡尔和灰皮子的故事

M 名师导读

猎狗卡尔在临死之际救了小麋鹿灰皮子,也正是他的这一善举,使森林看守人回心转意,饶了他一命。后来卡尔和灰皮子成了好朋友,就在灰皮子即将被卖掉时,经卡尔启发,他逃到了森林里。可是灰皮子毫无野外生活的经验,慌乱中踩死一条水蛇,引起祸端……

卡　尔

大约在尼尔斯·豪尔耶松跟随大雁外出遨游的十二年前,发生过这么一件事:在考尔毛登,有个矿场主想要处死自己的一条猎狗。他找来森林看守人,对森林看守人说那条猎狗有见到鸡、羊就追咬的恶习,而且屡教不改,因此无论如何留不得。他请森林看守人把猎狗牵到森林里处理掉。

森林看守人用一根皮条圈住猎狗的脖颈,牵着他来到森林深处,那里常常处死和掩埋庄园里那些年老无用的狗。森林看守人并不是一个残忍的人,但是他很乐意亲手枪杀这条猎狗,因为他知道,这条猎狗非但经常追逐鸡、羊,还不时到森林里追捕兔子和小松鸡。

这是一条小黑狗,腹部有黄毛,前腿也是黄色的。他非常有灵性,能够听懂人的话。当森林看守人牵着他往森林深处走的时候,他心里已经明白自己难逃厄运。【写作借鉴:对猎狗的外貌描写和简要介绍,突出他有灵性、聪明的特点。】但是他不露声色,一路上既没有垂头丧气,也没有耷拉下尾巴,样子就像平常那样无忧无虑。

那么,猎狗为什么要装得镇定从容,不让人看出他内心的难过伤心呢?那是因为他们正在森林里。矿场四周环绕着大片森林,那片森林是为人类和动物所称道的,因为多少年来矿场主人都一直精心养护它,甚至舍不得砍掉一棵树来当柴烧。他们也不忍心修剪或者刨掉森林里的灌木丛,而是听凭它们自由生长。这样一片受到精心保护的森林当然成了动物们的安乐窝,因此生活在这里的动物不计其数,他们常成群结队地出没。动物们习惯称这片森林为"平安林",并且认为它是全国最好的栖息场所。【名师点睛:介绍这一片森林的特色及名称的由来。森林里植物茂盛,动物繁多,是一片安乐窝。】

当猎狗被牵着穿过那片森林的时候,他想起了自己往昔怎样穷凶极恶地欺凌这里的弱小动物。"唉,卡尔呀卡尔,倘若森林里的那些小东西知道你竟然落得如此下场,他们个个会喜笑颜开吧?"他思忖道。而后他特意摇了摇尾巴,若无其事地吠叫了几声,这样一来,别人就看不出来他内心的焦急和痛苦了。

"要是我连出去追捕猎食都不行的话,那么活着还有什么乐趣呢?"他自言自语道,"谁想后悔就让他后悔去吧,反正我是不会的。"【写作借鉴:语言描写,表现了猎狗卡尔的执迷不悟。反问句的运用,加强了这种语气与情感。】

正当他这样嘀咕的时候,他的神情忽然大变。他伸长脖颈,扬起脑袋,似乎要放声狂吠一番。他不再跟在森林看守人的身边,而是缩到了森林看守人的背后。显然,他大概是想到了某些不痛快的事情。

那时正是初夏。母麋鹿们都在不久之前生下了鹿崽。就在前一天晚上,这条猎狗把一只才生下来五天的鹿崽追逼得离开了他的母亲,逃到了一块沼泽地上。这条猎狗还不肯罢休,又在草墩之间来回追逐鹿崽,他倒并不是真心要逮住这只鹿崽,只是想要吓唬吓唬鹿崽来寻开心

235

> 骑鹅旅行记

而已。】【名师点睛:插叙猎狗之前所做过的坏事,表明他是罪有应得,咎由自取。】那只母麋鹿知道开春解冻后的沼泽地的危险,像她那样大的动物踩上去肯定承受不住,所以她一直站在岸上观望着。当猎狗卡尔把鹿崽往沼泽地的深处逼去的时候,她突然蹿进沼泽地,把猎狗赶跑,带着鹿崽转身往陆地上走。麋鹿素来比其他动物更擅长在危险地带择路而行。她缓慢而谨慎地行走,看起来是能够安全回到陆地上的。可是就在她要跨到陆地上的时候,脚下踩着的那块草墩突然陷了下去。她竭力挣扎想要拔身出来,但是终因找不到可以站脚的地方而愈陷愈深。猎狗卡尔一直站在旁边看着,一动也不敢动,当他看到母麋鹿陷身泥潭不能自拔时,便深知不妙,于是夹着尾巴逃走了。他心里明白,自己闯下了大祸,要是被人发现他把一只母麋鹿引上了绝路,一顿痛打是在所难免了。想到这里,他吓得一刻也不敢逗留,一直跑回了家里。

方才猎狗卡尔突然想起来的就是这一件事。这次闯祸同过去他干下的那么多坏事不同,那些坏事并没有叫他内疚,而这次闯祸却令他心烦意乱,大概这是因为他本来没有存心想把母麋鹿或鹿崽害死,然而无意之中却断送了他们俩的性命。

"说不定他们还活着,"猎狗突然想,"我从他们身边跑开的那会儿,他们还没有死掉。他们也许活着跑了出来。"

他顿时有一股不可抗拒的欲念,想要在最后时刻来到之前把这件事情弄清楚。他趁森林看守人没有把皮圈拉紧,便猛然往旁边纵身一蹿,挣脱了出来。然后,他奔腾跳跃,穿过森林朝沼泽地拼命飞奔。森林看守人还没有来得及举枪瞄准,他已经一溜烟跑得无影无踪了。

森林看守人无可奈何,只好在后面紧追不舍。当他来到沼泽地边上,他看到那条猎狗站在离陆地几米远的一个草墩上,声嘶力竭地狂吠着。森林看守人觉得很奇怪,他要弄个明白,猎狗为什么这样狂叫。于是,他把枪摘下来放在一旁,手脚并用地向沼泽地慢慢爬过去。他没爬多远,便见到一只死麋鹿躺在泥潭里,在她身边还躺着一只小鹿崽。鹿崽倒还活着,不过已经筋疲力尽,动弹不得。猎狗卡尔站在鹿崽身边,一会儿俯下身去吮舔他,一会儿尖厉狂吠着让人们来搭救他。

森林看守人把小鹿崽拉起来,拖回岸边。那条猎狗明白鹿崽终于得救了,顿时喜出望外。他绕着森林看守人又蹦又跳,用舌头吮舔他的手背,心满意足地叫着。【写作借鉴:神态、动作描写,表现出猎狗见到小鹿获救后的喜悦之情。】

森林看守人把鹿崽背回了家,将他关在牲口棚的一个围栏里。然后他又找人帮忙,把那只早已死去的母麋鹿从沼泽地里拖了出来。在做完这些事情之后,他才记起要把卡尔处死这回事。于是他把一直在他身边转悠的卡尔牵了过来,再次往森林里走去。

森林看守人朝着那个埋葬死狗的地方径直走去,但是走到半道,他好像改变了主意,回过头来往矿场主的庄园走去。

卡尔平静地跟着他,可是当他注意到森林看守人是朝着他的老家走去的时候,他顿时慌乱起来。森林看守人一定是发现就是他断送了母麋鹿的性命,所以要在把他处死之前带回庄园狠狠惩罚一顿。

挨一顿皮开肉绽的毒打,那滋味特别难受。一想到要经受的灾难,他再也无法强装从容自若了。他垂头丧气,一步三挨地蹒跚着。他走进庄园的时候,头都没有抬一下,装作谁也没有看见。【写作借鉴:对猎狗的心理、神态、动作的描写,将一个闯祸后即将受罚的猎狗形象表现得淋漓尽致。】

森林看守人走进来的时候,矿场主正好站在门廊的台阶上。"森林看守人,你牵来的是一条什么狗哇?"矿场主问道,"总不会是猎狗卡尔吧?那条恶狗早就应该一命呜呼了。"接着,森林看守人向矿场主讲述了那两只鹿的事情。在他讲述的时候,猎狗卡尔缩紧了身躯,趴在森林看守人背后,似乎要找个地方躲起来一样。

不过森林看守人谈起那件事情的经过,倒是出乎猎狗的意料,他对猎狗卡尔赞不绝口。他说道:"事情明摆着,那条猎狗知道了麋鹿濒于绝境,所以要去搭救他们。"

> 骑鹅旅行记

"矿场主先生,你想怎样处置随你的便,但是我决不会用枪射杀它的。"森林看守人最后说道。

猎狗从地上爬了起来,竖起了耳朵。他简直无法相信,他没有听错。尽管他想掩饰自己激动的心情,但还是忍不住低声叫了几声。仅仅因为他担心麋鹿的安危,他的性命就得到饶恕,天下哪来这样的好事?【名师点睛:所谓"知错能改,善莫大焉",虽然母麋鹿的惨死是猎狗卡尔引起的,但在卡尔濒死之际,他救了小麋鹿。正是他的悔过和救赎表现让森林看守人决心饶他一命。】

矿场主也觉得猎狗卡尔这次表现不错,但是仍没有打算留下他,一时之间他竟不知拿这条猎狗怎么办。"森林看守人,倘若你愿意管着他,并且负责使他痛改前非,那么就饶他一条性命吧。"矿场主过了半晌才说道。森林看守人表示愿意照办,就这样,卡尔搬到了森林看守人住的地方。

灰皮子逃走

自从卡尔搬到森林看守人住的地方那一天起,他就不再偷偷摸摸地追逐别的小动物了。这倒不仅是因为上次闯的大祸使他心有余悸,还因为他不愿意惹森林看守人生气。自森林看守人仗义救了他的性命以来,猎狗卡尔爱他胜过一切。卡尔一心想的只是跟着他和守卫他。他从家里出来的时候,卡尔在前面嗅探道路;他留在家里的时候,卡尔就卧躺在门口,注视着过往的行人。【名师点睛:猎狗卡尔得森林看守人仗义相救,经此大难不死,他已改过自新,表现了他的忠诚和知恩图报。】

当森林看守人到园子里去照料他的树苗,屋里寂静无声,路上也听不见任何人的脚步声的时候,猎狗卡尔便去找鹿崽玩耍。

起初,卡尔没有一点兴致同他往来,只是跟着主人到处走。主人给鹿崽喂奶的时候,他也就跟到牲口棚里。那时候,他常常蹲在围栏外面看着鹿崽。森林看守人称那只鹿崽为灰皮子,因为他实在想不出别的更

238

好听的名字了。卡尔倒是挺赞成他叫这个名字。每次看到鹿崽的时候，猎狗就心想，从来都没有见到过长相这么难看、身材这么不匀称的小东西。他那四条瘦骨嶙峋的细腿松松垮垮地支撑在身体底下，就好像没有捆绑结实的高跷一样。他的脑袋很大，布满皱纹，而且总是耷拉在一边，显出一副老相。他的皮肤也是皱皱巴巴的，好像穿着一件不合身的衣服。【写作借鉴：外貌描写，运用比喻的修辞手法，生动传神地勾勒出小鹿的外貌特征。】他总是一脸苦相，无精打采。不过说来也奇怪，每次他看到猎狗卡尔站在围栏外面的时候，就会突然间站立起来，似乎十分高兴见到卡尔。

小鹿崽的身体一天比一天虚弱，个头也不见长，后来连见到卡尔也没有力气站立起来了。卡尔就跑进围栏，走到他的身边去，这只可怜的小鹿崽眼睛里突然闪烁出光彩，似乎有种强烈的渴望终于得到了满足。从那时候起，卡尔每天都去看望他，一待就是几个钟头，卡尔常常用舌头舔小鹿崽的皮毛，同他一起嬉戏玩耍，并且告诉他森林里的动物都需要知道的事情。

说来也奇怪，自从卡尔同小鹿崽亲近以来，那小东西倒安心住下来了，身体也发育了。他长得很快，不到两三个星期就在小围栏里转不开身子了，因此森林看守人不得不把他转移到一个圈有篱笆的草地上去。在草地上又过了两三个月后，鹿崽的四条长腿可以轻而易举地跨过篱笆。森林看守人在矿场主的准许下，为鹿崽建起了一个更高大的栅栏。那只鹿崽在栅栏里过了好几年，长成了一只身体强健、长相漂亮的麋鹿。卡尔常常抽空来陪伴他，不过现在同他亲近并不是出于怜悯，而是因为他们俩之间情深谊长。麋鹿仍旧多愁善感，而且慵慵懒懒的，没有活力。可是卡尔知道怎样才能使他变得活跃、高兴起来。【名师点睛：简述猎狗与麋鹿相伴成长的深厚情谊，为后文的难舍难离及麋鹿出逃做铺垫。】

灰皮子已经在森林看守人的栅栏里度过了五个春秋。有一天，矿场主收到外国一家动物园的来信，探询是否可以购买那只麋鹿。矿场主欣

▶ 骑鹅旅行记

然同意了,而森林看守人心里很难过,可是他又没有权力拒绝。于是卖掉麋鹿这件事就这样定下来了。卡尔很快打听到这件事情,马上跑去告诉灰皮子。卡尔一想到要失去亲爱的朋友,就很难过;灰皮子倒无动于衷,既不忧伤亦不欣喜。"难道你就这样看着他们将你卖到远处去,不反抗一下吗?"卡尔问道。

"反抗有什么用呢?"灰皮子叹息道,"我当然愿意待在这里。不过要是我被卖掉了,我也只好离开啦。"【写作借鉴:语言描写和神态描写,表现了麋鹿逆来顺受、随遇而安、软弱被动的性格特点。】

卡尔站在那儿细细打量了麋鹿一番。可以看得出来,这只麋鹿还没有成年。他还没有成年大鹿该有的扇状宽角、高高隆起的背脊和粗长的鬃毛,但是他肯定有足够的力量去为自己的自由而抗争。"唉,看这副样子就知道,他注定是被关在栅栏里过日子的。"卡尔暗自思忖,可是一句话也没有说。

卡尔离开了栅栏,直到大半夜才又回到灰皮子身边,因为他知道灰皮子应该睡醒了,并且在吃早餐。"你的想法没有错,灰皮子,还是逆来顺受让人把你运走算了。"卡尔说,样子显得十分冷静和心满意足,"你会被关在一个大的动物园里,过上无忧无虑的日子。我只觉得,你要离开这里了,却还没有见过这里的森林,那真是可惜。你要知道,你的同族有一句名言,就是鹿和森林是融为一体的。但是你一次都没有去过森林。"灰皮子正站在苜蓿堆旁大口啃嚼,他抬起头来说道:"我倒也愿意去见识见识大森林,可是我怎样才能越过栅栏呢?"他像平时一样不紧不慢地说道。

"唉,你是办不到的,你那几条腿实在太短啦。"卡尔话中有话地说道。麋鹿意味深长地瞅了卡尔一眼,卡尔每天要跳进跳出栅栏好几次。尽管麋鹿年岁还小,但还是跃跃欲试了。他走到栅栏边,轻轻一跃就出去了,连他自己也不明白是怎样做到的。【名师点睛:卡尔陪伴着灰皮子长大,对他的性格、脾气了如指掌,他知道如何激发麋鹿的斗志;也表明了卡

尔的聪明，与前文相照应。】

卡尔和灰皮子走进了森林。那是夏末的一个晚上，月光皎洁明亮，不过树底下却漆黑一片。灰皮子迈步十分小心，走得很缓慢。"唉，我说咱们最好还是转身回去好啦！"卡尔说，"你从来没有来过原始大森林，腿很容易折的。"灰皮子知道这是对他的激将法，于是加快了脚步，勇气也平添了几分。

卡尔把灰皮子领到一处密林中，那里参天的大云杉树一棵挨着一棵，密得连风都透不过。"你的同族就是常常在这里避风御寒的，"卡尔告诉他，"他们通常站在露天里度过整个冬天。你比他们日子要好过得多，你到了那边以后就可以有屋子住，像牛关在牛棚里一样。"灰皮子一句话也没说，只是站在那里，静静地嗅着青松翠柏散发出来的芬芳。【写作借鉴：此处为动作描写。灰皮子感受到青松翠柏散发出的芬芳，这是他之前未尝领略过的。】

"你还有什么地方要带我去看吗？还是我已经把大森林都看遍了？"灰皮子问道。

于是，卡尔又领他来到一片大沼泽地，让他看那些草墩和泥潭。"麋鹿们遇到危险的时候，通常都是逃到这里来的，"卡尔说，"我不知道他们怎么做到的，尽管他们身躯那么大，那么重，却可以跑过沼泽地而不陷进去。你大概没有那个本事，可以安然无恙地走过这么危险的地方。不过对你来说也无所谓啦，因为你不会再遭到猎人的追捕。"灰皮子没有反驳，而是纵身长跃，便跑到沼泽地里。他发觉草墩子在微微晃动，心里十分得意，他在沼泽地里跑了一圈又回到卡尔身旁，一次也没有失足陷入泥潭。"现在我们把整个森林都看遍了吧？"他问道。

"不，还没有。"卡尔回答说。

他又把灰皮子领到森林边一块长满阔叶树的地方，那里有的是槲树、杨树和椴树。"你的同族就是在这里啃树叶和树皮填饱肚子的，"卡尔叹了口气说，"他们觉得这些都是最美味可口的食物。你到了外国的

骑鹅旅行记

动物园,想必有更可口的食物吃啦。"灰皮子看到这些树干高大、枝叶浓密的树在他头顶上形成一个绿色的华盖,不禁大为惊奇。他把槲树叶和杨树叶都尝了一尝。"唔,虽然有点苦涩,不过非常好吃!"他赞美道,"比苜蓿还好吃。"【名师点睛:高枝密叶遍布,令灰皮子感到惊奇,带点苦涩的树叶也比常吃的苜蓿要好吃。卡尔正在教灰皮子关于野外生存需要的东西。】

"你总算亲口尝过这些东西了,那倒还不错。"猎狗卡尔说道。

随后,他又把灰皮子领到森林里的一个小湖旁边,湖面平静如镜,一点涟漪也不泛起,轻雾缥缈、薄雾笼罩的湖岸倒映在湖里,非常好看。灰皮子一看见那个湖就止住了脚步,他简直欣喜若狂。"这是什么呀,卡尔?"他问道,因为这是他第一次看到湖。

"这是一大片水,也叫作湖,"卡尔说,"你的同族常常在这里畅游,从这边湖岸游到那边湖岸。人们不指望你也会游泳,不过你可以下水泡一泡,洗个澡。"说完卡尔先扑通跳进水里,游了起来。灰皮子站在岸上踌躇了片刻,最后还是硬着头皮下水了。当清冽的湖水轻柔地在他身体上拂过时,他惬意地屏住了呼吸。【名师点睛:清冽的湖水,轻柔地在灰皮子身上拂过,令他惬意不已。此处描写细腻而独特,使读者也仿佛置身湖中。】他想让湖水没过脊背,就往更深处走去,觉得湖水能让他漂浮起来,他就开始游了起来。他绕着卡尔游来游去,灵活自如。上岸以后,卡尔问他是不是应该回家去了。"离天亮还早呢,我们还可以在森林里再转转嘛!"灰皮子央求道。

他们又转身返回到森林里。不久,他们就来到了一块空阔地,月光把这块平地映得亮堂堂的,青草和野花上的露珠一片璀璨。在那块林间草地上,一些大的动物正在吃草,有一只公麋鹿、几只母麋鹿,还有几只小鹿。灰皮子一看到他们便愣住了。他没看母鹿和小鹿一眼,只是目不转睛地盯着那只公鹿,它有着四枝八叉的宽扇般的犄角、高高隆起的脊背、脖颈下还有长着长毛的大肉赘。"那个家伙是谁?"灰皮子问道,嗓音也由于惊奇而颤动着。

"他的名字叫'角中王冠'，"卡尔说，"他是你的同族。你有朝一日也会有那样宽大的扇状犄角，也会长出那样的鬃毛。如果你在森林里待下去，你也可以率领一群鹿。"【名师点睛：卡尔带灰皮子见识他的同族，向他介绍麋鹿在森林中的生活状态，希望唤起灰皮子对自由生活的向往。】

"哦，倘若他是我的同族，那我必须走近点仔细看看他。"灰皮子说，"我从来也没有想到过一只麋鹿会长得那样魁梧。"

灰皮子向那群麋鹿走去，可是没多久就回到了在林间空地上等他的卡尔身边。"你一定没有受到友好款待吧！"卡尔说道。

"我对他说，这是我有生以来第一次遇到自己的同族，我请求他让我到草地上同他们待一会儿，可是他要撵我走，而且还用角来威吓我。"

"你避开了，做得对，"卡尔说，"一只长着单角冠的年轻麋鹿千万不要同年老的搏斗。他若是不加抵抗就退开的话，他就会在整片森林里名声扫地。你也不用有什么顾虑，反正你就要到外国去啦。"

卡尔还没有把话说完，灰皮子就掉转身去，径直走到草地上。那只老鹿迎了上来，他们二话不说就打了起来。他们的犄角碰在一起，结果灰皮子被顶得连连后退，他似乎还没有弄懂怎样才能使出力气。可是在他退到森林边上的时候，他的四脚紧紧地抓在地上，用他的角狠狠顶住"角中王冠"，逼得"角中王冠"往后倒退。灰皮子一声不吭地用力顶着，而"角中王冠"却呼哧呼哧地直喘粗气。那只老鹿这一次被顶得在草地上连连后退。突然间咔嚓一声响，那只老鹿犄角上的一支犄角折断了。他不敢再战下去，便猛然挣脱了灰皮子，朝森林深处跑去。

猎狗卡尔一直站在森林边观战，一直到灰皮子回到他的身边。"现在你已经看到了森林里的一切了，"卡尔说，"你还愿意回家吗？"

"是呀，该到时间啦。"那只麋鹿回答说。

他们俩都没有作声，默默地踏上了回家之路。卡尔长吁短叹了好几次，似乎对什么事情感到非常失望。可是灰皮子却昂首挺胸，大步流星

骑鹅旅行记

地往前走,似乎对这次林中探险非常满意。【名师点睛:卡尔为自己的良苦用心被辜负而大为失望,以为自己白费了力气。灰皮子内心早已有了决定,他昂首挺胸,阔步而回只为做一个告别。】他一点没有犹豫地回到了原先居住的那个栅栏前。他看了看那块一直居住的小天地,又看了看被踩得平滑的地面,干枯了的饲草,供他喝水的小水槽,还有他睡觉的那间阴暗棚屋。"鹿和森林是一体的。"他叫喊了一声,把头往后一扬,后脖贴到脊背上,欢快地撒腿向森林里狂奔而去。

窝囊废水蛇

每年八月间,在平安林的深处,杉树林里都会飞出一团团灰白颜色的小飞蛾,名叫修女蛾。他们体形很小,数量也不多,几乎没有什么人留意到他们。他们在森林深处飞上两三个晚上,在树干上产下几千只虫卵之后,便会死去。

当春天来到的时候,身上布满斑点的幼虫就会脱蛹而出,开始蚕食云杉树叶。他们食欲旺盛,却不会给树木造成严重危害,因为他们一直是鸟类垂涎的美食,能够不被啄食的幸存者很少。

那些侥幸成活的可怜虫长大之后,就爬到树枝上,口吐白丝把自己裹在里面,变成在两三个星期里毫不动弹的虫蛹。在这一段时间里,又有一半免不了被鸟儿吃掉。到了八月,如果有成百只修女蛾能够破蛹而出,扑翅飞舞,那对他们来说就是大吉大利的了。【名师点睛:简述了修女蛾短暂又凄惨的一生,交代故事发生的背景。】

修女蛾就这样毫无安全和不被注意地在平安林里代代相传,在这一带再也没有比他们数量更少的虫类了。倘若不是有人仗义相助的话,那么他们会一直这样软弱可欺地生活下去。

修女蛾得到他人相助,同那只麋鹿从森林看守人的棚舍里逃出来是有联系的。事情是这样的:麋鹿灰皮子逃出来之后,整天在森林里转来转去,熟悉这块地方。到了傍晚的时候,他穿过茂密的灌木丛,发现灌木丛背后有一块全是烂泥的空地。在空地中央是一个黑暗的水潭,四周的云杉树由于树龄太老和地势不好,叶子几乎落得一片不剩了。灰皮子十分讨厌这块地方,若不是他一眼瞅见了青翠欲滴的马蹄莲叶子的话,他早就拔脚离开了。

当他低下头去啃马蹄莲叶子的时候,无意之中惊醒了躺在叶子底下睡觉的一条大黑蛇。灰皮子曾经听猎狗卡尔说过森林中有不少毒蛇。那条蛇昂起了头,霍霍地吐出蛇信,而且咝咝地朝他发出警告,他不禁惊骇起来,心想他大概碰上了一条无比可怕的毒蛇了。他恐慌万状,不顾一切地抬起蹄子猛踩过去,把蛇的脑袋踩得粉碎,然后迈开四蹄狂奔乱窜。【名师点睛:灰皮子丝毫没有在森林里生活的经验,慌乱中他踩死了黑蛇,埋下了祸端。】

灰皮子刚走,和那一条蛇同样长的黑蛇,从水潭里探出头。他爬到那条被踩死的蛇身边,口吐蛇信,舔着她那可怜的、被踩碎的脑袋。

"这是真的吗?你这个'老无害'被踩死了?"这条蛇咝咝地呼喊道,"我们俩在一起朝夕相处了这么多年,多么融洽和睦。我们在潮湿的泥塘里活得好好的,比森林里任何一条水蛇都要活得久!我一生之中最伤心的事莫过于此了。"

黑蛇委实悲伤不已,长长的身体似乎受到伤害一般,扭曲翻腾着。甚至连那些一直生活在他的淫威之下、一见到他就惊慌失措的青蛙也不禁怜悯起他来了。【写作借鉴:语言描写和动作描写,表现了黑蛇丧偶后的难过与悲愤,为下文埋下伏笔。】

"踩死这么一条可怜的蛇的家伙一定是个十恶不赦的坏蛋,要知道她一点自卫能力都没有哇,"那条蛇还在咬牙切齿地叫喊,"那个坏蛋应该千刀万剐。"他躺在地上悲伤地翻腾了一阵,忽然昂起头来,"此仇不报,那我的名字'窝囊废'就名副其实了!而且我也枉为全森林最年长的水蛇!我要不把那只麋鹿弄死,就像他对付我可怜的老蛇妻那样,我绝

245

骑鹅旅行记

不会善罢甘休的!"

那条蛇立下这一重誓之后,便将身子盘成一团,躺在地上苦苦思索起来。对于一条既无利爪又无毒牙的水蛇来说,还有什么比向一只高大雄壮的麋鹿讨还血债更困难的?这条名叫窝囊废的水蛇日日夜夜想呀,想呀,却想不出什么妙计良策。

有一天夜里,水蛇躺在那里苦思冥想报仇的法子,辗转难眠,忽然听到自己头顶上有轻微的嗡嗡声。他往上一看,只见几只白乎乎的修女蛾在树丛间飞来飞去。他睁大眼睛盯了很久,然后哑哑地高声叫喊了一阵,很显然,一个报仇雪恨的良策已经在他脑海中了。为此,他十分高兴,瞬间酣然入睡。【名师点睛:水蛇设想报仇手段时,瞧见了修女蛾,他到底想出了什么计策呢?此处设下悬念。】

第二天上午,那条水蛇爬了很远的路来到平安林里的一片顽石遍地的高地上,去登门拜访居住在那里的蝰(kuí)蛇克里莱。水蛇向他哭诉了那条老雌蛇不幸惨遭毒手的经过,并且恳求蝰蛇出手相助,因为他有致命的毒牙。可是蝰蛇克里莱并不想得罪麋鹿,更不想同他们结下不解之怨。"要是我蹿出去偷偷咬麋鹿一口,"他推三阻四地说,"那只麋鹿不把我活活踩死才怪呢!反正雌蛇老无害已经去世,我们无法使她死而复生。为什么我要为了她而去冒险呢?"

那条水蛇听到这番回答,脑袋从地上昂起足足有一英尺高,嘴里发出令人害怕的咝咝声。"咝咝!哧哧!咝咝!哧哧!"他愤怒地喊道,"亏你说得出口,没有想到你空有天大本领,竟然如此胆小懦弱!"蝰蛇一听,顿时怒火中烧。"滚开,老窝囊废,"他怒喊道,"我的利牙上满是毒液,可是我还是放你一条生路,因为你毕竟是我的同类。"【写作借鉴:动作、语言和神态描写,将两条蛇激烈交锋的场面描写得活灵活现。】

可是那条水蛇躺在那里一动不动。他俩就这样对骂起来。蝰蛇克里莱后来实在按捺不住心里的怒火,不再咝咝大叫,而是张开大嘴,舌头霍霍闪动,水蛇见状马上老实了,换了一副腔调同他说话。

"我来找你其实还有另外一件事情，"他轻声细语道，"不过我已经惹你发火了，你恐怕不肯再帮我的忙了。"【名师点睛：一计不成，一计又起，老水蛇早就想到蝰蛇不会答应办为难的事，故而先以难事相激，再提出简单的请求，表明水蛇心思深沉、诡计多端。】

　　"倘若你不是要我去干异想天开的事，我当然乐意效劳。"蝰蛇也平息了怒气。

　　"在我住的沼泽附近的灌木丛里，"水蛇说，"住着一种小蛾子，他们到了夏末的夜晚就会飞出来。"

　　"我晓得你说的是哪些虫子，"克里莱不解地问道，"他们怎么啦？"

　　"这是森林里数量最少的虫子，"水蛇接着说下去，"他们是虫子当中最没有害处的，他们的幼虫只啃啃杉树叶就满足了。"

　　"不错，这我知道。"克里莱说道。

　　"我担心那种小蛾用不了多久就会灭绝，"水蛇说，"因为到了春天总有那么多鸟儿来吃幼虫。"克里莱以为水蛇想把这些幼虫全都留给自己。于是他便友好地回答说："你是不是想要我关照一下猫头鹰，叫他们让那些虫子安安生生过日子？"

　　"是呀，倘若你出面嘱咐几句，那就不成问题啦。"水蛇说。

　　"那我索性在鸫鸟面前也为这专吃云杉树的虫子说上几句好话吧，"蝰蛇慨然许诺说，"只要你提的要求是合理的，我总是愿意出力的。"

　　"你已经给了我一个很好的允诺，"水蛇窝囊废说，"我很高兴我这一趟总算没有白来。"

Z 知识考点

1. 填空题。

　　猎狗卡尔诱使麋鹿灰皮子跨过了_____，奔向森林。灰皮子嗅到了青松翠柏的芬芳，踏过了_____，尝过了_____，游过了_____，还同一只老麋鹿打了一架。

▶ 骑鹅旅行记

2. 判断题。

(1)灰皮子非常厌恶那条老雌蛇,一气之下踩死了她。　(　　)

(2)母麋鹿之死是猎狗卡尔一手造成的。　　　　　　　(　　)

3. 问答题。

蝰蛇克里莱为什么不肯帮老水蛇复仇?

_____

_____

阅读与思考

1. 猎狗卡尔是怎么免于被枪杀的?

2. 猎狗卡尔是怎么启发麋鹿灰皮子回归山林的?

第二十三章　修女蛾

> **M 名师导读**
>
> 蝰蛇与水蛇达成协议,于是修女蛾泛滥成灾,大肆毁坏森林。人类对此束手无策。灰皮子为了拯救森林,只好答应水蛇的要求,远走他方。尼尔斯到来后,用石头砸死了祸首水蛇。年迈的卡尔期盼老友归来,却得到灰皮子为保护鹿群而壮烈牺牲的消息。

这件事情过去了好几年,有一天清早,猎狗卡尔正懒洋洋地躺在门前的台阶上睡觉。那时已是初夏,日长夜短,尽管太阳尚未升起,可是天色却已大亮。猎狗卡尔从睡梦中醒来,他隐隐约约听到有人在叫他的名字。"是你来了吗,灰皮子?"卡尔问道,因为他已经对麋鹿灰皮子天天深夜来看他习以为常了。他没有得到回答,却又听见谁在叫他。他觉得那是灰皮子的声音,赶紧站起来朝着声音传来的方向跑过去。

猎狗卡尔听见麋鹿在他前面奔跑,可是怎么也追赶不上他。那只麋鹿并没有顺着林边小路跑,而是径直穿过灌木丛朝树林最茂密的地方跑去。卡尔竭尽全力奔跑,才能跟上麋鹿的身影。"卡尔,卡尔。"喊声又响起来。卡尔从来没有听过麋鹿灰皮子那种语调,但是那确实是他的声音。"我来啦,我来啦,你在哪儿?"猎狗喊着回答。【名师点睛:灰皮子的反常举动和异样的语调,不禁叫人心下生疑,他是怎么了?】

"卡尔,卡尔,难道你没有看到上面有东西掉下来吗?"灰皮子问道。卡尔这才驻足凝视,看到云杉树上的树叶像稀疏的雨点一样,从树枝上洒落下来。"哦,我看到啦,是杉树叶子在往下掉。"他一边喊着,一边加

249

骑鹅旅行记

快脚步钻进密林深处寻找那只麋鹿。

灰皮子在前面连奔带跑，笔直穿过灌木丛，卡尔差点儿就看不到他的身影。"卡尔，卡尔，"灰皮子吼叫道，"你难道没有闻出来森林里有一股气味吗？"卡尔停下脚步用鼻子嗅了嗅，云杉树果然发出一股比往常强烈得多的异样气味。"我闻到了。"他叫道，但是他没有时间去思索这股气味是从哪里来的，而是继续追赶灰皮子。

麋鹿又一次飞速地跑开去，猎狗没有能够追得上他。"卡尔，卡尔，"过了一会儿，麋鹿又叫喊起来，"你难道没有听到云杉树上有些动静吗？"【写作借鉴：设置悬念。灰皮子分别从视觉、嗅觉、听觉三个角度发问，令卡尔摸不着头脑，令读者也一头雾水。这到底是什么情况呢？】当时灰皮子的声音是那么凄惨，即使铁石心肠也会被融化的。卡尔停下脚步，竖起耳朵谛听，他听到树枝上发出一阵阵嚓嚓嚓的响声，虽然很轻微但是可以听清楚，就像钟表走动时一样。"是呀，我听见了。"卡尔叫喊道，停住脚步。他这才恍然大悟，灰皮子并不是要他去追赶，而是要他注意森林里发生的怪事。

猎狗卡尔站在一棵枝丫茂密而下垂、树叶宽大且呈墨绿色的云杉树下面。他举目凝视，仔细地查看那棵树，树叶好像在无风自动。待他走近一看，才发现树枝上密密层层布满了灰白色的虫子。这些虫子在树枝上爬来爬去啃咬着树叶。树枝上到处是虫子，他们大嚼树叶，那一阵阵奇怪的嚓嚓嚓声就是无数啃食树叶的虫子发出来的。那些被咬得七穿八孔的树叶不断落到地面上，而那些可怜的枝丫散发出一股强烈的气味，熏得卡尔十分难受。

"那棵云杉树上没剩下多少树叶了。"他一边想一边把目光转向了另一棵树。那也是一棵高大挺拔的杉树，遭遇也差不多。"这究竟是怎么回事？"卡尔沉思起来，"这些漂亮的树木真可惜。它们不久之后将面目全非。"他从一棵树走到另一棵树，力求弄明白这是怎么一回事。"那边有一棵松树，那些虫子也许不敢去啃松树。"他想。不料那棵松树也遭了殃。"那边有一棵白桦树,哎呀,它也受了害,还有那边也是,森林看守人见了一定要难过的。"卡尔想。

他朝灌木丛的深处走去,想看看这场虫害究竟蔓延得有多广。无论他走到哪里,都能听到同样的嚓嚓嚓声,闻到同样的气味,看到树叶同样像下雨一样洒落下来。【名师点睛：此处表现出森林里的虫子泛滥成灾。】他用不着停下脚步来细看了。他已经明白了,那些小虫子无处不在,整个森林都受到他们的荼毒,快要被蛀食殆尽了。

他来到一块地方,那里倒闻不到气味,而且很寂静。"这里总算不再是他们的天下了。"他想。可是这里的局面却更糟糕。那些树木都光秃秃的,一片叶子也不剩。虫子早就徙移到别的地方去了,而那些树却像亡灵一般,只剩一些虫子吐出来当作通道和桥梁的乱丝挂在上面。【写作借鉴：运用比喻的修辞手法,将树木触目惊心的惨状展现在读者面前。】

灰皮子在这些快死了的枯树旁边等候卡尔。同他一起的还有四只在森林里最有声望的老麋鹿。卡尔认识他们。有一只名叫驼背佬,因为他个子很小,而脊背却比其他麋鹿高。另一只是角中王冠,这是森林鹿群中的佼佼者。还有一只名叫美髯公,他身上披着又长又密的毛。另外还有一只叫大力士,他是一只身高腿长、气度不凡的老鹿,脾气非常暴戾而且好斗,可惜在去年人类最后一次秋猎中,他的大腿中了一枪。

"这森林究竟怎么了?"卡尔走到那些脑袋低垂、嘴唇噘起、愁云满脸的麋鹿面前问道。【写作借鉴：对众鹿的神态描写,表现出他们对森林所遭受的灾难的无奈、担忧及沮丧。】

"没有谁说得清楚,"灰皮子回答说,"这类虫子一直是森林中最弱小无力的,而且从未造成过什么危害。可是最近几年数量突然增多,现在看来他们非要把整个森林毁了不可。"

"是呀,看样子不妙,"卡尔说,"不过我想,你们这些森林中最有智慧的长者聚到一起有商有量,总是能够找出办法来的。"

卡尔话音刚落,驼背佬郑重其事地仰起了他那颗沉甸甸的脑袋,说

251

骑鹅旅行记

道："我们把你叫到这里来，卡尔，是想问问人类是不是已经知道这场灾害了。"【写作借鉴：动作、神态和语言描写，表明他们找来卡尔的目的，原来是为了通过他向人类求助。】

"不知道，"卡尔说，"现在不是狩猎季节，人类不会到这么远的密林深处。他们一点都不知道这场虫害。"

"我们这些森林里的长者，"角中王冠说，"都觉得光凭我们动物的力量无法对付这些虫害。"

"我们那个鹿群觉得不管是虫害也好，人类也罢，都好不到哪里去，一样是灾难，"美髯公喟然长叹，"反正从此以后这座森林再也没有太平之日了！"

"不过我们绝不能让森林毁于一旦，"大力士说，"再说我们也别无出路。"

卡尔明白麋鹿无法完全表达他们的意愿，便想帮他们解释。"也许你们是要我让人类知道这里的境况？"几只老鹿都频频点头，并且说道："我们不得不向人类求助，这真是不幸，可是我们别无他法。"【名师点睛：不得不向人类求助，是这些森林长者的无奈之举。人类也会给动物和森林带来不幸，但在灭顶之灾面前，这些森林长者不得不做出退让。】

又待了一会儿，卡尔就动身回家去了。他心事重重快步往前走，迎面来了一条又黑又大的水蛇，想要挡住他的去路。"幸会，幸会！"水蛇咝咝地打招呼。"幸会，幸会！"猎狗一边说一边赶路。可是那条蛇把头扭过来又拦住了他。"说不定这条蛇也在为森林发愁。"卡尔若有所思，便停下了脚步。水蛇果然一开口就讲起了那场大虫害。"一旦把人类叫到这里来，森林就再也没有太平日子了！"他说道。

"是呀，我担心的也是这个，"卡尔回答说，"可是森林里的长者要求这样做一定有他的道理。"

"我倒有个万全之计，"水蛇说，"要是我能得到想要的报酬。"

"你不是名叫窝囊废吗？"卡尔鄙夷地挖苦道。

"可是我在森林里活到这么大年纪,"水蛇说,"我知道怎样才能除掉这些害虫。"

"要是你真能除掉这些虫子,"卡尔说,"我想,没有谁会拒绝你所索取的报酬。"

卡尔说完,那条蛇马上钻进树根底下的一个洞穴里,将身子藏得严严实实。"你给灰皮子捎个口信,"蛇说,"如果他愿意离开平安林,一步不停地朝北走,一直走到连一棵槲树也没有的地方,而且只要我水蛇窝囊废还活着,他就不许回到这里来,那么我就可以使这些爬在树枝上啃树叶的虫子染病而死。"【名师点睛:水蛇说出了交易条件,既照应前文他要找灰皮子报仇,也开启了后文,推动情节发展。】

"你在说些什么?"卡尔问道,他背上的毛根根竖立起来,"灰皮子有什么地方得罪你了?"

"他把我最心爱的老伴踩死了,"水蛇咬牙切齿地说,"我非要报仇不可。"水蛇话还没有讲完,卡尔就纵身扑了上去,可是水蛇躲进了洞穴里,根本碰不到他。"你愿意在那儿躺多久,就躺多久吧。"卡尔最后恨恨地说,"没有你帮忙,我们也能把啃杉树叶的害虫统统撵走。"【写作借鉴:语言描写,表现出卡尔对好朋友灰皮子真诚的友谊。】

第二天,矿场主和森林看守人沿着森林边一条小路往前走着。起初卡尔一直跟在他们身后,可是过了一会儿却不见了,再过了片刻,森林里传出来一阵猛烈的狂吠声。

"那是卡尔,"矿场主说,"他又在胡来了。"

森林看守人不愿意相信。"卡尔已经多年没有滥杀无辜了。"他说完跑进森林里,想看看究竟是哪条狗在狂叫。矿场主也跟着他去了。

他们顺着狗叫的声音往前走,走进了密林最深处,然而狗却不叫了。他们停下脚步侧耳细听,四周一片寂静,只听得嚓嚓嚓的虫子吃东西的声音,树叶像下雨般洒落下来,还有一阵阵浓郁的气味。【名师点睛:在猎狗卡尔的指引下,人类终于发现了这场隐藏于森林腹地的虫灾。那么人

253

▶ 骑鹅旅行记

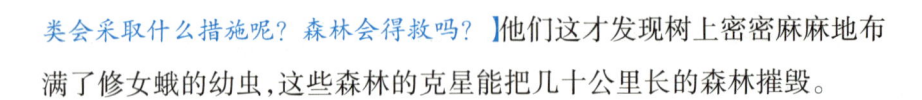

类会采取什么措施呢？森林会得救吗？】他们这才发现树上密密麻麻地布满了修女蛾的幼虫，这些森林的克星能把几十公里长的森林摧毁。

大战修女蛾

来年春天，有一天清早猎狗卡尔从森林里奔跑而过。"卡尔，卡尔，"有人在叫他的名字。卡尔回过头，他没有听错，那是一只年老的狐狸站在自己洞穴外面叫他。"你务必告诉我，人类是不是正在对森林采取措施？"狐狸问道。

"是的，你可以放心，"卡尔说，"他们会全力以赴治虫害的。"

"他们把我的家人都打死了，而且还要打死我，"狐狸说，"不过只要他们能够救下这座森林，他们还是可以得到原谅的。"

这一年来，卡尔每次穿过森林，总会有动物向他打听人类是不是能够拯救森林。对卡尔来说确实不好回答，因为人类自己也不大清楚他们究竟能不能战胜修女蛾。

只要想想古老的考尔毛登是怎样令人望而生畏和憎恶，你就会觉得奇怪，现在每天竟然有上百个人在森林里走来走去，忙于挽救森林。他们把受害严重的树木都伐倒，把灌木丛清理干净并且折断了最底下的那些树杈，这样害虫就不容易从这一棵树上轻易地爬到另一棵树上去。他们在受虫害的森林四周砍伐出宽阔的坑道，并且插满了涂过胶水的小木杆，试图把害虫禁闭在里面，不让他们到新的地方去为非作歹。这些事情做完之后，他们又在树身上一圈圈地涂上胶水。【名师点睛：详写人类为战胜修女蛾而采取的行动，上百人进入森林、伐木、除灌木丛、涂抹胶水……】

人们一直忙到开春以后，并且信心十足，迫不及待地等着幼虫咬蛹而出。他们相信已经把害虫团团围困，绝大多数虫子会饿死。

但是夏天一到，幼虫的数量比上一年增加了好几倍。如果虫子真的被围起来了,而且找不到吃的,那就好了。

然而事与愿违。虽然有不少幼虫被粘在涂满胶水的木杆上,也有成堆的幼虫被涂着胶水的包围圈挡住去路,但是恐怕谁也不能够说虫子就真的被困住了。非但没有被围住,反而从包围圈内爬出来了,蔓延得到处都是。虫子还爬到了大路上、农庄的围墙上,甚至登堂入室,进到农舍里。虫害不仅在平安林一带为患,而且还蔓延到了考尔毛登的其他地区。

"看来这场虫害不把我们所有的森林都毁掉,是不会罢休的!"人们长吁短叹,焦急万分,每次走进森林都忍不住潸然泪下。【写作借鉴:"长吁短叹""焦急万分""潸然泪下"生动形象地表现出人类对害虫束手无策的焦虑和无法拯救森林的难过。】

猎狗卡尔非常厌恶那些爬来爬去的虫子,所以他几乎连大门都不出。可是有一天,他觉得应该去看看灰皮子生活得怎么样。他低着头抄近路朝着灰皮子住的地方跑去。当他走到前一年遇到水蛇窝囊废的那个树根时,水蛇又叫住他。【名师点睛:名叫窝囊废的水蛇为了谋划复仇,不惜苦等多年,可见其心思之深。】

"你把上次见面时我托你捎的口信告诉给灰皮子了吗?"水蛇问道。猎狗卡尔愤怒地叫了几声,并不作答。

"你还是老老实实地告诉他吧,"水蛇躺在洞里得意扬扬地说,"你不是亲眼看见,人类对这场虫害也束手无策吗?"

"哼,我看你也没有本事。"卡尔答了一声就头也不回地跑了。

卡尔找到了麋鹿灰皮子,可是灰皮子此刻心烦意乱,一见面几乎连招呼都没有打就谈起了森林的事情。"我真不知道应该做些什么才能止息这场灾祸。"

"我不妨对你直说了吧,也许你能够拯救这座森林。"卡尔顺势说,并且转告了水蛇捎给他的口信。

"倘若不是窝囊废,而是别的动物答应这样做的话,我倒甘心马上就放逐自己,"灰皮子说,"可是,这样一条可怜的水蛇有什么能耐呢?"【名

255

▶ 骑鹅旅行记

师点睛：灰皮子并非不愿为拯救森林而遭到放逐，他是不相信水蛇窝囊废有能力解决人类尚且束手无策的虫灾。】

"那不过是吹牛皮而已，"卡尔说，"水蛇总是装作比别的动物更高明。"

在卡尔回家的时候，灰皮子也跟着他走了一段路。卡尔听见一只站在杉树顶上的鹎鸟啼叫起来："灰皮子来啦，就是他毁了森林！灰皮子来啦，就是他毁了森林！"

卡尔还以为自己听错了。可是过了一会儿，一只山兔从小路上跳跃而过。山兔看到他们两个，便停住了脚步，晃动着长耳朵，高声大喊："灰皮子来啦，就是他毁了森林。"然后他就一溜烟跑掉了。

"他们这样说是什么意思？"卡尔问道。

"我也不明白，"灰皮子说，"我想，森林里的小动物不大满意我，因为我提出要寻求人类的帮助。结果那些灌木丛被砍光了，他们的藏身之所全给毁掉了。"【名师点睛：人类为了战胜修女蛾而采取的措施并未收到成效，反而让小动物们的栖身之所遭到破坏，因此小动物们迁怒于灰皮子。】

他们又一起走了一段路，卡尔听见四面八方都传来喊叫声："灰皮子来啦，就是他毁掉了森林！"灰皮子佯装没有听见，可是卡尔明白他为什么这样难过。

"灰皮子，"卡尔突然问道，"水蛇说你曾经踩死了他最亲爱的老伴，究竟有没有这回事呢？"

"我怎么知道？"灰皮子凄然地说，"你很清楚，我从来不轻易伤害生灵。"

随后不久，他们遇到了那四只老鹿：驼背佬、角中王冠、美髯公和大力士。他们脚步蹒跚，心事重重地一个挨一个地走了过来。"你们好，"灰皮子向他们打招呼。"你好，"几只鹿异口同声地回答说，"我们刚好要去找你，灰皮子，同你商量商量森林的事。"

"事情是这样的，"驼背佬说，"我们听说在这森林里发生过一桩伤天害理的缺德事，肇事者使得整个森林受难而偏偏没有受到惩罚。"

"究竟是什么缺德事呢？"

256

"有个家伙残害了一只无害的动物。这样的事情在平安林里算不算伤天害理的事?"

"那么究竟是谁干了那件伤天害理的暴行呢?"灰皮子问道。

"听说是一只麋鹿干的,所以我们现在想问问你知不知道是谁。"

"不知道,"灰皮子斩钉截铁地回答说,"我从来没有听说过有哪只麋鹿去残害一只无害的动物。"

灰皮子向这几位长者告别之后又陪着卡尔往前走去。<u>他愈来愈沉默,而且脑袋愈来愈低。</u>【名师点睛:灰皮子的沉默和低头表明,他已经意识到可能是自己惹的祸了。这也是他内疚、自责的表现。】他们碰巧从正盘在一块大石头上的蝰蛇克里莱身边走过。"灰皮子来啦,就是他毁掉了森林!"克里莱也像其他动物一样嚎叫道。这一下灰皮子再也按捺不住了,他冲到蝰蛇面前,高高地抬起了前蹄。

"哼,难道你还想踩死我不成?就像你踩死那条可怜的老雌蛇那样?"克里莱毫不示弱地说。

"什么,我踩死过一条雌蛇?"灰皮子茫然不解。

"<u>在你踏进森林的第一天,你就一脚把水蛇窝囊废的妻子踩死啦。</u>"克里莱幸灾乐祸地回答说。【名师点睛:蝰蛇的话印证了灰皮子的怀疑,事情确实是因他而起。】

灰皮子赶紧从蝰蛇克里莱身边走开,又陪卡尔往前走了几步,突然站住了。"卡尔,那件伤天害理的暴行是我干的,我记起来我曾经踢死过一条没有危险的水蛇。是我的过失,是我让森林遭殃。"

"你在瞎说些什么呀!"卡尔打断他的话。

"你去告诉水蛇窝囊废,灰皮子今晚就会离开森林。"

"我不去,"卡尔说,"要知道北方对于麋鹿来说是危机四伏的地方。"

"你想想看,在造成了这样一场大灾祸之后,我还有脸在这里继续待下去吗?"

"你不要草率行事,等明天再想办法!"

▶ 骑鹅旅行记

"是你告诉我,麋鹿和森林是一体的。"灰皮子说罢,头也不回地离开了。

卡尔闷闷不乐地回到家里,这番谈话使他忧心忡忡。第二天他又去森林里寻找灰皮子。可是他到哪里也找不到灰皮子。猎狗卡尔没有继续寻找,因为他知道灰皮子听从了水蛇的话,心甘情愿地离开了。【名师点睛:体现灰皮子为了拯救森林而甘心被放逐的牺牲精神。】

在回家的路上,卡尔心里有说不出的难过。他不能理解灰皮子怎么轻易地就被那条水蛇哄骗得甘愿被放逐到北方。他从来没有听说过这样荒唐的事情。那个窝囊废究竟在耍什么花招?

猎狗卡尔苦苦思索着往家里走的时候,看到森林看守人站在那里指着一棵树说话。

"你在看什么?"旁边有个男人问道。

"虫子染上病啦。"森林看守人说道。

猎狗卡尔真是难以相信,但是那一条水蛇信守诺言使他更气愤。现在灰皮子不得不长期在外苦度放逐生活了,因为那条水蛇的寿命很长,不知道要到哪年哪月才会死掉。【名师点睛:水蛇最终信守了自己的诺言,在灰皮子离开后,让虫子生病。但这也意味着,在水蛇有生之年,灰皮子再也不能回来了。】

就在他悲伤至极的时候,他突然想出了一个主意,这使他心里略为好受一些。"水蛇大可不必活到那么老嘛,"他思忖道,"他总不能一直躲在树根底下不出来的。只要他把虫子消灭干净了,我知道找谁去把他咬死。"

虫子当中确实蔓延着一种疾病,不过在第一年的夏天传染的范围并不大。还没等到疾病传染开来,幼虫就变成蛹了。而待到虫蛹成熟之后,又钻出了成千上万只飞蛾。它们像漫天飞舞的雪花一样,在树林中蹁跹来回,产下无数的虫卵。大家都预计来年虫害将更加严重。

可是这次遭殃的不仅仅是森林,幼虫自己也有份。疾病迅速地从一个林区蔓延到另一个林区。那些染病的虫子不再啃嚼树叶,而是蜷曲在树梢上坐以待毙。人类看到虫子纷纷死去,心里都很高兴,森林里的大

258

小动物更是喜出望外。

然而幼虫早已扩散到方圆几十公里的各个森林,因此这一年夏天疾病也没能够传染到所有的幼虫,仍旧有不少幼虫化蛹成蛾。

过往的飞鸟给卡尔捎来了麋鹿灰皮子的问候和口信,灰皮子在北方过得不错。可是,飞鸟私下告诉卡尔说,灰皮子曾经多次遭到狩猎者的追逐,都是九死一生才脱险的。

卡尔就这样,心里充满悲伤、期望和忧愁地一天天过下去。在他耐心地等了两个夏天后,虫害总算被扑灭了。【写作借鉴:"心里充满悲伤、期望和忧愁",却不得不"耐心地等",表明了卡尔的煎熬。他一方面希望森林得救,另一方面又渴望老友归来。】

卡尔一听森林看守人说森林没有危险了,就马上亲自去找水蛇窝囊废算账。可是,他刚走进密林深处时,却烦恼起来,他已经不能再像从前那样虎虎生气地追逐了,他已经跑不动了,鼻子嗅不出他的冤家对头躲在哪里了,眼睛也昏花得看不清东西。【名师点睛:时光匆匆,卡尔的体力、嗅觉和视觉都衰退了,但他盼老友归来的心愿仍然强烈。】在漫长的等候中,岁月悄悄地催他变老了。他已经老得不中用了,而他自己却没有发觉。他力不从心,无法把水蛇咬死了,他再也没有力量把他的朋友灰皮子从仇敌手中拯救出来了。

复 仇

有一天下午,从大雪山来的阿卡带领雁群落到森林中一个小湖边。他们已经离开东耶特兰省,来到了瑟姆兰省的约奥格县。

山区里的春天总是姗姗来迟,湖面上仍旧冰雪覆盖,只有在靠岸处才露出一条狭窄的水流。大雁们落下来后立即跃入水里去游泳和觅食。可是尼尔斯·豪尔耶松早上丢了一只木鞋,所以他走进离小湖不远的榆树林和白桦树林里,想找点东西来包裹他的脚。

259

▶ 骑鹅旅行记

　　尼尔斯为了找到合适的东西裹脚,走了很长一段路。他一路上惴惴不安地环视四周。"我还是喜欢在平地上或者湖泊边走动,"他想,"在那里,可以看得见对面要来的是谁。【写作借鉴:动作描写和心理描写,既表明此地灌木丛生难行,也表明尼尔斯的小心谨慎,为后文他遇袭做铺垫。】倘若这是一个山毛榉树林那也还凑合,因为那类树林的地上几乎什么也不长,可是这里是桦树和杉树林,地上长满了蓬蒿荆棘,连走路的地方都没有。我真不明白人们怎么受得了。这些森林要是都属于我,我就要把它们砍光。"

　　后来他看见了一块桦树皮,当他站在那里往脚上比画看是否合适的时候,他听见身后传来一阵窸窸窣窣的声响。他转过头去,看到一条蛇正从蓬蒿丛中朝他直蹿过来。这是一条异常长和粗的蛇,可是尼尔斯马上就看出蛇的脑袋两侧各有一块白斑,所以他站在那里没有动。"这只不过是一条水蛇而已,"他想,"他不会对我怎么样的。"

　　可是那条蛇来势汹汹,对着他胸口狠狠一撞,把他撞得仰面摔倒了。尼尔斯见势不妙,急忙爬起来,拔腿就跑。那条蛇在后面紧追不舍。林间到处是荆棘和石头,尼尔斯一时躲闪不开。【名师点睛:尼尔斯以为是条水蛇便无须担心,怎料水蛇并不想放过他,直接对他发起了攻击。形势危急,叫人不禁悬起一颗心。】

　　忽然,尼尔斯看到前面有一块四面光滑的大石头,他马上就奔过去。"爬到上面,那条蛇就追不上了。"他想。可是他爬上去以后转身一看,那条蛇还在紧紧追赶。

　　在那块大石头顶部紧靠男孩的地方,有一块像人的脑袋那么大的圆石头。那块圆石头倚在大石头的一侧,看着很不牢固,真不知道它怎么一直没有掉落下去。当那条蛇逼到跟前时,尼尔斯跑到圆石头后面使劲一推,那块圆石头就朝着水蛇骨碌碌滚下去——蛇的脑袋被砸得粉碎。

　　"亏得这块石头帮了大忙。"尼尔斯想。他看到那条蛇绞动了几下身子便不再动弹时,这才深深地松了一口气。"我想,在这次旅行中我还没有遇到过比这次更大的危险。"

他刚平静下来,就听见头顶上扑哧一阵声响,但见一只鸟儿落到了那条死蛇身边。那只鸟的大小和模样很像乌鸦,可是浑身上下披着闪闪发光的黑色羽毛。尼尔斯对自己被乌鸦劫走的危险场面记忆犹新,所以不愿意暴露自己,于是他悄悄地躲进了一个石头缝里。

那只黑鸟在死蛇身边迈着方步踱来踱去,还用嘴喙去啄啄死蛇。后来他张开翅膀,发出一声刺痛耳膜的怪啸:"死在这里的准是水蛇窝囊废。"他又绕着蛇走了一圈,然后站在地上沉思起来,不时抬起脚爪去搔搔后脑勺。"不会的,森林中不会有两条大小完全一样的蛇,"他说,"这一定是他。"【名师点睛:黑鸟对着一条死蛇自言自语,他也不确信死的是不是窝囊废,因为脑袋被石头砸得粉碎,所以黑鸟没办法确定。情节设计严谨。】

他把嘴喙戳入蛇的尸体里,打算大吃一顿,可是突然又停了下来。"不行呀,巴塔基,你千万不要干傻事,"那只鸟儿在告诫自己,"在你吃掉这条死蛇之前,得先把猎狗卡尔叫来。他不亲眼看见,绝不会相信水蛇窝囊废已经一命呜呼啦。"

尼尔斯想要静悄悄地不发出声响,但是那只鸟如此庄严肃穆地踱着方步,而且还一本正经地自言自语,样子实在滑稽,便忍不住笑出了声。

那只鸟听到他的笑声,就呼啦一声拍翅飞上大石头。尼尔斯赶忙朝他迎了过去。"莫非你是大雁阿卡的好朋友,渡鸦巴塔基吗?"尼尔斯问道。那只鸟仔仔细细地把他打量了一番,连着三次向他点头致意。"难道你是那个跟着大雁到处飞行的大名鼎鼎的大拇指小人儿?"【名师点睛:原来来者正是阿卡的朋友渡鸦巴塔基。他曾在前文灰老鼠和黑老鼠的战争中被提及。他们都听说过对方的姓名却没见过面,今日遇上了。】

"是呀,就是我,一点儿没错。"尼尔斯回答说。

"我能够见到你,真是太荣幸了。你也许能告诉我,是谁打死了这条水蛇。"

"哦,是那块圆石头,我把它朝水蛇一推,它滚下去就把水蛇砸死

261

骑鹅旅行记

啦！"尼尔斯说，并且讲述了事情经过。

"干得漂亮，像你这么小的小不点儿竟能这样，真不简单，"渡鸦赞不绝口道，"我在这一带有个朋友，他听到这条蛇死掉的消息一定会欣喜万分。我真希望我能够做一件事情来报答你。"【写作借鉴：语言描写，表现了渡鸦对尼尔斯真诚的赞美，以及水蛇之死让他感到非常愉快。】

"那么给我讲讲，为什么这条蛇死了你那么高兴？"尼尔斯问道。

"唉，"渡鸦叹了口气道，"说来话长，你大概没有耐心听下去的。"

可是尼尔斯说他想听。于是，渡鸦便讲起了猎狗卡尔、麋鹿灰皮子和水蛇窝囊废之间的恩恩怨怨。渡鸦把故事讲完之后，尼尔斯一声不吭地坐着，眼睛凝视着前方。"真是多谢你啦，"他说，"我听了这个故事之后，好像对森林了解得更多了。我真想知道那座平安林现在还有没有什么剩下的。"

"大部分已经被毁掉了，"巴塔基说，"那些树木都像遭到一场森林火灾似的。被蛀空的树木只好统统砍掉，森林要恢复元气恐怕还要等许多年才行。"

"那条蛇真是死有余辜，"尼尔斯愤愤地说，"不过，我真怀疑他是否有那么聪明，竟然有本事让虫子害病。"【写作借鉴：语言描写和神态描写，表明了尼尔斯对险恶自私的水蛇的愤恨。尼尔斯的怀疑，也正是读者心中的疑惑。】

"也许他知道，虫子总会得病。"

"那倒有可能，我认为他是森林里最阴险狡猾的动物。"

尼尔斯不再吭声了。渡鸦不管他有没有把话说完便转过头侧耳细听。"你听，"他说，"猎狗卡尔就在附近。他一听到水蛇窝囊废死了，一定会高兴得跳起来。"尼尔斯转过头来对着声音传过来的方向侧耳细听。"他正在同大雁们说话。"他说道。

"是呀，他一定是硬撑着跑到湖边来打听麋鹿灰皮子的消息的。"

尼尔斯和渡鸦都跳下了石头，朝湖岸边走过去。所有的大雁都已经从水里上来了,正站在那儿同一条上了年纪的猎狗谈话。那条猎狗瘦骨嶙峋,虚弱无力,看样子随时都会倒在地上死去。

"那就是卡尔,"渡鸦巴塔基向尼尔斯介绍说,"让他先听听大雁们讲些什么吧,然后我们再告诉他那条水蛇已经死去的事。"【名师点睛:尼尔斯和巴塔基为卡尔带来了水蛇已死的好消息,这意味着灰皮子可以回家了。这之前,先听听大雁们为卡尔带来的有关灰皮子的消息。此处照应前文卡尔从飞鸟处了解灰皮子的近况。】

他们很快就来到了大雁阿卡和猎狗卡尔的身边,阿卡正跟卡尔说话。"去年春季我们飞行的时候,"那只领头的老雁阿卡说,"有一天早晨,亚克西、卡克西和我一起飞出去。我们从达拉那省的锡利延湖飞过达拉那省和海尔星兰省交界处的大森林。我们俯视大地,什么东西也望不见,除了墨绿色的树冠,还有树梢间厚厚的积雪。河流仍结着冰,只有一两个地方露出了黑色的罅隙,河岸边有些地方积雪已经融化。我们没有见到什么村落和农庄,只见到几个灰蒙蒙的小木棚,那是夏天牧羊人的居所,冬天空荡荡的什么都没有。森林里一条条运送木材的小路蜿蜒曲折,河边岸上堆积着大堆大堆的木材。

"就在我们平平稳稳翱翔之时,我们看到三个猎人在森林中穿行。他们脚蹬滑雪板,手里牵着猎狗,腰带上插着刀子,但是没有背猎枪。积雪上有一层坚硬的冰壳,所以他们没有顺着林间小路七拐八弯,而是笔直朝前滑行。看样子,他们心里明白在什么地方可以找到目标。【名师点睛:猎人行为反常,却目标明确,他们要做什么呢?此处留下悬念。】

"我们飞翔在高空之中,身下整个森林都清晰可见。我们看到猎人之后,存心要弄清楚他们究竟打算干什么,便来回盘旋,从树木缝隙中窥探。我们终于看到在一处茂密的灌木丛中有些像长满了苔藓的大石头一样的东西。不过那些东西不见得是石头,因为上面没有积雪覆盖。

"我们赶紧往下飞,落在灌木丛中。那三块大石头一样的东西动起来了。原来是躺在森林阴暗处的三只麋鹿,一只公的,两只母的。我们

▶ 骑鹅旅行记

降落下来以后,那只公鹿站起来走到我们身边。他是我们见到过的最雄壮魁梧、最健美漂亮的麋鹿,但是当他发现把他从美梦中惊醒过来的是几只微不足道的大雁时,他又躺下了。

"'不行啊,老伯,不要躺下去睡觉,'我央求他说,'快逃跑吧,跑得要尽量快!森林里来了猎人,他们直奔你们藏身的地方来了!'

"'谢谢关照,大婶,'那只麋鹿含含糊糊地回答说,似乎讲着话就要睡着了一样,'不过我们知道,在这个季节是不准偷猎麋鹿的,那些猎人是来打狐狸的吧。'【写作借鉴:语言描写,表现了麋鹿过于自信,也说明了猎人们的险恶。】

"'森林里遍地都是狐狸的脚印,可是猎人们连看都不看,你相信我吧,他们知道你们躺在这儿,老伯。现在他们就是来宰杀你们的。他们根本没有带猎枪,只带了长矛和刀子,因为在这个季节禁止狩猎,他们是不敢开枪的。'

"公鹿仍旧从容不迫地躺着,不过母鹿却不安起来。'也许事情正像大雁们所说的那样。'她们说着从地上爬了起来。

"'静静地给我躺下!'公鹿喝道,'猎人是不会到这片灌木丛里来的,这你们知道。'

"我们无可奈何,只好重新飞回天空。不过我们这几只大雁都不肯走远,只在原处盘旋,想看看麋鹿们的命运如何。

"我们还没有飞到惯常的高度,就见那只公鹿从灌木丛中走了出来。他嗅了嗅四周的气味,就笔直朝猎人们来的方向迎了上去。他大步流星地往前走着,顾不得蹄子把散落在地面的枯枝干杈踩得噼啪作响。在他面前有一大片空荡荡的沼泽地,他跑了过去,站在空旷的沼泽地中央,四周没有一点可以遮挡视线的东西。【名师点睛:灰皮子已经成长为一头雄壮魁梧、健美漂亮的麋鹿,他无畏无惧地迎向猎人们,究竟是要做什么呢?】

"那只公鹿就这样站在那里等着。直到猎人来到森林边上,他才转过身来,放开四蹄,朝着另外一个方向跑去。猎人们把狗放开,他们自己也全力蹬动滑雪板,风驰电掣地追赶过来。

"公鹿把头往后一仰,紧贴到脊背上,四蹄如飞,拼命狂奔,四只蹄子刨起的雪花,如同细雨般在他周围扬撒开来。猎人和猎狗不一会儿便远远被抛在后面。但是他忽然又停住了脚步,站在那里存心等他们追上来。待到他们进入视野之后,他又重新放开四蹄奔跑起来。我们这时候才恍然大悟,原来他打算把猎人从母鹿藏身的地方引开。我们的心中一股敬意油然而生,想想看,他宁愿冒生命危险来换得鹿群中的伙伴安然无恙。我们都不肯离开那里,都想看到结果。

"这样的追逐捕猎持续了两三个小时。我们不免暗暗纳闷起来,为什么猎人不带着猎枪就来追逐麋鹿?他们难道真的相信自己能够追得上这头善跑的麋鹿?

"可是我们看到那只麋鹿逃避躲闪的速度愈来愈慢了。他往积雪里落下脚去的时候愈来愈小心翼翼。而他提起脚来的时候,可以看见雪地上染上了斑斑血渍。

"这时候我们才明白过来,为什么猎人那么不厌其烦地跟着麋鹿。原来他们盘算好了,积雪会助他们一臂之力的。<u>麋鹿身体很重,每迈出一步,他的脚都陷进积雪的底部,积雪面上那层冰壳就会像锋利的刀刃一样割破他的脚,他的腿毛被刮掉,皮上被划出一道道血口,所以他的脚每次落地他都要忍受痛彻心扉的苦楚。</u>【写作借鉴:运用比喻的修辞手法,生动形象地写出了冰壳的锋利和麋鹿的痛楚,表明了麋鹿在积雪上奔跑的艰辛与悲壮。】

"猎人和猎狗身体都很轻,他们可以在冰面上毫不费力地走动,所以耐着性子紧追不舍。那只麋鹿逃呀,逃呀,可是脚步愈来愈蹒跚、踉跄,他大口大口地喘息。这不仅是因为他要忍受巨大的痛楚,而且在深雪中长时间奔跑也确实使他疲惫不堪了。

"后来,麋鹿终于失去了耐心。他停住脚步,等着猎人和猎狗靠近他,同他们做最后的殊死较量。他站在那里等候的时候,眼睛朝天空扫

骑鹅旅行记

了一下。当他看到几只大雁在头顶上盘旋的时候,他大声高喊道:'先不要走开,大雁们,等到一切结束了你们再飞走。下次你们经过考尔毛登的时候,请找一下猎狗卡尔,告诉他,他的朋友灰皮子死得十分壮烈。'"

【写作借鉴:通过对麋鹿临死前的语言描写,表达了猎狗与麋鹿间真挚而深厚的情谊。】

大雁阿卡讲到这里的时候,那条年岁很大的猎狗站了起来,向她靠近了两步。"麋鹿灰皮子生得正直,死得壮烈,"他叹息道,"他了解我,他知道我是一只坚强的狗,我会为他英勇无畏的死去而欣慰。现在请告诉我……"

他竖起尾巴,昂起脑袋,似乎要做出英勇无畏和豪情满怀的姿态,可惜力不从心又趴下去了。

"卡尔,卡尔。"森林里传来一个男人的喊叫声。

那只老猎狗霍地从地上爬起来。"那是主人在叫我,"他说,"我要回去了。我刚才看见他在枪里装上了弹药。这是我跟着他最后一次走进森林。多谢了,大雁,我已经知道了我想知道的一切,现在我可以死得瞑目了。"

Z 知识考点

1. 填空题。

为了解决森林虫灾,灰皮子特意将猎狗卡尔引到森林深处,并通过_____、_____、_____三个角度的异样感受来提醒卡尔注意森林里的情况,希望他将这些情况转告人类。

2. 选择题。

(　　)解决了修女蛾虫灾。

A.人类　　　B.雁群　　　C.灰皮子　　　D.水蛇

3. 问答题。

两条水蛇分别是怎么死的？

_____

_____

阅读与思考

1. 麋鹿灰皮子为什么会流落他乡？
2. 卡尔和灰皮子的友谊给了你什么启发？

▶ 骑鹅旅行记

第二十四章　在奈尔盖

M 名师导读

尼尔斯一行来到奈尔盖省,这里流传着有关风妖卡伊萨的故事。在一个风雪之夜,尼尔斯和风妖一起为饥寒交迫的牲口们找到了可以遮风挡雨的栖身之所,也为农庄主找回了本我之心,老马也因此得以回到昔日的农庄,安享晚年。具体是怎样的故事呢? 让我们一起来看一看。

伊萨特尔·卡伊萨

奈尔盖省以前有样东西是其他地方所没有的,那就是风妖伊萨特尔·卡伊萨。

她之所以姓卡伊萨,是因为她能够呼风唤雨,法力无边,大凡这类风妖都是这个姓。至于她的名字,那大概是因为她来自阿斯凯尔教区的伊萨特尔沼泽地。

她家大概在阿斯凯尔一带,然而也常常在别处出没。可以说,在整个奈尔盖省,无论在哪一个地方都可能会碰上她。

她不是一个阴郁沉闷的风妖;她活泼开朗,最得意的就是呼唤来一阵阵大风,待到风力足够的时候,便随风翩跹起舞。【名师点睛:简要介绍风妖的性格特征,突出她的活泼开朗,喜欢随风起舞。】

奈尔盖省其实只是一块沃野千里的大平原,四周被密林群山环绕着。只有东北角上的耶尔马湖才打破了这种格局,把这个省四面合抱的崖石围墙扯开了一个豁口。

一天清早,大风在波罗的海上空积聚力量后朝内地吹来。它穿越过瑟姆兰省的山冈丘陵,再从耶尔马湖这个豁口毫无阻拦地长驱直入,吹进奈尔盖省。然后它越过奈尔盖省一直向前,在西面撞在克尔斯山的峭壁上反弹回来。于是大风就像一条蛇似的蜷曲着身子向南奔去。可是在那边又碰到蒂维登大森林,这样它就不得不转身往东。不过,东面也有蒂罗大森林,它又把风赶向北边,但北面的凯格兰山脉也不让大风通过。于是大风又从凯格兰山转向克尔斯山、蒂维登森林和蒂罗森林,这样周而复始,循环不已。大风旋转呀,旋转呀,可是圈子却越转越小,最后就像一个陀螺一样在平原中央旋转不停。【名师点睛:前文介绍了此地特殊的地形地貌,四面被密林群山环绕,只有一道豁口。大风撞进来,旋转个不停,像个陀螺,比喻形象生动。】这股龙卷风刮过平原的那些日子也是风妖伊萨特尔·卡伊萨最开心的时候。她站在风的旋涡里不停地旋转,舞姿嫣然,长长的头发在云层里飘舞,她的长裙衣裾像是云彩霓裳般飘拂过大地,而整个平原就像是她脚下的舞台。

早晨,伊萨特尔·卡伊萨常常端坐在山顶上的一棵大松树上,居高临下,俯视整个平原。倘若那是冬天,能见度又十分好,她看到大路上熙来攘往、车水马龙,便会呼唤来阵阵狂风和漫天大雪,使得道路上堆满积雪,车马行路艰难,往往要加速才会在天黑时分赶回。到了夏天,而且又是大好的收获天气,伊萨特尔·卡伊萨就稳坐不动,直到第一批运送干草的车辆装满,她才倏地召来阵雨哗哗而下,结束这一天的劳动。

确实,她除了制造麻烦之外很少想到做别的事情。克尔斯山的烧炭工人几乎不敢打一会儿盹,因为她一看到哪口炭窑无人照看,就会悄悄地跑过去,冷不丁吹上一口气,于是木柴就蹿起很高的火苗,难以再烧成木炭。如果拉克斯河和黑河铁矿的运送工人晚上还在外面忙碌的话,伊萨特尔·卡伊萨就在道路上刮起阵阵旋风,把那一带罩上黑沉沉的尘烟,使得人们和马匹都无法辨认方向,把载重的雪橇赶进泥潭和沼泽地

▶ 骑鹅旅行记

里去。【写作借鉴：先总述风妖总是给人带来麻烦，再举例细数她做过的事，逻辑清晰明确，观点具有说服力，使风妖形象一下子变得具体可感了。】

倘若格伦哈马尔教堂的牧师夫人在夏季的一个星期天把咖啡桌摆在花园里，安排停当杯碟，想要享受一番，便会忽然吹来一阵劲风，掀翻桌布，把杯碟吹得东歪西倒，然而大家都知道这是谁在恶作剧。如果正在斯斯文文走路的厄莱布鲁市市长的大礼帽忽然被刮掉，害得他不顾体面地在广场上奔跑追赶帽子；如果维恩岛上的居民运送蔬菜的船只偏离了航向，在耶尔马湖上搁浅；如果晾在屋外的衣服被刮走并且弄得沾满尘土；如果晚上炉子里的浓烟寻找不到烟囱口倒呛到屋里来，大家心里都明白这是谁干的缺德事情。【写作借鉴：用排比句式列举风妖所做的缺德事，画面丰富具体，进一步突出风妖的形象。】

尽管伊萨特尔·卡伊萨喜欢做出各种令人烦恼不已的事情，但是她心地善良。大家注意到，她最不喜欢那些爱吵嘴、吝啬刁钻的人，可是对于那些行为端正的好人和穷苦人家的小孩却加以保护。老人们常常念叨说，有一回阿斯凯尔教堂眼看要失火，幸亏伊萨特尔·卡伊萨及时赶到教堂屋顶上，把火焰吹熄，把浓烟吹散，免除了一场大祸。

话虽如此，奈尔盖省的居民依然认为伊萨特尔·卡伊萨相当讨厌，因为她也不停地捉弄大家。有时候她高踞于云彩边上，俯视着她身下那个物阜民丰、阡陌膏腴的奈尔盖省，看着平原上星罗棋布的漂亮农舍和山区里富足的矿场和冶炼作坊，看着缓缓流动的黑河和水浅鱼多的平原湖泊，看着繁华的城市厄莱布鲁，还有城里那座四面角楼矗立的庄严肃穆的古老王宫，她会生出这样的想法：“这里的人们沉湎于舒服惬意的生活，要是没有我在的话，他们会因饱食终日而无所事事，懒惰得不像样子。这里必须要有我这样的人，才能使他们精神振奋、情绪饱满。”

于是她像喜鹊般狂笑个不停，舞姿嫣然地从平原这一端旋转到另一端。而奈尔盖人看到她从平原上刮起一股股烟尘的时候，便不禁笑逐颜开。尽管她叫人讨厌，但是心地并不坏。农民在干活的时候巴不得伊萨特尔·卡伊萨召来阵阵和风使自己凉爽凉爽,就像平原大地遭受她的狂风肆虐之后受到洗礼一般。【名师点睛:尽管风妖总是调皮捣蛋,但是她的心地并不坏。对这样一个爱笑,又喜欢跳舞的风妖,奈尔盖人也乐得承受。】

如今大家都说,伊萨特尔·卡伊萨大概已经死了,早就不存在了,就像别的神鬼妖怪全都不见了一样。然而这种说法难以让人信服。这就像有人会出来说,从今以后平原上空气总凝滞不动,大风不再呼啸而过并且带来清新的空气或者阵阵暴雨。

那些以为伊萨特尔·卡伊萨已经死去或消失踪影的人,不妨先听听尼尔斯·豪尔耶松路过奈尔盖省那一年所发生的事情,然后再说出自己的想法吧。【写作借鉴:设置悬念,引出下文。所以到底发生了什么事情,能使那些认为风妖已死或消失的人改变自己的看法呢?】

集市前夜

四月二十七日　星期三

厄莱布鲁城牲口大集市开市的前一天,大雨滂沱,雨水像倾缸倾盆般从云端倒了下来,没人能应付。许多人暗自思忖:"唉,这和伊萨特尔·卡伊萨活着的时候完全一样呀。她从来不肯放弃机会来集市捣乱一下。她就爱在集市开市前夜下场大雨。"【名师点睛:集市开市前夜,大雨滂沱,使人们想到了那个爱捣乱的风妖,说明风妖的形象已在人们心中根深蒂固。】

天越晚,雨下得越大,到了黄昏时候,瓢泼大雨把道路变成了无底的水沟,那些牵着牲畜早早离家赶路以便第二天一早能赶到厄莱布鲁集市的人,这一下可倒霉啦。那些奶牛和公牛疲倦得一步也走不动了,有许多可怜的牲畜干脆趴倒在道路中央;他们实在没有力气再动弹了。沿途的住户不得不打开家门让那些去赶集的人们进来过夜,不但住房里挤满了人,而且牲口棚和库房也挤得满满的。

那些能够找到客栈的人尽量到客栈里去,但是他们到了客栈反而后

骑鹅旅行记

悔为什么不在沿途找个人家避避雨。客栈里的牲口棚里所有圈栏都已挤满了牲口。他们没有别的法子，只好让牛马站在外面淋雨。而牲口的主人也只能在屋檐下勉强找到一个容身之地。

客栈的庭院里又湿又脏还拥挤不堪，简直不可想象。有些牲口站在积水里，一刻也不能躺下。有些主人为牲口找来干草，让牲口躺下，还把被子搭在牲口身上。可是有些主人却只顾坐在客栈里喝酒打牌，完全忘记了应该照料一下牲口。

尼尔斯和大雁们那天傍晚来到耶尔马湖的一个小岛上。小岛同陆地只有一水之隔，而且水道又窄又浅，可以想象得到，如果是在枯水季节，在这水道上人们可以走来走去，却不会弄湿鞋袜。

小岛上也同别的地方一样，大雨如注，直泻而下。尼尔斯被豆大的雨点打得浑身生疼，难以睡觉。后来他干脆在岛上游荡起来，他这么一走动，反而觉得雨似乎下得小了些。

尼尔斯还没有把小岛绕上一圈，就听见小岛和陆地之间的水道里传来了哗啦哗啦的流水声。不久，他见到一匹孤零零的马儿从灌木丛中跑了出来。<u>那是一匹羸弱不堪的老马，像那样一匹瘦骨嶙峋的马儿，尼尔斯还没有看见过。那匹马儿浑身哆嗦，走起路来一步一趔趄(liè qie)，瘦得皮包骨头一样。他身上既无鞍子又无挽具，只有嘴上戴着一个拖着一段烂绳的笼头。</u>【写作借鉴：对一匹羸弱不堪的老马的外貌描写，生动、细致。】显而易见，他没有费多少力气就挣断了缰绳。

那匹马儿径直朝着大雁们睡觉的地方走过去。尼尔斯不免担心起来，怕他会踩着大雁。"喂，你到哪里去？小心脚下！"尼尔斯喊道。

"哦，原来你在那里，"马儿说着走到尼尔斯跟前，"我走了几十里路专程来找你。"【写作借鉴：此处为语言描写和动作描写。马儿是来找尼尔斯的，可是这样一个不速之客找来，所为何事呢？此处设置悬念。】

"你听说过我？"尼尔斯惊奇地问道。

"我虽说年纪大了，可是还长着耳朵哪。现在有许多人在议论你。"

272

他说话的时候,低下头往前凑近了一些,为的是能够看清楚一些。尼尔斯注意到马儿脑袋很小,长着一双俊俏的眼睛,秀气的鼻子。"早先一定是一匹骏马,虽然晚年境况很不幸。"尼尔斯想。

"我想求你跟我走一趟,帮我去了结一件事情。"那匹马开门见山地说道。可是尼尔斯不大放心,觉得跟这样一匹弱不禁风的马儿出远门,不大靠得住,于是推托说天气不好而不肯去。"你骑在我背上并不会比你躺在这里更难受,"马儿说,"不过你大概不放心跟着我这样一匹骨瘦如柴的老马到远处去吧!"【写作借鉴:语言描写,表现了老马心思细腻、态度诚恳。】

"不是,不是,我很放心去的。"尼尔斯赶紧辩解道。

"那么请把大雁们叫醒,我同他们讲清楚,告诉他们明天一早在什么地方接你!"马儿说道。

没过多久,尼尔斯便骑到了马背上。那匹老马虽然走起路来比尼尔斯想象的要好得多,但是他们在大雨哗哗的黑夜里走了很远一段路,才在一个大客栈院落门前停下来。那地方邋遢得可怕,路面上到处是深深的车辙。尼尔斯想,要是自己掉进去肯定会被淹死。客栈四周的篱笆上拴着三四十头马和牛,一点挡雨的东西都没有。院子里七横八竖停满了大小车辆,车上面堆满了东西,还有关在笼子里的羊、牛犊、猪和鸡等等。

马儿走到篱笆旁边,尼尔斯仍旧骑在马背上,凭他那双夜间仍很敏锐的眼睛,他看得出来那些牲口的处境十分糟糕。

"你们怎么都站在外面淋雨呢?"尼尔斯问道。

"唉,我们是到厄莱布鲁集市上去的,半道上遇到大雨,不得不到这里躲躲。这是一个客栈,可是今天来的客人实在太多,我们就没能挤到棚屋里去了。"

尼尔斯没有说什么话,只是默不作声地四下打量。真正能够睡着的牲口并不多,反倒是四处都能听到唉声叹气和愤懑怨言。他们叹息是有道理的,因为这时候天气比白天还要坏,竟吹起了凛冽刺骨的寒风,雨水

273

▶ 骑鹅旅行记

<u>掺杂着雪珠，像是鞭子般往他们身上抽打。</u>【写作借鉴：对牲口的神态描写及对恶劣环境的描写，突出表现了牲口们处境的艰难，急需得到帮助，揭示了老马来找尼尔斯的原因。】至此大概可以猜出，那匹马儿想要尼尔斯帮个什么忙。

"你瞧见客栈正对面有个富丽的农庄了吗？"马儿问道。

"是的，"尼尔斯回答说，"我看见了，不过我真不明白为什么他们不到那里弄间房屋给你们过夜，或者那里也已经住满了？"

"不，那个农庄上并没有住过往的客人，"马儿说，"那里的主人十分吝啬，不乐意帮助别人，任何人去借宿都是要碰钉子的。"

"哦，真是这样？那你们只好站在大雨里了。"

"不过，我是在那里出生和长大的，"马儿说，"我知道那里马厩和牛棚都很大，有不少空着的圈栏。你能不能想个办法让我们住进去？"

"我觉得有些冒险。"尼尔斯推托道，不过他心里又为那些牲口感到难过，所以他想试试。【名师点睛：长期与动物们相处，使得尼尔斯学会了体谅动物的生存困境，也更愿意帮助他们解决困难。】

<u>他一口气跑进那个陌生的农庄，看见正房外面所有的棚屋都上了锁。他站在那里一筹莫展，找不到什么东西来开锁。正在这时候，一阵强劲的大风吹过来，把正对面的棚屋的门掀开了。</u>【名师点睛：如此巧合的天助，是否是风妖所为呢？】

尼尔斯毫不迟疑地回到马儿身边。"马厩或者牛棚是去不成啦，"他说，"不过有个空着的大草棚，他们忘了关紧门，我可以把你们领到那里去。"

"多谢，"马儿回答说，"能够回到老地方去睡上一觉也是好的，这是我一生当中唯一高兴的事情。"

然而，在那个富裕的农庄里，人们那天晚上比往常睡得都晚。

农庄主是个三十五岁左右的男子，他身材高大，体格强健，脸庞四四方方，却笼罩着一层愁云。他在外面赶了一天的路，浑身湿透了。到了吃晚饭的时候,他才赶回家来,让他那还在忙碌家务的年迈的母亲把炉火烧旺一点,以便他把衣服烘干。母亲总算忍痛烧起一把算不上很旺的炉火,因为那户人家平日里对柴火的使用量是极为精打细算的。【名师点睛:农庄主浑身湿透了想烤火,却不愿多烧点柴火,照应前文老马所言,主人十分吝啬。】农庄主把大氅搭在一把椅子上,把椅子拉到炉膛跟前。然后他一只脚踩在炉台上,一条胳膊支撑在膝盖上,就这样站在那里,看着火苗。他站了两三个小时,除了时不时往炉子里扔一根柴火之外,一动也不动。

那位年老的主妇把晚饭的杯盘碗碟收拾干净,为她儿子铺好了床之后,就回到她自己那间小房间里去了。她有时走出来看看,十分纳闷为什么儿子老是站在炉火旁边不回屋去睡觉。"没有什么事情,妈妈。我只是想起了一些往事。"

事情是这样的,他方才从客栈那边绕过来的时候,有个马贩子走上前来,问他要不要添置一匹马,并且随手指给他看一匹年老的马。那匹马的模样十分吓人,他气得责问马贩子是不是疯了,竟敢用这样瘦弱的老马来同他开玩笑。"别误会,我只是想,这匹马曾经是您的。如今他年纪大了,您大概愿意让他有机会安享晚年吧。"马贩子说。

他仔细一瞧,果然认出了马儿。那匹马是他亲手喂养长大,而且给他驾过车的。可是如今已经老得不中用了,他花钱把一匹毫无用处的老马买回来供养着,岂不是太不合算。不行,当然不能买下,他不是那种把钱白白扔掉的人。【名师点睛:照应前文,他之所以在炉火前久久一动不动,是因为在客栈遇到他亲手喂大的马,勾起他对往事的无限遐思。这匹马如今垂垂老矣,他却不愿白白花钱将其买下,只因为他认为其"毫无用处"。】

不过他看见那匹马之后,昔日往事一幕幕在他脑海中浮现出来。正是这些回忆使他一直醒着,无法上床安睡。

是呀,那匹马早先确实是体格健美、干活出色的良马。从一开始,父亲就让他照料调驯这匹马。他教会了马儿驾辕拉车。他对这匹马的爱

275

▶ 骑鹅旅行记

胜过了一切。父亲常常埋怨他给马投喂的饲料太多,然而他还是悄悄地给马儿燕麦吃。

自从照管了那匹马以后,他就不再步行上教堂了,而总是坐着马车去。他那样做是为了炫耀那匹马驹。他身上穿的是家里缝制的粗布衣裳,车子也很简陋,连油漆都没有上过,可是那匹马却是教堂门前最漂亮的骏马。

有一回,他竟然开口要父亲为他买几件像样的衣服,还要给马车油漆一新。父亲站在那儿像块石头一样不为所动。他当时想方设法要说服父亲,既然有这样一匹出色的骏马,他当然也不应该穿得过于寒碜。

父亲一句话也没有说,过了两三天就把马儿牵到厄莱布鲁卖掉了。这样做是十分残忍的,不过父亲担心那匹马会把儿子引上声色犬马和穷奢极侈的邪路。如今事隔多年,再回过头来看看,他不得不承认父亲这样做是不无道理的,这样一匹好马自然是一个诱惑。可是在马刚刚被卖掉的那段时间,他伤心欲绝。他还偷偷地跑到厄莱布鲁去,仅仅是为了站在街角看那匹马拉着车走过,或者溜进马厩去塞给马儿一块糖吃。【名师点睛:吝啬的父亲为了不让那匹好马把儿子引上穷奢极侈的邪路,果决地卖掉了儿子心爱的马。儿子也曾为此伤心欲绝,但是现在认为父亲当年的做法是对的。这说明儿子深受父亲的影响,也变成了一个吝啬的人。】

"等到父亲百年之后,我掌管了农庄,"他曾经这样想,"我要做的第一件事就是把我的马儿买回来。"

如今父亲早已去世,他自己也掌管农庄两三年了,却没有把那匹马买回来。而且,在很长时间里他根本没有想起过这匹马,直到今天晚上碰上。

他竟把那匹马儿忘得一干二净,这真是不可思议。他的父亲是个威严和独断的家长。他长大成人以后,他们父子俩一起到田地里去干活,他一切都要听从父亲的吩咐。久而久之,在他的心目当中,父亲干的一切事情都是理所应当的。在他自己接掌农庄以来,他办什么事情也是尽心地按照父亲的办法去做。

他当然知道人家说他父亲吝啬。不过,把手里的钱袋捏得紧一点,不平白无故地胡乱挥霍,那并没有错。一切都来得不容易,不能当个胡乱挥霍的败家子。农庄不欠人钱财,即便被人说几句吝啬,也总比拖欠一屁股债还不清要强。【写作借鉴:此处是对农庄主的心理描写。他在父亲的影响下长大,已经习惯了按照父亲的思维来看待问题。】

他想到这里,猛然浑身一震,因为他听到了一种奇怪的响声。那是一个尖酸刻薄的声音在重复他的心思:"哈哈,最要紧的是把钱袋捏紧。与其像别的农庄主那样拖欠一屁股的债,倒不如被人说几句吝啬而不欠任何债。"

这个声音听起来分明是在讥笑他不大聪明,后来他才搞清楚原来是他听错了,心里反倒不好受起来。外面已经起风了,他站在那里有些犯困,想要睡觉,这才把烟囱里的呼呼风声听成了有人讲话的声音。

他回过头看了一下墙上的挂钟,那时挂钟正好重重地敲了十一下。天已经很晚了。"该上床睡觉了。"他想,可是他又想起每天晚上都要到院子里转一圈,把所有的门窗关紧,把所有的灯熄灭。自从他掌管农庄以来,他未曾疏忽过。于是他披起大氅走出屋外,来到大风大雨之中。

他察看了一圈,一切都井井有条,只有一个空草棚的门被大风吹开了。他返身回屋取了钥匙,把草棚的门锁好,随手把钥匙放进大氅的衣袋里。然后他回到正房,脱下大氅,把它挂在炉火前面。不过他还是没有去睡觉,而是在屋里踱起步来。唉,外面天气坏得吓人,寒风呼呼,凛冽刺骨,雨中夹雪,愈下愈大。那匹老马却站在风雨交加的露天里挨冻受淋,身上连一点点御寒挡雨的东西都没有!既然他的老朋友已经在这地方了,他似乎应该给老朋友找个避风遮雨的地方,否则太说不过去了!【写作借鉴:此处为环境描写和心理描写。农庄主见到曾经养大的马正在露天里挨冻受淋,心里备受煎熬。】

尼尔斯听到客栈里的旧挂钟敲了十一下。那时候,他正在逐个解开

骑鹅旅行记

牲口的缰绳，准备把他们领到农庄的草棚里去。他花了很长时间把他们叫醒和收拾停当，不过后来总算一切准备就绪，他们排成长长一队，由尼尔斯领路朝着那个吝啬的农庄走去。

不料，就在尼尔斯做这些事情的时候，那个农庄主出来绕着院子走了一圈，把草棚的门关上了，所以当牲口们到那里的时候，那扇门又上了锁。【名师点睛：尼尔斯本以为为大伙找到了一处避难场所，哪知却是空欢喜一场，情节一波三折，跌宕起伏。】尼尔斯站在那里愣住了。不行，他不能让牲口总这么站着。他必须到屋里去，把钥匙弄到手。

"让他们安安静静地等在这儿，我去取钥匙！"尼尔斯对老马说了一声就跑了。他跑到院子中央停住了脚步，思索他怎样才能够进到屋里去。就在这时候，他看到路上来了两个流浪小孩，在客栈面前停下了脚步。

尼尔斯马上看出那是两个小女孩。他朝她们跑得更近一些，期待能够得到她们的帮助。

"看哪，布丽特·玛娅，"有一个说，"现在你不用再哭啦！我们走到客栈门口啦，我们可以进去躲躲啦！"

那个女孩子话还没有说完，尼尔斯就朝她喊道："不行，你们别进客栈啦，那里挤得满满的，根本进不去。可是这个农庄里却一个过路的客人都没有。你们到那里去吧！"

那两个女孩子清楚地听到了他的话，然而却看不见说话的人。她们倒也没有大惊小怪，因为那天夜里黑得伸手不见五指。那个稍大一点的女孩子马上回答道："我们不愿意到那个农庄上去借住，因为住在那个农庄上的人小气得很，心眼又不好，正是他们逼得我们出来沿路讨饭的。"【名师点睛：流浪女孩的话，再一次印证了这一家人的吝啬。】

"原来是这样，"尼尔斯说，"不过你们不妨去试试。你们说不定可以舒舒服服地住上一夜的。"

"好吧，我们不妨去试试，不过他们是不会放我们进门的。"两个小女孩说，她们走到正屋门前，举起手敲了敲门。

农庄主正站在炉火前面，惦念着那匹马，蓦地听到有人敲门。他刚要走出去看看究竟是怎么回事，但立刻又关照自己说，千万不可以心软放那些过路的流浪汉进屋过夜。【写作借鉴：此处是对农庄主的心理描写。农庄主临开门时还在关照自己不要心软收留他人，其吝啬形象一下就活灵活现了。】但是正当他拧开门锁的时候，一阵大风正好吹过来。大风把那扇门从他手里吹开，朝墙上推了过去。他不得不赶紧走到台阶上去把门拉回来。当他回到屋里时，两个小女孩已经进了屋。

那是两个可怜的小乞丐，衣衫褴褛，面有饥色，浑身污垢。这是两个拎着同她们一样长短的讨饭口袋沿途乞讨的小女孩。

"你们是什么人？这么晚了还在外面闲逛？"农庄主毫不客气地问道。

两个女孩没有马上答话，而是先把讨饭口袋放在地板上，然后走到他面前，毕恭毕敬地伸出她们的小手来打招呼。"我们是从恩耶特寨来的安娜和布丽特，"那个大女孩说，"我们请求在这里借住一个晚上。"

农庄主根本没有去握那两只伸出来的小手，而是张嘴要把两个小乞丐赶出去，可是又有一件往事涌上了他的心头。恩耶特寨，不就是那幢有个寡妇带着五个儿女住的小房子？那个寡妇生活艰难，欠了父亲好几百克朗的债，而父亲在讨账时力逼那个寡妇卖掉了自己的房子。后来那个寡妇带着三个大一点的孩子到北部诺尔兰省去谋生计，而两个小的流落在教区里。【名师点睛：插叙一个故事，讲述了两个小女孩的身世，照应前文小女孩说的话。】

农庄主记起这件往事，心里隐隐作痛。他知道，那笔债是父亲的正当财产，可是这样苦苦追逼把那些钱索要回来，父亲受到了不少责备。【名师点睛：农庄主想起这桩往事，心底隐隐有恻隐之情。】

"你们两个近来怎么过日子？"他厉声问那两个孩子，"难道济贫院没有收留你们？你们为什么要到处流浪讨饭？"

"这不是我们的过错，"那个大女孩幽怨地说，"是我们现在来到的这户人家害得我们这样的。"

279

骑鹅旅行记

"算啦,我看你们讨饭的口袋鼓鼓囊囊的,"农庄主说,"你们不要再抱怨了。你们现在倒不如把口袋里讨来的东西拿出来吃饱,这里可没有人给你们东西吃,女人们早睡觉啦。吃饱之后你们就找个靠近炉膛的角落睡下,这样你们就不会挨冻了。"

他摆了摆手,像是叫她们离自己远一点儿,他的眼神里流露出冷酷严峻的光芒。他暗自庆幸,亏得自己有一个善于理财治家的父亲,否则说不定自己也会在孩提时代手拎讨饭口袋四处奔走乞讨,就像眼前这两个一样。

他正在思来想去时,方才听到过的那个声音又重新响了起来,一字一字地重复着。他倾听了一会儿明白过来,那不是别的,而是大风在烟囱里打转发出的惨厉啸声。可是十分奇怪,大风在重复他的想法时,他觉得这些想法出奇的愚蠢、残忍和虚伪。【名师点睛:前文已经提及,风妖从不欺凌弱小,却难以容忍尖酸刁钻的人。农庄主听到自己的想法被一字一字重复出来,心底也对这些想法生出一些厌恶,说明他良心未泯。】

两个女孩子紧紧靠在一起,在坚硬的地板上四仰八叉地躺下。她们一点也不安静,躺在那里叽叽喳喳地悄声说话。

"你们不许再讲话,安静一点!"他心里非常烦躁,恨不得打她们几下。

可是她们自顾自地悄声说着话,根本没有理会他的吩咐,于是他又嚷了一遍要她们安静。

"妈妈离开我的那会儿,"一个细嫩清脆的嗓音说,"她要我答应,每天晚上都要做祷告。所以我必须这样做,布丽特·玛娅也是一样,我们要念完赞美诗《上帝爱孩子》才能不再说话。"

农庄主只好闷声不响地坐在那里听两个孩子背诵祈祷文。后来他又在屋里踱起步来,从这边踱到那边,又从那边踱到这边。他一边踱步一边绞搓着双手,似乎心里很不平静,懊恼和悔恨一齐涌了上来。【写作借鉴:此处为动作描写和心理描写。农庄主听两个孩子的祈祷,后来在屋里踱来踱去,还不停地绞搓着双手,表现出他内心的煎熬与挣扎。】

280

马儿被无辜地卖掉而且被糟蹋得不成样子,两个孩子竟然流落街头沦为乞丐!这都是父亲犯下的罪孽!看来父亲做的事情不见得件件都是正确的。

他又在一张椅子上坐下来,双手支撑着脑袋。他的面孔突然抽搐起来,而且不停地颤抖,泪水大滴大滴地夺眶而出。他慌忙用手拭掉,然而却无济于事,泪水越来越多。【写作借鉴:此处为神态描写和动作描写。农庄主终于没有忍住,悔恨的眼泪夺眶而出,他开始明白过来。】

这时他母亲推开了小房间的门,他慌忙把椅子转过去,让后背对着她。可是她已经注意到有些不寻常的事情发生了,因为她站在他身后发愣了好长时间,似乎在等待着他说点什么。后来她想,男子汉总是很难轻易开口吐露最伤心的事情,她不得不帮他说出来。

她早已从小房间里看到了方才屋里的情景,所以她不用再多问。她静静地走到那两个已经睡熟的孩子身边,把她们抱起来,放到小房间里自己的床上去。然后她走出来,站到儿子身边。

"拉斯,我求你,"她说,佯装没有看见他在流泪,"你无论如何也要让我把这两个孩子留下。"

"怎么啦,妈妈?"他问道,尽量使声音少带些哽咽。

"自打你父亲把小房子从她们的母亲手里夺过来起,这几年来我心里一直在为她们难过。你大概也是这样吧!"

"是的,不过……"

"我打算收留她们,把她们抚养成人。她们这两个好姑娘本来不应当沿街乞讨的呀!"

他一句话也回答不上来,因为他的泪水总是止不住,于是他感激地握住了母亲那只瘦削如柴的手,轻轻地拍着。

蓦地,他站了起来,仿佛吓了一大跳。"父亲会怎么说呢,要是他还健在的话?"

"唉,那时候里里外外的事情都由他说了算,"母亲叹息道,"现在是

281

骑鹅旅行记

你当家了。只要你父亲在世一日,我们就都服从他的每一句话。可是现在不同了,你可以按照你自己的意志去做。"儿子对这些话十分诧异,他不再哭了。【写作借鉴:此处为语言描写和神态描写。母亲懂得自己孩子的心思,她支持儿子按照自己的想法去做。今日之前,他可能没有想到母亲对于父亲的做法并不是事事都赞同,更没有想到母亲会支持自己,这叫他十分诧异。】

"我必须按照自己的意志操持农庄。"儿子说道。

"不对,"母亲指点说,"其实你并没有这样做。你只是尽力效法你的父亲。要知道,你的父亲受过苦难,那些困苦的年月把他吓怕了,使他生怕再变穷。所以,他不得不一门心思先为自己着想。可是你并没有吃过什么苦,没有什么事情逼得你非要斤斤计较不可。你的家产足够你一辈子也花不完。你要是再不为别人着想点,那就太不近人情了。"

就在那两个小姑娘走进屋里时,尼尔斯就蹑手蹑脚地溜了进去。后来他就一直隐匿在一个黑暗的角落里。过了不久,他就看到了农庄主大氅口袋里露出来的钥匙。"等到农庄主把那两个孩子往外撵的时候,我就拿了钥匙乘机溜出去。"他这样想。

母亲同儿子谈了很久,她讲呀,讲呀,那个吝啬的农庄主停止了哭泣,到了后来,他脸上的神情变得温顺而善良,看上去成了另外一个人。他一直拍着母亲瘦削的手。【写作借鉴:此处为神态描写和动作描写。母子俩打开心扉的一场谈话,使两人都如释重负,儿子也认清了自己,找准了方向,所以他的神情变得"温顺而善良"。】

"行啦,我们现在该睡觉了。"老人看到儿子已经平静下来,这样说道。

"不行,"他突然站起来,"我还不能马上就睡觉。有个不速之客,我今晚要把他留在家里。"

他没有再多说什么,立刻披上衣服,点上一盏马灯,走到庭院里。外面仍旧寒气逼人,大风劲吹。可是他走到门前台阶上,情不自禁地哼起了歌曲。他不知道那匹马是否还认识他,不知道那匹马是否还乐意住进他原来的马厩。

他从庭院里走过的时候,听见有一扇门被风吹得吱嘎吱嘎直响。"唉,草棚的那扇门又被风吹开了。"他想着便走过去关门。

他跨了两三步就到了草棚门口,刚要举起手来把门关上,似乎听见里面有动静。

原来事情是这样的:尼尔斯趁机随着农庄主一起从正房里走了出来,他马上跑到了草棚,可是他领来的那群牲口已经不在草棚外面的大雨里站着挨淋了,而是进了草棚,因为大风早已把草棚的门吹开。【名师点睛:大风又一次帮牲口们吹开了草棚的大门。这不禁使人猜测:风妖可能还活着。】那个农庄主听见的是尼尔斯跑进草棚里的声音。

农庄主拎起马灯朝草棚里一照,看到草棚的地上躺满了牲口,不过连一个人影也没有见着。那些牲口都没有用绳拴着,而是横七竖八地躺在干草堆里。

他对这么多牲口随意闯进草棚里感到十分恼火,就扯着嗓门叫喊起来,想把牲口喊醒,统统赶出去。可是牲口都安详地躺着,一动不动,根本不在乎有人打扰他们。只有一匹老马缓缓站起来,慢吞吞地朝他走了过去。

农庄主一下子就喊不出声了,他从那匹马走路的姿势就已经认出来了。他把马灯举得高高的,那匹马走过来,把脑袋靠在他的肩头上。

农庄主开始抚摸那匹马。"你呀,我的马儿,你呀,我的马儿,"他呼唤道,"他们怎么把你糟蹋成了这副模样!好吧,亲爱的马儿,我要把你买回来。你从今以后再也用不着离开这个农庄了。你用不着为过日子发愁了。你领来的那些牲口可以躺在这里,不过你还是要跟我到马厩里去住。你要吃多少燕麦我就给你多少,不用再偷偷地去拿了。你身体还没有完全垮掉吧。你还会成为教堂门口最漂亮的骏马,你一定会的。嗯,这下可好啦!这下可好啦!"【名师点睛:多年老友重逢,农庄主喜不自禁。他摆脱了父亲思想的桎梏,迎回本我,焕发新生。老马也得以安享晚年,皆

283

▶ 骑鹅旅行记

大欢喜。]

Z 知识考点

1. 填空题。

风妖把牧师夫人的_____掀翻了，把市长的_____刮跑了，把居民运蔬菜的_____吹得搁浅，把晾在屋外的_____刮走弄脏，把烟囱里的_____倒呛到屋里……

2. 判断题。

（1）在本章故事中，尼尔斯没有起到任何作用。（   ）

（2）农庄主最后从马贩子手中买回了曾给自己驾过车的马。（   ）

3. 问答题。

风妖最讨厌什么人？

_____

_____

Y 阅读与思考

1. 你觉得风妖有没有死去？从哪些细节可以找到证据？
2. 农庄主经历了怎样的心理变化？

第二十五章 解　冻

🅜 名师导读

　　放鹅姑娘奥萨和弟弟小马茨涉险过冰河，突发紧急状况，正巧路过的尼尔斯帮助他们脱了险。为表谢意，奥萨将之前捡到的小木鞋放到一块石头上。尼尔斯成功找回鞋子。

四月二十八日　星期四

　　翌日清晨，天高气爽，虽然西风劲吹，但是人们十分乐意，因为大风可以把前一天被滂沱大雨弄成一摊稀泥的道路快点吹干。

　　一大清早，两个斯莫兰省的孩子——放鹅姑娘奥萨和小马茨，就顺着从瑟姆兰省到奈尔盖省的大路走来了。那条路是沿着耶尔马湖南岸修的，两个孩子一面走，一面看着那仍旧覆盖着大半个湖面的冰层。旭日冉冉升起，晨曦霞光四射，把冰面照得光辉耀眼，不再像春天解冻时黑乎乎的那样给人一种不愉快的感觉，而是反射着白光，显得明亮清朗。【写作借鉴：景物描写，运用对比的手法，描绘出一幅旭日初升、冰面光辉耀眼的春景图。】他们举目望去，冰层既坚固又干燥，上面的雨水早已顺着冰层的孔隙和裂缝流了下去，或者干脆渗进了冰层之中，所以在他们眼里冰层是完好无损的。

　　放鹅姑娘奥萨和小马茨正朝北走，他们不由得想到，倘若不是绕着湖走，而是直接从冰上穿过去，不知能少走多少路。他们俩都明白，春天的冰层是危险的，可是这湖面上的冰层看上去倒十分坚实，想必安全有保障。他们看到湖岸的冰层厚达好几英寸，冰层上还有一条被踩得平坦

285

骑鹅旅行记

光溜的路，况且对岸似乎并不远，不到一个小时就可以到达。

"走吧，我们去试试，"小马茨说，"我们多留点神，不掉进冰窟窿里，准能过去。"

于是，他们两个就走到了湖面上。冰上倒一点也不滑，踩在上面很轻松，一点也不费劲。冰面上的积水比他们看到的要多，有些地方还有小的窟窿，噗噗地冒着水。那样的地方走起来要十分小心，好在大白天里太阳光把一切都照得清清楚楚。

两个孩子步履轻盈地往前走，他们没有别的话题，全都是说他们多么聪明，没有走那条被大雨冲毁的道路，而是径直从冰上走。

没过多久，他们就到了维恩岛附近。在岛上居住的一个老奶奶从窗户里瞧见了他们。她疾步走出屋来，拼命朝着他们摆动双手，嘴里还呼叫着什么，可惜他们听不清楚。他们明白，她准是叫他们不要再往前走。可是，他们既然已经在冰上走了这么远一段路，而且眼下也不见得有什么危险，一切都很顺利，现在离开冰面，岂不很愚蠢。【名师点睛：老奶奶的急切与两个孩子的不以为意形成鲜明的对比，为危险的到来埋下伏笔。】

就这样，他们绕过了维恩岛，此时出现在他们眼前的是一块方圆十公里的冰面。冰面上有一大片积水，他们不得不七拐八弯地绕着圈子走。但是那样他们反倒觉得挺开心。他们俩甚至还比试，看看谁的脚丫踩的冰最坚实。他们忘了疲劳也忘了饥饿。反正有一整天的工夫，只要在天黑之前赶到就行，因此并不着急。在碰到新的障碍时，他们就嘻嘻哈哈地大笑一番。

有时候，他们也抬起头来朝对面的湖岸望望，尽管他们已经走了足足一个小时，但是对岸看起来仍然十分遥远。他们不禁有些惊奇，湖面竟然那么开阔。"我们往前走的时候，对面的湖岸也好像在跟着往前走。"小马茨说道。

这里四面空荡荡的，没有一点屏障可以挡风，西风刮得一阵紧似一阵，他们的衣服紧紧贴在身上，使他们行动起来十分困难，寒冷的大风是他们俩在行程中所遇到的第一件真正不愉快的事。【写作借鉴：环境描写，表现了气候的恶劣以及情势的紧迫，令读者也开始紧张起来。】

有一件事情使他们大为吃惊，就是风竟然能够夹着如此强大的声响，就像一个大磨坊或者是五金工厂发出的强烈轰鸣。然而在这茫茫一片的冰层上，既没有磨坊也没有五金工厂。

他们是从一个名叫瓦伦岛的西边绕着走的，现在他们觉得，离北岸不远了。可是与此同时，大风给他们造成愈来愈大的麻烦，风中夹着的轰鸣也越来越响，他们开始不安起来。

他们好像忽然明白过来，他们听见的响声不是别的，而是白沫飞溅的激浪冲击堤岸的声音。不过他们认为这是不可能的，因为湖上仍旧覆盖着冰层。

不管怎么说，他们还是停下脚步朝四周望去。他们这才看到，在西面很远的地方，正对着熊岛和布谷鸟半岛有一道白色的堤坝横贯湖面。起初，他们还以为那是道路旁边的积雪，可是他们马上看出来，那是向冰上打来的波浪吐出的白沫。

他们一看到这种情景，一句话都顾不上说，就手拉着手飞奔起来。西边的湖面非常开阔，他们觉得那层喷吐着白沫的波浪正在迅速向东移动。他们不知道究竟是整个冰层会爆裂开来，还是要发生一些别的事情。可是他们知道，他们已经身处险境了。

忽然间，他们觉得脚下的冰层被掀了起来，然后又沉下去，仿佛是有人在底下把它顶了一下。紧接着，冰层里传出一阵沉闷的轰鸣声，然后裂缝就朝着四面八方伸展开来。两个孩子可以看到裂缝像利刃一般，迅速把冰层切割开来。【写作借鉴：运用了视觉、听觉描写和比喻的修辞手法，详细描写了冰层裂开时的恐怖场景，极具画面感。】

现在又平静了片刻，可是他们马上就又感觉到冰层在上升和下沉。在这以后裂缝就大得成为豁口，从豁口里可以看到水哗哗地冒出来。豁口又裂成了深沟，而冰层则裂成了一块块巨大的浮冰。

骑鹅旅行记

"奥萨,"小马茨说,"一定是解冻了。"

"是呀,一定是那样,小马茨。"奥萨说,"但是我们还来得及赶上岸去,赶快跑吧!"

其实,大风和浪涛真要把湖面上的冰统统除掉,还有很多工作要做。那厚厚的冰壳已经被四分五裂,最棘手的工作算是完成了,可是这些大大的浮冰还要被再次分裂,使其彼此冲撞,变得愈来愈碎,最终消融成水。所以眼前还是有许多坚实的冰块,组成了一个又大又完整的冰场。

可是最糟糕的是,那两个孩子无法看到冰层的全貌,这就很危险了。他们看不清哪里有他们根本跨不过去的大豁口,也不知道哪里有可以承载他们的大块浮冰。所以他们一直跑前跑后,茫然地到处乱闯。结果他们非但没有靠近岸边,反而越走越远,朝湖中心方向跑去了。冰块的不断破裂声使得他们心惊胆战、六神无主。后来他们干脆直僵僵地站在冰上,放声大哭起来。【名师点睛:形象生动地描绘了两个孩子惊慌失措的样子。】

就在这千钧一发之际,一群大雁从他们头顶上呼啸飞过。他们俩放声大喊起来。奇怪的是在大雁的嘲啾声中竟然发出了这样几句人声:"你们要往右边走,往右边走,往右边走!"【名师点睛:两个孩子几乎是在绝望之中听到了希望的指示,这便是故事情节安排的巧妙之处。】

他们毫不迟疑地照着这个嘱咐做了,可是走了不久,面前又出现一道很宽的裂缝,他们又没有了主意。

他们又听见大雁在他们头顶叫喊,在嘲啾声中又传来了嗓音清脆的人声:"站在那里千万别动,站在那里千万别动!"

孩子们听见了喊声,谁也没有说什么,只是照着喊声说的,站在那里一动不动。过了一会儿,有几块浮冰滑到了一起,他们就跳过了裂缝。于是他们又手牵手拔脚飞奔起来。他们心慌意乱,不仅仅是因为身处险境,还因为得到了意想不到的帮助。

不久,他们又停下脚步,犹豫不决。但是,他们马上又听到那个声音

288

在头顶上高喊道:"笔直往前跑,笔直往前跑,笔直往前跑!"

就这样断断续续走了半个多钟头,他们总算来到了狭长的伦格尔岬角,可以跳下冰块,涉着水上岸了。可以看得出来,他们是多么害怕。他们上岸以后就拼命往前奔跑,根本顾不得回头去看一眼那湖里的状况——波浪把浮冰块推来搡去。【名师点睛:形象生动地写出了两个孩子逃离危险后仍旧惊魂不定的样子。】当他们在伦格尔岬角上走了一段路之后,奥萨突然停住脚步。"你先在这儿等一会儿,小马茨,"她说,"我忘记了一件事情。"

奥萨又返身回到湖岸旁。她站在那里,把手探进口袋摸来摸去,最后掏出一只很小的木鞋。她把小木鞋放在一块十分显眼的石头上,然后就回到了小马茨身边,连朝四周看都没有看一下。就在她转过身往回走的时候,一只白色的雄鹅像晴空霹雳般疾飞下来,叼住木鞋,然后又以同样快的速度冲上了天空。【名师点睛:照应前文,尼尔斯掉了一只鞋子,正好被放鹅姐弟捡到,此时物归原主。】

Z 知识考点

1. 填空题。

奥萨和小马茨抱着_____心理走上冰面,刚开始时自以为很聪明,心里很高兴,后来听到强烈的轰鸣声时,变得_____起来。到危险情况突发时,两人_____。在尼尔斯的指点下脱离险境后,他们的心情久久不能平静。

2. 判断题。

两个孩子遇险之前,曾有一位老奶奶提醒他们不要冒险过河。(　　)

3. 问答题。

奥萨为什么把小木鞋放在一块显眼的石头上?

骑鹅旅行记

第二十六章　分遗产

> **M 名师导读**
>
> 尼尔斯在寻找食物时,偶尔听到了一个老奶奶分遗产的故事。故事中老奶奶特别疼爱小儿子,因为她深知小儿子最体贴孝顺。于是她将遗产分为三份,看似最差的那份遗产才是最好的。小儿子会做何选择呢?老奶奶的心愿会达成吗?

四月二十八日　星期四

尼尔斯帮助放鹅姑娘奥萨和小马茨走出耶尔马湖之后,就随雁群一路飞到了西孟兰省。他们降落在费陵桥教区的一块大耕地上休息、觅食。

尼尔斯饥肠辘辘,但是他找遍四周也没有发现可以充饥的东西。他东张西望,发现田地另一端有两个男人在犁地。不久,他们把犁停住,坐下来吃早饭。尼尔斯赶紧朝那边跑过去,悄悄地靠近那两个男人,说不定在他们吃完之后还能找到一些面包皮或者碎屑。【名师点睛:作者巧妙地安排故事情节,从而自然地引出下文。】

有一条小土路从那块田地穿过,一个老头正从小路上缓步走来。他一看到那两个犁地的人,就停下脚步,迈过篱笆,走到他们的面前。"我也来吃早饭。"他说着便把肩上的褡裢取下来,掏出了黄油和面包。"大家凑在一起吃热闹,省得我一个人坐在路边吃。"他接着说道。

于是,他就同那两个犁地的人攀谈起来。没过多久,他们就弄清楚了,原来这个老头儿是北山矿区的一个矿工。如今他年纪大了,腿脚不便,不适合再爬坑道的梯子,所以已经不再下井干活了,不过他仍住在离矿井很近的一幢小房子里。他有一个女儿,嫁给了费陵桥当地人。他刚刚探望女儿回来,女儿想让他搬去一起住,他却不愿意。

"哎呀,你难道不觉得,在这儿过日子比北山更舒服一些?"农夫说完咧嘴一笑,因为他们知道费陵桥是全省最大最富的教区之一。【写作借鉴:语言描写和神态描写,形象生动地表现了农夫对老头儿选择的不理解。】

"我怎么会留在这样一个平原地区?"老头儿说着连连摆手,似乎这样的事情是想都不用想的。于是,他们开始心平气和地谈论在西孟兰省究竟居住在哪里最好。其中一个耕地汉子是在费陵桥土生土长的,他说在平原上居住最为舒服。另一个是从韦斯特罗斯地区来的,他认为梅拉伦湖畔最好,因为那里有树木葱茏的岛屿和草地青翠的岬角,风景非常优美。老头儿总不服气,为了说明他的想法是对的,他讲了一个孩提时代从老年人那里听来的故事。【写作借鉴:以文中人物讲故事的方式开启下文,推进情节发展,突显出作者娴熟的写作技巧。】

"从前,在西孟兰省住着一个巨人族的老奶奶,她很有钱,整个省的土地都归她所有。她的日子当然过得奢侈极了,享用不尽的甘腴,穿不尽的绮罗,可是她却闷闷不乐,整天烦恼,因为她不知道怎样把这份家产分给三个儿子。

"事情是这样的,她并不怎么关心两个大的儿子,最小的那个儿子才是她的心头肉。她想把最好的一份遗产留给小儿子,可是又担心老大和老二说她偏心,从而让他们兄弟间发生纠纷。【写作借鉴:介绍故事背景,点出矛盾所在,引出下文。】

"有一天,她觉得自己离死神不远,没有时间再考虑了,就把三个儿子统统叫到身边,同他们谈起了分遗产的事情。

"'现在我把我的全部家业分成了三份,让你们自己挑选,'她说,'第一份,我把所有的榭树林、长着阔叶林的岛屿和开满鲜花的草地都集中在一起,放在梅拉伦湖四周。谁挑选了这一份财产,他可以在湖岸草地上放牛牧羊,那些岛屿即便不开辟成果园,也可以把树叶收集在一起饲

骑鹅旅行记

养家禽。那里有许多深入陆地的峡湾和水道,方便从事海运和其他各种交通运输。那些河流入海口是兴修码头的好地方,我相信在他分到的这块地上必将出现村镇和城市。而且这块地方也不缺乏耕地,虽然分布得过于零碎了一点。他最好尽早学会在岛屿之间驾舟航行,因为学会了一身航海本事就可以到外国去,挣回大笔财富。这就是第一份遗产,你们看怎么样?'

"三个儿子都觉得这份财产好极了,无论谁分到了,都一定会幸福走运。

"'是呀,这是一份无可挑剔的财产,'那位巨人老奶奶说,'第二份也不错。第二份是把我名下所有的平坦土地和开阔的耕地都集中在一起,我把它们一块一块地排列在梅拉伦湖地区和北部的达拉那省之间。我相信,选中这一份遗产的人也是不会后悔的。他爱种多少粮食就种多少,还可以建立大农庄,那样他和子孙后代都不用为生计犯愁了。为了提防平原发生水灾,我把几条沟渠引到了那里。那些沟渠上还有几条瀑布,可以在那里修建磨坊和工厂,沿着沟渠我还放了几个沙砾滩,能够培育树木,用来当柴火。【名师点睛:从这段话中可以看出,老妇人把事情安排得细致周到。】这就是第二份。我觉得,分到这一份的人应当心满意足。'

"三个儿子都赞成她的话,并且感谢她为他们做了如此精心的安排。

"'唉,我已经尽了自己最大的努力,'巨人老奶奶长叹了一声说,'不过现在我要说说那最使我操心劳神的一份啦。因为你们知道,我把所有的阔叶林、草地、牧场还有槲树林都放在第一份遗产里了,把所有的农田和新开垦的土地全都放在第二份遗产里了。当我着手收集东西准备第三份遗产的时候,我发现手头上已经没有什么值钱的东西了,只剩下一些松树林、杉木林,还有山岭丘岗、花岗石山崖、贫瘠的桦树林地带、毫无用处的刺槐丛地带和一些很小的湖泊。我明白,分到这一份的人心里肯定不乐意。不过我没有别的办法,只好把这些剩下来的破烂家底一股脑儿放在平原的西面和北面。可是我担心挑中这一份遗产的人恐怕除了忍受贫穷之外没有什么别的指望。【名师点睛：第三份财产的安排与前两份相比，显然不公平，而且草率，这里面肯定有蹊跷。】他能够饲养的牲口只有山羊和绵羊。他必须到湖泊里去捕鱼或者到深山老林里去打猎才能糊口度日。那里有不少湍流和瀑布，兴建多少磨坊都可以，可是我怕除了桦树皮之外没有什么别的东西可以磨。在荒野上想必还有狼和熊之类的野兽，他会遇到不少麻烦。唉，这就是第三份遗产。我明白，这一份同前两份不能相比。倘若我不是这样年老体弱，我一定会重新分配，可是现在已经来不及了。我在这弥留之际心里还不能够平静下来，因为我不知道你们当中谁会得到那份最坏的遗产。你们三个都是我的好儿子，对哪一个不公平都说不过去。'

"巨人老奶奶把事情一五一十说清楚之后就不安地看着三个儿子。这会儿他们不像方才那样满口称赞她分得公道和为他们安排得周到了。他们直愣愣地站着一声不吭，显然谁都不愿分到最后一份。【写作借鉴：神态描写，老奶奶的不安、等待和三个儿子直愣愣的沉默，营造出紧张的氛围，表现了各人复杂的内心斗争。】

"他们年迈的母亲焦躁不安地躺在那里，三个儿子都看得出来，忧虑使得死神提前来折磨她了。她必须赶紧把三份遗产分给他们，可是她又不忍心委屈哪一个去接受最坏的那一份。

"还是那个最小的儿子最孝顺、体贴，他不忍心看着母亲受折磨，于是就说道：'妈妈，您不必再为这桩事情操心伤神了，您还是安安心心地躺着，但愿您百年之后能得到解脱。那一份不好的遗产就留给我吧！我一定设法在那里扎根下去。不管怎么样，我绝不会因为两位哥哥比我生活得好而埋怨您的。'【写作借鉴：对小儿子的语言描写，表现了小儿子的孝顺、体贴和无私。】

"他这番话一出口，母亲总算松了一口气。她对他表示感谢，还称赞了他几句。因为其他两份差不多一样好，她就一点也不担心了。

"老奶奶把三份遗产分完以后，再一次感谢了小儿子，并说她料到了

骑鹅旅行记

他的孝顺和体谅。她请他在搬到荒原上去居住之后,要记住她那深深的慈母之情。

"后来她双眼一阖,就撒手尘寰了。兄弟三个把母亲埋葬之后,就各奔东西,搬到各自分到的地方去居住。不用说,老大和老二对分到的财产十分满意。

"那个小儿子来到他的荒原上。他放眼远眺,母亲的话一点不假,那里除了荒山野地和湖泊之外,什么也没有。但他仍可以体会到拳拳慈母情,这里的一切都安排得井然有序,处处透露出母亲的深情厚爱,这块土地有它的美丽之处。就算有一些地方荒凉吓人,但也具有一种粗犷的野性美,他对自己分到的这块地方百看不厌,不过要说心里很高兴那可就谈不上了。

"可是后来他忽然注意到,山上的岩崖有不少地方看上去很奇怪,而且闪烁着异样的光泽。他仔细观察以后才发现,原来山上到处横亘着矿脉。他那块土地上主要出产铁矿,还有大量的银矿和铜矿。他一下领悟到,他得到的财富要比他的两个哥哥多得多。直到这个时候,他才明白了老母亲生前把遗产分得清清楚楚的一片苦心。"【名师点睛:文章直到结尾才笔锋一转,点出了母亲对这个最爱的小儿子的照顾。】

Z 知识考点

1. 填空题。

第二份遗产中,老奶奶为提防平原发生水灾,已把几条_____引到那里排涝。那些沟渠上还有几条_____,可以兴建_____和_____。

2. 选择题。

拥有不少河流入海口,可兴修码头的是( )遗产。

A.第一份　　　　　B.第二份　　　　　C.第三份

3. 问答题。

小儿子在选择遗产时,做出了怎样的决定?

_____

_____

阅读与思考

1. 老奶奶在分遗产时,遇到了什么麻烦?

2. 老奶奶是如何分配遗产的?

骑鹅旅行记

第二十七章 在矿区的上空

M 名师导读

尼尔斯随雁群飞过一片森林矿区上空,他见到了许多矿区生活特有的景象,还对一些不了解的地方发问,得到了矿区附近各种鸟类的答疑解惑。那么,矿区的生活有什么特色呢?

四月二十八日 星期四

大雁们这次飞行遇到的困难很多。清早他们在费陵桥饱饱吃了一顿早餐之后,本打算朝北飞越西孟兰省,然而西风愈刮愈强劲,一直把他们赶到了西孟兰省的边界上空。

他们飞得很高,狂风一直卷着他们向前。尼尔斯骑在鹅背上想看看西孟兰省究竟是什么模样,但是下面尘埃弥漫,看不清楚。他确实看到这个地方东部有一片平原,但是不清楚那些从南到北横贯平原的沟渠和直线究竟是什么。它们看起来十分别致,因为那些线条几乎都间距相等,而且互相平行。

"这块地方都是一个方格一个方格的,样子挺像我妈妈的围裙,"尼尔斯开腔说,"可惜我不知道那些方格上画的是些什么线。"

"河流和山脉,公路和铁路!"大雁们回答道,"河流和山脉,公路和铁路!"【写作借鉴:运用比喻的修辞手法,将有河流、山脉、公路、铁路纵横交错的大地比作"妈妈"的方格子围裙,形象生动地将从高空俯瞰大地时见到的图景展现在读者面前。】

情况确实是那样。大雁们被狂风卷向东去的时候,他们最初飞过了海德河,那条河湍急汹涌地奔腾在两座山脉之间,而沿着河谷蜿蜒伸展的是一条铁路。然后他们又飞到了煤坡河,那条河的一侧是一条铁路,另一侧是上面有一条公路的山脉。后来他们又飞到了也有山脉和公路伴随的黑河,过了黑河是巴德隆德山脉的里耳河,最后是右岸既有公路又有铁路的萨格河。

"我还从来没有看见过那么多道路都是朝着一个方向的,"尼尔斯思忖道,"看来北方有许多货物需要经过这一带运往全国各地。"

不过他又很纳闷,因为他想到在西孟兰省以北没多远就不再是瑞典的领土了。在他的想象中,瑞典境内这块地方除了森林和荒原之外,几乎什么也没有。

在雁群被赶到萨格河以后,阿卡发现他们正在朝着相反的方向飞。于是她率领雁群掉转头来逆风朝西飞去,也就是说,他们重新飞过那块方格子形状的平原,然后再向森林密布的山区飞去。

在飞过平原的时候,尼尔斯从鹅背上探出身子朝下张望。但是当面前出现大片森林的时候,他就把身子坐直,想让眼睛休息一下,因为森林地区有浓荫覆盖,通常看不见什么东西。

<u>他们在森林茂密的山区和湖泊上空飞行了一会儿,尼尔斯听到地面上发出一种刺耳的响声,仿佛大地在悲恸号啕。</u>【名师点睛:将地面上的刺耳噪音比作大地在悲恸号啕,形象生动,也为后文情节埋下了伏笔。】

不用说,尼尔斯是非要看个明白不可的。这时候大雁们飞得并不快,因为逆风飞行极为费劲,所以他能够把地上的东西看得一清二楚。首先映入眼帘的是笔直钻进地里的一个黑洞洞的大坑。在坑的顶上有一个用很粗的圆木搭起来的升降机装置。<u>此刻升降机正在吱嘎吱嘎地咆哮着,把一个盛满了石块的大圆桶提上来。大坑四周都是大堆大堆的石头。在一个小棚子里,一台蒸汽机正在大口大口喘着粗气。</u>【写作借鉴:运用拟人的修辞手法,将升降机和蒸汽机工作时的状态形象生动地表现出来,直观贴切。】妇女和孩子们在地上围坐成一圈挑选着石头。在一条

▶ 骑鹅旅行记

很窄的铁轨上,马匹拉着盛满灰色大石头的车辆缓缓前进。森林尽头处是工人居住的低矮小屋。

尼尔斯不明白这是个什么地方,于是他扯开嗓门朝着地面大声喊道:"这是什么地方?怎么要从地下挖出这么多灰石头?"

"听听这个傻瓜在说什么!听听这个傻瓜在说什么!"那些土生土长、对这里的一切都了如指掌的麻雀叽叽喳喳地议论开了,"原来他连铁矿石和灰石头都分不清!原来他连铁矿石和灰石头都分不清!"【名师点睛:面对发问,麻雀们并未直接回答,而是倨傲地嘲笑尼尔斯分不清铁矿石和灰石头。看似答非所问,实则答案隐藏在其中,避免了一问一答式的平淡。】

尼尔斯这一下顿悟过来,原来他看见的不是别的,而是一座铁矿。他隐隐有点失望,因为他一直以为铁矿都是坐落在高山上的,而这个铁矿竟坐落在两座大山之间的平地上。

不久,他们飞过了铁矿,下面是遍布杉树林和桦树林的山脉,他对这类风景见得多了,所以又坐直了身子,凝视着前方。蓦地,他觉得有一股热气从地面上升起,使他忍不住又探出身子想要看个究竟。

在他身下,到处是大堆大堆的煤和矿石。在煤堆和矿石堆中间有一幢非常高的红颜色的八角形大建筑物,那屋顶上熊熊的火焰忽闪忽闪,直蹿云霄。

尼尔斯起初以为是那幢房子失火了。可是他看到地面上的人照样镇定自若,根本不在乎那场大火,他就不知道是怎么回事了。

"这是什么地方?为什么房子失火了也没有人去问一问?"尼尔斯朝地面上喊道。

"听听这个家伙在说什么,他居然害怕那火焰。"家住在森林边上、对这周围的事情都一清二楚的燕雀叫道,"你难道弄不明白,铁是用火从矿石里冶炼出来的?你难道分不清楚,这不是什么火灾,而是高炉里熊熊燃烧的火焰?"【写作借鉴:以反问的形式作答,更富嘲讽意味,也是在给读者讲解冶炼知识。】

298

不久，他们就飞过了那座高炉。尼尔斯寻思着，这茫茫林海没有多少东西可看，就又直起身子。可是还没有飞出多远，就听见地面上传来震耳的轰鸣和吓人的嘈杂声。

他又探身往下看去，一眼就注意到有一条湍急奔腾的山溪从半山腰飞流而下，形成了白缎般的瀑布，瀑布旁边是一幢有黑屋顶高烟囱的大房子，那烟囱里火星直冒，浓烟滚滚而出。房子的四周堆满了小山般的铁块、钢筋和煤。周围的地面都是黑色的，连伸向四面八方的道路也是漆黑的。从那幢房子里传出一种难以形容的嘈杂声，一会儿轰隆轰隆，一会儿吱嘎吱嘎，这声音听起来就仿佛一个人在同一只张开血盆大口咆哮着扑过来的凶猛野兽殊死搏斗一样。【写作借鉴："轰隆轰隆""吱嘎吱嘎"等拟声词的运用，形象直观地描绘出噪音的嘈杂。后半句运用了通感的修辞手法，让读者如临其境。】但令人费解的是，大家都对这样的噪声充耳不闻。就在离那幢房子不太远的地方，在绿树荫下就有工人住宅，稍远一点的地方还有一幢很大的贵族庄园般的白色建筑物。可是孩子们在工人住宅的台阶上游玩嬉戏，有人在贵族庄园的林荫道上悠闲地散步。

"这是个什么地方，屋子里快要打死人也没有人去问问？"尼尔斯朝地面上喊道。

"喳，喳，喳！这个家伙太聪明了。喳，喳，喳！"一只喜鹊笑了起来，"屋里面没有人厮打，那是锤炼铁块发出的响声。"

不久，他们就飞过了炼铁厂。尼尔斯又坐直了身体，他还是觉得在这深山老林没什么看头。

他们飞了一会儿之后，他听见悠扬悦耳的钟声，就又一次俯下身去看钟声来自何方。【名师点睛：一而再，再而三地在平平无奇的地方发现令人惊讶的东西，引起读者兴趣。】

这时他看到地面上赫然出现一个他从来没见过的农庄。农庄的正房是一长排赭红色平房，虽说房子本身并不算特别雄伟，但是四周的棚屋又多又大又漂亮，这使他非常惊讶。尼尔斯大体知道一个农庄究竟需

299

▶ 骑鹅旅行记

要多少间棚屋才够用,然而这里的农庄却要多出一倍或者两倍。棚屋这样多,他见所未见,也想不出这些棚屋究竟有什么用处,有多少东西贮放在棚屋里面,因为农庄旁边几乎没有什么田地。当然,他看到森林里有几块像补丁一样的田地,不过它们小得可怜,他都不愿意把它们称作田地,而且每块田地旁边都已经有了一个小棚屋,足以把收获的粮食储存在里面了。

农庄上的大钟挂在马厩的廊檐下面,钟声就是从那里传出来的。原来是吃饭的钟声敲响了,农庄主带领手下的长工们朝厨房走去。尼尔斯看见他的用人很多,而且穿着很气派。

"是什么人在没有耕地的森林中建造了这些大农庄?"尼尔斯朝着地面喊道。

"这是老矿主们的庄园!这是老矿主们的庄园!"公鸡打鸣般地叫道,"他们的田地可是在地底下啊!他们的田地可是在地底下啊!"

尼尔斯现在明白过来,这里绝不是一个不值一看的荒山野林。当然,这块地方举目所见都是森林和山脉,但是里面隐藏着许许多多令人难以置信的奇异场所。

有些矿区,升降机东倒西歪,地面上到处是坑坑洼洼的矿洞;有些矿区正在开采,轰隆轰隆的爆破声接连不断地传入大雁们的耳朵,工人住宅在森林边缘聚集成一个个村落;也有一些废弃不用了的冶炼作坊,尼尔斯透过破烂的屋顶,可以看到里面包着铁皮的锤柄和砌得十分粗糙的炼铁炉;也有一些新落成的大型炼铁厂,那里机器正在轰鸣运转,大锤正在锻造,整个地面都在颤动。荒野上还有一些世外桃源般的小城市,那里的生活安详宁谧,似乎这一切喧哗嘈杂都与它们无关。【名师点睛:简要罗列了尼尔斯在森林矿区的所见,让读者对矿区日常生活有所了解。】在山头与山头之间,都有空中索道相连,一个个装满矿石的篮子在铁索上缓缓移动着。每条湍流上都有发电机轮在急速转动,蛛网般的电线从这里朝静静的山林伸展过去。六七十节长的火车在铁轨上缓缓行驶着,有时满载着矿石和煤炭,有时装着钢筋、铁板和钢丝。

尼尔斯骑在鹅背上看了半响,终于忍不住发问:"这个只长铁的是什么地方?"尽管他明知道地上的鸟儿会取笑他,他还是这样问了。

这时,一只栖息在一座被遗弃的高炉里的老鹰突然从睡梦中惊醒过来。他伸出圆秃秃的脑袋,用可怕的声音叫道:"咕咕喵,咕咕喵。这个地方叫伯尔斯拉格那,也就是'矿区'的意思。倘若这地底下没有铁矿的话,至今还只有老鹰和狗熊在这里居住。"

Z 知识考点

1. 填空题。

本章故事中,依次回答尼尔斯问话的是_____、_____、_____、_____、_____和_____。

2. 判断题。

因为尼尔斯的问题太简单,所以动物们都没有直接回答,而是以取笑作答。　　　　　　　　　　　　　　　　　　(　　)

3. 问答题。

故事中,为什么房子失火了却没有人去问一问?

_____

_____

Y 阅读与思考

1. 尼尔斯在矿区上空问了哪些问题?
2. 请你简述一下故事中森林矿区的景象。

骑鹅旅行记

第二十八章　大拇指小人儿和熊

M 名师导读

飞行途中,尼尔斯被一阵狂风刮落,掉入了一个采矿的山谷。随后他被一只母熊抓住,成了小熊的玩具。公熊发现尼尔斯后,逼迫他去烧掉工厂,但是遭到了尼尔斯的拒绝。之后的故事会如何发展?尼尔斯会怎样逃脱公熊的魔爪?

四月二十八日　星期四

　　大风几乎刮了一整天,大雁们想穿过伯尔斯拉格那矿区向北飞,可是西风却总是把他们卷向东边。阿卡估计,狐狸斯密尔也在这个省的东部,所以她不愿意朝这个方向飞,一次又一次地同狂风搏斗。就这样,大雁的飞行速度很慢,下午的时候他们还在西孟兰省的矿区上空飞着。到了傍晚时分,风力陡然减弱了几分,这些赶路的鸟儿希望他们可以在太阳落下之前轻松地飞一段时间。<u>不料一阵狂风猛吹过来,把大雁们像皮球一般卷着前进。</u>【写作借鉴:运用比喻的修辞手法,将大雁们被狂风吹去的情形形象地展现出来,说明狂风的猛烈、强劲和大雁处境的艰难。】无忧无虑地端坐在鹅背上的尼尔斯不曾提防,被风突然从鹅背上掀了出去。

　　尼尔斯是那么小巧轻盈,在狂风里也没有笔直摔到地面上,而是随风飘舞了一阵,才缓缓地落到地面上,就像被风吹落的残叶。

　　"哦,原来从天上摔下来也不怎么危险,"尼尔斯飘在半空中时这样想,"我就像一张纸一样慢慢飘落,雄鹅莫顿肯定会赶过来,把我捡回去的。"

　　<u>他落到地上以后,做的第一件事情便是把帽子摘下来,拿在手里来</u>

回挥动,好让雄鹅看见他在哪里。"喂,我在这里,你在哪里?我在这里,你在哪里?"他放开嗓门高声喊着,但叫他吃惊的是,雄鹅莫顿居然没有出现。【写作借鉴:动作描写和语言描写,说明尼尔斯迫切希望雄鹅找到他,可是作为他朝夕相处的同伴,雄鹅为什么没飞下来接他呢?】

雄鹅没有出现,那些排列成"人"字形的大雁也仿佛从天空中消失了。

他觉得有点奇怪,不过他并不害怕或者紧张。他从来没有想过雄鹅莫顿和领头雁阿卡会丢弃他不管。他想一定是那阵大风把他们卷走了,等到他们挣扎脱身了,他们会飞回来找他的。【名师点睛:危难时刻,尼尔斯并没有因朋友们迟迟未出现而沮丧,他始终坚信自己不会被抛弃,足见其对朋友的信任。这份发自内心的信任,印证了尼尔斯与雄鹅、雁群之间深厚的友谊,更是他们能够团结一致、彼此爱护、战胜重重困难的关键因素。】

可是这究竟是怎么一回事?他究竟在什么地方?方才他只顾站在那儿,仰着头寻找大雁,可是现在他举目四顾,看了看周围,才发现他没有落在平地上,而是跌进了一个又深又宽的山谷,或者是一个大坑里。那是一座像教堂一样大的屋子,但是没有屋顶,四面的岩崖几乎是垂直的。地面上有几块巨大的石头,石头缝间长着苔藓、蔓越橘枝条和矮小的桦树。崖壁上有几处凸出来的地方挂着几个破破烂烂的梯子。有一堵崖壁上还有一个黑黝黝的门洞,好像是通往深山的。

尼尔斯之前在矿区上空飞了整整一天,也不是一无所获的。他马上明白过来,这个深坑是从前人们采掘矿石挖的。"我必须马上爬到地面上去,"尼尔斯想,"否则伙伴们会找不到我。"他刚要踩着凸出来的脚蹬往上爬,忽然有人从背后揪住了他,一个粗鲁的声音凑到他耳朵旁边吼道:"你是什么人?"

尼尔斯回过头一看,觉得莫名其妙,在他面前的不过是一块四四方方的大石头,上面长满了灰褐色的长苔藓。但是定睛一看,他却发现大石头有宽厚的脚掌,还长着脑袋、两只铜铃般的圆眼睛,以及一张血盆大口。【写作借鉴:对"大石头"的外形描写,由整体到局部,井然有序,让人印

骑鹅旅行记

象深刻。】

　　他一时之间没想到回答什么,而那只大野兽也没有要等他回答的意思。大野兽一下子把他推倒在地上,用脚掌碾来碾去,还用鼻子不断地嗅他,好像准备把他一口吞下肚去,但是随即又改变了主意,转身叫喊道:"莫莱和布罗曼,我的小乖乖,到这儿来,给你们点好吃的尝尝!"

　　随着喊声,马上跑过来两只毛茸茸的小兽,他们走路还跌跌撞撞,不大稳当,皮毛柔软蓬松得像小哈巴狗一样。【写作借鉴:动作描写和外貌描写,生动具体地描绘出两只幼兽的可爱形象。】

　　"你弄到什么好吃的啦,妈妈?让我们瞧瞧,让我们瞧瞧!"

　　"哦,原来我碰上大狗熊啦,"尼尔斯明白过来,"这么一来,狐狸斯密尔就不用再费尽力气来追逐我啦。"

　　母熊用前掌把尼尔斯推给了小熊。一只小熊叼起尼尔斯就跑开了。不过他咬得并不紧,因为他想在把尼尔斯吃掉之前逗他玩一会儿。另外一只小熊从后面追过来,想要把尼尔斯抢走。他摇摇晃晃地跑着,一个趔趄正好摔倒在叼着尼尔斯的那只小熊的脑袋上。于是这两只小熊便滚抱在一起,不停厮打,抓咬,吼叫。【写作借鉴:动作描写,表现了小熊的顽皮,他们把尼尔斯当作一件有趣的玩物争来抢去。】

　　尼尔斯趁机挣脱身子,跑到崖壁的脚蹬面前开始往上爬。两只小熊一看到他溜走,便一起追过去,灵活、迅速地顺着峭壁向上爬。他们追上了尼尔斯,把他像皮球一样扔到长满苔藓的地上。"唉,现在我总算领教到一只可怜的小耗子落到猫爪子底下的滋味啦!"

　　尼尔斯使出浑身解数,好几次想要逃脱。他钻进很深的旧矿井巷道里,躲藏在岩石背后,还爬到桦树上去,不过无论他跑到哪里,那两只小熊总是有办法把他抓回来。他们抓到他之后,马上把他放开,让他再逃跑。这样抓了又放,放了又抓,他们玩得很开心。

　　尼尔斯又疲劳又烦躁,最后干脆躺在地上不动了。"起来,快逃,"两只小熊齐声吼叫道,"要不然,我们就把你一口吃掉!"

304

"好吧,你们要吃,就随你们便吧!"尼尔斯赌气说,"反正我再也跑不动啦!"两只小熊立刻跑到母熊身边去告状:"妈妈,妈妈,那个小东西不想玩下去啦!"

"那么你们一人一半把他分着吃了吧!"母熊说道。尼尔斯听到这句话,吓得要命,马上又跟小熊玩了起来。

到了睡觉的时候,母熊把小熊叫过来,让他们挨在自己身边睡觉。小熊都玩得挺开心,想第二天再接着玩,就把尼尔斯夹在他们当中,用前掌揿住他,尼尔斯稍一动弹就会惊醒他们。两只小熊马上就睡着了。尼尔斯想等一会儿就设法溜掉,可是他从来不曾像刚才那样辛苦过,一会儿被扔过来抛过去,一会儿又在熊爪下翻来滚去,再加上脚不停步地追来逃去,他累得支撑不住,也跟着睡着了。

过了一会儿,公熊顺着那个坑道爬了下来,他笨重蹒跚地从坑道上走下来,用利爪把石头和沙砾刨得发出很大的响声,尼尔斯惊醒过来。他不敢有大动静,不过还是探了探身子,侧过脑袋,这样他可以看到那只公熊。那是一只身材硕大、粗壮的老公熊,他长着巨大的脚掌、闪闪发亮的大犬牙和一双铜铃般冒着凶光的眼睛。尼尔斯看见这只深山老林之王时,不禁吓得打了个寒战。【写作借鉴:对老公熊的外貌描写,突出了他的粗壮、狰狞、凶恶,令尼尔斯感到害怕,让人更为尼尔斯的命运担忧。】

"嗯,怎么这里有人的气味?"公熊走到母熊身边说,他的声音瓮声瓮气,像是天上打雷那样震人耳膜。【写作借鉴:语言描写及对声音的描绘,将一个魁梧暴躁、感官敏锐的公熊形象鲜活地呈现在读者面前。】

"你这个傻瓜,怎么这样胡思乱想,"母熊调侃道,她仍旧躺在那里一动不动,"我们不是早已说好了,从今以后再也不伤害人类了吗?要是真的有人敢踏进我和孩子们住的地方,我早把他吃掉了,叫你连气味都闻不出来。"

公熊在母熊身边躺下来,似乎对母熊的回答不大满意,还是用鼻子呼哧呼哧地到处嗅。

305

骑鹅旅行记

"别再嗅来嗅去啦,"母熊说,"你跟我一起那么久,知道我不会让危险的东西来到孩子们身边的。还是给我讲讲你出门的情况吧!我可是整整一星期都没有见到你啦!"

"唔,我去寻找新的住地了,"公熊叹了口气说,"我先到了维姆兰省,想打听一下住在艾里斯县的那几家亲戚的近况。可惜我白跑了一趟,他们都搬走了,整片森林里连一个熊窝都没有。"

"我想,那些人类大概是要独占整个大地啦,"母熊也叹息道,"我们不再去伤害牲畜和人,只靠吃蔓越橘、蚂蚁和青草过日子,人类还是不肯让我们在森林里住下去。我不知道要往哪里搬才有安生日子过。"【名师点睛:作者借公熊和母熊之口,道出大自然被人类破坏、动物们无处安家的惨状,直击读者心灵,引人深思。】

"多年来我们在这个矿道坑洞里生活得很好,"公熊说,"可是那个声音嘈杂的大工厂盖起来之后,我连一天都住不下去了。我后来到了达拉河东边的加朋山,那里也有不少矿洞和藏身之所,所以我想,在那里大概可以不受人类的打扰,安安稳稳地过日子……"

公熊边说边站起来,又用鼻子嗅了嗅周围的气味。"真奇怪,我一说到人类就闻到一股人的气味。"他说道。

"要是你连我都信不过,那么你就自己去找吧,"母熊说,"也不想想在这个矿洞里有什么地方能够藏得住一个大活人。"

公熊沿着四周走了一圈,把所有的地方都闻遍了,最后他才无话可说地躺下了。"我说得没有错吧?"母熊说,"可是你总是觉得,除了你别人都没有眼睛和鼻子。"

"我们目前处在这样的环境里,不能不多加小心。"公熊心平气和地说道。【写作借鉴:对公熊的动作描写和语言描写,表现了他的小心谨慎。】可是随即他就一声吼叫,又站了起来。原来有一只小熊把前掌伸到了尼尔斯·豪尔耶松的脸上,把他捂得十分难受,他忍不住打了一个喷嚏。这一下连母熊都无法叫公熊安静下来了。公熊扇动前掌,把两只小熊一左一右拨开,马上就看到了尼尔斯,而这个可怜的小人儿都没有来得及站起来。

要是母熊不阻止,公熊就把尼尔斯一口吞下去了。"不许动他!他是孩子们心爱的玩意儿!"她说,"他们拿他玩了整整一个晚上,非常开心,没有舍得把他吃掉,想要留到明天再玩。"但是公熊一把将母熊推开了。"哎呀,你别管啦,难道你连这样的事情都不明白?"他咆哮着,"你难道没有觉察出来,他身上有一股人的气味,离老远就能闻得出来?我要把他吃掉;倘若留下了,终究是个祸根,他会施展法术叫我们遭受祸患的。"【名师点睛:公熊只是闻到尼尔斯身上有人的味道,并未确定他到底是不是人类就马上要吃掉他,宁可错杀也不可放过的行为,说明公熊对人类的提防与厌恶已经到了无以复加的地步。】

他张开了血盆大口;说时迟,那时快,尼尔斯手脚麻利地从衣服口袋里掏出了火柴,这是他唯一拥有的防身武器了。尼尔斯在皮裤上把火柴划着,企图塞进公熊嘴里。

公熊闻到一股硫黄气味,把鼻子一哼,从鼻孔里喷出来的气把火苗吹熄了。尼尔斯又掏出一根火柴,但奇怪的是,公熊却不再攻击他了。

"哦,你也会这种法术,你能够点出许许多多这样的蓝色小玫瑰花吗?"公熊诧异地问道。

"那还用说,我能够点燃许许多多的火花,连整个森林都能够烧掉。"尼尔斯大言不惭地说,他想用这种法子来吓唬公熊。

"那么说来,你也能够放火把房子和农庄烧掉?"公熊又问道。

"这对我来说只是小把戏,毫不费力。"尼尔斯说,他希望这样公熊会对他望而生畏。

"那再好不过啦,"公熊大喜过望地说,"那么你就为我效劳吧。我真高兴,幸亏刚才没有把你吃掉。"【名师点睛:公熊因为一根火柴而转变了对待尼尔斯的态度,他到底想要尼尔斯帮什么忙呢?此处设置悬念,引人继续阅读下去。】

骑鹅旅行记

于是，公熊小心翼翼地叼着尼尔斯，朝矿洞顶上爬去。他的身子肥胖而笨重，但是爬起来轻松得令人难以置信。他一爬出洞口，就朝森林里跑。他跑的速度也很快，可以看出，公熊生来就应该在茂密的森林里生活。他的身影在灌木丛里一隐一没，就像水上行舟一样轻快。

公熊往前跑呀，跑呀，一直来到森林边的一个山坡上，从那里能够望见那个大钢铁厂。他就在那里蹲了下来，把尼尔斯放到自己面前，用两只前掌按紧他。

"你看看下面那个声音嘈杂的大工厂。"他对尼尔斯说。

那个大钢铁厂坐落在一个瀑布边上，厂区有许多高大的建筑，高入云霄的烟囱突突地吐出黑色的浓烟，高炉里火光冲天，所有的窗户都灯火通明。厂房里锻压机和轧钢机正在工作，它们运行起来威力那么强大，轰隆隆、轰隆隆的巨响在空中回荡。厂房周围是巨大的煤库、炉渣堆、包装厂、晒木场和工具储藏间。远处是一排排工人住宅、精致的别墅小楼、学校校舍、集会的会场和商店。不过那里一片寂静，宛如已经沉睡了一般。尼尔斯并没有朝那边看，而是专心致志地看着钢铁厂。厂房四周的土地一片黑沉沉的；炼钢高炉把半边夜空映得通亮，使天空变成瑰丽的深蓝色；瀑布像条白练一般直落而下；厂房建筑矗立在夜空中，喷吐着浓烟和火星。这是何等惊心动魄的场面！尼尔斯从来没有见过这样雄伟壮观的情景。【名师点睛：土地黑沉沉的，天空被火光映成瑰丽的深蓝色，瀑布似白练……极富变化的色彩描绘，使画面鲜明可感，犹如亲眼所见。】

"喂，你大概不敢说你也能把这样一个大工厂烧掉吧？"公熊诘问道。

尼尔斯站在那里，被两只熊掌紧紧地夹住。他想，如今唯一能够挽救他的办法就是使那只公熊深信，他确有非凡的力量和本领。"嘿，不管是大还是小，对我来说都是一样的，"他故意这样说，"我能把它烧成一片灰烬。"

"我要给你讲一些往事，"公熊说，"自从这块土地长出森林以来，我的祖先就居住在这一带。我从他们手上继承了猎场、洞穴，并一直安逸地生活在这里。一开始我受到人类的打扰并不多：他们到山里来，开山辟崖，取出一点点矿石；他们在山脚下的瀑布边造一个小高炉和一个冶炼作坊。好在那个小高炉每隔两三个月才点一次火，那个冶炼作坊每天只锤打两三次。这些我还能忍受。可是最近几年，他们兴建起了这个日夜发出噪音的大工厂，我已经不适应这里的环境了。过去，这里只住着一个矿场主和两三个铁匠。可是现在到处是人，我根本无法安心活动。我曾经想过，我会不得不从这里搬走，但是现在我有了更好的主意。"【名师点睛：通过公熊的描述，讲述了这块土地的历史变迁，说明了人类的活动已经严重影响到野生动物的生存环境。】

尼尔斯不明白公熊究竟想出了什么好主意。他还没有来得及张口问，公熊又叼起他顺着山坡往下走去。尼尔斯被衔在熊嘴里，什么东西也看不见，可是他从噪声越来越响这一点判定，他们正在靠近钢铁厂。

公熊对钢铁厂十分熟悉。他曾经多次在漆黑的夜晚到这周围游荡，仔细观察里面的情况，疑惑那里面怎么可以没日没夜地干活。公熊曾经用他巨大的前掌去推那些砖墙，以为凭他的蛮力一定可以把那些建筑推倒。

他的毛色同漆黑的地面相似，站在墙壁的阴影里很难被人发现。这时他毫无顾忌地从两座厂房之间穿过去，爬到一堆矿渣上。他直起身子，用两只前掌把尼尔斯高高举起来。"喂，你看看，房子里在干什么？"他吩咐道。

厂房里，人们正在用贝斯玛转炉把铁炼成钢，屋顶下有一个黑色的大圆球形炼钢炉，炉里灌满了已经熔化的铁水，工人们正把一股很强的气流压进去。当那股气流以震耳欲聋的轰响压进铁水里去的时候，铁水里喷出一大片一大片的火花。迸溅出来的火花形状各式各样，有时候像花束，有时候像扫帚，有时候拖着一条长长的尾巴。【写作借鉴：通过听觉描写和视觉描写，同时运用排比和比喻的修辞手法，生动可感地呈现出铁水火花迸溅时的场景。】那些火星五颜六色，形状大小不一，朝一堵墙飞过

309

骑鹅旅行记

去,然后洒落在屋子的各个角落里。公熊捧着尼尔斯,让他看到这瑰丽多姿的场面,一直到吹气过程结束,通红闪光的钢水从圆球罐里流出来,倒进几个大钢罐里。尼尔斯觉得那场面太雄壮伟大了,他看得如痴似醉,几乎忘了自己还是被两只熊掌钳住的囚徒。

公熊还让尼尔斯看了锻压车间:一个工人从炉门里钳出一块烧得白热的、又短又粗的铁块,把它放到了锻压机底下。铁块放进去以后,被轧得又细又长。另一个工人马上钳起它,把它放到一台间隙更狭小的锻压机底下,铁块就被锻压得更细更长了。那块铁就这样从一个锻压机到另一个锻压机连续作业,铁锭被拉得越来越细、越来越长,最后变成了好几米长的钢筋滚到地上。但在第一块铁正在锻压的时候,另一块铁已经被工人从炉门里取了出来放到锻压机里了,等这块铁开压了之后,又钳来了第三块铁。那些火红的钢筋像是嘶嘶狂叫的蛇一样滚落到地上。【写作借鉴:运用比喻的修辞手法,形象地写出了铁块被锻压后变成钢筋时的颜色与声响。】尼尔斯觉得这些钢筋很好看,更有意思的是,那些工人们身手灵活、动作娴熟地用铁钳钳住一条条暴跳的蛇,硬把它们塞进锻压机里。对于他们来说,同嘶叫咆哮的铁块打交道简直像儿戏一般。"哦,我敢说,他们干的才是男子汉真正该干的活儿!"尼尔斯由衷地赞叹道。

公熊又带着他看了翻砂车间和铁条冶炼车间。尼尔斯对冶炼工人同火与铁打交道的本领佩服得五体投地。"这些人真是大无畏的好汉,他们连灼热和火焰都无所畏惧。"他心里赞美着。他们浑身漆黑,满脸尘垢。尼尔斯觉得他们一定是火神,所以才能有那么大的能耐,可以随心所欲地把火红的铁扭来拧去,锻打成型。他无法相信普通人会有这样大的本事。【名师点睛:尼尔斯作为人类的一员,从人类视角觉得冶炼工人极富能耐,形象似火神,与公熊作为动物的观念形成鲜明的对比。】

"他们就这样日日夜夜地敲呀,锤呀,吵个不停,"公熊抱怨着,在地上蹲了下来,"你现在能够理解这吵闹叫人没法过日子了吧。我终于可以让它完蛋了。"

"哦,您能让那个工厂完蛋?"尼尔斯不免有些惊讶,"您有什么办法?"

"嘿,我想让你把这些厂房统统烧掉,"公熊说,"这样我就不会再被这些噪声打扰,可以在自己的故乡安安生生地住下去啦。"【名师点睛:揭晓谜底,原来公熊留下尼尔斯,就是为了叫他帮忙烧掉工厂,照应前文尼尔斯用火柴吓唬公熊这一情节。】

尼尔斯听罢,从头凉到脚。哦,公熊带他来原来是为这个。

"倘若你能够把这座吵人的工厂烧光,我会答应饶你一命,"公熊说,"不过你若是没有照我的盼咐去做,你马上就会一命呜呼。"

那些巨大的车间都是清一色的砖砌厂房。尼尔斯暗自思忖,不管公熊怎样胁迫,他反正不会听从的。可是他朝四周看了看,觉得要放火也不是不可能。他的身旁有一大堆干草和刨花,很容易点燃。刨花旁边是一垛木材,而紧挨着木材的是大煤场。煤场过去就是厂房,倘若煤场失火,火苗马上就会蹿到钢铁厂厂房的屋顶上,屋里一切可以燃烧的东西就会烧起来,砖墙会被烈火灼烤得倒塌下来,那些机器会被烧毁。【名师点睛:顺着尼尔斯的视线,描绘出一条可能烧毁工厂的起火线路,表明这件事是可行的,而尼尔斯的不为,更能突显其勇气和无私。】

"喂,你想不想干?"公熊气势汹汹地问道。

尼尔斯明白,他应该立刻回答说自己根本不想干,可是他很清楚,要是这么说了,钳住他的那两只熊掌只需要稍微用力一掐,他就没命了。"我再想想。"他说。

"你可以想一想,"公熊说,"不过我要告诉你,正是这些铁疙瘩才使得人类可以制服我们熊类,也是因为这个,我要让这里的一切都完蛋。"【名师点睛:钢铁是伤害动物、毁坏动物家园的武器,因此动物对钢铁深恶痛绝,可钢铁又是人类文明发展的成果和助力。尼尔斯会做何抉择呢?】

尼尔斯故意拖延时间以便想出办法逃跑。可是他心里非常紧张,控制不住自己的思绪,反而想到铁给人类带来多么大的好处。人类用铁来制造各式各样的东西,打成犁犁地,打成斧子盖屋子,打成长柄大镰刀来

311

骑鹅旅行记

收割庄稼,制成各式各样的刀。铁还可以被制成马嚼子来牵马,制成锁来锁门,打成钉子来制作家具,制成铁皮当作屋顶。消灭吃人的猛兽用的火枪也是铁做的,还有开凿矿山的鹤嘴锄也是用铁打的。他在卡尔斯克鲁纳见到的战舰就是身披铁甲的,而行驶在铁轨上的火车头可以朝发夕至通行到全国各个地方。再说人类可以将铁做成针可以缝纫衣服,做成剪刀可以剪羊毛,打成锅可以煮食物。从大到小,所有的铁器都让人类受益无穷,人类是须臾也离不开它们的呀。所以公熊讲得挺有道理,正是有了铁器人类才战胜了狗熊。

"你到底干还是不干哪?"公熊催促道。

尼尔斯从自己纷繁的思绪中醒过来。他站在这里尽想一些不着边际的东西,却没有顾得上想出个计策来保住自己的性命。"你用不着担心,"尼尔斯搪塞说,"这对我来说是一件非同小可的事情,我要花点时间好好动动脑筋。"【写作借鉴:心理描写和语言描写,表现了尼尔斯在面对危险时的机智与勇气。】

"好吧,那么我再等你一会儿。"公熊不乐意地嘟囔。

尼尔斯又得到了喘息的机会,他要用这段时间想出脱身之计。可是在这个晚上,他的思绪怎么也集中不了,他想着,想着,又想到关于铁的事情上去了。他觉得自己渐渐明白了,人类在找出从矿石里提炼铁的方法之前,不知花费了多少心血。他似乎看到那些浑身漆黑、满脸尘垢的铁匠老师傅把身子伏在锻铁炉旁边,思索着怎样改进打铁的技巧。也许就是因为这些能工巧匠在打铁上灌注了全部的心血,这才使得人类的智力更加发达,以至后来人类能够兴建起这样大的钢铁厂。可以肯定,铁为人类带来的福祉,要比人类自己知道得多。【名师点睛:一路以来,尼尔斯不断成长。他已经从一名不谙世事的少年,成长为一个会从人类文明的角度来思考问题的人。】

"怎么样?"公熊有点不耐烦了,"你愿不愿意动手?"

尼尔斯一愣,又站在那里想着一些并不紧迫的事情,却偏偏想不出脱身之计。"做出抉择并不像你想象的那么容易，"尼尔斯说，"你得再给我点时间。"

"唉，那么我只可以再等你一小会儿，"公熊无可奈何地说，"可是你再也不能够拖下去了。你要知道，这全是铁的过错，所以人类才能够到我们熊的世界来生活。你完全明白，为什么我非要把这里的一切毁掉吧！"

尼尔斯又有点时间可以想出保全性命的办法了。可是他心情那么紧张，头脑里一片茫然，思绪像是不受管束似的，又不由得想到别处去了。他想起了在飞过伯尔斯拉格那矿区时他亲眼看见的那一幕幕动人的场面。在人烟稀少的荒山野林里，竟有那么多人在干活儿，使得荒野上呈现出生机和活力，多么神奇啊。【名师点睛：照应前文，荒山野林里因为发现了铁矿，有了钢铁厂，才充满了生机和活力。这是尼尔斯作为人类一员的考量。】倘若那里没有发现铁，那里该是多么贫困和荒凉！他想到了眼前这座钢铁厂，要知道自从兴建以来，它使得多少人有工作可做。在钢铁厂四周兴修起了那么多的房屋，而且都住满了人。正是有了这座钢铁厂，这里才兴旺发达起来，铁路修到这里来了，电报线拉到这里来了，从这里运出去……

"怎么样？"公熊更不耐烦了，"你到底想不想干？"

尼尔斯用手拍拍前额，他实在想不出脱身的办法，可是他明白他决不想纵火焚烧钢铁厂，因为钢铁为人类带来了好处。铁为这个国家成千上万的人——不论他们贫贱还是富贵——带来了面包。

"我不干。"尼尔斯说道。

公熊没有吭声，两只熊掌却钳得更紧了。

"你要逼我去烧毁一个钢铁厂，那是办不到的，"尼尔斯回答说，"因为钢铁对人类有很大的好处，我不忍心去烧毁钢铁厂。"

"好哇，那么你不打算再活下去啦？"公熊气得咆哮起来。

"不错，我不打算活啦！"尼尔斯毫无惧色地说，双目正视着公熊的眼睛。【写作借鉴：语言、神态描写，表现了尼尔斯的勇敢无畏。在与公熊的

313

▶ 骑鹅旅行记

博弈中，他虽同情公熊的遭遇，但是想到钢铁带给人类的好处，他毅然做出了自己的选择。】

公熊的爪子钳得更紧了，尼尔斯痛得眼泪直流，但是他咬紧牙关，闷声不吭，一句求饶的话都没有说。

"好啊，真有你的！"公熊吼道，慢慢地举起了一只前掌，他还是希望尼尔斯能够改变主意。

就在这一刹那，尼尔斯听见身边咔嚓一声响，只见一把明晃晃的猎枪在几步之外闪光。他和狗熊各有心事，所以都没有发觉有人偷偷靠近。【写作借鉴："咔嚓""明晃晃"，通过听觉描写和视觉描写，说明公熊处境非常危险，可他却浑然不知。】

"公熊，"尼尔斯尖声叫道，"难道你没有听到猎枪的扳机声吗？快点跑，晚了你就会被打死的！"

公熊慌忙转身就逃，但是他仍然不失时机地把尼尔斯叼走了。在他逃跑的时候，听到砰砰几声枪响，子弹从他耳边呼啸而过，不过他侥幸逃脱了。

尼尔斯被公熊叼在嘴里，身体耷拉着，他越想越懊恼。他从来不像今天晚上这样傻。若是他不提醒，公熊必定会被打死，这样自己就可以从容脱身了。可是如今他已经养成了帮助动物的习惯，那样做是连想都不用想的。【名师点睛：不知不觉中，尼尔斯已将动物们当作朋友，会不顾安危地去救他们。】

公熊跑进森林又走了一段路之后，才停下脚步，把尼尔斯放到地上。"多谢你救了我的性命，小家伙，"公熊感激不尽地说，"要不是你的话，那几颗子弹一定会打中我的。现在我也要报答你，往后你再碰上熊的话，只要讲出这句话，他就不会伤害你！"

公熊随后凑到尼尔斯耳边，悄声说了几个字。刚刚说完，他隐隐约约听见了狗叫声和猎人的叫喊声，就匆匆逃跑了。

尼尔斯重新恢复了自由，一点都没有受到伤害，连他自己都无法相信怎么会有那样的好运。【名师点睛：尼尔斯的善良给他带来了好运,作为回报,公熊不仅放了他,还送了他一句免受熊类伤害的话。】

整整一个晚上,大雁们都在飞来飞去,到处寻找和呼喊,但是没有找到大拇指小人儿。太阳下山之后,他们又寻找了很久很久。直到天色全黑了,他们才不得不去睡觉,可是大家心里都仿佛压了一块石头。他们当中没有一个不在想,大拇指小人儿是否掉下去摔得粉身碎骨,如今长眠在密林底下,再也见不到他了。

但是第二天早上,太阳从山顶上露出脸来,把大雁们唤醒的时候,尼尔斯却像往常一样睡在了他们中间。他醒来的时候,听到大雁们吃惊地叫起来,不由得哈哈大笑起来。【名师点睛：尼尔斯怎么突然就回来了呢?此处设置悬念,使文章读来更有趣味。】

他们个个都急于知道尼尔斯这次的经历,非要他全都讲出来才肯去觅食。尼尔斯便兴致勃勃地把他遇到狗熊的事情一五一十地说了一遍,但是后来不愿再继续说下去了。"我是怎么回来的,你们都已经很清楚了。"他说道。

"不,我们一点也不知道。我们以为你已经摔死了。"

"说来也奇怪,"尼尔斯说,"公熊离开我以后,我就爬到一棵大云杉树上去睡觉。可是天刚亮,有一只老鹰呼啦一下飞到我的头上,用爪子抓住了我。我当时以为,这一下我可活不成了。没想到,他并没有伤害我,而是把我送到这里来,扔到了你们中间。"

"他没有说出自己是谁吗?"雄鹅问道。

"我连句谢谢都来不及说,他就飞得不见了。我以为是阿卡大婶派他来接我的呢。"

"这真奇怪,"雄鹅说,"你敢肯定那是一只老鹰吗?"

"我以前还没有见过老鹰,"尼尔斯说,"不过他长得那么高大,我要是把他叫成别的东西,那未免太小看他了。"

雄鹅莫顿转过身子想要听听大雁们对这件事的看法。可是他们个

315

▶ 骑鹅旅行记

个站在那里仰望着天空,似乎在想另外的事。【名师点睛:大雁们似乎有什么事隐瞒着,此处留下悬念,吸引人继续探究。】

"我们今天千万不要忘记吃早饭。"阿卡再三叮咛,之后就展翅飞上了云霄。

Z 知识考点

1. 填空题。

铁可以被打成_____犁地,打成_____收割庄稼,制成_____来锁门,做成_____来缝衣服,做成_____剪羊毛……

2. 判断题。

(1)雄鹅最终找到了尼尔斯,并把他带回雁群。 (   )

(2)尼尔斯离开公熊后,爬到一棵大云杉树上睡觉。天刚亮时,被一只老鹰用爪子抓住并扔到了雁群中。 (   )

3. 问答题。

公熊为什么会放尼尔斯离开?

_____

_____

Y 阅读与思考

1. 母熊为什么没有吃掉尼尔斯,还要维护他?

2. 为什么尼尔斯宁死都不肯烧掉钢铁厂?

第二十九章　达尔河

> **名师导读**
>
> 　　尼尔斯在达拉那省见到一条浩渺壮阔的大河，又在寻找食物的途中，听到了有关这条大河的传说：两条河流竞相入海，一路奔流，一路成长，相互汲取力量，相互成就，终于携手共同入海。

四月二十九日　星期五

　　这一天，尼尔斯遍览了达拉那省的南部。大雁们飞越格伦厄斯山的大片矿区和卢德维卡城郊的大型工厂，飞越沃尔夫黑丹钢铁厂和格伦厄斯哈马尔一带的旧矿场，一直飞到大图纳平原的达尔河。从刚刚起飞那会儿，尼尔斯就看到每一座山顶背后都有高耸入云的工厂烟囱。他觉得这里的一切都同西孟兰省大同小异。但是当尼尔斯来到这条大河的上空时，他又大开了眼界，这是他见过的第一条真正的大河。他看到浩渺的水面从原野上滚滚而过，感到非常惊奇。

　　大雁们飞到图尔昂浮桥，然后返回去，沿着那条河朝西北方向飞去，似乎他们把那条河当作飞行的标记。尼尔斯骑在鹅背上看着河岸的景致：岸上大大小小的建筑物星罗棋布，一直伸向很远的地方；他看到了达尔河在杜姆纳维特和克瓦斯维登形成的大瀑布，还有以瀑布为动力的工厂；他看到了横跨达尔河的浮桥，河上来回穿梭的渡船，在水上漂动的木排，还有同河流并行偶尔又横跨河流的铁路。【名师点睛：先从大处着手，极言河之大，水面之浩渺；再从细处描绘，讲沿岸建筑星罗棋布，伴河而生的工厂、渡船无数。】他开始认识到水的威力，认为它很了不起。

317

▶ 骑鹅旅行记

达尔河朝北拐了一个大弯，河套里一片荒滩，人烟稀少。大雁们便降落到荒滩草地去觅食。尼尔斯跑到高高的河堤上，去观赏那条在宽阔的河床上奔腾湍流的大河。不远处有一条公路直通河边。有些过路旅客从公路上下来，登上了渡船。尼尔斯觉得很新奇，看得津津有味。但是他忽然感到一股说不出的倦意袭了上来。"我不得不睡一会儿了，我几乎一夜没有合眼！"他想，于是钻进了一丛长得很密的蒿草里，藏得严严实实，然后昏昏沉沉地睡了过去。

当他听到有几个人坐在旁边说话时，他才惊醒过来。那是几个过路的旅客，因为河上有大块浮冰冲下来，渡船无法开动，他们过不了河。在等船的时候，他们走上河堤，坐在那里谈起了这条河给他们造成的巨大灾难。

"唉，我真不知道今年会不会像去年一样发大水。"一个农夫愁眉苦脸地说，"在我们家乡，当时洪水涨得像电线杆子一样高，一座浮桥整个被洪水卷走了。"【写作借鉴：语言描写和神态描写，说明去年这条河发过大水，令人至今想来都忧心不已。】

"去年我们教区损失倒不大，"另一个人说，"可是前年够呛，我有一个装满干草的大草棚被洪水冲跑了。"

"我永远也没法忘记洪水冲击杜姆纳维特钢铁厂边上那座大桥的那一夜，"有个铁路工人插了一句话，"当时全厂上下没有人合一下眼。"

"你们说得对，这条河是个祸害。"有个身材高大的健壮男人说，"我坐在这里听你们说这条河作恶多端，就不由得想起了我家乡的那位主教。有一次，主教宅邸举行宴会，客人们也像你们这样坐在一起埋怨这条河流。主教似乎有点生气，说他要给大家讲一个故事。在他讲完故事之后，我们没有人再说这条河流的坏话了。我估摸着，要是你们诸位也在场的话，也会表示赞同的。"【名师点睛：先顺着大伙的发言，表示赞同他们的说法，继而话锋一转，提出有人对此有不同的看法。此处设置悬念，引出下文的故事。】

他们听完之后,都纷纷恳请那个人把主教讲的故事再讲一遍,让他们也能亲耳听到主教对这条河流讲了些什么话。于是那个人就娓娓讲述起来。

　　"靠近挪威边界有一个高山上的湖泊,名叫伏恩湖,从湖里流出一条溪流,它从源头起就奔腾湍急、来势凶猛。尽管溪流很小,可是大家都叫它巨河,因为它看起来前途无量。

　　"那条小溪刚从湖泊里流淌出来时,东张西望,想看看它应该往哪里去。可是四周都是叫它扫兴的地势。它的左方、右方和正前方到处是长满森林的丘陵,丘陵渐渐过渡到光秃秃的大山,光秃秃的大山逐渐耸立起来,变成了崇山峻岭。

　　"巨河又把目光转向西边。那边是朗格大高原,上面矗立着深坑岭、种子峰和大神仙山。它又朝北看了看,那里是长鼻大高原,而东面也有尼普大高原,南面有斯坦特山脉,它被困在当中,四面受阻,就想不如回到湖泊里去。可是转念又想,起码也该试着拼搏一下,冲出一条道来进入大海,于是它就这样做了。【名师点睛:介绍了巨河四面受阻的形势,以及它不甘屈服、努力拼搏的志气。】

　　"它通过重重障碍,历尽艰辛闯出了一条河道。不说别的,单单是那些森林就够它受的了,为了自由向前,它必须把那些粗大的松树一棵一棵地连根拔起。春天来到的时候,它威力无比、势不可当,先是附近一带森林里冰消雪融的水汇流到它那儿,随后,高原上的雪水也并到它的行列里。于是它滚滚向前,以摧枯拉朽之势汹涌而下,冲走石头和泥土,在地面上开凿出一道河槽。到了秋天,大雨连绵,水位陡升,它欢快不已。

　　"一个晴朗的日子,当巨河像平常一样挖掘河槽时,它忽然听见森林某个方向传来了哗哗的流水声。它仔细地倾听起来,几乎停止了流动。'那边是什么在响?'它自言自语地嘟囔。它周围的森林对河流的孤陋寡闻感到可笑。'你大概以为世界上只有你这么一条河流吧,'森林揶揄道,'不过我可以告诉你,你听到的哗哗声不是别的,而是发源于格莱沃

319

> 骑鹅旅行记

<u>尔湖的格莱沃尔河。</u>【写作借鉴：语言描写，形象地表现出森林的傲慢。】它现在已经挖出了一道又宽又深的河槽，起码能和你一样快地奔进大海。'

"但是巨河是一条自以为是、性情暴烈的河流。它听到这番话，不假思索地对森林说道：'那条格莱沃尔河一定是个没有能力照料自己的可怜虫。快去对它说，从伏恩湖发源的巨河正好路经此地。倘若它愿意投靠我，我就帮它一把，把它也带到大海里去。'

"'你真是一个口出狂言的家伙，你不看看自己小得多可怜，'森林说，'我可以把你的话转告给格莱沃尔河，但它绝不会领你的情。'

"<u>然而第二天，森林向巨河转达了格莱沃尔河的问候，并且说，格莱沃尔河现在遇到了困难，很乐意接受帮助，想要尽快同巨河汇合。</u>【名师点睛：巨河自以为是、性情暴烈，连森林都觉得格莱沃尔河不会领它的情，但是格莱沃尔河很乐意地接受了，表现了格莱沃尔河的谦虚及大度。】

"两条河汇合以后，巨河走得更快了，过了一段时间，它已经走到很远的地方，在那儿它看到一个狭长而美丽的湖泊，伊德尔山和斯坦特山脉的倒影都映在盈盈绿水之中。

"'那是什么？'巨河问道，它惊讶得停下脚步，'我总不会糊里糊涂地回到伏恩湖了吧！'

"在那个时候森林是无处不在的，它们听到这一问话后，便回答说：'哦，不是的，你并没有回到伏恩湖。这里是瑟尔河用自己的河水灌注起来的伊德尔湖。瑟尔河是一条十分能干的河，它已经把这个湖造好了，正在为这个湖寻找一个入海口。'

"巨河听完之后，马上对森林说：'森林呀森林，既然你是无处不在的，你不妨去告诉瑟尔河，从伏恩湖来的巨河已经到达此地。倘若它肯让我从湖里直穿过去，作为报答我就会把它带到大海里去。那样它也可以不用再为怎样开路而劳心费神了，这一切都可以由我来安排。'

"'我当然可以把你的建议转告给它，'森林委婉地说，'不过我不大相信瑟尔河会同意这样做，因为它同你一样强大。'

"可是第二天森林说,瑟尔河已经厌倦了单独开山凿路,愿意同巨河汇合在一起。

"于是巨河就从这个湖里径直穿了过去,然后继续同森林和高原搏斗。过了一段时间,正当它起劲地闯开道路的时候,它却跌进了一个三面合围、没有出路的山谷之中。巨河趴在那里,气得咆哮狂嚎。森林听到了澎湃汹涌的水声,便问道:'你这一下子算是完蛋了吧?'

"'我才没有完蛋,'巨河气咻咻地回答,'我要做出一件惊天动地的大事,我也要造一个湖,同瑟尔河一起干。'【写作借鉴:语言描写和神态描写,表现了巨河的自信、勇敢。巨河遇到挫折并没有气馁,而是和伙伴一起努力解决问题。】

"于是它着手填充塞尔纳湖。这花费了它一个夏天的工夫。随着湖里水位的升高,巨河也随着节节上涨,最后它闯开了一个缺口,朝南滚滚而去。

"就在它为自己能够冲出重围而庆幸不已的时候,它听见左边有咆哮嘈杂的水流声。它从来没有听见过森林里会有那么响的水声,于是张口问那是什么。

"森林像往常一样随时有问必答。'那是费埃特河,'森林说,'你听它正欢腾呼啸,准备凿出河槽流入大海。'

"'要是你能够伸展到那么远,使得那条河听见你说的话,'巨河说,'请你问候那个可怜的家伙,从伏恩湖来的巨河乐意同它携手,把它带进大海,但是它必须改成我的名字,并且顺着我的河道走。'

"'我不相信费埃特河肯放弃自己的努力。'森林不服气地说道。但是第二天森林不得不承认,费埃特河对自己单枪匹马开凿河道已经厌倦了,它愿意同巨河携手。

"巨河继续往前奔腾,尽管有不少帮手陆续加入进来,它仍不像人们想象的那么宽阔。然而它却傲气十足、不可一世。它不停歇地咆哮呼号,气势凶猛地向前推进,把森林里的一切溪流都汇合到自己这里,哪怕

321

骑鹅旅行记

是春天山坡上流下的小溪也不放过。【名师点睛：概写巨河一路奔流闯荡的情景，也表明了巨河的大肚能容及坚持不懈。】

"有一天，巨河听到遥远的西边有一条河在哗哗流淌。它问森林那是什么河，森林说，那是发源于伏罗山的伏罗河，它已经开凿出一条又长又宽的河槽。

"巨河一听，马上让森林去转达问候并商量关于汇流合伙的事情，森林一如既往答应了。可是第二天，森林带回来了伏罗河的拒绝。'去告诉巨河一声，'那条河是这样回答的，'我用不着别人帮忙！这些话本应该由我来对它讲，因为我比它强大得多，再说我会先到大海。'【名师点睛：一路奔腾，巨河已收敛了不少自以为是的气焰，想不到此次礼貌地问候，却没有得到预想中的答复，情节出现转折。事情越发有趣了。】

"没等森林说完，巨河就大呼小叫起来。'快去对那条伏罗河说，'巨河勃然大怒地朝着森林吼叫，'我要向它挑战！要是它自以为比我强大，那么它可以同我比赛，看谁先到大海。'

"伏罗河听到这番话后，心平气和地回答说：'我没有什么同巨河过不去的，我宁愿平心静气地走自己的路。不过伏罗山会援助我，我若不参加比赛，那岂不成胆小鬼了吗？'

"从此以后，那两条河就开始比赛。它们哗啦啦、哗啦啦地奔腾向前，无论昼夜寒暑都一刻不停。

"但是过了不久，巨河似乎为向伏罗河挑战的鲁莽做法感到后悔起来，因为它碰上了一个无法逾越的障碍。一座高山劈面挡住了它的去路。它没有别的办法，只好从一条很狭窄的裂缝钻过去。它缩着身子，回荡着漩涡，费劲地往里钻，花费了很多年才把那条裂缝冲刷、剥蚀成一条稍宽一点的峡谷。【名师点睛：遇到障碍，巨河并没有放弃，而是耐心地、经年累月地去开凿自己的道路。】

"在那段时间里，巨河多则半年就会向森林打听一次伏罗河的近况。

"'那条河状况非常好，'森林回答说，'它现在同发源于挪威的尤尔

河并在一起了。'

"巨河再一次问起那条河的时候,森林回答说:'你用不着为伏罗河担心,它刚刚吞并了霍尔蒙湖。'

"巨河对霍尔蒙湖垂涎已久,早就想吞并过来。所以一听到这个消息,巨河气得暴跳如雷。它终于按捺不住自己的怒火,冲出特兰斯列特峡谷,疯狂地翻滚而出,呼啸地漫过大地,淹没和冲走了它开凿河道根本用不着的大片森林和土地。【名师点睛:巨河听到竞争对手的消息,终于按捺不住,暴跳如雷,淹没了大片的森林和土地。】那时候正是春天,黑克埃山脉和维萨山脉之间大片土地被淹没。在巨河平静下来之前,它冲积出一大块平原——埃耳夫达伦平原。

"'不知道伏罗河知道这件事以后会怎么说。'巨河对森林说道。

"然而伏罗河那时候也冲积出了特朗斯特兰德和利马两块平原,可是它在利麦德山面前踌躇不前,想要绕道过去,因为它不敢从那样高的大山上跳下去。但是在听说巨河已经冲出特兰斯列特峡谷并冲积出了埃耳夫达伦平原的时候,它将心一横,说再也不能这么站着不动了。于是它就从利麦德山上直泻而下,形成了利麦德大瀑布。【名师点睛:将两条相互竞争、相互汲取力量的大河形象生动地展现在读者面前。】

"那座山的确非常高,但是伏罗河跳下去并没有摔坏,它跌宕而下,奋力向前,在不久之后又冲积出了马隆和耶尔纳两块平原,并且还说服了伏纳河同自己合并,尽管伏纳河也是足足有一百公里长的大河,并且已经挖掘出了像万延那湖那样大的湖泊。

"伏罗河时不时地听到非常响亮的流水声。

"'我想,我听到的是巨河奔腾入海的响声。'伏罗河估计。

"'不对,'森林说,'你听到的确实是巨河的流水声,但是它还没有入海。它现在又合并了斯卡特恩湖和乌萨斯湖,所以它更加不可一世,想把整个锡利延湖填满。'

"这对于伏罗河来说是个好消息。它知道,一旦巨河鲁莽从事,闯进

骑鹅旅行记

了锡利延峡谷,巨河就会像猛兽被关进牢笼一样无法脱身。它现在可以断定,自己会比巨河先进入大海。

"从此以后,伏罗河走起来就不那么匆忙了。每年春天,它不慌不忙地开凿河槽,高高地漫过森林顶梢和丘陵地,在河水泛滥的地方冲刷出一道道峡谷。它就这样从耶尔纳流到了诺斯,再从诺斯流到了富卢达,从富卢达流到了夏格耐夫。那里的地势本来就很平坦,高山还在远处,伏罗河前进起来一点也不费劲,于是它几乎忘记了自己名川大河的身份,得意忘形地蜿蜒逶迤,如同一条涓涓细流。【名师点睛:伏罗河以为对手输定了,便开始放松警惕,甚至有些得意忘形了。常言道,骄兵必败,结局是否如此呢?】

"但是,如果说伏罗河忘记了巨河的话,那么巨河却无时无刻不牢记着伏罗河。巨河被困在锡利延峡谷里以后,每天都在用河水填满这个峡谷,想要试试能不能从哪个地方冲开一个豁口,然而挡在巨河前面的峡谷像个无底深渊一样,任凭多少河水也填不满它。巨河想通过把叶松达山淹没在水下来增高水势,这样可以冲破牢笼。它又想从雷特维克附近冲出一个缺口,可是偏偏被莱尔达尔山挡住了去路。不过费尽周折之后,它总算在雷克桑德丘陵地带溜了出去。

"'我逃脱出来的事情你千万不要讲给伏罗河听。'巨河吩咐森林说。森林答应不声张出去。

"巨河逃脱牢笼之后,顺便吞并了英舍湖,然后趾高气扬、耀武扬威地向前,准备穿过夏格耐夫平原。

"巨河来到夏格耐夫平原附近的米耶尔根平地,却看到一条河面宽阔、气势雄壮的大河也正朝这边流过来。这条大河波光粼粼,气象万千,它动作轻盈地把挡路的森林和丘陵推开,就像在做游戏一样。

"'那条漂亮的大河是什么河?'巨河问道。

"恰巧伏罗河也在问:'从北面来的那条气势磅礴的大河是条什么河?我没有想到会在此地看到一条这样气魄宏大的河流。'【名师点睛:

两条河流再一次相遇,你不认识我,我不认识你,但彼此真诚地称赞了对方。】

"森林开口说话了,它的声音很响亮,两条河流都能听清楚,'巨河和伏罗河,你们彼此赞美,在我看来,你们不应该反对联合在一起,而应该共同携手,开辟通往大海的道路。'

"它的这番话正中两条河流的心意。可是有一个疙瘩却解不开,那就是它们谁也不肯放弃自己的名字而改用对方的名字。

"因为这个,它们的联合险些儿又成了泡影,幸亏森林提议它们都不要用原来的名字,而改用一个新的名字。

"两条河流一致赞成,它们请森林当命名人。森林当即决定,巨河改名为东达尔河,伏罗河改名为西达尔河。它们汇合成的一条河就叫达尔河。

"两条河流汇合在一起之后,实力倍增,以不可抵挡的气势向前汹涌推进,在大图纳一带纵横驰骋,把这一带冲刷得像庭院一样平整。这条新的河毫不迟疑地在克瓦斯维登和杜姆纳维特两个地方形成了直泻而下的大瀑布。它来到伦农湖附近,把那个湖吸了过去,并且迫使四周的大小百川流归于它。然后它就一路顺畅地直奔大海。在快到大海的时候,它的河面已经伸展得像湖泊一样宽阔了。它为发展南福熙的工业和埃夫卡勒比的电力立下了汗马功劳,赢得了荣誉,最后终于川流千里归入大海。

"当巨河和伏罗河这两条河流快要进入大海的时候,它们不禁追忆起那场旷日持久的比试和一路上经历的千辛万苦。

"它们觉得自己疲倦、衰老了,并且为自己当初年少气盛、逞能好强而叹息不已。它们弄不明白这样比试高低、一决雌雄究竟值不值得。【名师点睛:两个竞争对手携手入海,回望过往的年少气盛、逞能好强,都不禁叹息不已。结局意味深长,发人深思。】

"然而它们却得不到回答,因为森林在海岸高处停下了脚步。它们也无法顺着自己开凿出来的河道逆流而上,去看看人们究竟怎样从它们

325

> 骑鹅旅行记

泛滥成灾的地方搬迁出去；或者去看看东达尔河沿岸的湖泊四周和西达尔河的河谷里怎样兴建起了各种建筑物；或者去看看在全省境内除了它们激烈竞赛时流过的地方之外，仍旧是荒山野林和光秃秃的高原。"

Z 知识考点

1. 填空题。

巨河改名为_____，伏罗河改名为_____，它们汇合成的一条河流叫_____。

2. 选择题。

达尔河的名字是(　　)取的。

A. 巨河　　　　B. 伏罗河　　　　C. 森林　　　　D. 尼尔斯

3. 问答题。

几个过路的旅客为什么过不了河？

_____

_____

Y 阅读与思考

1. 巨河一路向海奔流的过程中，性格发生了哪些变化？
2. 简述伏罗河的奔流过程。

第三十章　一份最大的遗产

名师导读

渡鸦巴塔基偶然受困,尼尔斯在解救他的过程中,听他讲述了一个有关矿山遗产的故事。尼尔斯不禁兴头大起,甚至还幻想自己会得到那份遗产,解救巴塔基的动作也更卖力了。可是获救后的巴塔基并没有告诉尼尔斯那份遗产的下落。他的故事到底是真的还是假的呢?

古老的矿都

四月二十九日　星期五

在瑞典境内,再也没有比法隆市更讨渡鸦巴塔基喜欢的城市了。每逢春天雪消冰融之际,他总是先到这座古老的矿都附近住上几个星期。【名师点睛:开篇直言法隆市最讨渡鸦巴塔基喜欢,每年春天他都要去那附近住上一段时间,却没有揭示原因。设置悬念,引人深入阅读。】

法隆市坐落在一个峡谷里,有一条很短的小河纵贯全市。峡谷的北端是一个山清水秀、风光旖旎的小湖泊,名叫瓦尔邦湖,岸边岬角繁多,草木葱茏。南端是伦农湖的一个小湾,样子倒也像个湖泊,名叫蒂斯根湖,湖水浅而脏,湖岸潮湿得像沼泽地一般,而且各式各样的垃圾堆积成山。峡谷东面是一座风景优美的山脉,山顶上松树挺拔,桦树葱郁,山坡上遍地是枝盛叶茂的果园。城市的西面也傍靠着山峦,山顶上还长着稀疏的针叶林,可是整个山坡寸草不生,光秃秃的,活像一片只有一些又大

骑鹅旅行记

又圆的石头四处散落着的沙漠。

法隆市既然坐落在峡谷之中的小河两岸,它的房屋也就顺着地势建造。高大美观或者门面气派的建筑物大多坐落在峡谷里青翠欲滴的那一侧。那里林立着两座教堂、市政厅、省长官邸、矿业公司的办公楼、银行、旅馆、学校、医院以及漂亮的别墅和住宅。而在峡谷里遍地漆黑的另一侧,街道两旁都是红褐色的小平房,还有一排排死气沉沉的栅栏和巨大笨重的工厂厂房。离街道不远的地方,在布满石块的荒地正中,是法隆铜矿。那里有矿井上用的排水泵、升降机和泵房,也有一些年久失修的厂房东倒西歪地站在被挖得坑坑洼洼的土地上,还有堆积如山的黑色矿渣和一排排冶炼炉。【写作借鉴:环境描写,运用对比的手法,荒凉、残破的矿厂与繁华的街市形成鲜明的对比。】

就渡鸦巴塔基来说,他连正眼都不瞧一下城市的东半部,也不去观赏那个山清水秀的瓦尔邦湖。他最钟爱的是城市西半部和那个小蒂斯根湖。

渡鸦巴塔基喜欢一切充满奥秘的事物,喜欢一切发人深思、令人遐想的东西。【名师点睛:点出渡鸦巴塔基的性格,他对一切充满奥秘的事物怀有好奇心,为后文做铺垫。】对他来说,探索这个城市里的红褐色木头房子没有像别的地方的同类房子那样被大火烧光,是一种莫大的乐趣;他同样想过,铜矿周围的那些摇摇欲坠的危屋究竟还能支撑多久;他还琢磨过矿区中央的那个大矿坑,并且飞到它的底部去了解它的来历;他曾对矿洞周围堆得像山一般高的矿渣感到不可思议;他还想弄清楚那个一年到头隔一段时间就会发出一阵短促凄厉的铃声的报警铃究竟想说什么;他最有兴趣要弄个明白的,是经过了几百年的采掘之后,铜矿底下那像是蚂蚁窝一样的坑道该是怎样的模样。在对这一切琢磨透了之后,渡鸦巴塔基就飞到那块荒凉可怕的石漠地上,想要弄清楚为什么石头缝间寸草不长;或者飞到蒂斯根湖上去——他觉得这个湖是他所见过的最美丽的湖泊。这个湖里为什么连一条鱼也没有?为什么风暴刮过湖面的时候,湖水竟会变成赤红色? 更奇异的是,从铜矿里流出一股溪流注入湖里以后,那流水竟是深黄色的,而且油光闪亮。他还研究过湖岸上倒塌的房子所残剩下来的破砖烂瓦。他也对石头荒地和那个奇怪的小湖之间的蒂斯克锯木厂做了一番研究,那里绿树环抱,浓荫蔽天。【写作借鉴:先总后分,详述了许多事例来表明渡鸦对探知未知事物奥秘的兴趣,为后文他探险受困做铺垫。】

离城市一段路外的蒂斯根湖岸上,还有一幢破残不堪的旧房子,大家都把这幢房子叫作熬硫黄屋,因为每隔一年人们就要在这幢房子里熬一两个月硫黄。那幢破木房起初是红色的,后来慢慢变成了暗褐色。房子上没有窗子,只有一排装着黑色木盖板的方孔,而且几乎总是关着的。巴塔基一直没有机会朝里面看一眼,所以他对这幢屋子有着莫大的好奇心。他曾经在屋顶上跳来跳去,想要寻找一个窟窿钻进去,他也常常蹲在屋子的高烟囱上顺着狭窄的烟道往屋里窥视。

但是有一天,渡鸦巴塔基却落难了。那一天风刮得很大,那幢破旧的熬硫黄屋方孔上的一扇盖板被风吹开了。巴塔基为了看屋里的情况,便趁机从这个方孔飞进去。但是他刚飞进去,方孔上的小盖板就吧嗒一声盖上了,将他关在里面。他指望有阵风吹过来再把那扇盖板刮开,可是却盼不来这样的大风。【名师点睛:详细写了巴塔基受困的过程,情节巧妙又合理自然。】

一缕缕光线透过墙上的缝隙照射进来,他看清了屋里的一切,总算得到了一点点满足。那里面除了一个砌着两口大锅的炉灶,什么也没有。他不久就看腻了。他想要出来却怎么也出不来,既没有风把盖板刮开,也没有哪个洞孔或者哪扇盖板是开着的。渡鸦巴塔基成了一个被关在监狱里的囚徒了。

巴塔基开始呼救,整整叫了一天。世界上恐怕没有几种动物能够像渡鸦这样持续不断地发出聒耳的噪音,所以过了不久,附近的动物都知道渡鸦巴塔基身陷囹圄了。首先听说发生不幸的是从蒂斯克锯木厂来

329

骑鹅旅行记

的、身上长着灰色条纹的猫。他把这件事情讲给了一群鸡听,鸡又告诉了过路的鸟。于是一传十、十传百,法隆市所有的寒鸦、鸽子、乌鸦和麻雀都知道了。他们马上飞到这幢破旧的熬硫黄房来打听消息,并且对渡鸦的境况表示同情,可是他们当中谁也想不出办法把他救出来。

巴塔基突然用他那凄厉刺耳的嗓音对他们喊道:"在外面的诸位,静一静,听我说。你们要想救我出去,就赶快去把大雪山来的老雁阿卡和她的雁群找来!我想在这个季节里她们应该是在达拉那省的。把我身处的困境讲给阿卡听!我相信她会把那个唯一能够救我的人带到这里来。"【写作借鉴:语言描写,间接说明了尼尔斯在动物们心中的重要地位。】

信鸽阿卡尔是全国最快捷的送信者,她迅速飞走,终于在达尔河的河岸上找到了雁群。黄昏时分,她领着老雁阿卡飞过来,降落在熬硫黄房前面。尼尔斯在阿卡背上,因为阿卡觉得其他大雁还是不来的好,一齐来反而乱哄哄的,利少弊多,所以她让大雁们都留在伦农湖的一个小岛上等着。

阿卡同巴塔基先商量了一会儿,然后她驮着尼尔斯朝不远的一个农庄飞去。她在那块果园和桦树林的上空盘旋,她和尼尔斯都聚精会神地盯着地面细看。他们只看见几个孩子在房屋外面玩耍,但是他们并不灰心,努力找呀,找呀,最后总算找到了他们需要的东西。在一条春水欢快流淌的小溪边,有一排打铁的小房子,里面乒乒乓乓的打铁声响个不停。尼尔斯在房子附近找到了一把凿子。在两条长木板上停放着一条尚未完工的独木舟,他又在附近找到了一小团缝船帆用的细绳。

他们带了这些东西回到熬硫黄屋。尼尔斯先把绳子的一头系在烟囱上,随后就把绳子放进了烟囱的深洞里,抓着绳子滑了下去。渡鸦巴塔基一见到尼尔斯,不禁大喜过望,用了许多美丽的词汇来称赞他和感谢他。【写作借鉴:"大喜过望""用了许多美丽的词汇"表现了巴塔基见到尼尔斯时激动、高兴的心情。】尼尔斯也向巴塔基打了招呼,然后动手在墙上凿起洞来。

房子的墙壁并不厚实,可是尼尔斯如今人小气力小,每凿一次只能凿下一小片薄薄的木头,就是一只耗子用牙齿咬也能咬下这么多。显而易见,他不得不干上一个通宵或者更长的时间,才能凿一个洞让巴塔基脱险。

巴塔基心急如焚,想要早点脱身,因而根本睡不着。【写作借鉴:"心急如焚""睡不着"充分表现了巴塔基临近得救时的兴奋与急切。】他站在尼尔斯身边看着他干活儿。起初,尼尔斯劲头十足,干得很欢。可是过了一段时间,渡鸦发现他每凿一下的间隔愈来愈长了,到了后来干脆就停了下来。

"你一定累了吧,"渡鸦关心地问,"你大概没有力气干下去了?"

"不,我干得动,"尼尔斯说着又拿起了凿子,"不过我已经好久没睡觉了,我真不知道怎样才能够使自己不打盹。"

他又乒乒乓乓地凿了起来,可是过了一会儿响声又愈来愈稀了。渡鸦不得不重新把尼尔斯叫醒,不过他心里明白,倘若他想不出一个办法不让尼尔斯睡着,不要说当天夜里,就是第二天一整天他也休想从这间屋子里逃出去。

"要是我给你讲个故事,你干起活儿来会更有劲头吧?"渡鸦问道。

"行呀,这倒是个好主意,"尼尔斯一边说一边哈欠连连,他困得几乎连凿子都拿不住了。

法隆矿的传说

"我讲给你听,大拇指小人儿,"巴塔基说,"我久历尘世,有走运的时候,也有倒霉的时候。我曾经好几次被人类捉住,就这样我不仅学会了他们的语言,还从他们的渊博学识中汲取了许多有益的东西。我可以毫不夸口地说,在这块土地上,没有哪只鸟能够比我更了解你的同族了。

"有一次,我被关在法隆市一个矿山巡视员家里,一关就是许多年。我要对你讲的这个故事就是在那家听到的。

骑鹅旅行记

"很久以前,在达拉那省住着一个巨人,他有两个女儿。在巨人暮年垂死之际,他把两个女儿叫到身边来分配他的财产。

"他最珍贵的财产是几座到处蕴藏着铜矿的大山,他想把那几座大山赠送给女儿们。'可是在我把遗产分给你们之前,'巨人说,'你们必须答应我,若是有人发现了你们的铜山,你们务必趁这个人还没有来得及告诉别人之前把他打死。'大女儿秉性凶残,脾气粗野,她毫不迟疑地答应了。而二女儿心地善良,温顺柔和,她在答应之前沉思了很久。父亲看出了她的迟疑不决。所以只分给二女儿三分之一的财产,而大女儿的那一份是二女儿的两倍。【名师点睛:两个女儿性格迥异,一个粗野残忍,一个温柔善良,所得遗产也不一样。】'我知道你是可以信赖的,'巨人这样对大女儿说,'就像可以信赖一个男子汉一样。因此,你理应得到最大的一份遗产。'

"老巨人分完遗产后就去世了。在这以后很长的一段时间里,两个女儿都认真地履行自己的诺言。常常有贫苦的樵夫或者猎人看到露出在大山外面的铜矿矿苗,但他还没有来得及把见到的一切告诉别人,无妄之灾就会降临:或者一棵枯死的松树突然倒下来把他砸死,或者哪里山坡塌方,把他埋在泥土沙石底下。【名师点睛:举例说明是什么样的无妄之灾,事例具体,使得传言更具说服力。】总之,见到过宝藏的人从来没有机会去告诉别人。

"那时这一带到处是散放牧场,农民到了夏天通常把他们的牲口赶进森林边上的散放牧场去吃草。放牧的人跟着牲口一起,收集牛奶,赶做奶酪和黄油。为了让人和牲口在荒野上有个栖身之处,农夫们在森林里斩割荆棘,清理出一小块平地,修造起几间小茅屋,他们把这些房子叫作夏季牧屋。

"有一次,一个住在达尔河畔托斯翁教区的农夫在伦农湖岸边造了一间夏季牧屋。那里到处是石头,因此没有人打算在那里耕耘播种。一年秋天,这个农夫牵了几匹驮东西的马到那里去,准备把夏季牧屋里的一盒盒黄油、奶酪以及大小牲口都搬运回家。当他清点牲口的时候,他忽然发现有一头公羊的犄角红得出奇。

"'公羊的角是怎么回事?'农夫对放牧的女人问道。

"'我不知道,'她回答道,'那头公羊在这里过夏天的时候,每天晚上回来角总是红红的,它一定觉得那样很好看吧。'

"'哦,你是这么想的。'农夫似信非信地随口说道。

"'这只公羊脾气非常倔强,要是我把它角上的红色洗掉,它马上就跑去重新染上。'【名师点睛:公羊脾气倔强是故事得以顺利发展的必要条件。】

"'你把羊角上的红色再洗掉,'农夫吩咐道,'让我看看它是怎么染上颜色的。'

"羊角上的颜色刚被洗干净,公羊又一溜烟朝森林跑去。那个农夫在后面紧紧跟随,他追上公羊的时候,那只公羊正低着头站在那里,用角抵着地面的那些红色石块擦来擦去。农夫拣起石头,用鼻子闻了闻,又用舌头舔了舔。他明白过来,这是几块矿石。

"正当他站在那里陷入沉思的时候,一块巨石从他身边的峭壁上呼啸着滚了下来。他纵身躲闪,巨石擦身而过,他侥幸没有受伤,可是那头公羊却被砸死了。农夫仰起头来朝峭壁上看去,他看到一个身材高大、孔武有力[形容人很有力气]的女巨人正要把另一块巨石朝他推下来。'喂,你究竟要干什么?'农夫高声叫喊道,'我既没有招惹你,也没有同你的同族有什么过节。'

"'这倒不错,我很清楚,'女巨人回答说,'但是我必须砸死你,因为你发现了我的铜山。'从她优柔寡断的声音来看,似乎她非常不情愿砸死他,因此他鼓足勇气同她理论。【名师点睛:从此处可以看出这个女巨人是老巨人的二女儿,她很善良,不忍心杀死农夫。】那个女巨人就原原本本地讲述了老巨人要她许下的诺言,也讲到了她的姐姐分到了最大的那一份遗产。'我很难过要把那些可怜的无辜者杀死,他们不过是无意中见到了我的铜山。'她叹息道,'我当初没有接受这份遗产就好了,可是既然我

骑鹅旅行记

已经立下了誓言,那么我也只好信守不渝了。'说着她又用手去推那块巨石。

"'不要那么匆忙,'农夫叫道,'你用不着为了信守诺言而砸死我。要知道,发现铜矿的并不是我,而是那头公羊。你不是已经把公羊砸死了吗?'【名师点睛:从农夫的话语中可以看出他非常机智。】

"'你的意思是说,这样就可以交代过去了?'巨人的二女儿说,她踌躇起来。

"'不错,我就是这个意思,'农夫说,'你已经信守了你的诺言。'他这一番顺乎情理的话打动了她,总算保住了性命。

"农夫赶紧把奶牛驱赶回家,然后下山直奔伯尔斯拉格那矿区,到那里去招聘开矿的人手。那些雇工帮着他在公羊丧生的地方开出了一个铜矿。【名师点睛:狡猾的农夫骗过了善良的二女儿,转头就招来工人开采矿山,表现了农夫的狡诈与贪婪。】他起初总是提心吊胆,生怕被活活打死。然而巨人的二女儿却没有来找他的麻烦,想必她厌倦了成天看守铜矿山的差事。

"那个农夫发现的铜矿矿苗分布在大山的表层,所以开采起来并不困难。他领着雇工们从森林里砍伐出木柴,在蕴藏铜矿的大山上烧起一垛垛柴堆。石头灼热之后就会爆裂,这样他们就得到了矿石。他们用火一遍又一遍地冶炼铜矿石,直到将铜与矿渣分离开来,炼出纯铜。

"铜器在过去应用广泛,因此拥有铜矿的那个农夫很快就成为巨富。他在铜矿附近修建了一个奢侈豪华的庄园,为纪念那头代他丧生的公羊,还起名为考尔遗产庄园。他骑马到托尔桑教堂去做礼拜,骏马钉的是银马掌,叫其他人艳羡不已。他女儿举行婚礼的时候,办了盛大的宴会,用掉了二十大桶啤酒,烤了十头大公牛。

"那时候,人们都守在自己的家门口,很少到处走动,所以消息传播不如现在方便。不过,发现了一个大铜矿的消息还是不胫而走,被不少人知道了。那些生计不如意的人朝着达拉那省蜂拥而来。贫苦的人们在考尔遗产庄园受到了良好的接待。那个农夫雇用了他们,出了很高的工钱,叫他们去开矿,那大山上矿石多得俯拾皆是,他雇用的人越多,他就越富有。

"但是有一天晚上发生了这样一件事情。四个强壮的男子扛着矿工用的鹤嘴镐来到了考尔遗产庄园。他们也像其他人一样受到了很好的款待,但是当农夫问起他们是否愿意在他那里做工的时候,他们却断然谢绝了。'我们打算自己去开矿。'他们说道。

"'那怎么行呀,这座矿山是我的。'农夫说道。

"'我们又没有打算开采你的矿,'那些陌生人回答说,'山大得很,荒野上没有圈起来的无主土地有的是,我们同你一样有权去开采。'

"他们没有再谈论这个话题,农夫仍慷慨地招待了他们。第二天一清早,那四个汉子就进山去了,在稍远的地方找到了铜矿矿苗,就着手开采起来。他们干了几天之后,那个农夫找到了他们。

"'这座山里矿藏多的是啊!'

"'是呀,要把这些宝藏挖出来,真不是几个人能干得了的,要许许多多的人才行。'

"'<u>这我很清楚,</u>'农夫说,'<u>不过我还是觉得,你们在这里开采矿石应该向我缴税,因为人们能够在这里开矿全是我的功劳。</u>'【写作借鉴:语言描写,表现了农夫的无理与贪婪,竟厚颜无耻到让别人向他缴税。】

"'你的这番话叫我们摸不着头脑。'那些汉子气鼓鼓地说道。

"'是呀,要知道是我巧妙地把这座矿山从巨人手里解救出来的。'农夫说道。于是他讲述了巨人的两个女儿的故事,还提到了那一份最大的遗产。

"<u>他们全神贯注地听着,然而出乎农夫意料的是,他们好像对他透露出的另外一件事产生了兴趣。'你敢肯定,另外一个女巨人要比你碰到的那一个可怕得多?'他们追问道。</u>【名师点睛:四个壮汉并非知足常乐之辈,听说有一份更大的遗产,便不顾性命去冒险。】

335

骑鹅旅行记

"'反正我想她是不会对你们手下留情的。'农夫冷冷地回答道。

"农夫说完就起身走了,可是他又不禁留意起他们想做什么。过了一会儿,他看见他们搁下手头的活,拐进森林里去了。

"那天晚上,考尔遗产庄园上的人们围坐在一起吃晚饭的时候,听见森林里传来了一阵可怕的狼嚎,在狼嚎声中还夹杂着人的惨叫。那个农夫站起来想去探个究竟,而雇工们却无意跟他一起去。'那帮半道上拦路抢劫的家伙一定是给狼撕得粉身碎骨了,这才是罪有应得。'庄园上的人这样说道。

"'他们准是有难了,说不定性命难保,咱们救人要紧。'农夫一声吩咐,带上庄园上五十个雇工出发了。

"不久,他们看见一大群饿狼围挤在一起,牙爪并用,在哄抢猎物,雇工们把狼群撵跑了,地面上赫然横陈着四具血肉狼藉的尸骸,若不是他们身边撂着四把鹤嘴镐的话,真无法辨认这是些什么人了。【名师点睛:四个矿工因为贪心不足丢了性命,读来令人叹息。】

"从此之后,那座铜山一直归农夫一人所有,直到他去世。他的几个儿子在矿山上一起干活,把全年开采出来的矿石都放在一起,到了年底,再均分成几堆,抽签分配,然后再各自冶炼。他们也都成了有财有势的矿山主,都兴建起了华丽的大庄园。他们去世之后,子孙后辈又继承了父业,兴建起新的矿井,增加开采量。年复一年,铜矿的规模愈来愈大,愈来愈多的矿业主参与了开采。他们当中有些人就住在矿山附近,另一些在这一带兴建起了矿场和冶炼炉。这里大批建筑物拔地而起,成为一个新的矿区,名叫大考伯贝格矿区,也就是大铜山的意思。

"不用说,蕴藏很浅,可以露天开采的那一层铜矿很快就被采掘殆尽了。为了寻找矿脉,矿工们不得不钻进又深又窄的矿井里,走过七曲八拐的坑道,到地底下漆黑的深处去点火放炮,炸山裂石。【名师点睛:随着矿产的开采,矿井越挖越深,采矿工作也越来越危险。】采矿历来是笨重辛苦的劳动。再说放完炮后浓烟排不出去真熏得人够呛。从笔直陡立的阶梯上把矿石搬运到地面上来,那也不是件容易事。他们往地底下钻进去愈深,风险就愈大。有时候矿井角落里会突然冒出大股水柱,有时候坑顶还会塌。这样,大铜矿变成了叫人望而生畏的地方,没有人愿意去干这种采矿的活计了。于是,被判处死刑的囚徒和在森林里横行不法的强盗只要愿意到法隆矿区当矿工,一律可以减轻惩处。

"有很长一段时间,再也没有人想去寻找那份最大的遗产了。可是在去大铜山的那些罪犯当中,有一些人却把冒险看得比生命还重要。他们走遍了这一带,希望能找到那个宝藏。【名师点睛:人们探寻最大遗产的渴望一次次被浇灭,又一次次复燃,说明财富总给人无尽的吸引力。】

"那些纷至沓来的找矿者的下场如何,没有人能够说得出来。但是传说有一天晚上,两个矿工兴冲冲跑到主人家里,说他们在森林深处找到了一条很大的矿苗。他们还在回家途中沿路做了记号,想第二天带主人去看。可是第二天正好是星期天,主人要带领所有的手下到教堂去做礼拜,没法赶到森林里去寻找矿苗。那时还是隆冬季节,他们从冰上横穿瓦尔邦湖到教堂去。去的时候一切如常,但是在回家的路上那两个发现矿苗的长工坠入冰窟窿里淹死了。于是人们谈虎色变,又想起了关于那份最大的遗产的传说,而且确信他们两人一定发现了它。【名师点睛:两个发现矿苗的工人离奇死亡,又给那个传说增添了一丝神秘色彩。】

"矿业主们为了解决开矿中的一些问题,特意请来了外国专家。那些外国人教会了当地的矿工们不少采矿技术,如建造抽水泵和把矿石提升到地面的设施等等。他们根本不相信这个陌生异国的巨人女儿的神话,不过他们判定在这一带肯定有一条非常大的矿脉。于是他们便热切地寻找起来。有一天晚上,一个法国工头回到矿山住地,说他已经找到了那份最大的遗产。一想到马上就要发大财了,他欣喜若狂,当天晚上,大摆筵席,又是喝酒,又是跳舞,还掷骰子大赌了一通。到了最后,他同一个酒徒争吵起来,先是动拳头殴打,继而拔出刀子,结果被那个酒友一刀捅死了。

▶ 骑鹅旅行记

"从大铜山源源不断地开采出大量矿石,这个矿在任何一个国度里都称得上是个最富的铜矿。它不但给周围地区带来了大量财富,还给国家上缴了大量税款,这对于经济困难的瑞典王国有很大的帮助。正是这个缘故,法隆市大兴土木,建设蒸蒸日上。这个铜矿令人瞩目,对全国都有举足轻重的作用,因此历代国王都会不远千里到法隆市来巡视,并且把这个铜矿称为瑞典的好运气和瑞典王国取之不尽、用之不竭的宝库。

"人们想到,从这座老矿山上已经得到了这么多的财富,因此一些人深信,在附近肯定还有蕴藏量多一倍的铜矿没有被找到。有不少人不惜冒着生命危险去寻找,却毫无所获。【名师点睛:这个铜矿不仅给周围的人带来了财富,也给瑞典王国带来了税款收益。由此法隆市大兴土木,历代国王更是视其为取之不尽的宝库,而所有这些使人深信一定有一座更大的矿山。】

"最后看到那份最大的遗产的是一个年轻的法隆矿山主,他出身名门望族,在这个地方拥有庄园和冶炼炉。他想娶雷克桑德的一个娇艳俏丽的农家姑娘为妻子,就登门去求婚。但是她拒绝嫁给他,因为她不愿意搬到法隆市来,她一想到冶炼炉里冒出的滚滚浓烟和铸造厂里尘垢漫天,使城市上空一直笼罩着烟雾,她心里就有说不出的烦恼。

"年轻的矿山主非常爱她,在回家的路上黯然神伤。他从小就一直住在法隆市,从来没有想到过在那里生活有什么难受的。可是这一次却不一样了,他走近这个城市时,心里泛起了一股恐惧。从巨大的矿井开口处,从矿井四周成百个冶炼炉里,冉冉升起刺鼻呛人的硫黄浓烟,把整个城市裹在一层烟雾之中。这股浓烟妨碍了植物的生长,以致城市四周有大片寸草不生的荒地。举目所见,都是火光熊熊的冶炼炉和它们四周堆积如山的黑色矿渣。不仅在法隆市是如此,而且附近这一带地方,像格里克斯堡、本特斯阿维、伯格高德、新登纳斯、考斯耐斯、维卡等等,一直到阿斯翠勃塔都是如此。他这才明白过来,那个从小在锡利延湖边长大的娇人儿,习惯于新鲜清洁的空气、明亮湛蓝的天空、翠绿一片的田野和波光粼粼的湖水,因此她怎么会愿意在这个地方待下去?【写作借鉴:

环境描写，运用了对比的手法，鲜明地表现了采矿对地区环境的破坏，发人深省。】

"城市的这副模样使他更加心烦意乱，他不想马上返回家，而是从公路上拐出去，朝着荒野信步走去。他在森林里漫无目的地转悠了整整一天，自己也不知道要朝什么方向走。

"快到傍晚的时候，他忽然看到山上有一处地方像金子一般闪烁出耀眼的光辉。他定睛一看，认出来那是一条巨大的铜矿脉。他先是为这个意外的发现感到欣喜，旋即又是一惊，因为他想起那条矿脉说不定就是夺去不少人性命的那份最大的遗产。他一想到此，顿时害怕起来。'今天我是大难临头啦，'他思忖道，'说不定我会为发现了这份财富而丢了性命！'【写作借鉴：心理描写，说明这个可怕的传说已经深入人心。】

"他马上转身朝回家的路上走去。走了不久，迎面来了一个身材高大的女人。她很威严，好像是一个威风凛凛的矿山主的妻子，可是他记不起曾经见过她。

"'我想问你在森林里干什么？'她问道，'我看见你在这里东荡西逛了整整一天。'

"'哦，我在这里走来走去是想要寻找一个适合居住的地方，'矿山主支吾地回答说，'因为我爱上的那个达拉那姑娘不喜欢住在法隆市里。'

"'难道你不想开采刚才见到的那座偌大的铜山？'那个女人进一步追问说。

"'才不想哪，我已经答应停止采矿了，否则我就娶不到我心爱的姑娘了。'

"'好吧，但愿你能够遵守诺言，'那个高大的女人说，'那样你就不会遭受到不测。'

"说完这句话，她马上走开了。为了以防万一，矿山主赶紧把自己说过的那些搪塞的话付诸实施。他果真停止了开矿生涯，在离法隆市很远的地方建造了一个庄园。后来他心爱的姑娘同意搬到他的新居去，他既

339

骑鹅旅行记

保住了性命,又娶到了心爱的姑娘。"【名师点睛:年轻的矿山主因为遵守诺言而幸免于难,得偿所愿。】

说到这里,渡鸦巴塔基就结束了他的故事。尼尔斯真的一直没有打盹,但是手上的凿子也凿得并不快。

"喂,后来怎样啦?"渡鸦不再说下去的时候,尼尔斯追问道。

"噢,从那以后,铜矿开采业就日益走下坡路了。法隆市仍旧存在,但是那些古老的冶炼炉荡然无存了。整个地区到处都是昔日的矿山主兴建的庄园,但是居住在里面的人不得不从事农业或者林业。法隆矿的矿石快要开采完了。因此,现在找到那份最大的遗产比过去任何时候都更加迫切。"

"那个年轻的矿山主是不是看到那份遗产的最后一个人?"尼尔斯问道。

"你快把墙上的窟窿凿通,放我出去,我会告诉你谁是最后那个。"巴塔基说道。

尼尔斯愣了一下,凿得比刚才更快了。他觉得,巴塔基在讲述这件事的时候,语调是意味深长的。听起来,仿佛巴塔基要让尼尔斯明白,是他自己亲眼看过那条大矿脉。那么,巴塔基给他讲这个故事难道是有什么特别的用意吗?【写作借鉴:设置悬念,引人深思,也激发读者更大的阅读兴趣。】

"你对这一带很熟悉,"尼尔斯刨根究底地追问道,"你在这一带森林和山岭周围盘旋低飞的时候,大概也看到过什么蛛丝马迹吧?"

"我可以带领你去看一些稀奇古怪的东西,只要你快点把手上的事情干完。"巴塔基说道。

尼尔斯开始劲头十足地凿起来,碎木屑在他身边飞迸。现在他心里有点把握,巴塔基曾经亲眼看到过那份最大的遗产。"可惜你是一只渡鸦,你看到了那份财富,自己却得不到什么好处。"尼尔斯说道。

"在我看到你能够把墙壁凿通,把我放出去之前,我不想再多讲这件事情。"巴塔基说道。【名师点睛：巴塔基吊起尼尔斯的胃口，尽管尼尔斯旁敲侧击，巴塔基却缄口不言。试想，这样一个谨慎又聪明的角色，会在重获自由之后遵守承诺吗？】

尼尔斯干得非常卖力，连凿子都凿得烫手了。他觉得自己轻而易举地猜出了巴塔基的用意。作为渡鸦的巴塔基自己没法去采矿，所以他就干脆做个人情把这份财富赠送给尼尔斯·豪尔耶松。这种臆测是最可信的，也是最合乎情理的。倘若尼尔斯现在知道了这个秘密，将来他长大成人就会回到这里来，寻找这份巨大的财产。等赚到足够的钱，他就要把整个西威曼豪格教区买下来，也修建起一座像威特斯克弗莱庄园那样的大庄园。到那一天，他还要把自己的爸爸妈妈接到这座宫殿般的宅邸里来住。他们将步行走来，畏畏缩缩地站在门口不敢进来。他就迎出去，站在台阶上说："请赶快进来，你们会像住在家里一样舒服！"【写作借鉴：心理描写，详细描绘了尼尔斯幻想自己有钱后的情景。】他们一定认不出他，会怀疑请他们去的那位阔先生是谁。

"难道你们不喜欢住在这样一个地方？"他会这样问。

"哪里的话，不过这不是我们住的地方。"他们会这样回答。

"不对，这就是你们住的地方，我的打算是，这幢房子就送给你们了，作为去年你们走失了一只大雄鹅的赔偿。"他会这样说。

尼尔斯把凿子用得更加得心应手了。嗯，他有钱了之后，要花钱去办的第二件事情是在索耐尔布那片灌木丛生的荒漠上为放鹅姑娘奥萨和小马茨修建一座新房子，当然要比原来的那间小房子大得多。他还要把整个陶庚湖买下来，送给那些野鸭，另外……【名师点睛：尼尔斯还幻想为奥萨和小马茨姐弟建一座新房子，甚至要为野鸭买下整个陶庚湖……但是更大的可能是，巴塔基只是想让尼尔斯加快凿墙速度，解救自己出去。】

"现在我必须夸奖你，你干活手脚很利索，"巴塔基说，"我觉得这个窟窿已经足够大了。"

巴塔基终于顺利地钻了出去。尼尔斯随后也钻了出去，看到巴塔基

▶ 骑鹅旅行记

在几步开外的一块石头上站直了身子。

"现在我要对你履行我的允诺,大拇指小人儿,"巴塔基一本正经地说,"我要告诉你,我确实亲眼看到过那份最大的遗产。不过我有一言相劝,你千万不要费心去寻找那份矿藏。我花费了多年心血才有机会见到它。"

"我想,我把你救出来,你应该告诉我,作为对我的报答才对。"尼尔斯说道。

"我讲这个故事的时候,你一定很困了,"巴塔基说,"否则你是不会动这种念头的。你难道没有听见,所有泄露那份最大的遗产所在的人都难逃毒手吗?不行呀,老弟,我巴塔基在世间闯荡了多年,已经学会守口如瓶了。"

他说完,就把翅膀一拍飞走了。

大雁阿卡站在熬硫黄房旁边的地上睡着了,尼尔斯走过去,好不容易才把她叫醒。他心里十分懊丧,为失去了这份巨大的财产而难过。他觉得没有什么事情值得他高兴。"我才不相信那个关于巨人女儿的传说是真的,"尼尔斯气鼓鼓地自言自语道,"我不相信凡是找到那份宝藏的人就一定会被狼吃掉,或者掉进冰窟窿里淹死。【名师点睛:故事到结尾也没有告诉我们一个明确的结果,留给读者无限的猜想。】我想,一定是那些穷苦的矿工在深山老林里找到那条大矿脉以后欣喜若狂,没有顾得上做好标记就离开了,后来再也没有能够找到它。我想是他们心里的懊丧和难过使他们没法继续活下去,因为现在我也有同样的感觉。"

Z 知识考点

1. 填空题。

尼尔斯幻想自己有钱后会做的三件事:第一,建大庄园接_____来住;第二,为奥萨和小马茨姐弟建一座_____;第三,为野鸭们买下_____。

342

2. 判断题。

（1）农夫欺骗了心善的大女儿，获得了矿山。　　　（　　）

（2）渡鸦巴塔基没有向尼尔斯泄漏那份最大遗产的秘密。　（　　）

3. 问答题。

渡鸦巴塔基为什么会受困？

_____

_____

阅读与思考

1. 尼尔斯是如何解救渡鸦巴塔基的？

2. 你对这个有关遗产的传说是如何理解的？

骑鹅旅行记

第三十一章 水 灾

M 名师导读

狐狸斯密尔设计报复雁群和尼尔斯,引得天鹅群和雁群大打出手,幸好有小鸟群解围。而后,尼尔斯以德报怨,帮助一只母天鹅免受狐狸残害,自己却遭到狐狸的追击。尼尔斯临危不乱,借看门狗的力量,设计抓住了狐狸。他到底是怎么做到的呢?

天 鹅

五月一日至四日

　　一连几天,梅拉伦湖以北一带的天气都十分可怕。天空灰暗,狂风怒号,大雨如鞭抽打下来。【写作借鉴:环境描写,开篇以恶劣的天气来奠定本章的基调。】尽管人们和牲畜都知道,春天已经来到,这样的坏天气也阻挡不了春天的脚步,但他们还是觉得难以忍受。

　　大雨下了一整天,云杉树林里的积雪开始融化,春潮到来了。各个农庄庭院里的大小水潭,田野里所有涓涓流淌的沟渠,一齐咕嘟咕嘟冒出了水,甚至沼泽地和洼地也春水高涨,汹涌澎湃起来,似乎都恨不得赶快行动起来,归入大海。

　　大小溪流里的水滚滚而来,注入梅拉伦湖的各条支流里,而各条支流也奋力涨起大水,朝梅拉伦湖里奔涌而去。可是更糟糕的是,乌普兰和伯尔斯拉格那的所有小湖和水塘几乎在同一天打破了冰盖,通往梅拉伦湖的各条河流里漂满了浮冰,河水高及河岸。暴涨的河水一齐涌进梅拉伦湖,没过多久,湖里就容不下了。湖水咆哮着朝泄水口冲去,但是泄水口诺尔斯特罗姆河是一条狭窄的水道,根本无法及时把水排泄出去。再加上刮的又是强烈的东风,海水朝河里倒灌,形成了一道屏障,阻碍了河水向波罗的海倾泻。因为各条河流都不理会下游是否能将水排泄出去,仍一股劲儿地给梅拉伦湖增加水量,那个大湖一筹莫展,只好把湖水溢出湖岸。【名师点睛:河水暴涨漫溢,湖泊难容,加之海水倒灌,洪水泛滥之势避无可避。此处点出故事发生的背景,为情节发展做铺垫。】

湖水上涨的速度并不快,好像它并不乐意使美丽的湖岸毁于一旦。然而湖堤很矮,而且倾斜的坡度很大,没用多长时间,湖水就溢出湖堤,涌向陆地。虽然湖水只漫过几米远便不再往前推进,但也足以引起极大的恐慌了。

梅拉伦湖有它的奇特之处,它完全是由狭窄的水道、港湾和峡谷形成的,没有开阔的、浩瀚的湖面。它好像是一个专门用来游览、划船和钓鱼的湖泊。湖上有许多绿树成荫、引人入胜的小岛,也有一些景色别致的半岛和岬角。沿湖没有一个地方露着光秃、荒凉和侵蚀剥落的堤岸。梅拉伦湖似乎一心一意地要吸引人们在它旁边兴建行宫、消夏别墅、贵族庄园和休养场所。大概就是因为这个湖平时温柔体贴、和善可亲,所以当它在春天偶尔收敛笑容,露出真正可怕的面目时,才会引起这样大的震动吧。

眼看就要泛滥成灾了,人们纷纷给冬天停放在岸上的大小船只修补上油,以便能尽快下水;平日妇女们洗濯衣服时在湖边站立的木头踏板也被抽到了岸上;公路、桥梁也都进行了加固;沿湖岸绕行的铁路上,养路工不停地来回走动,认真检查路基,日夜辛劳。【名师点睛:简述了人们在眼看洪水就要泛滥时所做的应对之策,画面丰富,形象可感。】

农民们把存放在地势低矮的小岛上的干草和干树叶运到岸上;渔民们收拾起了捕鱼用的大网和拖网,免得它们被洪水卷走;各个渡口都挤

骑鹅旅行记

满了面色焦急的乘客,所有要回家或者外出的人都心急如焚地想赶在洪水还没有来到之前上路。

在靠斯德哥尔摩这一带,湖岸上夏季别墅鳞次栉比,人们也是最忙碌的。别墅大多坐落在较高的地方,不会有危险,但是每幢别墅旁边都有停泊船只的栈桥和更衣木棚,那些东西必须拆下来运到安全的地方。

因梅拉伦湖水的溢堤而陷入恐慌的不只是人类,湖边的动物也惶惶不可终日。【写作借鉴:过渡句,起承上启下的作用,前文写人类面对洪灾时的恐慌,后文写动物们的惊惶。】在湖岸树丛里下了蛋的野鸭及住在岸边、窝里有崽的田鼠和鼯鼠都忧心忡忡。甚至那傲慢的天鹅也担心他们的窝和蛋被毁坏。

他们的担心并非多余,因为梅拉伦湖的湖水每时每刻都在上涨。

湖水漫溢出来,淹没了湖岸上的柳树和桤树的树干。菜园也浸泡在水里,栽种的姜、蒜都掺混在一起,成了一汪味道特别的泥浆浓汤。黑麦田的地势很低,受到的损失也最惨重。

一连几天,湖水上涨,格里普斯科尔摩岛[梅拉伦湖中的一个小岛,自1537年古斯塔夫·瓦萨时代起为瑞典国王的行宫所在地]四周地势低洼的草地被水淹没了。岛上的那座大宫殿同陆地的联系被切断了。它同陆地之间已经不是隔着一条水沟,而是隔着一个很宽的海峡。在斯特伦耐斯,美丽的湖滨大道已经成了一条水势湍急的河流。在韦斯特罗斯市的街道上,人们不得不用舟楫代步。在梅拉伦湖里的一个小岛上过冬的两只驼鹿,他们的住处被水淹没以后,只好泅水到陆地上寻找新的家园。无数的原木和木材、数不清的盆盆罐罐都漂浮在水面上,人们撑着船四处打捞。【写作借鉴:场面描写,将遭受洪水灾害的场景细致描绘出来,使读者有如亲见。】

在那段困难的日子里,狐狸斯密尔穿过了梅拉伦湖北边的一片桦树林。他像往常一样一边走一边想着大雁和大拇指小人儿,不知道怎样才能找到他们,因为他如今失去了他们的一切线索。

他正万分懊丧地踽踽而行时,忽然看见信鸽阿卡尔降落在一根桦树枝上。"阿卡尔,碰到你真是太好了。"斯密尔喜出望外地说,"你可以告诉我,大雪山来的阿卡和她的雁群现在在什么地方吗?"

"我当然知道他们在什么地方,"阿卡尔冷冷地说,"可是我不会告诉你。"

"告诉不告诉那倒无所谓,"斯密尔佯装说,"只要你肯捎句话给他们就行啦。你一定知道这些天梅拉伦湖的情况十分糟糕,那里洪水成灾,住在叶尔斯塔湾的许多天鹅的窝和蛋岌岌可危。天鹅之王达克拉听说同大雁在一起的那个小人儿无所不能,就派我来问阿卡,是否愿意把大拇指小人儿带到叶尔斯塔湾去?"【写作借鉴:语言描写和神态描写。狐狸斯密尔一计不成又施一计,表现了他的狡诈。】

"我可以转告这个口信,"阿卡尔说,"但是我不知道那个小人儿怎样才能帮助天鹅脱险。"

"我也不知道,"斯密尔说,"不过他没有办不到的事情。"

"天鹅之王达克拉竟然会让一只狐狸给大雁送信,真是不可思议,我对这件事表示怀疑。"阿卡尔心存疑虑地说道。【名师点睛:阿卡尔的疑虑不无道理,狐狸和大雁是冤家对头,而且狐狸向来狡诈,表明了阿卡尔的小心谨慎。】

"你说得对,我们通常是冤家对头。"斯密尔和颜悦色地说,"不过如今大难当头,我们就不得不尽弃前嫌,互相帮忙啦。你千万不要对阿卡说,这是一只狐狸告诉你的,否则她听了会多心的。"

整个梅拉伦湖地区最安全的水鸟栖息场所就是叶尔斯塔湾,它是北桦岛湾的一部分,而北桦岛湾又是梅拉伦湖伸进乌普兰省的狭长海湾中的第二大湾。

叶尔斯塔湾湖岸平坦,湖水很浅,芦苇丛生,就像陶庚湖一样,它虽然不像陶庚湖以水鸟之湖闻名遐迩,但也是个环境优美的水鸟乐园,因为它多年来一直受到保护。那里有大批天鹅栖聚,而且古老的王室领地

骑鹅旅行记

埃考尔松德湾就在附近。因此王室禁止在此地进行一切狩猎活动，免得天鹅受到打扰和惊吓。

阿卡一听说天鹅有难需要帮助，便立即赶往叶尔斯塔湾。赶到那里，她看到了一片狼藉的景象：<u>天鹅筑起的大窝被风刮起，在狂风中飘过岬湾。有些窝巢已经残破不堪，有的被刮得底儿朝天，原来产在窝里的蛋沉到了湖底，闪闪发亮。</u>【名师点睛：详写天鹅栖息地受创后的狼藉情景。】

阿卡在岬湾里落下来的时候，居住在那里的所有天鹅都聚集在最适合避风的东岸。<u>尽管他们在大水泛滥中受尽了挫折，可是他们那股狷狂傲世之气一点也没有减少，而且也没有流露出丝毫悲伤和颓唐之色。"千般烦恼，百种忧愁，哪里值得！"他们自嘲地说，"反正湖岸上草根和草秆有的是，我们很快就可以筑起新的窝巢。"他们当中谁也不曾有过想请外人帮忙的念头。</u>【写作借鉴：此处为神态、语言描写。即便遭受灾难，天鹅群依然以傲慢的姿态面对一切，与后文他们表现得傲慢无礼相呼应。】他们对狐狸斯密尔把大雁们叫来的事情一无所知。

那里聚集着几百只天鹅，他们按照辈分高低和年龄的长幼依次排列，年轻和毫无经验的排在最外面，年老睿智的排在最里面。最里面的是天鹅之王达克拉和天鹅王后斯奴弗里，他们俩的年纪比其他天鹅都大，可以把大多数天鹅都看作自己的后代。

天鹅之王达克拉和天鹅王后斯奴弗里怀揣着天鹅的家族史，能够讲述他们这一族天鹅在瑞典还没有开始野外生活的那段历史。当时，天鹅是作为贡品进献给国王的，被人豢养在王宫的沟渠和池塘里。但是有一对天鹅侥幸逃跑了，现在住在这个岬湾里的天鹅就是他们的后代。如今在这一带有不少野天鹅，他们分布在梅拉伦湖的大小岬湾里，陶庚湖、胡恩堡湖等湖泊地区也有他们的存在。这些天鹅都是叶尔斯塔湾的天鹅的后代，所以这个岬湾里的天鹅都为他们的后代能够从一个湖泊繁衍到另一个湖泊而自豪不已。

大雁们恰巧落到了西岸，当阿卡看见天鹅都聚集在对岸时，就立即转身朝他们游去。她对天鹅会派人来求助感到非常诧异,不过她觉得这是一种荣誉,她愿意义无反顾地出力相助。

快要靠近天鹅的时候,阿卡停下来看看跟在后面的大雁们是不是排得笔直,间隔是否均匀。"赶快游过来排列整齐,"她说,"不要盯着天鹅看,好像你们从来没有见到过美丽的动物似的,不管他们说什么难听话都不要在意。"【写作借鉴:语言描写,表明阿卡了解天鹅们的个性,也与前文天鹅们的"猖狂傲世之气"相照应。】

阿卡不是第一次来拜访那对年迈的天鹅王夫妇了,他们对阿卡这样一只知识渊博、威名远扬的鸟总是以礼相待。但是阿卡不喜欢从围聚在他们周围的天鹅中间穿过去,她觉得自己是多么瘦小、难看,这种感觉以前从未有过。有些天鹅还说一些挖苦话,骂她是灰家伙或者穷光蛋。对于这类讥嘲,最聪明的办法就是佯装没有听见。

这一次倒是异乎寻常地顺利。天鹅们一声不吭地闪在两旁,大雁们就像从一条两边有白色大鸟欢迎的街上走过一样。为了向这些陌生来客表示亲热,天鹅们还扇动像风帆一样的翅膀,这场面真是壮观。【名师点睛:天鹅群此番的表现一反常态,叫人生疑。此处设置悬念,使故事情节更有波澜。】他们连一句挖苦话都没有说,这让阿卡感到奇怪。"想必是达克拉知道了他们的毛病,所以关照过他们不许再粗野无礼。"这只领头雁想。

可是正当天鹅们努力保持礼仪周全的时候,他们忽然瞅见了大雁队列末尾的白雄鹅。天鹅群一片哗然,惊叫和怒斥声使得这个整齐的队伍顿时骚乱起来。

"那是个什么家伙?"有一只天鹅喊道,"大雁难道打算弄点白羽毛披在身上来遮丑?"

"他们难道真的痴心妄想要变成天鹅啦?"四周的天鹅齐声喊道。

他们开始用洪亮的声音互相唱和起来,谁也无法向他们说明,怎么大雁的队伍里跟着一只家养的雄鹅。【写作借鉴:语言描写和动作描写,

▶ 骑鹅旅行记

场面顿生波澜,天鹅群复归常态,将傲慢无礼表现得淋漓尽致。】

"那一定是家鹅之王来了!"他们嘲笑道。

"他们太放肆了。"

"那不是一只鹅,而是一只鸭子。"

雄鹅把阿卡说的无论听到什么话都不要理会的吩咐牢记在心里。他默不作声,尽快向前游去。但是这也无济于事,天鹅们更加肆无忌惮了。

"他背上驮的是一只什么样的青蛙?"有只天鹅问道,"嘿,他们一定以为,他打扮得像一个人,我们就看不出来他是一只青蛙了。"

刚才还排列得整整齐齐的天鹅这时候全部乱了套,都争先恐后地挤过去要见识见识那只雄鹅。

"那只白雄鹅居然敢到我们天鹅当中来亮相,真是不知羞耻!"【写作借鉴:语言描写,生动形象地将天鹅群围攻雄鹅和尼尔斯的场景描绘出来,表现出天鹅的狂傲和盛气凌人。】

"说不定他的羽毛也同大雁一样是灰色的,只不过他在农庄上的面缸里滚过。"

阿卡刚游到达克拉面前,正要张口问他需要什么帮助时,天鹅之王注意到了天鹅群里的一阵阵骚乱。"何事喧哗呀?我难道没有下过命令,不准你们在客人面前放肆无礼吗?"他面带愠色地喝道。

天鹅王后斯奴弗里游过去劝阻天鹅,达克拉这才转过身来同阿卡攀谈。不料斯奴弗里却满脸怒容地游回来。

"喂,你能不能叫他们住嘴!"天鹅之王朝她喊道。

"那边来了一只白色的大雁,"斯奴弗里没好气地说,"看上去真叫人恶心。他们生气我一点也不奇怪。"

"一只白色的大雁?"达克拉说,"莫非疯了不成,怎么会有这种怪事?你们一定看花了眼。"

雄鹅莫顿身边的包围圈收缩得愈来愈小了,阿卡和其他大雁想游到他的身边去,但是他们被推来搡去,根本挤不到雄鹅面前去。

那只老天鹅王的力气要比别的天鹅大得多。他赶紧游过去,把那些天鹅推到一边,闯开了一条通到雄鹅那里去的路。但是当他亲眼看到水面上确实有一只白色大雁时,也和别的天鹅一样勃然大怒。他愤愤地叫着,径直朝雄鹅莫顿扑了过去,从他身上啄下几根羽毛。"我要教训教训你这只大雁,你怎么敢打扮成这副怪模样跑到天鹅群里来。"他高声叫嚷道。【写作借鉴:此处为动作、语言和神态描写。天鹅群这样傲慢无礼,他们的王及王后也好不到哪去。】

　　"快飞,雄鹅莫顿!快飞,快飞!"阿卡喊道,因为她知道,天鹅会把雄鹅的每一根羽毛都拔光。"快飞吧,快飞吧!"尼尔斯也喊起来。但是雄鹅被天鹅围困得死死的,张不开翅膀。天鹅们从四面八方把强有力的嘴喙伸过来啄他的羽毛。

　　雄鹅莫顿奋力反抗,他拼尽力气自卫,啄咬他们。其他大雁也过来帮忙。不过众寡悬殊,要是没有意外的帮助的话,后果恐怕不堪设想。

　　有只红尾鸲(qú)发现大雁们陷入了天鹅的重围脱身不得,便立即发出让小鸟聚众驱赶苍鹰的那种尖声鸣叫。他刚叫了三次,这一带所有的小鸟都急匆匆朝叶尔斯塔湾飞过来,他们唧唧啾啾,铺天盖地,像无数射出弦的利箭一样。

　　这些鸟儿虽然身体瘦小且没有力气,但是齐心协力朝着天鹅直扑过去。他们振翅拍翼,用翅膀挡住天鹅的视线,使得天鹅头晕眼花。他们齐声高喊:"天鹅真不害臊!天鹅真不害臊!"使得天鹅心烦意乱。【写作借鉴:对小鸟们的动作描写和语言描写,表现了他们的勇敢、善良与仗义相助。】

　　这些小鸟的袭击仅仅持续了片刻,当小鸟扬长飞走,天鹅清醒过来的时候,大雁们早已振翼飞向岬湾的对岸去了。

骑鹅旅行记

新来的看门狗

天鹅们的气度可以说是不错的,他们一看到大雁逃跑了,便不屑于穷追不舍,这样大雁们可以放心地站在一堆芦苇上安生睡觉了。

可是尼尔斯·豪尔耶松却饿得怎么也睡不着。"哎呀,我得到哪个农庄去找点东西来填饱肚子才行。"

在湖面上漂浮着五花八门的东西的日子里,对尼尔斯这样一个小人儿来说,找到一种摆渡工具是轻而易举的。他毫不迟疑地跳到一块漂浮在芦苇丛中的小木板上,拣起一根小木棍当作桨,慢慢地划过浅水驶向岸边。

他刚一上岸,就听到身后的水面扑通一声响。他停住脚步,定神细瞧,看见在离他几米远的一个大窝里有只母天鹅正在睡觉,还看到一只狐狸正蹑手蹑脚地朝天鹅窝靠近。"喂,喂,喂,快站起来!快站起来!"尼尔斯急得一边对着母天鹅喊,一边用手里的木棍拍打着水面。【写作借鉴:对尼尔斯的语言描写和动作描写,生动地写出了情势紧急之下尼尔斯的反应,也表现了他善良和以德报怨的品德。】母天鹅终于站立起来,但是动作十分缓慢,要是狐狸朝她扑过去,一下子就能抓住她。可是那只狐狸没有那样做,而是掉转头,径直朝尼尔斯跑了过来。

尼尔斯见势不妙,赶紧朝陆地上跑。他面前是一大片辽阔而平坦的草地。他看不到可以爬上去的树,也找不到可以藏身的洞。他只好拼命逃跑。尼尔斯虽然擅长奔跑,但是同动作轻盈、敏捷的狐狸相比,那就不值一提了。

离湖不远的地方,有几幢佃农住的小房子,灯光从窗子里射出来。尼尔斯当即朝那边跑了过去,不过他自己也不得不承认,不等他跑到那里,狐狸就会逮住他。

狐狸离尼尔斯很近,他觉得完全有把握逮住他了,但是尼尔斯突然往旁边一闪,扭头就朝岬湾跑去。狐狸冲势很猛,来不及收住脚步,待到回过身来,又同尼尔斯相差了几步路。尼尔斯不等他追赶上来,便赶紧奔跑到两个在湖面上打捞了一天东西,现在正准备回家的男人身边。【名师点睛:身陷险境,尼尔斯临危不乱,与狐狸斗智斗勇。】

那两个男人又疲倦又困,尽管尼尔斯和狐狸就在他们眼皮底下跑来跑去,他们也没有注意到。尼尔斯并不打算向他们开口寻求帮助,只是想跟在他们身边走。

"狐狸总不敢蹿到人面前来吧。"他想。

但是过了不久,他就听到狐狸的前爪刨地皮的响声,那只狐狸还是追过来了。狐狸估计那两个人会不留神把他错看成狗,因为狗才敢大摇大摆跑到人的面前。"喂,你瞧,偷偷地跟在我们身后的是一只什么样的狗?"一个男人发问,"它离我们这么近,像是想要咬人哪。""滚开!你跟在后面干什么!"另一个男人大喝一声,一脚把狐狸踢到路对面。狐狸爬起来,仍旧跟在那两个男人身后,但是不敢凑近,总是在两三步开外。【名师点睛:吃了闷亏的狐狸仍不死心,依旧跟在两个男人身后,只是保持了距离,以免再遭罪。】

男人们很快就走到了佃户区,一起走进了一幢农舍里。尼尔斯打算跟进去,但是他走到门廊上时,看到一只身披长毛、样子威武的大狗从窝里蹿出来迎接他的主人。尼尔斯顿时改变了主意,站在门外不进去了。

"喂,看门狗,"当两个男人把门关上以后,尼尔斯低声对狗说,"不知道你是否肯帮我的忙,逮一只狐狸?"

那只看门狗视力不大敏锐,而且因为长时间拴在那里,脾气变得暴躁、易怒。"哼,叫我去抓狐狸,"他满腹怨气,"你是个什么家伙,竟敢到这里来拿我开心?你要是走近点,我非要让你尝尝厉害。"【写作借鉴:语言描写和神态描写,生动形象地描绘出了一只因长期被拴着而脾气暴躁的看门狗形象。】

"不管你是否相信,反正我不怕走到你跟前。"尼尔斯说完,便朝狗跑

骑鹅旅行记

了过去。当这只狗看清他时,惊奇得愣住了,连一句话都讲不出来。

"我就是那个大家都叫作大拇指小人儿的,同大雁一起到处漫游的小人儿,"尼尔斯说,"难道你没有听说过我吗?"

"<u>麻雀倒是时常议论你,</u>"那只狗说,"<u>想不到你人小却干出了不少惊天动地的大事情。</u>"【名师点睛:尼尔斯的美名广为传播,也是因为如此,看门狗愿意帮他抓狐狸。】

"到目前为止,我一切都很顺利,"尼尔斯说,"但是现在你要是不肯帮我的忙,我就完蛋了。有一只狐狸在追赶我,他这会儿正埋伏在房子背后。"

"那倒不假,我闻到狐狸的气味了,"看门狗说,"我们必须马上把狐狸干掉!"狗猛蹿了过去,可是脖颈上的链子使得他不能前进,他只好狂吠了一会儿。

"我想,狐狸大概吓得今天晚上不敢再来找麻烦了。"看门狗说道。

"唉,光高声大叫一阵子让狐狸受惊吓,那是无济于事的。"尼尔斯说,"他过不了多久就会到这里来。我已经想过了,最好的办法还是你把他捉住。"

"你难道又想取笑我不成!"看门狗恼羞成怒地叫嚷起来。

"快跟我一起到你的窝里去,千万不能让狐狸听见我们商量的计策,"尼尔斯悄声说,"我会告诉你应该怎么做。"

尼尔斯同看门狗一起钻到狗窝里,躺在那里悄声商量起来。

不久,狐狸从房子拐角处探出脑袋,他发现四周静悄悄的,就悄悄地溜进了院子。<u>他用鼻子闻尼尔斯的气味,一直闻到狗窝附近。他在离狗窝不远处蹲了下来,盘算着怎样才能把尼尔斯引出来。</u>【写作借鉴:动作描写和心理描写,生动地刻画出一个小心谨慎、狡猾的狐狸形象。】这时候看门狗突然把脑袋伸出来,对他吠叫道:"滚开,要不然我就来抓你啦。"

"哼,我想在这里待多久就待多久,你能管得着吗?"狐狸冷笑一声。

"滚开!"看门狗再次用威胁的腔调吼叫,"否则今天晚上就是你最

后一次在外面猎食。"然而狐狸照样冷笑一声,在原地一动不动。"我知道你脖子上的铁锁链究竟有多长。"他悠闲地说道。

"我可是已经警告过你两次了,"看门狗从狗窝里钻了出来,"现在只能怨你自己了。"

<u>就在他说话的时候,他纵身往前一跳,向狐狸猛扑过去,毫不费力地把狐狸扑倒在地。</u>【写作借鉴:"纵""跳""扑",看门狗被激怒,敏捷地扑倒了可恶的狐狸。】原来尼尔斯早已经把狗脖颈上的铁锁链解开了。

他们撕咬了一会儿,就决出了胜负。<u>看门狗以胜利者的姿势耀武扬威地站着,而狐狸趴在地上一动也不敢动。</u>【写作借鉴:对比描写,一个"耀武扬威地站着",一个"趴在地上一动也不敢动",加强文章的艺术效果和感染力。】"哼,你敢动一下,"看门狗大吼一声,"你敢动,我就一口咬死你。"他叼起狐狸的后脖颈,把他拖到了狗窝里。尼尔斯拿着拴狗的链子走过来,在狐狸脖子上绕了两圈,把他牢牢地拴在那里。在整个过程中,狐狸不得不规规矩矩地趴着,一动也不敢动。

"现在我希望,狐狸斯密尔,你要做一只出色的看门'狗'。"尼尔斯做完这一切以后说道。

Z 知识考点

1.填空题。

狐狸斯密尔在找不到雁群和尼尔斯的情况下,假借_____落难需要雁群和尼尔斯的帮助为由,让_____带去口信,引来_____。这样,无论高傲的天鹅群会不会找雁群的麻烦,他至少可以守株待兔,知道雁群和尼尔斯的行踪。

2.判断题。

(1)狐狸斯密尔欺骗信鸽给阿卡带口信,是为了探知雁群和尼尔斯的行踪。（　　）

(2)看门狗扑倒狐狸,用狗链子拴住了狐狸的脖颈。（　　）

355

▶ 骑鹅旅行记

3. 问答题。

雁群和雄鹅是如何从天鹅群的围攻中脱身的？

_____

_____

Y 阅读与思考

1. 天鹅有怎样的性格特征？

2. 尼尔斯是怎么捉住狐狸斯密尔的？

第三十二章　乌普兰的故事

> **M 名师导读**
>
> 本章通过两个学生没有学会地理课上的知识而在路边痛哭的情节，引出老奶奶极具趣味性地为他们讲述乌普兰省地理知识的故事。老奶奶不仅巧妙地将地理知识融于故事之中，还将勤俭持家的人生道理娓娓道来，发人深省。老奶奶到底讲了一个什么样的故事呢？

五月五日　星期四

第二天大雨总算停了，但是整个上午狂风还是刮个不停，湖水仍在泛滥。可是到了下午，天气突然变得温暖、平静、宜人。

尼尔斯悠然自得地躺在一大丛怒放的金盏花里仰望着天空。这时有两个小学生一手捧着书本，一手提着饭篮，沿着湖岸蜿蜒的小径走了过来。他们步履蹒跚，看样子非常烦恼。当他们走到尼尔斯·豪尔耶松面前时，便在两块石头上坐了下来，相互诉说起伤心事。【写作借鉴：开篇巧设情节，引起下文。】

"唉，妈妈要是听说我们今天又没有把功课背下来，她一定会生气的。"有个孩子叹气道。

"是呀，爸爸也会发火的。"另一个说道。两个孩子是那么伤心难过，不禁一齐大哭起来。

尼尔斯躺在那里寻思，要不要想个办法来安慰他们，这时从小径上走过来一个驼背老奶奶，她慈眉善目，一脸温和，在他们面前停住了脚步。【写作借鉴："慈眉善目""温和"描绘出了一个慈爱的老奶奶的形象，为

357

骑鹅旅行记

后文她讲故事帮两个孩子复习功课做铺垫。】

"孩子们,你们为什么哭起来啦?"老奶奶问道。于是那两个小孩就告诉她,他们在学校里没有把功课学会,所以惭愧得不敢回家。

"那是一门什么样的功课,竟难得你们都记不下来?"老奶奶问道,孩子们告诉她,他们学的功课是关于乌普兰省的地理概况。

"哦,那门功课光学书本是不大容易的,"老奶奶想了想,说,"这样吧,我不妨给你们讲讲我母亲是怎样跟我介绍这个省的。我没有上过学,没有什么真正的学问,不过我母亲讲给我听的这个故事我一辈子都不会忘记。"【名师点睛:光靠书本不容易学会,那么老奶奶有什么好的办法呢?是个怎样的故事呢?此处设置悬念,引出下文。】

"我母亲是这样说的。"老奶奶坐到孩子们坐的石头旁边,侃侃而谈,"在很久很久以前,乌普兰省是全瑞典最穷困、最不体面的地方。这个省里只有贫瘠的黏土地和低矮的小石坡,别的什么也没有——尽管我们住在梅拉伦湖边上的人看到的不多,但是这个省份的许多地方至今还是这样。

"唉,不管这块地方是怎样形成的,可以肯定的是,这地方又穷又苦。乌普兰省觉得其他省份把它看得一文不值,便暗暗生气,久而久之在心里郁积了一股怨气。【写作借鉴:心理描写,运用了拟人的修辞手法,赋予乌普兰省以人的思想活动,生动形象。】终于有一天,它不堪忍受这清贫处境,背起口袋,挂着棍子到那些日子过得比它富裕的省份去乞讨了。

"乌普兰先朝南走,一直到了斯康耐省。它到了那里就诉苦,说自己是如何困苦,并且张口乞讨土地。'唉,倘若所有的省份都跑来向我讨东西,我真想不出有什么可给的。'斯康耐说,'不过让我看看!我刚刚开挖了两三个泥炭坑。如果你觉得有点用处的话,不妨就在那些泥炭坑边拣拾几块泥炭吧。'

"乌普兰道谢过后就去拣了几块泥炭,然后动身来到了西耶特兰省。

【名师点睛:乌普兰并不嫌弃别人施舍给它的是什么土地,道谢后收下,表现

358

了它的知足与礼貌。】它在那里也一样地哭穷，乞讨土地。'土地我是舍不得给你的，'西耶特兰省说，'我不愿把任何一块肥沃的耕地施舍给乞丐。但是，如果你觉得可以派上用场的话，不妨把平原上那几条毁坏农田的小河拿走。'

"乌普兰道谢过后，就拿走了那几条小河。它又到了哈兰德省，还是一味诉苦和乞求土地。'哎呀，我并不比你富多少，'哈兰德省说，'按照情理来说，我本不该给你什么，不过你要是觉得值得，可以从地里刨出几个石丘带走。'

"乌普兰省道谢过后，把石丘刨出来带在身边，然后动身到布胡斯省去。它在那里得到允许，可以往口袋里装寸草不生的小岩石岛屿。'那些玩意儿看上去一点不起眼，可是用来挡挡海风却未尝不可，'布胡斯省说，'你和我一样，都靠着大海，那些玩意儿肯定会对你有用处的。'

"乌普兰省对送给他东西的省份都感激不尽，虽然它在各地得到的都是别人想扔掉的东西，它却照收不误。维姆兰省扔给它一块高原，西孟兰省给了它一截山脉，东耶特兰省把荒凉的考尔毛登割了一块给它，斯莫兰省几乎用沼泽地、石冢和荒漠塞满了它的口袋。【名师点睛：有详有略，概括地写出了其他各省送给乌普兰省的东西。】

"瑟姆兰省什么土地也不愿意给，只把梅拉伦湖的几个岬湾给了它。达拉那省也是这样，不给一点土地，只问乌普兰省是否愿意拿走一段达尔河。

"最后，奈尔盖省硬着头皮把耶尔马湖岸边的几块潮湿的草地送给了它，这样它的口袋装得满满的，他觉得不用再到别处去了。

"乌普兰省一回到家里，就把乞讨来的东西统统倒出来。它不禁哑然失笑，面前堆了一大堆别人不要的乱七八糟的废物，真不知道怎样才能够使这些乞讨来的垃圾变为有用之物。它连连叹息，苦思冥想起来。【名师点睛：乌普兰省并没有嫌弃别人给的看似无用之物，而是在思量如何变废为宝，发挥它们的作用。】

359

骑鹅旅行记

"时光一年又一年过去了,乌普兰省在家里精心布置,最后总算按照自己的心愿把一切安排好了。

"那时瑞典正在议论国王应该住在哪里,首都应该设立在什么地方,各个省份聚集到一起来共商大计。事情很清楚,各个省都自告奋勇叫国王住到它那里去。它们争执了很久。'我认为,国王应该居住在一个最精明能干的省份里。'乌普兰省说道。大家觉得这个建议不错,于是决定,哪个省能够证明自己是最精明能干的,就可以得到国王和首都。

"所有的省份刚回到家不久,就收到乌普兰省的信,邀请它们去参加一次盛宴。'这个穷光蛋拿什么来款待客人?'各个省份都不由嗤笑着说,但是它们又都觉得盛情难却,便接受了邀请。【写作借鉴:语言描写和神态描写,表现了各省在收到信后的不屑与高傲。】

"它们一来到乌普兰省,就被自己看到的一切惊呆了。原来乌普兰省的腹地到处是气派非凡的大庄园,沿海一带有许多繁华的城市,四周的水面上泊满了大小船只。

"'你生活得这样好,还要出去到处乞讨,真是不知羞耻。'其他省份愤愤地说道。

"'我请诸位光临舍间,是为了感谢你们送给我的礼物,'乌普兰诚心诚意地说,'我现在能够过上像样的日子全靠诸位仗义接济。'【写作借鉴:语言描写,表现了乌普兰省的知恩图报、谦虚有礼。】

"'我回到家里着手做的第一件事情,'它接着说,'就是把达尔河引到我的地区来,按照我的安排,那条河形成了两个瀑布,一个是南福熙瀑布,一个是埃夫卡勒比瀑布。我把维姆兰给我的那块高原放在河南岸的达拉莫拉附近,那时我才发现,原来维姆兰没有认真查看送出的东西,因为那块高原里蕴藏着最好的铁矿石。我把东耶特兰送给我的森林栽种到高原周围,如今那个地方既有矿石,又有烧木炭用的森林,还有瀑布带来的水力,那块地方自然就成了一个富饶的矿区。【名师点睛:细说乌普兰省的各样安排,巧妙地将全省地理特征穿插其中,令人叫绝。】

"'我把北面安排好了以后,就把西孟兰省送给我的那些山脉取出来,把它们拉长,让它们直伸到梅拉伦湖,在那里形成绿树成荫的岬角和小岛,现在那个地方苍翠碧绿,引人入胜,就像个大花园一样。至于瑟姆兰送给我的那些岬湾,我把它们放在靠近腹地这一边,让它们开辟航线,同世界各地相互往来。'

"'我把南北两面都安排完之后,就来到东部海岸上,又把你们送给我的那些光秃秃的小岩石岛、石冢、荒漠和不毛之地扔进了大海里。这样就在近海形成了一圈大大小小的岩石岛屿,对渔业和航运都很有益处。如今我把这些岛屿看成我最珍贵的财产。

"'诸位送给我的礼物没剩下多少了,除了斯康耐给的那几块泥炭。我就把它们捏碎,撒到瓦克萨拉平原中央,使得那块平原变成肥沃富饶的田畴。我又把西耶特兰给我的那条流速缓慢的小河引过平原,使它同梅拉伦湖的各个港湾沟通起来。'

"这时其他各个省份才明白了事情的究竟,尽管它们都不大开心,但是不得不承认乌普兰把一切安排得很周到。

"'你真是精打细算,白手起家呀,'各个省份异口同声地赞美说,'你真是我们当中最精明能干的。'【名师点睛:语言描写,通过各省的赞美,来表现乌普兰省的精明能干。】

"'多谢你们的夸奖,'乌普兰笑吟吟地说,'既然如此,我只好当仁不让,把国王和首都接到我这里来了。'

"其他的省份又不开心了,不过它们既然做了约定,便只好同意了。

"于是首都设在了乌普兰,国王也住在了这里。乌普兰成了全国最重要的省份。世间的事情再公道不过啦,聪明能干可以使乞丐变成王侯,这个道理到现在还是适用。"【写作借鉴:结尾总结主旨,揭示道理,引起共鸣。】

▶ 骑鹅旅行记

Z 知识考点

1. 填空题。

乌普兰省不堪忍受这清贫处境,背起口袋,拄着棍子到那些日子过得比它富裕的省份去乞讨了。维姆兰省扔给它一块_____,西孟兰省给了它一截_____,东耶特兰省把_____割了一块给它,斯莫兰省给了它_____,瑟姆兰省给了它几个_____……

2. 判断题。

(1)瑞典首都设在了乌普兰,国王也居住在那里。（　　）

(2)两个小孩不敢回家,是因为他们在学校里没有把数学课学好。（　　）

3. 问答题。
乌普兰省觉得国王应该居住在什么样的省份里?

_____
_____

Y 阅读与思考

1. 乌普兰省起初是什么样子的?后来变成了什么样?
2. 说说你从本章中得到的启示。

第三十三章　大学生

> **名师导读**
>
> 　　渡鸦巴塔基带着可以让尼尔斯变回人的消息找到尼尔斯,并带他去乌普萨拉城经历了一场考验。他只要找到一个愿意穿上他的衣服、随大雁旅行的人便可恢复人身。有个接连失意的大学生愿意,但是尼尔斯放弃了,他选择陪伴自己的朋友走完接下来的旅程。这是为什么呢?

五月五日　星期四

　　乌普萨拉有个很英俊的大学生。他住在阁楼上的一个小房间里,生活非常简朴,人们说他几乎能靠喝西北风活着。他学习非常勤奋,因此领悟得也比别人快,成绩自然出色。但是他并没有因此成为一个书呆子,也会不时同三五好友欢娱一番。他具有一个典型的大学生应有的性格和品德。倘若他不会因为总是一帆风顺而飘飘然,他本来应该是完美无瑕的。【名师点睛:开篇为我们塑造了一个品行完美的大学生形象,却特意点出他身上有一点瑕疵。】出类拔萃的人往往容易不可一世,幸运、成功的担子不是轻易能挑得动的,尤其是年轻人。

　　有一天早晨,他刚醒过来,就躺在那里自我感叹,认为自己才华出众。"所有的人都喜欢我,包括同学和老师,"他自言自语道,"我的学习真是又出色又顺利。今天我将参加最后一场考试,我很快就会毕业。之后,我会获得一个薪水丰厚的职位。我的运气真是好极了,不过我还是要认真对待考试,小心驶得万年船。"

　　乌普萨拉的大学生并不像小学生那样很多人挤在一个教室里一起

骑鹅旅行记

念书,而是各自在家里自修。他们修完一个科目以后就到教授那里去,对这个科目进行一次总的答问。这样的口试叫作结业考试。那个大学生那一天就是要去进行一次最后也最难的考试。

他穿好衣服,吃罢早饭,就在书桌旁坐下来,准备把他复习过的书籍最后浏览一遍。"我觉得再看一遍是多此一举,我复习得够充分了,"他想,"不过我还是尽量多看一点,万一有疏漏就后悔莫及了。"【写作借鉴:此处为心理描写。大学生虽然自觉准备充分,但还是拿起了书,说明他对这次考试的重视及小心谨慎。】

他看了一会儿书,听到有人敲门,一个大学生胳膊下面夹着厚厚的一卷稿纸走了进来。他同坐在书桌前面的那个大学生完全不是一个类型。他木讷腼腆,胆小懦弱,而且穿着褴褛,一副寒酸相。他只知道埋头读书,没有其他爱好。人人都公认他学识渊博,但他十分腼腆胆小,从来不敢去参加结业考试。大家觉得他有可能变成一个终身大学生,年复一年地待在乌普萨拉,不断地念呀,念呀,最终也不会有所作为。

他这次来是恳请同学校核一遍他写的一本书。那本书还没有付印,是他的手稿。"要是你愿意把这份手稿过目一遍,就是帮了我一个大忙,"他说,"看完之后告诉我写得行不行。"

那位事事都运气亨通的大学生心想:"我说人人都喜欢我,看来一点也不错,这个从不敢把自己的著作昭示于人的隐居者,也想让我来评判他的书了。"

他答应尽快把手稿看完,那个来请教的大学生把手稿放到他的书桌上。"务请您费心妥善保管,"那个大学生央求他说,"我呕心沥血,花了五年时间才写成这本书,倘若丢失的话,我可再也写不出来啦。"【名师点睛:这个来请教的大学生五年呕心沥血的成果,仅此一份,说明这份手稿的重要性。将如此重要的东西托付于人,足见其对大学生朋友的信任,也为后文埋下伏笔。】

"你放心好啦,放在我这里是丢不了的。"他满口答应说,然后那位客

364

人就告辞了。

那个事事如意的大学生把那叠厚厚的稿纸扒到自己面前。"我真不知道他花那么长时间七拼八凑了一堆什么东西，"他说，"哦，原来是乌普萨拉的历史！这题目倒还不赖。"

那位大学生非常热爱自己的家乡，觉得乌普萨拉这个城市要比其他城市好多了，因此他对终身大学生怎样描写这个城市感到十分好奇，想先睹为快。"唔，我与其老是惦记着这件事，不如把书马上看完。"他喃喃道，"在考试之前最后一分钟复习功课那是白费工夫。到了教授面前也不见得会考得更好一些。"

大学生连头也不抬，一口气把那份手稿通读了一遍。他看完之后，感到非常满意。"不错，"他说，"真是不鸣则已，一鸣惊人啊。这本书出版以后，他就大功告成啦。我要去告诉他这本书写得非常出色，这真是一桩令人愉快的事。"【写作借鉴：动作描写和语言描写，表现出这部书稿的优秀。】

他把凌乱的稿纸收集起来，堆叠得整整齐齐，放在桌上。就在他整理手稿的时候，他听见了挂钟报时的响声。

"好吧，是到教授那里去的时候了。"他自言自语道，立即跑到阁楼上的一间更衣室里去取他的黑衣服。就像通常会发生的事那样，愈是手忙脚乱，就愈拧不动锁和钥匙，他耽误了大半晌才回来。

等他踏到门槛上，往房间里一看，他大叫起来。刚才他慌慌张张走出去时没有把门关上，书桌边上的窗户也是开着的。一阵强大的穿堂风吹过来，手稿就在大学生眼前一页一页地飞出窗外。他一个箭步跨过去，用手按住，但是剩下的稿纸已经不多了，大概只有十张或者十二张还留在桌上。【名师点睛：因为着急疏忽，手稿被一阵穿堂风吹散。最叫人担心的事情还是发生了。】其他稿纸已经随风飘落到院子里或者屋顶上去了。

大学生将身子探出窗外去看稿纸的下落。正好有只黑色的鸟儿站在阁楼外面的房顶上。"难道那不是一只乌鸦吗？"大学生愣了一下，

骑鹅旅行记

"正像人们所说的,乌鸦带来了晦气。"

他看到有几张稿纸还在屋顶上,如果他不是心里想着考试,他起码还能把遗失掉的稿纸找回一部分来。可是他觉得当务之急是先办好自己的事情。"要知道这可是关系到自己的前程的事。"他想。

他匆忙披上衣服,向教授那里跑去。一路上,他心里想的全是丢失手稿的事情。"唉,这真是一件让人恼火的事情,"他想,"我弄得如此狼狈,真是倒霉。"

教授开始对他进行考试,但是他的思绪怎么也无法从那份手稿的事里摆脱出来。"唉,那个可怜的家伙是怎么对你说的来着?"他想,"他为了写这本书花费了整整五年的心血,而且再也重写不出来了,难道他不曾这样郑重其事地叮嘱过你吗?我真不知道自己有没有勇气去告诉他手稿丢失了。"【写作借鉴:心理描写,细致地描绘出大学生在弄丢手稿后的愧疚与自责。】

他对这桩已经发生的事情恼怒不已,因此他的思想无法集中。他学到的所有知识仿佛被风刮跑了一样。他听不明白教授提出的问题,也根本不知道自己在回答什么。教授对他的表现非常恼火,给了他不及格。

大学生出来走到街上,觉得非常痛心。"这一下完了,我渴望到手的职位也丢了,"他快快不乐地想,"这都是那个终身大学生的错。为什么偏偏今天把手稿送来。结果弄得我好心给人帮忙却没有好报。"【名师点睛:大学生丢了他人的手稿,又断送了自己的前程,心里觉得懊恼、愧疚、难过,甚至将过错归咎于信任他的那个大学生,足见其心中的慌乱。】

就在这时,他看见那个萦绕在他脑际的终身大学生迎面走来。他不愿意在还没有设法寻找之前就告诉那个人手稿已经丢失,所以他打算一声不吭地走过去。但是对方看到他仅仅冷淡地点点头就要走开,便不安起来,更加想知道他会如何评价自己的手稿。那个人一把拉住大学生的胳膊,问他手稿看完了没有。"我去参加结业考试了。"大学生支吾其词,想要匆忙躲开。但是对方以为那是为了避免当面告诉他那本书写得不

366

太令人满意,所以他觉得心都快要碎了。那部著作花费了他整整五年的心血,到头来还是白忙活一场。他对大学生说道:"请记住我对你说的话,如果那本书实在不行,根本无法付印的话,那么我就不想再见到它了。请尽快看完,告诉我你有何想法。不过写得实在不行的话,你可以把它烧掉。我不想再见到它了。"

他说完就匆忙走开了。大学生看着他的背影,似乎想把他叫回来,但是大学生又改变了主意,回家去了。

回到家里,大学生立即换上日常穿的衣服,跑出去寻找那些失落的手稿。他在马路边、广场上和树丛里到处寻找。他闯进了人家的庭院,甚至跑到了郊外,可是他连一页都未寻找到。【名师点睛:大学生尽己所能地去找回手稿,可是一页也没有找到,说明他有心去补救,只是事与愿违。手稿到哪去了呢?为后文埋下伏笔。】

他找了几个小时之后,肚子饿极了,不得不去吃晚饭,但是在餐馆里又碰到了那个终身大学生。终身大学生立即走了过来,询问他对那本书的看法。"唔,我今天晚上到你那儿去,到时再和你详谈。"他搪塞说道。他在完全肯定手稿无法找回来之前,不肯承认自己把手稿弄丢了。对方的脸立刻变得刷白。"记住,要是写得不行,你就把手稿烧掉。"终身大学生说完转身就走。这个可怜的人儿现在完全肯定了,大学生对他写的那部书很不满意。【写作借鉴:神态描写和语言描写,表明了终身大学生对自己手稿的重视,渴望得到他人的肯定。】

大学生又跑到市区里去找,一直找到天黑,也一无所获。他在回家的路上碰到几个同学。"你到哪儿去了,为什么连迎春节都没有来过?""已经是迎春节啦,"大学生说,"我完全忘了。"

当他站着和同学们讲话的时候,一个他钟爱的年轻姑娘从他身边走过。她连正眼都没有瞅他一眼,就同另外一个男大学生一边说着话一边走过去,而且还对那个人亲昵地娇笑。大学生这才记起来,他曾约她过五朔节共同迎春,而他自己却没有来参加,她会对他有什么想法呢?

367

▶ 骑鹅旅行记

他心情很沉重,想去追她,可是他的一个朋友这时说道:"你知道吗?听说那个终身大学生今天病倒了。"

"不会有什么危险吧?"大学生着急地问道。

"心脏出了毛病,他曾经发作过一次,这次又犯了。医生相信,他一定是受到某种刺激,伤心过度才犯病的,至于是否能好,要看他的悲伤能不能消除了。"【名师点睛:终身大学生病倒了,显然是受到了某种刺激,伤心过度。这是他对自己的手稿寄予厚望却落空后的失落表现。】

过了不久,大学生就来到那个终身大学生的病榻前。终身大学生面色苍白,羸弱地躺在床上,看样子发病后他的神志还不太清醒。"我特意来和你谈谈那本书的事,"大学生说,"那本书真是一部杰出的作品,我很少念到那样的好书。"

终身大学生从床上坐起来,直愣愣地盯着他说道:"你今天下午为什么那样反常?"【写作借鉴:动作、神态和语言描写,表明了终身大学生的细腻与敏感。】

"哦,我心里很难过,因为结业考试没有及格。我没有想到你会那样注意我的一言一行。我真的对你的书非常满意。"

那个在病榻上的人用狐疑的目光看着大学生,越来越肯定大学生有事瞒着他。"唉,你说这些好话无非是为了安慰我,因为你知道我病倒了。"

"完全不是,那部书的确是上乘之作。你可以相信这句话。"

"你没有像我说的那样把手稿付之一炬吗?"

"我还不至于那样糊涂。"

"请你把书拿来!让我看到你真的没有把它烧掉,那我就信你。"生病的大学生刚说完话又躺到了枕头上。他是那样虚弱,大学生真担心他的心脏病随时再发作。

大学生内疚不已,羞愧得几乎难以自容。大学生用双手紧握住病人的手,如实地告诉他那部手稿被风刮跑了,并且承认,自己由于给他造成了这么大的损失而整整一天都很难过。【写作借鉴:此处为动作描写和神

态描写。大学生歉疚不已,向终身大学生承认了过错。】

他说完之后,躺在床上的病人轻轻地拍着他的手说道:"你真好,很会体贴人。可是用不着说谎来安慰我!我知道,你已经照我的嘱咐把那部手稿烧掉了,因为我写得实在太糟糕了,但是你不敢告诉我真话,你怕我经不住这样的打击。"

大学生发誓,他所讲的都是真话,可是对方认定了他是为了安慰自己,不愿意相信他。"倘若你能将手稿归还给我,我就相信你。"那个终身大学生说道。

终身大学生病得越来越厉害,大学生知道,若是再待下去只会增添病人的心事,便只好起身告辞。

大学生回到家里,心情沉重,身体疲惫,几乎连坐都坐不住了。他喝了口茶就上床睡了。当他蒙上被子的时候,他不禁自怨自艾起来:"今天早上还是那么愉快,而现在却把美好的前途葬送了大半,但是自己的事毕竟还可以忍受。更糟糕的是,我给别人带来了不幸。"他痛心疾首地反思。【名师点睛:比起自己的前程,大学生更懊悔因自己的过错而给朋友带来了不幸,表明他是一个懂得反省、心地善良的人。】

他以为那一夜将辗转反侧难以入眠。然而,他的头一挨着枕头就睡着了,他连柜子上的床头灯都没有来得及关掉。

就在此时,发生了这样一件事情:一个身穿黄色皮裤、绿色背心,头戴白色尖帽的小人儿,站在大学生住的阁楼的屋顶上。他思忖着,要是他成了那个睡在床上的大学生,他会感到非常幸福。

两三个小时之前,还逍遥自在地躺在埃考尔松德附近的一丛金盏莲上憩息的尼尔斯,现在却来到了乌普萨拉,这完全是渡鸦巴塔基蛊惑他出来冒险的缘故。

尼尔斯本来并没有到这里来的想法。他正躺在草丛里仰望着晴空,突然看到渡鸦巴塔基从随风飘曳的云彩里钻了出来。尼尔斯本来想躲开他,但是巴塔基早已看到了他,转眼间就落在了金盏莲丛中,同尼尔斯

▶ 骑鹅旅行记

攀谈起来,就好像他是尼尔斯最贴心的朋友一样。

巴塔基虽然神情肃穆,显得一本正经,但是尼尔斯还是一眼就看出他的眼波里闪动着诡谲狡黠的光芒。他下意识地觉察到巴塔基大概又要耍什么花招来戏弄他。于是,他决定无论巴塔基说什么都不予理睬。【名师点睛:吃一堑长一智,尼尔斯认定巴塔基靠近自己必有企图,不愿轻信他。可是事实到底如何呢?】

巴塔基说,他很后悔当初没有把那份最大的遗产在什么地方告诉尼尔斯,心里一直很过意不去,所以现在赶来做一点弥补,要告诉尼尔斯另外一个秘密:他已经知道变成了小人儿的人怎样才能变回原来的人形。

巴塔基十拿九稳地认为,只要抛出这个诱饵,尼尔斯肯定会欣然上钩。不料事与愿违,尼尔斯根本不动心,反而说他知道,只要他精心把雄鹅照料好,让雄鹅完好无恙地到达拉普兰,然后返回斯康耐,他就可以再变成人。【名师点睛:尼尔斯对巴塔基的"好意"并不感兴趣,他有自己的打算。而这里巴塔基的行为也为后文故事的发展埋下了伏笔。】

"你要知道带领一只雄鹅安全地周游全国并不是一件轻而易举的事情,"巴塔基故弄玄虚地说,"为了防范不测,你不妨再另找一条出路。不过你不想知道的话,我就不多言了。"尼尔斯听罢,回心转意了,说要是巴塔基愿意把秘密说出来,他一点也不反对。

"告诉你我倒是愿意的,"巴塔基趁势说,"但是要等到适当时机才行。骑到我的背上来,跟着我出去一趟吧,我们去看看有没有合适的机会!"尼尔斯一听又犹豫起来,他不清楚巴塔基的用意何在。"哎呀,你一定对我不大放心。"巴塔基说道。可是尼尔斯无法容忍别人说他胆小怕事,所以一转眼他就爬到巴塔基背上了。

巴塔基把尼尔斯带到了乌普萨拉。他把尼尔斯放在一个屋顶上,让尼尔斯朝四周看,又询问尼尔斯这座城市里住的是些什么样的人,还有这座城市是由哪些人管辖的。

尼尔斯环视这座城市。这是一座很大的城市,宏伟、壮观地矗立在一大片开阔的田野中央。城市气派十足,装潢美观的高楼华厦林立。在一个低矮的山坡上,有一座磨砖砌成的坚固结实的宫殿,宫殿里的两座大尖塔直入云霄。"那里大概是国王和他手下住的地方吧?"他说道。

"猜得差不多,"渡鸦巴塔基回答说,"这座城市曾经是国王居住的王城,但是昔日辉煌的时代已经一去不复返了。"

尼尔斯又朝四周看了看,映入眼帘的是一座大教堂,在晚霞中熠熠生辉。那座教堂有三个高耸入云的尖塔,有庄严肃穆的大门和浮雕众多的墙壁。【名师点睛:对教堂建筑特色的描绘,简洁准确,特点突出。】"这里可能住着主教和他的牧师吧?"他说道。

"猜得差不多,"渡鸦回答说,"这里曾经住过几个同国王一样显赫的大主教。直到今日仍然有个大主教住在里面,但是掌管全国大事的却再也不是他了。"

"这些我就猜不出来啦。"尼尔斯说道。

"让我来告诉你,现在居住和管辖这座城市的是知识,"渡鸦说,"你所看到的那大片大片的建筑物都是为了知识和有知识的人兴建的。"【名师点睛:现在居住和管辖这座城市的,不再是国王和主教,而是知识。渡鸦循循善诱,抛出这一观点。他为什么会这样认为呢?】

尼尔斯几乎难以相信这些话。"来呀,你不妨亲眼看看。"渡鸦说道。随后他们就各处漫游,参观了这些大楼房。楼房的不少窗户是打开着的,尼尔斯可以看到里面的情形。他不得不承认渡鸦说得对。

渡鸦带尼尔斯参观了那个从地下室到屋顶都放满了书籍的大图书馆。他把尼尔斯带到了那座豪华的大学教学楼,带尼尔斯看了那些美轮美奂的报告大厅。他驮着尼尔斯飞过被命名为古斯塔夫大楼的旧校舍,尼尔斯透过窗子看到里面陈列的动物标本。他们飞过培育着各种奇花异卉、珍稀植物的大温室,还特意到那个有着长长的望远镜的天文观察台上游览了一番。

他们还从许多窗户旁边盘旋而过,看到把眼镜架在鼻梁上的老学者

371

▶ 骑鹅旅行记

正端坐在四壁堆满书籍的房间里看书、写文章。他们还飞过阁楼上大学生们住的房间,大学生们直着身子躺在沙发上,手捧厚书认真阅读。

渡鸦最后落在一个屋顶上。"你看,我说得没有错吧!知识就是这座城市的主宰。"他说道。尼尔斯也承认渡鸦说得在理。"倘若我不是一只渡鸦,"他继续说,"而是生来就是像你一样的人,那么我就要在这里住下来。我天天都要从早到晚坐在一间装满书籍的房间里,把书里的知识统统学会。难道你就没有这样的兴趣吗?"【名师点睛:渡鸦带尼尔斯参观了大学,说出了自己对人类生活的向往和对知识的渴求,这也是对尼尔斯的一番引导。】

"没有,我想我宁可跟着大雁到处漫游。"

"难道你不愿意成为一个能够治疗疾病的人吗?"渡鸦问道。

"想,但愿能如此。"

"难道你不想变成一个通晓天下大事,能够讲好几种外国的语言,能够讲出太阳、月亮、星星在什么轨道上运行的人?"

"想,那倒很有意思。"

"难道你不想学会分清善与恶、明辨是与非吗?"

"那是完全必要的,"尼尔斯回答说,"我这一路上已经有许多次亲身体会了。"

"难道你不想学业出色,当一个牧师,在你家附近的教堂里给乡亲们传播福音?"

"要是我那么有出息的话,我爸爸妈妈准要笑得合不拢嘴。"尼尔斯答道。

渡鸦就这样启发着尼尔斯,在乌普萨拉大学读书做学问的人是多么幸福,不过尼尔斯那时候还没有想成为他们当中的一个。【名师点睛:渡鸦想引导尼尔斯积极向上,学习知识,成为一个有学问的人。】

乌普萨拉大学城每年都有盛大的迎春集会,说来也巧,今年正好在那天傍晚举行。

大学生们络绎不绝地到植物园来参加集会,这使得尼尔斯有机会就近看到他们。他们头上戴着白色的大学生帽,走在排成很宽很长的队列里,整个街道就像一条黑色的湍流,其中有一朵朵白色的睡莲在摇曳晃动。一面绣着金边的白色锦旗在队伍最前面开路,大学生们在行进中唱着赞美春天的歌曲。可是尼尔斯觉得,这不是大学生们自己在歌唱,而是歌声萦绕在他们的头顶上。他想,那不是大学生们在歌唱春天,而是春天躲在某处为大学生们歌唱。他无法相信,人的歌声竟会那么嘹亮,就像松柏树林里刮过的松涛声,就像钢铁锤击的铿锵声,也像野天鹅在海岸边发出的鸣叫声。【写作借鉴:运用排比和比喻的修辞手法,赞美了大学生歌声的嘹亮优美。】

植物园里的大草坪嫩绿青翠,树枝都已经泛出了绿色,绽出了嫩芽。大学生们走进去以后,集合在一个讲台前,一个英俊洒脱的年轻人踏上讲台,对他们讲话。

讲台设在大温室前面的台阶上,渡鸦把尼尔斯放在温室的棚顶上,他安静地坐在那里,听着那里的人们一个接一个地发表演讲。最后,一位上了年纪的长者走上讲台。他说,人生之中最美好的岁月就是在乌普萨拉度过的青春韶光。他讲到了宁静优美的读书生活和在集体生活之外无法享受到的丰富多彩的青春快乐。他一次又一次讲到生活在无忧无愁、品格高尚的同学们中乃是人生最大的乐趣和幸福。正是因为如此,艰辛的学习才变得令人快慰,悲哀才容易被人忘记,希望才变得如此光明。【名师点睛:通过年长者的总结发言,细数大学中度过的青春韶光,令人向往。】

尼尔斯坐在棚顶上看着在讲台周围排成半圆形的大学生。他渐渐明白,能够跻身到这个圈子里是最体面不过的事情,那是一种崇高的荣誉和幸福。每个站在这个圈子里的人都显得比他们单独一人的时候要高大得多,因为他们都属于这一群体。

每一次演讲完毕,歌声立即响彻云霄。每当歌声一落就又开始演

▶ 骑鹅旅行记

讲。尼尔斯从来没有想过，也不曾领略过，把那些言语词句串连到一起竟会产生那么大的力量，可以使人深深感动，也可以使人大受鼓舞，还可以使人欢欣雀跃。【名师点睛：听到大学生们的演讲及每一次演讲后的歌声，尼尔斯深受鼓舞。这是他从未领略过的一种体验，这是文字和语言引起的精神上的共鸣。】

尼尔斯的目光多半是朝着那些大学生，不过他也注意到，植物园里并不是只有大学生，还有不少穿着艳丽、头戴漂亮帽子的年轻姑娘，以及其他人。不过他们好像也同尼尔斯一样，到那里也是为了看大学生。

演讲和歌唱之间有时候会有片刻的休息，那时大学生的行列就会解散开来，人们三五成群地散布在整个植物园里。待到新的演讲者一登上讲台，听众们又围聚到他的周围。就这样一直持续到天色昏暗下来。

迎春集会结束了，尼尔斯深深地吸了一口气，揉了揉眼睛，仿佛刚从梦中惊醒过来。他好像到了一个他从来没有去过的陌生国度。从那些青春年少、及时行乐而又对未来信心十足的大学生身上散发出一股欢乐和幸福感，这股感情也感染了尼尔斯，他也像大学生们那样沉浸在欢悦之中。可是最后的歌声完全消失之后，尼尔斯却有了一种茫然若失的惆怅，他怨自己的生活是那么糟，越想越懊恼，甚至都不愿意回到自己的旅伴身边去了。【名师点睛：大学生的欢快、惬意、自信与尼尔斯的茫然、惆怅、糟糕形成鲜明的对比，使尼尔斯心生懊恼。】

一直站在他身边的渡鸦这时候开始在他耳边聒噪起来。"大拇指小人儿，现在可以告诉你，你怎样才能重新变成人了。你要一直等到碰见一个人，他对你说他愿意穿上你的衣服，跟随大雁们去游荡。你就抓紧机会对他说……"渡鸦这时传授给尼尔斯一句咒语，那咒语非常厉害和可怕，非到万不得已不能高声讲出来，所以他不能大声说，只能耳语。"行啦，你要重新变成人，只凭这句咒语就足够了。"渡鸦最后说道。

"是的，我想一定够用了，"尼尔斯怏怏不乐地说，"可是我永远也不会碰见一个愿意穿上我的衣服的人。"

"也不是说绝对碰不上。"渡鸦说道。渡鸦随后把尼尔斯带到城里,放在一个阁楼外面的屋顶上。房间里亮着灯,窗户半开半掩,尼尔斯在那里站了很久,心想那个躺在屋里睡觉的大学生是多么幸福。

大学生突然从睡梦中惊醒过来,看见床头柜上的灯还亮着。"我怎么连灯都忘记关了。"他想用胳膊支起身子把灯关掉,但是还没有来得及做,就看到书桌上有个什么东西在移动。

那间房间很小,桌子离床不远,他可以清晰地看到书桌上杂乱无章地堆放着的书籍、纸张、笔,还有几张照片。他的眼睛也扫到了临睡前没有收拾掉的酒精炉和茶具。【写作借鉴:对房间内的环境描写,总体上给人一种凌乱的感觉,说明房间主人不爱收拾。】然而就像清清楚楚地看到别的东西一样,他还看见一个小人儿,匍匐在黄油盒子上,正往他小手里拿着的面包上抹黄油。

大学生白天经历的事情太多,所以对眼前发生的事反而见怪不怪了。他既不害怕,也不惊惶,反而觉得有个小人儿进屋找点东西吃也没有什么新奇之处。

他没有伸手再去关灯,而是又躺下,眯起眼睛观察着那个小人儿的一举一动。小人儿非常惬意地坐在一块镇纸上,津津有味地嚼着大学生吃晚饭时留下的残羹剩饭。看得出来,小人儿在细细地品尝食物的滋味。他坐在那里,双眼半开半闭,舌头吧嗒吧嗒地舔着嘴巴,吃得非常香。那些干面包皮和剩奶酪渣对他来说似乎都是珍馐佳肴。【写作借鉴:动作描写,细致描绘出尼尔斯沉醉于美食的场景。连普通的奶油、面包对他来说都成了珍馐佳肴,可想而知他跟着大雁群旅行期间吃了多少苦,相信他以后会更加懂得珍惜。】

那个小人儿在吃饭的时候,大学生一直没有去打扰他。等到小人儿打着饱嗝再也吃不下去的时候,大学生才开口同他攀谈起来了。

"喂,"大学生说,"你是什么人?"

尼尔斯大吃一惊,不由拔腿就朝窗口跑去。但是他看到那个大学生

375

骑鹅旅行记

仍旧一动不动地躺在床上，就又站住了。

"我是西威曼豪格的尼尔斯·豪尔耶松，"尼尔斯如实说，"我也是一个同你一样的人，后来被妖法变成了一个小精灵，从此以后我就跟着一群大雁到处游荡。"

"天下事真是无奇不有。"大学生说，并且问起尼尔斯的近况，直到他对尼尔斯离家出走以后的状况有了大致的了解。

"你倒真过得还不错，"大学生赞美说，"谁要能够穿上你的衣服到处遨游，那岂不可以摆脱人生的一切烦恼！"【名师点睛：从大学生的话中可以看出他对尼尔斯自由浪漫生活的向往。】

渡鸦巴塔基这时正好来到窗台上，当大学生信口说出那些话的时候，他就赶紧用嘴啄窗玻璃。尼尔斯心里明白，渡鸦是在提醒自己，千万不要错过对大学生说出咒语中的那几个字眼，免得坐失良机。"哦，你不会同我更换衣服的，"尼尔斯说，"当上大学生的人是得天独厚的，怎么肯再变成其他人！"

"唉，今天早晨我刚醒过来的时候，也是这么想来着，"大学生长吁一声说，"但是你知道我今天出了什么事吗？我算是完蛋了。倘若我能够跟着大雁一走了之，那对我来说是最好不过了。"

尼尔斯又听见巴塔基在啄打玻璃，而他自己脑袋开始晕眩，心在怦怦跳个不停，因为那个大学生快要说出那句话来了。【名师点睛：关键时刻，巴塔基在啄打玻璃，与尼尔斯"怦怦"的心跳声相呼应，尼尔斯的脑袋开始晕眩，表现了他对心愿就要达成的紧张。】

"我已经告诉你我的事情了，"尼尔斯对大学生说，"那么你也给我讲你的事情吧！"大学生大概是因为找到一个可以一吐衷肠的知己而高兴不已，便原原本本地把所发生的事情讲了出来。"别的事情倒无所谓，很快就会过去。"大学生最后说，"我最伤心且不堪忍受的是，我给一个同学带来了不幸。倘若我穿上你的衣服，跟着大雁一起去漫游，对我来说反而会更好一些。"

巴塔基拼命啄打着玻璃,但是尼尔斯一动不动地默坐了很长时间,双眼看着大学生出了神。【名师点睛:此时尼尔斯的内心非常纠结,巴塔基的急切与尼尔斯的沉默形成鲜明的对比,将故事情节推向高潮。】

"请你稍等一下!我马上就给你答复。"尼尔斯压低了声音对大学生说,然后他慢慢地走过桌面,从窗户里跨了出去。他来到窗户外的那个房顶上时,看到朝阳正在冉冉升起,橘红色的朝霞映亮了整个乌普萨拉城,每一座尖塔和钟楼都在晨曦的光芒之中熠熠生辉。尼尔斯又一次情不自禁地赞美说,这真是个充满欢乐的城市。【写作借鉴:景物描写,表现出尼尔斯在内心做出决定后轻松的心情。】

"你是怎么一回事啊?"巴塔基埋怨说,"你白白地把重新变成人的机会错过了。"

"我一点也不在乎能否与那个大学生对调,"尼尔斯理直气壮地说,"我心里不好受是为那部丢失的手稿。"

"你用不着为这件事犯愁,"巴塔基说,"我有办法把那些手稿弄回来。"

"我相信你有本事把那些手稿弄回来,"尼尔斯说,"可是我不知道你肯不肯这样做。我首先要保证把手稿完好地归还。"

巴塔基一句话都没有说,张开翅膀飞入云霄。不久就衔回了两三张稿纸。他飞来又飞去,整整忙了一个小时,就像燕子衔泥筑窝那样勤奋,把一张张手稿交到尼尔斯手里。【名师点睛:巴塔基不辞辛苦地寻找手稿,突出他有一颗坚定执着的心。】"行啦,我相信我已经差不多把所有的手稿都找回来了。"渡鸦巴塔基最后站在窗台上大口大口地喘着气说道。

"多谢你啦,"尼尔斯说,"现在我进屋去同那个大学生说几句话。"与此同时,渡鸦巴塔基乘机朝屋里瞅了一眼,只见那个大学生正在一页一页地将那份手稿展平叠齐。"唉,你真是我见过的最大的笨蛋!"巴塔基忍耐不住心头怒火,朝尼尔斯发作起来,"你竟然把手稿交还给了那个大学生?如果你给了他,就用不着再进去同他讲话了。他再也不会说他愿意变成你现在这副模样了。"

377

▶ 骑鹅旅行记

尼尔斯站在那里,凝视着小房间里那个身上只穿了一件衬衫,高兴得手舞足蹈的大学生。然后,他回过头来对巴塔基说道:"巴塔基,我完全明白你的一番好心,你是想让我经受一下考验。"尼尔斯说,"你大概在想,要是我自己能生活得很好,我就会撇下雄鹅莫顿,让他孤零零地去应付这段艰难旅程中的一切,可是当那个大学生讲起他的不幸时,我意识到背弃一个朋友是何等的不义和丑恶,所以我不能做出那样的事情来。"

【名师点睛:尼尔斯把手稿交还给大学生,虽然失去了一次变回常人的机会,却守住了自己的初心与原则。帮助大学生走出阴霾,对同甘共苦的伙伴不离不弃——尼尔斯做出了令人佩服的选择,他才不是傻瓜,而是一个有情有义、正直善良、有担当的男子汉。】

渡鸦巴塔基用一只爪子搔着后脑勺,显得非常尴尬。他一句话都没有多说,驮起尼尔斯就朝着大雁们栖息的地方飞去。

Z 知识考点

1. 填空题。

尼尔斯来到窗户外的那个房顶上时,看到朝阳正在_____,橘红色的朝霞映亮了整个乌普萨拉城,每一座尖塔和钟楼都在晨曦的光芒之中_____。尼尔斯又一次情不自禁地赞美说,这真是个充满欢乐的城市。

2. 判断题。

尼尔斯帮大学生找回了散落的手稿。　　　　　　　　(　　)

3. 问答题。

尼尔斯为什么没有选择变回人?

第三十四章　小灰雁邓芬

M 名师导读

雁群到达小灰雁邓芬的家乡附近后,随邓芬一起去看望她的家人。不料小灰雁邓芬屡次遭到两个姐姐的暗算,导致雄鹅两次涉险,尼尔斯掉入大海生死未卜。为何会出现这样的状况呢?

漂浮在水面上的城市

五月六日　星期五

全世界再也找不到比小灰雁邓芬更温柔体贴、更善解人意的鸟儿了。所有的大雁都非常喜欢她,雄鹅更是愿意为她献出生命。邓芬一旦开口要求点什么,领头雁阿卡从来是不会拒绝的。【名师点睛:用雁群及雄鹅对邓芬的喜爱来说明邓芬受欢迎的程度,也为后文埋下伏笔。】

小灰雁邓芬来到梅拉伦湖之后,立即认出了这个地方。大海离这里不远,海上有一个大群岛,她的父母和姐妹就住在一个小岛上。她于是央求大雁们,在朝北赶路之前,不妨先拐个弯到她家里去拜访一趟,让她的亲人们知道她还活着,这对他们来说也是一件大喜事。

可在这件事上,阿卡直截了当地拒绝了,因为她觉得邓芬的父母和姐妹把她遗弃在厄兰岛上,根本不疼爱她。可是邓芬不这样想。"当时我无法飞行,他们又有什么别的办法呢?"她说,"他们总不能因为我而困守在厄兰岛上呀。"【写作借鉴:语言描写,表现了小灰雁邓芬的体贴和善

379

骑鹅旅行记

良,与前文相照应。】

邓芬为了说服大雁们飞到那里去,便对他们讲起了自己在岛上的家。那是一个很小的石头岛。从远处看去,那里除了石头之外什么也不剩。可是走近一看,就会发现,在峡谷和洼地里都有水草肥美的牧场。在山沟里或柳树丛中都可以找到相当好的筑巢地。但是最大的好处是那里住着一个老渔夫。小灰雁邓芬曾经听人说起过,他年轻的时候是一个好猎手,常常埋伏在海岛上打鸟。可是到了垂暮之年,他的妻子去世了,孩子也离开了家,只剩下他一个人,于是他就开始保护那个岛上的鸟儿。他不再向鸟儿射一颗弹丸,也不许别人那么做。【名师点睛:介绍老渔夫的基本情况,为故事的发展做铺垫。】他常常在鸟巢之间走来走去,当雌鸟孵蛋的时候,他就给她们采来食物。岛上没有一只鸟害怕他。小灰雁邓芬到他的茅屋里去过好几次,他还用面包屑喂她。可是恰恰因为渔夫对鸟儿实在太好了,以至于大批的鸟儿迁到了这个岛上,使住的地方骤然拥挤起来。要是哪只鸟儿春天回来迟了,可能连筑巢的地方都没有了。就是因为这个,邓芬的父母和姐妹才不得不匆匆抛下她赶回到那个岛上去。

小灰雁邓芬再三恳求,终于如愿以偿。虽然大雁们觉得已经迟了,应该一直朝北飞,不过还是答应她到小海岛上看看她的家人,可是来回路程不能超过一天。

那天清早,大雁们饱餐了一顿后就朝东飞过梅拉伦湖。尼尔斯不大明白他们飞行的路线,不过他感觉得出来,越是朝东飞去,湖面上的船只往来就越繁忙,湖岸上的建筑物也越密。

满载货物的大平底船和驳船,还有帆船和渔船,竞相朝东进发,许多漂亮的白色小汽艇朝他们迎面驶来或者从他们身边穿掠而过。湖岸上公路和铁路一齐奔向一个目标。看起来东面有个什么地方,使得所有这些车辆舟楫大清早必须赶到那里。

他看到在一个岛上有一座白色的大宫殿,而在这个岛朝东的湖岸上林立着许许多多消夏别墅。起初别墅之间相距甚远,后来距离越来越近,不久整个湖岸鳞次栉比地布满了大大小小的别墅。那些别墅风格各异,建筑奇特:有的是一座公馆,有的是一间平房,有的是一长排一长排的条形房屋,也有的别墅屋顶上修建了许多小尖塔。有一些别墅周围有花园,不过大多数别墅坐落在湖岸两旁的阔叶林里,屋外没有另外栽种花草。【写作借鉴:采用总分的形式,并运用排比的修辞手法,罗列出此地不同风格的别墅。】尽管这些别墅千姿百态,格局迥然不同,但是它们也有一个共同之处,那就是它们都不像其他建筑物那样死板凝重和朴实无华,而是像供儿童玩耍的小屋那样漆成浅蓝色、嫩绿色、乳白色和粉红色,显得那么活泼明快,赏心悦目。

尼尔斯正俯视着湖岸上那些奇异的别墅,小灰雁邓芬突然大声尖叫起来:"我认出来啦,一点没错,那边就是那座漂浮在水面上的城市。"

尼尔斯坐直身子,朝前看去。映入眼帘的是水面上翻滚着的薄雾轻烟。渐渐地,他隐约看见了那些高入云际的尖塔和窗户成行成排的高楼大厦。它们时隐时现,仿佛被薄雾轻烟东追西逐。可是他没有看见一点湖滨堤岸,似乎那边所有的建筑物都漂浮在水面上。【写作借鉴:景物描写,描写出在高空俯瞰斯德哥尔摩时奇特、迷人的景象。】

尼尔斯快要接近那座城市的时候,再也见不到方才沿湖岸看到的那些鲜艳活泼,犹如玩具屋子一般的房屋了。湖岸上密密麻麻都是黑黝黝的工厂厂房。在高大的栅栏背后存放着大堆大堆的煤和木板。乌黑肮脏的码头前面停靠着笨重的货轮。不过那层薄得透明的轻雾笼罩住了这一切,使得所有的东西看上去硕大无朋、光怪陆离,给人以美的享受。

大雁们飞过那些工厂和货轮,越来越接近那些轻雾缭绕的尖塔。所有的雾团蓦地沉向水面,只有几缕轻盈缥缈的烟云在他们的头顶上飘忽不定,被晨曦染成美丽的淡红色和淡蓝色。阵阵轻雾、朵朵云彩在水面和陆地的上空翻滚追逐,遮住了房屋的下半部,最上面的几层和屋顶、尖塔、山墙、正面的楣墙,露在外面隐约可见。因此有的房屋就显得分外宏

381

▶ 骑鹅旅行记

伟、高大,就像真正的巴比伦空中楼阁一般。【名师点睛:因为云雾缭绕,房屋只剩上半部分露在云雾之上,看来就像空中楼阁一般,照应前文小灰雁将之称为"漂浮在水面上的城市"。】尼尔斯可以想象,这些房屋都是建造在丘陵和山冈之上的,可是却无法看到这些丘陵和山冈,于是这些房屋就像无根之木一样在云雾里飘来荡去。由于太阳刚从东面升起来,一时还照不到这里,因此云雾一片白茫茫,那些楼房显得暗淡无光。

尼尔斯知道,他们正飞过一个大城市的上空,因为他看到四面八方都有刺破云雾的屋顶和尖塔。缭绕的云雾不时露出一些空隙,他透过这些空隙看到一条奔腾咆哮的急流,但是没有在任何地方看到陆地。这个城市风光旖旎,不过也使人感到茫然,因为它就像人们遇到了一个无法理解的谜团一样。

他一飞过城市,就再也见不到城市边缘被云雾遮盖的土地了,也见不到湖岸,透过薄雾只能清晰地见到水面和小岛。他转过头来,想更仔细地看看那座城市,但是没能如愿。这座城市的面目变幻莫测,在旭日照耀下,薄雾被染成了非常明亮的朱红色、淡蓝色或者金黄色。那些房屋是白色的,似乎是用光筑成的,而窗子和塔尖却像烈火般闪闪发亮。所有的建筑物同刚才一样,都浮动在水面上。【写作借鉴:从视觉角度,运用多种色彩组合,描绘出这座城市在光照下的奇幻景象。】

大雁们一直朝东飞去。起初,那里的景物同梅拉伦湖差不多。他们先飞过工厂和车间,然后沿着湖滨出现了一幢幢别墅。汽船和驳船如同过江之鲫一般蜂拥而来,不过这时候都是从东朝西驶去。

他们继续朝前飞去,展现在他们身下的不再是梅拉伦湖那样的狭窄港湾和小岛,而是辽阔浩渺的水面和大大的岛屿。大片的内陆土地朝两旁闪开,不久就见不到了。岛屿上的草木越来越稀疏,阔叶树越来越少,大多是松树。那些别墅早已见不到,只有农舍和渔民的小屋还时隐时现。

他们又向前飞了一段,有人居住的岛屿也没有了,只有无数小岩石岛在水面上星罗棋布。那些两山对峙、水湍流急的峡谷在这里是见不到的,而展现在他们面前的是一片大海,澄波万顷,辽阔无际。

大雁们降落在一个岩石岛上。尼尔斯转过头来问小灰雁邓芬:"我们刚才飞过的是哪个大城市?"

"我不知道人类怎么称呼它,"邓芬说,"我们灰雁都把它叫作'漂浮在水面上的城市'。"【名师点睛:照应前文尼尔斯所见的城市景象,这座城市犹如漂浮在云雾里的仙境一般。】

姐妹们

小灰雁邓芬有两个姐姐,一个叫文珍妮,一个叫吉安娜。<u>她们都是体格矫健、头脑聪明的鸟儿,可惜身上既没有长着邓芬那样金光灿烂的柔软绒毛,也没有她那样温顺体贴、善解人意的性格。从她们还是黄毛小雁时起,她们的父母和亲戚,甚至那个老渔夫,都处处让她们感觉出只有邓芬才是他们的掌上明珠。他们愈是宠爱邓芬,这两个姐姐就愈忌妒她</u>。【名师点睛:点明两个姐姐与邓芬的性格不同,为后文写她们之间的矛盾做铺垫。】

大雁们在岩石岛上降落下来的时候,文珍妮和吉安娜正在离岸边不远的小草地上觅食,她们马上看见了那些不速之客。

"你看,吉安娜妹妹,飞落在岛上的这些大雁是多么英俊潇洒!"文珍妮说,"我很少看到仪态这样落落大方的鸟儿。你瞧见了没有,他们当中有一只白雄鹅!难道你见到过比他更潇洒的鸟儿?大家都会把他当作一只天鹅啊!"

吉安娜觉得姐姐的赞美句句在理,这些客人竟然降尊纡贵来到孤岛上,真是了不起。但是她突然喊了起来:"文珍妮姐姐,文珍妮姐姐,你看他们竟把谁带来了!"

文珍妮这时也看见了邓芬,她惊奇得目瞪口呆,站在那里只是发出嘘嘘的叫声。"这绝对不可能,怎么偏偏会是她呢?她怎么会混到这些

383

▶ 骑鹅旅行记

贵客当中去？我们把她撇在厄兰岛上是让她饿死的。"

"这一下倒好，她一定会在父母面前哭诉，说我们故意在飞的时候使劲挤她，才使得她的翅膀脱臼，"吉安娜惶惶不安地说，"你等着瞧吧，最后我们俩都会被从岛上撵走的。"【写作借鉴：神态描写和语言描写，表明邓芬两个姐姐的恶毒，原来邓芬受伤竟是拜她们所赐。此处照应前文，使故事情节更完整。】

"这个娇生惯养的小东西一回来，我们受苦受气的日子就少不了了，"文珍妮恨恨地说，"不过我觉得，刚一见面我们要显得格外亲热，欢迎她回到家来，这是最聪明的做法。她天性愚笨，说不定根本没有发觉那时我们是存心挤她、撞她。"【写作借鉴：语言描写和神态描写，充分表明文珍妮和吉安娜的自私、狭隘、阴险，也衬托出邓芬的天真、善良。】

文珍妮和吉安娜在小声商量的时候，大雁们站在海滩上，把长途飞行时凌乱纷扬的羽翎整理好，然后排成一列长队爬上顽石遍地的堤岸，朝一条山沟走去，小灰雁邓芬知道父母亲通常都在那里。

小灰雁邓芬的父母品德优良。他们在那个岛上居住的时间比任何别的鸟都长久，他们会对所有新来者给予帮助。雁群飞落下来时，他们也看到了，不过他们都没有发现邓芬也在其中。"真是奇怪，竟会看到雁群降落到这么一个荒僻的孤岛上。"那只老雄灰雁沉思道，"这是一个很出色的雁群，他们还没落下来我就看出他们身手不凡。可是一下子要为那么多客人寻找觅食的地方，可不是件容易的事情。"

"哦，我们还不至于困难到无法接待他们。"他的妻子回答说，她也同小女儿邓芬一样温柔善良。

阿卡一行走过来了。邓芬的父母赶紧迎上前去，他们刚要对阿卡的雁群来到岛上表示欢迎，走在队伍最末尾的小灰雁邓芬飞过来落在父母中间。"爸爸，妈妈，我回来啦！难道你们没有认出女儿邓芬来吗？"她急不可耐地叫喊道。起初两只老灰雁有点茫然，弄不清楚这是怎么一回事，待到他们看到了自己的亲生女儿，不禁大喜过望，潸然泪下。【写作

借鉴：神态描写，生动地写出了两只老灰雁再见到自己女儿时的惊喜、激动之情。】

于是大雁们、雄鹅莫顿和邓芬都七嘴八舌地讲起了邓芬获救的经过。这时，文珍妮和吉安娜也跑过来，她们俩从老远就呼喊着妹妹，对邓芬平安归来显得那么欣喜雀跃。邓芬心里非常感动。

大雁们觉得这个荒岛倒挺惬意的，于是决定在这里过夜，第二天早上再继续赶路。过了一会儿，邓芬的两个姐姐跑过来问她，愿不愿意跟她们去看看她们选中的筑巢的地方。她马上跟着她们去了，她看到她们选的地方都非常安全、隐蔽。"邓芬，你打算住在哪里呢？"她们问道。

"我吗？"邓芬摸不着头脑，"我没有打算留在这个岛上，我要跟大雁们一起去拉普兰。"

"哦，你这么快离开我们真是太可惜了。"两个姐姐异口同声地说道。

"是呀，我本来也想在你们和爸爸、妈妈身边多待一些日子，"邓芬惋惜地说，"可是我已经答应了雄鹅……"

"什么？"文珍妮气急败坏地惊呼起来，"你要嫁给那只雄鹅？那么……"她刚说到这里，吉安娜用力捅了捅她，于是她没有再说下去。

两个用心险恶的姐姐在背后议论了邓芬一上午，她们为邓芬有那样一个追求者而快气疯了。她们自己也有追求者，可都是普普通通的灰雁，根本不像雄鹅莫顿那样英俊伟岸。自从她们见到雄鹅莫顿，她们觉得自己的追求者相貌丑陋，庸庸碌碌，简直不值得正眼瞧一下。"这非要把我气死不可，"吉安娜愤愤地叫嚷，"能配得上他的是你，文珍妮姐姐。"

【写作借鉴：心理描写、语言描写和神态描写，生动地刻画出两个坏心肠、爱忌妒、虚情假意的姐姐的形象。】

"我宁可他死了，这样省得我整个夏天都想着邓芬嫁给雄鹅有多么快活。"文珍妮恨恨地说道。

然而两位姐姐仍旧强颜欢笑，装作对邓芬非常亲热。到了下午，吉安娜带邓芬去拜访自己的未婚夫。"你看，他可长得远不如你的那位漂

骑鹅旅行记

亮,"吉安娜说,"不过反过来也有好处,那就是他的外表同内心一个样,可以让人放心。"

"你这是什么意思,吉安娜姐姐?"邓芬嗔怪地问道。吉安娜起初并不想解释,可是后来渐渐流露出来,她和文珍妮都有点疑心,觉得雄鹅有点不正常。"我们从来没有见过一只雄鹅跟大雁在一起的,"吉安娜说,"我们疑心他是受了妖术。"【名师点睛:吉安娜内心自私、险恶,企图离间小灰雁与雄鹅的关系。】

"你们真糊涂,他不过是一只家鹅。"邓芬不以为然地说道。

"再说那只雄鹅身边还带了一个受了妖术的小人儿,"吉安娜说,"说不定他自己就是妖精变来的。你难道不害怕吗?万一他是一只浑身墨黑的水老鸦呢?"

她说得振振有词,把可怜的邓芬吓坏了。"你大概是随便说说的吧,"那只小灰雁说,"你只不过是想吓唬我吧。"

"我都是为了你好,邓芬,"吉安娜装作关心地说,"我再也想不出还有什么比眼睁睁看着你跟一只黑色水老鸦飞走更叫我伤心的事了。不过我可以告诉你一个办法。我采来了一些草根,你想办法让他吃下去几块。倘若他是妖怪变来的,他吃了之后就一定会现出原形;倘若他不是妖怪,那么他仍旧是现在这副模样。"

尼尔斯正坐在大雁中间,听阿卡和那两只老灰雁交谈,小灰雁邓芬匆匆飞了过来。"大拇指小人儿,大拇指小人儿,"她喊道,"雄鹅莫顿要死了!我快把他害死啦!"【写作借鉴:此处为语言描写。情况突发,形势危急,作者制造悬念,引起读者的好奇心。】

"让我骑在你的背上,邓芬,把我带到他那儿去!"尼尔斯吩咐道。他们先走一步,阿卡和别的大雁也随之而来。他们到那里一看,只见雄鹅气息奄奄地躺在地上,大口大口喘着粗气,连一句话也说不出来。"捋一捋他的喉咙下边,再捶一捶他的背脊!"阿卡说道。尼尔斯照做了,雄鹅立刻咳出了一大段卡在喉咙里的草根。"天哪,你吞下的是这种草根吗？"阿卡指着地上的几段草根。

"是呀。"雄鹅回答说。

"那一定是草根在你喉咙里卡住了，"阿卡说，"这种草根是有毒的，幸亏你没有咽下去，不然早就没命了。"

"那是邓芬求我，一定要我吃下去的。"雄鹅说道。

"那是我姐姐给的。"邓芬说道。她原原本本地把事情的经过讲了出来。

"你要对你的两个姐姐多加提防呀，"阿卡一针见血地提醒说，"她们肯定对你不怀好意。"【名师点睛：从前文紧急情况下阿卡的命令到此时的劝告，无不说明了阿卡的见多识广与睿智。】

可是邓芬生性善良，品德高贵，从不把别人往坏处想。过了一会儿，文珍妮过来要领她去看看自己的意中人时，她也欣然跟去了。"你看，他的长相不如你的那位英俊潇洒，"姐姐说，"但是他相当勇敢和无畏。"

"哦，你是怎么知道的呢？"邓芬问道。

"事情是这样的，最近一段时间以来，这个岛上的海鸥和野鸭没法安定地过日子，因为每天清晨，天一亮就会有一只凶残的陌生大鸟飞到这里来，从他们当中叼走一只。"

"那是一只什么鸟呀？"邓芬问道。

"我们也不认识，"姐姐吞吞吐吐地说，"以前在这个岛上从来没有见到过，非常奇怪的是那只鸟从来不侵袭我们灰雁。现在我的意中人下定决心要在明天早晨同那只鸟决一胜负，把他从岛上撵走。"【写作借鉴：语言描写。"吞吞吐吐"表明有所隐瞒，文珍妮肯定知道是什么鸟，也肯定知道有多危险。】

"但愿他平安凯旋。"邓芬说道。

"唉，我想把握不大，"姐姐愁眉苦脸地说，"如果我的意中人有你那位那样高大魁梧的身材和强壮有力的体格，那么就有希望啦。"

"你的意思是要我叫雄鹅莫顿去同那只陌生的坏家伙打一架，把他

387

骑鹅旅行记

轰走,是不是?"邓芬问道。

"正是这样,我是有这层心思。"文珍妮求之不得地说,"你真是帮了我一个天大的忙啦。"

第二天清早,雄鹅在太阳出来之前就醒过来了。他站在岩石岛屿的最高处四下警戒。过了一会儿,他看见一只黑色大鸟从西面飞了过来。那只鸟的翅膀非常大,一眼就可以看出这是一只老鹰。雄鹅一下傻了眼,他原以为最多是一只猫头鹰罢了。他这时候才意识到他非丧命不可了。但是即使面对不知比自己强大多少倍的老鹰,他也毫不畏惧,连一点点不敢同那只老鹰交战的念头都没有。【名师点睛:雄鹅自知不敌老鹰,性命难保,但是毫无惧色,表明了雄鹅的勇敢无畏。】

老鹰俯冲而下,用利爪抓住一只海鸥,还没有等他张开翅膀飞开,雄鹅莫顿就跑上前去。"喂,把海鸥放开,"雄鹅厉声喝道,"再也不许到这里来为非作歹,否则我就要叫你尝尝我的厉害!"

"这是哪里冒出来的一个疯子?"老鹰惊愕地说,"也算是你走运,我从来不伤害鹅和大雁,否则你就没命啦。"

雄鹅莫顿以为老鹰是在取笑他,故意表示不屑同他交手。他怒火中烧,朝老鹰冲了过去,咬他的喉咙,用翅膀扑打他。老鹰哪受得了这样的挑战,自然也还手交战,不过老鹰仍是半真半假地调戏着雄鹅,只使出了几分气力。

尼尔斯躺在阿卡和大雁的身边呼呼大睡。这时小灰雁邓芬心急如焚地跑过来喊道:"大拇指小人儿,大拇指小人儿,不好啦,雄鹅莫顿快被一只老鹰撕得粉身碎骨啦!"【名师点睛:一波刚平,一波又起,情节波澜起伏,扣人心弦。】

"让我骑在你的背上,邓芬,快把我带到他那里去。"尼尔斯吩咐道。

当尼尔斯赶到的时候,雄鹅莫顿已经被抓得浑身血渍斑斑,翎羽零乱,样子狼狈不堪。尼尔斯对付不了老鹰,他只好另找帮手。"邓芬,快!把阿卡和雁群叫来!"他高声喊道。尼尔斯这么一喊,老鹰停下来不再扑打雄鹅了。"谁在那里提到阿卡的名字?"他问道。这时,老鹰看到了尼尔斯,也听见了大雁们的呼喊声,他便振翼张翅,凌空欲飞。"请告诉阿卡,这是一场误会,我万万没有料到,在这深海孤岛上竟会碰到她和她的大雁。"说罢,他亮开双翅,矫健悠然地飞走了。【写作借鉴:语言描写和动作描写。老鹰对阿卡的敬重叫读者疑窦丛生,为后文埋下伏笔。】

"哦,这只老鹰就是上次把我送回大雁身边的那一只。"尼尔斯说,并且惊讶地目送老鹰远去。

大雁们打算清早起来马上动身,不过在动身之前还要花一点时间觅食吃饱肚子。"我是来给你的姐姐们捎口信的,"潜鸭来到邓芬身边,说,"她们自己都不敢在大雁面前露面,所以托我提醒你,在你离开这个岛之前,应该去探望一下那个老渔夫。"【名师点睛:临行前又生变故,两个不怀好意的姐姐又会对邓芬实施什么阴谋呢?】

"说得对。"邓芬回答道。可是她现在变得非常胆小,不敢单独出去,于是就央求雄鹅和尼尔斯陪她一起到渔夫的棚屋去。

那间棚屋的门是开着的,邓芬走了进去。雄鹅和大拇指小人儿站在外面,不久他们就听到阿卡在呼唤大家启程。他们俩便催促邓芬赶快出来。有一只灰雁仓皇走出了棚屋,他们便跟在大雁们背后离开了那个岩石岛。

他们朝陆地飞了很长一段时间以后,尼尔斯才发现跟在后面的那只灰雁有点奇怪。小灰雁邓芬往常飞行起来轻盈自如,悄然无声,而身后那只灰雁却动作笨拙,呼啦呼啦扇动翅膀,显得十分吃力。"阿卡,快转过头来!阿卡,快转过头来!"尼尔斯失声惊呼道,"我们搞错啦!跟在后面飞的不是邓芬!"【名师点睛:事情的发展果然没有那么顺利,邓芬被骗走了,跟上来的并不是她。真是一波三折,悬念迭起。】

他的话音还没有落,那只灰雁便恼怒地发出一阵聒耳的尖叫,声音非常难听。大雁们一听就知道她是文珍妮了。阿卡和其他大雁马上转过身来,朝她围了上去。那只灰雁却并没有夺路而逃,相反,她一个冲刺

▶ 骑鹅旅行记

窜到雄鹅身边,叼起尼尔斯飞跑了。

于是岩石岛群和陆地之间的海面上空展开了一场追逐战,文珍妮在前面拼命逃跑,大雁们在后面紧追不舍。眼看大雁们就快追上她了,她要想逃脱毫无指望。

忽然,他们看到海面上升起一股很细的白烟,随后听到了一声枪响。原来他们刚才只顾追赶文珍妮,却没有注意他们一直朝着一只小船飞去,那只小船上孤零零地坐着一个渔夫。

没有一只鸟被子弹击中,但是就在那里,在小船的正上方,文珍妮张开嘴巴,把尼尔斯丢了下去,丢进了那无际的碧波之中。

Z 知识考点

1. 填空题。

故事中几个人物形象刻画得鲜明突出:小灰雁邓芬＿＿＿＿,雄鹅莫顿＿＿＿＿,大雁阿卡＿＿＿＿,邓芬的两个姐姐＿＿＿＿……

2. 判断题。

小灰雁邓芬的爸爸妈妈都很善良,也都很喜欢邓芬。（ ）

3. 问答题。

小灰雁邓芬的翅膀是怎么脱臼的?

＿＿＿＿＿＿＿＿＿＿＿＿＿＿＿＿＿＿＿＿＿＿＿＿＿＿＿

＿＿＿＿＿＿＿＿＿＿＿＿＿＿＿＿＿＿＿＿＿＿＿＿＿＿＿

Y 阅读与思考

1. 小灰雁邓芬的两个姐姐都做了哪些坏事?

2. 面对老鹰时,雄鹅有怎样的表现?

第三十五章　斯德哥尔摩

M 名师导读

掉进大海的尼尔斯被一个渔夫抓住,卖给了公园守卫者克莱门特。克莱门特有着强烈的思乡之情,他安顿好尼尔斯之后,偶遇了国王。国王向他讲述了有关斯德哥尔摩的传说及发展史,好让他爱上这里。不过,克莱门特最后还是决定回到家乡去。那么尼尔斯怎么办呢?

五月七日　星期六

斯德哥尔摩郊区有一个很大的公园,叫斯康森[位于斯德哥尔摩的尤尔高登(意译为动物园)岛上,建于1891年,1963年起成为北欧博物馆的一部分。它包括一个由一百多座建筑组成的露天博物馆和一个大型动物园],那里收集了许多稀奇古怪的东西。几年以前,斯康森公园有一个名叫克莱门特·拉尔森的小老头,他是海尔星兰省人,到斯康森来是为了用他的小提琴演奏民间舞曲和古老的乐曲。他主要在下午出来为游人演奏乐曲,上午他一般是坐在那里照看从全国各地运到斯康森来的各具特色的农舍。

起初,克莱门特觉得他晚年的日子过得很好,是他以前连做梦都不敢想的。但过了一段时间,他开始感到有点枯燥无味,尤其是在看管农舍的时候。有人来农舍参观还好,但是没人时克莱门特常常独坐几个小时。这时他就会十分想念家乡,甚至想要辞去目前的职务回家。他非常穷,他也知道回家后,自己将成为教区济贫院的累赘。因此,尽管他觉得日子一天比一天难熬,但是仍然努力坚持下去。【写作借鉴:交代故事人

骑鹅旅行记

物背景,为后文情节的发展做铺垫。】

五月初的一个风和日丽的下午,克莱门特有几个小时的空闲时间,于是他沿着斯康森下面的一个陡坡散步。那时,他遇见了一个在群岛上打鱼的人,他正背着鱼篓迎面走来。这是个年轻力壮、动作敏捷的小伙子,他经常到斯康森来出售他捉到的海鸟。克莱门特曾经见过他好几次。

打鱼的人叫住克莱门特,问他斯康森的总管是不是在家。克莱门特回答了他的问话,然后就问他鱼篓里装的是什么珍品。"你可以看看我抓到了什么,克莱门特,"打鱼人回答说,"可是,你得给我出主意,我应该开价多少合适。"

他递过鱼篓给克莱门特看。克莱门特朝鱼篓里看了一眼,然后又看了一眼,突然他缩回身子,倒退了几步。"我的天哪,奥斯比约恩!"他说,"你到底是怎么抓到他的?"【写作借鉴:动作、语言描写,表现了克莱门特的惊骇。他看到了什么呢?为什么连连后退?此处设置悬念。】

他记得,当他还是个小孩子的时候,母亲常常给他讲那些住在地板底下的小人儿的事。为了不惹小人儿生气,他不能喊叫,也不能淘气。长大以后,他以为母亲搬出小人儿之类的事只不过是骗人的,为的是不让他淘气。但是现在看来,母亲也许不是凭空说说的,因为眼前奥斯比约恩的鱼篓里就躺着一个活生生的小人儿。

孩童时代的恐惧感还没有完全从克莱门特的记忆中消失,只要他看一眼那个鱼篓子,他就感到脊梁骨直冒凉气。奥斯比约恩察觉到他害怕了,便大笑起来。但是克莱门特对此十分认真,丝毫没有觉得有什么可笑的。"告诉我,奥斯比约恩,你到底是从哪儿弄到他的?"他说。

"我不是有意把他抓来的,这一点请你放心,"奥斯比约恩说,"是他自己到我身边来的。今天早晨一大早我就带着猎枪划船出海了。还没等我离岸多远,就发现一大群大雁叫喊着从东边飞过来。我朝他们开了一枪,但是一只也没有打中。倒是这个小家伙从上面落下来,掉进离我的船很近的水中。我一伸手就把他抓了过来。"【写作借鉴:用补叙的手法

交代尼尔斯从鹅背上掉下来后的情况,使内容完整、紧凑。】

"你没有打中他吧,奥斯比约恩?"

"没有,他安然无恙。但是他刚刚掉下来的时候惊恐不安,不知所措,我就乘机用一段帆绳把他的手脚给捆了起来,这样他就跑不了啦。你知道吗,我当时想,把他放在斯康森肯定非常合适。"

渔民在讲述他捉获小人儿的经过时,克莱门特变得极其局促不安。他小时候听说过关于小人儿的事,他们对敌人的报复之心以及他们对朋友的感激之情,都一一浮现在他的眼前。那些试图抓获他们,把他们当作俘虏的人最终都没有好下场。【名师点睛:通过传说来补充说明小精灵在人们心目中的形象,也为文章增添传奇色彩。】"你当时应该把他放了,奥斯比约恩。"

"我当时的确差一点把他放了,"奥斯比约恩说,"你知道,克莱门特,那些大雁一直跟到我家里。他们围着小岛飞来飞去,整整飞了一个早晨,还不停地大声叫喊着,似乎想要夺回小人儿。不仅如此,我家乡附近那些不值得我打一枪的海鸥、燕鸥以及其他小鸟都落在小岛上,叽叽喳喳地叫个不停。只要我一出门,他们就围着我乱飞,害得我不得不又回屋去。我的妻子也请求我把他放了,但是我决心已定,一定要把他送到斯康森来。于是我把孩子的一个洋娃娃放在窗前,又把这个小家伙藏在鱼篓里,之后才上路。那些鸟大概以为放在窗前的洋娃娃就是他,我出来的时候,他们也不追我了。"【名师点睛:尼尔斯落难后,大雁、海鸥等鸟类不遗余力地对他进行营救,充分彰显了尼尔斯在众鸟心中的重要地位——这是他们对尼尔斯的认可,更是尼尔斯自我不断成长、蜕变的最好证明。】

"他没有说什么吗?"克莱门特问道。

"说了,开始他就想对着大雁们呼救,但是我没有让他这样做,而是用东西把他的嘴给堵住了。"

"可是,奥斯比约恩,你怎么能这样对待他呢?"克莱门特说,"难道你不知道,他是一种超自然的东西吗?"

▶ 骑鹅旅行记

"他是什么东西我不知道,"奥斯比约恩平静地说,"这个问题还是让其他人去考虑吧。我只要用他换到一笔钱就满足了。现在你告诉我,克莱门特,你估计斯康森公园的总管会给我多少钱?"

克莱门特迟迟不作答。但是那个小人儿越来越让他不安了。他似乎感觉到母亲就站在他身边,对他说要永远友好地对待这些小人儿。"我不知道斯康森公园的总管会给你多少钱,奥斯比约恩,"他说,"但是,如果你愿意把他交给我,我会付给你二十克朗。"

奥斯比约恩听到这么大的一笔钱,极其惊奇地看着这位拉提琴的人。他想,克莱门特也许以为,小人儿有某种神奇的力量,会给他带来好处。但是他不能断定总管是否也会这样看重小人儿而愿意出这么高的价钱,于是,他接受了克莱门特的提议。

克莱门特把买来的小家伙放进他那宽大的衣袋里,转身回到斯康森公园,进了一间既没有游人也没有看守的小木屋。他随手关上屋子的门,掏出小人儿,小心翼翼地把他放在一张小凳上。小人儿这时手脚还被绑着,嘴里仍然塞着东西说不出话来。

"现在你好好听我说!"克莱门特说,"像你这样的人不喜欢被人看见,更愿意独自做自己想做的事。因此,我想还你自由,但是你必须答应我一个条件,那就是你必须留在公园内,直到我允许你离开这里为止。你要是同意这个条件,就点三下头!"

克莱门特满怀期望地望着小人儿,可是小人儿一动也没有动。【名师点睛:此时,尼尔斯还不知道克莱门特的为人,以为他同打鱼人一样眼中只有金钱,所以面对他的善意,尼尔斯心存戒备,不予回应。】

"你在这里是不会遇到什么危险的,"克莱门特说,"我会每天给你送饭,我想,你在这里有许多可做的事情,不会觉得度日如年。但是,在没有得到我的同意之前,你不能到其他地方去。让我们来商定一个暗号吧。要是我把你的饭放在一个白色的盘里,你就继续留在这里;要是我把饭放在一个蓝色的盘里,你就可以离开了。"

克莱门特又一次沉默,等待着小家伙做出表示,可是尼尔斯还是一动也没有动。

"好吧,"克莱门特说,"既然这样,我没有更多的话要说了,只好把你交给这里的总管。你会被放在一个玻璃柜子里展览,所有在斯德哥尔摩这座大城市里生活的人都会来这里看你。"【写作借鉴:语言描写。克莱门特的话可谓"先礼后兵",刚柔并济,表现了他处事老练。】

看来是这番话把小人儿吓坏了,他没有等克莱门特说完就迫不及待地点头表示同意。

"这就对了。"克莱门特边说边掏出小刀,把绑着小人儿双手的绳子割断,然后急忙朝门口走去。

尼尔斯急忙解开绑在脚上的绳子,又取出塞在嘴里的东西。当他转过身来想对克莱门特表示感谢时,克莱门特已经离开了。

克莱门特刚迈出门槛,就遇见一位仪表堂堂、眉清目秀的老先生,他好像正朝附近一处风景区走去。克莱门特不记得自己是否见过这位仪表堂堂的老先生,但是老先生一定是在克莱门特演奏小提琴时注意过他,因为他停住脚步并开始和克莱门特说起话来了。

"你好,克莱门特!"他说,"最近怎么样?你没生病吧?我觉得你最近一段时间消瘦了。"【写作借鉴:语言描写,表现了老先生的友善、和蔼及热情。】

老先生如此和善,克莱门特鼓起勇气向他叙述了自己焦虑不安的情绪和思乡之情。

"什么?"这位仪表堂堂的老先生说,"你身处斯德哥尔摩,还会想念家乡?这绝对不可能。"

这位仪表堂堂的老先生看上去好像有点不高兴了,但是他也许又想到,他只是在同一个老朽无知的海尔星兰老头儿说话,因此又恢复了当初友好的态度。

"你肯定没有听说过斯德哥尔摩的来历,克莱门特。你要是听说过

骑鹅旅行记

的话,就会知道,你想离开这里只不过是一种错觉。你跟我来,到那边的凳子上去坐一会儿,我给你讲讲关于斯德哥尔摩的来历!"

<u>这位老先生在凳子上坐下来,他居高临下,极目远眺,整个斯德哥尔摩的秀丽景色尽收眼底。然后他深深地吸了一口气,似乎要把这美丽的景色全都吸进他的心肺。然后他转向拉小提琴的老头儿。</u>【写作借鉴:运用通感的修辞手法,体现了老先生对斯德哥尔摩美景的热爱与迷醉。】

"你看,克莱门特!"他边说边在沙地上画了一幅小地图:

"这里是乌普兰,从这里向南伸出了一个被许多港湾切割得支离破碎的岬角。在这里,瑟姆兰和另一个同样支离破碎,一直向北伸展的岬角接壤。这里,西边是一个布满小岛的湖,叫梅拉伦湖。东边是另一片水域,它几乎在岛和礁石之间,挤都挤不进来,这就是波罗的海。这里,克莱门特,乌普兰和瑟姆兰、梅拉伦湖和波罗的海交界的地方,有一条小河,河的正中有四个小岛,把河分成几条支流,其中的一条现在叫作诺尔斯特罗姆,但是以前叫斯德克松德。

"这些小岛开始只是一些长着阔叶树的普通小岛,就像现在梅拉伦湖中的许多岛屿一样,长期没有人居住。你可以这么说,它们位于两片水域、两个省份之间,所处的位置很好,但是过去从来没有人注意过。时间一年又一年地过去了,梅拉伦湖中的岛屿上和外面的群岛上都有了人,然而小河中的四个小岛上依然没有人居住。偶然有航海的人在某个小岛上登陆,支起帐篷过夜,但是没有人在那里正式定居。

"有一天,一位住在盐湖里梨亭岛上的渔民驾船驶进了梅拉伦湖。<u>那天他运气特别好,打了好多好多的鱼,一时竟忘了及时回家。他刚驶到那四个小岛附近,天就黑了。这时他想,先到其中一个岛上去待一会儿,等晚些时候有了月光再走。除此之外,没有更好的办法了,他知道那天夜里会有月亮。</u>【写作借鉴:设置情境,为下文渔民在岛上的奇遇创造条件。】

"时值夏末,尽管晚上很黑,但是天气仍然温暖而晴朗。渔民将他的小船拖到岸边,在小船旁躺下,头枕在一块石头上睡着了。当他醒来的时候,月亮早就升起来了。明月高悬,月光皎皎,照得大地如同白昼一样。

"渔民站起来,刚要把船推下水,突然看见河中有许多小黑点在移动。那是一大群海豹,正全速向他所在的小岛游来。当海豹游近,要爬上岸时,他就弯下腰去找他一直放在船上的渔叉。但是,当他直起身来时,海豹却都不见了。岸上只有一群美丽无比的年轻姑娘,她们身穿拖地的绿色绸裙,头戴镶着珍珠的圆帽。渔民立刻明白了,那是居住在远处荒岛上的一群仙女,她们披着海豹皮,来到翠绿的岛上,要趁着月光尽情地欢乐。【写作借鉴:故事充满奇幻色彩,增加趣味性的同时,也增加了文章的神秘感。】

"渔民悄悄地放下渔叉,等仙女们爬上岛来玩耍的时候,他偷偷地跟在后面,观察她们。他以前听人说过,仙女们个个都长得娇媚俏丽,楚楚动人,凡是见过她们的人无不为她们的美貌所倾倒。他现在不得不承认,那种说法一点也不夸张。

"他看着她们在树下跳了一会儿舞以后,便蹑手蹑脚地走到岸边,拿走了一张仙女放在那里的海豹皮,把它藏在一块石头底下,然后,他又回到小船边躺下,假装睡觉。

"过了不久,他看见仙女们来到岸边开始穿海豹皮。起初还是一片嬉笑声和打闹声,继而却传来了哀叹和埋怨声,因为其中的一位仙女找不到她的海豹皮了。【写作借鉴:以声音的变化来表现出人物情绪的变化,也推动故事情节的发展。】她们在岸上东奔西跑,帮她寻找,但什么也没有找到。不一会儿,她们发现,东方已经泛出鱼肚白,天马上就要亮了。她们觉得不能再待下去了,于是就一起游走了,留下那位丢了海豹皮的仙女坐在岸上哭泣。

"渔民觉得她非常可怜,但是他仍然强迫自己静静地躺着,等待天亮。天一亮,他就站起来,把小船推到水里,假装是在提桨划船时偶然发现了她。'你是什么人?'他喊道,'你是不是乘船遇险的乘客?'【名师点睛:渔民偷了仙女的海豹皮,却故作不知,还假作关心状,表现了渔民的阴

397

▶ 骑鹅旅行记

险狡诈。】

　　"她急忙朝他跑过来,问他有没有看见一张海豹皮,但是渔民装作根本不明白她问的是什么的样子。于是她又坐下哭了起来。这时他建议她跟他一起上船。'跟我回家去吧,'他说,'我母亲会照顾好你的!这里既没有床铺,也没有食物,你总不能老是坐在这个岛上吧。'他说得那样委婉诚恳,终于说服她跟他一起上了船。

　　"渔民和他的母亲待那个可怜的仙女特别好,她和他们在一起生活也觉得很愉快。她一天比一天高兴起来,帮助老妇人料理家务,就像岛上土生土长的姑娘一样。不同的是,她比其他任何姑娘都要漂亮。一天,渔民问她愿不愿意做他的妻子,她没有反对,立即同意了。

　　"于是,他们开始做准备。海上仙女为婚礼梳妆打扮时,穿上了渔民第一次见到她时穿的那件拖地绿色绸裙,戴上了那顶闪闪发光的珍珠帽。但是,在他们住的那个小岛上没有牧师也没有教堂,新郎、新娘和参加婚礼的人都坐上船,往梅拉伦湖里驶去,商定在他们路上看到的第一座教堂里举行婚礼。

　　"渔民和他的新娘以及母亲坐在一条船上,他的划船技术出众,很快超过了其他所有船只。当他划出很远,看见斯特罗门河中的那个小岛时,渔民禁不住得意扬扬,微笑起来。他就是在那个小岛上得到了这个漂漂亮亮、骄傲地坐在他身边的新娘。【名师点睛:在渔民载着打扮得漂漂亮亮的仙女奔赴教堂举办婚礼的路上,他偶见他们相遇的那个小岛,想起自己的"好手段",不禁得意扬扬,满心欢喜。】'你在笑什么呀?'她问道。

　　"'啊,我想起了把你的海豹皮藏起来的那个晚上。'渔民回答说。他现在觉得对她已有十分的把握,没有必要再隐瞒什么了。

　　"'你在说什么呀?'新娘说,'我根本就没有什么海豹皮。'她好像把过去的事情全忘光了。'你不记得你是怎样和海上仙女们在岸边跳舞的啦?'他又问道。

　　"'我不知道你在说些什么,'新娘说,'我想你昨天夜里一定做了一

398

个奇怪的梦。'【名师点睛：聪明的新娘假装听不明白渔民的话，以激将渔民拿出海豹皮。】

"'要是我把你的海豹皮拿出来给你看，你就会相信我了吧？'渔民说着，立即掉转船头驶向小岛。上岸后，他从一块石头底下找出了海豹皮。

"新娘一看见海豹皮就猛地抢了过去，迅速戴在了头上。那张海豹皮好像有生命似的，一下子把她裹了起来，而后她立即跳进了斯特罗门。

"渔民见她逃跑，便跟着纵身跳进了水里，但是没有抓住她。当他知道没有办法留住她的时候，在绝望中他抓起渔叉向她掷了过去。他投得比他预料的还要准，可怜的仙女发出一声惨叫，消失在深水中。【写作借鉴：此处是对渔民的动作描写。抓不住新娘便用渔叉去伤害她，表现了渔民情急之下的复杂心理，因爱不得而生恨。】

"渔民站在岸边，期待着她会再次露面。但是这时他发现，他周围的水开始放射出一种柔和的光彩，呈现出一片他以前从未见过的美丽的景色。水面上闪现出粉红色和白色的光芒，就像是颜色在贝壳的内壁上做游戏一样，鲜艳夺目，美不胜收。

"当那闪闪发光的水涌向湖岸时，渔民觉得湖岸也发生了变化。湖岸上鲜花盛开，浓香四溢。它也披上一层柔和的光彩，给人一种以前从未有过的迷人之恋。

"现在他知道其中的奥秘了。凡是看见过她们的人必然会发现她们比其他任何人都漂亮。而现在，那位仙女的血与水混在一起，沐浴着湖岸时，她的美丽也就留给了湖岸，成了仙女留给湖岸的一份遗产，使得见到这些湖岸的人都会热爱它们，渴望到它们那里去。"【写作借鉴：过渡句，总领下文，写这座伟大的城市由此诞生。】

那位仪表堂堂的老先生讲到这里停了下来，转向克莱门特并望着他，克莱门特严肃地向老先生点点头，但是一句话也没有说，为的是不打断他讲故事。

"现在你看到了吧，克莱门特，"老先生继续说，眼睛里闪出一道狡黠

399

骑鹅旅行记

的光,"从那时候起,人们就开始向岛上迁移了。起初只是渔民和农夫在那里定居,后来其他人也被吸引过去。在一个晴朗的日子,国王和他的总管乘船穿过斯特罗门到了那里,他们立刻开始谈论起这些小岛来。他们一致认为,这些岛的布局很特别,每一艘要进入梅拉伦湖的船必须经过这些小岛。总管提议在这条航道上建造一座船闸,可以随意开启或关闭:放行商船,而将强盗船拒于闸外。"【名师点睛:简述斯德哥尔摩的发展变化。】

"后来真的那样做了。"那位老先生说着又站起来,开始用他的手杖在沙地上画起来。

"在其中最大的一个岛上,你看,就是这儿,总管修建了一个城堡,上面还有一个非常坚固的主塔,叫作协尔那。人们就这样在岛的四周筑起了围墙,围墙的南北两面各有一座城门,上面有一座坚固的城楼。他们在岛与岛之间修起了桥梁,把各岛屿连接起来,还在桥头修起了高高的塔楼;在所有岛屿附近的水域里,埋下了装有栅门的木桩,能开能关,这样,任何船只未经许可都无法通过。

"就这样,你看,克莱门特,这四个长期无人注意的小岛很快就成了强大的防御工事。不仅如此,这些湖岸和海峡也吸引着人们从四面八方赶来定居。他们开始为自己建造一座教堂,它后来被称为大教堂。大教堂就在这里,紧挨着城堡。在围墙里面,是新搬迁来的居民为自己盖起的小茅屋。这里的建筑并不多,但是在当时的情况下完全可以算作一座城市了。【名师点睛:过渡句,起承上启下的作用,主要讲了宗教及宗教建筑在斯德哥尔摩的发展。】城市的名字就叫斯德哥尔摩,这个名字一直沿用到今天。

"克莱门特,那位发起这项工程并将它付诸实施的总管在某一天寿终正寝,但是斯德哥尔摩并没有因为失去了这样一位总管而缺少建筑师。一些僧人来到这个国家,他们是方济各会[也称"小兄弟会",根据他们的衣服,又称为"灰衣修士"或"灰衣兄弟",是13世纪初意大利人方济各

400

所创建的教派]的修道士。斯德哥尔摩把他们吸引到这里，于是他们要求在市内建造一座修道院。他们从国王那里得到了一个比较小的岛，就是这个面对梅拉伦湖的岛。他们在这个岛上修建了修道院，因此这个岛又被称为灰衣修士岛。但是，其他一些叫黑衣兄弟[是西班牙教士多明我于13世纪初创建的"多明我会"的派别之一，根据他们的衣服又称"黑衣修士"]的修士也来到了斯德哥尔摩，他们也要求得到在斯德哥尔摩建造修道院的权利。他们的修道院就建在斯塔德岛上，离南门不远。在市区北部最大的一个岛上建起了圣灵院，或者叫医院；在另外一个岛上，勤劳的人们修建了一座磨坊，修士们就在靠近里边的石岛附近钓鱼。你知道，那里现在只剩一个岛了，因为原来位于两个岛之间的运河现在已经被填平了，但这个岛仍然叫圣灵岛。

"现在，克莱门特，原来长满了阔叶树的小岛早已盖满了房子，但是人们还是源源不断地涌向这里，你知道，是这里的湖岸和水把人们吸引来的。【名师点睛：再次点出人们源源不断朝这里涌来是因为受了这里湖岸和水的吸引，照应前文。】圣克拉拉教会虔诚的女教徒也来到这里，申请建筑用地。对她们来说，她们没有其他选择，只能在北岸住下来，就是那个叫诺尔马尔姆的地方。她们当然对此不满意，因为那里地势较高，而且斯德哥尔摩市的绞刑架就竖在它的高地上，那里成了被人厌恶的所在。尽管如此，圣克拉拉教会的女教徒们还是在高地下的湖岸上建起了她们的教堂和长长的修道院房子。她们在那里扎根后不久，更多的追随者也来了。在往北较远的地方，也就是在高地上，人们建造了一座带教堂的医院，奉献给圣约翰。在高地下的这个地方又为圣雅各布修建了一座教堂。

"就是在山峦沿着河岸而耸立的瑟德马尔姆，人们也在大兴土木。人们在那里为圣母玛利亚修了一座教堂。

"但是你千万不要以为，克莱门特，移居到斯德哥尔摩的只是些修道院的修士和修女们。还有其他好多人，其中最多的是大批德国商人和手

骑鹅旅行记

艺人。【名师点睛：过渡句，起承上启下的作用。前文介绍了斯德哥尔摩对教会的吸引，下文将介绍其对商人、手艺人的吸引。】他们比瑞典人手艺精、技术好，更善于做生意，因此很受欢迎。他们在城内住下来，拆掉了原来矮小简陋的房屋，用石头建起了高大华丽的房子。但是，城内空地很有限，他们不得不一幢紧挨着一幢盖房子，山墙对着狭窄的街道。

"是啊，你看到了吧，克莱门特，斯德哥尔摩是能够把人们吸引到它的身边的。"

这时，另外一位先生快步从小道上朝他们走了过来。但是，和克莱门特说话的老先生一摆手，那个人便在远处停了下来，那位充满自豪感的老先生这时又在克莱门特旁边的长凳上坐了下来。

"现在我要你为我做一件事，克莱门特，"他说，"我没有更多的时间跟你交谈了，但是我会让人给你送一本关于斯德哥尔摩的书，你要从头至尾仔细地阅读一遍。现在，可以说，我已经为你了解斯德哥尔摩打下了一个基础，下一步就要看你自己的了。你要进一步去学习，了解这座城市的变迁史。看看这座建造在群岛上的城市是如何由一个街道狭窄、四周有围墙的小城市扩展开来，成为展现在我们面前的这片建筑海洋的！看看人们是怎样在那个幽暗的协尔那所在地修起了我们眼前的这座金碧辉煌的壮丽宫殿，以及灰衣修士教堂是怎样成为瑞典皇家墓地的！看看人们怎样在一座又一座的小岛上修满建筑！看看南城和北城的菜园如何变成了漂亮的公园和居住区！看看一座座高坡地是怎样降低，一个个海峡又是怎样被填平的！看看历代国王的御苑是怎样成为人民最喜爱的游览区的！【写作借鉴：运用排比的修辞手法，简要介绍斯德哥尔摩的城市变迁史，突出其变化之大，历史之悠久。】你应该把这里当作你的家乡，克莱门特。这座城市不仅仅属于斯德哥尔摩人，它也属于你，属于全瑞典人。

"当你阅读有关斯德哥尔摩的这本书的时候，克莱门特，请你注意，我上面所说的句句都是实话，它有把所有人吸引到这里来的力量！先是国王搬到了这里，那些显贵要人们也在这里建起了大公馆，然后，其他人也一批接一批地被吸引到这里。现在你看，克莱门特，斯德哥尔摩已不再是一座孤立的城市，也不是一座属于其周围地区的城市，而是属于全国的一座城市。

"你知道，克莱门特，每一个教区都召开自己的议事会，但是在斯德哥尔摩召开全国人民的议会会议。你知道，全国各地每个司法管辖区都有一名法官，但是在斯德哥尔摩有一个统辖他们的法院。你知道，全国各地到处都有兵营和部队，但是统辖他们的指挥官在斯德哥尔摩。铁路四通八达，伸向全国的每个角落，但是管理庞大的铁路系统的机构设在斯德哥尔摩。这里还设有牧师、教师、医生、地方行政机构人员等的委员会。这里是我们这个国家的中心，克莱门特。【写作借鉴：运用排比的修辞手法，有详有略地道出斯德哥尔摩是瑞典的行政中心。】你衣袋里的钱是从这里发行的，我们贴在信封上的邮票也是在这里印刷的。这里可以向所有的瑞典人提供他们需要的东西，所有的瑞典人都可以来这里订货。在这里，谁也不会感到陌生，谁也不会想家。这里是所有瑞典人的家。

"当你看过书中所写的一切之后，克莱门特，你还要想一想以下几种被吸引到这里来的东西，即斯康森那些古老的农舍、古老的舞蹈、古老的服装和古老的家庭用品，那些拉提琴的人和讲故事的人。斯德哥尔摩把所有美好的和古老的东西都吸引到了斯康森，以便纪念它们，使它们在世人面前增添新的光彩。

"但是，你特别要记住，克莱门特，当你阅读有关斯德哥尔摩那本书的时候，你必须坐在这个地方！你将看到波浪是如何闪射出令人欢悦的光彩，湖岸是如何放射出美丽的光芒。你要设想你已经进入梦幻之境，克莱门特。"

那位洒脱的老先生提高了嗓门，听起来像下了一道坚决而有力的命令，他的两眼炯炯有神。他站起来，轻轻地挥了一下手，便离开了克莱门特。克莱门特此时也明白，和他说话的人肯定是一位高贵的先生，他在

403

▶ 骑鹅旅行记

老先生身后深深地鞠了一躬。

第二天,一位宫廷侍臣给克莱门特送来了一本大红皮书和一封信。信中说,书是国王送给他的。【名师点睛:照应前文老先生要送克莱门特一本书,并点出了老先生的国王身份,令读者也恍然大悟。】

在这以后的几天里,小老头克莱门特·拉尔森整天晕头转向,魂不守舍,几乎无法说一句理智的话。一个星期后,他就到总管那里去辞职,他认为自己不得不回家乡去。"你为什么要回家?难道你不能设法使自己适应这里的生活吗?"总管问道。

"不,我在这里过得很好,"克莱门特说,"现在这个问题已不再成为问题了。但是不管怎么样,我必须回家。"

克莱门特处于进退两难的境地,因为国王对他说过,要他设法了解斯德哥尔摩,适应这里的生活。但是克莱门特必须先回家去,把国王对他说过的话告诉家乡的父老乡亲,否则他是怎么也平静不下来的。【名师点睛:国王劝慰克莱门特的一番话起到了应有的作用,但是又带给克莱门特另一种"思乡"之情,他必须回家去,把国王对他说过的话告诉家乡的父老乡亲。】他要站在家乡的教堂门口,向高贵的和卑贱的人们叙述国王待他是如何善良友好,曾同他肩并肩坐在一条凳子上,并且送给他一本书,还在百忙中抽出时间来同一个老朽、贫困的拉提琴的人谈话,用了整整一个小时来消除他的思乡之苦。在斯康森向拉普族老头和达拉那妇女讲述这些会是件了不起的大事,但是同家乡的人们讲述这些又会怎么样呢?

即使克莱门特进了济贫院,因为有了这次同国王谈话的经历,他今后的处境也不会太差的。他现在已经是一个同以前截然不同的人了,人们会对他另眼相看,会尊敬他的。

这种新的想法完全压倒了克莱门特。他必须去找总管,向他说明他不得不辞职回家乡去。

Z 知识考点

1. 填空题。

人们在最大的一个岛的四周筑起了_____,并在围墙的南北两面各造了一座_____,上面有坚固的_____。他们在岛与岛之间修起了_____,还在桥头修起了高高的_____。

2. 判断题。

（1）克莱门特因为想念家人,所以坚持辞职回家乡。　　（　）

（2）新娘抢过渔民手中的海豹皮,迅速戴在了头上,然后跳进了斯特罗皮。渔民见她逃跑,跳进水里抓她。因为抓不住,渔民抓起渔叉向她掷了过去。　　（　）

3. 问答题。

尼尔斯和克莱门特达成了什么约定？

_____

_____

Y 阅读与思考

1. 尼尔斯掉入大海之后又经历了哪些事？
2. 尼尔斯被谁抓到了？又被谁解救了？

▶ 骑鹅旅行记

第三十六章　老鹰高尔果

📖 名师导读

尼尔斯在斯康森公园碰见了被人类抓住的老鹰高尔果。原来他就是那只曾被阿卡养育过的老鹰，也曾救过尼尔斯。尼尔斯弄破笼子救出了他。而后，恢复自由的老鹰带着尼尔斯飞走了。

在峡谷里

在拉普兰北部的崇山峻岭中，有一个年代悠久的老鹰巢，它位于一块伸出峭壁的岩石上，巢是用树枝一层一层叠起来的。许多年来，那个巢一直在扩大和加固，如今已有两三米宽，几乎和拉普人住的帐篷一样高了。

老鹰巢所在的峭壁底下是一个很大的峡谷，每年夏天都有一群大雁住在那里。这个峡谷对大雁来说是极好的栖身之处。因为这个地方深藏在崇山之中，没有多少人知道它。峡谷中央有一个圆形的小湖，那里有大量供大雁吃的食物；在高低不平的湖岸上，长满了柳树丛和矮小的桦树，大雁们可以在那里找到最理想的筑巢地点。

<u>自古以来，老鹰住在上面的峭壁上，大雁住在下面的峡谷里。每年，老鹰总要叼走几只大雁，但是他们从不贪多，免得大雁不敢在峡谷里住下去。对大雁来说，他们也从老鹰那儿得到不少好处。老鹰固然是强盗，但是他们使其他强盗不敢接近这个地方。</u>【名师点睛：交代故事背景，

揭示大自然的残酷生存法则，发人深省。】

在尼尔斯·豪尔耶松跟随大雁们周游全国的前两年，一天早晨，从大雪山来的领头雁阿卡站在谷底向老鹰巢望去。鹰通常是在太阳升起后不久便外出狩猎。阿卡在峡谷里居住的那些日子，她每天早晨都这样监视老鹰的行踪，看他们是飞出去还是留在峡谷狩猎。

她没等多久，那两只高傲的老鹰就离开了悬崖，他们在空中盘旋着，样子很好看，但是十分可怕。当他们朝下面的平原地带飞去时，阿卡才松了一口气。

这只领头雁年岁已大，不再产蛋和哺育幼鸟了。她在夏天常常从一个雁窝飞到另一个雁窝，向其他雁传授产蛋和哺育幼鸟的经验，以此来消磨时间。此外，她还为其他雁承担警戒的责任，不但要监视老鹰，还要警惕诸如北极狐、林鼬和其他所有威胁大雁和雏雁生命的敌人。【名师点睛：交代阿卡的基本情况，年岁已大，负责传授产蛋和哺育经验，此外还要承担警戒的责任。传授哺育经验说明阿卡有一颗慈爱之心，而负责警戒又为后文她发现鹰巢异常做了铺垫。】

中午时分，阿卡又开始监视老鹰的行踪。她在峡谷住的那些夏天，天天如此。从老鹰的行踪上阿卡也能看出他们外出狩猎是否顺利，如果有好的收获，她就会替雁群感到放心。但是这一天，她却没有看到老鹰归来。"我大概是年老不中用了吧，"她等了一会儿这样想，"这时候老鹰们肯定早就回来了。"

到了下午，她又抬头向悬崖看去，期望能在老鹰经常午休的那块凸出的岩石上见到他们，但是没有；傍晚，她又希望能在他们洗澡的高山湖里见到他们，但是仍然没有。她再次埋怨自己年老不中用了。她已经习惯了老鹰们待在她上面的山崖上。

第二天早晨，阿卡又早早地醒来监视老鹰。可她还是没有看见他们。相反，她在清晨的寂静中，听见一阵悲愤而凄惨的叫声，那叫声好像是从上面的鹰巢里传来的。"会不会是上面的老鹰出了什么事？"她想。

407

骑鹅旅行记

【名师点睛：尽管老鹰夫妇是雁群的天敌，但善良的阿卡依然为他们的安危担心，体现出阿卡博大的胸怀。】她迅速张开翅膀，向上飞去，她飞得很高，以便能看清底下鹰巢里的情况。

她居高临下地张望着，既没有看到雄鹰也没有看到雌鹰，鹰巢里只有一只羽翼未全的小鹰，躺在那里喊叫着要吃食。

阿卡慢慢地降低高度，迟疑地飞向鹰巢。一眼就能看出，这是一个令人作呕的、强盗居住的地方。巢里和悬崖上到处散落着发白的骨头、带血的羽毛和烂皮、兔子头、鸟嘴和带毛的雷鸟腿。就是那只躺在那堆乌七八糟的东西当中的雏鹰看了也叫人厌恶，他张着大嘴，披着绒毛的身体显得很笨拙，羽毛还没长全的翅膀上廓羽像刺一样竖着。【写作借鉴：环境描写和外形描写，细致生动地写出了阿卡飞上老鹰窝后的所见所感，使人如临其境。】

最后，阿卡克服了厌恶心理，落在了鹰巢边上，但她同时又不安地环顾着四周，提防那两只老鹰回来。

"太好了，终于有人来了，"小鹰叫唤道，"快给我弄点吃的来！"

"不要着急！"阿卡说，"先告诉我，你的父母去哪里了？"

"唉，谁知道啊！他们昨天早晨就出去了，只给我留下一只旅鼠。我早就把他吃光了。母亲让我这样挨饿真不像话。"

阿卡意识到，那两只老鹰可能遇害了。她想，如果让这只雏鹰饿死的话，雁群就可以永远摆脱这帮强盗。但同时她又觉得，此时此刻她有能力而不去帮助一只被遗弃的小鸟，良心上总有点说不过去。【写作借鉴：心理描写，反映出阿卡既想除掉威胁族类的祸患，又不忍见死不救的矛盾心理，表现了阿卡的善良与仁慈。】

"你还傻站着干什么？"雏鹰说，"你没听见我要吃东西吗？"

阿卡张开翅膀，急速飞向峡谷里的小湖。过了一会儿，她飞了回来，嘴里叼着一条小鱼。

当她把小鱼放在雏鹰面前时，雏鹰却恼怒不已。"你以为我会吃这样的东西吗？"他说着便把鱼往旁边一推，并试图用嘴去啄阿卡，"去给我搞一只雷鸟或者旅鼠来，听见没有！"

这时，阿卡伸出头，在雏鹰的脖子上狠狠地啄了一下。"我告诉你，"老阿卡说，"如果要我给你弄吃的，那么就得我弄什么你吃什么，不要挑三拣四。你的父亲和母亲都死了，你再也得不到他们的帮助了。如果你一定要吃雷鸟和旅鼠，就躺在这里等着饿死吧，随你的便。"

阿卡说完便飞走了，过了很久又飞回来。雏鹰已经把鱼吃掉了，当阿卡又把一条鱼放在他面前时，尽管看上去很勉强，他还是很快把它吞了下去。【写作借鉴：此处是对阿卡的语言描写和动作描写。她并没有惯着雏鹰，而是按照自己的方式来教育他。阿卡尽管嘴上很严厉，但还是会细心地飞来看雏鹰是否已经吃了鱼。】

阿卡承担了一项繁重的劳动。那对老鹰再也没有露面，她不得不为雏鹰寻找食物。她给他鱼和青蛙吃，雏鹰也并没有因为吃这些食物而发育不良，相反，他长得又大又壮。他很快就忘了自己的父母，以为阿卡是他的亲生母亲。从阿卡这方面来讲，她也很疼爱他，拿他当亲生孩子。她尽力给他良好的教育，帮助他克服野性和傲慢。

几个星期过去了，阿卡察觉到，她脱毛和不能飞的时候快到了。她将整整一个月不能给雏鹰送食物，这样雏鹰肯定会饿死的。

"高尔果，"阿卡有一天对他说，"我现在不能给你送鱼吃了。看你敢不敢到底下的峡谷里去，这样我还可以继续给你找吃的。你现在有两种选择，要么在上面等着饿死，要么跳进底下的峡谷，当然后者也可能让你丧命。"

雏鹰二话没说便走到鹰巢边缘，看也不看底下的峡谷究竟有多深，就张开他的小翅膀飞向空中。他在空中翻滚了几下，但还是较顺利地扇动起他的翅膀，安全地飞到了地面。

高尔果在底下的峡谷里和那些小雁一起度过了夏天，并且成了他们的好伙伴。他把自己也当作小雁看待，尽力按照他们的方式生活，当小

409

骑鹅旅行记

雁到湖里去游泳时,他也跟着去,直到差点儿淹死才罢休。【名师点睛:概写小鹰与雁群亲密、和谐的生活。】他为始终学不会游泳而感到很耻辱,常常到阿卡那里去埋怨自己。"我为什么不像其他小雁那样会游泳呢?"他问道。

"因为你躺在上面的悬崖上时,爪子长得太弯,趾也太大了,"阿卡说,"但不要为此而感到伤心!不管怎样,你还是会成为一只好鸟的。"

不久,雏鹰的翅膀长大了,可以承受住他身体的重量了,但是直到秋天小雁学飞的时候,他才想起要使用翅膀去飞行。当时是他最得意的时候,因为在那项运动中他很快就成了冠军。他的伙伴们只能在空中勉强停留一会儿,而他却几乎整天在空中飞行,练习各种飞翔技巧。直到此时,他还不知道自己和大雁不属于同一类,但是他也不可避免地注意到一些使他感到疑惑的事情,因此不断地向阿卡提问。"为什么我的影子一落到山上,雷鸟和旅鼠就逃跑或躲藏起来呢?"他问道,"他们对其他小雁却并不是这样害怕的呀。"【名师点睛:随着雏鹰的长大,他开始发现自己与其他小雁的不同,这叫他感到疑惑。】

"你躺在悬崖上的时候,你的翅膀长得太大了,"阿卡说,"是你的翅膀吓坏了那些可怜的小东西。但是不要为此而感到伤心!不管怎样,你还是会成为一只好鸟的。"

雏鹰已经掌握了各项飞翔技巧,于是他开始学习自己抓鱼和青蛙吃。但是不久他又发现了其中的不同。"我怎么是靠吃鱼和青蛙生活的呢?"他问,"而其他的小雁都不是这样的呀。"

"事情是这样的,你躺在悬崖上的时候,除了鱼和青蛙外我弄不到其他食物给你,"阿卡说,"但不要为此而感到难过!不管怎样,你还是会成为一只好鸟的。"【名师点睛:面对高尔果的疑问,阿卡不断解释,并要他深信自己会成为一只好鸟,表明了阿卡的睿智与耐心。】

秋天,大雁们要迁徙的时候,高尔果也跟随雁群去了。他仍然把自己当成他们中的一员。但是,空中飞满了要到南方去的各种鸟类。当阿卡率领的雁群中出现一只老鹰时,立即在鸟群之中引起了轰动。大雁群四周总是围着一群群好奇的鸟,并且大声表示惊讶。阿卡请求他们保持安静,但是要把那么多舌头都拴起来是不可能的。"他们为什么叫我老鹰?"高尔果不断地问,并且越来越生气,"难道他们看不见我也是一只大雁吗?我根本不是吞食伙伴们的猛禽。他们怎么敢给我起这么一个讨厌的名字呢?"

一天,他们飞过一个农庄,那里有一群鸡在垃圾堆上刨食吃。"一只老鹰!一只老鹰!"鸡群惊叫道,并且四处奔跑,寻找藏身之地。高尔果一直听说老鹰是野蛮的歹徒,这时听到鸡们也这样叫他,再也无法抑制住心中的怒火。他夹紧翅膀,"嗖"地冲向地面,用爪子抓住了一只母鸡。"我要教训教训你,我,我不是一只老鹰。"他一边愤愤地喊叫着,一边用嘴去啄她。【名师点睛:周围禽类对高尔果的异常反应,彻底激怒了他,他用这种粗鲁的方式发泄自己的情绪。】

与此同时,他听见阿卡在空中喊他,他顺从地飞回空中。那只大雁朝他飞过来,开始教训他。"你干什么去了?"她吼叫道,同时用嘴去啄他,"你是不是想把那只可怜的母鸡啄死?你真不知羞耻!"老鹰没有反抗,而是任凭阿卡训斥。这时飞在他们周围的鸟群发出了一阵阵嘲笑声和讽刺声。老鹰听到这些,便回过头来用恶狠狠的目光盯着阿卡,似乎要向她发起进攻,但是他立即改变主意,用力扇动着翅膀向更高的天空飞去。他飞得很高很高,高到他连其他鸟的喊声都听不见。在大雁们还能看见他的时候,他一直在高空盘旋着。

三天之后,他返回了雁群。

"我现在知道我是谁了,"他对阿卡说,"因为我是一只鹰,所以我一定要像鹰那样生活。但是我认为,我们还是可以继续做朋友的。我不会袭击你或你们当中的任何一只雁。"【写作借鉴:对高尔果的语言描写,表明他知道了自己的身份,也有了自己的决定,但他对阿卡和雁群还是心存感激。】

阿卡以前极为自信,她认为可以把一只鹰教养成一只温顺无害的

411

骑鹅旅行记

鸟。但是现在，当她听到鹰将要按照自己的意愿去生活时，她再也不能容忍了。"你以为我会愿意做一只猛禽的朋友吗？"她说，"如果你照我教导的那样去生活，你还可以跟以前一样留在我的雁群里！"

双方都非常高傲、固执，谁也不肯让步。结果，阿卡不准高尔果在她的周围出现。她气愤极了，谁也不敢在她的面前再提鹰的名字。

从此以后，高尔果像所有的江洋大盗一样，在全国各地四处游荡，独来独往。他经常情绪低落，不时地怀念起那一段与小雁亲昵地玩耍的快乐时光。在动物中他以勇敢而闻名。动物们常说，他除了养母阿卡外谁也不怕。他们还常说，他从来没有袭击过一只大雁。【名师点睛：照应前文，高尔果与雁群一起长大，即便离开，也曾表示不会伤害任何一只雁，说明他心里对阿卡和雁群还存有感激之情。】

被　擒

有一天，高尔果被猎人捕获，卖到了斯康森，那时他才三岁。在他到斯康森之前，那里已经有几只鹰了，他们被关在一个用钢筋和钢丝做成的笼子里。笼子在室外，而且很大，人们移进几棵树，又堆起一个很大的石堆，以为这样能让老鹰感到跟生活在野外一样。尽管如此，老鹰们还是不喜欢那里的生活。他们几乎整天站在同一个地方，一动也不动。他们那美丽、黑色的羽毛变得蓬松且失去光泽。他们的眼睛绝望地凝视着远方，渴望着外面的自由世界。

高尔果被关在笼中的第一个星期，他还是很清醒很活跃的，但是很快一种昏昏欲睡的感觉开始紧紧地缠着他。他也像其他老鹰一样，站在同一个地方一动也不动，双眼直勾勾地盯着前方，但是什么也没有看见，也不知道这一天一天的日子是怎么度过的。【写作借鉴：对高尔果的神态和状态描写，表现了被抓后的高尔果状态不佳、情绪低落。】

一天早晨，当高尔果像往常那样发呆时，他听见地上有谁在喊他的名字。他是那样的无精打采,连眼皮也懒得抬一下,也不愿意朝地上看一眼。"叫我的是谁呀?"他问道。

"怎么,高尔果,你不认识我了?我是经常和大雁们一起四处飞行的大拇指小人儿呀。"

"是不是阿卡也被人关起来啦?"高尔果懒洋洋地问道。

"没有,阿卡、雄鹅和整个雁群这时肯定到北方的拉普兰了,"尼尔斯说,"只有我被囚禁在这里。"

尼尔斯说这番话时,看到高尔果又把目光移开,开始像以前那样凝视外面的天空。"高尔果!"尼尔斯喊道。"我没有忘记,你有一次把我背回了大雁群,你饶了雄鹅一条命。告诉我,我有什么办法可以帮到你!"高尔果几乎连头都没有抬一下。"不要打搅我,大拇指小人儿!"他懒洋洋地说,"我正梦见自己在高空中自由地飞翔。我不想醒来。"【写作借鉴:神态描写和语言描写,表明高尔果对尼尔斯和自己境遇的绝望,他已经失去追求自由的斗志和信心。】

"你必须活动活动你的身子,看看你周围发生的事情。"尼尔斯劝说,"不然的话,你很快就会像别的鹰一样可怜、悲惨。"

"我情愿和他们一样。他们沉醉在迷梦之中,无论什么事情都不可能打搅他们。"高尔果说。

当夜幕降临,所有的老鹰都已经熟睡的时候,罩着他们的笼子顶部发出轻微的锉东西的声音。那两只麻木不仁的老鹰对此无动于衷,高尔果却醒来了。"是谁在那里?是谁在笼顶上走动?"他问道。

"是大拇指小人儿,高尔果,"尼尔斯回答说,"我正在这里锉钢丝,好让你飞走。"

老鹰抬起头来,在明亮的夜色中看着尼尔斯骑坐在那里锉那紧绷在笼子顶部的钢丝。他感到有了一丝希望,但是马上又心灰意冷。"我是一只大鸟啊,大拇指小人儿,"他说,"你要锉断多少根钢丝我才能飞出去呢?你最好还是不要锉了,让我安静一会儿吧。"【名师点睛:高尔果因看

413

骑鹅旅行记

见尼尔斯在努力锉钢丝而生起一丝希望,但认识到这项工作的艰巨时,又心灰意冷,生动地写出了他的心理变化。】

"你睡你的觉,不要管我的事!"尼尔斯回答道,"即使我今天夜里干不完,明天夜里也干不完,但是我无论如何也要设法把你解救出来,要不你在这里会被毁掉的。"

高尔果又昏睡过去,但是当第二天早晨醒来的时候,他看见许多根钢丝已经被锉断了。这一天他再也不像前些日子那样无精打采了,他张开翅膀,在树枝上跳来跳去,舒展僵硬的关节。【名师点睛:在尼尔斯行动的鼓舞下,高尔果开始振奋精神,为脱逃做准备。】

一天清晨,当黎明到来的时候,大拇指小人儿把老鹰叫醒了。"高尔果,现在试试看!"他说。

高尔果抬起头来看了看,发现尼尔斯已经锉断了很多钢丝,笼顶上出现了一个大洞。高尔果活动了几下翅膀,就朝洞口飞去,但是几次遭到失败,又跌回笼底。最后,他终于成功地飞了出去。

他张开矫健的翅膀,高傲地飞上了天空。而那个小小的大拇指小人儿则坐在那里,满脸愁容地望着他离去,他多么希望会有人来把自己解救出去。【写作借鉴:神态描写和心理描写。看到高尔果成功脱逃,尼尔斯感到由衷的高兴,同时也为自己的处境忧心不已。】

尼尔斯对斯康森已经很熟悉了。他认识了那里所有的动物,并且同其中的许多动物交了朋友。他必须承认,斯康森确实有许多可看可学的东西,他也不愁难以打发时光。但是他心里天天盼望着能回到雄鹅莫顿和其他旅伴的身边。"如果我不受诺言的约束,"他想,"我早就找一只鸟把我驮到他们那里去了。"

人们也许会觉得奇怪,克莱门特·拉尔森怎么没有把自由归还给尼尔斯,但是请不要忘记,那个矮小的提琴手离开斯康森的时候,头脑是多么的昏沉。他要启程的那天早晨,总算想到了要用蓝碗给小人儿送饭,但不幸的是,他怎么也找不到一只蓝碗。再说,斯康森所有的人,拉普人、达拉那妇女、建筑工人、园丁,都来向他告别,他根本没有时间去搞个蓝碗。快要启程了,他实在没有其他办法,不得不请一个拉普族老头代劳。"事情是这样的,有一个小人儿住在斯康森,"克莱门特说,"我每天早晨要给他送点吃的。你能不能帮我办一件事,把这些钱拿去,买一个蓝碗,明天早晨在碗里装上一点粥和牛奶,然后放在布尔耐斯农舍的台阶下?"那个拉普族老头感到莫名其妙,但是克莱门特没有时间向他解释了,因为他必须马上赶到火车站去。

拉普族老头也确实到尤尔高登城里去买过碗,但是他没有看见蓝颜色的碗,于是便顺手买了一只白碗。每天早晨,他总是精心地把饭盛在那个白碗里送去。【名师点睛:交代了尼尔斯一直没有得到离开的允许的原因,原来是一场误会。】

就这样,尼尔斯一直没有从诺言中解脱出来。他也知道,克莱门特已经走了,但是他没有得到可以离开那里的允诺。

这天夜里,尼尔斯比以往任何时候都更加渴望自由,因为现在已经是春夏之交了。他在旅途中吃尽了严寒和恶劣天气的苦头。刚到斯康森的时候,他还这样想,被迫中断旅行也许并不是件坏事,因为如果五月份到拉普兰去的话,他非得冻死不可。但是现在天气已经转暖,地上绿草如茵;白桦树和杨树长出了像绸缎一样光亮的叶子;樱桃树,还有其他果树,都开满了花;浆果灌木的树枝已经结满了小果子;橡树极为谨慎地张开了叶子;斯康森菜地里的豌豆、白菜和菜豆都已经发绿。【写作借鉴:运用排比的修辞手法,写出了春夏之交"温暖而美丽"的景物特点。】"现在拉普兰也一定是温暖而美丽的,"尼尔斯心想,"我真想在这样美丽的早晨骑在雄鹅莫顿的背上。要是能在这样风和日丽、温暖静谧的天空中飞翔,欣赏沿途由青草和娇艳的花朵装饰打扮的大地,该是多么惬意啊!"

正当他坐在那里浮想联翩的时候,那只鹰却从天空中直飞下来,落在笼子顶上尼尔斯的身边。"我刚才是想试试我的翅膀,看看它们是不是还能飞行。"高尔果说,"你不会以为我会把你留在这儿自己走吧?来

▶ 骑鹅旅行记

吧,骑到我的背上来,我要把你送回雁群那里!"

"不,这是不可能的,"尼尔斯说,"我已经答应留在这里,直到我被释放。"

"你在说什么蠢话呀,"高尔果说,"首先,他们是违背你的意愿强行把你送到这里来的;其次,他们又强迫你做出留在这里的许诺!你应该明白,对于这样的诺言根本没有遵守的必要。"

"是的,尽管我是被迫的,但是我还是要遵守诺言,"尼尔斯说,"谢谢你的好意,但是你帮不了我的忙。"

"我帮不了你的忙吗?"高尔果说,"那就等着瞧吧。"转眼间,他就用爪子抓起尼尔斯直冲云霄,消失在飞向北方的路途中。【写作借鉴:语言描写和动作描写。高尔果做事理智果决,符合他的性格特征。】

Z 知识考点

1. 填空题。

阿卡年岁已大,不再产蛋和抚育幼鸟了。她在_____常向其他雁传授产蛋和哺育幼鸟的经验。此外,她还为雁群承担_____的责任,监视_____、北极狐、林鼬等敌人。

2. 判断题。

(1)高尔果跟随雁群迁徙时,四周总是围着一群群好奇的鸟。(　　)

(2)尼尔斯留在斯康森公园是因为这里有很多有趣的动物,生活也比较舒适。(　　)

3. 问答题。

关在笼子里的老鹰有什么特点?

_____

_____

416

第三十七章　飞越耶斯特雷克兰

M 名师导读

　　老鹰高尔果带着尼尔斯飞走，尼尔斯却坚持要找到克莱门特，从他那里得到离开的允诺。其间，老鹰将尼尔斯放在一个山顶上，尼尔斯看到了人们在被火烧毁的森林里热闹植树的场景。他会从中想到些什么？会得到什么启示呢？

贵重的腰带

六月十五日　　星期三

　　那只老鹰继续向前翱翔，一直飞到斯德哥尔摩北面很远的地方，才落下来栖在一个森林葳蕤繁茂的小山丘上，把抓得紧紧的尼尔斯放开。

　　尼尔斯一脱离高尔果的控制，便拼命往回狂奔。他想跑回斯德哥尔摩去。

　　老鹰纵身朝前一扑，毫不费力地用一只爪子把尼尔斯掀翻在地。"难道你真的打算回到那个监狱里去吗？"

　　"这关你什么事？我想到哪儿就到哪儿去，用不着你管！"尼尔斯说，并且用力挣扎。【写作借鉴：语言描写和动作描写，表现了尼尔斯的守诺重信，也反映了他的执着。】可是，老鹰用铁钩一般的爪子把尼尔斯牢牢抓起，双翅一展，又向北飞去。

　　老鹰抓着尼尔斯穿过整个乌普兰，一直飞到埃夫卡勒比附近的大瀑

骑鹅旅行记

布才停下来。白练般直泻下来的大瀑布底下有一条河流,河流中有一块冒出水面的大石头,老鹰落在上面,重新把他的俘虏放下来。

尼尔斯马上就看出来,他再也无法从老鹰身边逃走了。在他上面,瀑布像水帘一般劈头盖脸地倾泻下来,水花像碎玉飞雪一般撞击在岩石上,四周水势湍急,河水旋出一个个漩涡奔腾向前。【写作借鉴:景物描写,运用了比喻的修辞手法,生动形象地写出了瀑布倾泻而下的美。】他对老鹰以这种方式使他成了一个不守信用的人而非常恼怒。于是他把背朝着老鹰,一句话也不跟他说。

老鹰把尼尔斯放在这样一个绝境之后,便张口告诉尼尔斯,他是大雪山的阿卡一手抚养长大的,还讲了他怎样同他的养母反目成仇。"你现在大概明白了,大拇指小人儿,我为什么非要把你送回大雁们那里去。"他最后说,"我听说,你深得阿卡的欢心,我想恳求你从中调解,让我们和好如初。"【写作借鉴:照应前文内容,同时也开启下文情节。】

尼尔斯终于明白了,原来老鹰不是随心所欲地把他抓来的,态度便友善了一点。"你求我的这件事情,我当然愿意尽力帮忙,"尼尔斯说,"不过我现在仍然受着诺言的约束。"于是他就一五一十地把自己如何被人捉住,以及那个名叫克莱门特·拉尔森的人没有释放他就离开了斯康森的全部经过都告诉了老鹰。

可是老鹰仍旧不打算放弃自己的计划。"听我说,大拇指小人儿,"他说,"我强有力的双翅可以驮你到天涯海角,我锐利的双眼可以发现你想找的任何东西。你把那个人的模样告诉我,我自会设法找到他,并且把你送到他那里去,然后你再说服他释放你,那就两全其美了。"【名师点睛:能在矛盾冲突之中找到一个两全其美的办法,表明老鹰高尔果的聪明能干。】

尼尔斯对老鹰的这个建议十分满意。"我看得出来,高尔果,你那么聪明,真不愧是阿卡亲自培养出来的。"他说道。随后,他把克莱门特·拉尔森的容貌特征仔细说了一遍。末了还补充了一句,他在斯康森听人说过,那个矮个子提琴手是海尔星兰人。

"那么我们就从林格布到麦朗湖,从斯杜尔山到洪兰德半岛,把海尔星兰都找遍,"老鹰说,"明晚之前,你就可以见到那个人了。"

"嘿,那你可是有点空口说大话啦。"尼尔斯似信非信地说。

"要是我连这点小事都办不到,那我就是一只糟糕透了的老鹰。"高尔果回答说。

高尔果和尼尔斯从埃夫卡勒比动身,他们已经成了好朋友,尼尔斯从这时候起可以坐在老鹰的背上飞行了。这样,他又可以看见身下的景色了。在老鹰用爪子抓着他的时候,他什么都看不见。不过,对他来说看不见景色也不见得是一桩坏事,因为倘若他知道了那天早晨他们飞越的是乌普萨拉的古墓、安斯特尔比大铁厂、达拉莫拉银矿和安比胡斯古代王宫,而他竟未能瞧上一眼,那他心里一定会难过的。

老鹰驮着尼尔斯风驰电掣地飞过耶斯特雷克兰。这块地方的南部没有什么引人瞩目的景色,那里是一望无际的平川田野,到处是杉树林。可是从这里朝北去,沿着达拉那省边界到波的尼亚湾,横亘着一条景色秀丽的地带,那里山峦起伏,重嶂叠翠,到处是茂密的针叶林,更有水面若镜的湖泊和汹涌湍急的河流间杂其间,使得湖光山色相映成趣;白色的教堂四周聚集着人口稠密的村落;公路和铁路纵横交错;树木葱茏,草坪如茵,幢幢农舍掩映其中,花园里各色鲜花争妍斗艳,散发出阵阵令人陶醉的幽香。这真是一个叫人流连忘返的美丽地方。【写作借鉴:景物描写,调动视觉、嗅觉,并运用比喻的修辞手法表现了这一带的秀丽景色。】

河流两岸有许多大型钢铁厂,就像他曾经在大矿山区见到过的那样。它们之间相隔的距离几乎差不多,一直延伸到海边。海边有一座大城市,城里满是白色的建筑物。在这片建筑群的北面又是一大片黑黝黝的森林,不过森林底下覆盖的不再是平地,而是高山崇岭和深峡大谷,就像波涛起伏的大海一样。

"这块地方穿的是杉树枝织成的裙子和花岗岩做成的衬衫,"尼尔斯

骑鹅旅行记

暗自比喻着,"可是腰间却围着一条价值连城的腰带。那些碧波荡漾的湖泊和鲜花盛开的草地是腰带上刺绣出来的花纹,那些大钢铁厂就是腰带上缀着的一串宝石,而那座有成排成行房屋,还有宫殿和教堂的城市就是腰带上的玉环。"【写作借鉴:运用比喻的修辞手法,将杉树林比作裙子,把花岗岩比作衬衫,把湖泊和草地比作腰带上的刺绣……比喻新颖奇特,形象贴切。】

他们在北部森林上空飞行了一段时间之后,老鹰高尔果降落在一个光秃秃的山顶上。尼尔斯跳到地上时,老鹰说道:"森林里有野味可以猎取。我只有去追逐捕猎一番,才能忘却自己曾经被擒住的滋味和真正享受一点自由。我离开你一会儿,你不会害怕吧?"

"说哪儿的话,我还不至于那样胆小。"尼尔斯说道。

"你可以随便走走,只要在太阳落山之前回到这里就行。"老鹰说完就冲入云霄。

尼尔斯坐在一块石头上,环视着四周光秃秃的岩石和大片的森林,一种孤单寂寞和被抛弃的感觉袭上了他的心头。可是他坐了不大一会儿,耳边就传来下面森林里发出的阵阵歌声。他往下一望,看见树丛之中有什么耀眼的东西在晃动。过了一会儿,他看清楚那是一面蓝底黄十字的国旗,他从听到的歌声和嘻嘻哈哈的笑声里断定,那支队伍人数不少,领头的人扛着旗帜,后面一大群人排着队行进。【写作借鉴:从听觉和视觉两方面来描写尼尔斯与植树队伍的相遇,先闻其声,再循声而见其人,符合人们的一般认知过程。】可是要看清楚那支队伍是什么样的人,却还要等一会儿。那面旗帜沿着山间羊肠小道曲折拐弯,迤逦前进。他坐在那里,急不可耐地想要知道他们是什么人,究竟要到哪里去。他做梦也不会想到那些人径直朝着他坐的这个山头走过来了,这里正是一片空荡荡的荒山野岭。然而,他们当真来了,那面国旗从森林边上显现出来,后面的人群跟着那面旗帜蜂拥过来。山头上立即热闹起来,接下来的景况真叫人目不暇接,尼尔斯很开心,再也不觉得烦闷。

植树节

尼尔斯所在的那个开阔的山脊上,十年前曾经发生过一场森林火灾。那些已经烧成木炭的树木早就被砍下来送走了。面积广阔的火场边沿,又开始长出灌木萝蔓。但是受灾的大部分地方仍旧触目惊心,惨不忍睹,一片凄惨荒凉。残存在岩石之间的焦黑的树桩表明,以前这里有过数不清的参天大树,然而现在却连一棵小树都没有从地里钻出来。

人们常常怀疑,难道山峦的植被被破坏之后,真要那么长的时间才能够重新长出树来吗?可是他们没有想到,一场森林大火过后,那里的地面完全被焙干,连一点点潮气都没有了。那里不单是树木被烧焦了,就连石楠花、蔓越橘和苔藓等地面上的常青灌木萝蔓也被烧死了,甚至覆盖在岩石层上的土壤也烘焙得像灰粒一般干燥、松散。一阵风吹来,那些土粒就会像龙卷风似的旋转着刮入空中,而这一带地势高峻,常常有大风,所以一个山头又一个山头的土壤被风刮跑。雨水自然也会推波助澜,把土壤冲刷掉不少。这样经过十年的风吹雨淋,这一带岩石裸露,寸草不长,人们甚至相信,哪怕到了世界末日,这里也照样是光秃秃的一片。【名师点睛:概写了这片山头光秃秃、草木不生的原因。大火烧尽植被,焙干土壤,这一带经受风吹雨淋,岩石裸露……】

可是这一年初夏的一天,发生过森林大火的那个教区的所有孩子们都集合在校舍前面,人人肩上扛着一把铁镐或者铁铲,手里拎着食品袋子。他们到齐了之后,就排成一列长队朝森林走去。前面是一面国旗开路,男女教师走在队伍的两边,队伍后面跟着几个森林看守人和一匹拉着松树苗和杉树籽的马匹。

这支队伍并没有在靠近居民区的桦树林里停下脚步,因为他们要去远处的森林里。他们顺着通向夏季牧场的山路。有几只狐狸惊奇地从洞穴里探出脑袋,想看看这一大群究竟是什么样的人。这支队伍走过从

421

骑鹅旅行记

前一到秋天就炭窑林立的旧烧炭场,那些交嘴雀不禁扭动如钩一般的弯嘴喙,相互打听这些钻向深山老林的究竟是什么人。【名师点睛:写出了山林中的动物在见到这一群植树人时的情景和表现。】

那支队伍最后来到了那一大片被大火烧得精光的山包。遍地的岩石都光秃秃地裸露着,过去密密麻麻攀缘在石头上面的藤蔓都没有了,包裹着岩石的美丽的银针苔藓和白色地衣也不见了。在峡谷里和低地上黑色的水潭周围,再也见不到白花酢浆草和马蹄莲。在地面裂痕和石块之间残存的零星泥土上也见不到蕨类植物,没有七瓣莲,也没有鹿蹄草,凡是能点缀森林地面的绿色的、红色的、轻盈娇嫩的植物都不见了。

教区里的孩子们来到这里,大片灰沉沉的山地似乎被一道光明所照亮。因为有了新鲜气息和孩子们玫瑰色的笑靥,这里顿时又充满了欢笑和愉悦。【写作借鉴:运用通感的修辞手法,将孩子们带来的活泼欢快和青春气息当作是一道光照亮了灰沉沉的山地。】这里又有了青春和生气。也许这些孩子真的能够使这块被遗弃的可怜地方重新焕发出蓬勃的生机。

孩子们休息了一会儿,又吃了点东西,拿出铁镐和铁铲开始劳动。森林看守人教他们怎样挖坑栽种,于是他们就把能找到泥土的地方都种上了树苗。

孩子们一边把一株株树苗栽种下去,一边天真地讨论起来。他们谈到那些种下去的小树将会把土壤固定住,不让它们被风刮跑。不仅如此,树底下还会积聚起更多的泥土,而树木结籽又会落在土里,生根,发芽。如此周而复始,繁衍生长,用不了多少年他们就可以到这里来采撷覆盆子和蔓越橘。他们现在种下的小树苗会渐渐长成大树,人们可以用这些木材来建造大楼或者大船。

不过,孩子们讲得也有道理,倘若在地面上的沟坑里还有点泥土的时候,他们不来种树,那么剩下的那点泥土也会被风刮跑,被雨水冲走。到那时候,这片山上就再也种不成大树了。

"就是嘛,亏得我们来植树啦,"孩子们都自豪地说,"要是再晚那就

不行啦。"他们都觉得自己是举足轻重的。【写作借鉴:语言描写和神态描写。孩子们都为自己能及时来植树的行为感到自豪。】

孩子们在山上种树,他们的父母在家里忙着各自的活计。过了一段时间,他们就心神不宁起来,惦念着孩子们究竟干得怎么样了。虽说孩子们去种树多半也只是去野外散散心,不过大人们去看他们干活倒也不失为一件趣事。就这样,各家的父母都不约而同地朝着荒山野岭走了过来。在通往夏季牧场的山间小路上,这些孩子们的家长不期而遇,他们原本就相识,大多是左邻右舍,碰见了自然十分高兴。

"哦,你们也是到森林失过火的那个地方去?"

"是呀,我们正是朝那里去。"

"是去看孩子们吗?"

"不错,去看看他们干得怎么样啦。"

"他们不过是到野地来玩玩罢了。"

"他们肯定种不了多少树。"

"我们带了咖啡壶,这样他们能喝上点热的,否则他们一整天都只好啃干粮啦。"

就这样,孩子们的父母也都纷纷走上山来。起初,他们只觉得很好看,灰沉沉的山头上到处是红脸蛋的孩子。后来他们才发觉孩子们干得多么起劲。一些孩子挖坑,一些孩子埋籽种树,一些孩子浇水,一些孩子忙着把萝蔓拔掉,免得日后把小树缠死。他们看到,孩子们干得非常认真,一个个忙得不可开交,甚至连头都不抬一抬。【名师点睛:通过父母的视角,表现了孩子们植树时的认真和起劲。】

那些父母站着看了一会儿,也跟着动起手来。可是他们有点手拙,好像在做游戏一般。孩子们已经掌握了技巧,上来告诉他们该怎样拔萝蔓,这样孩子们反而成了传授技艺的师傅。

这些大人原来是打算看看孩子们的,结果也动手干起了活。这块地方的气氛就更加热闹了,孩子们的情绪也更加高昂欢快。过了一会儿,

骑鹅旅行记

来帮孩子们干活的人愈来愈多了。【名师点睛：大人们受孩子感染，孩子们又教授大人植树技艺，大家忙作一片，气氛热闹，情绪高昂。】

干活的人一多，山上的工具就不够用了，几个腿长善跑的男孩就被指派到村子里去取铁镐和铁铲。他们跑过各幢农舍的时候，那些还待在家里的人就走出来打听："怎么啦，出了什么事？"

"没有，全教区的人都到森林被烧毁的地方去种树啦。"

"全教区的老老少少都去了，我们也别在家里待着了。"

于是又有不少人成群结队地来到了山上的森林火灾区。他们先是一声不吭地站在旁边看，可是不久也加入了劳动的人群。因为人们认为在这阳春丽日来撒种栽树是极妙的享受，想到种子会发芽成长，破土而出，那真是非常有趣，而且活动一下筋骨，干点体力活也令人感到舒坦。

那些栽种下去的树苗慢慢会长出一些细枝嫩叶来，有朝一日它们会长成树干高大、华盖若亭的参天大树。他们流汗干活，不单是为了这个夏天这里能重新披上绿色新装，也是为了今后这里青木繁茂。正是由于他们今天的辛勤栽种，日后这里就可以听见昆虫的鸣叫、鹩鸟的歌唱和松鸡的嬉戏，乃至看到这大片荒野重新复苏，获得生命。这样，他们也就通过自己的劳动为子孙后代树立起了一座丰碑。【名师点睛：展望这片山头的未来，树木繁茂，虫鸣鸟唱，这是为子孙谋千秋万代的大好事。人们今日的善举必定会受到后世子孙的颂扬。】要知道，他们原本可能只会留给后代一座光秃秃的荒山，然而现在子孙将会得到一座浓荫连绵的大森林。在子孙后代想起这桩事情的时候，他们不能不感慨万千地缅怀起他们的祖先，想到他们的祖先是何等善良和卓有见识。

Z 知识考点

1. 填空题。

老鹰高尔果想带尼尔斯去找_____,尼尔斯却要去找_____说清楚。于是,高尔果决定先带尼尔斯去找_____,而后再一起去找_____。

2. 判断题。

(1)孩子们植树很卖力,干得很认真,也很为自己的行为感到自豪。（   ）

(2)尼尔斯所在的那个开阔的山脊上,十年前曾经发生过一场森林火灾。（   ）

3. 问答题。

老鹰高尔果想找尼尔斯帮什么忙?

_____

_____

Y 阅读与思考

1. 尼尔斯为什么坚持要去找克莱门特?

2. 火灾过后,山顶上为何常年是光秃秃的?

骑鹅旅行记

第三十八章　在海尔星兰的一天

> **M 名师导读**
>
> 　　老鹰高尔果带着尼尔斯去寻找克莱门特。他们在一个夏季牧屋找到了克莱门特,尼尔斯还听了放牧人讲的故事。后来,在得知克莱门特草率对待他们之间的约定,以致尼尔斯久等信号不得后,尼尔斯用松果打了克莱门特。

一片大的绿叶子

六月十六日　　星期四

　　次日凌晨,尼尔斯从海尔星兰上空经过,在他身下展示开来的是大片针叶树绽出了嫩绿色的幼芽,桦树的树梢披上了片片新叶,草地上绿茵茵、碧油油,农田里破土而出的新芽煞是喜人。这里是一片多山的高原地带,然而在它的中央却有一条宽阔而颜色鲜明的大峡谷纵贯南北,从这条峡谷又分出许多条小峡谷,有的窄而短,有的宽而长,这样就形成了很分明的脉络。"我可以把这块地方比作一片大的叶子,"尼尔斯遐思翩翩,"它绿莹莹的,就像一片树叶一样,这些大小峡谷就像叶子上的叶脉。"【写作借鉴:心理描写,运用了比喻的修辞手法,将身下一片高原比作一片树叶,使其形貌生动可感。】

　　这地方的景象同尼尔斯比喻的大致相同。在中央的那条大峡谷先是分出两条大一点的峡谷,一条向东,一条向西。然后它朝北伸展,又分出一些窄小的峡谷。到了北方,它又分出两支很宽阔的峡谷,在这以后它又向前延伸了很长一段,不过越来越细,渐渐消失在荒原之中。

在那条中央大峡谷里,奔流着一条气势磅礴的河流,它在沿途好几个地方扩展成了湖泊。紧靠着河畔的草地上布满了矮小的灰色棚屋。河畔草地的后面连接着耕地,峡谷边沿靠近树林的地方是一座座农庄庭院。这些庭院都很宽大,房屋建造得坚固而美观,彼此联结成行。一座座教堂高高地矗立在河畔,在它们周围,庄院聚集成很大的村庄。同样,在火车站和锯木厂周围也围簇着大片房屋。锯木厂都坐落在河流和湖泊边,四周木材堆积如山,一眼就能够辨认出来。

同中央大峡谷一样,分出来的峡谷里也是湖泊相连,田畴成片,有不少村落和农庄。那些峡谷中的河流潋滟闪烁,波滚浪逐,流进深山幽谷,渐渐地在两边的山崖拥迫之下变得愈来愈狭窄,最后只剩了涓涓细流。

峡谷两面的山冈上长着针叶林,那些树木不是长在平地上,而是长在崎岖不平的峰峦上,因而也高高矮矮,参差不齐,活像是一头瘦骨嶙峋的野兽身上披着的蓬松纷乱的毛皮。【写作借鉴:运用比喻的修辞手法,将覆满崎岖峰峦的高矮树木比作披在野兽身上的毛皮,比喻形象贴切,具体可感。】

从高空向下看,这地方山清水秀,风光旖旎。尼尔斯大饱了眼福,把这块地方一览无遗,因为老鹰在努力寻找老艺人克莱门特·拉尔森,所以必须从一个山谷飞到另一个山谷,低空盘旋,仔仔细细寻找那个人的踪迹。

天刚一亮,农庄的庭院里鸡叫牛哞,开始有了动静。在这一带,畜棚都是用粗大的圆木钉成的,棚顶有烟囱,窗子又高又宽,那些畜棚的棚门一打开,奶牛便蜂拥而出。这些奶牛毛色浅淡,花纹斑斓,个头不大而且体态玲珑,蹄腿也十分矫健,喜欢蹦跳。牛犊和羊群也出来了。不难看出,这些牲畜这时都情绪高昂。

庭院里一刻比一刻热闹起来。几个年轻姑娘挎着背包在牲口群里来回走动。有个男孩手里擎了一根长鞭子,把羊往一处赶。有只小狗在

427

▶ 骑鹅旅行记

奶牛群里钻来跑去,对那些想要顶角较量的奶牛狂吠。农庄的男主人牵来马,套在车子上,车上装满了大罐大罐的黄油、大块大块的奶酪,还有各色各样的食品。人们有说有笑,牛欢马嘶,热闹非凡,就好像在迎接一个快乐的节日一样。【写作借鉴:场面描写细致具体,通过对声、色的描绘,表现了场面的热闹。】

过了一会儿,人们赶着牲畜朝山上的森林走去。有个姑娘用清脆悦耳的呼叫引领着牲畜前进,牲畜在她身后排成了长长的一串。牧羊孩子和牧羊犬跑前顾后,不让一只羊儿离群。农庄主和长工们走在最后面。他们跟在马车旁边,防备翻车,因为他们走的是一条顽石遍布的林间小径。

这是海尔星兰一带约定俗成的传统,所有的农民都在这一天把牲畜赶进森林里,不过也许纯属巧合,正好那一天大家凑到一起来了。不管怎么说,反正尼尔斯有幸开了眼界,见到人和牲畜的洪流欢腾地从每个山谷和每个农庄走出来,朝着深山老林进发。尼尔斯整整一天都听得见从黑黢黢的密林深处传出来的放牧姑娘的歌声和牛铃铛发出的清脆的响声。他们大多数人要长途跋涉,而且路很难走。尼尔斯亲眼看到,他们是如何花了九牛二虎之力才挣扎着走过潮湿的沼泽地;遇到被风刮倒的大树时,他们还不得不绕道前进;马车撞在石头上,货物散落一地……可是,大家碰到这些难处却并不生气,只是扬声大笑一阵,仍旧高高兴兴地前进。【名师点睛:路途艰辛,困难重重,但是人们并不生气,反而情绪高昂,表明大家的乐观与欢快。】

到了薄暮时分,这些赶路的人和牲畜终于来到森林里事先开辟出来的营地,那里早已修建了一个低矮的牲畜棚和两三幢灰色的小棚屋。奶牛走进棚屋之间的院子,不禁哞哞地欢叫起来,好像他们一下子就认出了自己曾经居住过的地方,并且急不可耐地咀嚼起甘美鲜嫩的青草来。人们一边说笑打趣,一边把车上装的饮用水、木柴,还有其他东西全都卸下来,搬到那幢稍大一点的棚屋里。不久,烟囱里就升起了袅袅炊烟。放牧的姑娘和男孩们都围在大人们身边,坐在一块扁平的大石头上,开始在露天吃起晚饭来。

老鹰高尔果深信自己一定能够在来夏季牧屋的那些人中找到克莱门特·拉尔森。于是,他一见到朝森林里来的人牲队伍就赶紧低飞,用他那双敏锐的眼睛细细察看。可是一小时又一小时过去了,老鹰仍没有找到那个老艺人。

经过长时间的盘旋翱翔,老鹰在黄昏时分来到了大山谷东面的一片怪石嶙峋的山地上空。他低头往下看,那里又有一个夏季牧屋的营地。人和牲畜都已经安顿好。男人们正站着劈柴,姑娘们在挤牛奶。

"瞧那儿,"老鹰高尔果嗥叫一声,"我想那一定是他。"

老鹰一个俯冲,飞速降落下去。尼尔斯大吃一惊,高尔果的眼力真好。站在场院里劈木柴的那个男人果然是矮小的克莱门特·拉尔森。

老鹰高尔果降落在离棚屋不远的密林里。"现在我的任务完成了。"他说,还得意扬扬地摇头晃脑,【写作借鉴:动作、语言、神态描写,表现了老鹰在完成任务后的得意之色,像是在邀功,又似在炫耀。现在轮到尼尔斯兑现承诺了。】"你赶快想办法同他谈谈。我就在这棵稠密的松树上等你。"

动物们的除夕之夜

夏季场屋一切安排就绪。晚饭过后,人们尚无睡意,便闲坐着聊天。他们很久没有在森林里度过夏夜了,似乎舍不得早早就去埋头睡觉。夏天的夜晚非常短暂,直到这时还明亮得如同白昼一样。放牧姑娘手里编织着东西,时不时地抬起头来朝森林看一眼,又心满意足地笑起来。"啊,我们总算又到这里来啦!"她们高兴地说道。人声嘈杂的村落从她们的记忆中蓦地消失了,四周的森林一片静悄悄。当她们还在农庄的时候,一想到将要寂寞地在茫茫林海里度过整整一个夏天,她们几乎无法想象自己怎么能够忍受得住。可是她们来到夏季牧屋之后,却觉得这美妙得不可思议。【写作借鉴:动作、神态、语言和心理描写,通过来之前和来之后

429

骑鹅旅行记

的心态变化，来表现放牧姑娘们对夏季牧场生活的喜悦和兴奋之情。】

附近夏季牧屋的年轻姑娘和男人来看望她们了。这里围聚的人太多，屋里坐不下，大家就在屋前的草地上席地而坐。可是谁也不知道怎么打开大家的话匣子。那几个男人第二天就要下山赶回村子里去。姑娘们托他们办点小事情，要他们向村里的人问好。说完了这些就又找不到话题了。

于是，姑娘们当中年龄最大的一个搁下了手上的活，兴致勃勃地说道：" 我们今天晚上大可不必这样一声不响地闷坐着，因为我们当中有两个挺爱讲故事的人。一个是坐在我身边的克莱门特·拉尔森，另一个是苏南湖来的伯恩哈德，他正站在那边朝布腊克山上细看。我觉得，我们应该请他们每人给我们讲一个故事。我保证，谁讲的故事最使我们开心，我就把正在编织的这条围巾送给他。"【名师点睛：为打破沉默，年长的姑娘提出了讲故事的建议，承上启下，引出后文。】

她的这个提议得到大家的支持。那比赛的两个人自然要客气一番，推托几句，可是没过多久就同意了。克莱门特请伯恩哈德先讲，伯恩哈德没有客气。他对克莱门特并不熟悉，不过他估摸着克莱门特会讲一个有关妖魔鬼怪的老掉牙的故事。他知道大家通常都爱听这类故事，所以他想还不如投其所好先讲一个。

"在好几百年以前，"他开始讲道，"戴尔斯布地区有个主管几个乡村的教士，他在新年前夕策马驱驰在密林里。他身上紧裹着皮大衣，头戴皮帽子，马鞍上横放着一个小包，里面装着做临终圣事用的酒杯、祈祷书和法衣。白天的时候他被请到一个偏远的教区村为一个临终的病人做最后的祈祷。他在病人身边一直坐到晚上，现在他终于可以回家了，不过他估摸着怎么也要到半夜以后才能够回到教士宅邸。【名师点睛：故事从当下情节讲起，充分调动听众的好奇心，能让人迅速沉浸其中，而后再插叙一段背景介绍，使得情节更完整合理。照应前文，说明讲述人确实很会讲故事。】

"他不得不骑马颠簸赶路,好在那天晚上的天气还不坏。虽然夜已深了,但是还不算寒冷刺骨,而且连一点风都没有。尽管乌云层积,月亮依然能够同云层竞相追逐,在乌云层上影影绰绰,把皎洁的清辉洒向大地。倘若没有那点月光,他连地上的林间小径都难以辨认出来,因为那时是隆冬时节,天地之间灰蒙蒙的一片。

"教士那天晚上骑的是他最引以为傲的一匹骏马。这匹马体格强健,伶俐得像人一样,在全教区任何一个地方都能够识别回家的路。教士已经屡次测试屡次灵验,所以他对马儿深信不疑,在骑上这匹马的时候从来不去辨别方向。【名师点睛:补充说明马儿的强健及富有经验,教士因此放松警惕,为后文走错方向埋下伏笔,也突出了故事的离奇之处。】这天晚上也是如此,在黑沉沉的午夜时分,在茫茫林海之中,他若无其事地骑在马上,连缰绳都不握,一门心思想着别的事情。

"教士骑在马上颠来晃去,心里只是惦念着第二天要做的讲道之类的事情。就这样过了很久,他才想起来要抬头看看究竟离家还有多远。当他环顾四周的时候,他不禁暗暗纳闷,按理说他骑马走了那么长时间,早就应该到教区里有人烟的地方了,可是眼前却还是深山荒野,森林稠密。

"戴尔斯布那块地方当时建筑的分布格局与现在相同,教堂、教士宅邸、所有的大庄园和大村庄,都在教区北面名叫戴伦的那一带。而南面那一带全是森林和高山。那个教士看到他还在荒无人烟的地方时,马上就想到他还在教区南部,而要回家必须策马往北走。但是他越走越觉得不对劲,好像自己并没有朝北走。尽管没有星星和月亮供他辨认方向,可是他当时很肯定,自己是在朝南或者朝东走。

"他本来打算马上勒住缰绳,掉转马头往回走,可是他没有那样做,既然这匹马过去从来没有迷失过方向,那么这一次也不会。【名师点睛:教士渐渐察觉出方向不对,但是他并没有马上制止,而是选择继续相信这匹富有经验的马。】说不定是他自己糊涂了,只怪他一直心不在焉,没有看沿途的标志。于是他又听凭马儿照着原来的方向继续往前走,他自己又

431

骑鹅旅行记

去想自己的心事了。

"可是没走多久,一根很大的树枝狠狠地碰了他一下,几乎把他从马背上扫下来。他这才意识到,必须要弄清自己到了哪里。

"他朝地上一看,不禁大吃一惊,原来他是走在松软的沼泽地上,根本没有什么可供踩脚的小路。而那匹马儿却疾走如常,一点也不犹豫。这一次教士确信那匹马是走错方向了。

"这一次他毫不迟疑,抓起缰绳,勒回马头,重新朝着林间小路走。可是那匹马刚到林间小路上,又绕着路很快地钻进了森林。【名师点睛:教士终于忍不住出手制止,可是马儿却不听指挥。到底是出了什么状况呢?此处设置悬念。】

"教士完全肯定那匹马又往错路上走了。不过他又想到,既然马儿如此固执,说不定是要找一条更方便快捷的路,所以他也就听之任之了。

"说也蹊跷,地面上根本无路可走,然而那匹马儿照样疾走如飞。面前有山崖挡路,马儿就像山羊一般灵巧地蹿上去;在下陡坡的时候,马儿就把四只蹄子并拢收紧,沿着嶙峋顽石滑行而下。

"'但愿能够在做礼拜之前赶回去,'教士心里盘算着,'倘若我不能及时赶回教堂,戴尔斯布教区的乡民们会有何想法?'

"他还来不及思忖太多,就来到一个熟悉的地方。那是个很小的黑水湖,他去年夏天曾来钓过鱼。现在他终于看出来了,这正是他最担心、害怕的事情:他现在正在荒山野林的深处,而那匹马还在一个劲儿地朝南走,似乎非要把他驮到离教堂和教士宅邸远得不能再远的地方去。【名师点睛:马儿驮着教士往教士宅邸相反的方向越走越远,来到荒山野林的深处。这终于引起了教士的担心、害怕。】

"教士匆匆跳下马来。他不能够任凭这匹马将他驮到荒无人烟的旷野。他必须赶回家去,既然这匹马那样执拗,非要朝相反的方向跑,他决定自己徒步牵马而行,待走到熟悉的路上再骑上去。他把缰绳绾在手臂上,开始向前走。穿着一身厚厚的皮大衣在森林里徒步跋涉可不是一桩容易的事情,好在那个教士身体结实,能够吃苦耐劳。

"可是那匹马却给他平添了不少麻烦,马儿根本不听教士的摆布,四只蹄子蹬在地上纹丝不动,就是不肯跟他往前走。

"后来教士生气了。教士从来没有鞭打过这匹马,这时仍旧不想动手打他。教士气得扔下缰绳,独自离开。'哼,既然硬要走自己的路,我们干脆在这里分开算啦!'他气咻咻地叫嚷。

"他还没有走远,那匹马就追上了他,小心翼翼地咬住他大衣的袖口,想要拉住他。教士回过头,逼视那匹马儿的双眼,仿佛想要洞察出他为什么如此反常。

"教士始终不明白出了什么事。然而有一点倒可以肯定,那匹马有心事。尽管夜色那么黑,但马的面孔仍能看清楚,就像从人脸上的喜怒哀乐可以看出他心里在想什么一样。他看得分明,那匹马是焦急无比,苦恼不已的。那匹马看着他,眼神里流露出无比忧愁的光芒,既是在埋怨又是在哀求。'我天天毫无怨言地充当坐骑为你出力,'马儿似乎在说,'难道你就连这一夜都不肯陪我吗?'【写作借鉴:神态描写和心理描写,马儿似乎有什么焦急苦恼的心事,他哀求的眼神令教士动容。】

"教士被马儿哀求的眼神打动了。显然,今夜那匹马必定有什么事情要求助于他,他身为堂堂男子汉岂能袖手旁观,于是他当机立断,决定陪着马儿走一趟。他不再迟疑,把马牵到一块石头旁边,踏着石头跨上马去。'随你走到哪里去吧,'他对马儿说,'既然你要我陪你去一趟,我就悉听尊便。这样就没有人可以责备说,那个戴尔斯布教区的教士竟在别人陷入困难时弃之不管。'

"在这以后,他就听凭马儿放开四蹄往前跑,只专心注意如何在马鞍上坐稳。【名师点睛:教士不再反抗,听凭马驮着他往前走。他决心一探究竟。】这一段路崎岖不平而且险峻异常,一路都是上坡。周围的森林非常茂密,眼前两步远的地方他都看不见,不过他感觉得到,他们是在爬一座高山。马儿呼哧呼哧哧异常吃力地爬上一个又一个陡坡。倘若此时教士

骑鹅旅行记

自己能够做主的话,他是决不忍心把马儿驱赶到这样陡峭的高山上的。'嘿,难道你不爬上布腊克山就不死心吗?'教士讥嘲地说,还忍不住暗暗一笑。因为他明白,布腊克山是海尔星兰省境内最高的山峰。

"他骑在马背上往前走的时候,忽然察觉出来,那个夜晚在荒山野林里匆匆赶路的并非只有他和他的坐骑。他听到四周不断有动静,石头骨碌碌地在滚动,树枝噼噼啪啪地断裂。从声音上听,似乎有不少大动物在森林中穿行。他知道那一带狼很多,开始担心那匹马会不会使他卷入一场同野兽的肉搏角斗中去。【名师点睛:一路奔行,教士终于察觉到周围有异常的响动,似乎离真相不远了。这也叫他又生起一份担心。】

"向上爬呀,一股劲儿地向上爬,马儿爬得愈高,森林就愈稀疏。

"他们终于爬到了一个光秃的山顶上,在那里他可以极目远眺。他放眼望去,映入眼帘的都是连绵不断、峰峦起伏的群山和苍茫阴沉的森林。天色很黑,他无法看清周围的东西,但是他毕竟明白了自己在哪里。

"'原来我竟爬上了布腊克山,'他想,'一点没有错,不会是别的山。我认出来了,西面是耶尔夫舍山峰,东面是阿格岛一带的波光粼粼的大海。北面有块地方闪烁着灯火,那大概是戴伦镇。而在这个深峡里我见到的是尼安瀑布飞溅的像白烟般的水雾。对,一定没有错,我爬上来的就是布腊克山,这真是一次奇妙的历险。'【名师点睛:马儿带着教士爬上了山顶,教士终于认清了方位,心下觉得很惊奇。】

"他们爬到主峰上,那匹马儿就停下脚步,站在一棵枝茂叶盛的云杉树背后,似乎有所畏惧地藏在那里。教士弓腰向前,双手拨开枝叶,这样他可以毫无阻挡地观看面前的一切。

"布腊克山那光秃的峰顶就在他的眼前,不过并不像他预料的那样空荡荒凉。中央开阔的地方有一块大石头突兀屹立,四周密密麻麻地聚集着各种野兽。教士看到这个架势,便感到他们好像是到那里召开动物大集会。

"教士看见,紧靠大石头的是好几头大狗熊,他们身体魁梧、笨拙,就像披了一层毛皮的大石头一样。他们都趴在地上烦躁不安地眨着小眼睛,看得出来,他们才从冬眠中醒过来,所以还很难保持清醒。狗熊的后面是好几百只狼紧紧地挤在一起,他们不冬眠,因而没有一点睡意,在冬季黑暗的夜晚反倒比盛夏任何时候都有精神。他们像狗一样蹲坐着,毛茸茸的尾巴簌簌地在地上刷来扫去,嘴里呼哧呼哧地喘着大气,舌头长长地伸在嘴巴外面。狼群后面是山猫,他们一刻不停地转来转去,他们的模样很像形状扭曲了的大猫,不过腿脚似乎有点跛,行走起来有点蹒跚;他们很腼腆,不大情愿在众多动物面前露脸,因而一遇到别的动物走近,就会龇牙咧嘴,发出嘶嘶声。排在山猫背后的是貂熊,他们面部像狗,而皮毛像熊。他们在地上站的时间长了很不习惯,不耐烦地用宽厚的脚掌拍打着地面,一直想爬到树上去。在他们背后,一直到森林边缘,密密麻麻地聚集着一些娇小伶俐、体态俊美的野兽,比如狐狸、黄鼠狼、紫貂等等,但他们的表情比那些大野兽更加粗暴凶残。【写作借鉴:运用比喻的修辞手法,有详有略地写出了聚集到山头的各种动物的情状,描写细致生动,使读者如亲眼所见。】

"教士把这个场面看得非常清楚,因为那块地方被熊熊的火光映得通明。在场地中央的那块高高隆起的大石头上站着一个森林女妖,她手里高擎着一支烧得又红又旺的松树枝火把。森林女妖有森林之中最高的大树那样高,她身上披着云杉枝条编织成的衣衫,头发卷在一起像是云杉果。她站在那里凝然不动,面孔朝着大森林,正在察看和倾听。【写作借鉴:对森林女妖的外貌和动作的描写,富于想象力,增加故事的神秘、奇幻色彩。】

"尽管教士看得一清二楚,但是他异常吃惊,他想极力否认看到的一切,因为他都不敢相信自己的眼睛了。'这一切根本是不可能的,'他想,'我骑马在荒山野岭里走了太久,一定是眼花缭乱,产生了幻觉。'

"不过话虽这么说,他仍旧聚精会神地注视着这一切,急不可耐地想知道接下来会发生什么事情。

435

▶ 骑鹅旅行记

　　"他没有等多久，就听到山下森林里传来了一阵清脆的小铃铛声，随后还听到走路声和树枝折裂声，听上去似乎是有一大群动物穿过这片荒山野林。

　　"教士定睛一看，原来是一大群家畜走上山来了。他们按照到夏季牧屋去的次序排列成行，从森林里走了出来。走在最前面的是脖颈上系着铃铛的领头奶牛，接着是公牛和其他奶牛，随后是牛犊。绵羊挤成一团跟在后面，接着是山羊。在队伍最后面的是几匹马和马驹。牧羊犬跟在羊群旁边，但是既没有牧童，也没有放牧姑娘跟着。

　　"教士眼看着那些家畜径直朝野兽走去，心如刀割。他本应当挺身而出站在牲畜群面前，大喝一声，叫他们站住。不过他心里明白，要在那样一个夜晚把大群牲畜驱赶回去，是人力所不能及的。因此他只好按捺住自己，留在原地不动。

　　"不难看出，那些家畜对于即将降临的祸事不是毫不知情的，而是忍受着煎熬和折磨。他们都愁容满脸，垂头丧气，甚至脖颈上挂着铃铛的母牛也耷拉着脑袋，拖着有气无力的脚步。山羊也没有心思玩耍或者相互抵角了。马儿尽量装作气宇轩昂，可是仍然吓得全身像筛糠一般簌簌发抖。最可怜的要算是牧羊犬了，他们夹紧尾巴，几乎是匍匐前行。【写作借鉴：细致生动的神态描写和动作描写，表现了家畜们的紧张、害怕及煎熬。】

　　"脖颈上系着铃铛的奶牛把牲畜队伍一直引领到森林女妖面前。她绕着石头转了一圈，掉转身来就往山下森林走去，说也奇怪，那些野兽竟纹丝不动，没有一只去袭击她。同样，所有牲畜亦从野兽面前经过，没有遭受野兽的攻击。

　　"可是在牲畜队伍徐徐往前移动的时候，教士看到那个森林女妖把手里的火把移下来，指点这只或者那只牲畜。

　　"每逢火把下落一次，野兽群中便会骚动一次，他们欣喜若狂地嚎叫着，特别是当火把对着一头母牛或者一头别的大牲畜降下时。然而那些眼看火把点到自己身上来的家畜却不禁尖声嘶叫起来，仿佛是尖刀刺进了他们的肉里，而别的牲畜也不免同类相惜，一齐发出哀哀惨叫。【名师点睛：到底是个什么故事呢？情节渲染铺垫到了这里，终于触及核心，该到揭晓谜题的时候了。】

"现在教士终于恍然大悟，明白他究竟亲眼看见了什么情景。他过去一直听人说起，每到除夕之夜戴尔斯布一带的大小动物都要到布腊克山来聚集。森林女妖就在这里点出第二年哪些牲畜将成为野兽的果腹之食。【名师点睛：揭晓谜题，这才是家畜们哀号的原因。】教士对那些难逃魔掌、指定将要被野兽吞食的牲畜表示极大的同情，可是却又无力救助他们，虽说这些牲畜的主人是人类而不是那些野兽或者妖精。

"第一群牲畜刚过去，又听见下面森林里传来了领头奶牛的铃铛声，另一个农庄的牲畜又走上山顶。他们的队伍顺序同第一群完全一样，也是走向森林女妖。那女妖神态严峻、冷酷无情地把一只又一只牲畜点出来判处死刑。在这以后，一群又一群牲畜络绎不绝地走到她的面前。有些牲畜群很小，只有一头奶牛和几只绵羊，也有一些只有两三只山羊。显然，这些牲畜是从家境清贫的农户那里来的。尽管如此，他们还是不得不到这里来充当祭品。因为无论来自贫贱之家还是富贵之家，这些牲畜都在劫难逃，不能幸免。

"教士想起了戴尔斯布教区的农民们，他们非常疼爱自己的家畜。'要是他们知道了这件事，他们绝不会允许女妖继续这么胡作非为。'他恨恨地想，'他们宁可豁出自己的性命，也不肯让牲畜到熊和狼群里来，让森林女妖判处死刑。'

"最后露面的一群牲畜是教士宅邸来的。教士老远就分辨出了那熟悉的领头奶牛的铃铛声，他的坐骑想必也听出来了。那匹马儿浑身冷汗，每个关节都开始抽搐起来。'唉，现在轮到你去受森林女妖的判决了。'教士爱怜地对马儿说，'不过用不着害怕！我明白你为什么驮我到这里来，我不会舍弃你的。'【名师点睛：原来教士宅邸的牲畜也来了，这才是马儿一直要往这儿赶的原因。可是马儿驮来教士又希望他做些什么呢？】

437

▶ 骑鹅旅行记

"教士宅邸来的那些肥胖强壮的牲畜排成一长串从森林里走了出来,朝森林女妖和野兽那儿走去。长队的末尾是那匹把自己的主人驮上布腊克山的马。教士身不离鞍,仍旧稳骑在马上,让那马儿带他到森林女妖面前去。

"他既没有猎枪也没有长刀来防身,但是他要同妖魔鬼怪殊死搏斗,于是他把祈祷书拿了出来,紧紧地按在胸前。

"起初谁也没有注意到他。教士宅邸来的牲畜如同别的畜群一样从森林女妖身边走过。森林女妖却没有让手里的火把落下来点到其中任何一头。唯独等到那匹善解人意的马儿走过来的时候,她才挥动手臂要判决他的死刑。

"可是就在这千钧一发之际,教士把祈祷书高高举起。火把的光亮投射到祈祷书上,把十字架映得闪闪发光。森林女妖一声惊叫,手中的火把掉落到了地上。【名师点睛:千钧一发之际,教士朝森林女妖举起了祈祷书,救下了马儿。这才是马儿带教士来的真正原因。】

"火把摔到地上瞬间熄灭了。面前突然由明亮变为黑暗也是教士猝不及防的,他什么都看不见,什么也听不见了。他身边万籁俱静,就同置身在平时的冬季荒野一样。

"就在这时候,天空之中密布的乌云阴霾蓦地分散开,月亮从云缝之间露出脸来,把皎洁的清辉洒向大地。这时教士才看到,只有他和那匹马站在布腊克山之巅。那么多的野兽一只都不见了。地上连牲畜群踩过的痕迹都没有。但是他自己将祈祷书紧紧捧在胸前,胯下的那匹马还在浑身颤抖,汗如雨下。【名师点睛:现场情况突变,充满了玄奇色彩,叫人遐思万状。】

"当教士骑马从山上下来回到家里以后,他再也不能确定那一切是一场梦,还是确有其事。不过,这件事对他倒是一个启示,使他想到那些可怜的牲畜时时都蒙受着变成野兽果腹的美食的危险。于是,他不遗余力地向戴尔斯布教区的居民宣讲保护牲畜安全的必要。从此这个教区

438

里再也见不到狼和熊的踪迹了,虽然在他去世之后或许还有狼或者熊会回到那一带。"【名师点睛:补充讲述了教士返回后的作为,这才是教士此番奇幻经历的现实意义。】

伯恩哈德讲到这里就结束了他的故事。他博得了听众的大力夸奖、喝彩,看来他得到那个奖品已成定局了。大多数人都在想,克莱门特要同他较量那未免是自不量力了。

可是克莱门特却不动声色,毫不畏惧地开口讲了起来。"我说说我在斯德哥尔摩郊区斯康森公园工作的时候亲身经历的一件事情。有一天我非常想家……"他娓娓道来,讲到为了不让人们把小人儿关在笼子里做展览,他买下了那个小人儿。他接着又说,他刚发了善心做了那件好事,便得了好报。他讲呀,讲呀,那些听故事的人越听越惊奇。后来,他讲到国王、侍臣和那本漂亮的书的时候,那些姑娘们个个停下了手里的活儿,坐在那里屏息凝神,双眼直盯着克莱门特,想不到他竟然亲身经历过那么多事。【名师点睛:照应前文写克莱门特着急回家给乡亲讲自身经历的事。】

克莱门特终于把他的故事讲完了。那个年纪最大的放牧姑娘宣布了比赛结果。"伯恩哈德讲的是旁人碰到的事情,而克莱门特讲的却是他亲身经历的一个真正的传奇故事,我更喜欢克莱门特的这个故事。"她说道。

大家都赞成她的话。他们听说克莱门特竟有幸同国王交谈以后,不禁都肃然起敬,用另一种眼光看待他,而那位矮小的艺人却极力避免把他的得意表露出来。然而,大家听得兴高采烈之余,竟然有人细心地问到他后来把那个小人儿弄到哪里去了。

"我来不及给他放个蓝碗,"他支支吾吾地说,"不过我央求了一个拉普族老头。至于他后来究竟有没有办成,我就不得而知啦。"【写作借鉴:"支支吾吾"表现了克莱门特的心虚歉疚,他辜负了尼尔斯对他的信任。】

克莱门特话音还没有落,就有一个小松果飞来,砸在他的鼻子上。非常离奇的是,他们当中并没有人扔过松果,而松果又不是从树上掉下

439

骑鹅旅行记

来的。那么,松果是从哪里来的呢?这让人无法理解。

"哎呀,哎呀,克莱门特,"那个放牧姑娘说,"看样子那个小人儿还是个顺风耳,能够听到我们在这里的讲话,您真不应该叫别人去放那个蓝碗啊!"

Z 知识考点

1. 填空题。

在海尔星兰一带,农民们有一个传统,会在同一天将所有的牲畜赶往_____里的夏季牧屋。尼尔斯正巧赶上了这样一场人和牲畜从_____出来朝森林进发的洪流。

2. 判断题。

(1)本章节中,教士用马鞭战胜了森林女妖。(　　)

(2)农民们赶往夏季牧屋的路上,若遇到被风刮倒的大树时,他们不得不绕道前进;若马车撞在石头上,货物散落一地……他们并不生气,只是扬声大笑一阵,仍旧高高兴兴地前进。(　　)

3. 问答题。

打中克莱门特的松果是谁扔的?

_____

_____

Y 阅读与思考

1. 马儿为什么要把教士驮到山顶上?

2. 克莱门特讲了一个什么故事?

第三十九章　在梅德尔帕德

> **M 名师导读**
>
> 　　老鹰高尔果带着尼尔斯去找雁群。他们飞过梅德尔帕德时,看到了北方伐木工人辛苦的工作和艰苦的工作环境,较之南方舒适的生活,尼尔斯对这里的人们心生同情与敬意。

六月十七日　星期五

　　老鹰和尼尔斯第二天一早就出发了,高尔果以为那天一定能赶到韦斯特尔堡登。但是他听到尼尔斯自言自语地说,在他们正飞越的这一块土地上,人类是不可能生存的;【名师点睛:从尼尔斯的角度给出结论。这是一块怎样的土地呢?尼尔斯说得对不对呢?此处设置悬念,引出下文。】这时他预计他们不会那么快飞到目的地。

　　他们下面那块地方是南梅德尔帕德,那里除了荒芜的森林以外,一无所有。但是当老鹰听到尼尔斯的话时马上喊道:"在北方这一带,森林就是人们的耕地。"

　　尼尔斯想,黑麦麦秸脆弱,在光线充足的田野里一个夏天就生长起来了,而针叶树树干坚硬,在黑黝黝的森林中需要好多年才能成材,这两者之间是有很大区别的。"想在这样的土地上有所收获的人需要极大的耐心。"他说。

　　他们没有再多说,而是来到了一个地方,那里树木已经被砍伐光了,只有树墩和砍下的树枝留在地上。当他们从那块空地的上空飞过时,老鹰听到尼尔斯自言自语地说,这真是一个乏味和贫穷透顶的地方。

441

▶ 骑鹅旅行记

"那是去年冬天刚砍伐过的一块地。"鹰马上说。

尼尔斯想,在他的家乡,收割庄稼的人在阳光明媚的夏季早晨驾着马拉收割机,不一会儿就收割了一大片地,而森林却是在冬天收获。伐木工人走到积雪深厚的野外去作业,砍倒一棵树要付出很多劳动。如果要砍伐一块林地,他们得在森林里干好几个星期。【写作借鉴:对比描写,画面形象生动,令人印象深刻,表现了森林伐木工的艰辛。】"在这样一块林地上砍伐的人一定是能干的人。"他说。

在又飞了一会儿之后,他们看到布满树墩的空地边上有一个小棚子。它是用带着树皮的粗原木搭起来的,没有窗户,门是用几块零散的木块拼凑起来的。棚顶上铺着树皮和树枝,但是现在已经腐蚀掉落,因此尼尔斯能够看到棚子里只有几块用来当炉灶的大石头和几条宽木板做的长凳。【名师点睛:对森林小木棚的描写,极言其简陋,表现了伐木工人生活条件的艰苦。】当他们在棚子上空飞过时,老鹰听到尼尔斯在询问,不知道什么人会到那样破烂简陋的屋子里去住。

"在林地上砍伐木材的人在这里住过。"老鹰马上回答。

尼尔斯想,在他的家乡,收割庄稼的人回家时又高兴又快活,主妇把贮藏室里最好的东西拿出来犒劳他们。在这里,人们辛苦地劳动之后却要在小棚子的硬板凳上休息,而这种小棚子比家乡院子里堆放杂物的小屋子还要糟糕,至于他们能吃到什么,他想象不出来。"我想不会有人为这些工人举行庆丰收的宴会吧。"尼尔斯说。

再继续往前不远,他们看到下面有一条蜿蜒曲折、崎岖难走的林间小路,又窄又斜,坑坑洼洼,砾石遍地,有好几处还被小溪冲毁了。当他们飞过这条林间小路时,老鹰听到尼尔斯问,他不知道在这样一条路上运送过什么东西。

"砍伐下来的木材就是从这条路运送到木材堆积场去的。"老鹰回答说。

尼尔斯又想,南方家乡的生活是多么有趣呀!人们用两匹骏马拉的

442

大车,把收割下来的庄稼从田野里运回家,赶车的人神气地坐在大车顶上,马儿奔跑着,嘶叫着,村里的孩子们被允许爬到庄稼垛上,坐在那里高声叫喊,放声大笑,既兴高采烈又提心吊胆。可是在这里,运送笨重的木材要在坡地上爬上爬下,马儿常被累垮,赶车的人一定也感到束手无策。【写作借鉴:对比描写,鲜明地突出了南北地域差异下人们生活场景的不同,也表现了尼尔斯对家乡的思念。】"在这样的路上,恐怕难以听到欢声笑语。"尼尔斯说。

老鹰使劲拍动着翅膀向前飞去,不一会儿工夫,他们来到了一条河边。在这里,他们看到一个处处是木屑、碎木和树皮的地方,老鹰听到尼尔斯说,他不明白为什么这里如此杂乱狼藉。

"这里是存放砍伐下来的木材的地方。"老鹰喊道。

尼尔斯想,在他的家乡,收割下来的庄稼都被堆放在院子旁边,垛得齐整扎实,好像是他们最好的装饰品,而在这里,人们却把收获的东西堆放在荒凉的河岸边,无人过问。"我怀疑是否有人会到这样荒僻的地方来数一数他的木材堆,并且与邻居家的比一比。"尼尔斯说。

过了一会儿,他们来到了荣甘河上。它流经一个很宽的山谷,是一条汹涌澎湃的大河。那里的景色骤然大变,他们以为来到了另一个地区。黝黑的针叶林延伸到山谷的悬崖上,陡坡上覆盖着树干发白的白桦和山杨。山谷十分宽阔,甚至使大河在许多地方形成湖泊。河岸两旁坐落着富庶的大村庄,村庄里有许多用原木建筑起来的美观而又漂亮的庄园。当他们飞越山谷上空时,老鹰听到尼尔斯说,不知道那里的牧场和耕地够不够养活那么多人。【名师点睛:一反前文写伐木工作的辛苦和工作场所的简陋,此处写到林区富庶的庄园,叫人眼前一亮,原来在林区生活也并不只有"乏味和贫穷"。】

"这里居住着砍伐林地的人。"老鹰回答说。

尼尔斯想起了斯康耐家乡低矮的农舍和农舍周围的院子,而这里的农民居住在真正的贵族庄园里。"看来在森林里工作是值得的。"他说。

443

骑鹅旅行记

老鹰本来打算一直往北飞行，但是当他在大河上空飞行了一段之后，听到尼尔斯问，木材堆放在河岸上由谁照看。老鹰高尔果便掉过头，向东往荣甘河的下游飞去。"是这条大河在照看那些木材堆，并且把它们运到木材加工厂去。"老鹰喊道。

尼尔斯想，家乡的人们精打细算，连一粒粮食都舍不得丢掉；而在这里，大批大批的原木漂流在河里却没有人照看。他估计最多有一半的原木能漂流到目的地。在河道正中漂流的原木不会有问题，可以到达目的地；可是一些沿着河岸走的原木，会撞上小岬，或者停在河湾的死水里。湖泊里漂浮着大量原木，盖住了整个湖面，好像它们愿意在那里休息多久就可以休息多久；有的原木被桥梁卡住，有的会在瀑布上被拦腰切断，有的停留在激流中的石头前，形成高高的、摇摇晃晃的木材垛。【写作借鉴：运用拟人的修辞手法，采用排比句式，生动形象地写出了原木顺河流而下的情景。】"我真不知道，这些木材需要多少时间才能抵达木材加工厂。"尼尔斯说。

老鹰继续慢慢地朝荣甘河下游飞去。在许多地方，为了让尼尔斯有时间看清楚这种类型的工作是怎样进行的，老鹰便伸平翅膀，在空中慢慢滑行。

不一会儿，他们来到放木排的人工作的地方。老鹰听到尼尔斯自言自语地说，那些在河岸上奔跑的是些什么人。

"他们就是负责处理在半道上搁浅的木材的人。"老鹰叫道。

尼尔斯想，他家乡的人都是从容不迫、不慌不忙地把粮食送到磨坊里去的；而这里的人们，手里握着有钩的长篙在河岸上跑着，辛劳而费力地把原木拨正方向。他们在河岸边的水里跋涉，全身湿透。他们在激流中从这块石头跳到那块石头，在摇晃着的木材垛上稳健地来回走动，如履平地。他们是大胆而有决断的人。"这种情景使我想起了伯尔斯拉格那的铁匠，他们同火打交道时好像火是一种毫无危险的东西一样。"尼尔斯说，"这些放木排的人玩着水，犹如他们是水的主人。他们似乎已经征

服了水,使它不敢伤害他们。"【名师点睛:表现了工人们熟练的技艺和灵巧的身手。】

他们渐渐地接近河口,波的尼亚湾就在他们面前。但是老鹰没有继续往前,而是沿着海岸线向北飞去。没有飞多远,他们看到下面有一座锯木厂,大得像座小城市。老鹰在锯木厂上空来回盘旋,听到尼尔斯自言自语地说,那是一个极大又极好的地方。

"这就是大型木材加工厂,叫斯代特维克。"老鹰叫道。

尼尔斯想起了家乡的风磨,它们宁静地坐落在绿茵之中,叶轮缓缓地转动着。这个木材加工厂紧挨着海岸,它前面的水上堆积着大量原木,被铁链子一根接着一根地拖上斜桥,送进一个类似大库房的屋子里。进了屋子以后怎么样,尼尔斯就看不见了,但是他听到刺耳的咔嗒咔嗒声和震耳欲聋的轰鸣声。房子的另一面,满载着白色木板的小车穿梭往返,小车源源不断地行驶在光滑的轨道上,把木板运到晒木场,在那里人们把木板堆成高高的板垛。【写作借鉴:通过听觉描写和视觉描写来表现木材加工厂的繁忙有序。】一个地方在堆新垛,另一个地方在拆旧垛,卸下的木板被装到停泊在那里等待的几艘大船上。那里的工人数不胜数,他们的住宅鳞次栉比,从晒木场背后一直排到森林边上。"他们这样干下去,一定会把梅德尔帕德的所有森林全部锯完的。"尼尔斯说道。【名师点睛:这句话写出了尼尔斯对森林前景的担忧,也是作者及读者们的担忧。】

老鹰拍动了一下翅膀,他们立即又看到了一个大型木材加工厂,同上一个差不多,也有机器房、晒木场、装货码头和工人住宅。

"这里又是一个大型木材加工厂,它叫克比庚堡。"老鹰说。

"我看到,从森林中收获的东西比我想象的多,"尼尔斯说,"不过木材加工厂大约没有了吧。"

老鹰慢慢地拍打着翅膀,又飞越了两三个木材加工厂,来到了一座大城市。老鹰听到尼尔斯问这是座什么城市,他回答道:"这是松兹瓦尔,是林区里的主要城市。"

445

▶ 骑鹅旅行记

尼尔斯想起了南部斯康耐的城市，看上去都是那么灰暗、陈旧和凄怆，而这里，气候恶劣的北方，松兹瓦尔城却屹立在景色宜人的港湾里，看上去新颖、欢快和生气勃勃。他从空中向下俯视时感到特别有趣，市中心有一群高大的石头房子，非常壮观，连斯德哥尔摩也没有类似的建筑可以同它们媲美。石头房屋四周是一片空地，接着是一圈木头小屋，坐落在赏心悦目的小花园之中，但是它们似乎有自知之明，生怕自己在那些石头房屋面前相形见绌，因此不敢靠近它们。"这一定是一座既富裕又宏伟的城市。"尼尔斯说，"难道那片贫瘠的林地是它发迹的源泉吗？"

老鹰拍动着翅膀飞向了松兹瓦尔城对面的阿尔恩岛。尼尔斯极为惊讶地看到岸边林立着许多锯木厂，放眼望去，比比皆是，对面陆地上也是锯木厂紧挨锯木厂，晒木场连着晒木场。【名师点睛：尼尔斯看到了北方林区不一样的生活，这让他觉得新奇。但在这里，锯木厂林立，意味着人们赖以生存的地方将会面临过度砍伐所带来的严峻考验。】他已经数到四十，但是他相信，根本不止这个数目，肯定更多。"北方真是太好了，"他说，"在我的旅程中，我还没有看到一个地方像这里干得这样热火朝天，这样朝气蓬勃。我们的国家真了不起，不管我走到哪里，总能找到人类赖以生存的东西。"【名师点睛：在旅途中，尼尔斯亲眼见到了祖国的大好河山，也感受到了各地人们生活方式的不同，由衷地产生了对祖国、对人民的热爱和景仰之情。】

Z 知识考点

1. 填空题。

在尼尔斯的家乡——斯康耐地区，麦子只要一个_____便可以成熟；农人用_____收割庄稼，收获的庄稼堆放在院子旁边，整齐地垛好；人们工作起来也_____。

2. 判断题。

（1）尼尔斯觉得林区生活贫困又艰苦。　　　　　　（　　）

（2）荣甘河岸两旁坐落着富庶的大村庄，村庄里有许多用原木建筑起来的美观而又漂亮的庄园。（　　）

3. 问答题。

从森林中砍伐下来的原木是怎么运到木材加工厂的？

_____

_____

阅读与思考

1. 从哪些地方能够看出伐木工人工作的艰辛？

2. 尼尔斯家乡的人和北方林区的人的生活有什么不同？

骑鹅旅行记

第四十章 在奥格曼兰的一个早晨

M 名师导读

老鹰高尔果为尼尔斯寻找食物,遭到了鸟类和人类的驱逐。后来,一位美丽善良的妇人给了老鹰一块面包,这使尼尔斯深受感动。而后,尼尔斯亲眼看见了森林大火的惨状,以及人们勇敢地扑灭大火的情景。

面 包

六月十八日　星期六

第二天早晨,老鹰在奥格曼兰省上空飞了一会儿,突然说肚子饿了,必须找点东西吃。说完,他找了一座很高的山冈,把尼尔斯放在一棵大松树上,随后就飞走了。

尼尔斯在松树树杈上找了个好位置坐下来,观赏奥格曼兰省的风光。那天早晨,天气晴朗和煦,金灿灿的阳光照耀着森林,仿佛给森林也涂上了一层金色。和风抚过松针,一阵阵清香扑鼻而来。前面的山川河流尽收眼底,景色秀丽且视野广阔。【写作借鉴:景物描写,从视觉、嗅觉等角度来表现奥格曼兰省令人陶醉的风光。】他感到极为舒畅、爽快,似乎没人比他更幸福了。

他环视四周,眼前无遮无拦。他的西面是脉脉群山,峻岭屹立,越往远处山峰越巍峨险峻,也越荒凉可怕。东面虽然也是峰峦起伏,但是山脉愈来愈低,到海边已经成了平川。峰峦之间大河小川千转百回,曲折缭绕,这些河流湍急奔腾,波浪滚滚,再加上有不少飞泻直下的瀑布,航行极其艰险。而在靠近大海的地方,河床开阔起来,碧波粼粼,另有一番气象。他极目远望,连波的尼亚湾也看见了,在靠近大陆的一侧,大小岛屿和岩石礁星罗棋布,海湾的岬角同海水犬牙交错。而往远处去,则是水天之间一色相融,同夏日晴空一样蓝湛湛的。

"这块地方就像河岸上刚下过一场大雨之后的景色一样。许多涓涓细流顺着河岸淌下来,在河岸上犁出一道道沟壑。它们蜿蜒流淌,渐渐汇入河里,"【名师点睛:生动形象地写出了此地众多沟渠合流的景象。】尼尔斯在脑子里这样形容,"我记得斯康森公园那个拉普族老头常常说,瑞典非常倒霉的是在紧要关头偏偏把南北的位置摆颠倒了。别人听了都哈哈大笑,可是他正色说,他们只要亲眼看看北部那气象万千的景色,就会明白,那块地方本来应该摆放在南部才对。我觉得他言之有理。到这里来看看真是件不错的事。"

尼尔斯一饱眼福以后,就把背包解下来,取出一块又白又好的面包,开始吃起来。"我觉得我从来没有吃到过这么好吃的面包,"他一边吃一边想,"我还有这么多!够我吃两三天的。我昨天这个时候还不敢相信,自己会有这样一笔财产。"

他津津有味地咀嚼着,不禁回想起了他是怎么得到这个面包的。"一定是因为人家好心地送给我,我才觉得越吃越香。"他说道。【写作借鉴:采用倒叙的手法讲故事,先交代当下的结果,再回忆之前发生的事的经过,惹人惊奇,吸引读者往下看。】

原来那只老鹰前一天晚上就离开了梅德尔帕德。他刚刚飞过奥格曼兰省的边界,骑在他背上的尼尔斯就看到一个河谷和一条河流,气势之雄伟胜过了尼尔斯在那段路上见到的所有河流。

那个河谷夹在两条山脉之间,地势非常开阔,尼尔斯怀疑它是很久以前由另外一条比现在要大、要宽得多的河流冲刷而成的。河谷形成以后,又渐渐被泥土沙砾填堵垫高,虽然整个河谷没有全被堵塞,但是山脚

▶ 骑鹅旅行记

下很长一段都是那样。而现在流经河谷的这条河就是在这些松软的垫土层上冲刷出来的，河面很宽，水势也很凶猛，它也冲刷出了一个更深的河谷。它把河岸冲刷成非常好看的形状：有些地方是斜斜的缓坡，坡上鲜花盛开，红色、蓝色和金黄色相映成趣，一直延伸到尼尔斯的脚下，有些地方有不少坚硬的石头，河水无法把它们冲走，结果它们像是峭立的城墙和尖塔矗立在河岸上。

尼尔斯从高处俯视时，觉得他看到了三个不同的世界。最底下那一层，也就是河流经过的那河谷地带是一个世界。河上放着木排，汽船从一个码头驶向另一个码头，那里的锯木厂隆隆作响，大货轮忙着装货。在那条河里，有人在捕捞鲑鱼，有人在挥桨划船，有人在扬帆泛舟。一群群把窝筑在河堤上的燕子在水面上来回盘旋。

河谷再往上一层，也就是河谷两旁一直延伸到山脚下的平川地带，是另一个世界。那里农庄、村落毗邻，一座座教堂间杂其中，一派田园风光。农田里有农民在耕耘播种，牲口安详地在田野上吃草。四周一片苍翠碧绿，草地附近的菜园里人影绰绰，那是妇女们在打理菜园。车辆、人群在蜿蜒曲折的公路上熙来攘往，火车在漫长的铁路上吐着白烟突突地奔驰。【写作借鉴：环境描写，细致地描绘出一幅宁静祥和的乡居图。】

最上面的一层，是森林茂密的高山崇岭，这是尼尔斯看到的第三个世界。那里松鸡在静静地孵卵，麋鹿在浓密的灌木丛之中出没。山猫屏气潜伏，准备扑向猎物。松鼠在一点一点地啃嚼着食物。森林里的枝杈散发出阵阵幽香，黑加仑树枝头上繁花似锦，鸫鸟在婉转歌唱。

尼尔斯看完那富饶的河谷之后，就抱怨肚子饿得受不住了。他说整整两天没有吃一点东西，现在饿得支持不下去了。

老鹰高尔果当然不乐意别人说尼尔斯跟他在一起还要饿肚子。于是他马上放慢了飞行速度。"为什么你不早点说呢？"老鹰说，"你想要吃多少就有多少食物。有一只老鹰当你的旅伴，你是不会挨饿的。"【写作借鉴：心理、动作和语言描写，表现出高尔果的要强与自信。但是事情会

像他想的这样顺利吗？】

不久，老鹰看见有个农夫在离河岸不远的地方播种。那个人把种子放在他胸前挂着的一个篮子里，每次撒完之后就到田埂上的一个布袋里再舀出一点。老鹰估计那布袋里装有尼尔斯想吃的食物，于是就朝那个地方笔直俯冲下去。

可是老鹰还没有到达地面，四周就发出一片嘈杂的啼叫。那是乌鸦、麻雀、燕子等不计其数的小鸟以为老鹰在追逐哪只小鸟，便从四面八方汇集过来，成了黑压压一大片。"滚开，滚开，强盗！滚开，滚开，残害鸟类的屠夫！"他们齐声怒骂。他们的叫骂引起了农夫的注意，他赶紧走了过来。老鹰不得不逃走，连一粒粮食也没有弄到手。【名师点睛：出师不利，高尔果首次出手就被鸟群破坏了，也说明了老鹰在鸟群中早已声名狼藉。】

那些羸弱瘦小的鸟雀简直太不可思议了，他们不但迫使老鹰狼狈逃窜，而且还沿着河谷追逐了他很长一段路。满山遍野都能听到他们的啼叫声。妇女们走到院子里，像放枪一般噼啪噼啪拍起手来，男人们赶紧端着枪追出来。

老鹰每次朝地上俯冲下去，都会遇到同样的情形。尼尔斯已经对老鹰能够为他找到食物不抱希望了。他从来不曾想到，高尔果竟然那样令人憎恶，他几乎要可怜起这只老鹰来。【名师点睛：处在食物链顶端的老鹰想要帮尼尔斯寻找食物，却遭到了群鸟的攻击。尼尔斯不禁对高尔果心生同情，显示了他对朋友的疼惜和关爱。】

过了半晌，他们飞到了一个大农庄上空，农庄的女主人那一天正好在烤面包。她把新出炉的面包涂上奶油，放在院子里凉着，她自己则站在旁边守着，提防猎狗来偷吃。

老鹰在农庄上空盘旋而下，但是又不敢在那个农妇眼皮底下公然冲下去抓面包。他飞过来又飞过去，一直拿不定主意。有几次他飞得只有烟囱那样高，然而又升入云霄。

451

▶ 骑鹅旅行记

可是那个农妇注意到了这只老鹰。她抬起头来,注视着他。"这只老鹰真奇怪!"她说,"他大概是想要我的面包!"

那个农妇是个漂亮的女人,高挑的身材,金黄的头发,面孔开朗而和善。她哈哈大笑起来,从铁板上拿起一块面包,举过头顶。"你想要面包,就来拿吧!"她呼喊道。【写作借鉴:外貌、神态、动作和语言描写,美丽的外表、爽朗的笑脸、大方的动作和语言,衬托出农妇善良美好的心灵。】

老鹰当然听不懂她的话,可是他马上就明白过来,她愿意施舍给他这块面包。于是,他像一支箭一样朝着面包俯冲下去,双爪抓住面包呼啦一下飞上天空。

尼尔斯看到老鹰攫住面包,不禁热泪盈眶。他倒不是因为在这两三天里用不着再挨饿而高兴得流泪,而是那个农妇把她的面包施舍给猛禽吃的善举打动了他。【名师点睛:在高尔果孤立无援、尼尔斯饥肠辘辘的境况下,一个农妇一反常人对待猛禽的态度,拿出自己的面包给高尔果,令尼尔斯感动不已。】

现在他坐在松树上,一闭上眼睛就能够看见那个高挑身材、金黄色头发的农妇站在院子里高举着面包。

那个农妇肯定分辨得出那只大鸟是一只老鹰,是人们通常用刺耳的枪声来对付的强盗。而且她大概还看见老鹰背上驮着一个小怪物。但是她没有考虑他们是谁,只知道他们在挨饿,就大发善心让他们分享她那好吃的面包。

"倘若我有朝一日重新变成人,"尼尔斯暗暗想,"我一定要找到这条大河旁边那个漂亮的夫人,感谢她对我们的一片好心。"

森林火灾

尼尔斯早饭还没有吃完,就感到从北面飘过来一阵阵淡淡的烟气。他立即转过身,朝那个方向看去,他看到像雾一样的一根白色小烟柱从一个长满树木的山冈上袅袅升起。那股烟柱所在的山冈与尼尔斯之间还隔着一个山冈。在这荒山野岭居然看见了烟火,真叫人纳闷。不过,说不定是那边的一个夏季牧屋里,姑娘们一早起来忙着烧水煮咖啡时升起的炊烟。【名师点睛:远处的森林里冒出一阵阵烟气,引起了尼尔斯的警觉,但他还不确定是什么原因引起的,设置悬念。】

十分稀奇的是,那股烟柱愈来愈浓,而且愈来愈粗,正在往四下扩展,看样子不大像夏季牧屋升起的炊烟。不过,也许是森林里烧炭工干活儿时烧出来的浓烟吧。他在斯康森公园看过一个烧炭工住的小木棚和烧木炭用的炭窑。他还听说这一带森林里有烧木炭的,不过烧炭工一般是在秋冬之际才上窑生火的。

那股浓烟每时每刻都在扩大,没多久整个山冈上便浓烟滚滚了。看样子不像是烧木炭的窑冒出来的烟,炭窑冒不出那么多烟来。那边一定是发生了火灾,因为许多小鸟飞上天空,逃奔到邻近的一道山冈上。鹰隼、松鸡,还有许许多多体形小得无法辨认的鸟儿,都从着火的地方飞逃出来。【名师点睛:烟气由淡转浓,范围也不断扩大,更有许许多多鸟儿从那边出逃,一定是着火了。】

那根细小的白色烟柱这时候已经扩展成一片浓厚的白色烟云,铺天盖地飘过山冈,落进山谷,从烟云里蹿起了火星和炭屑,有时候还可以看见红彤彤的火焰。那边一定燃起了一场大火。可是究竟是什么在燃烧呢?难道这深山密林之中有一个大农庄不成?

不过,一个农庄是不会烧起那样一场大火的。现在不但是山冈上浓烟弥漫,山谷里也有了大团大团的浓烟,可是他看不清楚山谷里的情形,因为附近的山峦遮挡住了他的视野。不可能是别的东西在燃烧,一定是森林本身着了大火。

他很难相信那些绿油油、水灵灵的森林竟然也会失火。可是火灾毕竟发生了。倘若森林真的失火,火岂不是会一直蔓延到他的脚下?也可能不会吧,可是他此刻非常渴望老鹰快点回来。最好还是趁早离开这块

453

骑鹅旅行记

是非之地。不说别的,就是那一阵阵呛鼻的烟气就让他呼吸不畅,难以忍受了。

蓦地,一阵阵噼噼啪啪的开裂声清晰可闻,那声音是从离他最近的那个山冈上传出来的,真叫人毛骨悚然。那个山冈之巅有一棵参天古松,同他坐着的这棵高矮差不多。那棵松树特别大,在周围的树木之中突兀耸立,犹如鹤立鸡群一般。刚才它还沐浴在晨曦朝霞之中浑身红彤彤的,而现在所有的枝杈和树叶一齐燃烧起来。它从来没有像此时此刻这样华丽炫目,然而这也是它最后一次展现它的美丽了。那棵松树是最早着火的,不过火头是怎样爬上树去的呢?难道火是插上通红的翅膀飞到树上去的,或者是像蛇一样从地面上蜿蜒过去的?真是说不好,火头毕竟在那里了,整棵树就像一个松明火把一样。【写作借鉴:运用比喻、拟人的修辞手法,从听觉、视觉等方面详细描绘了参天古松着火时的情景,使读者如身临其境。】

这一下真的烧起来了!这里山冈上也处处都在冒青烟。烈焰像金蛇狂舞,又像鸟雀乱飞,既朝着半空吐出长长的火舌,又沿着地面偷偷地溜过来。顷刻之间整个山头都陷在熊熊烈火之中。

大小鸟儿一齐慌忙飞走,他们像大团大团的烟屑一样从烟雾里腾空飞起,越过山谷,飞到尼尔斯坐着的那道山冈上。有一只鸱鸮落到了尼尔斯的身边,他头顶上的一根树枝上落下了一只苍鹰。如果在平日,他们都是可怕的邻居,但是现在他们连看都不看尼尔斯一眼。他们只是瞪大眼睛看着火,大概是不明白森林里究竟发生了什么事情。一只松貂爬到松树冠,蹲在一根最靠边上的树枝上,目光炯炯地盯着那满山遍野的大火。紧靠着松貂的是一只松鼠,可是他们似乎谁也没有留意谁。【名师点睛:在大火漫天的情境之下,动物们已无暇顾及左右。通过描写动物们的反应,侧面烘托火势之大,情况之危急。】

这时候火焰顺着山谷斜坡飞速往下铺开。大火像一场大风暴一样嘶叫、怒号,发出震耳欲聋的轰鸣。透过浓烟可以看到火头是怎样从一

454

棵树蹿到另一棵树上的。在一棵云杉树着火之前,它先被一层薄薄的烟雾裹起来,接着所有的树枝、叶子一齐变成深红色,随后发出噼噼啪啪的爆裂声,最后整棵树燃烧起来。

尼尔斯脚底下的山谷里,有一条涓涓细流,两岸长着桤树和小白桦树。火势蔓延到了那里,似乎停下了脚步,因为阔叶林不像针叶林那样容易招惹火焰。于是林火像是被一堵墙挡住了一样踟蹰不前。林火加大了火势,火焰高蹿,火星四溅,噼噼啪啪地狂嘶乱吼,想要扑到对岸的阔叶林上去,可惜没有得逞。

有片刻时间,烈焰被挡住了去路,但是它又倏地吐出一条非常长的火舌,舔到了小溪对面的一棵干枯的大松树。那棵树立即发出了明亮的火光。这样一来,大火趁势越过了那条小溪。周围的一切都热得烫手,崖壁上每一棵树好像都会起火。林火就像是最强烈的大风暴和最猛烈的瀑布,怒吼着直扑山梁。

鸥鸮和苍鹰都慌忙飞入空中,松貂从树上跑到了地上,所有的动物都四处逃窜。用不了多久,火就会飞到尼尔斯所在的这棵松树。尼尔斯也不得不逃走了。不过顺着那么高的树干往下爬,可不是一件容易的事。他紧紧抱住树干,在树节之间滑行几大段,到最后那一段双手实在抱不住了,便一下摔在地上。他顾不上摸一摸究竟有没有摔伤,就拔脚狂奔。烈焰像呼啸的狂风从松树上追赶下来,地面开始发烫冒烟,他踩在上面觉得脚掌热乎乎的。【写作借鉴:运用比喻的修辞手法,从听觉、触觉、视觉等方面来表现大火蔓延之迅疾,情势之危急。】他的一侧跑着一只山猫,另一侧爬着一条长长的蝰蛇,而蝰蛇的身边却是一只母琴鸡带着一群羽毛未丰的鸡雏叽叽咕咕地啼叫着向前逃去。

当他们急匆匆地从陡峭的斜坡上跑进谷底时,他们遇到了赶来扑打山火的人群。人们一定早就在那里扑打了一段时间,不过尼尔斯只顾瞪大眼睛注意火扑过来的那一边,没有看见他们。在这道山谷底部也有一条小河和一条很宽的阔叶林带。那些人就在阔叶林背后忙碌着。他们

骑鹅旅行记

把紧挨着桤树的针叶树砍倒，从小河里提水把地面泼湿，并且把树林里的石楠花、羊齿草之类的灌木丛统统清除，免得火头从灌木丛里蹿过来。

那些人也是一心扑在正向他们蹿来的火上。仓皇出逃的动物从他们的两腿之间奔跑过去，他们连看都不看一眼。他们既不去追打蝰蛇，也不去抓那只带领一群鸡雏沿着小河跑来跑去的母琴鸡，甚至连那个小人儿也没有引起他们的注意。他们手上紧握着蘸过水的枝条，那是用来扑打山火的武器。虽然人数不算太多，可是看到大小动物都在夺路逃命，而他们却站在那里严阵以待，不免叫人肃然起敬。【写作借鉴：动物们的仓皇逃窜与人类的顽强抗争形成鲜明的对比，突显了人类在灾难面前的大无畏牺牲精神。】

烈焰顺着斜坡蔓延下来，噼噼啪啪的响声不绝于耳，散发出令人难以忍受的灼热和叫人窒息的浓烟。那火焰凶猛地吞噬着一切，所向披靡，准备跃过小河和阔叶林天堑，蔓延到彼岸。起初，那些来扑打山火的人被烈火逼得连连后退，似乎有点支撑不住了。但是他们倒退了没有多远，又重新站稳了阵脚。

林火以雷霆万钧之势猛扑过来。火星似雨点般溅落在阔叶树上，长长的火舌从浓烟中伸出，好像对岸的森林在吸引它们。【写作借鉴：运用了拟人、比喻的修辞手法，生动形象地描绘出火势之猛烈，使读者也揪心不已。】

然而阔叶林却阻挡住了火焰，不过这也全靠人们在树木背后苦苦奋战。哪里开始冒烟，他们就赶紧用水桶提水泼在哪里，使地面潮湿冷却下来。一棵树被浓烟淹没，他们便马上用斧头把它砍倒，把树身上的火焰扑灭。在火钻进灌木丛的地方，他们就挥舞湿漉漉的松树枝条用力抽打，把火扑灭。

浓烟滚滚，像云翳一样把所有的东西都裹住了。人们怎样扑打火焰的情景已经无法看清楚。不过不难想象，这场奋战是十分艰辛的，那林火有好几次都要突围而出再度蔓延开来。

真是想不到，过了一会儿，火焰那吓人的轰鸣声徐徐减弱下来，浓烟也开始消散开去!阔叶树木上的所有树叶都不见了,地面烧得一片焦黑,那些扑打林火的人们一个个都被浓烟熏得像炭一般黑,浑身大汗淋漓。可是森林火灾总算被制服了,不再有明火了。白色的烟云四散飘逸,轻轻地拂过地面,在这白蒙蒙的烟云之中,隐隐约约地显露出许多黑炭一般的木桩。这就是那边的一片枝繁叶茂的大森林所残存的一切。

【名师点睛:详细描绘了森林大火被扑灭后的情景,满目疮痍,令人唏嘘。】

尼尔斯爬到一块石头上,站在那里观看森林大火扑灭以后的情景。可是一波未平一波又起,森林保全下来之后,新的危险又降临到了尼尔斯的头上。鸥鸮和苍鹰一齐把虎视眈眈的目光对准了他。

就在这千钧一发之际,他忽然听到一个熟悉的声音在喊他。老鹰高尔果穿过森林嗖的一声俯冲下来。尼尔斯马上从危险之中脱身,坐在老鹰背上徜徉漫游在云霄之中。

Z 知识考点

1. 填空题。

那个农妇是个漂亮的女人,＿＿＿＿的身材,＿＿＿＿的头发,面孔＿＿＿＿＿。

2. 选择题。

最后是谁把尼尔斯从危险中救出来的? （　　）

A.雄鹅　　　　B.大雁　　　　C.老鹰

3. 问答题。

是谁给了高尔果一块面包?

_____

_____

457

骑鹅旅行记

第四十一章　韦斯特尔堡登和拉普兰

> **M 名师导读**
>
> 　　老鹰高尔果带着尼尔斯来到阿卡的家乡。尼尔斯向阿卡讲述了他帮助狐狸斯密尔逃脱和见到老鹰高尔果的事。在与阿卡的对话中,尼尔斯觉察出阿卡对高尔果的关心,遂决心帮助他们和好。尼尔斯的意愿能达成吗?

五个侦察员

　　尼尔斯在斯康森公园的时候,有一次坐在布尔耐斯农舍的台阶下,听克莱门特和拉普族老头谈论诺尔兰[瑞典一个行政区,地处达尔河以北,包括九个省]。两个人都说诺尔兰是瑞典最好的地方,不过克莱门特最喜欢奥恩格曼河以南的地方,而拉普族老头却说这条河以北的地方才是最好的。

　　他们起劲地交谈着,拉普族老头忽然发现克莱门特从来没有到过海讷桑德市[位于奥恩格曼河以南]以北的地区,就嘲笑他对自己没有见过的地区做如此武断的非议。"我不得不给你讲述一个传说,克莱门特,这样你就会知道,韦斯特尔堡登和拉普兰——也就是你没有到过的萨米人[是拉普人对自己的称呼]居住的广阔地区——是什么样子。"他说。【名师点睛:设置情境,由两人之间的分歧引出下文的传说故事,合理自然。】

　　"我对听传说是来者不拒的,正像你对喝一两口咖啡来者不拒一样。"

克莱门特回答说。拉普族老头便开始讲故事了：

"从前，有一次，居住在瑞典南部的鸟，也就是居住在辽阔的萨米人区以南的鸟觉得自己住得太拥挤了，想往北方迁移。

"他们集合起来商量。有些血气方刚的年轻鸟儿马上就想动身，但是那些年老而足智多谋的鸟儿主张先派遣一些侦察员到那个陌生的地方去察看一番，他们的主张得到大家的赞同。【名师点睛：血气方刚的年轻鸟儿容易冲动，足智多谋的老者则沉着冷静许多。这样的描写符合他们各自的身份。】五大鸟类各派出一名侦察员，足智多谋的鸟儿说：'这样我们大家都能知道在北方能不能找到合适的居住地和充足的食物！'

"五大鸟类立即挑选出五只健壮而机智的鸟。森林中的鸟挑选出一只松鸡，平原上的鸟挑选了一只云雀，海洋上的鸟挑选了一只海鸥，内湖鸟选了一只潜鸟，高山上的鸟选了一只雪雀。

"在他们即将启程时，长得最大、最有权威的松鸡说：'我们要去的地方十分辽阔。如果我们一起走，飞遍我们需要侦察的地方，一定会花很长时间，不如分头察看，一人负责一部分，那么两三天就能完成全部任务。'

"其他侦察员认为这是事半功倍的好主意，都遵照他的建议去做了。他们商定的分工是：松鸡考察中部地区，云雀到偏东的地方，海鸥到更靠东面大地斜倾入大海的地方，潜鸟负责到偏西地区查访，雪雀到最西边，沿着国境线调查。【名师点睛：详写具体分工，为后文故事的发展埋下伏笔。】

"五只鸟根据这一方案向北一直飞到所属地区，他们回来以后再一起集合向大家报告看到的情况。

"去海滨考察的海鸥首先发言。

"'北部那块地方很好，'他说，'除了一个长长的群岛外没有别的东西。到处是盛产鱼的海峡和森林茂密的小岬和小岛，绝大部分地方没有人居住，海鸟在那里能找到足够的住处。人类在海峡里打点鱼，搞点海上运输，但是并不多，不会打扰我们鸟类的生活。如果海鸟愿意采纳我的忠告，应该马上迁移到北方去。'

▶ 骑鹅旅行记

"接在海鸥后面发言的是到海岸线以内陆地上察看的云雀。

"'我不懂海鸥所说的小岛和小岬是什么东西,'她说,'我去的地方是辽阔的原野和繁花似锦的美丽牧场。我从来没有见过一个地方有那么多纵横交错的大河。我看到那些奔腾不息的大河,一泻千里,在平坦的原野上流过,心里真高兴。河岸上庄园林立,跟城市街道上的房屋一样稠密。河口处有许多城市,但是总的说来,那里地广人稀。如果平原鸟类愿意听我的劝告,应该立即往北迁移。'

"继云雀之后,由到中部地区考察的松鸡发言。

"'我既不明白云雀说的牧场,也不知道海鸥说的群岛,'他说,'我一路上看到的尽是松树林和杉树林。那里也有许多大面积的沼泽地和汹涌的大河,气象万千,但是没有沼泽或河流的地方都是针叶林。我没有看见耕地,也没有看见人类的住所。【名师点睛:森林鸟类的代表——松鸡发现他所侦察的区域有大片的森林,没有耕地也没有人类的住所,非常适合森林鸟类。】如果森林鸟类愿意听我的劝告,应该立即往北迁移。'

"松鸡说完以后,由到森林以西地区探察的潜鸟发言。

"'我不明白松鸡说的森林,也不知道云雀和海鸥的眼睛是怎么看的,'潜鸟说,'北方几乎没有什么土地,全是大湖。那些高山湖泊碧波粼粼,漪澜荡漾,湖岸景色宜人,湖水流入奔腾咆哮的瀑布之中。我在一些湖岸上看见了教堂和大教区村,但是其他地方渺无人迹,万籁俱寂。如果内湖鸟类愿意听我的劝告,应该立即迁移到北方。'

"最后是沿国界飞行的雪雀发言。

"'我不明白潜鸟说的湖泊,也不了解松鸡、云雀和海鸥看到的是什么地方,'他说,'我在北方找到一大片山地,我没有看见平原,没有看见大森林,却看见万壑千岩,山峦起伏。我看到银装素裹的田野,水色洁白如牛奶的山间小溪。视野所及,没有耕田,没有牧场,却看见了长满柳树、矮北极桦和石蕊的土地。我没有发现农民、家畜和农庄,却看见了拉普人、驯鹿和帐篷。如果高山上的鸟类愿意听我的劝告,应该立即搬迁

到北方。'【名师点睛：高山鸟类的代表——雪雀发现他所巡视的区域有一大片山地，万壑千岩，非常适合高山鸟类。】

"当五个侦察员把自己所看到的讲完以后，他们开始互相指责对方为骗子，争吵得很激烈，好像随时准备为证明自己所言非虚而进行一场战斗。但是那些派他们出去的年老而又足智多谋的鸟怀着喜悦的心情听了他们的讲述，并且使那些好斗的鸟安静下来。

"'你们都不要生别人的气，'他们说，'我们从你们的话里了解到，北方有大片的山地、湖泊、森林、平原和群岛。这比我们预计的要好，比许多大王国境内所有可夸耀的东西还要多。'"【名师点睛：五只侦察鸟都没有说谎，之所以意见不同，是因为他们所去的地方和所观察的点不同。他们谁的说法都不能代表北方，但综合起来，却更接近事实。】

奔跑着的大地

六月十八日　星期六

尼尔斯想起拉普族老头所讲的故事是因为他正从那片区域飞过。老鹰告诉他，伸展在他们下面的那块平坦的沿海土地是韦斯特尔堡登，西边远处那些黛青色的山脊在拉普兰境内。

尼尔斯在森林火灾中经受了种种惊吓后，现在又重新稳稳当当地骑在鹰背上，这确实是一种幸福，而且，他们也经历了一次美好而愉快的旅行。早晨吹的是北风，而现在方向变了，他们是在顺风飞行，一点都感觉不到空气的流动。他们的飞行是那么平稳，有时就像静静地停留在空中一样。尼尔斯觉得，老鹰不停地拍打着翅膀，但他们似乎总是在原地不动，而他们下面的一切却在移动。大地和大地上的一切都在缓缓地向南移动。森林、房屋、草原、围墙、河流、城市、群岛、锯木厂等等，一切都在移动。他不知道那些东西要往哪儿走。难道它们在遥远的北方待得厌烦了而想往南方搬迁吗？【名师点睛：风向变得与他们飞行的方向相同，当

🔵 骑鹅旅行记

飞行速度和风速一致时,尼尔斯就察觉不出他们在向北飞行,就似陆地在南移一般。】

在所有向南移动和搬迁着的东西中,他只看到一样东西是静止不动的,那就是一列火车。火车头一直在他们下面,火车跟高尔果一样,一点没有挪动地方。火车头冒着烟和火星,火车轮子在铁轨上滚动发出的隆隆响声,冲入云霄,一直传到尼尔斯的耳中,但是火车没有移动。【写作借鉴:"冒着烟和火星"是从视觉方面来表现火车在运行,轮子发出"隆隆响声"是从听觉方面来表现火车在移动。尼尔斯之所以觉得火车没有动,是因为他们的速度和方向与火车一致,这便是物理学上的相对位移不变下的相对静止。】森林从火车旁掠过,养路工的小屋从火车旁掠过,田野里的栅栏门和电线杆从火车旁掠过,唯独火车静止不动。一条宽阔的河流,横跨河面的一座长长的大桥迎着火车而来,但是大河和河上的大桥轻易地从火车下掠过。最后跑过来一个火车站,站长手拿红旗站在站台上,缓慢地走近火车。当他挥动手中的小旗时,火车喷出一串比以前更黑更浓的烟雾,并且烦躁地吼叫起来,好像在抱怨为什么让它站着不动似的。【写作借鉴:运用拟人的修辞手法,形象地写出了火车刹车时的景象。】不过就在此时,火车开始移动了,它同火车站和其他所有东西一样向南移动了。尼尔斯看到车厢门被打开,旅客从火车上走下来,这一切都是在火车和旅客向南移动时进行的。这时尼尔斯把目光从地上移向空中,向他的前方看去,他觉得,因为这列古怪的火车,他的头都晕了。

尼尔斯对着一朵小白云凝视了一会儿之后就觉得厌倦了,又向下看去。他仍然觉得,他和老鹰是静止不动的,而别的所有的东西都在向南移动。他坐在鹰背上想入非非,除此之外,没有什么别的好玩的。他想,如果整个韦斯特尔堡登都活动起来,朝南行进,那将是妙不可言的。在他下面有一块耕地正在滑动,它似乎刚下种不久,因为一根绿草也没看见。他想,如果这块正在向南移动的耕地跑到在这个季节已经长出麦穗的斯康耐省的南部平原上,那将会多么有趣!

462

北方的杉树林也和南方的不一样。树木稀疏,树枝短小,叶子几乎是褐色的,很多树的树冠上光秃秃的,像得了病似的。地上积满了年深月久的干枯树干,谁也不去清理。想一想,如果这样的一座森林搬迁到遥远的南方,见到考尔毛登,它一定会感到自己既可怜又可鄙的!

就说他不久之前刚刚看到的那个院子吧。<u>里面长着许多漂亮的树木,但是既没有果树,也没有珍贵的椴树和栗树,只有花楸和桦树。院子里有漂亮的灌木,但是没有金链花和西洋接骨木,只有稠李和丁香。院子里也有栽种香料的园圃,但还没有耕作栽培。</u>【名师点睛:举例说明南北地域和气候差异下所种的树木的不同。】想一想,如果这样一小块地一直跑到瑟姆兰一个庄园的院子里,它一定会认为自己是一块不折不扣的荒地。

还有那块上面有许多灰色小草棚的牧场,人们会以为房子的地皮占了牧场的一半。如果它跑到东耶特兰平原去,那里的农民一定会瞠目结舌,不知它是怎么回事。

现在,他下面有一片长满松树的旷野,这里的松树不像一般森林中的松树那样呆板、笔直,而是枝叶繁茂,树冠丰盛,在白石蕊地毯上形成一个个赏心悦目的小树林,但是,如果这样的松林旷野跑到上奥德修道院的公园里去,那个美不胜收的公园不得不承认它同自己不相上下。

就拿他身下那座木结构的教堂来说,它的墙上镶着红色的似鱼鳞的木片,顶上有座色彩缤纷的钟楼,旁边那些灰色的附属房屋组成一个完整的小城,想一想,如果这样一座教堂搬迁到哥特兰岛上一座砖砌教堂旁,那情况又会怎样呢?砖砌教堂肯定会有许多仰慕钦佩的话要对那座木头教堂说。

<u>全省风光中最值得骄傲的是什么呢?显然是那些灰暗的巨大河流,它们有出色的峡谷,两岸庭院林立,木材成堆,还有锯木厂、城市,河口停泊着许多汽船。</u>【写作借鉴:运用设问的修辞手法,自问自答,强调那些灰暗的巨大河流是全省风光中最出色的。】如果这样一条大川来到南方,那

骑鹅旅行记

么,达尔河以南所有的小溪和河流一定会羞得钻入地下。

想一想,如果这里的一块易于耕作、位置又良好的辽阔大平原在贫穷的斯莫兰省农民面前经过,那该有多好啊!他们一定会赶紧离开自己贫瘠的小块土地和多石的小耕地,开始在这里犁地和耕种。

这地方同其他所有地方比起来,有一个得天独厚的优势,那就是光明。灰鹤站在沼泽地上睡着了,这说明夜晚应该到来了,但是大地仍是一片光明。这里的太阳不像其他东西那样往南移去,而是一直在遥远的北方,现在阳光直射到尼尔斯的脸上。看来,太阳是不准备落到地平线下去了。想一想,如果这样的光明和这样的太阳照耀在西威曼豪格,那该有多好啊!这样一来,他的爸爸和妈妈就能二十四小时干活了。【名师点睛:这是地理上的极昼现象,往北到极圈和极点之间,根据纬度不同,极昼的长短会有变化。】

梦

六月十九日　星期日

尼尔斯抬起头,以似醒非醒的目光向四周望去,真奇怪,他在一个陌生的地方睡觉。是的,他从来没有来过这条峡谷,峡谷周围的山也没有见过。峡谷中间那个圆圆的大湖他也不认得。他正躺在桦树下,可是这样可怜而又矮小的桦树他是从来没有见过的。

老鹰到哪儿去了?他四处寻找,但是没有找到。难道高尔果抛弃了他?如果真是这样,这将又是一次冒险。【写作借鉴:此处设置悬念,使文章波澜起伏,吸引读者注意。】

尼尔斯重新躺到地上,闭上眼睛,极力回忆他睡着之前的情景。

尼尔斯记得在韦斯特尔堡登上空飞行的感受,他觉得当时自己和老鹰在空中是静止在同一个地方,而他身下的大地却是在向南移动。后来老鹰向西北方向飞行,风从旁边吹过来,他又感觉到了空气的流动,与此同时，大地也停住了脚步。他注意到老鹰驮着他追风逐电般地向前飞行。

"现在我们进入拉普兰境内了。"他记得高尔果这样对他说。尼尔斯把身子向前探，想看一看他多次听别人讲起过的那个地方的景色。

但是他只看到大片森林和空旷的沼泽，他感到失望极了。森林连着沼泽，沼泽接着森林。一成不变的单调景色使他昏昏欲睡，差一点从老鹰背上摔下来。

他记得他对老鹰说，他在背上实在坐不住了，想睡一会儿。老鹰立即降落到地上，尼尔斯一下子躺到了沼泽地上，但是老鹰又用爪子抓起他飞上了天空。"睡吧，大拇指小人儿！"他叫道，"有阳光照着，我睡不着，我要继续飞行。"【名师点睛：照应前文，他们飞到瑞典北部，进入北极圈，天空出现极昼现象，尼尔斯扛不住了要休息，老鹰却一点不困。这也说明高尔果粗中有细，将尼尔斯照顾得无微不至。】

虽然尼尔斯挂在鹰爪上不怎么舒服，但是他还是昏昏沉沉地打起瞌睡来，他睡着以后做了一个梦。

他觉得自己是在瑞典南部的一条宽阔的大路上行走，他使出两条小腿的全部力量快速地向前走。他不是一个人在走，而是和一大群伙伴朝着同一方向行进。紧挨着他走的是顶上长着沉甸甸的麦穗的黑麦，开着花的矢车菊和黄色的珍珠菊；被果实压得直不起腰来的苹果树气喘吁吁地向前走着，跟在他们后面的是结满豆荚的菜豆和大株的春白菊，以及一片片浆果灌木矮林。那些高大的阔叶树，既有山毛榉又有橡树和椴树，他们不慌不忙地走在大路中央，树冠上有嗖嗖的风声，他们倨傲、骄矜，不给任何人让路。他的脚底下跑着小植物，如草莓、银莲花、蒲公英、苜蓿和勿忘我等等。起初，他以为只有植物在大路上行走，可是不久他就发现动物和人类也跟在后面。昆虫围着向前急速行进的植物嗡嗡叫着，大路旁的水沟里鱼在游动，鸟儿栖在行进着的树上歌唱，驯养动物和野生动物在竞赛奔跑，在他们中间走着的却是人类，他们有的扛着铲子和大镰刀，有的拿着斧头，有的扛着猎枪，还有的拿着捕鱼网。【名师点

465

▶ 骑鹅旅行记

睛:所谓"日有所思,夜有所梦",此段照应前文尼尔斯在飞行中的所见所想,梦境大胆合理。】

队伍兴冲冲、喜洋洋地行进着。当他看到是谁在率领队伍前进时也就不奇怪了,率领队伍的不是别人,而是太阳。太阳像一个庞大而又闪闪发光的脑袋在大路上向前滚动着,她的头发是五彩缤纷的光束,射向四方,她的脸上洋溢着欢悦和慈祥的光芒。【写作借鉴:运用比喻和拟人的修辞手法,生动地写出一个向前滚动的既欢悦又慈祥的太阳形象。】"向前进!"太阳不停地高喊着,"有我在,谁也不必害怕。向前进!向前进!"

"我不知道太阳要把我们带到什么地方去。"尼尔斯自言自语地说道。走在他身旁的黑麦听见了他的话,立即回答说:"他要把我们带到拉普兰,同那个冰巨人搏斗。"

尼尔斯不久就发现,队伍中有一些动植物开始犹豫,步伐越来越慢,最后干脆停下了。他看见那棵大山毛榉树站住了,牝鹿和麦子停在了路边上,黑莓树、黄色的大金莲花、栗树和山鹑也停下来了。

他向四周看了看,想弄明白为什么那么多动植物不走了。这时,他发现他已经不在瑞典的南部了,队伍行进得如此迅速,他们已经到达斯维亚兰了。

在这里,槲树越来越迟疑,他站了一会儿,又犹豫不决地向前迈几步,最后完全停下了。"为什么槲树不再跟着走了呢?"尼尔斯问道。

"他害怕那个冰巨人。"一棵生气勃勃的小桦树回答说,他高兴而又精神饱满地向前走着,那样子真是好看极了。【写作借鉴:语言描写和神态描写,表现了小桦树的勇敢与无畏。】

尽管有很多人落在了后面,但是仍然有一大群人继续勇敢地向前走着。太阳仍然在队伍前面滚动着,大笑着,喊叫着:"向前进!向前进!只要我还在,谁也不要害怕。"

队伍以同样的速度飞快地前进着。不久他们来到了诺尔兰,现在不管太阳怎么叫喊乃至请求都无济于事了。苹果树站住了,樱桃树站住了,燕麦站住了。尼尔斯回过头去问那些落在后面的人："你们为什么不跟着走了呀？你们为什么离开太阳呀？"

"我们不敢。我们怕那个居住在拉普兰的冰巨人。"他们回答。

尼尔斯似乎懂了，他们已经来到遥远的北部——拉普兰。在这里，行进的队伍变得越来越小。黑麦、大麦、草莓、蔓越橘、豌豆和红醋栗本来一直跟在后面，麋鹿和母牛本来也是肩并肩地跟着走，但是现在都停住了。人类还跟着走了一段路，但是后来也停住了。如果没有新来的朋友加入队伍里的话，太阳几乎要成为孤家寡人了。柳树丛和其他许多小植物加入行列。拉普人和鹿、雪鸮和北极狐以及雷鸟也加入行列里。【名师点睛：梦境里跟着太阳走的动植物和人类越来越少，这是因为随着北向行进的深入，纬度越来越高，气温越来越低，已不适合许多动植物的生存。】

尼尔斯听到有一种东西迎面而来。那是一些大河和溪水卷着急流奔腾而来。"他们为什么这样慌慌张张地跑呀？"他问。

"他们是为了躲避山里居住着的那个冰巨人。"一只雷鸟回答说。

忽然，尼尔斯看见前面有一堵高大、漆黑并且带有许多尖角的墙，大家看到这堵墙后似乎都要往后退，但是太阳马上回过头，把光芒四射的脸对着墙，把它照得雪亮，这时大家看清楚了，横在他们面前的不是什么墙，而是起伏的绮丽的山峦。重峦叠嶂被阳光染成了红色，陡坡呈淡蓝色，其间闪出金色光芒。"向前进！向前进！只要有我在，问题就不大。"太阳高喊着，滚动着爬向山坡。【名师点睛：他们已进入北极冰川覆盖地区，还会有动植物或人类跟着太阳前行吗？】

但是在太阳向山上爬的旅程中，勇敢的小桦树、强壮的松树和顽强的杉树离开了她，驯鹿、拉普人和柳树也离开了她。最后，当她到达山巅的时候，除了尼尔斯，再也没有别人跟在她的后头了。

太阳滚进了四壁覆盖着坚冰的幽谷，尼尔斯·豪尔耶松本想跟着她进去，但是走到幽谷的入口处他不敢再向前走了，因为里面有一种令人胆寒心悸的东西。幽谷深处坐着一个身体是冰、头发是冰柱、斗篷是雪

骑鹅旅行记

的老巨人。巨人面前躺着几只黑狼,太阳一露脸,他们就站起来,张开大嘴。第一只狼的嘴里喷出刺骨的寒冷,第二只狼的嘴里喷出呼啸的北风,第三只狼的嘴里喷出伸手不见五指的黑暗。"这一定是那个冰巨人和他的随从们了。"尼尔斯想。他明白,现在最明智的做法是赶快逃跑,但是他又十分好奇,想看一看巨人和太阳见面后的情景,因此,他站着没有走。

巨人纹丝未动,只是用他可怕的冰脸盯着太阳。太阳同他一样,站在那里也没有动,只是微笑和放射光芒。这样僵持了一会儿,尼尔斯好像发现,巨人开始叹气,他好像被折磨得浑身难受,雪斗篷掉下来了,那三只可怕的狼的咆哮也没那么凶恶了。可是突然太阳喊起来:"现在我的时辰到了。"然后滚动起来,退出了幽谷。于是巨人把三只狼撒开,北风、寒冷和黑暗顿时走出幽谷,开始追逐太阳。"把她赶走!把她赶走!"巨人叫喊着,"让她永远不敢回来,教训教训她,使她知道拉普兰是我的!"【名师点睛:太阳的离开预示着极昼现象的结束,马上北极地区又将笼罩在北风、寒冷和黑暗之下。】

当尼尔斯听到要把太阳从拉普兰赶跑时,他吓得要命,尖叫着从睡梦中惊醒过来。

当他清醒以后,他发现自己躺在一条大峡谷的底部。可是高尔果在哪里?怎么样才能打听到自己现在在什么地方呢?

他站起来朝四周望去。他的目光落到了悬崖上用松枝搭起来的古怪建筑上。"那肯定是一个鹰巢,高尔果……"【名师点睛:到达高尔果的鹰巢,也说明他们到了雁群栖息的山谷,马上就要与雄鹅莫顿和阿卡重逢了,令人惊喜。】

他没有多想,摘下头上的小帽子,挥动着欢呼起来。他知道高尔果把他带到了什么地方,这就是老鹰住在悬崖上、大雁住在谷底的那条峡谷。他到达目的地了!他会马上见到雄鹅莫顿和阿卡,还有其他旅伴了。

重　逢

　　尼尔斯缓缓地向前走着去寻找朋友们。整个山谷里寂静无声。太阳还没有照到悬崖上，尼尔斯明白这还是大清早，大雁们还没有醒来。他没走多远就站住了，微笑着，因为他看到了非常动人的情景。一只大雁躺着，睡在地上一个小窝里，一只公雁站在她的身边，他也在睡觉，他站得离雌雁那么近，显然是为了随时应对危险。

　　尼尔斯没有去打扰他们，而是继续往前走，在覆盖住地面的小柳树丛之间察看。不久，他又看到一对大雁，他们不属于阿卡这个雁群，而是外来的客人，然而单是看到大雁就使他十分高兴，他开始哼起歌来。【名师点睛：经历这一番磨难，尼尔斯心下更把大雁当作亲人一般。久别重逢，自是兴奋不已。】

　　尼尔斯向一个灌木丛里看去，终于看到了一对他熟悉的大雁。在孵蛋的那一个肯定是奈利亚，站在她身旁的公雁是科尔美。是的，一定是他们，不会看错的。

　　尼尔斯真想叫醒他们，但是他还是没有打扰，又向前走去。

　　在下一个灌木丛里，他看见了维茜和库西，在离他们不远的地方，他发现了亚克西和卡克西。四只大雁都在睡觉，尼尔斯从他们身旁走过也没有叫醒他们。

　　他走到下一个灌木丛的附近，好像看到灌木丛中一样东西在闪闪发亮，他兴奋得心怦怦直跳。不错，果然像他所意料的，邓芬美美地躺在里面孵蛋，她身旁站着雄鹅。尼尔斯觉得雄鹅尽管睡着了，样子却十分自豪，因为他能在遥远的北方、在拉普兰的大山里，为他妻子站岗放哨。

　　尼尔斯也没有把雄鹅从睡梦中叫醒，而是继续向前走去。

　　他又寻找了很长时间，才又看到几只大雁。他在一个小山丘上发现了一样类似灰色草丛的东西。等他走到山丘脚下，看到这簇灰色草丛原

469

▶ 骑鹅旅行记

来是大雪山来的阿卡,她精神抖擞地站在那里向四周瞭望,好像在为全峡谷警戒。

"您好,阿卡大婶!"尼尔斯叫道,"您没有睡觉真是太好了。请您暂且别叫醒其他大雁,我想同您单独谈谈。"【名师点睛:尼尔斯一路走来,没有叫醒其他人,而是径直找到领头雁阿卡,他想怎么劝和阿卡和高尔果呢?】

这只年迈的领头雁从山丘上跑下来,走到尼尔斯那里,她先是抱住他摇晃,接着用嘴在他身上从上到下地亲啄,然后又一次地摇晃他。但是她一句话也没有说,因为他要求她不要叫醒别的大雁。

尼尔斯亲吻了年老的阿卡大婶的双颊,然后开始向她叙述他是怎样被带到斯康森公园并被幽禁的。

"现在我可以告诉您,被咬掉一只耳朵尖的狐狸斯密尔也被关在斯康森公园的狐狸笼里,"尼尔斯说,"尽管他给我们带来过极大的麻烦,但我还是禁不住要为他感到可惜。那个大狐狸笼里关着许多其他狐狸,大部分生活得很愉快,而斯密尔却总是蹲着,垂头丧气,渴望着自由。【名师点睛:尼尔斯变得宽容善良,即使是屡次试图伤害自己的狐狸斯密尔,他也表示同情和关心。】我在那里有许多好朋友。一天,一只拉普兰狗告诉我,有个人到斯康森来买狐狸,那个人是从海洋中一个遥远的岛上来的,岛上的人灭绝了狐狸,而老鼠却成了灾,他们希望狐狸再回去。我一得到这个信息,就跑到斯密尔的笼子那里对他说:'明天,斯密尔,人类要到这里来取走几只狐狸,到时候你不要躲藏,要站到前面,想办法使自己被抓住,这样你就能重新得到自由了!'他听从了我的劝告,现在,他自由自在地在岛上四处奔跑。您觉得我这件事做得怎么样,阿卡大婶?是按您的心意办的吧?"

"是的,换作我也会这样做。"领头雁说。

"您对这件事感到满意那就好,"尼尔斯说,"现在还有一件事我一定要问问您,听听您的意见。有一天,我看到高尔果,那只老鹰,就是同雄鹅莫顿打架的那只老鹰,被抓到斯康森并被关进了鹰笼里。他看上去神情沮丧、垂头丧气,我想把钢丝网锯断,放他出来,但是我又想,他是个危险的强盗,吃鸟的坏家伙。我不知道放掉这样一个家伙是否正确,我想,最好还是让他关在那个笼子里算了。您说呢,阿卡大婶?我这样想对不对呀?"【名师点睛:尼尔斯故意不说他已救出高尔果的事实,反而征询阿卡的意见,实则是想试探一下阿卡是否还关心高尔果,为之后的开口劝和做铺垫,表现了尼尔斯的聪明。】

"这样想可不对,"阿卡说,"人家对老鹰想怎么说就让他们说,老鹰比其他动物更傲气,更热爱自由,把他们关起来是不行的。你知道我现在建议你去做一件什么事吗?那就是我们两个,等你休息好以后,一起做一次旅行,飞到斯康森去,把高尔果救出来。"

"我就知道您会这么说,阿卡大婶。"尼尔斯说,"有人说,您花了很大心血抚养起来的老鹰不得不像老鹰一样生活的时候,您就不会再疼爱这只鹰了。可是刚才我亲耳听到您的话,证明这种说法是不符合事实的。现在我要去看看雄鹅莫顿是不是已经醒了,在此期间,如果您愿意向把我驮到这儿来的家伙说句感谢的话,我想您会在曾经发现过一只无能为力的雏鹰的那个悬崖上见到他。"

知识考点

1. 填空题。

松鸡觉得_____最适合他居住,云雀觉得_____最适合她居住,海鸥认为_____最适合自己,潜鸟则认为_____最适合自己,雪雀最喜欢住在_____之间。

2. 判断题。

(1)松鸡、云雀等五个侦察员都在说谎,所以他们谁也不相信谁,争吵得很激烈。( )

(2)尼尔斯亲吻了年老的阿卡大婶的双颊,然后向她叙述他是怎样被带到斯康森公园并被幽禁的。( )

471

▶ 骑鹅旅行记

3. 问答题。

狐狸斯密尔的现状如何？

_____

_____

Y 阅读与思考

1. 尼尔斯睡着时做了一个什么样的梦？

2. 尼尔斯开始的时候为什么欺骗阿卡说他没救高尔果？

第四十二章　放鹅姑娘奥萨和小马茨

名师导读

　　放鹅姑娘奥萨的家人因收留一个流浪女人而染上了传染病,孩子相继去世,父亲深受打击离家出走。母亲去世后,姐弟俩踏上了寻父之旅。然而不幸的是,小马茨被矿区爆破产生的飞石击中,也去世了。遭遇这一连串的沉重打击,奥萨是怎么应对的呢?

疾　病

　　在尼尔斯跟随大雁们四处漫游的那一年,各地的人们都在谈论两个孩子——一个男孩和一个女孩——在全国各地流浪的事。他们是斯莫兰省索耐尔布县人。【写作借鉴:两个孩子为什么要在全国流浪?此处设置悬念,引起读者阅读兴趣。】本来,他们同父母和其他四个兄弟姐妹住在一片大荒漠上的一间小茅屋里。在他们还很小的时候,一天晚上,一个穷苦的流浪女人来敲门借宿。尽管小茅屋小得连自己家里人也难以挤下,他们还是让她进来了。他们的母亲在地上给她搭了一个床铺。夜里,她躺在地铺上不断咳嗽,她咳得非常厉害,孩子们感觉到整个小茅屋都在摇晃。【写作借鉴:运用夸张的修辞手法,极言流浪女人咳得厉害,表现她病情严重,为后文做铺垫。】到了第二天早晨,她病得根本没法起床继续去流浪。

　　父亲和母亲竭尽全力去帮助和照顾她,他们把床铺让给她,自己睡

473

骑鹅旅行记

到地上去,父亲还去请医生,给她买药。【名师点睛:写出了这个平凡人家的善良与无私,与后文遭遇厄运形成鲜明的对比。】开始几天,那个病人像一个野蛮人一样,一个劲儿地要这要那,从来不说一句感谢的话,可是她后来变得温柔起来,常常客气地感谢几句,到最后,她只是乞求他们把她从茅屋里背到荒漠上去,让她死在那里。当主人不肯这样做的时候,她才告诉他们:最近几年,她一直跟着一群游民到处流浪。她本人不是游民出身,而是一个自耕农的女儿,但是她偷偷地离开了家。现在她相信是一个对她怀恨在心的女游民使她得了这个病。那个女游民还曾经威胁她,凡是留她借宿并且对她发善心的人都要遭到同她一样的下场。她对此深信不疑,所以恳求他们将她赶出茅屋,永远不要再见她,她不愿意给像他们这样好心肠的人带来灾难。【名师点睛:流浪女人的交代让人匪夷所思!作者用巧妙而极富戏剧化和神秘感的情节设置,一下子将读者带入紧张的气氛中,使接下来的故事朝着更加复杂多变的方向发展,使人急欲拨开迷雾,了解真相。】但是父母没有按照她的要求去做,他们也会感到害怕,可是他们绝不是那种把一个生命垂危的穷苦人赶出家门的人。

不久那个女人就死了,灾难也开始降临。过去小茅屋里除了欢乐外还有别的——他们的确很穷,但是还没有穷到最糟糕的地步。父亲是个做织布机上杼扣的工匠,母亲和孩子们帮着他一起干活。父亲亲手做杼扣的框子,母亲和大姐姐们负责捆篾子,小一点的孩子们帮着刮篾子。他们虽然从早忙到晚,生活倒也过得愉快、惬意,尤其是父亲讲起他远走他乡,一边流浪一边兜售杼扣的那些日子,特别有意思,他的神情滑稽,常常把母亲和孩子们逗得哈哈大笑。【名师点睛:概括描述一家人之前简单幸福的生活,为后文写变故的发生做铺垫。】

可怜的女流浪者死后的那一段时间,对孩子们来说真像是一场噩梦,他们不知道那段时间是短还是长,他们只记得家里总是办丧事,他们的兄弟姐妹一个接着一个地死去,一个接着一个地被埋进坟墓,他们总共有六个兄弟姐妹,举行过四次葬礼,更多的葬礼当然是不可能有的,可是在这两个孩子看来,葬礼的次数却大大超过四次。最后,小茅屋里变得死气沉沉,似乎屋里的人每天都在办丧殡酒。【名师点睛:奥萨一家人善良纯朴,好心行善事,却因收留一个流浪女人而遭遇家破人亡的劫难,这实在让人无法接受!到底是被诅咒,还是另有玄机?此处设下悬念。】

母亲有时还能勉强打起精神,可是父亲却整个变了样,他再也不说笑话,也不工作,而是两手抱着头,从早到晚呆坐着出神。【写作借鉴:动作、神态描写,生动地描绘出了一个深受打击之后精神崩溃的父亲形象。】

有一次,那是在第三次葬礼以后,父亲说了一段孩子们听了十分害怕的胡话。他说,他真不明白,为什么这样的灾难要降临到他们的头上,他们帮助那个女病人算是做了一件好事,难道世事已经颠倒了?在这个世界上邪恶已经压倒善良了吗?母亲极力规劝父亲理智,但是她没有能够使他镇定下来。

一两天以后,父亲不见了。他没有死,而是离家出走了,因为大姐也病倒了。她一直是父亲最宠爱的孩子,当他看到大姐也要死去的时候,他只能离家出走,逃避一切苦恼。母亲没有多说什么,只是说父亲还是离开家好些。她一直担心父亲会发疯,因为他已经失去了理智,脑子里总是在考虑上天怎么能够允许一个恶人去干那么多坏事。

自从父亲走了以后,他们变得十分穷困。起初,他还给家里寄些钱,但是后来他自己日子也不好过,就不再给他们寄什么了。在大姐下葬的那一天,母亲关上茅屋的大门,带上还剩下的两个孩子离开了家。她流落到斯康耐省,在甜菜田里干活儿,在约德伯亚糖厂做工。母亲是一个好工人,她性格开朗,为人忠厚直率,大家都喜欢她。【名师点睛:接二连三的灾难并没有击垮这位母亲,她深知自己作为母亲的职责,所以努力工作养活孩子们。她坚强、乐观的精神,着实令人敬佩。】许多人对她遭受过那么多灾难仍然能够那么冷静感到惊讶。但是母亲是一个非常坚强又善忍耐的人。当有人和她谈起她带着的两个好孩子时,她只是说:"他们很快会死去的,他们也要死去的。"她说话的时候,语气平淡,眼睛里也没有

475

▶ 骑鹅旅行记

一滴眼泪,她已经习惯了自己的厄运。

但是事情没有像母亲想象的那样发展。相反,病魔降到了她自己身上。母亲的病来得快,病情也比小弟妹们恶化得快。她是在夏天刚开始的时候来到斯康耐的,还没有到秋天,她就扔下两个无依无靠的孩子离开了人世。

母亲在生病期间多次对两个孩子说,他们应该记住,她对让那个病人住在他们家里从来没有后悔过。母亲说,一个人做了好事,死的时候是不会痛苦的。人都是要死的,谁也逃避不了,但是,是问心无愧地死去,还是带着罪恶死去,是可以选择的。【名师点睛:表现了母亲的善良伟大,她对收留流浪女人并不后悔,也不希望两个孩子带着怨恨生活。】

母亲在去世之前,想办法为她的两个孩子做了一点儿安排。她请求房东允许孩子们在他们三个人住了一个夏天的屋子里继续住下去,只要孩子们有地方住,他们就不会给人造成负担,他们会自己养活自己,这一点她是清楚的。

孩子们答应为房东放鹅作为继续住这间房子的条件,因为要找到愿意干这种活儿的孩子不容易。他们果真像母亲说的那样,能够养活自己。女孩熬糖,男孩削制木头玩具,然后走街串巷去叫卖。【名师点睛:两个孩子没有让母亲失望,他们通过自己的勤奋和努力,过上了自食其力的生活。】他们天生有做买卖的才能。不久,他们开始到农民那里买鸡蛋和黄油,卖给糖厂的工人。他们办事有条不紊,不管什么事托付给他们,大家尽可以放心。女孩比男孩大,她十三岁时,已经像个大姑娘那样能干可靠。她沉默寡言,神情严肃,而男孩生性活泼,讲话滔滔不绝,他姐姐常常说他在同田地里的鹅群比赛呱呱大叫。【名师点睛:对姐弟俩的性格进行描述,一个沉默,一个活泼。】

孩子们在约德伯亚居住了两三年之后,一天晚上,学校里举行了一次报告会。实际上,那是为成人们举行的,而这两个来自斯莫兰的孩子也坐在听众中间,他们没有把自己看作孩子,大家也没有把他们看作孩子。报告人讲的是每年在瑞典造成不少人死亡的严重肺结核病,他讲得有条有理,清楚明白,孩子们能听懂每一句话。

报告会结束之后,他们俩站在校门外等着。当报告人走出来时,他们手拉着手,庄重地迎上前,请求同他谈一谈。

那位陌生人看到站在他面前的两个人,感到很奇怪。两个孩子都长着圆圆而红润的脸蛋,他们讲话时神情严肃而认真。这种神情如果出自比他们的年龄大两倍的人,那就合适了,但是他还是十分和蔼地听他们讲完。【名师点睛:苦难的生活经历催得两个孩子过早成熟,惹人心疼。】

孩子们告诉他家里发生的事,并且问这位报告人是否认为他们的家人就是死于他刚才所说的那种病。他回答说,非常可能,看来不会是别的什么病。

如果母亲和父亲当时就知道孩子们今天晚上所听到的话,并且能够注意;如果他们当时把那个女流浪者的衣服烧掉;如果他们当时把小茅屋彻底打扫干净,也不用病人盖过的被褥,现在两个孩子怀念的亲人是不是可能还活着?报告人说,谁也不能对此给予肯定的答复,不过,他认为,如果他们的亲人当时懂得预防,那么,他们就不会得这种病了。【名师点睛:通过疾病预防宣传会揭晓谜底,姐弟俩这才知道家人是得了肺结核去世的。】

孩子们没有立刻提出下一个问题,只是一动不动地站在那儿,因为他们现在所要得到回答的问题是所有问题中最重要的。那个女游民要把疾病降临在他们身上,是因为他们帮助了她所痛恨的人吗?难道不是某种特殊的东西使他们丧失了生命?不是的,这一点报告人可以向他们保证。任何人都没有魔力用这种办法来把疾病传染给另一个人。正像他们已经知道的,这种疾病在全国各地流行,几乎降临到每家每户,虽然病魔没有像在他们家那样夺走那么多人的生命。

孩子们道过谢回家了。那天晚上,他们两个人一直谈了很久很久。

第二天,他们辞掉了工作。这一年他们不能再放鹅了,必须到其他

▶ 骑鹅旅行记

地方去。那么他们要到哪儿去呢？当然,他们是要去寻找父亲。他们应该告诉他,母亲和兄弟姐妹们是得了一种常见病去世的,并不是一个邪恶的人把一种什么特殊的东西降在他们身上。他们很高兴能知道这一点。现在,他们有责任去告诉父亲,因为直到今天,父亲肯定对这个问题仍然迷惑不解。【名师点睛:坚决果断的决定,充分说明了姐弟俩对父亲的深深思念,以及对家庭团聚的强烈渴望之情。】

孩子们首先来到索耐尔布县荒漠上他们那个小小的家,使他们大吃一惊的是,小茅屋成了一堆灰烬。然后,他们又走到牧师庄园。在那里,他们了解到,一个曾在铁路上当工人的人曾在北方的拉普兰省的马尔姆贝里矿区见到过他们的父亲。他在矿里干活儿,也许,他现在仍然在那里,不过谁也肯定不了。当牧师听说孩子们要去找父亲时,便拿出一张地图,指给他们看马尔姆贝里矿区有多么遥远,并且劝导他们不要去。孩子们却说,他们不能不去找父亲,父亲离家出走是因为他相信了某种不是事实的话,他们一定要去告诉他,他弄错了。

他们做买卖挣了一些钱,但是不想用那些钱去买火车票,而是决定步行前去。对这一决定,他们没有后悔,他们确实进行了一次十分愉快而令人难以忘怀的漫游。【写作借鉴:交代背景的同时,设置悬念,引出下文。他们没有坐火车,却因步行而得到一份难以忘怀的经历。到底是怎样的经历呢？】

在他们还没有走出斯莫兰省境内的时候,有一天,他们为了买一点吃的,走进一个农庄。农庄主妇是个性格开朗又健谈的人,她问孩子们是干什么的,从哪儿来的等等。孩子们把自己的全部经历一五一十地告诉她。在孩子们讲的时候,农庄主妇不断地叹息道:"唉,真是可怜！唉,真是可怜！"然后,她给孩子们准备了又丰盛又美味的东西,而且没收他们一分钱。当孩子们站起来道谢并且表示要继续往前走的时候,农庄主妇问他们愿不愿意在下一个教区到她兄弟家里去借宿,她告诉他们她兄弟的名字,住在哪里等等。孩子们当然十分高兴,求之不得。"你们代我向他问好,把你们家发生的事详细地告诉他。"农庄主妇叮嘱道。

孩子们根据农庄主妇的指引来到了她兄弟的家,同样受到了很好的照顾。他让孩子们搭他的车到下一个教区,他们在那里也受到了很好的款待。从此以后,每次他们离开一个农庄,主人总是说:如果你们往这个方向走,就到哪家去,把你们家里发生的事跟他们说说!

在他们指引孩子们去的每一个农庄里,都有一个得肺病的人,这两个孩子步行走遍全国,不知不觉地教育着人们:偷偷袭击着每家每户的这种病是一种可怕危险的传染病,怎样才能更有效地同这种疾病做斗争等等。【名师点睛:两个孩子在四处寻找父亲之时,主动传播肺结核的预防知识,体现出姐弟俩善良和助人为乐的博大胸怀。】

很久很久以前,当被叫作黑死病的大瘟疫在瑞典全国蔓延的时候,据说,人们看到一个男孩和一个女孩从一个农庄走到另一个农庄。男孩手里拿着一把耙子,如果他走到一户人家门前,用耙子耙几下,那就是说,这户人家将有很多人要死掉,但不是所有的人都会死掉,因为耙齿稀疏,不会把所有东西都耙走。女孩手里拿着一把扫帚,如果她走到一户人家门前,用扫帚扫几下,那就是说,住在这个家里的所有的人都得死光,因为扫帚是把屋子打扫干净的一种工具。

在我们这个时代,两个孩子为了一种严重而危险的疾病走遍全国真是使人感到意外。这两个孩子不是拿着耙子和扫帚来吓唬人们,相反,他们说:"我们不能满足于仅仅耙耙院子,拖拖地板,我们还要拿起掸子、刷子,用洗涤剂、肥皂,把门里门外打扫得干干净净,而且还要把自己身上洗得干干净净,只要这样,我们最后就一定会控制并且战胜这种疾病。"

【名师点睛:因疾病而家破人亡的姐弟俩深知生命的脆弱和珍贵,这更促使他们去尊重、爱惜一切生命。姐弟俩一路传播预防传染病的知识,这是他们对逝去家人的告慰,更是他们奉献精神与悲悯情怀的体现。】

骑鹅旅行记

小马茨的葬礼

小马茨死了。那些在几个小时以前还看到他活蹦乱跳、身体健康的人对此无法接受,但是这毕竟是事实。小马茨死了,要安葬。【名师点睛:平地起波澜,受尽苦难折磨却善良乐观的小马茨死了?此处运用倒叙的手法,设置悬念。】

小马茨是在一天清晨死去的,除了他姐姐奥萨在屋里守着他,看着他死去外,没有别人在旁边了。"不要去叫别人!"小马茨在临终前这样说道。姐姐依从了他。"我高兴的是我不是患那种病而死的,奥萨,"小马茨说,"你不是也为此而高兴吗?"奥萨无言以对。他又继续说道:"我认为,死倒没有什么关系,只要不是像母亲和其他兄弟姐妹们那样死去就好了。如果我也是得了他们那样的病而死的话,那么你肯定不能使父亲相信,夺去他们生命的只不过是一种普通的疾病,但是现在可以了,这一天你会看到的。"【名师点睛:小马茨临死前还在安慰姐姐,并希望姐姐能完成他的遗愿,找到父亲,表现了小马茨的懂事及对姐姐的体贴与关爱。】

小马茨咽下最后一口气之后,奥萨呆坐了很久,她回想着弟弟小马茨活着时所经历过的一切。她认为小马茨像个大人一样经受了种种磨难,她思忖着他临终前的最后几句话,他还是像过去那样勇敢坚强。她意识到小马茨不得不入土为安时,觉得他应该像一个大人一样被体面地安葬。

她当然知道,这么办非常困难,不过她决心这样做,为了小马茨,她一定竭尽全力去做到。

奥萨这时已经到达了遥远的北方,在拉普兰省一个叫作马尔姆贝里的大矿区。这是一个奇怪的地方,但是对她来说或许有好处。

小马茨和她在来到这里之前,穿过了一片一望无际的森林,一连好几天,他们既看不到耕地,也看不到农庄,眼前只有矮小而简陋的客栈。

直到后来,他们忽然来到了耶里瓦莱大教区村。村里有教堂、火车站、法院、银行、药房和旅馆。教区村坐落在高山脚下,孩子们流浪到教区村的时候已是仲夏,但是山上仍然有积雪残留。耶里瓦莱村里的房屋几乎都是新盖的,整齐而漂亮。如果孩子们没有看到山上的残雪和还没有长出叶子的桦树,他们是想不到自己已经来到了那么北的拉普兰省的。但是他们不是要在耶里瓦莱寻找父亲,而是要到更往北的马尔姆贝里矿区去,那里的房屋就不如耶里瓦莱整齐了。【名师点睛:孩子们为了寻找父亲一路向北,与前文他们数次遇到尼尔斯的情节相吻合。因为尼尔斯和雁群也是向北飞行,这使他们的巧遇更合理。】

情况确实是这样,尽管人们以前就知道耶里瓦莱附近有一个大铁矿,但是,直到几年之前铁路修筑好以后才开始大规模开采。那时,几千人一下子涌到这里,工作当然是有的,但是没有住房,要由他们自己想办法去解决。有的人用带有树皮的树干搭起小窝棚,而有的人则把木箱和空炸药箱当成砖头一层一层地垒起来,盖成简陋的小屋。现在,虽然已经修起了许多正规的房屋,但是整个地区的"房屋"看上去仍然五花八门:这里有大片大片的居民区,房屋采光好,结构也漂亮,但是其中夹杂着布满树墩、石块的林地;这里既有矿业主和工程师们居住的漂亮的大别墅,也有初期遗留下来的乱七八糟的低矮小屋;这里有铁路、电灯和大机器房,人们可以乘着有轨电车,穿过用小电灯泡照明的坑道,直到山里的矿井;这里到处是一片繁忙景象,装满矿石的火车一列接着一列从车站开出,而矿区周围却是大片荒地,没有人耕种,没有人造房子,只有拉普人赶着鹿群到处放牧。【名师点睛:对矿区环境的综合描述,使读者对矿区生活有了大致的印象。】

现在奥萨坐在这里,她在想,这里的生活同这块地方一个模样,基本上是正常的、安宁的,但是她也看到了粗野的和古怪的现象。她感到,也许在这里办不寻常的事比在其他地方要容易。

她回想着他们来到马尔姆贝里矿区,打听一个两道眉毛连在一起、

骑鹅旅行记

名字叫作荣·阿萨尔森的工人时的情景。两道眉毛连在一起是父亲长相中最引人注目的地方。【名师点睛：父亲特殊的体貌特征使得他异于常人，容易让别人记住。】孩子们很快又得知，父亲在马尔姆贝里矿区已经工作了几年，但是现在他外出游荡去了。有时他一感到烦恼就外出游荡，这是常事。他到底到哪儿去了，谁也不知道，不过大家确定，他过几个星期还会回来。既然他们是荣·阿萨尔森的孩子，就可以住到父亲居住过的小屋里，等待他回来。一个妇女在门槛底下找到了钥匙，把孩子们放了进去。没有人对他们的到来表示惊奇，也没有人对他们的父亲时常到荒野里去漫游感到惊奇。大约我行我素在这遥远的北方是不足为奇的。

奥萨对怎样去办丧事很快做出了决定。上个星期天，她看过矿上是怎样埋葬一个工头的。人们用矿主私人的马把他拉到耶里瓦莱教堂，由矿工组成的长长的送殡队伍跟在灵柩后面，墓地旁，一个乐队奏着乐，一个歌唱队唱着歌。安葬以后，所有到教堂去送殡的人都被邀请到学校里喝咖啡。【名师点睛：因为见识过矿上工人的葬礼，所以奥萨对给弟弟举办一场这样的葬礼有了执念。】奥萨要为她弟弟小马茨举行的葬礼大致就是这个样子。

她想得那样出神，仿佛送殡队伍就在她的眼前。但是后来她又气馁起来，自言自语道，要按照她的愿望来办恐怕是不可能的，倒并不是因为费用太高，小马茨和她积攒的钱，可以按她意愿举行一次隆重的葬礼，问题是大人们决不会愿意按照一个孩子的想法去办事。她只比躺在面前看上去又小又弱的小马茨大一岁，她自己也是一个孩子，所以，成年人很可能会反对她的要求。

为了商量安葬的事，奥萨找的第一个人是矿上的护士。小马茨死后不久，赫尔玛护士来到了小屋，她还没有开门就知道小马茨肯定不行了。前一天下午，小马茨在矿区里转来转去，矿上爆破时，他站得离一个大型露天矿坑太近，几块飞石打中了他。当时只有他一个人，他昏倒后躺在地上很久，没有人知道。【名师点睛：揭晓谜题，行文至此才交代小马茨因何受伤、死亡。故事完整清晰。】后来有几个在露天矿干活儿的人,通过一种奇怪的方式知道了这件事。据他们说,有一个还没有竖起的手掌那么高的小人儿跑到矿井边上喊他们,让他们快去救躺在矿井上面流血不止的小马茨。接着,小马茨就被背回了家,并进行了包扎,可是已经晚了,他失血过多,救不活了。

护士走进小屋的时候,她更多地想到的不是小马茨,而是他的姐姐。"我可以为这个穷苦的小孩子做些什么呢?"她自言自语地说,"真是无能为力啊。"

可是护士注意到,奥萨不哭也不抱怨,而是默默地帮着她做该做的事。护士感到十分惊讶,但是当奥萨同她谈起安葬仪式时,她就明白了。

"对于小马茨这样一个人,"奥萨说,她尽量把话说得庄重一些,更像大人一些,"我首先考虑的是办一种对他表示敬意的葬礼,而我又有这种能力。丧事办好以后我有足够的时间去难过、哭泣。"【名师点睛:苦难磨炼了奥萨的心智,使她在面对生死问题时,拥有了超乎年龄、异乎常人的坚强与成熟,读来叫人心疼。】

她请求护士小姐帮助她为小马茨安排一次体面的葬礼。没有任何人比他更值得这样办了。

护士小姐认为,这个孤单而又可怜的孩子如果能从体面的葬礼中得到安慰,那倒是一件好事。她答应帮她的忙,这对奥萨来讲意义重大。现在,她认为她的目标差不多达到了,因为赫尔玛护士非常有权威。在每天进行爆破的这个大矿区里,每一个工人都知道,自己随时随地都可能被四处乱飞的石头打中,或者被松动的岩山压倒,因此,每一个人都愿意同赫尔玛护士保持良好关系。

当护士和奥萨到矿工那里,请他们下星期天为小马茨送殡的时候,没有多少人拒绝参加。"我们当然要去,因为是护士小姐请我们的。"他们回答说。【名师点睛:照应前文,奥萨一个孩子做不来的事,拥有极高声望的护士小姐正好可以办到。】

483

▶ 骑鹅旅行记

护士还非常顺利地安排好了在墓地旁演奏的四重奏钢管乐队和小合唱队。她没有去借用学校的场地，因为天气还暖和，夏天天气变化不大，就决定让送殡的客人们在露天喝咖啡。他们可以向禁酒协会礼堂借用桌椅板凳，向商店借用杯子和盘子。几个矿工的妻子在箱子里藏着一些东西，只要她们住在荒原上，这些东西是用不上的。她们看护士的面子，拿出一些好看的桌布，准备铺在咖啡桌上。

护士还向布登市的面包房订购了松脆的面包片和椒盐饼干，又向律勒欧的一家糖果店订购了黑白糖果。

奥萨要为她的弟弟小马茨办这样一个隆重的葬礼引起了很大的轰动，整个马尔姆贝里矿区的人都在谈论，最后，矿业主本人也知道了这件事。

当矿业主听说五十个矿工要为一个十二岁的男孩送殡，而这个男孩，只不过是一个流浪儿的时候，他认为，这简直是荒唐透顶，而且还有乐队和合唱团，还要请人喝咖啡，坟墓上放杉树枝，甚至还到律勒欧订购糖果！他派人把护士找来，请她把这一切安排都取消。"让这么一个可怜的小女孩这样浪费金钱太可惜了，"他说，"一个小孩子心血来潮，大人们跟着去做，这是不行的。你们会把事情搞得滑稽可笑的。"【名师点睛：矿业主觉得不该为一个流浪儿大费周章，表现出他不近人情的一面。】

矿业主没有恶意，也没有发火。他心平气和地说着话，要求护士取消乐队、合唱和长长的送殡队伍；找十来个人跟着去墓地就足够了。护士没有讲一句反对矿业主的话，一方面是因为尊敬他，另一方面是因为她内心也觉得他说得对。对一个流浪的孩子来说，这样铺张太过分了。她出于对这个可怜的小姑娘的同情，而把理智抛到了九霄云外。【名师点睛：大人们的考虑也并非没有道理，他们站在理性的角度为小姑娘的长远生计做打算。只是小姑娘此时最需要的，是情感上的慰藉。她把为小马茨举办这样一场葬礼作为自我慰藉的方式。】

护士从矿业主的别墅里出来，到窝棚区去告诉奥萨，她不能按奥萨

484

的意愿去安排后事。她心里很不好受,因为她十分清楚,这样的葬礼对这个可怜的小孩子意味着什么。在路上,她碰到了几个矿工的妻子,便把自己的烦恼告诉了她们。她们也认为矿业主说得对。为一个流浪的孩子大办丧事是不合适的。这个小女孩的确很可怜,但是一个小孩子还是不要大张旗鼓地操办为好。

这些工人的妻子又把这件事告诉了别人。不久,从窝棚区到矿井,大家都知道不再为小马茨大办丧事了,而且大家都认为,这是唯一正确的做法。

在整个马尔姆贝里矿区只有一个人有不同的意见,那就是放鹅姑娘奥萨。【名师点睛:奥萨的想法得不到大人们的理解,反映出她的执着和对弟弟的深情。那么她将如何来应对这种局面呢?】

护士在奥萨那里真的遇到了麻烦。奥萨不哭也不抱怨,但就是不愿意改变主意。她说,她没有请求矿业主帮忙,他与这件事毫无关系。他也不能禁止她按自己的意愿来安葬弟弟。

当几个妇女向她解释说,如果矿业主不同意,他们谁也不会去送殡时,她才明白,她必须征得他的同意。

奥萨默默地坐了一会儿,接着又迅速地站了起来。"你到哪儿去?"护士问道。

"我要去找矿业主,同他谈一谈。"奥萨说。

"你可别以为他会听你的。"妇女们劝道。

"我想,小马茨是愿意我去的,"奥萨说,"矿业主也许根本没有听说过他是一个怎样的人。"

奥萨快速收拾了一下,不久就出发了。但是人们都知道,像她这样一个小孩子,要使马尔姆贝里矿区最有权威的人——矿业主,改变他固有的看法似乎是不可能的。护士和其他妇女们不由得远远地跟在她后面,想看她到底有没有勇气一直走到矿业主那里。

奥萨走在大路中间,她身上有某种东西引起了过往行人的注意。她

骑鹅旅行记

严肃而端庄地走着，像一个少女第一次走进教堂去行圣餐礼。【名师点睛：奥萨的神情严肃而端庄，说明她对筹备弟弟葬礼的郑重与决心。】她头上包着母亲留给她的一块很大的黑色丝绸布，一只手拿着一块叠好的手帕，另一只手提着一只篮子，里面装着小马茨做好的木头玩具。

在路上玩耍的孩子们看见她这样走过来，一边跟着跑一边喊道："你到哪里去，奥萨？你到哪里去？"但是奥萨没有回答。她根本没有听到他们说的话。她只是一直向前走。孩子们一面跑，一面一遍又一遍地问她，快要追上她的时候，跟在她后面的妇女们，抓住孩子们的胳膊，拖住了他们。"让她去！"她们说，"她要去找矿业主，请求他允许她给弟弟小马茨办一次大人的葬礼。"【写作借鉴：场面描写，以周围人物的反应来烘托氛围，为高潮的到来做铺垫。】孩子们也为她要做这样大胆的事而吓了一跳，也跟在后面想去看看事情会如何发展。

当时正是下午六点左右，恰好是矿上放工的时候，奥萨走了一段路之后，几百名工人迈着大步急匆匆地走了过来，平时他们下班回家的时候是不东张西望的，但是当他们看到奥萨时，有几个工人注意到有不寻常的事情要发生了，他们问奥萨出了什么事。奥萨一句话也不回答。可是别的孩子却高声喊出了她准备要到哪里去。当时有几个工人认为，一个孩子要做这样的事真是有胆量，他们也要跟着去看个究竟。

奥萨走到办公大楼，矿业主通常在这里工作到这个时候。当她走进门厅的时候，房门打开了，矿业主头戴礼帽，手中拿着手杖，他正准备回家去吃晚饭。"你找谁？"他在看到那个头包丝绸布，手里拿着叠好的手帕，庄重大方的小姑娘走进来的时候问道。"我要找矿业主。"奥萨回答道。"那就请进吧。"矿业主说着，走进了屋子。他让房门敞开着，因为他想，小女孩的事不会耽误多少时间。这样，跟着奥萨来的人站在门厅里和台阶上，都听到了办公室里的对话。

奥萨走进去以后，首先把身子挺直，把头巾往后推，用瞪得圆圆的孩子气的眼睛向矿业主望去。她的目光严肃得能刺痛人的心。"事情是这样的,小马茨死了……"她说,声音颤抖得再也说不下去了。【写作借鉴:对奥萨的动作、神态和语言的描写,细腻生动地表现出她的严肃、认真,以及悲痛。】不过这时候矿业主明白了他在同谁说话。"啊,你就是提出来要举行盛大葬礼的那个姑娘,"他和气地说,"你不要这样办,孩子,对你来说花钱太多了。如果我事先知道,我会立即制止的。"

女孩子的脸抽搐了一下,矿业主以为她要哭了,可是她没有哭,却说道:"我想问问矿业主,我能不能给你讲一些小马茨的情况。"【写作借鉴:神态描写及语言描写,生动地描绘出奥萨强压内心悲痛时的表情。】

"你们的遭遇我都已经听说了,"矿业主仍然安详而和蔼地说,"你不要以为我觉得你不可怜,我只是为你着想。"

这时候,奥萨把身子挺得更直了,她用清脆而响亮的声音说道:"小马茨从九岁时起,既没有了父亲也没有了母亲,他不得不像一个成年人那样养活自己。他不甘心沿街乞讨,想方设法自己去挣钱生活。他总是说,一个男子汉讨饭吃是不光彩的。他在农村四处奔走,收买鸡蛋和黄油,像一个上了年纪的商人那样经营生意。他从不疏忽大意,从不私藏一个铜板,而是把所有的钱都交给我。小马茨放鹅的时候,在地里总是忙个不停,就像一个成年人那样勤勤恳恳。小马茨在南方斯康耐走村串乡的时候,农民们常常托他转送大笔的钱,因为他们知道,他们能够像信赖自己那样信任小马茨,所以将小马茨仅仅当作一个小孩子来对待是不对的,因为还没有多少大人……"【写作借鉴:插叙小马茨生前的事迹,表现出他的自尊、诚实和守信。】

矿业主站在那里,两眼望着地板,脸上毫无表情。奥萨不吭声了,因为她以为自己的话对他不起一点作用。她在家的时候觉得关于小马茨有好多话要说,但是现在,她却不知道说什么好。她怎样才能使矿业主明白,把小马茨像一个成年人那样去安葬是值得的呢?

"唉,我愿意支付全部安葬费……"奥萨说,她又沉默了。

这时矿业主抬起头,盯着奥萨的眼睛,他端详着她,打量着她,好像

▶ 骑鹅旅行记

他那样一个管理着许多人的人不得不这样做。他思忖着,她经历过失去家庭、父母和兄弟姐妹的痛苦,可是她仍然坚强地站在这里,她一定会成为一个了不起的人物。不过他怕加重她心灵上的负担,因为她最后的寄托是有可能使她绝望的。他知道,她来找他是什么意思。她对这个兄弟的热爱显然胜过其他一切,用拒绝请求来回答这样的疼爱是天地所不容的。【写作借鉴:心理描写。望着眼前的姑娘,听着她讲的故事,矿业主不禁被她的善良和懂事打动了。】

"那就照你的想法去办吧。"矿业主说。

Z 知识考点

1. 填空题。

奥萨一家人本来过着简单而幸福的生活,然而,这一切都因为她_____的父母收留了一个病重的流浪女人而改变。她的家人们因为_____相继去世,父亲_____。在得知事情真相后,姐弟俩开始了_____之旅。

2. 判断题。

矿业主因为不想出钱,所以拒绝奥萨举办一场隆重的葬礼。(   )

3. 问答题。

小马茨是怎么死的?

_____
_____

Y 阅读与思考

1. 奥萨的父亲为什么要离家出走?

2. 你觉得奥萨是个怎样的人?

第四十三章　在拉普人中间

M 名师导读

在尼尔斯的指点下,奥萨从一群拉普人那里得知了父亲的下落。在拉普人巧妙的帮助下,奥萨的父亲终于放下心里的困惑和痛苦,和女儿团聚了。拉普人是如何帮助父女俩相见的呢?

葬礼举行完了。奥萨的所有客人都已经走了,她独自留在父亲的小窝棚里。她关上房门,坐下来安安静静地思念自己的弟弟。小马茨说的话、做的事,一句句、一桩桩,她记得清清楚楚。她想了很多很多,这使她无法上床睡觉,于是她整整坐了一个晚上。她越回想弟弟,心里就越明白,没有了他,她今后的生活有多么难过,最后她伏在桌子上痛哭起来:"没有小马茨,我以后可怎么办呢?"她呜咽着。

夜已经很深了,奥萨劳累了一天,刚一低头,困意就偷偷向她袭来。她在梦中见到了她刚才想念的人。她看见小马茨活生生地走进屋子,来到她身边。"现在,奥萨,你该走了,去找父亲。"他说。【名师点睛:所谓"日有所思,夜有所梦",表现出奥萨对弟弟强烈的思念。】"我连他在什么地方都不知道,怎么去找他呢?"她好像是这样回答他的。"别为这个担心,"小马茨像平常那样急促而又愉快地说,"我给你派一个能够帮你忙的人来。"

正当奥萨在梦中听到小马茨讲这些话的时候,有人在敲她房间的门。这是真正的敲门声,而不是梦里的。但是,她还沉浸在梦境中,搞不清楚是真的还是幻觉,当她去开门的时候,她想:"现在一定是小马茨答

489

骑鹅旅行记

应给我派的人来了。"

如果奥萨打开房门的时候，站在门槛上的是赫尔玛护士或是别的人，她马上就会明白，她已经不是在做梦了。而情况却不是这样，敲门的是一个小人儿，还没有手掌竖起来高。尽管已是深夜，但是天仍然跟白天一样明亮，奥萨一眼就认出，这个小人儿就是她和小马茨在全国各地流浪时碰到过好几次的那个。那时候她很怕他，而现在，如果她不是睡得迷迷糊糊的话，她也要害怕了。但是她以为自己在做梦，所以能够镇定地站着。"我正等着小马茨派来帮助我去寻找父亲的那个人呢。"她想。【写作借鉴：心理描写，将现实与梦境相联系，增加故事的奇幻色彩。】

她这样想倒没有什么错，因为小人儿正是来告诉她关于她父亲的情况的。当他看到她不再怕他的时候，他用几句话就把到哪儿去找她的父亲以及她怎样才能到那里都告诉了她。

在他讲话的时候，放鹅姑娘奥萨渐渐清醒了；待到他讲完，她已经完全醒来。那时候，她才感到害怕和恐惧，因为她站在那里同一个不属于人间的小人儿说话。她吓得失魂落魄，说不出感谢的话，也说不出别的话，只是转头就往屋里跑，把门紧紧关上。她似乎看到，当她这样做的时候，小人儿的脸上露出了十分忧伤的表情，可是她也没有办法。【写作借鉴：心理、动作、神态描写。奥萨清醒过来之后，才意识到自己在同一个真正的小人儿说话，她本能地感到害怕；也正是曾经的好朋友表现出的害怕，让尼尔斯感到伤心。】她惊恐万状，赶紧爬到床上，拉过被子蒙上眼睛。

她尽管害怕小人儿，但是心里明白，他是为她好，因而，第二天她就按小人儿说的去寻找父亲了。

在马尔姆贝里矿区以北几十公里的地方有一个小湖，叫作鲁萨雅莱，湖西岸有一个拉普人居住的小居民点。湖的南端屹立着一座巍巍大山，叫基律那瓦拉，据说山里蕴藏的几乎全是纯净的铁矿石。湖的东北面是另一座大山，叫鲁萨瓦拉，也是一座富铁矿山。从耶里瓦莱通向那两座大山的铁路正在修建，在基律那瓦拉附近人们正在建造火车站、旅馆以

490

及供采矿开始后到这里来的工人和工程师们居住的大批住宅。一座完整的小城市正在兴起,房屋漂亮而舒适。这座小城市地处遥远的北方,覆盖着地面的矮小的桦树一直要到仲夏之后才吐芽长叶。

湖的西面是一片开阔地带,刚才已经说过,那里有几户拉普人扎着帐篷。他们是在一个月以前搬到那里去的,他们不需要花很长时间就能把住处安排好。他们不需要爆破或者垒砖头,也用不着为房子打出整齐而平坦的地基,他们只要在湖边选择一块干燥舒适的地方,砍掉几枝柳树,清理几丛灌木,铲平几个土丘,空地就整理出来了。他们也不需要在白天砍伐树木,为修筑牢固的木板墙而忙碌,他们也没有为安檩条、装房顶、铺木板、安窗子、装门锁等犯愁。他们只需把帐篷的支架牢牢地打进地里,把帐篷布往上一挂,住所大致就完成了。他们也不需要为室内的装饰和家具太费心劳神,只需要在地上铺一些杉树枝,几张鹿皮,把那口通常用来烧煮鹿肉的大锅吊到一根铁链子上,这根铁链子则固定在帐篷支架的顶端。【写作借鉴:采用总分的结构,叙述了拉普人的住处,又采用对比描写的方式极言其方便、简单,令人印象深刻。】

湖东岸的新开拓者们为在严冬到来之前建造好房屋而紧张卖力地劳动着,他们对那些几百年以来在那么北的地方到处游荡,除了薄薄的帐篷墙以外,没有想到需要修筑更好的住所来抵御酷寒和暴风雨的拉普人感到惊讶。而拉普人则认为,除了拥有几头鹿和一顶帐篷,不需要别的更多的东西就可以生活了,他们对那些干着那么繁多而沉重劳动的新开拓者感到奇怪。【名师点睛:新开拓者和拉普人生活方式的不同,导致他们看待问题的方式也不同。这也是他们相互感到奇怪的原因。】

七月的一天下午,鲁萨雅莱一带雨大得令人害怕,拉普人夏天一般很少待在帐篷里,然而那天下午很多人钻进了帐篷,围火坐下,喝起了咖啡。

当拉普人喝着咖啡谈兴正浓的时候,一只船从基律那方向划来,停靠在拉普人帐篷旁。一个工人和一个十三四岁的小姑娘从船上走下来。

491

骑鹅旅行记

几只拉普人的狗狂吼着向他们蹿去,一个拉普人从帐篷的入口探出头,看看外边出了什么事。他看到这个工人,高兴地喊工人到帐篷里来。这位工人是拉普人的好朋友,他和蔼、健谈,还会讲拉普语。"好像有人捎信让你这时候来似的,舍德贝里,"他喊道,"里面正在煮咖啡,这种下雨天,没有人能干什么事。你来给我们讲讲新闻吧!"

工人钻进帐篷,来到拉普人中间。大家边说笑边费劲地为他和小姑娘在帐篷里腾地方,因为小帐篷里已经挤满了人。工人立即用拉普语同主人们攀谈起来。跟着他来的小姑娘听不懂他们的谈话,只是安安静静地坐着,好奇地打量着大锅和咖啡壶、火堆和烟、拉普男人和拉普女人、孩子和狗、墙和地、咖啡杯和烟斗、色彩鲜艳的服装和用鹿角刻出来的工具等等。这里的一切对她来说都是新鲜的,没有一样她熟悉的东西。【名师点睛:突然来到一个完全陌生的环境,奥萨对一切都感到新奇。这是人的正常反应,读者也仿佛随着她的视线,置身其间。】

但是她突然低下了头,不再看了,因为她注意到帐篷里所有的人都在看她。舍德贝里肯定说了一些关于她的事,因为现在拉普族的男男女女们都把短烟斗从嘴上拿开,向她这边瞧。坐在她旁边的拉普人拍着她的肩膀,频频点头,并且用瑞典语说道:"好,好。"一个拉普女人倒了一大杯咖啡,经过好几个人的手才递给她;一个跟她差不多大小的拉普男孩从坐着的人中间爬到她身边,躺在那里盯着她看。【名师点睛:通过周围人的具体行为和反应来表现他们对小姑娘的同情和佩服。】

小姑娘知道舍德贝里在向拉普人讲述她怎样为她的弟弟小马茨办了一场大葬礼。她不希望舍德贝里过多地谈论她,只是想他问问拉普人知不知道她父亲在什么地方。小人儿说过,他在鲁萨雅莱湖西岸驻扎着的拉普人那里。她是得到运送石子的人同意后,搭乘运石子的火车到这里来寻找父亲的,因为这条铁轨上还没有正规的旅客火车。所有的人,包括工人和工头,都想方设法帮助她,基律那的一位工程师还派了这位能讲拉普语的舍德贝里带着她坐船过湖来打听父亲的下落。她本来希望,她一到这里就能见到父亲。她把目光从帐篷里的这一张脸移到另一张脸,但是他们都是拉普族人,父亲不在这里。

她看到,拉普人和舍德贝里越说脸上的表情越严肃,拉普人摇着头,用手拍着前额,好像他们谈论着的是一个琢磨不透的人。当时她十分不安,再也不能默默地坐着等待,就问舍德贝里,拉普人是否知道她父亲的下落。

"他们说他出去打鱼了,"舍德贝里回答说,"他们不知道他今天晚上是否会回到帐篷里来,不过,只要天气稍好一些,他们就会派人去找他。"

接着,他就转过头去,继续同拉普人交谈起来。他不想让奥萨有机会再提问题来打听荣·阿萨尔森的情况。

现在是清晨,天气十分晴朗。拉普人中间最卓越的人物,乌拉·塞尔卡说,他要亲自出去寻找奥萨的父亲,但是他并不急着走,而是蹲在帐篷前思忖荣·阿萨尔森这个人,不知道怎样把他女儿来找他的消息告诉他。现在要做的是不要使荣·阿萨尔森因感到害怕而逃走,因为他是一个见了孩子就恐惧的怪人。他常常说,他一见到孩子,脑子里就会出现一些乱七八糟的想法,他承受不了。【写作借鉴:增设曲折情节,设置悬念,引起读者的阅读兴趣。】

在乌拉·塞尔卡考虑这件事的时候,放鹅姑娘奥萨和前一天晚上盯着她看的拉普族男孩阿斯拉克一起坐在帐篷前聊天。阿斯拉克上过学,会讲瑞典语。他给奥萨讲萨米人的生活,并且向她保证,萨米人的生活比其他所有人的生活都要好。奥萨认为,萨米人的生活是可怕的,而且还说了出来。"你简直不知道自己在说些什么,"阿斯拉克说,"你只要在这里住上一个星期,你就会看到,我们是全世界最幸福的人!"

"如果我在这里住上一个星期,我一定会被帐篷里的烟呛死。"奥萨回答说。

"你可别这么说!"阿斯拉克说,"你对我们一无所知。我要告诉你一些事,叫你明白,你在我们这里待的时间越长,越会感觉到我们这里的

493

骑鹅旅行记

生活愉快、舒服。"【写作借鉴：语言描写。两个年轻人言辞激烈的争论，正是两种生活方式、思想观念的冲突。】

接着，他对奥萨讲起了一种叫作黑死病的疾病在全国蔓延的情况。他不知道这种疾病是不是也在他们现在待着的、靠北的萨米人地区流行过，但是这种病在耶姆特兰极其猖獗：住在大森林和高山上的萨米人，除了一个十五岁的男孩外，全都死光了；住在河谷里的瑞典人除了一个小女孩外，也没有任何人活下来，她也是十五岁。

"男孩和女孩为了寻找族人，在这满目疮痍的土地上各自漫游了整整一个冬天，他们终于在快到春天的时候相逢了。"他接着说，"当时这个瑞典女孩请求拉普男孩陪着她到南方去，这样她就可以回到本族人那里。她不愿意再在这荒芜、凄凉的庄园待下去了。'你想到哪里我都可以陪你去，'男孩说，'不过要等到冬天才行。现在是春天，我的鹿群要到西边的大山里，我们萨米人一定要到鹿群让我们去的地方。'

"这个瑞典女孩是有钱人家的孩子，她习惯了住在屋子里，睡在床铺上，坐在桌子旁吃饭。她一贯看不起穷苦的山区人民，认为居住在露天的人是非常不幸的。但是她又怕回到自己的庄园里去，因为那里除了死人就没有别的了。【名师点睛：交代故事中小女孩的生活习惯和对山区人民的态度，可她又陷于困境，有不得不留下来的原因，为故事的发展做铺垫。】

'那么，至少让我跟着你到大山里去，'她央求男孩说，'免得我一个人孤零零地待在这里，连人的声音都听不到！'对此，男孩欣然答应，这样，女孩就有机会跟随鹿群向大山进发。鹿群向往着高山上鲜嫩肥美的牧草，每天走很远的路。他们没有时间搭帐篷，只得在鹿群停下来吃草的时候往地上一躺，在雪地上睡一会儿。这些动物感觉到南风吹进了他们的皮毛，知道用不了多少天，山坡上的积雪将会融化，而女孩和男孩不得不踩着即将消融的雪，踏着快要破碎的冰，跟在鹿群后面奔跑。当他们来到山坡的高处时，针叶林已经消失了，矮小的桦树取而代之，他们休息了几个星期，等待更高处的积雪融化，然后再往上走。女孩不停地抱怨叹气，

494

说她累得要命,一定要回到下面的河谷地区去。但是她仍然跟着往上走,这样总比孤身一人去连一个活人也没有的地方要好得多。

"当他们来到山顶之后,男孩在一块面朝高山小河的美丽的绿草坡上为女孩搭起了一个帐篷。到了晚上,男孩用套索套住母鹿,挤了鹿奶让她喝。他把去年夏天藏在山上的干鹿肉和干奶酪找了出来。女孩一直发牢骚,从不满足,她不想吃干鹿肉和干奶酪,也不想喝鹿奶,她不习惯蹲在帐篷里,也不习惯睡在只铺一张鹿皮和一些树枝当床的地上。但是这位高山居民的儿子对她的抱怨只是笑笑,继续很好地照顾她。【名师点睛:女孩对山区生活的不适并不是轻易可改变的,但是男孩很有耐心,也很包容。】

"几天之后,男孩正在挤鹿奶,女孩走到他面前,也想试一试。她还在煲鹿肉的大锅下生火,提水,做奶酪。现在,他们过着美好的日子。天气暖和,吃的东西很容易找到。他们一起放夹子捕鸟,在急流里钓鳟鱼,到沼泽地上采云莓。

"夏天过去以后,他们就搬到针叶林和阔叶林交界的地方,在那里重新搭起帐篷。那时正是屠宰的季节,他们紧张地天天劳动着,但同时也是一段美好的时光,食物比夏天还丰富。当大雪纷飞,湖面上开始结冰的时候,他们又往东迁移,搬进了浓密的杉树林。他们一搭好帐篷就干起活儿。男孩教女孩用鹿筋搓绳子,鞣皮子,用鹿皮缝制衣服和鞋子,用鹿角做梳子和工具,滑雪和坐雪橇。他们度过了整日不见太阳的昏暗的冬天,到了整日都有太阳的夏天的时候,男孩对女孩说,现在他可以陪她往南走了,去寻找她本族的人。但是那个时候女孩却惊讶地看着他。'你为什么要把我送走?'她问,'难道你喜欢独自同你的鹿群待在一起吗?'

"'我以为你是想要离开的。'男孩说。

"'我已经过了差不多一年的萨米人生活,'女孩说,'在大山里和森林中自由自在地游荡了这么长时间,我不能再返回到我的族人那里,在狭窄的房子里生活了。请不要赶我走,让我留下吧!你们的生活方式比

495

▶ 骑鹅旅行记

我们的好得多．'

"女孩在男孩那里住了一辈子，从来没有再想回到河谷地区去。奥萨，只要你在我们这里待上一个月，你就永远也不会想离开我们了。"
【名师点睛：故事以女孩彻底融入山区生活作为结尾，这也是阿斯拉克的心愿，他希望奥萨能留下来，喜欢上他们的生活方式。】

拉普族男孩阿斯拉克用这些话结束了他的故事，与此同时，他的父亲乌拉·塞尔卡从嘴里抽出烟斗，站了起来。老乌拉会很多瑞典语，只是不想让人知道而已。他听懂了儿子说的话。当他在听他们讲话的时候，他突然想出了应该怎样去告诉荣·阿萨尔森关于他女儿来找他的办法。

乌拉·塞尔卡走到鲁萨雅莱湖边，沿湖岸一直走到一个坐在石头上钓鱼的男人身边才停下。钓鱼的人长着灰白的头发，躬着背，目光倦怠，看上去迟钝而绝望，他像一个想背东西，但东西太沉重而背不起来的人；或者像一个想要解决问题，但问题太困难而解决不了的人，因而他变得缺乏勇气和心灰意懒。【写作借鉴：对钓鱼人的形象描写，与前文说他行为"怪异"相呼应。】

"你一定钓了不少鱼吧，荣，因为你钓了整整一夜。"这位高山居民边走过去，边用拉普语问道。

对方突然一愣，抬起了头。他鱼钩上的食饵早就没有了，他身边的湖岸上一条鱼也没有。他急忙又放上新的鱼饵，把鱼钩扔向水里去。这时，这位拉普人在他身边的草地上坐了下来。

"有一件事，我想同你商量一下，"乌拉说，"你知道，我有一个女儿去年死了，我们帐篷里的人一直都在思念她。"

"嗯，我知道。"钓鱼人简短地回答道。他的脸蒙上一层乌云，好像不喜欢有人提起死孩子的事。【写作借鉴：语言描写和神态描写，生动地表现出钓鱼人对孩子去世一事的敏感与抗拒。】他的拉普语讲得很好。

"但是，让哀伤毁坏了生活是不值得的。"拉普人说。

"是的，是不值得。"

496

"现在,我打算收养一个孩子。你认为这样做好吗?"

"那要看这是一个什么样的孩子,乌拉。"

"我想把我所知道的关于这个女孩子的情况给你说一说,荣。"乌拉说。接着,他又向这个钓鱼人讲:"仲夏前后,有两个外地孩子,一个男孩和一个女孩,徒步来到马尔姆贝里矿区寻找他们的父亲。因为父亲已经外出了,他们就在那里等他。但是,在他们等待父亲期间,这个男孩被矿上爆破时崩出的石头打死了。小女孩为弟弟举行了一次隆重的安葬仪式。"乌拉还绘声绘色地描述了那个穷苦的小女孩怎样说服所有的人去帮助她,以及她非常大胆勇敢,还亲自去找矿业主谈了葬礼的事,等等。

"你要收养在帐篷里的姑娘,难道就是这个小姑娘吗,乌拉?"钓鱼人问道。

"是的,"拉普人回答说,"我们听到这件事后,都不禁哭起来了。我们都说,这样好的小女孩肯定也会是一个好女儿。我们希望,她能到我们这里来。"对方坐着沉默了一会儿。看得出来,他继续说话是为了使他的拉普族朋友高兴。"她,那个小女孩,一定是你们那个民族的人吧?"

"不是,"乌拉说,"她不是萨米人。"

"那么,她大概是一个新开拓者的女儿,习惯北方的生活吧?"

"不是,她是从南方很远的地方来的。"乌拉回答的语气,好像这句话同事情本身毫无关系。<u>但是这时,钓鱼人却变得有了兴趣。"那么我认为你还是不要收养她,</u>"他说,"<u>她不是这里土生土长的,冬天住在帐篷里会受不了的。</u>"【名师点睛:钓鱼人心里隐隐意识到,这个小女孩可能是自己的孩子。】

"她会在帐篷里同好心的父母和兄弟姐妹待在一起,"乌拉·塞尔卡固执地说,"孤独比挨冻更难忍受。"

但是钓鱼人似乎对阻止这件事越来越起劲。他似乎不能接受父母是瑞典人的孩子由拉普人来收养。"你不是说她有个父亲在马尔姆贝里矿区吗?"

497

▶ 骑鹅旅行记

"他死了。"拉普人直截了当地说道。

"你了解清楚了吗,乌拉?"

"问清楚这件事有什么必要?"拉普人轻蔑地说,"我认为我是清楚的。如果这个小姑娘和她的弟弟还有一个活着的父亲,他们还需要被迫孤苦伶仃地徒步走遍全国吗?如果他们还有一个父亲的话,这两个孩子还需要自己挣钱来养活自己吗?如果她的父亲还活着的话,这个小姑娘还需要一个人跑去找矿业主谈判吗?现在,整个萨米人居住的地区都在谈论她是一个多么能干的小姑娘,如果她的父亲不是早就死了,她不会有片刻的孤独,不是吗?小女孩相信他还活着,不过,我想他肯定死了。"

【写作借鉴:对拉普人的神态描写和语言描写,表现了他的睿智,他想用激将法来一步步唤醒钓鱼人的父性。】

这个两眼倦怠的人转向乌拉。"那个小女孩叫什么名字,乌拉?"他问道。

高山居民想了想:"我不记得了,我可以问问她。"

"你要问问她?是不是她已经在这里啦?"

"是的,她在岸上的帐篷里。"

"什么,乌拉?你还不知道她父亲是怎么想的,就把她领到你这儿来了?"

"我不管她父亲是怎么想的。如果他没有死,他一定是对自己的孩子不闻不问的那种人。别人来领养他的孩子,他兴许还高兴呢。"钓鱼人扔下鱼竿站了起来。他动作迅速,好像换了一个人一样。【写作借鉴:对钓鱼人的语言描写和动作描写,表现了他的渴望与急切。拉普人的策略奏效了。】"我想,她的父亲跟别人不一样。"拉普人继续说,"他可能是一个严重悲观厌世的人,以致连工作都不能坚持干下去。难道让她去认这样一个父亲?"

乌拉说这些话的时候,钓鱼人顺着湖堤向上走了。"你到哪儿去?"拉普人问。

"我去看看你的那个养女,乌拉。"

"好的,"拉普人说,"去看看她吧!我想你会认同我有了一个好女儿的。"

这个瑞典人走得飞快,拉普人几乎跟不上他。过了一会儿,乌拉对他的同伴说:"我现在可以告诉你,她是你的女儿,奥萨,就是我要收养的小女孩。"

对方的步伐越来越快,老乌拉·塞尔卡心里十分满意,他想放声大笑。当他们走了一大段路,可以看见帐篷的时候,乌拉又说了几句话。"她到我们萨米人这儿来是为了寻找她的父亲,不是为了来做我的养女,不过,倘若她找不到她的父亲,我愿意把她留在帐篷里。"对方走得更快了。"我想,我用把他的女儿收养在我们萨米人中间来要挟他时,他一定吓坏了。"乌拉自言自语道。【写作借鉴:语言描写,表现了乌拉·塞尔卡的聪明睿智,与前文写他是拉普人中最卓越的人,受儿子讲故事启发而想到办法等情节相呼应。】

当划船把放鹅姑娘奥萨送到拉普人营地的那位基律那人下午回去的时候,船上还带着两个人,他们紧紧地挨在一起,亲热地手拉着手坐在船板上,好像再也不愿分开。他们是荣·阿萨尔森和他的女儿。他们两个人同两三小时以前完全不同了:荣·阿萨尔森看上去不像过去那样驼背、疲乏,而是眼光清澈而愉快,好像长久以来使他困扰的问题现在得到了回答;而放鹅姑娘奥萨也不像以往那样机智而警惕地打量周围的一切了,她有了一个大人可以依靠和信赖,似乎她又重新变成了一个孩子。【名师点睛:历尽艰辛,放鹅姑娘奥萨终于与父亲团圆了,父亲解开了心结,似重生一般,女儿也找到了依靠,可以不再那么要强。结局令人欣慰。】

▶ 骑鹅旅行记

Z 知识考点

1. 填空题。

拉普人安排住处不需要很长时间,他们只需在湖边选一块_____的地方,把_____的支架牢牢地打进地里,在地上铺一些_____,几张_____,支一口_____……

2. 判断题。

(1)拉普人给荣·阿萨尔森讲故事是为了征得他的同意,收养他的女儿。（   ）

(2)七月的一天下午,鲁萨雅莱一带下了一场大雨,很多人钻进了帐篷,围火坐下,喝起了咖啡。（   ）

3. 问答题。

谁帮助奥萨找到了父亲?

_____

_____

Y 阅读与思考

1. 奥萨在寻找父亲的路上经历了哪些苦难?

2. 拉普人乌拉是怎么劝说奥萨的父亲见一见奥萨的?

第四十四章　到南方去！到南方去！

M 名师导读

在经历了一系列的冒险之旅后，尼尔斯终于踏上南返之途，再见到熟悉的景象，他的心中涌出一阵阵别样的兴奋与愉悦。其间，尼尔斯还偶然听到了一段有关耶姆特兰的传说。这到底是一段怎样的传说呢？

旅程的第一天

十月一日　星期六

雄鹅驮着尼尔斯和三十只大雁排成整齐的"人"字形向南快速地飞行着。风吹进羽毛发出呼呼的响声，加上翅膀拍打空气发出的啪啦啪啦声，使他们连自己的叫声也听不见了。大雪山来的大雁阿卡领头飞行，跟在她后面的是亚克西和卡克西、科尔美和奈利亚、维茜和库西、雄鹅莫顿和灰雁邓芬。去年秋天跟随他们一起飞行的六只小雁现在已经离开雁群独立生活了。老雁们带着今年夏天在峡谷里长大的二十二只小雁飞行，十一只飞在右边，十一只飞在左边，他们尽力同老雁一样，相互之间保持着同等的距离。

这些可怜的小雁过去从来没有做过任何长距离飞行，故而，他们对这样快速的飞行感到非常吃力。"大雪山来的阿卡！大雪山来的阿卡！"他们可怜巴巴地叫道。【写作借鉴："可怜巴巴"说明小雁们初次体验长途飞行时的不适应，也反映出成长之路的艰辛。】

▶ 骑鹅旅行记

"什么事？"领头雁问道。

"我们的翅膀累得动不了啦！我们的翅膀累得动不了啦！"小雁们叫道。

"你们飞得越远，就越不会感到累。"领头雁回答说，速度一点也没有放慢，还是和原先一样。看来她说的话很对，因为当小雁们飞了两三个小时后就再也不抱怨累了。但是，他们在峡谷里习惯了一天到晚嘴巴不停地吃，所以，没过多久，他们开始想吃东西了。

"阿卡，阿卡，大雪山来的阿卡！"小雁们哀声叫道。

"又有什么事？"领头雁问道。

"我们饿得飞不动了！"小雁们叫道，"我们饿得飞不动了！"

"大雁应该学会吃空气喝大风。"领头雁回答道。她没有停下来，而是继续像原先那样向前飞着。【名师点睛：小雁们的表现和本书开篇雄鹅融入大雁群时一样，领头雁阿卡的表现也一如既往，叫读者不禁感慨，一年又一年，大雁们南来北往，周而复始……】

看来，小雁们已经学会忍受饥饿了，因为当他们飞了一会儿之后就再也不抱怨肚子饿了。雁群仍然在大山上空飞行。老雁们为了使小雁们熟悉山区的情况，他们每飞过一座山峰，就喊出它的名字。"这是波苏巧考，这是萨尔耶巧考，这是索里台尔马。"但是，当他们这么喊着飞了一会儿之后，小雁们又不耐烦了。

"阿卡，阿卡，阿卡！"他们烦躁地叫道。

"什么事？"领头雁问道。

"我们的脑子里装不下更多的名字了！"小雁们叫道，"我们的脑子里装不下更多的名字了！"

"脑子里装的东西越多，脑子就越好使。"领头雁回答道，继续像原先那样喊着奇怪的名字。

尼尔斯暗自思忖，该是大雁南飞的时候了，因为已经下了大雪，极目望去，大地一片白茫茫。不可否认的是，他们待在峡谷里的最后几天是

502

非常不愉快的。大雨、风暴和浓雾不停地袭来，偶尔有那么一会儿好天气，不久又会变得冰冷刺骨。尼尔斯在夏天赖以生存的浆果和蘑菇都已经冻坏和腐烂，到最后，他只好吃生鱼，这是他最厌恶的事情。【名师点睛：介绍南飞的背景，天气转凉，气候逐渐恶劣，雁群不得不开始迁徙。】白天十分短促，尼尔斯总不能让自己的睡觉时间同太阳在天空中消失的时间一样长，漫漫长夜和姗姗来迟的早晨使他感到百无聊赖、兴致索然。

现在，小雁们的翅膀终于长硬朗了，南飞的旅程也开始了。尼尔斯是如此高兴，骑在鹅背上又笑又唱。是的，他盼望离开拉普兰不仅仅是因为那里又黑又冷又没有东西吃，还因为别的事情。

到拉普兰的前几个星期里，他一点也没有想离开的意思。他认为，那是他从来没有到过的美丽而舒适的地方，除了蚊子有点讨厌，他没有任何烦恼。尼尔斯和雄鹅莫顿待在一起的时候也不多，因为这个家伙总是守着邓芬，寸步不离。不过，他倒是一直同大雁阿卡和老鹰高尔果在一起，他们三个一起度过了许多愉快的时光。那两只鸟带着他做过远距离的飞行。尼尔斯曾经站在冰雪覆盖的克布讷凯塞大雪山之巅，眺望过伸展在这座陡峭的白色锥体下面的条条冰川，拜谒过许多人迹罕至的高山。阿卡还带他看过深山中的幽谷、母狼哺养狼羔的岩洞。不言而喻，他还和成群结队在美丽的托内湖岸吃草的驯鹿交上了朋友，他到过大湖瀑布下面，向居住在那里的狗熊转达了他们住在伯尔斯拉格那的亲友的问候，他所到之处都是气势澎湃、威势雄雄的地方。【名师点睛：雁群新的征程开始了，尼尔斯则高兴地踏上了南归之路。他兴奋地回忆着过往旅程中的点点滴滴……】他非常高兴能身临其境，但是不愿意在那里长住。阿卡说，那些瑞典开拓者应该保持这一地区的安宁，把它交还给那些出生就在这里生活的熊、狼、鹿、大雁、旅鼠和拉普人。他不得不承认，阿卡的这些话是对的。

一天，阿卡把他带到一个大矿都，他在那里发现小马茨遍体鳞伤，躺在矿坑外面，此后的几天里，他除了想方设法帮助可怜的奥萨外，其他什

503

▶ 骑鹅旅行记

么也没有做。【名师点睛：照应前文尼尔斯发现小马茨受伤以及帮助奥萨寻找父亲这些情节，使故事更完整。】奥萨找到父亲之后，他就不需要再为她费心劳神了。从那时候起，他盼望着有朝一日，能够和雄鹅莫顿一起回家，重新变成一个人。他很想再成为能和放鹅姑娘奥萨讲话而不再被其关在门外的人。

因此，当他们踏上南归的道路时，他高兴万分。当他看见第一个杉树林的时候，他挥动帽子，高声呼喊"好哇"；他又以同样的方式欢迎了第一幢开拓者的灰色屋子、第一只山羊、第一只猫和第一群鸡。他飞越汹涌澎湃的大瀑布时，发现它的右面是壮丽的高山，但是这一类的高山他看得多了，根本不屑一顾。但是当他看到山的东面克维基约克的小教堂和牧师宅邸以及那个小教区村的时候，情形就不一样了，他觉得这里是那么美丽，兴奋得眼睛里噙满了泪水。【名师点睛：表现了尼尔斯踏上南归之途的高兴与激动，再见到熟悉的景物，他从心底感到兴奋。】

他们不断地遇到各种候鸟群，鸟群的规模比春天时候的大得多。"你们到哪里去，大雁？"候鸟们喊着问道，"你们到哪里去？"

"跟你们一样要到外国去，"大雁们回答说，"我们要到外国去！"

"你们的小雁翅膀还不够硬朗，"对方喊道，"那么弱小的翅膀是飞不过大海的。"

拉普人和鹿群也在从高山上往下迁移。他们秩序井然地走着：一个拉普人走在队伍最前列，后面跟着由几排大公鹿领队的鹿群，接着是一长排驮着拉普人帐篷和行李的运货鹿，最后是七八个人。大雁看见鹿群的时候就往下飞行并且喊道："谢谢你们今年夏天对我们的款待！谢谢你们今年夏天对我们的款待！"

"祝你们旅途愉快，欢迎下次再来！"鹿群回答说。

但是，当熊看见雁群时，他们却指着雁群对自己的孩子嗥叫道："快来看这些大雁，他们一点寒冷都经不住，冬天都不敢待在家里！"老雁们不屑回答他们，只是对自己的小雁们喊道："快来看这些熊呀，他们宁愿躺在家里睡上半年,也不肯花点力气到南方去!"【名师点睛:通过熊和大雁之间相互的嘲讽来表现两种生物不同的生活习性,显得俏皮、活泼。】

在下面的杉树林里,小松鸡们缩紧身子,竖起羽毛,冻得发抖,看着各种大鸟群喜洋洋、乐滋滋地向南飞去。"什么时候轮到我们飞呢?"他们问母松鸡,"什么时候轮到我们飞呢?"

"你们得同爸爸妈妈一起待在家里,"母松鸡回答说,"你们得同爸爸妈妈一起待在家里。"

在东山上

十月四日　星期二

每一个到过高山地区的人肯定知道,大雾会给人带来多么大的困难。雾气腾腾,遮住视野,即使你的周围全是美丽多姿的高山,你也看不见。在盛夏,你有时候会遇到雾。倘若是秋天,你几乎不可避免地会遇到大雾。对尼尔斯·豪尔耶松来说,他觉得在拉普兰境内时天气一直很好,但是大雁们还没有来得及高喊出他们现在已经飞行在耶姆特兰省时,重重浓雾就把他们团团围住了,使他看不清下面的景色。他在空中整整飞了一天,却不知道他来到的地方是山区还是平原。

夜幕降临时,大雁们降落在一块向四面八方倾斜的绿草地上,那时他才知道,他们是在一个山丘的顶部,但是这个山丘是大还是小,他却无法搞清楚。他想,他们一定是在有人居住的地区,因为他好像听到了人类的说话声,又好像听到了车轮在路上滚动的轧轧声,但是他自己也不能完全肯定。【写作借鉴:通过视觉描写和听觉描写来表现大雾的浓重。】

他很想摸索着到一个农庄里去,但又怕在大雾中迷路。他哪儿也不敢去,只得待在大雁们身边。一切都是湿漉漉的。每一根草或其他小植物上都悬挂着小水珠,他只要一动,小水珠就往他身上掉,就像洗一次名副其实的雨水澡。【名师点睛:细致生动地描绘出大雾弥漫时的景象,读来

505

骑鹅旅行记

具体可感，使人仿佛身临其境。】"这里并不比峡谷好多少。"他想。

但是，尽管如此，在附近走几步他还是敢的。他隐约看见一幢建筑物就在眼前，它并不大，但有好几层楼高。他看不到顶部，大门是关着的，整幢房子看来没有人居住。他知道，那只不过是一个瞭望塔，在那里既不可能得到食物，也不可能取暖。即使这样，他仍然以最快的速度返回到大雁们那里。"亲爱的雄鹅莫顿！"他说，"把我驮到那座塔的顶上去吧！这里太潮湿，我无法睡觉，那里一定能找到一块可以躺下的干燥地方。"

雄鹅莫顿马上表示愿意帮助他，把他送到瞭望塔的阳台上。尼尔斯躺在那里美美地睡了一觉，直到晨曦把他唤醒。

他睁开双眼，环视四周，起初他不明白自己看见的是什么，也不知道自己在哪里。他有一次赶集时，曾经走进一顶大帐篷，看到一幅硕大的全景画。这时他觉得他又站在那顶大圆帐篷的中间，红色的帐顶，十分漂亮，墙壁和地板上画了一幅明媚而辽阔的风景画，上面有大村庄、大教堂、耕地和道路、铁路，乃至一座城市。不久，他就明白了，他并不是在帐篷里看全景画，而是站在瞭望塔的顶部，头上是朝霞映红的天穹，四周是真实的大地。他已经看惯了荒原，如今，他把看到的有村庄和城市的真实地方当成一幅画也就不足为奇了。

尼尔斯不相信自己看到的东西是真实的，也是有原因的，那就是所有的东西都没有呈现出它的本色。他所在的瞭望塔屹立在一座山上，山位于一个岛上，岛靠近一个大内湖的东岸。<u>这个湖，不像一般内湖那样呈灰色，它的一大部分湖面同朝霞映红的天空一样呈粉红色，深入陆地的小湾却闪烁着近似黑色的光。湖周围的堤岸也不是绿色的，而是闪着淡黄色的光，那是庄稼收割完了的田地和叶子发黄了的阔叶林的缘故。</u>黄色堤岸的四周是一条很宽的黑色针叶林带。可能是这个原因，阔叶林才显得鲜明光亮，而尼尔斯却认为针叶林从来没有像这个早晨那样黝黑暗淡。在黝黑的针叶林东面是淡青色的小丘，沿着整个西面的地平线却是由此起彼伏、多姿多态的高山组成的一条闪烁着光芒的长长曲线,它的颜色是如此美丽、柔和、赏心悦目,他不能把这种颜色称为红色、白色,也不能称为蓝色,简直无法用任何颜色来形容它。【写作借鉴:景物描写。随着空间的变换,色彩也各不相同,叫人眼花缭乱,同前文尼尔斯错以为自己是在欣赏一幅风景画相照应。】

尼尔斯把目光从高山和针叶林移开,以便看看他身旁的景色。在湖的四周,那条黄色地带里,他看到了一个接着一个的红色村庄和白色教堂;在正东面,在把小岛和陆地分开的狭窄湖湾对面,他看到了一座城市。城市延伸到湖岸,后面有一座山作为它的屏障,周围是一片富庶和人口稠密的地区。"这座城市所处的位置真是太美了,"尼尔斯想,"我不知道它叫什么名字。"

就在此时,他听到动静吓了一跳,赶紧向周围张望。他一直忙于欣赏风景,而没有注意到有游人来瞭望塔了。

那些游人快步走上台阶,尼尔斯刚找好隐藏的地方,他们就上来了。

来的是一些远足的年轻人。他们说,他们已经游遍了整个耶姆特兰省,很高兴在昨天晚上抵达厄斯特松德,正好赶上在这晴朗的早晨,在福罗斯岛的东山上观看雄伟壮丽的景色。他们站在这里,可以看到方圆二百公里内的景色,他们要在离开以前最后看一眼可爱的耶姆特兰省全景。【名师点睛:通过对一群来远足的年轻人的描写,再次表明此处是观赏全景的绝妙之所,也侧面反映出山下景色的秀美。】他们指着环湖屹立的许多教堂。"那下面是苏讷,"他们说,"那里是马尔比,再远一些是哈伦。正北的那座是罗德厄教堂,还有那座,就在我们下面,是福罗斯岛教堂。"接着,他们开始谈论山。离他们最近的那座山叫乌维克斯山,对此大家的看法都一致。但是后来,他们就开始怀疑哪一座是克勒沃舍山,哪一座是阿那里斯山,以及凡维特尔山、阿尔莫萨山和奥莱斯库坦山。

正当他们这么议论的时候,一位年轻的姑娘拿出一张地图,铺在膝盖上,开始研究起来。忽然,她仰起头。"我在地图上看耶姆特兰省的地

507

骑鹅旅行记

形时,"她说,"我觉得,它像一座气魄雄壮的大山。我一直期待着能有机会听到一个关于它是怎样直立起来、高入云霄的故事。"

"它可能本来就是一座大山。"一个人讥笑着说。

"是啊,还可能有人因此把它推倒。你自己来看一看,它像不像有宽阔山麓和陡直山峰的一座真正的高山!"

"把这样一个多山的地区说成是它本身就像一座山倒也合适,"一个旅游者这样说,"但是我虽然听过关于耶姆特兰省的一些传说,可是我从来没有……"

"你听过关于耶姆特兰省的传说?"这位年轻姑娘没有让他把话说完就迫不及待地问道,"那你现在给我们讲讲吧。在这个能看到全省的制高点上,讲它的传说是再合适不过的了。"【名师点睛:迫不及待地发问,表现了姑娘对这个传说的好奇,这也起到引出下文的作用。】

其他人都表示赞同,他们的这位旅伴十分爽快,毫不忸怩,马上讲了起来。

耶姆特兰的传说

在耶姆特兰还居住着巨人的时候,有一天,一个老巨人站在院子里给马刷毛。他精心地刷着,突然发现马惊恐地颤抖起来。"你们怎么啦,我的马儿?"巨人一面说一面朝四周看,想弄明白到底是什么把牲畜吓着了。他在附近没有发现熊,也没有看到狼。他唯一看到的是不远处有一个人,没有自己高大粗壮,不过相当魁梧,正顺着通向他房子的小山路爬上来。

老巨人一看见这个人,便同他的马一样吓得从头到脚哆嗦起来。他丢下手里的活,慌忙走进屋子,来到正在用纺锤打麻绳的妻子身旁。【写作借鉴:马儿"惊恐地颤抖",巨人"哆嗦""慌忙",表明来者可怕,令人畏惧,引起读者的阅读兴趣。】

508

"出什么事啦？"妻子问，"你的脸同雪山一样白。"

"我能不害怕？"巨人说，"小路上来了一个人，我敢肯定是雷神托尔，就像我肯定你是我妻子一样，我绝对不会认错。"

"这真是一位不受欢迎的客人，"巨人的妻子说，"难道你不能施法迷惑他的眼睛，让他把整个院子看成一座山，从我们门口绕过去吗？"

"现在施展这种魔法已经太晚了，"巨人回答道，"我听到他在推门，都要走进院子了。"

"那我劝你还是躲一躲，让我来对付他，"女巨人急忙说，"我要让他以后再也不能这样轻松地来到我们这里。"

巨人认为这是一个好主意，他走进里面的小房间，而他的妻子仍然坐在大屋的长凳上镇静地打绳子，好像她不知道有什么危险似的。

必须提一下，那个时代的耶姆特兰同今天的完全不一样。整个地方只是一块硕大而扁平的山地，光秃秃的，一无所有，连杉树木也不能生长。这里没有湖泊，没有河流，没有可以耕种的土地。那时候，这里也没有现在分布全省的高山和山峰，它们都一座座排列在西边很远的地方。<u>在这片辽阔的土地上，没有一块人类能够生活的地方，而巨人却在这里生活得十分惬意。这个地区很荒凉，没有人烟，是巨人们生活的乐园。巨人看到雷神托尔向他家里走来，吓得失魂落魄、不知所措。他知道雷神不喜欢他们，因为他们使四周变得酷寒、黑暗和荒凉，并且阻止大地变成富裕、丰硕和点缀着人类住房的地方。</u>【名师点睛：点明巨人在耶姆特兰这片土地上的所作所为，为后文写雷神前来问罪做铺垫。】

女巨人没等多久就听到院子里响起了坚定的脚步声，不久，女巨人看到一个人推开门，走进屋里。他不像一般过路人那样在门口停住，而是立即朝里屋靠山墙坐着的女人走去。可是这段路对这个人来说不算近，他以为已经走了好一会儿，其实只到了离门口不远的地方，离屋子中央的炉灶还很远。他加大步子朝前又走了一会儿，炉灶和女巨人好像比他刚进屋的时候更远了。起初，他并不觉得这间屋子特别大，但是当他

▶ 骑鹅旅行记

费了九牛二虎之力终于走到炉灶那里时,他才感到这间屋子奇大无比。那时他累得要命,只得靠着拐杖休息一会儿。女巨人看到他停下来,便放下纺锤,从长凳上站起来,没走几步就来到了他的面前。"我们巨人喜欢大屋子,"她说,"我的男人常常抱怨这里太窄小了。但是我能够理解,对一个步子迈得小的人来说,要穿过巨人居住的房间是很吃力的。现在,请你告诉我,你是谁?到我们巨人这儿来干什么?"行人本来准备做一个尖刻的回答,但他不想跟一个女人争吵,因而心平气和地回答道:"我的名字叫大力士,是位勇士,多次参加过冒险活动。我在家里的院子里整整坐了一年,当我听到人类在谈论你们巨人把这里的土地搞得很坏,除了你们没有人能够到这里来居住的时候,我就想我该有点儿事做了。我现在到这里来就是想找男主人谈一谈此事,问问他是否愿意把这里搞得好一点。"【名师点睛:揭示谜题,交代雷神托尔的来意。】

"我们家的男主人外出打猎去了,"女巨人说,"等他回家的时候让他自己来回答你的问题吧。不过,我要对你说,一个敢向巨人提出这样问题的人应该是一个比巨人还高大的人。为了你的荣誉,你还是赶快离开这里,不见他为好。"

"我既然已经来到了此地,就一定要等他回来。"自称为大力士的人说。

"我已经尽力规劝你了,"女主人说,"主意由你自己定。请在长凳上就座,我去拿迎客酒。"

女巨人拿了一只极大的角状杯走到屋子角落的酒桶那里去灌酒。客人也没有把这个酒桶当一回事,但是当女人拔出塞子时,蜂蜜酒流入酒杯发出隆隆的呼啸声,好似有一个大瀑布在屋子里似的。【写作借鉴:运用夸张的修辞手法,将倒酒发出的声音说成"隆隆的呼啸声",烘托气氛,增强文章的感染力。】酒杯很快就灌满了,女主人想把塞子塞到酒桶上,但是她没有成功,蜂蜜酒汹涌流出,冲走了她手中的塞子,流到地板上。女巨人又试了一次,还是失败了。她便请客人帮忙。"你看,酒都流走了,大力士,请你过来把塞子塞到酒桶上去!"客人马上跑过去帮忙。他拿着塞子往桶口堵,但是酒又把塞子顶出来,还把塞子抛到屋里很远的地方,而酒则继续向地上漫溢。

大力士一次又一次地去堵,但是一次也没有成功,最后他气得把塞子扔掉了。地板上溢满了酒,为了缓和蜂蜜酒漫溢地板的状况,客人在地板上划出一道道深沟,让酒流走。他在坚硬的岩石上挖沟筑路让蜂蜜酒流走,正像孩子们春天在沙地上挖沟筑路让雪水流走一样;他还用脚在这里、那里踩出一个个深坑,让酒集中到那些坑里去。女巨人一直默默地站着,一声不吭,如果客人抬头朝她望去,他一定会看到,她正惊愕而又恐惧地看着他做这些事。当他做完时,她却以嘲笑的口气说道:"真是谢谢你啦,大力士。我看出来了,你是尽力而为了。平时都是我的男人帮我塞塞子。不能要求所有的人同他有一样大的力气。既然你连这么一点事都干不了,我看你最好还是马上启程回去吧。"

"在我没有把音信带给他以前,我不愿意走。"客人说,但是看上去有点羞愧和沮丧。【名师点睛:这里雷神的语气已没有之前坚定,说明他的内心开始动摇与怀疑。】

"请在那里的长凳上坐下吧,"女巨人说,"我把锅放到火上去,给你煮点粥!"

女巨人按自己说的去煮粥。但是当粥快要煮好的时候,她却对客人说道:"我发现面快用完了,这样,我是煮不了稠粥的。你能不能把你身旁的磨转一转,两三下就行,可以吗?两块磨石之间有粮食,不过磨可不轻,你得使出全身力气才行。"

客人没有等她多说就去推手磨。他并不感到这磨特别大,但是当他抓住磨把,想让石磨转动时,却难以推动。他被迫用上全身力气,才使磨转动了一圈。

女巨人惊恐地看着他干活,一声未吭。但是当他离开石磨时,她却说道:"当我推不动石磨的时候,我的男人通常就会成为我的好帮手。但是谁也不能要求你去做力所不能及的事情。你最好还是避免同那个想

▶ 骑鹅旅行记

在这磨上磨多少面就能磨多少面的人碰头为好,难道现在你自己还看不出来这一点吗?"

"我仍然觉得,我应该等他回来。"大力士说,声音低而缺乏勇气和胆量。【写作借鉴:语言描写。一而再地受到打击,雷神越发不自信了。】

"那么到那边长凳上安静地坐着吧,我去给你整理一个床铺,"女巨人说,"因为你必须留在这里过夜了!"

她在床上铺了很多褥子和垫子,并祝愿客人睡个好觉。"我担心你会嫌床太硬,"她说,"不过,我男人每天晚上都睡这样的床。"

当大力士躺到床上,他发现身子底下疙疙瘩瘩,高低不平,根本无法睡觉。他翻来覆去,还是觉得不舒服。于是,他把床上的用品都扔了,这里抛一个枕头,那里扔一床褥子,然后他才美美地睡去。

当阳光从天窗上照进屋子,他爬起来,离开巨人的住所。他穿过院子,走出大门,并且随手把门关上。就在此时,女巨人出现在他身旁。"我看见你准备离开了,大力士,"她说,"这是你最明智的决定。"【名师点睛:女巨人再一次劝返雷神,只是这一次与之前不同,雷神已有了决定,而女巨人也达到了目的。】

"如果你的男人能在你昨夜为我铺的这种床上睡觉,"大力士愠怒地说,"我就不想见他了。他一定是一个没有人能对付得了的铁人。"

女巨人靠着大门站着。"你现在已经走出了我的院子,"她说,"那么我就想告诉你,你这次到我们巨人住的山上来并不像你本人所想的那样毫无价值。你在我们屋子里走路的时候,发现路程遥远,这是不足为怪的,因为你所走过的地方是叫作耶姆特兰的整个山区;你难以把塞子塞到酒桶上也不奇怪,那是雪山上的雪水向你奔腾倾泻而来。为了把水从屋里引走,你在地板上挖的沟、踩的坑,现在都成了河流和湖泊。你把磨推了一圈,这不是对你力气的一个小考验,因为磨里不是粮食,而是石灰石和页岩,你仅仅推了一圈,就磨出了那么多肥沃的泥土,盖满了整个山区。你无法在我为你铺的床上睡觉,我也一点不感到惊讶,因为我把千

512

岩万壑的山峰铺在了床上，而你把它们扔了半个省，【写作借鉴：运用排比句式揭示了女巨人做这一切背后的真相。原来，这些都是女巨人早已安排好的。】人类对你可能不像对你所做的其他事那样感激你。现在我向你告别，同时也向你保证，我和我的男人将从这里搬走，搬到一个你不容易找到的地方去。"

来客越听越生气，当女巨人讲完的时候，他拔出了插在腰带上的锤子，但是还没有等他把锤子举起来，女巨人就消失了。巨人院子所在的地方成了一道灰色的悬崖峭壁。但是，他在山地上开辟的大河、湖泊和磨出的沃土依然存在。那些美丽的大山也还在，它们使耶姆特兰秀美瑰丽，并给所有到这里来游览的人以力量、健康、欢悦、勇气和生活的乐趣。【名师点睛：雷神以为自己受到了愚弄，越听越气，但与此同时，他无意间所做的事也确实给这片地区带来了转变，达到了他此行的目的。】所以，从北部的富罗斯特维克山到南部的海拉格斯山，从斯图尔湖边的乌维克斯山直到国境线附近的锡尔山脉，当雷神把这片大地撒满群山的时候，他的功绩再没有比这个更了不起的了。

Z 知识考点

1. 填空题。

在峡谷的最后几天，尼尔斯过得非常不愉快。_____、_____和_____不停地袭来，很少有好天气。尼尔斯在夏天吃的_____和_____都已经冻坏和腐烂，到最后，他不得不吃_____。

2. 判断题。

领头雁阿卡对待年幼的小雁比较严厉，丝毫不关心他们累不累，饿不饿。（　　）

3. 问答题。

本章中，尼尔斯为什么想变回人类了？

▶ 骑鹅旅行记

阅读与思考

1. 尼尔斯从瞭望塔上看到了什么景象？
2. 传说中，是谁改变了耶姆特兰山地的样子？他是怎么做到的？

第四十五章　海尔叶达伦的传说

M 名师导读

尼尔斯因故再次和雁群失去联系,在他陷入绝望之际,渡鸦巴塔基找到了他,并带他与雁群会合。其间,渡鸦给尼尔斯讲了几个故事,并告诉他,阿卡曾去找过小精灵,还与小精灵谈妥了让尼尔斯变回人类的条件。但渡鸦希望尼尔斯能找到更好的办法。其中有什么隐情呢?

十月四日　星期二

游人们还待在瞭望塔上久久不肯离去,尼尔斯对此感到十分不安。只要他们还在那里,雄鹅莫顿就不能来接他,而且,他也知道大雁们正急着赶路。就在他们讲故事的时候,他好像听见了大雁们的呼叫声和翅膀的拍打声,大雁们似乎已经飞走了。但是他又不敢到栏杆那里去察看一下情况。

游人们终于离开了。尼尔斯从躲藏的地方爬出来,看到地面上一只大雁也没有,雄鹅莫顿也没有来接他。于是,他用尽全身力气高声喊道:"你在哪里?我在这里。"却总不见旅伴们露面。他根本不相信他们会抛弃他,反而更担心他们遇到什么意外。正当他不知道该如何去打听他们的下落的时候,渡鸦巴塔基落在了他的身边。

尼尔斯没有想到自己会以如此高兴、欢迎的态度去问候巴塔基。"亲爱的巴塔基,"他说,"你来啦,真是太好了!也许你知道雄鹅莫顿和大雁们的去向吧。"【名师点睛:正当尼尔斯一筹莫展时,渡鸦巴塔基的出现,使故事有了转机。】

骑鹅旅行记

"我正是来向你转达他们的问候的,"巴塔基回答道,"阿卡发现一个猎人在附近的山上转悠,所以她不敢留在这里等你,而是提前启程走了。现在快到我的背上来,你一会儿就可以和他们相见了!"

尼尔斯以最快的速度爬到巴塔基的背上,要不是有雾,巴塔基肯定很快就能赶上大雁。但是,早晨的太阳似乎唤醒了晨雾,给了它新的生命,一小块一小块轻飘飘的烟雾聚集又散开,那速度之快令人难以置信。转眼间,翻腾的白色烟雾笼罩了整个大地。

巴塔基在浓雾上面那晴朗的天空和光芒四射的阳光中飞着,但是大雁们肯定是在下面的雾团中,因此无法看见他们。尼尔斯和巴塔基大声地呼唤着,但是得不到任何回答。"真是不幸。"巴塔基最后说,"不过我知道,他们在向南方飞,只要雾消云散,我肯定能找到他们。"

南返途中,他却离开了雄鹅莫顿,这使得尼尔斯感到十分苦恼。【名师点睛:尼尔斯的命运和雄鹅的命运紧密联系在一起,他既是为雄鹅担忧,也是为自己担忧。】但是当他在巴塔基的背上忐忑不安地飞了几个小时之后,他又对自己说,既然还没有发生不幸,何必自寻烦恼呢。

就在此时,他听到地面上有一只公鸡在啼叫,他立即从巴塔基背上探出身子,朝底下喊道:"这个地方叫什么名字?这个地方叫什么名字?"

"这里叫海尔叶达伦!这里叫海尔叶达伦!"公鸡叫道。

"从地面上看,这里是什么样子的?"尼尔斯问。

"西面是大山,东面是森林,一条宽阔的河流纵贯整个地区。"公鸡回答道。【名师点睛:通过一问一答的形式,巧妙地介绍所经过地区的基本情况。】

"谢谢你,你对情况很熟悉。"尼尔斯喊道。

他飞了一会儿后,听见云雾中有一只乌鸦在叫。"什么样的人住在这个地方?"他喊着问。

"诚实、善良的农民!"乌鸦回答说,"诚实、善良的农民!"

"他们怎么谋生?"尼尔斯问,"他们怎么谋生?"

"他们从事畜牧业和林业。"乌鸦叫着回答。

"谢谢你！你对情况很熟悉。"尼尔斯叫道。

又过了一会儿，他听见有人在下面的云雾中又哼又唱。"这个地方有什么大的城市吗？"尼尔斯问道。

"什么，什么，是谁在喊？"那个人反问道。

"这个省里有没有城市？"尼尔斯又问了一遍。

"我想知道是谁在喊。"那个人喊道。

"我就知道，向人类提问题是得不到回答的。"尼尔斯喊。

没过多久，晨雾就消失了，像聚集时一样快。尼尔斯这时发现，巴塔基正在一条宽阔的河谷上空飞行。那里也像耶姆特兰一样，重峦叠嶂，景色壮丽雄伟，但是山脚下没有大片富饶的土地。这里村落稀疏，耕地狭小。【写作借鉴：运用对比的方法描写了河谷的景象，与耶姆特兰有异有同，简洁明了。】巴塔基沿着河流向南飞行，一直飞到一个村庄附近。他在一块已经收过庄稼的地面降落，让尼尔斯从他背上下来。

"这是一块水稻田。"巴塔基说，"找一找，看你能不能找到吃的东西！"尼尔斯听从了他的建议，不一会儿就找到了一个谷穗。正当他剥着谷粒吃的时候，巴塔基和他说起话了。

"你看到屹立在南边的那座雄壮、险峻的高山了吗？"他问道。

"看见了，我一直在看它。"尼尔斯回答说。

"那座山叫松山，"巴塔基继续说，"你也许知道，从前那里有很多狼。"

"那肯定是狼群藏身的好地方。"尼尔斯表示同意。

"住在这条河谷里的人多次受到狼的威胁。"巴塔基说。

"也许你还记得一个关于狼的有趣的故事，能讲给我听听吗？"尼尔斯说。【写作借鉴：过渡句，起承上启下的作用，自然地引出下文。】

"我听说在很久很久以前，松山里的一群狼袭击了一位外出卖桶的人。"巴塔基说，"他住在离我们这里几十公里地的一个叫海德的村子里。当时正值冬天，他驾着雪橇在结了冰的榆斯楠河上走着，一群狼从他后面追了上来，有十来只。海德人的马又不好，他死里逃生的希望很小。

▶ 骑鹅旅行记

"当那个人听见狼的嗥叫声,看见那么多的狼在后面追赶他时,吓得魂不附体,不知所措。本来应该把大桶、小桶和澡盆从雪橇上扔下去,以减轻一点分量,但是他根本没有想到这一点,却只顾鞭打着马,催马快跑。马比以往任何时候跑得都要快,但是那个人很快发现,狼跑得比马更快,并离他越来越近。河岸上十分荒凉,最近的村庄离他也有二三十公里地。他感到生命的最后一刻已经来临,吓得不能动弹。

"正当他吓得瘫在雪橇上时,他突然看见放在冰上用作路标的杉树枝中间有什么东西在移动。当他看清那是个人时,他感到压在心头的恐惧比先前又增加了几倍。

"迎面走来的不是什么狼,而是一位上了年纪的贫穷的老妇人。她叫芬·玛琳,经常走东串西,四处游荡。她腿有点瘸,背也驼了,因此他老远就能认出她来。

"老妇人径直朝狼走来。一定是雪橇挡住了她的视线,她看不见狼群。海德人立刻意识到,如果他不声不响地从老妇人身边跑过,她就会落入野兽的口中。而在狼把她撕碎的时候,他就可以逃脱。【写作借鉴:心理描写,生动细腻地写出了卖桶人在性命攸关时刻的矛盾心理。】

"她拄着拐棍慢悠悠地走着。很显然,如果他不帮助她,她就没命了。但是,如果他停下雪橇,让她爬上来,这并不等于说,她就会因此而得救。把她捎上雪橇,那么狼群很可能会追上他们,他和她以及那匹马很可能都落入狼的口中。他想:最正确的做法也许是以牺牲一条命来拯救两条命了。

"在他看见老妇人的一瞬间,这些想法一齐涌上他的心头,而且,他还想到,如果他以后因为没有搭救那位老妇人而后悔,或者有人知道他见死不救,他将会处于什么样的境地。

"他遇到了一个非常棘手的问题,这使他进退两难。'我多么希望没有碰上她啊。'他自言自语道。

"正在这时,狼群中发出一声令人毛骨悚然的叫声。马像受惊了似的,纵身疾跑起来,从讨饭老妇人的身边疾驰而过。她也听见了狼的叫声。当海德人的雪橇从老妇人身边驶过时,他看见,老妇人已经知道等待自己的是什么了。她一动不动地站在冰上,张嘴喊了一声,并伸出双臂求救。但是她既没有对着卖桶的人呼喊,也没有试图跳上雪橇。一定是什么东西使她僵化了。'肯定是我经过她身边时看上去像个魔鬼。'海德人想。【名师点睛:狼嗥马惊人僵立,说明当时情况的紧急。】

"当他断定自己能脱离危险时,他就竭力安慰自己。但是,他的内心却沉痛、不安起来。他以前没有做过这种不光彩的事,现在他觉得他的一生被毁了。'不,我不能这样,该遭殃就遭殃吧。'他说着勒住缰绳,'无论如何我不能留下她一个人让狼吃掉。'

"他费了很大的劲儿才让马掉过头来,他很快驾着马来到老妇人的身边。'快到雪橇上来!'他说话时的语气很生硬,因为他正为刚才置老妇人的死不顾而责备自己,'你待在家里多好,老太太,'他说,'现在为了你,黑马和我都要完蛋了。'【名师点睛:在自顾不暇的危急时刻,卖桶人却决定帮助更弱更无助的老妇人,表现了他的善良和无私。】

"老妇人一句话也不说,但是海德人还是不肯饶过她。'黑马今天已经跑了五十多公里地了,'他说,'你知道,他一会儿就会累垮的,而雪橇也不会因为你上来了就减轻重量。'

"雪橇的滑铁在冰面上摩擦,发出吱吱的响声,尽管如此,他还是能听见狼群中发出的呼哧呼哧的喘气声。【写作借鉴:雪橇与冰面"吱吱"的摩擦声,狼群"呼哧呼哧"的喘气声,拟声词的运用生动再现了紧张的情境。】他意识到,狼已经追了上来。'现在我们都要完蛋了,'他说,'我极力想搭救你,但是这对你对我都没有什么好高兴的,芬·玛琳。'

"到目前为止,老妇人就像一个受惯责备的人一样沉默着。但是现在她终于开口了。'我不明白你为什么不把雪橇上的桶扔掉。桶你明天还可以再回来拣嘛。'海德人立刻明白这是一个好主意,而且为他没有想到这个主意而震惊不已。他让老妇人牵着缰绳,自己解开绑着木桶的刹车

519

骑鹅旅行记

绳子,把桶扔下雪橇。狼已经追上来,而这时却停了下来,查看被扔在冰上的东西。他们乘此机会又向前跑了一段。

"'如果这也帮不了什么忙,到时候你会明白,我会自己下去喂狼的,'老妇人说,'这样你就可以逃脱了。'老妇人说这句话的时候,海德人正在向下推一个又大又笨重的啤酒桶。这时他突然停了下来,似乎还没有拿定主意是否要把酒桶扔下去。实际上,他心里想的完全是另一回事。'从来不出差错的马和男子汉,怎么能为了自己而让一个老妇人被狼吃掉呢?'他想,'肯定还有其他办法。是的,肯定有。问题是我还没有找到它。'

"他又开始推那个啤酒桶,但突然又停下了,并且哈哈大笑起来。

"老妇人惊恐地看着他,怀疑他是精神失常了,但海德人是在嘲笑自己的愚蠢和不开窍。【名师点睛:如此紧要关头,卖桶人为什么忽然哈哈大笑?这不仅让老妇人感到莫名其妙,读者也是摸不着头脑。】实际上要救他们三者的命是世界上最容易不过的事了。他简直不明白自己为什么没有想到这一点。

"'现在,你好好听着,芬·玛琳!'他说,'你自愿提出要让狼吃掉,很勇敢。但你用不着这样做,我想出了我们三个怎样互助就能摆脱险境的办法。记住,不管我做什么,你都要坐在雪橇上不许动,把雪橇驾到林赛尔村去。你去叫醒村里人,告诉他们我一个人在这里的冰面上,被十只狼围困着,请他们快来救我。'

"卖桶人等狼迫近雪橇后,就把那个大啤酒桶滚到冰面上,然后自己也跳下雪橇,并且钻进桶里,把自己扣在里面。

"这是一个很大的桶。里面的空间大得能装下整个圣诞节喝的啤酒。狼群朝酒桶扑上去,咬着桶箍,试图把桶翻个个儿。但是桶很重,倒在那里动也不动。狼群怎么也够不着躺在里面的人。

"海德人知道他很安全,因此躺在里面对狼大笑。但是过了一会儿,他又变得严肃起来。'今后我要是再陷入困境,'他说,'我就要记住这只啤酒桶。我要考虑,既要对得起自己,也要对得起别人。只要自己能够

520

去找,去想,第三条出路总是有的!'"【名师点睛:卖桶人冷静下来,恢复了理智并用心思考,还从困境中总结出一条经验。】

巴塔基就此结束了他的故事。尼尔斯注意到,巴塔基从来不讲没有意义的故事。因此,他越听越觉得值得推敲。"我不明白你为什么要给我讲这个故事。"尼尔斯说。

"我只是站在这里看着松山时偶然想起这个故事的。"巴塔基回答道。【名师点睛:从之前的行为来看,渡鸦巴塔基从来不做毫无意义的事,他一定是想通过讲故事来达到某个目的。】

他们继续沿榆斯楠河向南飞行,一个小时以后,他们抵达了紧挨着海尔星兰省的考尔赛特村。巴塔基在一座低矮的小屋旁边着陆。这座小屋没有窗子,只有一个洞。烟囱里冒出一股股夹着火星的浓烟,屋子里传出一阵阵铿锵有力的锤击声。"当我看见这个铁匠铺时,我就想起海尔叶达伦从前有过技术精湛的铁匠,特别是这个村的铁匠,就是在全国范围内也没有人能跟他们相比。"

"也许你还记得有关他们的故事,可以给我讲讲吗?"尼尔斯说。

"是的,我清楚地记得海尔叶达伦一个铁匠的故事。"巴塔基说,"他曾经向两个铁匠挑战,一个是达拉那省的,另一个是维姆兰省的,比赛打钉子。那两个人接受了他的挑战。三个铁匠在考尔赛特村进行比赛。达拉那人首先开始。他打了十二个钉子,个个匀称、锋利、光滑,好得无可挑剔。在他之后打的是维姆兰人。他也打了十二个十全十美的钉子,而且只用了达拉那人一半的时间。当那些对比赛进行评判的人见到此种情形时,便对海尔叶达伦那个铁匠说,不要白费力气了,因为他不可能比达拉那人打得更好或者比维姆兰人打得更快。'我不想放弃,总能找到一个表现自己技巧的方法的。'海尔叶达伦人说。他既不用煤,也不用风箱,没有预先把铁块放在火炉里加热,而是直接把铁块放在砧子上,用铁锤将铁敲热,并且敲出一个又一个钉子。【名师点睛:通过前面两个铁匠的优秀来衬托海尔叶达伦人打铁技艺的高超。他能够在绝境之中,另辟

骑鹅旅行记

蹊径，令人眼前一亮。】谁也没有见过一个像他这样熟练地使用铁锤的铁匠，因而海尔叶达伦人被评为全国最优秀的铁匠。"

巴塔基说完便不作声了，尼尔斯却变得更加迷惑不解。"我不明白你给我讲这个故事的用意何在。"他说。

"我只是看到了这个老铁匠铺，偶尔想起了这个故事。"巴塔基漫不经心地回答说。

两位旅行者又飞上了天空，巴塔基驮着尼尔斯朝南向利尔海达尔教区飞去。这个教区与达拉那交界。他落在一个长满树木的土堆上，而土堆在一个小山顶上。"你是否知道你站在一个什么样的土堆上？"巴塔基问。尼尔斯摇摇头。

"这是一个坟堆，"巴塔基说，"里面埋着的那个人名叫海尔叶乌尔夫，他是第一个在海尔叶达伦定居并开发这块土地的人。"

"你大概也知道有关他的故事吧？"尼尔斯说。【名师点睛：有了前两个故事做铺垫，这次自然也不例外。】

"关于他的事我听说得不多，不过我想他八成是个挪威人。他起初在一个挪威国王手下任职，但是，他和国王发生了纠纷，不得不逃亡国外，投奔了当时住在乌普萨拉的瑞典国王，并且在他那里找到了一个职位。可是过了一段时间，他要求国王把妹妹嫁给他做妻子。当国王不愿意把那样一个高贵的女子嫁给他时，他就和她一起私奔了。他当时将自己置于一种困难的境地，既不能住在挪威，也不能住在瑞典，而逃亡到其他国家他又不愿意。'但是肯定会有另外一条出路的。'他想。于是他带着仆人和财宝穿过达拉那省往北走，一直走到达拉那省北部边界上那些荒芜偏僻的大森林里。他在那里定居了下来，修建房屋，开垦土地，成了第一个在那块土地上定居的人。"

尼尔斯听完这个故事以后，比之前更加迷茫了。"我不明白你给我讲这些故事的用意何在。"他又说。巴塔基没有立即回答，只是摇头晃脑，挤眉弄眼。"因为只有我们俩在这里，"他最后终于说，"我想借此机会问你一件事。你有没有真正了解过,那个把你变成小人儿的小精灵对将你变回人提出了什么条件?"【写作借鉴:动作描写和语言描写。巴塔基欲言又止的情态令人疑惑,可能小精灵的条件并不如之前所说的那样简单。】

"除了要我把雄鹅安然无恙地送到拉普兰,尔后带回斯康耐以外,我没有听说过别的条件。"

"这一点我完全相信,"巴塔基说,"正因为如此,所以我们上次见面的时候,你才那样自豪地说,背弃一个信任自己的朋友比什么都卑鄙无耻。关于条件的事,你完全应该问问阿卡。你知道,她曾经到过你家,同那个小精灵谈过。"

"阿卡没有跟我说起过这件事呀。"尼尔斯说。

"她大概觉得,你最好不要知道小精灵是怎么说的。你和雄鹅莫顿两个,她当然更愿意帮助你了。"【名师点睛:巴塔基似乎话中有话,令人心中隐隐感到不安。】

"真奇怪,巴塔基,你怎么总是使我感到痛苦和不安呢。"尼尔斯说。

"也许是这样吧,"巴塔基说,"但是这一次我想你会感激我的,因为我可以告诉你,那个小精灵的意思是这样的:如果你能把雄鹅莫顿送回家,让你母亲把他放在屠宰凳上,这样,你就可以变成人了。"

尼尔斯跳了起来,他大声喊道:"这不是真的,完全是你恶意地捏造!"

"你可以自己去问阿卡,"巴塔基说,"我看见她和整个雁群从天空飞过来了。别忘记我今天给你讲的故事!在一切困境中,出路肯定是有的,关键在于靠自己去找。我将为看到你获得成功而高兴。"【名师点睛:原来,这才是巴塔基讲这些故事的真实用意,也是巴塔基对尼尔斯的提醒与忠告。】

▶ 骑鹅旅行记

Z 知识考点

1. 填空题。

渡鸦巴塔基给尼尔斯讲了三个故事：第一个是_____的故事，第二个是_____的故事，第三个是_____的故事。

2. 判断题。

大雁阿卡早就知道小精灵提的条件，只是一直没有告诉尼尔斯。

（　　）

3. 问答题。

小精灵对尼尔斯变回人提出了什么条件？

_____

_____

Y 阅读与思考

1. 卖桶人是怎么摆脱狼群的追击的？
2. 渡鸦巴塔基给尼尔斯讲了好几个故事，目的是什么？

第四十六章　维姆兰和达尔斯兰

> **M 名师导读**
>
> 尼尔斯得知变回人的条件后怏怏不乐,他又在森林边上听到七个壮汉争论谁的家乡更美,这更引起了尼尔斯的思乡之情。一位路过的老者给大家讲了一个有关维姆兰和达尔斯兰的传说来平息争论。这是一个怎样的传说呢?尼尔斯听了后有什么想法?

十月五日　星期三

第二天,当阿卡和其他大雁不在一起觅食的时候,尼尔斯趁机问阿卡,巴塔基说的是否属实。阿卡没有否认。当时,尼尔斯要求阿卡向他保证,不向雄鹅莫顿泄露秘密,因为雄鹅勇敢而又重义气,尼尔斯担心,如果他知道了小精灵的条件,可能会发生什么不幸。【名师点睛:一路相依相伴,尼尔斯已懂得从他人的角度考虑问题,不愿意雄鹅为自己牺牲,可见尼尔斯的成熟与善良。】

后来,尼尔斯一声不吭、闷闷不乐地骑在鹅背上,耷拉着脑袋,对周围的一切都失去了兴趣。他听见老雁们向小雁们喊着,现在他们进入了达拉那,他们可以看见北边的斯坦特山脉——他们正飞过东达尔河——他们到了胡尔孟德湖——他们正在西达尔河上空飞行,但是尼尔斯对那些东西连看都不看一眼。"看来,我是要一辈子跟着大雁周游了,"尼尔斯想,"这样我非得把这个国家看腻不可。"

当大雁们呼叫着来到维姆兰省,沿着克拉河向南飞时,尼尔斯还是那副无精打采的样子。"我看到的河流已经够多了,"他想,"一条也不

骑鹅旅行记

想再看了。"

而且即使他想看,下面也没有什么可以看的,因为在维姆兰北部只有一些广阔而单调的森林。那条又窄又细、一个漩涡接着一个漩涡的克拉河蜿蜒经过那里。不时可以在这里或那里看到烧木炭的窑、放火烧出的荒地或者芬兰人居住的没有烟囱的小矮房。但是总的来说,茫茫林海一望无边,人们会以为这里是北部的拉普兰呢。

大雁们落在克拉河边一块放火烧过荒的地方。他们在那里啄食着刚长出来的鲜嫩的秋黑麦,这时尼尔斯听见森林里传来一阵阵说笑声。只见七个身强力壮的男子背着背包,扛着劈刀从森林里走出来。这一天,尼尔斯想念人类的心情无以复加,因此,当他看见七个工人解下背包坐在地上休息时,心里真是高兴极了。【名师点睛:尼尔斯正在为自己可能再也变不回人类,并将一辈子跟随雁群周游而烦恼,突然听到人声,见到人影,叫他异常开心。】

他们你一言我一语地说个不停,尼尔斯藏在一个土堆后,听到人类说话的声音心里有说不出的高兴。他很快就弄清楚了,他们都是维姆兰人,要到诺尔兰去找工作。他们是一群很乐观的人,每个人都有说不完的话,因为他们都在很多地方做过工。但是正当他们说得起劲的时候,有个人却无意中说道,他到过瑞典的所有地方,还没有见到一个比维姆兰西部他的家乡所在的诺尔马根更美丽的地方。

"如果你说的是费里克斯达伦,而不是诺尔马根,我倒同意你的说法。"另一个人插话说。

"我是叶赛县人,"第三个人说,"我可以告诉你们,那个地方比诺尔马根和费里克斯达伦都要美丽。"

看来,这七个人来自维姆兰省的不同地区,每个人都认为,自己的家乡比其他人的家乡更美更好。他们为此激烈地争吵起来,谁也说服不了谁,看上去都快要吵翻脸了。【写作借鉴:点出故事的起因,为后文老者出现做评判做铺垫。】就在这时,一位长着又长又黑的头发和一对眯缝小眼的老者路过这里。"你们在争论什么呢,小伙子们?"他问,"你们这样吵吵嚷嚷,整个森林都听见了。"

一个维姆兰人急忙转向新来的人,说:"你在这深山老林里转来转去,大概是芬兰人吧?"

"是的,我是芬兰人。"老者说。

"那太好了,"那个人说,"我总是听人说,你们芬兰人比其他国家的人都公正。"

"好的名声比黄金更值钱。"芬兰老者得意地说。【写作借鉴:语言描写和神态描写,表现了老者作为名声在外的芬兰人的得意。】

"我们正坐在这里争论到底维姆兰省的哪个地方最好,不知道你是否愿意为我们解决这个问题?免得我们为此而相互闹得不愉快。"

"我尽力而为。"芬兰老者说,"但是,你们对我得有耐心,因为首先我必须给你们讲一个古老的故事。"

"很久以前,"芬兰老者说着在一块石头上坐下来,接着讲,"维纳恩湖北边的那片地方看上去十分可怕。到处是荒山秃岭和陡峭的山丘,根本无法在那里居住和生活。道路无法开辟,土地无法开垦。然而,位于维纳恩湖以南的地方却平坦肥沃,易于耕种,跟现在一样。

"当时,维纳恩湖南岸住着一个大人物,他有七个儿子。他们个个都动作敏捷,身强体壮,但同时也很自负。他们之间经常闹别扭,因为每个人都想高人一筹。【名师点睛:故事与前文七个壮汉相互争执不下相契合。老者并不直接回答他人提问,而是以类似故事来启发他人,表现出老者的睿智。】

"父亲不喜欢那种无休止的争吵。为了结束那种状况,有一天他把七个儿子召集到身边,问他们是否愿意接受他的考验,检验一下到底谁是最出色的。

"儿子们自然愿意,那是他们求之不得的。

"'那我们就这么办。'父亲说,'你们知道,在维纳恩湖的北边有一块荒地,遍地是小丘和碎石,我们没法利用它。明天你们每个人套上马,带

▶ 骑鹅旅行记

上犁,使出最大的力气去犁一大片地,傍晚时分,我去看看你们谁犁得最出色.'

"第二天早晨太阳还没有升起,兄弟七个就已经备好马和犁,整装待命了。当他们赶着马出发的时候,那阵势好不威风。马刷得溜光,犁铧光亮耀眼,犁头刚刚磨过。他们奋勇争先地来到了维纳恩湖边。【名师点睛:表现了七个儿子谁也不甘示弱的豪气与兴奋。】当时有两个人掉头来绕路走,但是最大的儿子一往直前。'我才不怕这么个小水潭呢。'他对着维纳恩湖说。

"其他人看到他那么勇敢,也不甘示弱。他们站在犁上,赶着马向水里走去。那些马都很高大,在水里走了好长一段距离才够不着湖底,不得不游起水来。犁漂在水上,有几个人抓着犁,让犁拖着走,有几个则泅着水过湖,好在他们都过去了。他们立即着手耕地,那块地后来就被称为维姆兰和达尔斯兰。老大犁正中间一块地,老二和老三在他的两边,再下面的两个儿子又依次向外面排列,最小的两个儿子,一个排在那块地的最西边,另一个排在最东边。

"起初,老大犁出的沟又直又宽,因为维纳恩湖地势平坦,易于耕作。他的进度也很快,但后来碰到了一块石头,石头很大,又无法绕行,他不得不提起犁越过石头。然后他又用力将犁头插进地里,继续犁出一道又宽又深的沟。但是过了一会儿,他遇到了一块土质十分坚硬的地,他不得不再次把犁提起来,后来,他又遇到一次同样的情况。他因为不能始终如一地犁出又宽又深的沟而生了气。最后的一段石头满地,根本无法耕犁,他只得在地的表面浅划一道了事。【名师点睛:详述老大犁地时遇到的难处及解决办法。】就这样,他总算犁到了地的北头,坐在那里等他的父亲。

"老二起初犁出的沟也是又宽又深,而且他在小丘之间找到了一条很好的通道,所以一直没有停下来。不过他不时地犁到峡谷的山坡上去。他越往北犁,拐弯也越多,犁沟也越来越窄。但是他进度很快,甚至到了地头也没有停下来,而是多犁了一大块。

"老三,也就是排在老大左边的那一个,一开始也很顺利。他犁出的沟比别人的都宽,但是不久他就遇上了一块很糟糕的地,被迫拐向西边。只要能向北拐的时候,他就尽快向北拐,犁得既深又宽。但是在离地界还有很大一段距离的地方就无路可走了,他又被迫停了下来。他不愿意就此停在路中间,就调过马头向另一个方向犁。但是不久他又无路可走了。'这条沟肯定是最差劲的了。'他坐在犁上等他的父亲时这样想。【名师点睛:几个儿子犁地时所遇到的困难和解决的办法各不相同,但相同的是,他们都很气馁,对自己的表现并不满意。】

"至于其他人,情况可以说是一样的。他们干得都像男子汉。排在中间的人纵然有很多困难,排在东西两边的人的情况却更加糟糕,因为两边的地里到处是石堆和沼泽地,不可能犁得又直又均匀。至于那两个最小的儿子,可以说他们只是在地里拐来弯去,不过他们也干了不少的活儿。

"傍晚时分,七兄弟都筋疲力尽了,无精打采地坐在各自犁沟的尽头等着。【写作借鉴:"筋疲力尽"是劳作一天后身体上的疲乏,"无精打采"则是他们对自己的表现不满意的心理上的失望。】

"父亲来了。他先走到在最西边干活儿的儿子那里。

"'晚上好!'父亲说着走了过来,'干得怎么样?'

"'不怎么样,'儿子说,'你让我们犁的这块地太难犁了。'

"'那是因为你是背朝犁过的地方坐着,'父亲说,'转过身去,你就会看到你干了多少活儿了!你干得并不像你想的那么少。'

"儿子回头一看才发现,他犁过的地方出现了漂亮的山谷,谷底是湖泊,两旁的陡坡上长满了郁郁葱葱的树木,令人赏心悦目。他在达尔斯兰和诺尔马根地区走了很长一段距离,犁出了拉克斯湖、雷龙湖、大雷湖以及两个锡拉湖,因此,父亲对他满意是完全有理由的。【名师点睛:儿子的努力没有白费,犁出了山谷和湖泊,其间树木郁郁葱葱,父亲很满意。】

529

▶ 骑鹅旅行记

"'现在让我们去看看其他几个干得怎么样吧。'父亲说。他们去看的下一个儿子,就是那排行老五的儿子,他犁出了叶赛县和格拉夫斯费尤登湖;三儿子犁出了韦梅恩湖;大儿子犁出了费克斯达伦湖和富雷根湖;二儿子犁出了艾尔河谷和克拉河;四儿子在伯尔斯拉格那干得很吃力,除了许多小湖泊外,他还犁出了永恩湖和达格勒松湖;第六个儿子走的是一条很奇怪的路,他先开辟了斯卡庚那个大湖,又犁出了一条窄沟,形成了雷特河,尔后,他无意中越过地界,在西孟兰矿区挖出了一些小湖。

"当父亲把儿子们犁过的地全部看过之后,他说,根据他的判断,他们干得都很出色,他很满意。那块地已不再是一块不毛之地,完全适合耕种和居住。他们创造了许多鱼类丰富的湖泊和肥沃的盆地。大河小溪上形成一道道瀑布,可以带动机器磨面、锯木和锻造钢筋。沟与沟之间的山梁上可以生长用作燃料的森林,现在也有了修筑通往伯尔斯拉格那铁矿区的道路的可能性了。

"儿子们听了很高兴,但是他们现在想知道,谁犁的沟最好。

"'在这样的一块地上,'父亲说,'重要的是犁沟之间的相互协调,而不是谁犁的沟最好。【名师点睛:父亲对儿子们的问题给出了自己的答案,重要的并不是哪条沟最好,而是犁沟之间的相互协调。】我认为,任何走到诺尔马根和达尔斯兰那些狭长的湖边的人都会承认,他很少见到比那里更美丽的地方,但是,他后来也会喜欢格拉夫斯费尤登和韦梅恩湖周围阳光充足、土地肥沃的地区。在开阔、舒适的地方生活了一段时间以后,他可能会想换个地方,搬到富雷根湖和克拉河沿岸那些窄长的峡谷里去。如果他对那里也厌倦了,他就会为见到伯尔斯拉格那地区形态各异的湖泊而高兴,那里的湖泊迂回曲折,多得数不胜数,谁也无法记清楚。在看过那些支离破碎的湖泊之后,他一定会为见到像斯卡庚那样碧波万顷的湖泊而高兴。现在我想说,你们的情况和犁沟的情况是一样的。任何一个做父亲的都不会为一个儿子胜于其他儿子而高兴。只有从最小的儿子到最大的儿子,他能用同样喜爱的眼光去看待,他才会感到平静

和欣慰。'"【名师点睛:总结前文,通过相似的故事来启发众人寻找答案。】

Z 知识考点

1. 填空题。

起初,老大犁出的沟_____,因为维纳恩湖地势_____,易于耕作。他的进度也很快,但后来碰到了一块石头,石头很大,又无法_____,他不得不提起犁_____石头。

2. 判断题。

芬兰老者到最后也没有给七个壮汉一个明确的答案。（　　）

3. 问答题。

七个壮汉为什么事而争论不休?

_____

_____

Y 阅读与思考

1. 尼尔斯为什么一直闷闷不乐,耷拉着脑袋?
2. 七个儿子犁地前后的心态是怎样的?

骑鹅旅行记

第四十七章 一座小庄园

M 名师导读

尼尔斯因独自寻找更合适的借宿地而进入一座庄园,不巧被一只猫头鹰盯上。危急时刻,一位恰巧赶回庄园想找写作灵感的女作家救了他。女作家有感于尼尔斯的神奇经历,也找到了写作灵感。

十月六日　星期四

　　大雁们沿着克拉河一直飞到孟克富士大工厂,然后他们又向西往费里克斯达伦方向飞去。他们还没有到富雷根,天就开始黑了,于是他们就在长满树木的高地上找了一块洼地落了下来。那块洼地对大雁们来说无疑是个过夜的好地方,但尼尔斯觉得那里既寒冷又潮湿,希望找一个更好的地方睡觉。他刚才在空中的时候就看见山下有几座庄园,落地后他便急急忙忙地去寻找。【写作借鉴:交代背景,为后文故事的发展做铺垫。】

　　通往庄园的路途比他想的要远得多,他曾几次想返回洼地。但是,周围的树林终于稀疏起来,他来到了一条伸到森林边沿的大路上。从大路又分出一条美丽的桦树林荫道,直通一座庄园,他立即朝那个方向走去。

　　尼尔斯最先进入的是个后院,大得像城里的广场,四周是一排排红色的房屋。他穿过后院,又见到了一个院子。那是住房所在的地方,房前有一条沙石小径和一个很大的庭院,两边是厢房,房后是一个树木葱郁的花园。主宅邸本身很小,并不引人注目,但是庭院四周长着一排十分高大的花楸树,树与树之间挨得非常紧密,形成了一道名副其实的围墙。【写作借鉴：对院子内布局的描写，运用了空间顺序，介绍详略有序，令人印象深刻。】尼尔斯觉得他似乎跨进了一个高大华丽的拱形大厅。高高的天空呈现出淡蓝色，挂着一串串又大又红的果实的花楸树已经泛出黄色，草坪大概还是绿色的，但是那天晚上格外明亮耀眼的月光洒在草坪上，使得草坪变成了银白色。

　　院子里空无一人，尼尔斯可以自由自在地走动。他来到花园里，发现了一种东西，几乎使他欣喜若狂。他爬上一棵矮小的花楸树去摘果子吃。但是他还没有搞到一串，就发现一棵稠李树上也结满了果实。于是他溜下花楸树，爬上稠李树。但是他刚刚爬上稠李树，又发现一棵红醋栗树上也垂挂着大串大串的红色浆果。这时，他发现，整个花园里到处长满了醋栗、覆盆子和犬蔷薇。【名师点睛：通过描写尼尔斯不停攀爬各种果树的情节，来表现他发现各种果子时的兴奋之情。】远处的菜地上长着大头菜和芜菁，每棵小树上都长满了浆果，野菜结了籽，草秆上长着颗粒饱满的小穗。而在那边的一条小路上，啊，他肯定没有看错，有一个漂亮的大苹果在月光下闪闪发光！

　　尼尔斯抱着大苹果在草坪边上坐下，用小刀一小块一小块地切着吃。"如果其他地方也像这里一样容易弄到吃的东西，那么当一辈子小精灵也不见得有什么不好的。"他想。

　　他坐在那里，一边吃一边思索着。最后他想，如果他继续留在他现在所在的地方，让大雁们自己回南方去不是也挺好的吗？"我就是不知道怎样向雄鹅莫顿解释我不能回去的原因，"他想，"我最好还是同他彻底分手。【名师点睛：为了不让雄鹅知道真相，尼尔斯甚至愿意与他决裂，继续做一个小人儿。从中可以看出尼尔斯是一个具有牺牲精神的人。】我可以像松鼠一样储藏过冬食物。冬天，住在马厩或牛棚的一个暗角里，我就不会被冻死。"

　　就在他想入非非的时候，他突然听见头顶上有一声轻微的响声，转眼间一个像短小的桦树杈儿一样的东西落在了他的旁边。树杈儿摇来

533

骑鹅旅行记

晃去,顶部有两个亮点,像燃烧着的煤块一样闪闪发光。那个东西看上去真像个怪物,但是尼尔斯很快就看出来,"树杈儿"有一个弯弯的嘴,火红的眼睛四周有一大圈羽毛,这时他放心了。【写作借鉴:运用比喻的修辞手法,将"怪物"的眼睛比作燃烧着的煤块,形象贴切。】

"这个时候遇见一个活物真是太有趣了,"他说,"也许你,猫头鹰夫人,愿意告诉我这个地方叫什么名字?住在这里的是什么人吧?"

猫头鹰这天晚上和秋天所有的夜晚一样,正栖在靠房顶竖着的那个大梯子的木板上,注视着下面的石子小路和草坪,侦察耗子的踪迹。但是,使她感到吃惊的是一只耗子也没有出现。不过,她看见一个样子像人,但又比人要小得多的东西在花园里移动。"我想肯定是这个家伙把耗子给吓跑了,"猫头鹰想,"这到底是个什么东西呢?"

"这不是一只松鼠,不是一只小猫,也不是一只鼬鼠。"她又想,"我本来以为,像我这样一只在古老的庄园上住了那么多年的鸟,对世界上的事是无所不知的,但是这东西超出了我的认知。"【写作借鉴:心理描写。见多识广的猫头鹰不知道眼前这个小东西是个什么,表现了她的疑惑与好奇。】

她目不转睛地盯着在石子路上移动的那个小东西,直看得头晕眼花。最后,好奇心终于占了上风,她飞到地上,想近距离看看这个陌生的东西。

当尼尔斯开始讲话的时候,猫头鹰伸着脖子观察着他。"他身上既没有爪子也没有刺,"她想,"但是谁知道他有没有毒牙或者其他更危险的武器呢?在我向他发起进攻之前,必须弄清楚他是什么东西。"

"这个庄园叫莫尔巴卡[此庄园系作者故居,1888年因家庭经济拮据而出售。作者于1910年买回庄园并进行修葺,晚年一直居住在那里。作者去世后由一个委员会管理并对公众开放],"猫头鹰说,"以前这里住的是上等家庭。可是你是什么人?"

"我正想着搬到这里来住,"尼尔斯说,却没有回答猫头鹰的问题,"你看行吗?"【名师点睛:不回答问话,却径直表明自己的渴求,形象地表现

了尼尔斯对搬来这里住的急切之情。】

"唉,这个地方已经今非昔比了,"猫头鹰说,"不过还可以生活,这主要看你靠什么度日。你打算靠捉耗子吃来维持生活吗?"

"不,我可不敢,"尼尔斯说,"倒是有耗子把我吃掉的危险。"

"他绝对不可能像他自己所说的那样毫无危险,"猫头鹰想,"不过,我想我还是试一试他。"她飞到空中,紧接着直扑尼尔斯,爪子抓住他的肩膀,并用嘴去啄他的眼睛。尼尔斯用一只手捂着眼睛,用另一只手极力挣脱开。与此同时,他用尽全身的力气呼喊救命。【写作借鉴:动作描写,细致再现了猫头鹰向尼尔斯发起攻击,尼尔斯拼命自救的情景。】他意识到自己的生命真正处于危险之中了,他自言自语地说,这一次他肯定要完蛋了。

现在我告诉你们一件非常巧合的事,就在尼尔斯跟随大雁们周游瑞典的这一年,有一个人也在到处旅行,她想写一本关于瑞典的、适合孩子们在学校阅读的书。从圣诞节到秋天,她一直想着这件事,但是一行字也没有写出来,最后她灰心地对自己说:"你是没有能力写这本书了,还是坐下来,像往常一样,写写神话和小故事之类的作品,让别人去写这样一本富有教益、严肃认真和没有一句假话的书吧!"

她差不多已经决定放弃这项工作了,但是又觉得写一些关于瑞典的美好事物还是很有意思的,因此对写那样一部著作还是不肯罢休。最后,她忽然想到,可能是因为她长期身居城市,周围除了街道和墙壁什么也没有,才使她迟迟动不了笔。如果到乡下去,看看森林和田野,情况也许会好一些。【写作借鉴:巧设情节,为女作家回庄园与尼尔斯相遇做铺垫,使故事峰回路转,跌宕起伏。】

她出生在维姆兰省,对她来说,她的书要从那里开始写起。她首先要写一下她成长的那个地方。那是一座不大的庄园,地处偏僻,那里仍然保留着许多古老的传统和习惯。她想,孩子们听到那里的人们一年四季所从事的各种劳动一定会觉得很有意思。她要告诉他们,她家乡的人

骑鹅旅行记

是如何庆祝圣诞节、新年、复活节和仲夏节的,他们用的是什么家具和生活用品,他们的厨房和储藏室、牛棚和马厩、谷仓和蒸汽浴室又是什么样子的。然而,当她要写这些东西的时候,她的笔却总不听使唤。她不明白是什么原因,使她总写不出来。

她对以前的事情记忆犹新,而且她似乎仍然生活在那个环境中。但是她对自己说,既然要到乡下去,那么在动笔写她的家乡之前,应该再去一趟,看看那个古老的庄园。她已经阔别故乡多年,找个理由回去看看也不是什么坏事。实际上,这么多年来,她无论走到哪里,总念念不忘自己的故乡。诚然,她看到其他地方比那里更美也更好,但是她在任何地方都找不到她在童年时期的故乡所感受到的那种安谧和欢悦。【名师点睛:所谓"月是故乡明",人即使羁旅异乡再久,总也忘不了故乡给自己的童年烙下的印记。】

然而对她来说,回故乡并不像人们想象的那么容易,因为她家的小庄园已经卖给了别人。她相信,他们会很好地接待她,但是她故地重游并不是为了同陌生人坐在一起交谈,而是为了在那里能够真正重温昔日的生活。因此她决定晚上去,那时一天的劳动已经结束,人们都会待在屋里。

她根本没有想到,回故乡去会成为那样一桩奇妙的事情。当她坐在马车上向那个古老的庄园驶去的时候,她觉得自己每时每刻都在变得更加年轻。过了一会儿,她不再是一个头发灰白的老人了,而是一个穿着短裙、梳着淡黄色长辫子的小姑娘了。她坐在车上认出了沿途一座又一座庄园,在她的脑子里似乎这里的一切依然如故。父亲、母亲和妹妹们会站在台阶上迎接她,那位年老的女佣会跑到厨房的窗前去看是谁回来了,奈露、富莱娅和另外几只狗会蹦蹦跳跳地朝她跑来。【写作借鉴:心理描写。女作家触景生情,回忆起往日生活的点滴,体现出往日生活的幸福与温馨。】

她越是接近庄园,心里越是高兴。现在已经是秋天,大忙季节快要

536

来临，但是正因为有许多活要干，家里的生活才不会单调和枯燥。一路上，她看见人们正忙着刨马铃薯，她家里的人一定也在刨。他们现在首先要做的就是把马铃薯碾碎做成淀粉。那是一个温暖而舒适的秋天，她想菜园子里的蔬菜不一定都收完了，至少卷心菜还长在地里。不知道啤酒花是否已经采完？苹果是否已经都摘下？

最好不要赶上家里大扫除，因为秋会节快要到了。秋会被当地的人们看成是一个重大的节日，因此秋会到来之前，到处都要打扫得干干净净，收拾得井井有条。秋会之夜到厨房里看看挺有意思的，擦得光亮的地板上撒满了芳香的刺柏树枝，墙壁粉刷得雪白，墙上挂着锃亮的铜锅和铜壶。

<u>这样悠闲的日子不会持续太久，因为秋会节一结束，人们就要开始梳麻了。</u>【名师点睛：过渡句，起承上启下的作用。作者按照时间顺序来介绍家乡人民的日常生活。】亚麻铺在潮湿的草地上经过三伏天已经沤软。然后把麻放进那个旧的蒸汽浴室里，点燃那个火炉子进行烘烤。等麻干燥到一定程度后，人们就在某一天把邻近的妇女们都招呼到一起，让她们坐在蒸汽浴室前，把麻秆敲碎，然后用打麻器打麻，去掉干麻秆，抽出又细又白的麻。妇女们干活的时候，浑身落满了灰尘，成了灰人。她们的头发上和衣服上也都积满了碎麻秸，但是她们还是干得很欢快。打麻器从早到晚工作着，人们也从早到晚有说有笑，要是有人走近那个旧蒸汽浴室，还以为那里正呼呼地刮着大风呢。

梳完麻以后，紧接着就是烤制大量的脆饼、剪羊毛和仆人搬家。十一月是繁忙的屠宰季节，人们腌咸肉，填香肠，烤面包，制蜡烛。经常用土制呢绒做衣服的裁缝这时也来到这里，那是异常快乐的几个星期，仆人们坐在一起穿针引线，忙着做衣服。为所有的仆人做鞋的鞋匠这时也坐在长工屋里干活，人们看着他如何剪皮子，做鞋底，钉后跟，砸气眼，百看不厌。

但是，最忙碌的时候还是圣诞节之前。露西娅节[每年十二月十三

▶ 骑鹅旅行记

[日]那天,身穿白衣、头戴点燃着的蜡烛的侍女在凌晨五点钟就到各个房间去请人们喝咖啡,这好像意味着,在这之后的两个星期内,人们不要指望能够睡足觉。因为人们要酿制圣诞节喝的啤酒,要渍鱼,要为圣诞节烤制各种面包和点心,还要进行大扫除。

当车夫按照她的要求把马车停在路口时,她还沉浸在对烤面包的想象中,觉得身边都是圣诞节吃的面包和存放小面包的盘子。她像一个睡得昏昏然的人被突然惊醒一样。刚才还梦见家人围在她的身边,而此时此刻却在这样晚的时候独自坐在车上,感到实在凄凉。她下车以后,顺着林荫道默默地向故居走去,她感到现在的心情与过去的是多么不同,她真想转身返回城里。"到这里来有什么意思呢?这里和过去已经毫无共同之处了。"她想。【写作借鉴:心理描写。女作家由回忆中的甜蜜温馨转入现实中重游故地的孤寂,巨大的心理落差,叫她倍感凄凉。】

但是她又想,她既然远道而来,还是应该看一看这个地方。于是她继续往前走,尽管每走一步,心情就感到沉重一分。

她曾听人说过,庄园已经破烂不堪,面目全非,情况也许确实如此。但是她在晚上看不出来,反而觉得一切如故。【名师点睛:因为记忆深刻,往事历历在目,所以女作家觉得一切如故。】那边是水塘,她年轻的时候,里边养满了鲤鱼,但是谁也不敢去捕捞,因为父亲愿意让鲤鱼自由自在地生活。那边是长工屋、谷仓,以及屋顶的一头是一个铜钟、另一头是风向标的马厩。正房前面的庭院与父亲在世时一样,仍然像一间四面不透风的屋子,看不到远处的景色,因为父亲连一棵小树都不忍心砍掉。

她在庄园入口处那棵大枫树的阴影下停住脚步,站在那里环视四周。就在这个时候,一件奇怪的事情发生了:一群鸽子飞了过来,落在她的身边。

她几乎不敢相信那是些真正的鸟,因为通常鸽子在太阳落山以后是不会出来活动的。一定是明亮的月光唤醒了他们。他们以为现在是大白天,于是就从鸽棚中飞了出来,但是后来他们却迷糊起来,不知所措。

因此，当他们看见有一个人的时候，就向她飞来，好像她会给他们指明方向。

她父母在世的时候，庄园上有很多鸽子，因为鸽子也是父亲精心保护的一种动物。只要有人提起要宰一只鸽子，他心情就不好。那群漂亮的鸽子在她来到故居时迎接她，她感到非常高兴。谁知道那群鸽子这么晚了飞出来不是为了向她说明，他们还没有忘记过去那美好的家呢？

<u>也许是她的父亲派他的鸽子出来向她问候，使她重返故居时不至于感到过分忧虑和孤独吧？</u>【名师点睛：女作家触景生情，由鸽群想到父亲，体现出她心中对父亲、对往昔岁月的怀念。】

她想到这里，心中涌起一股强烈的怀旧感，不禁潸然泪下。他们在这里过的是一段美好的生活。<u>他们有过繁忙的时候，也有过节日的快乐；他们白天进行紧张艰苦的劳动，晚上就聚集在灯下阅读泰格奈[瑞典诗人]和鲁奈贝里[芬兰诗人]的诗，读莱恩格伦[瑞典女作家]夫人和布雷默尔[瑞典女作家]的作品；他们种植五谷，也种玫瑰花和茉莉花；他们纺过麻线，纺线的时候也唱民歌；他们钻研过历史和文法，也演过戏和写过诗；他们站在火炉边做过饭，也学会了拉手风琴、吹笛子、弹吉他、拉小提琴和弹钢琴；他们在菜园里种过卷心菜、芜菁、豌豆和菜豆，也有过一个长满苹果、梨和各种浆果的果园；他们曾经寂寞地生活，但是正因为如此才有那么多故事和传说留在记忆中。</u>【写作借鉴：通过排比的修辞手法，刻画了一幅幅快乐无忧的往昔生活图景，表现出女作家对过去美好生活的无限怀念。】他们穿过自己家里做的衣服，但是也正因为这样，才过着一种无忧无虑、自给自足的生活。

"世界上没有什么地方的人懂得像我年轻时候这个小庄园里的人那样愉快的生活，"她想，"这里工作适量，娱乐适度，每天都是高高兴兴的。我真想回到这里来。我一回到这个地方，就又舍不得离开这里了。"

于是，她转向鸽子，对鸽子说："难道你们不愿意到父亲那里去跟他说，我想念家乡吗？我在异乡漂泊的时间已经够长了。问问他，看他是

539

▶ 骑鹅旅行记

否能够安排一下,让我尽快回到我童年时期的故乡来!"她说这话的时候不由得哈哈大笑起来。

她刚说完,整群鸽子便升入空中。她目送着他们离开,似乎这一群雪白的鸽子都溶解在了微微发光的天空中。

鸽子们刚离去,她就听见花园里传来几声尖叫,当她赶到那里时,见到了异常罕见的场面:一个很小很小,小得还没有手掌那么高的小人儿正站在那里,同一只猫头鹰搏斗。起初,她惊奇得动弹不得。但是小人儿越叫越惨,她就快步跑上去,把搏斗的双方分开了。【名师点睛:枝节故事的发展,至此汇入主流,重新回到猫头鹰和尼尔斯搏斗的情节。】猫头鹰扑打着翅膀飞上了一棵树,但是小人儿仍然站在石子路上,既没有躲藏,也没有逃跑。"谢谢你的帮助!"他说,"但是你让猫头鹰跑掉是不合适的。她正站在树上,两眼紧盯着我,我还是走不了。"

"没错,把她放跑是我欠考虑。不过,难道我不能送你回家吗?"她说。她虽然经常创作传说故事,但是同一个小人儿说话毕竟还是感到吃惊。然而对她来说,这也没有什么可大惊小怪的。她在故居外面的月光下漫步,好像就是在等待着经历一桩非常奇怪的事情。

"实际上,我想今夜留在这个庄园了。"小人儿说,"只要你愿意给我找一个安全的地方睡觉,我等天亮以后再回到森林里去。"

"要我给你找一个睡觉的地方?难道这里不是你的家吗?"

"我知道,你以为我也是一个小精灵,"小人儿这时说,"但我是一个人,和您一样的人,我被一个小精灵施了妖术而变小了。"

"我还从来没有听说过这样的怪事!你愿意告诉我你到底是怎么落到这种地步的吗?"【名师点睛:过渡句,起承上启下的作用。同时,问句也符合一个人好奇的心理,使故事情节合情合理。】

尼尔斯并不忌讳讲述自己的冒险经历,而在一旁听他叙述的她,却越听越觉得惊奇乃至兴奋。"怎么会有这样的事!碰上一个骑在鹅背上周游全瑞典的人真是一件幸运的事。"她想,"我要把他所讲述的事写进

540

我的书里去。现在我再也用不着为我的书发愁了。我回老家这一趟很值得。谁能想到，我刚回到这座古老的庄园就有了收获！"【名师点睛：呼应前文，女作家想写一部书，却迟迟未动笔，于是下乡来找灵感，尼尔斯的出现给了她莫大的鼓舞和启发。】

与此同时，她又产生了一种想法，但是不敢再往下想。她刚把自己渴望返回故居的事托鸽子告诉父亲，转眼间她冥思苦想的问题就得到了解决。难道这是父亲对她的请求所给予的答复吗？

Z 知识考点

1. 填空题。

_____被当地的人们看成是一个重大的节日，因此秋会到来之前，家里到处都要打扫得干干净净，收拾得井井有条。那天夜里，厨房的_____擦得光亮，上面撒满芳香的_____，_____刷得雪白……

2. 判断题。

女作家从猫头鹰爪下救了尼尔斯，并从尼尔斯的传奇经历中找到了写作灵感。（　　）

3. 问答题。

尼尔斯为什么要孤身进入庄园？

_____

_____

Y 阅读与思考

1. 女作家遇到了什么困难？她是怎么解决的？
2. 尼尔斯在庄园里遇到了什么危险？

骑鹅旅行记

第四十八章　岛上宝藏

M 名师导读

尼尔斯不忍雄鹅受伤害,试图劝他不要回家。雄鹅会听从尼尔斯的建议吗?这时阿卡带着尼尔斯在一处石缝里挖出了很多金子,阿卡要把金子当成礼物送给他,尼尔斯为什么不肯接受呢?

在海上

十月七日　星期五

大雁们从秋季旅行开始就一直在往南飞。但是当他们飞过费里克斯达伦以后,却改变了方向,经维姆兰西部和达尔斯兰向布胡斯省飞去。

这是令人愉快的旅行。如今小雁们已经适应了长途飞行,不再叫苦连天。尼尔斯也恢复了情绪。他感到由衷高兴的是他和一个人讲了话,她对他说,只要他像以往一样对遇到的所有人都热情相助,他就会得到好报。【名师点睛:照应前文一个女作家从猫头鹰爪下救出尼尔斯这一情节,故事衔接紧密,读来连续完整。】她的这番话给了他很大的鼓舞。她虽然无法告诉他怎样才能恢复原形,但是她给了他一线希望和信心,肯定是由于这,他现在才想出了怎样阻止雄鹅回家的办法。

"你知道,雄鹅莫顿,"就在他们高飞在空中的时候他说,"在我们经过了这样一次旅行之后,如果再让我们整个冬天待在家里,我们一定会觉得单调、厌倦。我在想,我们应该跟大雁们到国外去。"【名师点睛:其

实这是尼尔斯的违心话,他不想为了变回人而牺牲雄鹅莫顿,所以不愿回家。】

"这肯定不是你的真心话!"雄鹅说,他的声调听起来令人觉得可怕,因为在证明自己能够和大雁们一起飞到拉普兰以后,他只要能够返回到豪尔耶松·尼尔森家的牛棚里去就心满意足了。

尼尔斯默默地坐了一会儿,俯瞰着下面维姆兰省的大地。所有的桦树林、阔叶林和果园都已披上了秋天的盛装,有金黄色的,也有红色的。一个个狭长的湖泊在金黄色的堤岸衬托下显得湛蓝湛蓝的。"我觉得我从来没有看到底下的大地像今天这样美丽,"他说,"湖泊像蓝色的丝绸,而堤岸就像一条条宽阔的金丝带。我们如果在西威曼豪格住下,就再也看不到世界上更多的东西,你难道不觉得可惜吗?"

"我原以为你更想回家去,回到你的父亲和母亲身边,让你的父母看看你已经变成了一个多么聪明的孩子。"雄鹅说。【名师点睛:雄鹅为尼尔斯考虑,以为他会更想早些回家,表明他俩互为对方考虑的体贴与深情厚谊。】整个夏天,他一直梦想着在豪尔耶松·尼尔森家门前的院子里落下,让鹅、鸡、奶牛、猫和女主人豪尔耶松·尼尔森夫人亲眼看看邓芬和他们自己的六只小雁,那该是多么值得骄傲和自豪的时刻,所以他对尼尔斯的提议显得并不特别高兴。

这一天,大雁们做了好几次长时间的休息。他们所到之处都是收过庄稼后遍地是食物的田地,他们几乎流连忘返。直到太阳快落山的时候,他们才进入达尔斯兰。他们掠过达尔斯兰省的西北部,那里的景色比维姆兰省更美丽、更宜人。<u>大小湖泊星罗棋布,大地就像崎岖不平的狭窄堤岸在湖泊间穿行。</u>那里几乎找不到一块合适的耕地,各种树木却长得分外葱郁,陡峭的堤岸宛如一个个秀丽的公园。天上或水中似乎有什么挽留住了阳光,即使太阳落山,这里仍然明亮异常。<u>金色的波纹在深色、发亮的水面上嬉戏,浅红色的光焰在地面上跳跃,浅黄的桦树、浅红的白杨和杏黄的花楸树拔地而起。</u>【写作借鉴:景物描写,运用了比喻、拟人的修辞手法,着重从变换的色调上来表现景色的优美、明艳。】

▶ 骑鹅旅行记

"你难道不觉得,雄鹅莫顿,以后再也看不到这样壮丽的河山了吗?"尼尔斯说。

"比起这些贫瘠的山坡,我更喜欢看南部平原上肥沃的耕地,"雄鹅回答说,"但是,你是知道的,如果你继续旅行的话,我是不会离开你的。"【名师点睛:雄鹅虽然喜欢南方,但并不会抛弃尼尔斯,雄鹅对尼尔斯的珍视与付出证明了他们之间深厚的友谊,更让人为尼尔斯感到欣慰——雄鹅这样的朋友值得他做出牺牲。】

"这大概就是我想要得到的答复。"尼尔斯说。从他的话音中可以听出,他如释重负。

后来,当他们继续在布胡斯省的上空飞行时,尼尔斯看见底下山峦起伏,连成一片,山谷就像狭窄的山涧堕入万丈深渊,谷底上的那些狭窄的湖泊深蓝深蓝的,蓝得几乎发黑,就好像它们刚从地下钻出来似的,这真是一派巍巍壮丽的景色。但当尼尔斯忽而看到一丝阳光,忽而又见阳光钻入阴影的时候,他觉得这里的景色粗犷而又别致。他不知道是什么原因,但是总觉得从前这里曾经有过矫勇强悍的斗士,在这充满神秘色彩的地方经历过多次危险而勇敢的冒险。他固有的那种猎奇的兴致又复活了。"我以后可能会经常怀念那种冒险生活,"他想,"最好还是知足一点,像现在这样生活吧。"【写作借鉴:心理描写。尽管尼尔斯仍有猎奇的兴趣,但他还是决心克制自己,表现了他的成熟与理智。】

有关这些想法,他对雄鹅一个字也没有说,因为大雁们正以最快的速度在布胡斯省上空飞行,雄鹅正喘着粗气,回答不了他的问题。太阳沉到了地平线上,不久就在一个一个山丘后面消失了,但是大雁们拼命地追赶着太阳,几次又见到它。

他们终于看到西边有一道明亮的光线随着他们翅膀的扇动不断地扩展开来,而且越来越宽阔。那是乳白色的大海在闪着玫瑰红和天蓝色的光。他们飞过岸边的石岛以后,又看见了太阳。那太阳又大又红,正准备潜入波涛之中。

晚霞闪射出柔和的光线,所以尼尔斯敢正视太阳。当他凝视着那广阔无边的大海和通红通红的晚霞时,他的内心极为宁静、坦然。"切莫忧伤,尼尔斯·豪尔耶松,"太阳说,"世界是美好的,生活在这样的世界里,大的和小的可以各享其乐。自由自在,无忧无虑,整个宇宙任你翱翔,这也是一件美事。"【名师点睛:在绚烂柔和的夕阳图景的影响下,尼尔斯愁闷的心境也逐渐变得宁静、坦然。】

大雁们的礼物

大雁们站在费耶尔巴卡外面的一个小石岛上睡觉。但是,当接近子夜时分,月亮高悬在空中的时候,老阿卡摇晃脑袋赶走了困倦,叫醒了周围的亚克西和卡克西、科尔美和奈利亚、维茜和库西。最后她用嘴捅了捅尼尔斯,他也醒了。"什么事,阿卡大婶?"他说着惊疑地爬了起来。

"没有什么要紧的事,"阿卡回答说,"只是雁群里我们七个年纪大的想在今夜到海上去一趟,不知道你是否有兴趣跟我们一块儿去。"【名师点睛:阿卡临时决定到海上去一趟,说明她一定有重要的事要处理,可她为什么要带上尼尔斯呢?】

尼尔斯知道,如果没有什么重要的事情,阿卡是决不会提出这样的建议的,因此他二话没说便坐到了她的背上。【名师点睛:表明尼尔斯对阿卡的信任,也设置悬念,令故事更吸引人。】大雁们径直朝西飞去,他们首先飞过了一大群离岸较近的大小岛屿,接着又飞过了一片宽阔的水面,然后到了离海岸最远的那个大群岛维德尔群岛。群岛的岛屿露出水面不多,陡峭不平,在明亮的月光下可以清晰地看到群岛的西侧都被海水冲刷得非常光滑。其中有几个岛相当大,尼尔斯隐约看见上面有几座房屋。阿卡找了一个最小的岛落下。那个岛只不过是一块高低不平的大花岗岩,中间有一条很宽的裂缝,里面积满了海水冲上来的白色细沙和少数贝壳。

▶ 骑鹅旅行记

当尼尔斯从阿卡的背上滑到地面时,他看见身边有一个看上去像一块高高隆起的石头的东西。但马上他又发现,那是一只很大的猛禽,正栖息在这座石岛上。但是,还没有等他对大雁们这样粗心地落在一个危险的敌人旁边表示惊讶,那只鸟就纵身跳了过来,这时他认出了来者,正是老鹰高尔果。

可以看出,这次会面是阿卡和高尔果事先约好的。他们俩谁也没有对见到对方感到惊奇。"这件事你办得很好,高尔果,"阿卡说,"我真不敢相信,你会先于我们来到约会地点。你来这里很久了吗?"

"<u>我是今天晚上才到的,</u>"高尔果回答说,"<u>但是我担心,我除了准时到达这里外,没有别的值得夸奖。你让我办的那件事,我办得很糟糕。</u>"【名师点睛:高尔果在阿卡面前,态度十分谨慎、谦卑,说明阿卡是他心中最尊敬的亲人,这一点从未改变过。】

"<u>我敢肯定,你办得一定很出色,只是你不想炫耀,</u>"阿卡说,"<u>但是在你讲述你旅途中发生的事情之前,我要先请大拇指小人儿帮忙找到也许还埋藏在这个石岛上的一些东西。</u>"【名师点睛:阿卡请高尔果办了什么事?她又要尼尔斯帮她寻找什么?一连串的悬念不断引发读者的好奇心。】

尼尔斯正站在那里欣赏几个漂亮的贝壳,当阿卡提到他的名字时,他抬起了头。"大拇指小人儿,你肯定在想,我们为什么离开原来的飞行路线,来到西海。"阿卡说。

"我是觉得奇怪,"尼尔斯说,"但是我知道,你做任何事都会有充足的理由。"

"你这样信任我,"阿卡说,"但是我担心,你现在会失去对我的这种信任,因为我们这次飞行很可能一事无成。"

"事情发生在很多年以前,"阿卡继续说,"我和几只老雁进行春季迁徙时突然遇到风暴,狂风把我们卷到了这里的石岛上。当我们看到眼前只是一片一望无际的茫茫大海时,我们担心会被风暴赶到很远很远的地方而再也无法回到岸上。狂风迫使我们在这些荒芜的石岛中停留了好几天。我们饿得要命,就到石岛的裂缝中去找吃的东西。我们连一根草都没有找到,但是看见几只捆扎得严实的袋子半埋在沙土里。我们当时希望袋子里装的是粮食,因此就扯来扯去,直到把布袋撕破。可是从里边滚出来的不是粮食,而是闪闪发光的金币。这些东西对我们大雁来说毫无用处,因此我们原封不动地把它们留在了那里。这些年来我们没有将我们所发现的东西放在心上,但是今年秋天发生的一件事使我们希望能重新找到那些金币。我们很清楚,这些宝物留在老地方的可能性很小,但是我们还是来到了这里,请你看看金币还在不在。"【名师点睛:点明大雁将尼尔斯带到此处的缘由,同时再次设置悬念,激发读者的好奇心。到底发生了一件什么事情,让雁群又想起那些金币?】

尼尔斯纵身跳进裂缝,用手边的一块贝壳扒沙子。他没有发现什么袋子,但是当他挖出一个很深的坑的时候,听见了金属的撞击声,是一枚金币。他用双手在沙土上摸,感觉到里面还埋了好多圆圆的金币,于是赶紧跑到阿卡跟前。"袋子已经烂掉了,"他说,"因此金币散在沙土里。但是我相信所有的金币都还在。"

"好极了,"阿卡说,"把坑填上,用沙土盖好,不要让人看出这里有人动过!"

尼尔斯按照阿卡的吩咐做了,但是当他回到那块大石头的顶上时,他惊奇地看到阿卡领着其他六只大雁严肃地向他走了过来。他们在他面前停了下来,并多次点头鞠躬,看上去是如此庄重,他不得不脱帽鞠躬还礼。【名师点睛:大雁们为何会有这样的神情和表现呢?他们带尼尔斯来这儿的目的是什么呢?疑窦丛生。】

"事情是这样的,"阿卡说,"我们几个年纪大的雁一致认为,大拇指小人儿,如果你为人家做工,也和为我们大雁做了很多好事一样,他们不给你丰厚的酬金是不会让你走的。"

"不是我帮助了你们,而是你们一直在照顾我。"尼尔斯说。

"我们还认为,"阿卡继续说,"当一个人在整个旅途中一直和我们结

骑鹅旅行记

伴而行,他就不应该像刚来到我们中间时一无所有地离开。"

"我知道,一年来我从你们身上学到了比物质和金钱更宝贵的东西。"尼尔斯说。【名师点睛:尼尔斯认识到了自己的成长,明白了什么才是最宝贵的,这就是这次旅行的意义。】

"这些金币过了这么多年还在石缝里,肯定是没有主了,"阿卡说,"我想你可以把这些金币拿回去使用。"

"怎么,不是你们自己需要这些财宝吗?"尼尔斯问。

"是的,我们需要这些金钱是为了给你当报酬,让你的父亲和母亲觉得,你在尊贵的人家里当放鹅娃挣了钱。"她说。

尼尔斯半转过身子,向海上瞟了一眼,然后双眼直视着阿卡那双明亮的眼睛。"阿卡大婶,我还没有提出辞职,你就解雇我并付给我薪水,我觉得很奇怪。"他说。

"只要我们大雁继续留在瑞典,我认为你就可以留在我们身边,"阿卡说,"不过我只是想先告诉你财宝藏在什么地方,因为这次正好顺道。"

"但是,仍然像我所说的,在我自己还不想离开你们的时候,你们就想辞掉我了。"尼尔斯说,"我们在一起这么久了,我想我要求跟你们一道到外国去不算太过分吧。"【写作借鉴:对尼尔斯的语言描写,表现了他对大雁们的依恋与不舍,这是他的真情流露。】

尼尔斯刚说完,阿卡和其他大雁都吃惊地伸出长长的脖子,站了一会儿,又半张着嘴巴深吸了一口气。"这倒是我没有想到的,"阿卡平静了一点儿以后说,"但是,在你决定跟我们一起去之前,最好还是听听高尔果要讲的话。你也许知道,我们离开拉普兰的时候,高尔果和我商量好,他到你的老家斯康耐去一趟,设法为你争取更好的条件。"

"是的,这是真的,"高尔果说,"但是,正如我对你说过的,我没有办成。我很快就找到了豪尔耶松·尼尔森的家,在他家院子的上空来回盘旋了好几个小时,终于看见了小精灵在房子之间躲躲闪闪地走出来。我立即冲上去,把他带到一块没有人打扰的田地里,以便和他单独交谈。

我对他说,我是受大雪山的阿卡之遣前去问他,能否给尼尔斯更好的条件。'我希望我能够办到,'他回答说,'因为我听说,他在旅途中表现一直不错。但是我无能为力。'我当时就生气了,我说,如果他不愿让步的话,我就不惜一切代价挖掉他的眼睛。'你可以随心所欲地对待我,'他说,'至于尼尔斯,还是我原先说的条件。但是,你可以转告他,他最好还是和雄鹅尽快回家来,因为他家的日子很艰难。尼尔斯的爸爸有个弟弟,他很信任这个弟弟,因此在弟弟借款时当了保人,但是他弟弟后来还不起债,他现在不得不为弟弟还债。此外,他还借钱买了一匹马,但是他把马赶回家的当天马就瘸了腿。从此以后,这匹马就成了一匹废马。总之,告诉尼尔斯,他的父母已经被迫卖掉了两头奶牛,如果他们不能从某个方面得到接济的话,那么他们就只有背井离乡了!'"【名师点睛:老鹰高尔果讲述了尼尔斯家所遭受的可怕变故,意在劝他收下金币,尽早回家去。】

尼尔斯听到这里,紧锁眉头,两拳握得紧紧的,指关节都发白了。"那个小精灵真是残酷无情,"他说,"他给我订下了如此苛刻的条件,使我不能回家去帮助我的父母。但是他休想使我成为一个背信弃义的人。父亲和母亲都是正直的人,我知道,他们宁愿不要我的帮助,也不愿意我昧着良心回到他们的身边。"【写作借鉴:"紧锁眉头""两拳握得紧紧的"等动作描写,表现了尼尔斯此时的愤怒与坚决,突显出他的信义、正直与善良。】

Z 知识考点

1. 填空题。

达尔斯兰省西北部景色优美:大小湖泊＿＿＿＿＿,湖泊间几乎找不到一块合适的＿＿＿＿＿,堤岸上的树木却分外葱郁。夕阳西下,金色的波纹在＿＿＿＿＿的水面上嬉戏,＿＿＿＿＿的光焰在地面上跳跃,浅黄的桦树、＿＿＿＿＿的白杨和＿＿＿＿＿的花楸树拔地而起。

▶ 骑鹅旅行记

2. 判断题。

大雁带尼尔斯去寻找金币是为了考验他会不会为了金钱而出卖朋友。（ ）

3. 问答题。

本章中,尼尔斯为什么又不想回家了?

_____
_____

阅读与思考

1. 尼尔斯和大雁们在海岛上发现了什么?面对金钱和朋友,尼尔斯是如何选择的?

2. 尼尔斯的家里发生了什么变故?

第四十九章 一座大庄园

名师导读

奈斯庄园的年轻绅士身染重病，一位曾在绅士举办的学校学习过的女教师担心他像老绅士那样，在她还没来得及当面道谢就撒手人寰，就想带领一群学生去绅士的病榻前唱歌并表示慰问。然而女教师性格犹豫且不自信，在尼尔斯的帮助下，她才下定决心前往。女教师和学生们的到来给身患重病的绅士带来了怎样的感受呢？

老绅士和小绅士

好几年之前，西耶特兰省有个教区里有一位小学女教师，她为人贞静贤淑、温柔善良，长得娇小玲珑、楚楚动人。她为人师表，严格遵守规定。孩子们都很喜欢她。凡是这个女教师教的功课，他们没有不认真学的，学生的父母对她十分满意。唯一不明白她有多少长处的人只有她自己，她总是自惭形秽，以为别人都比自己更聪明、更能干，因而她常常为此而黯然神伤。【名师点睛：开篇为读者塑造了一位受人爱戴却不自信的优秀女教师形象。】

那位女教师教了好几年，教区的学校管理委员会建议她到奈斯手工艺学校去学习一段时间，这样她在以后的教学中不但能教理论知识，而且还可以动手实践。谁也想象不到，她在得知此事后是多么害怕。奈斯庄园离她的学校很近。她从那个美丽又气派的庄园旁边来回走过好多次，亲耳听到过大家对在那座古老的大庄园里举办的手工艺讲座称赞不

骑鹅旅行记

已。全国各地都有男女教师到那里去学习做手工,甚至还有外国人。她事先就知道,她在那座学校里见到那么多出类拔萃的人物,一定会很紧张。她觉得,去那样一个学校,这担子实在太沉重,她一定胜任不了。

可是她又不愿意拒绝教区学校管理委员会的建议,所以,还是报了名。六月一个晴朗的傍晚,也就是夏季班开学的前一天,她把自己的衣物收拾在一个小背囊里,然后就动身到奈斯去。一路上,她有好几次停下脚步想打消原来的念头,但是她最后还是走到了学校门口。【写作借鉴:通过对女教师的矛盾心理和行为的描写,刻画出一个不自信却又不敢违背安排的女教师形象。】

奈斯庄园热闹非凡,各地来的学员被引领到庄园里的各个别墅或平房里。大家初来乍到,对陌生的环境都觉得很不习惯。但是那位女教师就像平日一样,总觉得别人都不像自己那样拘束和笨拙。她由于过分紧张和恐惧,看起东西来眼也花了,听起话来耳朵也不灵了。她碰到的事情也使她感到为难。她被分配到一座漂亮的别墅去住,和她同一房间的还有几个素昧平生的年轻姑娘,她还不得不和七十个陌生人在一起吃晚饭。在饭桌上,她的一边坐着一个皮肤发黄的矮个子先生——大概是日本人,另一边坐着瑞典北部约克莫克来的一位男教员。大家围坐在一张张长桌子前,从一开始起就谈笑风生,一见如故,彼此介绍结识,只有她一个人正襟危坐,一声不吭。【名师点睛:学员们也是初来乍到,但是大家谈笑风生,一见如故,与女教师的拘谨形成鲜明的对比,照应前文,突出女教师的自卑性格。】

第二天早晨学习开始了,这里同普通学校没有什么两样,上课之前先唱赞美歌和念晨祷。然后由主持课程的校长讲述手工艺的概况,并告知大家几项简单的规定。她还没有弄明白是怎么一回事,就被带到一台刨床前面。她一只手拿起一块木头,另一只手拿起刀子。一个上了年纪的手工艺课老师在一旁给她讲解,应该怎样才能切削出一根可以用来支撑花卉的木杆。

女教师过去从来没有亲手做过那样的手工活儿。她的双手僵直麻木,不听使唤。她的脑子里嗡嗡乱响,老师说的话她根本没有听懂。待老师一离开,她就把刀子和木头放到刨床上,双眼呆呆地望着前方。

房间的四周都是刨床,她看到大家都兴致勃勃地在那儿刨呀,削呀,干得十分起劲。有几个对手工艺懂点门道的学员走过来想帮帮她。可是她对那些要领一窍不通。她站在那儿,脑子里不断在想,四周的人想必都看出来她是多么的愚蠢笨拙。她感到非常难堪,好像连动也不会动了。【名师点睛:通过具体情境来表现女老师的自卑与慌张。】

干了一会儿之后就是吃早饭,早饭过后继续上课。校长详细地讲了一堂课。然后上体操课,接着又是手工课。午间,他们都到那个宽敞而舒适的大客厅去吃午饭和喝咖啡。下午又是手工课和学唱歌,最后是在室外做游戏。女教师整天都和别人在一起不停地做各种活动,却仍然觉得手足无措,不知道干什么才好。

事隔很久以后,她回想起在奈斯庄园头两天的光景,她自己都觉得好笑。【名师点睛:逐渐适应下来的女教师回想起自己初到庄园时的情景,也不禁为自己的拘谨和手足无措感到好笑。】那时候她浑浑噩噩,一天到晚都不知道是怎么过的,连走路都仿佛在腾云驾雾一般不踏实。她放眼望去,周围什么东西都是模模糊糊的。她几乎变得视而不见、听而不闻,不明白周围发生的事情。她就这样糊里糊涂地度过了两天,直到第二天晚上,她才豁然开朗。

那天晚饭过后,有一位多次到奈斯庄园来讲学的老教师对几个新学员讲起了这座手工艺学校成立的经过。她那时正好离得近,自然也就洗耳恭听了。

那位老教师讲道,奈斯是一个非常古老的庄园,不过也仅仅是一座很漂亮的大庄园而已,现在的庄园主人——那位老绅士,搬到这里来住之后庄园才有了改观。他是一个腰缠万贯的大富翁,在搬来定居的最初几年里,他把庄园的主楼修葺一新,把花园整修得花木扶疏。他还慷慨

骑鹅旅行记

解囊,资助雇用的长工兴修了不少住房。

可是他的太太不幸染病去世,他因为没有子女在膝下承欢,孤身一人居住在偌大的庄园里,时常觉得晚景凄凉,因而郁郁寡欢。他有一个年轻的外甥,很受他的赏识和器重,因此他就说服那个外甥搬到奈斯庄园来和他共住。

那位老绅士起初打算要那个年轻绅士来替他料理一下庄园。然而,年轻绅士为了经营好庄园,便长期在长工住的棚屋一带走动。他看到穷苦人家的棚屋里的生活情况之后,竟然异想天开地产生了一个念头。他注意到,在大多数庄园里,到了冬天漫长的夜晚,男人或者小孩都是无所事事的,甚至妇女也是如此,没有人做什么手工活儿。【名师点睛:写年轻绅士观察到的现象,引出下文由此现象而进行的思考,表现了他的善于观察。】从前,人们为了缝制衣服和制作日常生活用具,双手不停地劳动。然而如今什么东西都可以买到,他们就把手工艺活儿放下了,再也没有什么人费劲自己做了。可是那个年轻绅士觉察到,如果农舍之中不再围聚在一起做手工活儿,那么一家人的家庭乐趣似乎就会减色不少,财富也会大打折扣。

有一回,他见到一家人在耕耘之余,父亲勤于木工,做桌椅板凳,母亲纺织缝纫。不难看出这户人家的光景要比别人家富裕一些,而且也幸福得多。【名师点睛:举例论证年轻绅士得出的结论,有理有据,令人信服。】

他向舅舅讲起了这件事情,那位老绅士意识到,如果人们在冬季农闲时间从事手工劳作,一定有莫大的乐趣。但是要让他们掌握一些技能,得从童年时代就教会他们使用双手。两位绅士商量后,都觉得再没有比兴办一个手工艺学校更好的办法了。他们希望教会雇工的孩子们从小就能用木头做出一些简单的用具。他们深信,要是从小就能够熟练地用刀子切削,那么长大以后就不难使用铁匠的铁锤和鞋匠的工具了。而从小没有学会用双手来做手工活儿,他长大之后终生都很难明白,他那一双灵巧的手是比任何东西都有价值的工具。

于是，他们就开始在奈斯庄园教孩子们做手工。过了不久他们发现这对小孩来说确实大有好处，孩子们长进不少。他们进而希望瑞典全国的孩子都能受到类似的教育。【名师点睛：两位绅士不满足于只在奈斯庄园教授孩子们手工艺，想将之推行于全国，表现了两位绅士的雄心壮志，令人钦佩。】

可是怎样才能办到呢？瑞典全国有成千上万的儿童，总不能把他们都集中到奈斯庄园来给他们上手工劳作课吧。这是无法办到的。

那位年轻绅士又想出了一个主意。倘若不是为孩子们，而是为他们的教师兴办一个手工艺学校，那该有多好！想想看，要是全国各地的教师都到奈斯庄园来学手工劳作，然后他们再把知识传授给他们所在学校的所有学生，那该有多好！【名师点睛：年轻绅士的想法照应了前文故事内容，表现了他的聪明睿智。】用这种办法，瑞典所有的孩子都可以把他们的双手训练得和他们的头脑一样灵活好使。

有了这种想法以后，他们想方设法来付诸实施。

两位绅士齐心合力地做这项工作。那位老绅士负责布置手工劳作车间、集会场所和体操馆，还负责所有到学校来的学员的伙食和住宿。年轻绅士担任学校的校长，负责安排教学事务，监督工作的进展并举行讲座。而且，他同前来学习的学员吃住在一起，了解他们每个人的情况，成了他们最亲热、最贴心的朋友。

一开始两位绅士并不知道有多少人会去他们那里求学。他们每年举办四期培训班，每一期报名参加的人数总是远远超过学校的接待能力。那所学校不久之后便闻名遐迩，世界各国的男女教师都远道而来，学习怎样进行手工劳作的教学。瑞典没有一个地方像奈斯庄园那样在国外也享有盛名，瑞典也没有一个人像奈斯手工艺学校的校长那样在世界各地拥有那么多朋友。

那位女教师坐在那里凝神细听，愈听愈觉得四周明亮起来。她早先并不明白为什么手工艺学校会设立在奈斯庄园，也没有想到这所学校竟

骑鹅旅行记

是由两个全心要造福父老乡亲的人所创建的,他们根本不考虑这样做是否有报酬,甘愿为了使大家生活得更幸福、更美好而奉献出自己的一切。

【名师点睛:通过女教师来释疑,既叫读者明白了事情的前因后果,也赞美了两位绅士的善良、无私、博爱。】

当她想到这一切背后竟隐藏着这般的慷慨、慈悲、博爱时,她感动得哭了出来。这样的善举她过去是闻所未闻的。

第二天,她开始怀着另外一种心情去对待自己的工作。既然这一切都是仁慈的善举,她就应该比以前更加珍惜它。她忘却了自己,一心只想着手工艺和要通过手工艺去达到的崇高目标。从那一刻起,她便不再妄自菲薄,变得在各方面都十分出色,什么都一学就会。

现在,她的那一双美丽的眼睛也终于从迷蒙恍惚中解脱出来,她这才真正注意到那无处不在的伟大的仁慈心肠。她看出来了,整个课程安排都充满了爱,学校对他们这些学员照料得无微不至。参加学习的学员所学到的远远超过了手工劳作的教学本身。校长为他们举办了教育学讲座,安排了体操课,组织了歌咏协会,几乎每天晚上都有音乐和朗诵的集会。庄园上还可以借阅书籍、划船、游泳和弹钢琴,以便学员可以在课余消遣一下。这一切都是为了使他们在庄园上过得舒服、愉快和幸福。

【名师点睛:列举了庄园上的各项课余活动,表明校长以人为本的理念。】

她开始明白,在夏天晴朗的日子里能住在一座巨大的瑞典庄园里消暑真是一种极大的享受。老绅士住的宅邸坐落在一个土丘的高处,土丘周围有一个曲曲折折的湖,一座秀丽的小石桥横亘在土丘和陆地之间。宅邸前面的斜坡上奇花异葩争奇斗艳。四周的园林草木葱郁,古树参天。湖岸边垂柳依依,曲径通幽。湖心的石岛上,亭榭翼然。她从来没有见过这样美丽的地方。她只要有闲暇时间,就会到宅邸的园林里尽兴漫游,因为学校校舍就在宅邸对面的绿树成荫的草坪上。她觉得,在这样一个美丽的地方度过夏天之后,才真正领略到了一些夏天良辰美景的乐趣。

事情是这样的,她身上并没有发生什么巨大的变化,她并没有变得更勇敢或者更大胆,但是她的心灵,却荡漾着幸福和欢乐,那是仁慈的善举使她的心灵充满了温暖。她不再恍惚不安,因为周围所有人都希望她能取得成功,并且都乐意帮助她。【名师点睛:感受到两位绅士的仁慈伟大,感受到周围人的热情善良,女教师内心充满了温暖。】课程结束,学员们即将离开奈斯。她很羡慕学员们纷纷讲述了他们的心得体会,以此向那两位绅士表示出自肺腑的感谢,而她却腼腆得不敢说话。

她回去以后,像过去一样在学校里教课,而且像以往一样愉快地生活。她住的地方离奈斯庄园不算太远,下午课余就走到那里去看看。【名师点睛:女教师虽然已结课,但仍不时回到奈斯庄园看看,表明她对那段生活的难忘及怀念之情。】她一开始的时候经常去那里,可是手工艺学校课程不断开新班,她见到的是一张张新的面孔。腼腆怕生的毛病又在她身上作祟,她渐渐成了那里的稀客。但是她自己在奈斯庄园度过的那段时光成为她心中最美好的回忆。

春季的一天,她听说奈斯庄园的老绅士去世了。她追忆了自己在庄园里度过的那个愉快的夏天,然而却未能真正面谢一番,她对此心怀歉疚。诚然,那位老绅士从各个阶层听到过数不清的感激之言,但是倘若她自己能用几句话亲口告诉他,自己对他花费那么多心血的栽培感激涕零,她的心里也会感到宽慰一些。

奈斯庄园的教育工作仍然同老绅士生前一样进行着,整个庄园已经按照老绅士的遗愿捐赠给了学校。他的外甥仍旧在那里照料一切。

女教师每次到奈斯庄园去,总能看到一些新奇的东西。如今那里不仅仅是举办手工艺培训班,那位校长还别具匠心地想要使古老的民间风俗和人们喜闻乐见的民间游艺复苏过来,所以又兴办了唱歌、游戏培训班,还有其他好多课程。【名师点睛:讲奈斯庄园里的新变化,表明校长头脑灵活,独具匠心。】但是在那里人们的生活仍然同过去一样,他们处处都感觉得到仁慈善举所散发出来的温暖,处处都感觉得到学校的安排和管

骑鹅旅行记

理都是为了让他们过得愉快。这样，他们在回到全国各地的小学生中间去的时候，不仅把知识带了回去，而且也把奉献的乐趣带了回去。

老绅士去世几年之后，有一个星期天，女教师在教堂里听人说奈斯庄园的校长身染重病。她知道最近一段时间里，校长的心脏病复发过几次，但是她一直不肯相信那会有生命危险。可是人们说，这一次他恐怕很难挺过去。

她听到这个消息之后，心里反复琢磨，校长也许会像老绅士那样在她还没有来得及面谢之前就撒手人寰。她反复思索，怎样做才能及时地向他表达谢意。

当天下午，女教师跑到各个邻居家，请他们的孩子跟她一起到奈斯庄园去一趟。她想，既然校长疾病缠身，倘若孩子们能够为他唱几支歌，他一定会感到欣慰的。天色已经不早了，但是那几天明月当空，晚上走路并不费劲，所以女教师决定当天晚上就赶去，她担心第二天会来不及。

西耶特兰的故事

十月九日　星期日

大雁们离开了布胡斯省，露宿在西耶特兰省西部的一块沼泽地上。小人儿尼尔斯·豪尔耶松为了避开潮气，便爬到了一条横穿沼泽地的大路上，正想找个地方睡上一觉，蓦地看到大路上来了一群人。那是一个女教师带着十二三个孩子，女教师走在中间，孩子们都簇拥着她。他们谈笑风生，非常亲热，尼尔斯好奇心大涨，忍不住跟着他们走了一段，听听他们究竟在谈什么。【名师点睛：照应前文女教师找孩子们去给校长唱歌这一情节，将之与雁群和尼尔斯联系到一起。】

对于他来说，跟随那些孩子们走一段路并非难事，因为他在路边的暗处奔跑，几乎没有人能够看见他。再说十几个人成群结队地往前走，脚步声很响，他的小木鞋踩在沙砾上发出的声音谁也听不见。

558

女教师怕孩子们感到疲累,便边走边给他们讲古老的民间故事。尼尔斯追上他们的时候,女教师刚讲完了一个。但是孩子们马上又请求她再讲一个。

"你们听过西耶特兰的那个老巨人搬到北海一个偏远的孤岛上去的故事吗?"女教师问道。【名师点睛:过渡句,起承上启下的作用,由问话自然引出下文。】孩子们都说没有听过。于是女教师就讲起了那个故事。

从前发生过这样一件事情。在一个漆黑的风雨夜,有一只船在北海的一个小岩石岛附近遇险了。那条船碰撞在海岸的岩石上,船身撞得粉碎,船员当中只有两人幸免于难。他们浑身水淋淋的就像落汤鸡一般,而且冻得抖个不停。【写作借鉴:运用比喻的修辞手法,将水淋淋的船员比作落汤鸡,形象生动。】我们可以想象,当他们看到海岸上有一大堆篝火的时候,他们心里有多么高兴。他们拼命地朝那堆篝火跑过去,丝毫不曾想过会有什么危险。他们一直跑到了跟前才发现,篝火旁的阴影里坐着一个面目狰狞的老人,他身材高大,魁梧非凡。这两个船员一眼就看出来,他们竟然碰到了一个巨人。

他们吓得双腿发抖,迟疑着要不要往前靠拢。然而岛上凛冽的北风在怒号,倘若他们不靠近巨人的篝火暖暖身体,就会被冻死。于是他们决心硬着头皮走到他那里去。【写作借鉴:"发抖""硬着头皮"等词运用准确,生动地表现出船员在当时情景下的害怕、犹豫、矛盾和无奈的心境。】"晚上好,大伯,"年纪较大的那个船员毕恭毕敬地招呼说,"您肯让两个遇险的水手在您的篝火堆旁边暖暖身子吗?"

巨人猛地从沉思中惊醒过来,他直起腰板,从剑鞘中抽出宝剑。"你们是什么人?"他大喝一声,因为他年岁实在太大,眼睛几乎看不见了,弄不清楚是谁在同他讲话。

"我们两个都是西耶特兰人,"年纪较大的船员说,"我们的船在海上触礁沉没了。我们几乎光着身子爬上了岸,都快要冻死了。"

"我通常是不能容忍别人来到我的岛上的,不过你们是西耶特兰人,

骑鹅旅行记

那就是另一回事了。"巨人的口气缓和下来,并收起了宝剑,"你们不妨坐下来暖暖身子吧,我也是西耶特兰人,曾经在斯卡隆达的那个大古墓里住过许多年。"

两个船员在石头上坐下来。他们惊魂未定,不敢同巨人攀谈搭话,只是默默地坐着,眼睛盯着巨人。【写作借鉴:对两个船员的动作和神态的描写,细致生动地刻画出他们对巨人的惊恐与提防。】他们看得越久,越是觉得他巨大无朋,而自己越显得渺小。

"如今我的眼睛不大好使,"巨人一语道破自己的毛病,"我差不多连你们的人影都看不见。要是能够知道现在西耶特兰人长什么模样,那我会十分高兴的。喂,你们两个人起码要伸一只手过来,让我摸摸看瑞典究竟还有没有热血!"

那两个人瞅瞅巨人的拳头,又比比自己的,没有一个人敢去试试巨人的手劲。可是他们看到巨人常常用来捅篝火的一把铁火叉放在火堆上,有一头烧得通红。那两个人就一齐用力,把铁叉抬了起来,朝着巨人递过去。巨人抓住铁叉,双手一拧,他的手指缝里淌下来一滴一滴的铁水。"嗯,不错,我摸出来啦,瑞典至今还有热血!"他满意地对那两个船员说,而他们却早已吓得目瞪口呆。【名师点睛:巨人已经老眼昏花,而两个船员又过于害怕,所以他们用这种方式来应付巨人。】

篝火堆旁一片沉寂。不过,巨人既然碰巧遇到了两个同乡,不免想同他们叙叙西耶特兰的乡谊,往事一幕幕地在他脑海中浮现出来。

"喂,斯卡隆达古墓如今状况怎样?"他开口问那两个船员。

他们当中没有一个人知道那座古墓的状况。"唔,大概早就塌为平地了吧。"有个船员试探着回答,他觉得那样简单的问题都回答不出来是很丢人现眼的。【名师点睛:表现了船员对巨人小心翼翼、谨小慎微的态度。】"那是不用说的,"巨人说着频频点头,"那是意料之中的事情,因为那座坟是我妻子和女儿用围裙兜着泥土在一个清早赶着堆起来的。"

他又坐在那里陷入了沉思,在挖空心思地追忆着往事。他已经很久没有去过西耶特兰了,要花很大工夫才能想起以前发生过的事情。

"希耐山呢?毕陵山呢?还有散落在那块大平原上的其他小山大概都还在吧?"巨人说道。

"都还在。"两个西耶特兰人齐声回答。有一个人为了表示他知道巨人是一个了不起的人,还特意补充了一句:"大伯,有些山头可能是您老人家填土堆起来的吧?"

"哦,不是我,"巨人说,"不过我可以告诉你们,那几座山至今还在,那要感谢我的父亲。【写作借鉴:过渡句,自然而然地引出下文,插叙一段往事。】在我小的时候,西耶特兰没有什么大平原,现在是平原的地方以前是一座山脉,它从维特恩湖延绵到耶塔河。可是有几条河下了决心,非要把那座山脉冲垮,并且将它沉入维纳恩湖里去。那座山脉并不是坚不可摧的花岗岩,多半是石灰岩和石板岩,那些河流很容易就能把它们冲垮。我还记得,在我年幼的时候,那些河流怎样把山间缝隙和河谷冲刷得越来越宽,最后干脆把河谷冲积成平原。我父亲和我有时候出去看看那些河流在干什么,父亲对它们要毁灭整个山脉不大满意。'哼,它们起码也要给我们留下几个休息的地方才是啊!'他气鼓鼓地说道。于是,他就把自己的石头鞋脱下来,一只远远地扔到西边,一只远远地扔到东边。他又把自己头上的石头帽子脱下来,放在维纳恩湖上的一个山丘上,把我的石头帽子扔到了南边。然后他又把自己手里拿着的那根石头棒槌也朝那边扔了过去。我们随身带着的那些石头做成的用具被他撒落到四处。在这以后许多年里,河流剧烈冲刷着,快要把整座山脉冲掉了。但是我父亲用那些石头物品保护起来的地方,那些河流却心存忌惮,不敢放肆,因此完好无恙地保存了下来。父亲扔过去的第一只鞋,鞋后跟保住了哈莱山,鞋底下面是胡耐山。第二只鞋保住了毕陵山。父亲的帽子保住了希耐山。我的帽子底下是莫塞山。石头棒槌底下是奥莱山。西耶特兰平原上别的小山得以保住,也全亏他出了大力气,现在我真想知道,西耶特兰究竟是不是有许多人知道他的丰功伟绩,从而对他

561

骑鹅旅行记

十分尊敬。"【名师点睛：首尾呼应，中间细数巨人父亲的丰功伟绩，使故事结构完整，脉络清晰。】

"这可说不好，"船员回答道，"不过我可以答复你，在古时候，河流呀，巨人呀，都很了不起。可是我现在更尊敬的则是我们这样的人，因为如今我们已成了平原和山脉的主人。"

巨人冷笑了一声，看样子他对这样的回答是不满意的，不过他过了片刻又开口讲话了。"喂，特罗赫登瀑布现在怎么样了？"他问道。

"它水势湍急，响声震天，就像以前一样，"船员回答说，"你大概像保护西耶特兰的山脉一样，也参与了修造那些大瀑布吧？"

"哦，那倒没有，"巨人谦虚地回答说，"我记得小时候，我们兄弟几个常常把它当作滑梯来滑。我们骑在大圆木上，顺着格洛瀑布、托布安瀑布和其他几个瀑布滑下去。我们滑得很快，几乎一直滑进大海里去。我想知道，如今西耶特兰还有人玩这种游戏吗？"

"那不太了解，"船员回答说，"不过，我觉得我们人类的功绩更加了不起，我们顺着那些瀑布修造了一条运河，这样一来我们非但能像你孩提时代那样从特罗赫登瀑布滑到大海去，还能乘着平底船和汽艇逆流而上呢！"

"听起来倒有点稀奇，"巨人瓮声瓮气地回答说，他似乎被这个回答冒犯了，有点生气，"你能不能再告诉我，米恩湖边那块地方，也就是大家称为饥饿崖的地方，如今境况怎样？"【名师点睛：巨人被冒犯，瓮声瓮气地回答，并没有引起两个船员的警觉，为后文情节埋下伏笔。】

"哦，那个地方一直都叫我们头疼，"船员说，"大伯，说不定把那么贫瘠和无药可救的地方摆在那里也有您老人家参与吧！"

"不，我没有参加，"老巨人说，"我在那里的时候，那里森林繁茂，绵延无际。可是我为女儿准备婚礼，要用大量木柴来烧烤食物。于是我就拿了一根又粗又长的绳子，把饥饿崖那片森林圈住扎紧，一下子把它们连根拽起，背回家去了。如今可是没有人能够把那么大片的森林一下子

摔倒吧？"【写作借鉴：语言描写，表明了老巨人的力大无穷及扬扬得意。】

"我不敢多说，"船员嗫嚅(niè rú)[有话想说又不敢说，吞吞吐吐的样子]道，"不过我知道，在我小时候，饥饿崖还是光秃秃的，什么也不长。如今人们在那一带种上了树木。我想着人类的力量也不小吧。"

"好吧，不过西耶特兰南部呢？那里大概没有人能够生活吧？"巨人问道。

"那一带也是您亲手安排的吗？"船员反问道。

"哦，并非如此，"巨人支吾地说，"不过我记得，我们这些巨人孩子到那里去放牧的时候，我们用石头垒起了许多小房子。我们玩游戏的时候，你朝我扔石头，我朝你扔石头，把那块地方砸得坑坑洼洼的，糟蹋得不像样子。我想，要在那一带垦荒种地是很难的。"【写作借鉴："支吾"一词表明巨人已为自己过去的不当作为感到心虚和歉疚。】

"是呀，此话不假，那地方种植庄稼确实是白白浪费种子。"船员应声附和说，"不过那里的人们都以纺织和伐木为生。我相信，他们能在那样穷苦的地方生活下去，足以表明人类的聪明才智要远胜过那些毁坏这片地方的家伙。"

"现在我只想再问一件事情，"巨人神色尴尬地说，"在耶塔河入海口一带，你们生活得怎么样？"

"难道您也在那里插过手吗？"船员问道。

"那倒没有，"巨人说，"不过我记得，我们常常到海边去玩，我们招引来了一条鲸鱼，骑在鲸鱼背上在入海口一带的峡谷和岛群之间尽兴遨游。我想问问，现在还有人这样玩吗？"

"我不想回答这个问题，"船员回答说，"不过，我们人类在耶塔河的入海口兴建了一座大城市，从那里开出的船只航行在世界各大海洋上。我认为这同样是一件了不起的事。"后来巨人就不再说话了。那两个船员的家就在名叫哥德堡的大城市里，便对巨人侃侃讲述了哥德堡这座商业城市如何物阜民丰，百货集散，货如轮转。他们说那个城市拥有巨大

骑鹅旅行记

的港口，还有许多桥梁、运河和整齐的街道。他们还告诉巨人，那座城市里群英荟萃，有许多苦心经营的商贾，也有许多英勇无畏的航海家。那些人一定会把哥德堡建设成北欧最令人神往的大都会。

<u>一个接一个的回答使得巨人的眉头越皱越紧，显然他对人类成了大自然的主人极其恼火。"从你们的话我听得出来，西耶特兰出现了不少新奇的东西，"巨人耿耿于怀地说，"我应该回家乡一趟，把那里好好地收拾整顿一番。"</u>【写作借鉴：巨人"眉头越皱越紧""极其恼火""耿耿于怀"，表明他对两个船员的回答极为不满。】船员听了他的这句话，心里很不安。他们思忖着，巨人一定心怀叵测才要回到西耶特兰的，可是他们又不敢露出声色。"大伯，您可以相信，您返回故乡，一定会受到最光荣的接待，"他们非常殷勤地说，"我们要让所有的教堂为您鸣钟。"

<u>"啊，西耶特兰还有教堂的大钟保留下来？"巨人惊呼道，他神情有些犹豫了。</u>【写作借鉴：对巨人的语言和神态的描写，表现了巨人听闻教堂大钟还在时的惊诧。】"难道胡萨比、斯卡拉和瓦恩海姆的那些大铃铛还没有被敲碎吗？"

"说哪里话，那些教堂的大钟都还在，而且在您离开以后又增添了许多兄弟姐妹。如今在西耶特兰没有一处地方听不到教堂的钟声。"

"唉，那么我还是在这里待着吧，"巨人悲叹地说，"就是那些钟声才吓得我从那里搬走的。"

他陷入了沉思，过了半晌，又转过脸，对两个船员说起话来。"你们安生躺在篝火旁睡觉吧，"他吩咐道，"明天清晨我安排一下，让一只船从这里经过，把你们捎回家去。我这么慷慨好客地招待了你们，作为报答你们也要为我办件事情。<u>你们一回去就马上到西耶特兰最出色的人那里去，把这枚指环送给他，并且转达我的问候，告诉他，倘若他把指环戴在手上，那他将会更加出人头地。"</u>【名师点睛：巨人的请托令人疑惑，他为什么要将这枚指环送出去？指环到底有什么用处？引发读者的好奇心。】

两个船员一回到家，就去找了西耶特兰最出色的人，把指环转交给他。但是那个人深谋远虑,他并没有马上戴那个指环,而是把它挂在院子里的一棵小槲树上。大家眼看着那棵槲树像着了魔似的疯狂抽长起来。它立刻长出新芽,新芽又绽出新枝,枝杈越来越粗,树皮越来越硬。树上新叶成荫,马上又都凋落,接着开花结果。转眼之间那棵槲树长成了谁也没有见过的巨型槲树。然而好景不长,那棵巨树刚一长成,就开始枯萎,树枝扑簌簌地掉落下来,树干空了心,整棵树都烂掉了,不久后便只剩下一个树桩。【名师点睛:揭示谜题,原来巨人居心叵测。】

那个西耶特兰人气得要命,把指环扔得远远的。"哼,原来那个巨人送来的是这样的礼物,它能够在短时间里使人力大无比,威风无穷,"他恨恨地说,"可是这个人也比别人要衰老得快,他的聪明才智和幸福快乐只是过眼烟云。我不屑于要这样的礼物,而且我也希望不要有人把它捡去,因为送礼的那个家伙没安好心。"【名师点睛:表现了那个西耶特兰人的聪明与远见。有得便有失,意外之财不可贪。】

但是,那个指环大概还是被人捡走了。所以当一个好人为了做一桩有益的事情而劳损过度的时候,人们就要疑心他是不是捡到了巨人送来的那个指环。是不是那个指环在作祟,迫使他拼命苦干,鞠躬尽瘁,以至于未老先衰,事业未竟就撒手人寰。【名师点睛:结尾寓意照应前文两个绅士的故事,使得文章各部分之间联系更紧密。】

歌 声

女教师一边讲着故事,一边加快脚步往前走,当她讲完故事的时候,她发现奈斯庄园已经近在眼前。她已经可以见到绿荫掩映下的庄园四周的房屋和园林里的花卉草木。她穿过那些平房,看到了坐落在坡地上的那座大宅邸。

直到此刻,她都在为自己的举动而感到欣慰,一鼓作气,毫不迟疑。而当她看到那座庄园时,那股勇气却渐渐消失了,她感觉到了恍惚不安,

▶ 骑鹅旅行记

试想,倘若别人觉得她的做法太荒唐了,她该怎么办呢?可以肯定地说,没有人会来问一问她的感恩图报的心情,大家只会取笑她,取笑她不管天晚路远带着一群孩子匆匆赶来。她究竟想要干什么呢?【名师点睛:女教师的矛盾自卑心理又一次作祟,事到临头,开始自我怀疑。】就算来唱歌吧,那么她和孩子们也并不内行,不会歌喉一展就博得人们如痴似醉的喜爱。

她开始放慢脚步,在她走过宅邸坡地前的台阶时,她竟然拐出主道,走了过去,拾级而上。她心里很清楚,自从那位老绅士去世以后,这座宅邸就一直空着。她到那里去只是为了给自己一点时间好好想一想,她究竟应该继续往前走,还是掉转身返回家去。

她走上坡地,举目凝视着那座身披璀璨的月华的宅邸,再环视四周的树篱、花圃,看到那摆满花盆的大石头栏杆和气派非凡的阶梯,她越来越气馁了。她觉得那里的一切都是那样豪华和富丽,仿佛就是为了使她懂得,像她这样的平民是无缘踏进这个世界的。"哼,休想靠近我,"她觉得那座优雅雍容的白色宫殿在龇牙咧嘴地朝她大声喝道,"你不要自作聪明,自以为你和那些毛孩子能够做出一番事情来,使得居住在富贵天地里的先生感到高兴。"

女教师为了驱散偷偷爬到自己心灵上来的犹豫不决的阴影,便对孩子们讲起了她在这里上手工劳作课时听到的关于老绅士和小绅士的故事。【名师点睛:曾经也是两位绅士的故事激励了她,使她能坦然平静地完成培训课。而今,她又以此来自我鼓励。】讲完之后,她的心情平静得多了,勇气也陡然大增。这毕竟是千真万确的事实:这座宅邸和整块地方都已经赠给了手工艺学校。遗赠的用意就是要让男女教师在这座风景优美的庄园上度过一段快乐幸福的日子,然后再把在这里所学到的知识和分享到的欢悦带给他们的学生。这两位绅士既然把偌大的一座庄园作为礼物赠送给学校,表明他们是多么珍视、器重学校的教师和员工。他们这一举动明白地显示出,他们心目当中瑞典儿童的教育是高于一切的事业。在这样的地方她不应该感到胆怯。

这些想法使她得到了不少安慰,她觉得应该继续按照既定的想法去办。为了增强自己的勇气,她朝着宅邸的山坡和湖滨之间的园林走去。她走在沐浴着似水月光的黑黢黢的、神秘的参天古树之间,许多愉快的往事又浮现在她的脑海里。她向孩子们讲述了她在这里学习、居住时的情景,讲述了她每天上完课之后都来这个美丽的园林里尽兴地游逛一番的喜悦心情。她讲到了那些聚会、游艺活动和手工劳作课,但是着重讲的还是两位绅士的慷慨大度和仁慈心肠,正是如此,这座豪华的大庄园才朝她和许许多多像她一样的教师敞开了大门。【名师点睛:女教师一面向孩子们介绍自己在这里学习时的美好时光,一面传颂两位绅士的美德,还一面为自己打气。】

讲完之后,她的勇气倍增,她穿过园林,走过小桥,来到湖滨草坪上,校长的别墅就坐落在许多校舍的中间。

紧靠着小桥的是一片芳草如茵的游戏场地,女教师从那里走过的时候,对孩子们讲述了夏日夜晚这里的欢乐场面,那时游戏场上人头攒动,到处都是服饰淡雅的男男女女,歌唱、游戏和球类活动一个接着一个。她把工艺学校的那个名叫校友之家的集会大厅指给孩子们看,把举行讲座的地方指给孩子们看。她还把进行体操活动和上手工劳作课的那几幢别墅指给孩子们看。她走得很快,嘴里讲个不停,似乎想要借此让自己放松下来。但是当她最后走到能够看见校长的别墅的时候,她猛然收住了脚步。

"孩子们,都听好,我想我们不要再往前走啦,"她说,"我方才没有想到,校长既然病得十分厉害,我们唱歌会打扰他的休息。倘若我们使他的病势加重,那更帮了倒忙了。"【写作借鉴:语言描写。女教师一路走来,不停给自己打气,不想临了又开始打退堂鼓,令人读来又气又急。】

小人儿尼尔斯一直跟在孩子们背后,女教师说的话他句句都听得十分真切。他明白了,原来他们走了这么远的路来到这里,是为了唱歌给

567

骑鹅旅行记

别墅里一位病重的人听,而现在他又知道了他们怕打扰病人而不愿唱歌了。

"唉,他们不唱歌就回去,未免太遗憾啦,"尼尔斯想,"本来是很容易的一件事情嘛,只用进去问问那个病人是不是经受得住。为什么竟没有人走进别墅去问一声呢?"【写作借鉴:心理描写。尼尔斯所想正是读者所想,本来是一件简单的事,为何努力了这么久却要放弃呢?】

可是那位女教师好像根本没有想到这一点,她慌慌张张地转过身来慢慢往回走去。孩子们不乐意,提出了反对,可是女教师央求他们不要再多说了。"算啦,算啦,"她苦恼不已地说,"怪我不好,我想得太不周到了,这么晚跑到这里来唱歌,会打扰病人的。"

尼尔斯觉得既然没人进去询问,那就只有他去打听打听了,究竟病人是不是虚弱得连听歌的力气都没有了。于是他离开了学生们,朝那幢房子跑去。别墅外面停着一辆马车,一个老车夫站在马匹旁边等着。尼尔斯还没有走到大门口,那扇大门就豁然打开了。一个女仆手里端着托盘走了出来。"喂,拉尔森,你再等一会儿,医生还要一阵工夫才能出来,"她说,"太太吩咐我端点热的东西给他送去。"

"那么男主人的病怎么样啦?"老车夫关切地问道。

"唉,校长先生现在倒不觉得心绞痛了,可是心脏似乎快要停止跳动啦。他直挺挺地躺了一个钟头,毫不动弹。我们几乎弄不清楚他究竟是活着呢,还是咽了气。"

"那么医生是不是说他快不行了?"

"唉,校长是躯体还躺在那里听候主的召唤,而他的灵魂却已经离开了,但是又舍不得人间,拉尔森,可以说校长先生的灵魂在那儿飘忽来飘忽去。要是主的召唤来了,他就会马上离去,我们谁也留不住他啦。"

尼尔斯一听此话,觉得大势不妙,事不宜迟,赶紧跑去追赶女教师和孩子们。【名师点睛:校长已经气若游丝,随时都可能去世,为了不留遗憾,尼尔斯飞奔去找女教师和孩子们。】他奔跑的时候,想起了外祖父临终垂危的情景。外祖父是个海员。在他弥留之际,他央求大家把窗子打开,让他最后听一听海风的呼啸。那么,这位病势笃重的校长此时此刻是不是也殷切盼望着在他病榻四周挤满年轻学生,再听一次他们的歌声和看一次他们做游戏,才能安心撒手尘寰呢?

女教师恍惚地朝着庄园外面的林荫大道走去。她一路从家里来的时候,总想着不要去了,回家算啦。而现在她从奈斯庄园往回走的时候,却又满肚子委屈,不想回家。她左右为难,不知如何是好,内心陷入极大的痛苦之中。

她不再同孩子们说话,闷声不响地走着。她走在大道的浓密树荫之下,四周黑黢黢,什么也看不见,然而她却似乎听到有个声音在呼喊。那个声音仿佛是成千上万的人从四面八方朝她呼喊出来的焦急万分的心声。"我们别的人都在远方,"那个洪亮的声音在号召,"而你就在他的身旁。快去把我们大家的心声歌唱出来!"【名师点睛:女教师内心正在做着激烈的斗争,她拿不定主意到底去不去,但是有个声音响起来,给她力量和勇气。】

她又记起了校长诲人不倦的情景,她也记起了校长曾经帮助或者关怀过的那一个又一个人。他助人为乐,悉心尽力地去帮助每一个处于困境的人,这样的精力是超人的。"快去为他唱歌吧!"有个声音在低语,"千万不要让他还没有听到他的学生的慰问就离开人间!你不要再想着你是多么渺小和微不足道,要想想你身后有那么多人和你站在一起!务必在他离开我们之前让他知道,我们大家都热爱他。"

女教师的步伐越来越迟滞。这时候她听到的不仅是她灵魂深处发出的呼声和召唤,而且也听到了一个不属于她的世界的声音,那个声音非常细弱,不像是一般人的说话声,而像是鸟儿的啁啾声或者是蝈蝈儿的鸣叫声,不过,她还是听得清清楚楚,那个声音在呼唤她,叫她务必赶紧返回庄园去。【名师点睛:"那个声音"是尼尔斯发出的,照应前文他飞奔回来阻拦女教师和学生们这一情节。】

569

▶ 骑鹅旅行记

这一切已经足以使她鼓起勇气返回到奈斯庄园去了……

女教师和孩子们在校长窗子外面唱了几首歌。她觉得那天晚上他们的歌声异乎寻常的优美悦耳,仿佛有一种素不相识的声音在同他们一起歌唱,整个宇宙似乎充满了一种催人泪下的模糊曲调。他们只需齐声歌唱,所有的曲调和声音就会应声附和,汇成铿锵嘹亮的歌声。

别墅的大门被打开了,有个人跑了出来。"哦,他准是来告诉我,不要再唱了,"女教师想,"但愿我没有造成不幸!"可是事情并不是那样,那人是来传个口信,请她和孩子们到屋里去休息一下,然后再唱几首歌。

医生从台阶上朝她迎面走来。"这次发病总算脱离了危险,"他说,"他躺在那里昏迷不醒,心脏跳动得愈来愈微弱。但是当你们唱起歌来的时候,他似乎听到了召唤,听到了所有需要他的人一齐向他发出的召唤,于是他觉得此时此刻入土为安未免太早了,便产生了求生的欲望。再唱些歌吧,要高高兴兴地唱,我相信你们的歌声能使他起死回生。现在我们一起来努力,让他再多活几年。"【名师点睛:出乎女教师的意料,他们的歌声非但没有打扰到病人休息,反而使濒临死亡的校长生出一丝活下去的欲望,这便是爱的力量。】

Z 知识考点

1. 填空题。

女教师向孩子们讲述了她在庄园里_____时的情景,讲述了她每天上完课之后都来这个美丽的园林里尽兴地游逛一番的喜悦心情。她讲到了那些聚会、_____和_____,但是着重讲的还是两位绅士的慷慨大度和仁慈心肠。

2. 判断题。

(1)尼尔斯为了帮助女教师,特意去征询了校长的意见。(　　)

(2)尼尔斯的外祖父是个海员。在他弥留之际,他央求大家把窗子打开,让他最后听一听海风的呼啸。(　　)

3. 问答题。

校长为前来学习的教师们举办了哪些课余活动？

_____

_____

阅读与思考

1. 女教师是一个怎样的人？
2. 女教师给学生们讲的有关巨人的故事说明了什么道理？

骑鹅旅行记

第五十章　飞往威曼豪格

> **M 名师导读**
>
> 　　阿卡带领雁群在斯康耐省上空盘旋了一天,一来她想让小雁们见识一下同外国一般无二的各种环境,二来她也想让尼尔斯明白,他生长的地方和外国相比毫不逊色。想明白这些,尼尔斯强烈的思乡之情再难克制。

十一月三日　星期四

　　十一月初的一天,大雁们飞越哈兰德山进入斯康耐省。在过去的几个星期里,他们一直在西耶特兰省法耳彻平市周围的辽阔平原上停留。碰巧还有好几个很大的雁群也栖息在那里,所以他们这段时间过得十分热闹。年纪大的聚首畅谈,而年纪轻的则你追我逐地进行各种运动竞赛。

　　对于尼尔斯·豪尔耶松来说,他对在西耶特兰耽搁了那么多天是闷闷不乐的。他尽力想打起精神,但是仍旧很难接受命运对他的安排。"唉,倘若我离开斯康耐到了外国,"他暗自思忖着,"那么我就可以知道我没有希望重新变成人了,我的心情也就会平静一些。"【写作借鉴:心理描写,表现了尼尔斯极度矛盾苦闷的心理,他渴望回家,但又不愿因此而失去雄鹅。】

　　大雁们终于在一天早晨动身了,往南朝着哈兰德省飞去。尼尔斯起初并没有觉得看风景有多大的乐趣,因为他觉得那里没有什么新鲜东西可以观赏。在东边是一片高地,高地上布满了大块大块的荆棘丛生的荒原,令人不禁想起斯莫兰省也是这样的景色。西边到处是圆墩墩、光秃秃的山冈,逶迤绵延,而山脚下大多被峡湾嵌入,形状零碎得同布胡斯省差不多。

大雁们沿着狭窄的沿海地带继续往南飞去,尼尔斯却忍不住坐直身子,把脑袋从鹅颈上探出来,双眼紧盯着大地。他看到山丘渐渐稀少,平原越发开阔。就在这时,他看到海岸也不像刚才那样支离破碎了,海岸外面的岩石岛群也愈来愈少,碧波万顷的大海同陆地直接相连在一起。

广袤无际的大森林也消失殆尽了。那个省的北部高地上有不少水土肥美的平川,但是大多是由树林团团围困起来的。在北部一带到处都是大片大片的森林,好像树木才是这片土地上的真正主人,而所有的平川不过是森林当中平整出来的大块大块荒地而已。每块平川上都散布着很多小树林,仿佛是为了表明,森林随时都可以卷土重来。

然而在南边这一带,风光却不同了。在这里,平原田畴占了主宰地位,一眼望去一马平川,无垠无际。这里也有大片森林,不过却不是野生的,而是人工培育的。正是由于这里平畴无际,阡陌纵横,垄埂相接,尼尔斯才一下子就想到了斯康耐。连那沙砾遍地、海藻狼藉的光秃秃的海岸,他都觉得眼熟。他触景生情,悲喜交集,心绪剧烈地起伏。"哎呀,现在我大概离家不太远啦。"他心里默默念叨。【名师点睛:尼尔斯欣喜于离家很近了,轻易便能回去;悲伤于他现在不能回家。】

这里的景色也是多姿多态的。许多条河流从西耶特兰和斯莫兰倾泻而下,汹涌奔腾,打破了平畴无垠的单调。平原上,湖泊成群,有些地方还有沼泽和荒漠,也有些流沙地带,这些都是开垦耕地的障碍,然而耕地仍然伸展到与斯康耐省的交界处,直到被那座峡谷壁立、山涧幽深的哈兰德山迎面挡住。

在飞行途中,一些年轻的小雁再三询问那些老雁:"外国是什么样子?外国是什么样子?"【写作借鉴:语言描写。年轻小雁的再三询问,表明了他们对未知世界的好奇心理。】

"等一等,等一等!你们不久就会知道的。"那些南来北往,多次跋涉

▶ 骑鹅旅行记

全国各地的老雁总是这么回答。

年轻的小雁看见维姆兰省佳木葱茏、森林茂密的山脉连绵不断，崇山峻岭之间湖泊的一泓泓碧水波光潋滟，他们又看到布胡斯省的巍巍大山、重峦叠嶂，还有西耶特兰省的秀峦奇峰、丘壑隆起。于是，他们就连声问道："全世界都有这样的景色吗？全世界都有这样的景色吗？"

"等一等，等一等！你们很快就会知道世界上大部分地区是什么样子啦！"老雁们回答说。

大雁们飞越哈兰德山后，又在斯康耐境内飞了一段时间，阿卡忽然喊起来："快向下看！快看看四周！外国就是这副模样！"

那时候大雁们正在飞越瑟德尔山，那座大山上覆盖着浓密的山毛榉树。绿荫深处，尖塔高耸的深宅大院点缀其间。麋鹿在树林边上啃嚼着青草，山兔在森林边的草地上嬉戏跳跃。狩猎的号角声响彻云霄，猎狗的狂吠连飞在空中的大雁们都听得清清楚楚。宽阔的道路蜿蜒穿过森林。一群群服饰鲜艳美丽的绅士淑女，或是坐着锃亮的马车，或是骑着高大的骏马，从路上驰骋进发。在山脚底下是灵恩湖的盈盈绿水，古老的布舍修道院坐落在湖边小岬上，恰好同湖里的倒影相映成趣。那座山脉中部，赛拉里德峡谷劈山裂崖，幽深邃远，谷底里山岚迷茫，溪流潺潺，两旁的峭壁上藤蔓攀结，古树参天。【写作借鉴：景物描写，由上到下，由大到小，由抽象到具体，描写有序。】

"外国就是这样子的吗？外国就是这样子的吗？"年轻的小雁问道。

"是呀，外国有森林覆盖的山脉就是这副模样的，"阿卡回答道，"不过这样的地方不太常见！等一等，再过一会儿你们就可以看到与外国一般的景况。"【写作借鉴：语言描写，过渡句，起承上启下的作用。】

阿卡率领着雁群继续往南飞去，来到了斯康耐大平原的上空。平原上有阡陌连片的耕地，有牛羊遍地的牧场。那些农庄四周都有刷成白色的小棚屋。平原上白色的小教堂不计其数，还有灰色的简陋难看的制糖厂。那些火车站周围的村镇已经扩展兴修得俨然像个小城市，泥沼地上

574

堆起了一大堆一大堆的泥炭,而煤矿旁边则是漆黑发亮的大煤堆。公路两旁垂柳依依。铁路纵横交错,在平原上织成了一张密密的网。平川地上,小湖轻泛涟漪,波光粼粼,四周山毛榉树环绕,贵族庄园的精舍华屋掩映其间。【名师点睛:简略描述了斯康耐大平原的普遍景色,与前文的山区景色形成鲜明的对比,地域特色突出,令人印象深刻。】

"现在往下看!看得仔细一些!"那只领头雁喊道,"从波罗的海沿岸到南面的高山峻岭,外国都是这个模样,再远的地方我们没有去过。"

小雁们把平原仔细看了一遍,阿卡便朝厄勒海峡飞去。那里湿漉漉的草地渐渐朝海面倾斜,一长排一长排发黑的海藻残留在海滩上。海滩上有些地方有高高的堤坝,有些地方只是一片流沙,而流沙又堆成了沙埂和沙丘。一排排式样统一、大小相同的砖瓦平房组成的渔村坐落在海岸上。岸外的防波堤上有一个小小的航标灯,晒鱼场上晾晒着棕色的渔网。

"快向下看,看得仔细一些!"阿卡吩咐说,"外国的沿海一带就是这副模样!"

最后,阿卡还飞到了两三个城市。那里无数细高的工厂烟囱矗立在半空,深邃的街道两旁林立着被煤烟熏黑了的高楼大厦。有风景优美的大公园,有停满船只的海港码头,有旧时的防御工事和修着古老教堂的宫殿。【名师点睛:略写海岸城市的景象,详略有序,重点突出。】

"看看吧,外国的城市就是这个模样,只不过更大一些就是啦,"阿卡说,"不过这些城市同你们一样,也会长大的。"

阿卡这样盘旋飞行之后,降落在威曼豪格的一块沼泽地上。尼尔斯这才明白过来,原来阿卡在斯康耐上空来回巡行整整一天就是为了显示给他看,他生于斯、长于斯的这个国度是足以同世界上任何一个国家相媲美的。【名师点睛:结尾点明阿卡带领雁群巡游各地的用意,她是想劝告尼尔斯,家乡很美,叫他早日回家。】其实她根本不用那样做,因为尼尔斯根本不在乎国家是富还是贫,他从看到第一道垂柳飘拂的河堤和第一幢圆木交叉为梁的矮平房时起,归心似箭的思乡之情就难以克制了。

575

骑鹅旅行记

知识考点

1. 填空题。

那里湿漉漉的草地渐渐朝海面倾斜，一长排一长排发黑的_____残留在海滩上。海滩上有些地方有高高的_____，有些地方只是一片流沙，而流沙又堆成了沙埂和沙丘。一排排式样统一、大小相同的_____组成了一个个小小的_____。岸外的防波堤上有一个小小的_____，晒鱼场上晾晒着棕色的_____。

2. 选择题。

阿卡没有带领雁群游览哪里的景色？　　　（　　）

A.山区　　　B.平原　　　C.海岸　　　D.沙漠

3. 问答题。

在尼尔斯心中，哪里才是最美的？

_____

_____

阅读与思考

1. 本章中，阿卡带领雁群和尼尔斯去了哪里？

2. 斯康耐山区有怎样的景色？

第五十一章　回到了自己的家

M 名师导读

　　尼尔斯带着雄鹅和灰雁邓芬回到家里，他不敢以小人儿形象示人，但在雄鹅和灰雁被妈妈抓住，即将被杀掉之时，尼尔斯奋不顾身出来阻止。看到父母激动的模样，尼尔斯才发现自己变回了人类。

　　　　十一月八日　　星期二

　　这一天大雾弥漫，阴霾满天。大雁们在斯可鲁坡教堂四周的农田里觅食，吃饱后就在那里休憩。阿卡走到尼尔斯身边。"看样子，我们会有几天晴朗的好天气，"她说，"我想，我们要趁这个机会赶快飞越波罗的海。"

　　"嗯……嗯……"尼尔斯哽咽着。他毕竟还是希望在斯康耐重新变成人。【名师点睛：家和亲人近在咫尺，尼尔斯极其想回家，想变成真正的人，但他又不愿舍弃雄鹅，也舍不得离开雁群，苦闷矛盾的心理叫他说不出话来。】

　　"我们现在离威曼豪格很近了，"阿卡说，"我想，你说不定想回家一趟，要是错过了这个机会，要等很久以后才能够同你的亲人团聚！"【名师点睛：阿卡十分了解尼尔斯，知道他心中一直惦记父母，所以建议他回家看一看。作者用满含温情的语言，再次向我们展示了阿卡的善解人意和体贴。】

　　"唉，最好还是不回去了吧。"尼尔斯无精打采地说，可是从他说话的声音里可以听出来，他还是十分高兴阿卡提出了这个建议。

　　"雄鹅同我们待在一起，不会发生意外的，"阿卡说，"我觉得，你还是应该回去探望一下，看看家里日子过得怎么样。即使你不能重新变成

577

▶ 骑鹅旅行记

人,你或许还可以想办法帮他们一点忙。"

"是呀,您说得对,阿卡大婶,这一点我早该想到才是。"尼尔斯说着,激动起来。

转眼间,阿卡就驮着他,朝他的家里飞去。没过多久,阿卡降落在了那座农舍的石头围墙背后。"真奇怪,这里的一切都跟之前一模一样。"尼尔斯说道。他急忙爬到围墙上向四周观看。"我觉得,自今年春天坐在这里看见你们从天上飞过到现在,好像连一天的工夫都不到。"【名师点睛:时隔数月,再回到熟悉的地方,心境却已迥异。尼尔斯感慨记忆恍如昨日,充分说明这段旅程的奇幻美妙。】

"我不知道你父亲有没有猎枪。"阿卡突然这么说道。

"他有,"尼尔斯说,"就是因为那支枪,我才宁愿待在家里而没有到教堂去。"

"既然你们家有猎枪,我就不敢站在这里等你了,"阿卡说,"最好你明天早晨到斯密格虎克岬角,那个地名的意思是'偷偷地溜走',你就到那里来找我们好了,这样你就可以在家里住上一夜。"

"不,阿卡大婶,您先别忙着走啊!"尼尔斯叫了起来,并且匆忙从围墙上爬了下来。他自己也不清楚是怎么回事,不过隐隐约约有种不祥的感觉,似乎他和大雁经此一别便永难再见了。"您很清楚,我现在因为没有能够恢复原样而十分苦恼,"尼尔斯继续说,"不过我愿对您说明白,我一点也不后悔今年春天跟着您去漫游。我宁可永远不再变成人,也不能不去那次旅行。"【写作借鉴:语言描写,充分表现了尼尔斯对阿卡、对雁群的不舍之情。在他心中,与朋友相依为命的这一段经历远比重新变回人更重要。】阿卡长长舒了一口气,然后回答说:"有一件事情我早就应该同你推心置腹地谈一谈。不过那时候你还没有回到亲人的身边,所以并不着急。现在该是谈的时候啦,把话说开了是不会有什么坏处的。"

"您知道,我总是顺从您的意志的。"尼尔斯说道。

"要是你从我们身上学到了什么好东西的话,大拇指小人儿,那么你大概会觉得，人类不应该把整个大地占为己有。"阿卡神色庄重、一本正经地说，"你想想看，你们有了那么一大片土地，完全可以让出几个光秃秃的岩石岛、几个浅水湖和潮湿的沼泽地，还有几座荒山和一些偏僻的森林，把它们让给我们这些无立锥之地的飞禽走兽，使得我们有地方安生地过日子。【名师点睛：地球是所有生物共同的家园，但是人类的不断侵占压缩，使得其他生灵难以生存。如何与动植物和谐共处，值得我们人类去思考。】我这一生时时刻刻遭受着人类的追逐和捕猎。倘若人类有良知，明白像我这样的一只鸟儿也需要一个安身立命之处就好了。"

"倘若我能够帮得上你的忙，我会非常高兴，"尼尔斯说，"可惜我在人类当中从来没有这样的权力。"

"算啦，现在说这些，好像我们就此一别不再相逢似的，"阿卡说，"不管怎么说，我们明天还会见一面的。现在我要回到自己的族类那儿去啦！"她张开翅膀飞走，旋即又飞了回来，恋恋不舍地用嘴喙把尼尔斯从上到下抚摸了好几次，然后悄然离去。【名师点睛：飞走又飞回，恋恋不舍地用嘴喙抚摸尼尔斯，表明了阿卡对尼尔斯的深情与不舍。】

此时是大白天，但是庭院里没有一个人走动，尼尔斯可以毫无顾忌地在院子里走动。他急忙跑进牛棚里，因为他知道从奶牛那里最能打听到各方面的消息。牛棚里冷冷清清，春天的时候那里还有三口粗壮的奶牛，可是现在却只剩下了一头。那是名叫五月玫瑰的奶牛，从表情可以看出来，她在思念自己的伙伴，她低着头，面前放的青草饲料几乎碰都不碰一下。【名师点睛：牛棚今日的冷清与昔日的热闹形成鲜明的对比，进一步突显此时家境的破败，暗示尼尔斯父母艰难的生活现状，令人担忧。】

"你好，五月玫瑰！"尼尔斯毫不畏惧地跑进了牛棚里面，"我的爸爸妈妈都好吗？那只猫，那些鹅，还有那些鸡都怎样啦？喂，你把星星和金百合弄到哪里去啦？"

五月玫瑰听到尼尔斯的声音不禁一愣，看样子她本来要用犄角冲撞他一下的。不过她的脾气如今不像从前那样暴躁了，在打算朝尼尔斯冲

579

骑鹅旅行记

过去之前,先看了看他。尼尔斯还是像离开家门时一样矮小,身上穿着原来的衣服,可是他的精神气质却不同啦。春天刚从家里逃出去的尼尔斯走起路来脚步沉重,动作迟缓,声音有气无力,双眼呆滞无神。但是长途跋涉、重归家门的尼尔斯走起路来脚步矫健轻盈,说话铿锵有力,双目炯炯有神。他虽然仍旧那么小,然而气度神采上却有一股令人肃然起敬的力量。【名师点睛:通过奶牛的视角反映出尼尔斯的成熟与变化,令人欣喜。】尽管他自己并不开心,可是见到他的人却如沐春风,非常高兴。

"哞,哞,"五月玫瑰吼叫起来,"大家都说你已经变了,变好了,我还不相信哩。欢迎你回家来,尼尔斯·豪尔耶松,欢迎你回家来!我太高兴啦,我好久没有这样高兴过啦!"

"多谢你啦,五月玫瑰,"尼尔斯说,他没有料到会受到这样热情的欢迎,不禁心花怒放,"现在快给我说说爸爸妈妈他们都好吗?"

"唉,自从你走了以后,他们一直很倒霉,遇到的事情也都不顺心,"五月玫瑰告诉他说,"最糟糕的是那一匹花了大价钱买来的马,站在那里白白吃了一个夏天的饲料却干不了活儿。你爸爸不愿意开枪把他打死,可是又没法子把他卖出去。就是那匹马儿害得星星和金百合离开了这里。"

其实,尼尔斯真正想问的是同这毫不相干的另外一件事,不过他不好意思明明白白地说出来,于是他含蓄地问道:"妈妈看到雄鹅莫顿飞走了,心里一定难受得不得了吧?"【名师点睛:出走一趟归来,尼尔斯变得客气、小心,还能从他人角度考虑问题,直观地反映出尼尔斯的成长。】

"我倒觉得,倘若你妈妈弄清楚了雄鹅莫顿是怎么飞走的,她是不会那样难过的。现在她多半是抱怨自己的儿子离家出走时,还顺手把雄鹅也带走了。"

"啊,原来她以为是我把雄鹅偷走的!"尼尔斯诧异地说道。

"难道她能有别的想法吗?"

"爸爸妈妈大概以为我像流浪汉一样四处游荡去了。"

"他们相信你一定度日如年,日子非常难熬,"五月玫瑰说,"人们失去了最亲爱的亲人,心里自然会悲伤,他们就是那样悲伤。"

尼尔斯听到这句话心头一热,便急匆匆走出了牛棚。他来到了马厩。那马厩虽说地方狭窄,不过收拾得十分干净整洁,处处都可以看得出来,他爸爸豪尔耶松·尼尔森在想尽办法让这头新买来的牲口过得舒服。马厩里站着一头膘肥体壮、气宇轩昂的高大骏马,因为饲养得法,他的毛色油光发亮。【名师点睛:通过对马厩及养在其中的骏马的描写,侧面反映尼尔斯父母的心善,他们对一匹跛马尚且能如此用心,对家人或其他动物自然也不会差。】

"你好,"尼尔斯说,"我听说这儿有一匹马病得不轻。不会是你吧?可你看起来那么精神抖擞、身强力壮。"那匹马回过头来,把尼尔斯上上下下打量了半晌。"你是这户人家的那个儿子吗?"他慢吞吞地说,"我听过许多诉说你不好的话语。不过你的长相倒很温顺和善,倘若我事先不知道的话,我不会相信,那个被小精灵变成了小人儿的就是你。"【名师点睛:借家畜之口道出尼尔斯前后的巨大转变。】

"我知道,我在这个院子里留下了很坏的名声,"尼尔斯说,"连我妈妈都以为我偷了家里的东西后又离家出走,不过那也没关系,反正我在这儿也待不了多久。在我走之前,我想知道你究竟出了什么毛病。"

"咴咴,咴咴,你不留下来真是太可惜啦,"马儿叹息说,"因为我感觉,我们本来是可以成为好朋友的。我其实没有多大的毛病,只是我的脚蹄上扎了一个东西,是刀尖断头或者别的什么硬东西,它扎得很深又藏得很严实,连兽医都没有找出病因。不过我动一下就刺得钻心疼痛,根本没法子走路。倘若你能够把我的这个毛病告诉你爸爸豪尔耶松·尼尔森,我想他用不着费多少工夫就可以把我的病治好。我会高高兴兴地去干点有用的活,我站在这儿吃饱喝足却什么也不干,真是太丢人了。"

"原来你不是得了重病,那太好啦!"尼尔斯说,"我来试试看,能不能把你蹄子上的硬东西拔出来。我把你的蹄子抬起来,用我的刀子划几下没有关系吧?"

581

▶ 骑鹅旅行记

尼尔斯刚刚在马蹄上用小刀划了几下，他就听到院子里有人在说话。他把马厩的门拉开一道缝，往外张望，但见爸爸和妈妈从外边走进院子，朝正屋走去。可以清楚地看到，忧愁和伤心在他们的脸上留下了痕迹，他们比早先苍老多了。妈妈脸上又增添了几道皱纹，爸爸的两鬓华发丛生。【名师点睛：久别归来，尼尔斯看到妈妈脸上多出了皱纹，爸爸两鬓生出了白发，说明他走后父母的生活非常艰辛。】妈妈一边走一边劝爸爸，他应该找她的姐夫去借点钱来。"不行，我不能再去借钱啦，"父亲从马厩前面经过的时候说，"天下没有比欠一身债更叫人难受的了。干脆把房子卖掉算啦。"

"把房子卖掉对我来说倒也无所谓啦，"妈妈长吁一声说，"要不是为了孩子，我是不会反对的。不过他说不定哪天就会回来，那时他必定身无分文、狼狈不堪，如果我们又不住在这里，叫他到哪里去安身哪？"【名师点睛：对尼尔斯的父母来说，最牵挂和最担心的还是自己的儿子，纵然他有千般不好，但他们还是希望他平安归家。此处表现出父母对尼尔斯的担忧和深切的关爱，浓浓的亲情溢于文字间，令人动容。】

"是呀，你说得也对，"爸爸沉吟片刻说，"不过我们可以请新搬进来的人家好好地招待他，并且告诉他我们一直盼着他回家，不管他弄成什么样子，我们决不会对他说一句重话，你说这样行吗？"

"好哇，只要他能回到我的跟前来，我除了问问他出门在外有没有受饿挨冻，别的我都不说一句。"

爸爸妈妈说着说着就跨进了屋里，至于他们后来又讲了些什么，尼尔斯就不得而知了。当他得知，爸爸妈妈尽管都以为他已步入歧途，可是依然那样疼爱他时，他既高兴又激动，恨不得马上就跑到他们身边去。"可是他们看到我现在这副怪模样，也许会更加心酸的。"他想。【写作借鉴：心理描写，表现了尼尔斯的愧疚与难过。亲人相见却不能相认，这是多么折磨人啊！】

正当他站在那里踌躇之际，一辆马车停在了大门口。尼尔斯一看，吃惊得险些儿喊出声来，因为从车上下来的不是别人，正是放鹅姑娘奥萨和她的爸爸荣·阿萨尔森。奥萨和她的爸爸手牵着手朝屋里走去。他们神情严肃，没有说话，可是眼睛里散发着幸福之光。他们快要走过半个院子的时候，放鹅姑娘奥萨一把拉住了她的爸爸，对他说道："您可要记住，爸爸，千万不要向他们提起那只木鞋或者大雁的事情，更不要提到长得跟尼尔斯·豪尔耶松一模一样的那个小人儿，因为那个小人儿即使不是他，也一定和他有什么关系。"

"好吧，我不说就是啦，"阿萨尔森说，"我只告诉他们，你路远迢迢地来寻找我，一路上几次得到他们儿子的帮助。现在我在北方找到了一个铁矿，财产多得花不完，所以我们父女俩特地到这里来问候他们，看看我们能够帮点什么忙，以报答这番恩情。"【写作借鉴：语言描写。通过奥萨父亲的话，侧面体现了尼尔斯助人为乐的形象。】

"说得真好，爸爸，我知道你是很会讲话的，"奥萨说，"就是我刚才说的那件事你千万别说出来。"

他们进屋里去了。尼尔斯真想跟进去听听他们在屋里究竟说了一些什么，但是他不敢走出马厩。过了不久，奥萨和她的爸爸就告辞出来了，爸爸妈妈一直把他们送到大门口。说也奇怪，爸爸妈妈这时候都春风满面，喜上眉梢，似乎获得了新生。【写作借鉴：神态描写，照应前文奥萨父亲的话。尼尔斯的父母在听到与他们所想完全不同的儿子的形象时，高兴之情溢于言表。】

客人们渐渐远去，爸爸妈妈意犹未尽地站在门口极目眺望。"谢天谢地，这一下我总算用不着再伤心发愁啦，你听听，尼尔斯竟然做了那么多好事。"妈妈乐不可支地说道。

"也许他做的好事没有像他们说的那么多吧。"爸爸若有所思地说道。

"哎呀，瞧你说的，他们父女俩专程跑来一趟，向我们面谢尼尔斯帮了他们大忙，而且还愿意帮助我们来报答这份恩情，这难道还不够吗？我倒觉得你应当接受他们的好意才是。"

583

骑鹅旅行记

"不，我不愿意拿别人的钱，不管是借给我的还是送给我的。我想当务之急是把欠的债统统还清。然后我们再努力干活，发家致富。我们俩身体还结实，干得动活儿。"爸爸一边说一边发自内心地笑着。

"我觉得，你好像对把我们花了那么多汗水和力气耕种的这块土地卖掉还挺高兴。"妈妈揶揄地说道。

"你其实很清楚我为什么笑，"爸爸正色说，"孩子离家失踪这件事情把我压垮了，我没有一点力气和心思去干活儿。可是如今，我知道他还活着，而且还做了不少好事，走了正道。那就等着瞧吧，我豪尔耶松·尼尔森是可以干点事的。"【写作借鉴：语言描写。听说儿子在外面过得好，走了正途，尼尔斯父亲久积在心中的沮丧一扫而空，内心又重新燃起了对生活的希望和信心，相信他们一定能通过努力，过上好日子。】

妈妈返身走回屋里，可是尼尔斯却不得不赶紧蜷缩到一个墙角里，因为爸爸朝马厩走了过来。爸爸踏进马厩，凑到马的身边，掀起蹄子看看能不能找到毛病。"这是怎么回事？"爸爸诧异地说，因为他看到马蹄上刻着一行小字。"把马蹄里的尖铁片拔出来！"他念了一遍，又惊愕地朝四周仔细察看。可是过了一会儿，他又认认真真地盯着马蹄子看起来，还不断地用手摸。"唔，我相信蹄子里面是真的扎进东西了。"他自言自语地说道。

爸爸忙着从马蹄里拔出东西，尼尔斯缩在墙角里悄声不语。就在这时候，院子里又有了动静，有一批新的客人大模大样地不请自来。事情是这样的：雄鹅莫顿一来到他的旧居附近便再也克制不住自己的欲望，他一心要让农庄里的至爱亲朋同自己的妻子和儿女见见面，于是率领着灰雁邓芬和几只小雁浩浩荡荡飞回来了。【名师点睛：随着尼尔斯的归家，好运似乎也跟着来了，马蹄的事解决了，雄鹅也回来了。】

雄鹅进来的时候，豪尔耶松·尼尔森家的院子里一个人影也没有。他荣归故里，心里喜滋滋，便无忧无虑地降落在地上。他大摇大摆地带领邓芬到各处转悠，想炫耀炫耀他过去还是一只家鹅的时候生活是多么惬意。他们绕了庭院一圈之后,发现牛棚的门是开着的。"到这里来瞧瞧!"雄鹅吭吭地大呼小叫,"你们会看到我早先住得多么舒服。那跟我们现在露宿在草地和沼泽里的滋味可大不一样。"

雄鹅站在门槛上朝牛棚里张望了一下。"里面倒没有人,"他说,"来吧,邓芬,你来看看鹅窝!用不着提心吊胆!一点危险都没有!"

于是,雄鹅走在前头,邓芬和六只小雁跟随其后走进鹅窝,去开开眼界,见识一下雄鹅在跟随大雁一起去周游之前居住得多么阔气和舒服。

"瞧,我们几只家鹅早先就住在这里。那边是我的窝,那边是食槽,早先食槽里总是装满了燕麦和水,"雄鹅眉飞色舞地介绍说,"看哪,食槽里还真有点吃的东西。"他说着就跑到食槽旁边,大口大口吃起燕麦来。

【写作借鉴:语言描写和神态描写,表明雄鹅荣归故里时的骄傲之态和高兴之情。】

可是灰雁邓芬却惴惴不安起来。"我们赶快出去吧。"她央求道。

"好的,再吃几口就走。"雄鹅说道。就在这时,他突然尖叫一声就朝门口跑去,可惜已经来不及了。那扇门"吱嘎"一声关上了。女主人站在门外把门上了锁,他们一家子全都被关在里面了。【名师点睛:话音未落,门"吱嘎"一声关上了,雄鹅的贪吃令他身陷险境。】

爸爸从黑马的蹄子里拔出一根铁刺,正扬扬得意地站在那里抚摸那匹马,妈妈兴冲冲地跑进马厩。"喂,你快来瞧瞧,看我抓到了什么。"她说道。

"别忙,先看看这里,"爸爸慢条斯理地说,"现在我找到马儿干不了活的真正毛病了。"

"哦,我相信,我们时来运转啦,"妈妈兴奋地说,"你想想,春天不见的那只雄鹅竟是跟着大雁飞走的!他如今飞回来啦,还引回来了七只大雁。他们统统钻进了鹅窝里,我一下子把他们全关在里面啦。"

"这倒真是稀奇,"豪尔耶松·尼尔森说,"你要知道,这么一来我们可以不再疑神疑鬼,担心是孩子离开家时顺手把雄鹅抱走的。"

585

骑鹅旅行记

"是呀,你说得对,"妈妈说,"不过我想我们最好今天晚上把他们全都宰掉。再过两三天就是圣·马丁节[十一月十一日,按瑞典西部地区和斯康耐的习俗,家家都吃烤鹅]了,我们要赶快把他们宰了,才来得及拿到城里去卖。"【名师点睛:巧设情节,雄鹅一家将遭受灾难,使文章波澜起伏。】

"我认为把雄鹅宰掉是一桩罪恶,因为他招引了那么一群大雁回家,是有功劳的呀。"爸爸豪尔耶松·尼尔森说道。

"那倒也是,"妈妈应声附和,可是一转眼又说,"倘若在别的时候,倒可以放他一条活路。不过现在我们自己都要从这里搬走了,我们没法子再养鹅啦。"

"嗯,这倒也是。"爸爸无可奈何地说道。

"那么你来帮我把他们弄到屋里去!"妈妈吩咐道。

他们俩走了出去。过了一会儿,尼尔斯就看见爸爸一只胳膊下夹着雄鹅莫顿,另一只胳膊下夹着灰雁邓芬,跟在妈妈身后走进屋里。雄鹅尖声嚷叫起来:"大拇指小人儿,快来救救我!"尽管此时此刻,雄鹅并不知道大拇指小人儿就近在咫尺,但是他还是像往常陷入险境时一样呼喊着。【名师点睛:雄鹅下意识的呼救行为表明他对尼尔斯的信任与依赖。】

尼尔斯分明听到了雄鹅的拼命呼救,可是他倚在马厩门口动弹不得。他迟迟不出来相救,倒不是因为他知道雄鹅被捆到屠宰凳上对他自己会有好处——在那一瞬间他甚至连想都没有想起这一点——而是因为,如果他跑出去搭救雄鹅,他就要现身在爸爸妈妈面前,而他极不情愿那样做。"爸爸妈妈为我操碎了心,"他思忖道,"我又何必再为他们增添悲伤呢?"

可是当他们把雄鹅带进屋里,把门关上的时候,尼尔斯再也沉不住气了。他像离弦之箭一般冲过庭院,跳上房门前的榆木板,奔进了门廊。他习惯在那里把木鞋脱下来,光着脚走到门口。可是他实在不愿意让自己的这副小人儿模样暴露在爸爸妈妈面前,所以他没有勇气举手敲门。

"这是雄鹅莫顿性命攸关的时刻呀,"他心头一震,"自从你离开家门那一天起,他不就成了你最知心的朋友了吗?"顿时,雄鹅和他生死与共的经历全都涌现在他的脑海里,他想起了雄鹅怎样在冰冻的湖面上,在暴风骤雨的大海上,还有在凶残的野兽中间舍命救他的情景。他的心里有说不出的感激和疼爱之情,他终于克服了一切顾虑,开始用拳头拼命捶打屋门。【写作借鉴:动作描写和心理描写,表现出尼尔斯内心的挣扎与斗争,最终他还是为了朋友挺身而出。】

"哦,外面是谁那么心急着要进来?"爸爸嘟囔了一声把门打开。

"妈妈,您千万不要动手宰雄鹅!"尼尔斯高声大叫,就在这时候被捆在凳子上的雄鹅和灰雁邓芬惊喜交加地发出一声尖叫,尼尔斯一听总算放心了,因为他们还活着。

他的妈妈也惊喜地叫了一声。"啊,我的孩子,你长高啦,也长好看啦!"她喊起来。

尼尔斯没有走进屋,仍旧站在门槛上,仿佛一个不能断定自己将会受到什么样的对待的陌生人。"谢天谢地,我可把你盼回来了!"妈妈激动得涕泪交零,"快进来呀!快进来呀!"

"欢迎你回家来!"爸爸哽咽得一句话也讲不出来了。

尼尔斯还是局促不安地站在门槛上。他不明白,怎么父母看到他那么小不点儿的怪模样还如此高兴和激动。妈妈走了过来,张开双臂把他拦腰搂住,拖着他进了屋里。这时候他才发觉自己陡然长得比原来还高一些。【名师点睛:父母的表现与尼尔斯的表现形成鲜明的对比,妈妈喜极而泣,爸爸哽咽不语,尼尔斯局促不安。一家人重聚的激动时刻,令读者动容。】

"爸爸,妈妈,我长大啦,我又变成人了!"尼尔斯喜出望外地喊起来。

▶ 骑鹅旅行记

Z 知识考点

1. 填空题。

尼尔斯的父母以为他偷了家里的_____后离家出走,日日为孩子忧心,生活也每况愈下。_____和父亲特意登门道谢,让尼尔斯的父母知道了孩子的近况,心里重燃对生活的希望。而后,一切开始好转,尼尔斯的父亲拔出了马蹄内的_____,_____携妻儿回家,_____也现身了。

2. 判断题。

尼尔斯成功救下了待宰的雄鹅和灰雁,自己也恢复成正常人。(　　)

3. 问答题。

尼尔斯父母买的那匹马为什么一直干不了活?

_____

_____

Y 阅读与思考

1. 回到家里的尼尔斯为什么不敢出现在父母面前?
2. 家里的动物见到尼尔斯后各是什么反应?

第五十二章　告别大雁

> **名师导读**
>
> 变回人的尼尔斯应约前往海边与大雁们道别,此时他才发现自己已不能与大雁对话了。但尼尔斯和大雁还是用特有的方式相互道了别。

十一月九日　星期三

第二天早上天还没有亮,尼尔斯就起床出门,朝海边走去。在晨光熹微的时候,他已经来到了斯密格渔村东面的海岸。他是独自前去的。离开家之前他曾到牛棚里找过雄鹅莫顿,想把雄鹅叫醒了一起去。可是雄鹅刚回到家就眷恋得再也舍不得离开,他一句话也没有说,只是把脑袋缩在翅膀底下睡着了。

那是个明媚的大晴天,就像春天大雁飞越大海来到斯康耐那一天一样好。海面上烟波浩渺,风平浪静,连空气似乎也凝止不动了。尼尔斯想,对大雁们来说,在那天飞越波罗的海是再合适不过了!

尼尔斯至今还有些头晕目眩,有些迷迷糊糊。他一会儿觉得自己是小精灵,一会儿又觉得自己是个真正的人。他看到路旁边有一堵石头围墙的时候,就免不了提心吊胆不敢走过去,一定要看个仔细,弄清楚围墙背后确实没有野兽躲藏着对他虎视眈眈。而转眼间他又忍不住笑出声来,因为如今他这样高大、强壮,用不着再害怕什么。【名师点睛:尼尔斯经历了大半年的小人儿生活,一时之间,还不能习惯正常人类的身份。描写形象生动,具体可感。】

他来到海岸的边缘处,好让大雁们看到他那高大的身躯。那一天刚

▶ 骑鹅旅行记

好有大批候鸟迁徙，天空中婉转啼鸣之声不绝于耳。想到没有人能够像他一样听得懂鸟儿的啁啾，他不禁微笑起来。

大雁们浩浩荡荡地飞过来了，一大群接着一大群络绎不绝。"但愿我的那群大雁没有不告而别！"他心想。他要把事情的原委始末告诉他们，而且还要告诉他们，现在他又是一个真正的人了。

又一群大雁飞过来了，这一群大雁飞得比其他大雁更矫健，鸣叫得比其他大雁更嘹亮。他们身上有一股说不出来的神态告诉了他，这就是带着他周游过各地的雁群，可是他却不能像前一天那样看上一眼就认准无误。

大雁们放慢速度，沿着海岸来回盘旋。尼尔斯立刻明白过来，那就是他的雁群。可是他暗暗纳闷，大雁们为什么不飞落到他的身边，因为他们不可能看不见他站在那里。【名师点睛：尼尔斯已经变回人，虽然他的心中仍把雁群当作亲密无间的伙伴，但在不知情的雁群看来，他是需要被小心提防的人类。】

他用尽力气想发出模仿鸟语的声音，然而舌头却直僵僵的不听使唤了！他再也发不出正确的鸟语了。

他听见阿卡在空中鸣叫，可是他再也听不懂她说的是什么。"这是怎么回事？难道大雁们说话的腔调变了？"他茫然无措地想着。

他朝他们挥舞自己的尖顶小帽，沿着海岸奔跑，嘴里放声高喊："我在这里，你在哪里？"

然而这样做似乎使得雁群受到了惊吓，他们飞上高空，朝海上飞去了。这时候他总算明白过来了！大雁们并不知道他已经又变成人了，他们认不出他来了。

他再也没有办法把雁群呼唤到自己的身边。人是不会讲鸟语的，他一旦变成了人，也就不会讲鸟语了，自然也就听不懂鸟儿的讲话了。

尽管尼尔斯为恢复原形而兴高采烈，然而他觉得，就这样离开最心爱的伙伴是多么令人遗憾和伤感。他坐在沙滩上，双手捂住了脸。唉，再盯着他们看又有什么用呢?【写作借鉴:动作描写和心理描写,将尼尔斯心中的失落和对雁群的不舍充分表现出来,让读者深深感受到他们之间的深情厚谊。】

可是过了半晌,他又听见了扑扑的翅膀扇动声。原来,领头雁阿卡大婶离开大拇指小人儿后,心情非常沉重,她又忍不住飞回来,想看个究竟。这时候尼尔斯一动不动地静坐着,她就敢飞得离他近一些。蓦地,那熟悉的身影使她豁然开朗,她终于看清楚并认出了他是谁。她便降落在紧靠着他身边的一个小岬角上。

尼尔斯喜出望外地欢呼起来,他把老雁阿卡紧紧搂在怀里。其他大雁也都围了上来,用嘴喙在他身上摩来擦去。他们叽叽呱呱鸣叫个不停,似乎都在向他表示衷心的祝贺。他也不停地对他们说话,感谢他们带着他进行了一次奇妙的旅行。【名师点睛:大雁们亲昵的动作,表明大雁群对尼尔斯的恋恋不舍。】

可是大雁们突然安静下来,并从他身边缩了回去。他们警觉起来了,似乎想说:"要小心哪,他不是那个大拇指小人儿啦,他是一个真正的人呀,他不了解我们,我们也不了解他呀。"

尼尔斯站起来,走到领头雁阿卡面前。他爱抚着她,还轻轻地拍拍她。在这以后,他又依次抚摸和轻拍那些从最初就同他在一起的老雁,像亚克西和卡克西啦,科尔美和奈利亚啦,还有库西和维茜。【名师点睛:虽然他们已无法交流,但亲昵的动作所传达的情谊是相通的。】

然后,他离开海岸往内陆走去。他深知鸟类的悲伤是维持不了多久的,他便想趁他们还在为失去了他而伤心难过的时候赶快离开。

他踏上堤岸以后,又转过身望向那些朝大海飞去的鸟群。所有的鸟儿都发出鸣叫,此起彼伏,呼应不绝。唯独有一群大雁一直默不作声地朝前飞去,直到消失在远方。

那群大雁排列对称,队形整齐,速度轻快,他们的翅膀挥动得强健有力。尼尔斯目送着他们远去,心里无限惆怅,似乎在盼望能够再一次变

591

▶ 骑鹅旅行记

成大拇指小人儿,再跟随着雁群飞过陆地和海洋,遨游各地。【名师点睛:天下无不散的筵席,即便有再深的情,再多的不舍,离别之际,也只能化作内心无限的惆怅,化作沉默里一声深情的祝福。】

Z 知识考点

1. 填空题。

尼尔斯来到海边与_____告别,领头雁阿卡认出了恢复正常人身的尼尔斯,尼尔斯把_____紧紧搂在怀里。别的大雁也都围上来,用_____在他身上摩来擦去。他们叽叽呱呱鸣叫个不停,尼尔斯也不停对他们表达着感谢。

2. 判断题。

尼尔斯带着雄鹅一家赶到海边与大雁群告别。（　　）

3. 问答题。

尼尔斯还能听懂大雁们的语言吗?

_____

_____

Y 阅读与思考

1. 雁群听到尼尔斯的喊声后,为什么会飞上高空?

2. 跟大雁告别时,尼尔斯是怎样的心情?

《骑鹅旅行记》读后感

你是否也有一颗想要冒险的心？你是否也有一个向往远方的梦？你是否也想认识各种各样的动物与千奇百怪的世界？那就请你随着《骑鹅旅行记》开启一趟奇幻之旅吧！

故事主要从主人公尼尔斯与小精灵的见面开始。那天，百般无聊的尼尔斯发现了藏在家中的小精灵，他想捉住小精灵，反而被小精灵变成了"大拇指小人儿"。随后，尼尔斯机缘巧合地骑在家中雄鹅莫顿的身上，跟随雁群，开始了一段惊险有趣的旅程。对第一次远行的尼尔斯和初次飞行的雄鹅来说，这次旅行困难重重，但尼尔斯与雄鹅从不退缩，迎难而上，克服重重困难，坚持与雁群一起飞行。他们不仅打败了许多敌人，还交到了许多真诚的动物朋友。经过这些历练，尼尔斯也逐渐成长，变得温柔、善良、友爱、重情重义。

这本书就如一个结满果实的果园，我在这园中细细品味着每一个果实散发出的独特果香。当我看到尼尔斯遇到困难时，我眼前便浮现出当时的画面，就好像自己正在与尼尔斯并肩作战一般。

在生活中，我也经历了许多困难，可我常常不敢面对它，更不敢战胜它。可是现在，我从尼尔斯身上学到了遇事要冷静、要勇敢的精神。我要克服一切阻力，努力向前。青春就是要不断去锻炼，不断去成长。那些被我打败的困难，终将成为我成功的证明。

这本书除了奇幻生动的故事外，还有许多丰富的地理知识、历史知识、民间故事、节庆典故等，它让我在知识的海洋里畅游，让我领略了瑞典的自然风貌，了解了瑞典的风土人情。作者在小说中描写的山水景色、森林动物，仿佛是一个个真实的画面呈现在我的

▶ 骑鹅旅行记

　　面前,使我产生了一种去瑞典亲身体验的念头。我期盼着那天尽快到来。

　　从《骑鹅旅行记》这本书中,我懂得了在生活中不管遇到什么困难,我们都要勇敢去面对,想办法去克服困难;还让我明白了动物是我们的朋友,我们要关心、爱护动物。我以后会像尼尔斯那样去帮助需要帮助的人,让我们的世界变得更加美好!

参考答案

第一章 男 孩

1. 十四 调皮捣蛋 小精灵 小人儿 雄鹅
2. (1)× (2)√
3. 妈妈最烦恼伤心的是尼尔斯的粗野与顽皮。

第二章 雪山大雁阿卡

1. 色泽鲜红 羽毛一样蓬松 失去了光彩 呼哧呼哧
2. C
3. 阿卡虽然上了年纪,但她阅历丰富,行事果断,是一只睿智、勇敢的领头雁。

第三章 野鸟的生活

1. 狐狸 水貂 水獭 蝮蛇 鹰 雕
2. (1)√ (2)×
3. 对自由和冒险的渴望,使得尼尔斯不愿回到家中,甚至不稀罕变回人类。

第四章 格里敏城堡

1. 白鹳 猫头鹰 过道 炉膛 黑老鼠
2. (1)√ (2)√
3. 阿卡让雌猫头鹰到隆德大教堂去找草鸮弗拉敏亚借一个神奇的小口哨。

第五章 库拉山的鹤之舞表演大会

1. 外形 动作 旁观者的感受
2. C
3. 狐狸斯密尔打破和平共处原则,偷袭雁群,咬死了一只大雁。斯密尔被咬掉右耳朵尖后被驱逐出境。

第六章 在雨天里

1. 鼻子底下 远处着想
2. (1)× (2)√
3. 如果尼尔斯能照顾好雄鹅,让雄鹅平安回家的话,或许尼尔斯能变回人类。

第七章 有三个梯级的台阶

1. 狭窄 低矮窄小 稀少
2. (1)× (2)√
3. 土质比较好,不在高寒地区,树木高大,耕地广阔,人口众多。

第八章 在罗纳比河

1. 沙滩 罗纳比河 悬崖峭壁 蔓萝枝条
2. B
3. 第一,大雁们经验丰富,选择栖息地的位置合理;第二,有聪明、勇敢的尼尔斯为大伙守夜。

第九章 卡尔斯克鲁纳

1. 战列舰 炮艇 巡洋舰 鱼雷艇
2. (1)√ (2)×
3. 在被青铜大汉追击时,木头人罗森博姆救了尼尔斯。

第十章 去厄兰岛的途中

1. 天鹅 先降落到水面上歇着,等大雾散之后再走
2. B
3. 示例:人生旅途中,我们会遇到好心的建议,也会遇到恶意的捉弄。我们不能偏听偏信,要有自己的判断。即便已经身陷麻烦之中,也不要慌乱,要沉着冷静地应对。

第十一章 厄兰岛之旅

1. 鹿苑 纯种良马 马驹
2. √
3. 雄鹅之所以会接二连三地失踪一段时间,是因为他在偷偷照料一只翅膀受伤的灰雁。

第十二章 大蝴蝶

1. 蝴蝶 北面 南面
2. (1)× (2)×
3. 第一,海藻、泥沙和贝螺随潮汐和海浪的起伏,沉淤在海岛四周;第二,山上冲刷下来的沙石也在山侧堆积起来。这样就形成了山下的土地。

第十三章 小卡尔斯岛

1. 多雪的冬天 牵走一些羊
2. C
3. 三只狐狸掉进了地狱之洞,被灯塔看守人抓住了。

第十四章 两座城市

1. 纺锤 露天 护胸铁甲 上鞋底
2. (1)√ (2)√
3. 尼尔斯只需要用很小很小的一枚铜钱,随便在城里买点什么东西就可以拯救海底城市。

第十五章 斯莫兰的传说

1. 斯莫兰 圣彼得
2. (1)√ (2)×
3. 敏捷、知足、乐观、勤劳、有进取心、能干。

第十六章 乌鸦

1. 扬 抑 有勇有谋 笑料
2. C
3. 因为乌鸦需要尼尔斯帮他们打开一个装满银币的陶罐,所以绑架了尼尔斯。

第十七章 老妇人

1. 一头母牛 三四只鸡 温馨舒适
2. ×
3. 尼尔斯点燃了蜡烛,替老妇人合上了双眼,将她的双手交叉着放在胸前,又把她披散在脸上的银发整理

好,而后,他还给老妇人守了夜并念了赞美诗。

第十八章　从塔山到胡斯克瓦尔那

1.面包　鸡和母牛　女主人
2.×
3.尼尔斯说"我们要到既没有痛苦也没有疾病的地方去"。

第十九章　大鸟湖

1.猫　狗　尼尔斯
2.B
3.陶庚湖的芦苇丛中小水塘星罗棋布,小水沟纵横交错,碧绿而静止的水中,青萍和眼子菜在那里繁殖生长,孑孓、小鱼和蠕虫也在那里大量孵化,各种水鸟可以在水塘和水沟周围许多隐蔽的地方产蛋和哺育幼鸟,而不会受到敌人的袭扰,也不用担心没有食物吃。

第二十章　乌尔沃萨夫人的预言

1.预见未来　东耶特兰的未来如何
2.×
3.东耶特兰省总会有具有强烈荣誉感和坚韧不拔精神的农夫,所以能永葆荣誉。

第二十一章　粗麻布

1.织着金线的天鹅绒　灰色的粗麻布　珍珠和宝石
2.√

3.尼尔斯的木鞋被放鹅姑娘奥萨和她的弟弟小马茨捡到了。

第二十二章　卡尔和灰皮子的故事

1.栅栏　沼泽　苦涩的树叶　清冽的湖水
2.(1)×　(2)√
3.蝰蛇克里莱并不想得罪麋鹿,更不想同他们结下不解之怨。他认为要是偷偷咬麋鹿一口,麋鹿会把他活活踩死,况且雌蛇老无害已经去世,无法死而复生。所以不肯帮老水蛇复仇。

第二十三章　修女蛾

1.视觉　嗅觉　听觉
2.D
3.一条是被灰皮子慌乱之下踩死的,一条是被尼尔斯用石头砸死的。

第二十四章　在奈尔盖

1.桌布　大礼帽　船只　衣服　浓烟
2.(1)×　(2)√
3.风妖最讨厌那些爱吵嘴、吝啬刁钻的人。

第二十五章　解　冻

1.侥幸　不安　胆战心惊
2.√
3.为了把鞋还给尼尔斯,奥萨把它放在显眼的石头上便于被发现。

第二十六章　分遗产

1.沟渠　瀑布　磨坊　工厂

2.A

3.小儿子体谅母亲的难处,甘愿选择"最差"的一份,事后得知,这才是最好的一份。

第二十七章 在矿区的上空

1.大雁 麻雀 燕雀 喜鹊 公鸡 老鹰

2.×

3.因为这不是什么火灾,是炼铁高炉里熊熊燃烧的火焰。

第二十八章 大拇指小人儿和熊

1.犁 镰刀 锁 针 剪刀

2.(1)× (2)√

3.因为公熊得到尼尔斯提醒,成功避开了猎人的猎枪。公熊为了感谢尼尔斯,所以放他离开了。

第二十九章 达尔河

1.东达尔河 西达尔河 达尔河

2.C

3.因为达尔河上游有大块浮冰冲下来,渡船无法开动,所以他们过不了河。

第三十章 一份最大的遗产

1.父母 新房子 陶庚湖

2.(1)× (2)√

3.渡鸦巴塔基为了看清熬硫黄屋内的景象,在大风吹开方孔上的一扇盖板时飞了进去,不料盖板合上后再无法打开,因而受困。

第三十一章 水 灾

1.天鹅群 信鸽 雁群和尼尔斯

2.(1)√ (2)×

3.一只红尾鸲发现大雁们陷入了天鹅的重围脱身不得,便发出让小鸟聚众驱赶苍鹰的那种尖声鸣叫,引得这一带所有的小鸟都急匆匆朝叶尔斯塔湾飞过来,他们啁啁啾啾,振翅拍翼,用翅膀挡住天鹅的视线,使得天鹅头晕眼花。雁群和雄鹅趁机脱围。

第三十二章 乌普兰的故事

1.高原 山脉 荒凉的考尔毛登 沼泽地、石冢和荒漠 岬湾

2.(1)√ (2)×

3.乌普兰省觉得国王应该居住在一个最精明能干的省份里。

第三十三章 大学生

1.冉冉升起 熠熠生辉

2.×

3.因为尼尔斯从大学生的不幸中,意识到背弃一个朋友是何等的不义和丑恶,他觉得不能做出那样的事情来,所以没有选择变回人。

第三十四章 小灰雁邓芬

1.温柔善良 勇猛不屈 沉着睿智 阴险善妒(意对即可)

2.√

3.小灰雁邓芬的两个姐姐在飞的时

候,故意使劲挤她、撞她,导致她的翅膀脱臼。

第三十五章　斯德哥尔摩

1. 围墙　城门　城楼　桥梁　塔楼
2. (1)×　(2)√
3. 克莱门特会每天给尼尔斯送饭,但没有他的同意,尼尔斯不得离开。

第三十六章　老鹰高尔果

1. 夏天　警戒　老鹰
2. (1)√　(2)×
3. 关在笼子里的老鹰羽毛变得蓬松且失去光泽,眼神呆滞,昏昏欲睡。

第三十七章　飞越耶斯特雷克兰

1. 雁群　克莱门特　克莱门特　雁群
2. (1)√　(2)√
3. 老鹰高尔果想和阿卡和好如初,希望尼尔斯能帮他们调解。

第三十八章　在海尔星兰的一天

1. 森林　农庄
2. (1)×　(2)√
3. 打中克莱门特的松果是尼尔斯扔的。

第三十九章　在梅德尔帕德

1. 夏季　马拉收割机　不慌不忙
2. (1)×　(2)√
3. 从森林中砍伐下来的原木是借助河流运送到木材加工厂的。

第四十章　在奥格曼兰的一个早晨

1. 高挑　金黄　开朗而和善
2. C
3. 是一个美丽善良的农妇给了高尔果一块面包。

第四十一章　韦斯特尔堡登和拉普兰

1. 森林　平原　海滨　内陆湖泊　高山峭壁
2. (1)×　(2)√
3. 斯密尔正自由地在某座岛上奔跑。

第四十二章　放鹅姑娘奥萨和小马茨

1. 善良　传染病　离家出走　寻父
2. ×
3. 小马茨是被矿山爆破时的飞石砸中,失血过多而死的。

第四十三章　在拉普人中间

1. 干燥舒适　帐篷　杉树枝　鹿皮大锅
2. (1)×　(2)√
3. 尼尔斯、舍德贝里和乌拉·塞尔卡等人帮助奥萨找到了父亲。

第四十四章　到南方去!到南方去!

1. 大雨　风暴　浓雾　浆果　蘑菇　生鱼
2. ×
3. 受奥萨与父亲团圆的影响,尼尔斯也想家了。另外,他想再成为能和奥萨讲话而不再被关在门外的人。

第四十五章　海尔叶达伦的传说

1. 卖桶人狼口脱险　铁匠别出心裁赢得比赛　海尔叶乌尔夫定居荒僻大森林
2. √
3. 小精灵对尼尔斯变回人提出的条件是：将雄鹅带回家，并让母亲宰掉。

第四十六章　维姆兰和达尔斯兰

1. 又直又宽　平坦　绕行　越过
2. ×
3. 七个壮汉来自同一个省的不同地区，每个人都认为自己的家乡更美更好，为此他们争论不休。

第四十七章　一座小庄园

1. 秋会节　地板　刺柏树枝　墙壁
2. √
3. 雁群在树林里找到一块洼地过夜，但尼尔斯觉得那里既寒冷又潮湿，希望找到一个更好的地方睡觉，因而孤身一人来到庄园。

第四十八章　岛上宝藏

1. 星罗棋布　耕地　深色、发亮　浅红色　浅红　杏黄
2. ×
3. 尼尔斯并非不想回家，他只是不想让一路相伴的雄鹅受到伤害。因为他重新变回人的条件之一便是要母亲杀掉雄鹅。

第四十九章　一座大庄园

1. 学习、居住　游艺活动　手工劳作课
2. (1) ×　(2) √
3. 校长为他们举办了教育学讲座，安排了体操课，组织了歌咏协会，几乎每天晚上都有音乐和朗诵的集会。庄园上还可以借阅书籍、划船、游泳和弹钢琴等。

第五十章　飞往威曼豪格

1. 海藻　堤坝　砖瓦平房　渔村　航标灯　渔网
2. D
3. 无论贫富，尼尔斯都觉得家乡才是最美的。

第五十一章　回到了自己的家

1. 鹅　奥萨　铁刺　雄鹅　尼尔斯
2. √
3. 因为那匹马的一只蹄子里插有一根铁刺，一碰就疼，所以一直干不了活。

第五十二章　告别大雁

1. 雁群　阿卡　嘴喙
2. ×
3. 不能。恢复成正常人后，尼尔斯便不能听懂和讲出动物语言了。